한국현대문학과 사상의 사계

저자 **이경재**

숭실대학교 국어국문학과 교수로 재직중이다. 그동안 지은 책으로『한설야와 이데올로기의 서사학』(2010),『한국 프로문학 연구』(2012),『다문화 시대의 한국소설 읽기』(2015),『한국 현대문학의 개인과 공동체』(2018),『한국 베트남 미국의 베트남전소설 비교』(2022),『한국현대문학과 민족의 만화경』(2023) 등이 있다.

한국현대문학과 사상의 사계

초판 1쇄 **인쇄** 2024년 5월 24일
초판 1쇄 **발행** 2024년 5월 30일

저　　자 이경재
펴 낸 이 이대현

편　　집 이태곤 권분옥 임애정 강윤경
디 자 인 안혜진 최선주 이경진
마 케 팅 박태훈 한주영

펴 낸 곳 도서출판 역락
주　　소 서울시 서초구 동광로 46길 6-6(반포4동 문창빌딩 2F)
전　　화 02-3409-2060(편집부), 2058(영업부)
팩　　스 02-3409-2059
등　　록 1999년 4월 19일 제303-2002-000014호
이 메 일 youkrack@hanmail.net
역락홈페이지 http://www.youkrackbooks.com

I S B N　979-11-6742-837-0 93810

한국현대문학과
사상의 사계

이경재

역락

머리말

먼저 책 제목에 사용된 '사계(四季)'라는 단어부터 설명해야 할 것 같습니다. 가라타니 고진은 『歷史と反復』(岩波書店, 2004)에서, 역사의 반복을 얘기합니다. 가라타니 고진에 의하면, 마르크스도 초기 저작인 『루이 보나파르트의 브뤼메르 18일』(1851년)에서 이 반복의 문제를 주장했다고 하는데요. 모두 알다시피 『루이 보나파르트의 브뤼메르 18일』은 "헤겔은 어디선가 세계사에서 막대한 중요성을 지닌 모든 사건과 인물들은 반복된다고 언급한 적이 있다. 그러나 그는 다음과 같은 말을 덧붙이는 것을 잊었다. 한 번은 비극으로 다음은 소극(笑劇)으로 끝난다는 사실 말이다."라는 유명한 문장으로 시작됩니다. 이 문장은 헤겔 역시 '역사의 반복'에 대한 근본적인 인식이 있었음을 알려줍니다. 사정이 이러하다면, 역사로부터 배태되어 나오는 사상 역시 반복을 구조적 속성으로 삼고 있지는 않을까 하는 생각을 해봤습니다.

역사의 특정 시기에는 하나의 사상이 절대의 것으로 휘황찬란하게 빛나지만, 그것은 곧 상대화될 수밖에 없는 것이 사상의 운명인지도 모르겠습니다. 각각의 시대는 고유한 모순을 지니며, 그렇기에 그러한 문제에 대한 대응으로서의 사상 역시 고유한 의미를 지닐 수밖에 없을 것입니다. 더군다나 그러한 사상을 낳는 주체이자 통로인 개인의 독자성까지 고려한다면, 사상의 다양성은 하나의 필연으로까지 다가옵니다. 저는 이러한 사상의 반복성을, 순환을 근본으로 삼는 계절에 비유해 보았습니다. 여기서 논의한 문인들은 모두 자신이 대면한 시대나 문학에 대하여 치열하게 고민한 이들이라는 공통점이 있습니다. 그들의 문학이 지금까지도 성찰의 이유가 되는 것은 그들이 보여준 시대나 문학에 대한 응전이 나름의 무늬를 남겼기 때문이라고 믿습니다.

『한국현대문학과 사상의 사계』는 모두 4부로 구성되어 있습니다. 1부 '이광수의 진실을 찾아'에서는 '극복되어야 할 하나의 아포리아'로 남아 있는 춘원 이광수에 대해 살펴보았습니다. 이광수는 한국근대문학의 형성과 전개에 결정적인 기여를 하였지만, '만지면 만질수록 덧나는 상처'라는 비유가 암시하듯이 한국근대문학의 어둠도 온몸으로 구현한 존재입니다. 또한 이광수처럼 광대한 문학적 볼륨을 보여준 문인도 드뭅니다. 그가 시대의 구비마다 펼쳐 보인 사상적 편력은 하나의 거대한 산맥이 되어 후배 문인들을 자극하고는 합니다. 1장과 2장에서는 지금까지 이루어진 대표적인 이광수 독법의 두 가지 사례를 통해 이광수 문학을 메타적으로 살펴보았습니다. 3장에서는 미숙한 대로 이광수 문학을 인류학적 시선으로 탐구하고자 한 시론에 해당합니다.

2부 '근대를 넘어서려는 정치적 기획'에서는 근대의 가장 핵심적인 문제를 극복하려고 노력했던 작가들을 살펴보았습니다. 신채호, 한설야, 임화, 이병구 등의 작가가 주요한 논의의 대상이 되었는데요. 이들은 자본주의의 폐해와 식민주의의 문제 등에 대해 누구보다 날카로운 인식을 보여주었으며, 몇몇 문인들은 이를 극복하기 위한 결사의 실천까지 감행하였습니다. 이들이 시대에 반응하며 보여준 사상은 현실에 발을 딛고 미래를 꿈꾸는 사상의 모범이 되기에 충분하며, 한국근대문학의 보편성을 갖춘 고유한 성취의 영역이라고 감히 말하고 싶습니다. 1장에서는 신채호와 한설야의 관계를, 2장에서는 일제 말기라는 엄혹한 상황에서 한설야와 임화가 어떻게 자신의 사상을 유지해나갔는지를 살펴보았습니다. 3장에서는 학계에 널리 알려지지 않은 이병구라는 작가가 형상화 한 일제 말기 일본군 체험을 포스트콜로니얼리즘의 관점에서 논의해 보았습니다.

3부 '이상향에 대한 갈망'에서는 한국현대문학에 엄연히 존재하는 유토피아 지향성을 살펴보았습니다. 이때의 유토피아는 공상에 바탕한 현실도피와는 무관하며, 오히려 강렬한 현실 저항의 힘을 지닌 정치적 개념에 가까운 것입니다. 이러한 유토피아 지향성은 현실의 절망이 농후해지는 시기에 더욱 그 면모가 뚜렷해지며, 유토피아를 향한 꿈은 극복 불가능하게 보이던 현실을 만만한 대상으로 전환시키는 마술같은 힘을 발휘하기도 합니다. 1장과 2장에서는 일제 말기에 이효석과 김사량이라는 문제적 작가가 각자의 이상향을 통해, 디스토피아가 되어 가던 조선을 향해 발언하고자 했던 바를 경청하고자 했습니다. 3장과 4장에서는 손장순의 산악소설과 이민진의 데뷔작을 통해, 자본주의가 완숙기에 접어든 현대 사회에서 진정한 삶을 향한 초월의 욕망이 어떻게 작동하는지 고찰해보았습니다.

4부 '삶의 기층에 대한 탐구와 중시'에서는 한국현대문학에서 발견되는 보수주의를 살펴보았습니다. 보수주의는 아직 문학연구에서 집중적으로 탐구된 바는 없으며, 이는 그야말로 격동의 한국현대사를 반영한 결과라고 판단됩니다. 무언가를 지키고 유지하기보다는, 무언가를 부수고 건설하는 일에 골몰할 수밖에 없었던 것이 지난 100여 년의 삶이었기 때문입니다. 이러한 시대적 상황에서도 몇몇 문인들이 보여준 삶의 본바탕에 대한 성찰은 그 나름의 의미를 인정할 수 있을 것입니다. 엄밀히 말해 4부에 수록된 글 중에서, 1장과 4장에서 살펴본 국어학자 남광우의 수필과 김훈의 소설만이 보수주의라는 개념에 부합된다고 할 수 있습니다. 2장과 3장에서 살펴본 이병주의 소설과 이청준의 소설은 정치사상으로서의 보수주의와는 거리가 있는 것도 사실입니다. 그러나 오래 지속되어 온 일상의 감각과 윤리를 중시한다는 면에서는 다른 글과 함께 살펴보는 것도 의미가 있다고 생각했습니다.

이번 저서를 내는 과정에서도 역시나 많은 분들의 도움이 있었습니다. 이웃인 중국에는 "물 한 방울의 은혜라도, 넘치는 샘물로 보답하라.(點滴之恩, 湧泉以報)"는 말이 있다고 합니다. 이 말대로라면, 이 저서가 나오기까지 베풀어주신 여러분들의 은혜에 보답하는 것은 애당초 불가능할 겁니다. 모든 분들께 깊이 머리 숙여 감사하다는 말씀을 올립니다. 특히 모자란 글을 늘 책으로 만들어주시는 역락 출판사 선생님들께 진심으로 감사드립니다. 마지막으로 제 졸저가 나올 때마다, 누구보다 기뻐하시던 장모님께 이 책이 병상의 작은 위로라도 되기를 두손 모아 빕니다.

2024년 봄

동호를 바라보며

차례

제1부 이광수의 진실을 찾아

제2부 근대를 넘어서려는 정치적 기획

제3부 이상향에 대한 갈망

제4부 삶의 기층에 대한 탐구와 중시

제1부

•

이광수의 진실을 찾아

근대주의자의 시선에서 바라본 이광수

— 김윤식의 『이광수와 그의 시대』

1. '이광수 해석'의 핵심

김윤식의 『이광수와 그의 시대』는 『문학사상』에 1981년 4월부터 1985년 10월까지 연재되었으며, 1986년에 한길사에서 단행본으로 출판되었다. 원고지 총 4천 6백 매, 항목 수는 28회에 이르는 방대한 규모의 저술이다.[1] 김윤식의 글쓰기는 논자에 따라 "현장비평, 작가 평전, 문학사·문학사상 연구, 기행문·예술론·자전적 글쓰기"[2]의 네 가지나 "한국근대문학연구, 현장 비평, 작가 평전, 예술 기행, 자전적 글쓰기"[3]의 다섯 가지로 나뉘고는 하는데, 작가 평전은 항상 독립된 갈래로 언급될 만큼 김윤식의 문학 세계에서 중요한 비중을 차지한다. 그 중에서도 이 글에서 살펴보려는 『이광수와 그의 시대』는 김윤식의 대표작일 뿐만 아니라, 이어지는 『안수길 연구』(정음사, 1986),

---

1   김윤식, 「글쓰기의 리듬감각」, 『문학사상』, 1985.11, 458-459면.
2   윤대석, 「김윤식 저서 목록 해제」, 『근대서지』 12, 근대서지학회, 2015, 173면.
3   정홍수, 「김윤식 선생님」, 『본질과 현상』 55집, 본질과 현상사, 2019, 62면.

『김동인 연구』(민음사, 1987), 『염상섭 연구』(서울대출판부, 1987), 『이상 연구』(문학사상사, 1987), 『임화 연구』(문학사상사, 1989), 『박영희 연구』(열음사, 1989), 『김동리와 그의 시대』(민음사, 1993), 『백철 연구』(소명출판, 2008) 등의 평전을 가능케한 원동력이 되었다는 점에서도 그 의의가 매우 큰 저서이다.

『이광수와 그의 시대』가 지닌 학술적 가치는 통계 수치로도 뒷받침된다. 최진석 등은 2004년에서 2019년에 발행한 정규 논문 12,731편을 바탕으로 김윤식의 저술 중 가장 많이 인용된 것을 조사한 바 있다. 그 결과 1위는 202번 인용된 『한국소설사』(1993)였고, 2위는 201번 인용된 『이광수와 그의 시대』(1986)였으며, 3위는 153번 인용된 『한국문학사』(1973)였다.[4] 1위와 2위 사이의 인용횟수 차이가 겨우 1회에 불과하고, 1위와 3위에 해당하는 저술이 모두 공저라는 것을 생각하면, 『이광수와 그의 시대』를 김윤식의 대표작이라 보아도 큰 무리는 없을 것이다.

이처럼 김윤식의 문학세계에서 중요한 의미를 갖는 『이광수와 그의 시대』에 대한 연구는 21세기에 들어와 본격화되었다. 최초의 연구라 할 수 있는 「작가연구의 대상과 방법 문제」에서 임진영은 '-와 그의 시대'라는 저서명이 말해주듯이, "김윤식의 작가 연구가 지향하는 바는 문학사적 자리매김이고 역사주의적 연구"[5]이며, 특히 「이광수와 그의 시대」는 "골드만식 이해/설명의 방법에 기초하고 있다"[6]고 주장한다. 황호덕도 『이광수와 그의 시대』에 악력을 부여한 것은, "골드만식의 문학사회학"[7]이라고 밝힌 바 있다.

---

4   최진석 외 4인, 「김윤식과 우리 시대, 인용의 인구사회학적 시좌 — 현대문학연구자의 성별 및 세대 별 김윤식 저술 인용 양상 연구(2004-2019)」, 『국제어문』 96집, 국제어문학회, 2023.3, 319면.

5   임진영, 「작가연구의 대상과 방법 문제 : 김윤식의 작가연구를 중심으로 한 고찰」, 『현대문학의 연구』 39, 한국문학연구학회, 2009, 15면.

6   위의 논문, 7면.

이후에 이루어진『이광수와 그의 시대』에 대한 논의는 거의 모두 춘원의 '고아 의식'에 초점을 맞추고 있다. 연구자들이『이광수와 그의 시대』에 나타난 '고아 의식'에 이토록 주목하는 것은 저자인 김윤식에 의해 의도된 측면이 강하다. 김윤식은『이광수와 그의 시대』의「머리말」에서부터 "이광수, 그는 고아였습니다. 그가 살았던 시대 역시 고아의식에 충만한 것이었지요. 이 사실을 이 책은 한번도 잊은 적이 없습니다."[8]라고 분명하게 밝히고 있다. 『이광수와 그의 시대』를 발표하기 이전에도, 김윤식은 "1910년 8월에서 1948년 8월까지의 韓國史는 國家的 측면이 除去된 자리에서 그러니까 民族的 측면만의 역사 전개였던 것"[9]이라며, "이 國家喪失의 개념을 精神史的 文脈으로 바꾸면 父意識의 喪失"[10]이라고 규정하였다. 이후 김윤식은 "진짜 고아라야 고아의식에 투철하듯 진짜 고아인 이광수는 따라서 그 시대의식에 저절로 화합하고, 또한 그럴 수 없이 자연스럽게 조화되어 절실함을 획득할 수 있었던 것"[11]이라고 밝혀, 고아라는 존재론적 조건이야말로 이광수가 식민지 시대 문학의 가장 중요한 존재가 될 수 있는 원동력이었음을 주장하고 있다. 김윤식은 다른 글에서도 "이광수 연구에서 내가 제일 알맞게 접근할 수 있었던 설명 모델은 '고아 의식'의 성립과 그 전개 과정에 있었다. 천지에 기댈 수 없는 고아 의식을 머리에 인 소년 이광수의 성장 과정과 생애의 전개는 고아

---

7   황호덕,「김윤식의 문학의 이유, 가치중립성으로서의 근대와 젠더트러블 : 1990년대 김 윤식의 비판적 전회와 여성작가론을 실마리로」,『구보학보』22권 1호, 구보학회, 2019, 153면.

8   김윤식,「머리말」,『이광수와 그의 시대』, 한길사, 1986, 11면. 앞으로 이 책에서 인용할 경우, 본문중에 페이지수만 기록하기로 한다.

9   김윤식,「서설 : 한국근대문학사상의 기본축」,『한국근대문학사상비판』, 일지사, 1978, 7면.

10   위의 책, 7면.

11   김윤식,「글쓰기의 리듬감각」,『문학사상』, 1985.11, 463면.

의식의 선명한 궤적을 낳았다. 이 고아 의식이 그의 창작 전체에 구석구석 배어 있다는 가설만큼 선명하고도 구체적인 것은 없었다."[12]라고 말한 바 있다.

『이광수와 그의 시대』에 나타난 '고아 의식'에 대한 대표적인 논의로는 서영채, 전철희, 박다솜, 방민호의 글을 들 수 있다. 서영채는 김윤식에게 춘원의 "고아상태란 의지가지없는 불쌍한 처지가 아니라 오히려 그 어떤 구속으로부터도 자유로운 상태, 곧 모든 전통을 부정하는 근대성의 새로운 주체이기 위해 필수적이고, 또한 동시에 근대문학의 주체이기 위해 필요한 조건"[13]이라고 주장하였다. 서영채와 비슷한 맥락에서, 전철희는 "김윤식은 식민지의 문학인들이 '현해탄콤플렉스'에 포박된 '고아'라는 점을 지적하는 수준에 만족하지 않고, 애비 없는 탕아들의 고투에서 문학적 가능성을 찾으려 했다."[14]고 논의했다. 박다솜은 『이광수와 그의 시대』에서 '결핍'은 "부모의 부재로 구체화"되며, 이 평전은 결국 "'결핍의 발견과 그것을 틀어막기 위한 주체의 고투'로 요약"[15]될 수 있다고 주장한다. 방민호도 『이광수와 그의 시대』에서 "이광수는 일종의 '삼중의 고아' 의식의 소산으로 제시"[16]된다

---

12 김윤식, 「『염상섭 연구』가 서 있는 자리」, 『염상섭 문학의 재조명』, 새미, 1998, 32면.

13 서영채, 「김윤식과 글쓰기의 윤리 : "실패한 헤겔주의자"의 몸」, 『구보학보』 22권 1호, 구보학회, 2019, 32면. 서영채는 춘원의 고아의식을 김윤식 자신의 고아의식에까지 연결시킨다. "핵심적인 파토스의 차원에서 보자면 『이광수와 그의 시대』는 김윤식 자신의 자서전과 다르지 않다. 세 가지 점에서 그렇다. 근대화를 향해 나아가고자 하는 세대의 일원이라는 점, 그러면서도 그 매체가 문학이기 때문에 어쩔 수 없는 윤리적 역설을 통과해야 한다는 점, 그리고 실존적 차원에서의 고아의식이 내재해 있다는 점이다."(위의 논문, 31면)라고 정리하고 있다.

14 전철희, 「식민지 사상의 (불)가능성 – 김윤식의 사상사에 관한 연구」, 『한국언어문화』 76집, 한국언어문화학회, 2021.12, 78면.

15 박다솜, 「결핍으로서의 주체 – 김윤식의 작가 연구 방법론에 관한 소고」, 『한국언어문화』 79집, 한국언어문화학회, 2022.12, 91면.

16 방민호, 『이광수 문학의 심층적 독해』, 예옥, 2023, 64면. 방민호는 『이광수와 그의 시대』

며, 이때 '삼중의 고아'란 '육친의 고아', '조국 상실의 고아', '사상의 고아'를 의미한다고 말한다.

'고아 의식'의 발견과 탐색은, 레온 에델의 저서 『작가론의 방법(Literary Biography)』(삼영출판사, 1983)과 긴밀한 관련이 있는 것으로 판단된다. 김윤식이 『작가론의 방법』을 번역 출판한 것은 1983년이지만, 『작가론의 방법』과 김윤식의 인연은, 이 책이 출판되기 20여 년 전으로 거슬러 올라간다. 김윤식은 『작가론의 방법』을 처음 접한 것이 "대학원에 적을 두고 있던 1962년"이었으며, "이 책을 노우트에 군데군데 번역해 두었는데, 그 일부를 '한국근대작가논고'(일지사, 1974)에 요약하여 소개한 바 있고, 그 후에 낸 「속·한국근대작가논고」(일지사, 1981)에서도 일부를 초역해 실은 바 있다."[17]고 증언한 바 있다. 또한 "이러한 작가론에의 관심이 역자로 하여금 『이광수와 그의 시대』를 쓰게끔 만드는 데 보탬이 되었는지 모른다."[18]라고까지 덧붙이기도 하였다. 레온 에델은 전기작가들의 책상 위에는 책, 서류, 출생증명서, 사망증명서, 족보, 갖가지 증서의 사본, 서한문들, 증명서, 사진, 필사본, 일기, 노트, 수표, 기사, 회고록 등이 놓여 있으며, "이 모든 자료들을 연대에 맞춰 조립하게 되면, 이 자료를 수집한 사람의 정신 ─ 그리고 마음 ─ 속에 하나의 윤곽이 잡혀지게 된다."[19]고 주장한다. 또한 레온 에델은 전기 작가는 "이 지상 위에

는 "전기적 집적을 배경으로 삼고 에토 준(江藤淳)의 『나쓰메 소세키와 그의 시대』 같은 선행 저작의 존재를 의식하면서 이광수 연구를 본격적 행정 위에 올려놓으려 한 시도"(위의 책, 108-109면)라고 평가한다.

17   김윤식, 「옮기고 나서」, 『작가론의 방법』, 김윤식 옮김, 삼영출판사, 1983, 4면.
18   Leon Edel, 『작가론의 방법』, 김윤식 옮김, 삼영출판사, 1983, 4면.
19   위의 책, 33면. 이광수가 남긴 모든 글들을 대상으로 하여 이광수 평전을 쓰고자 한 것은, 김윤식이 일찍부터 지녔던 문제의식으로 판단된다. 김윤식은 이광수에 접근하기 위한 전제조건으로, "첫째, 李光洙를 사상가로 보든지 그 어느 한 쪽을 드러내어야 할 것임에도 불구하고 많은 사람들은 李光洙의 논설의 당착을 들어 혹은 사상가, 실천가로서의 誤謬를 들어 그의 문학을 斷罪하기 일쑤인 인상을 주고 있다. 어느 한 분야의 모순이나 실수를

서 한 인간이 살고난 후에 남긴 생기없는 자료에 생명감 바로 그 자체를 불어넣어 주"[20]어야 한다고 덧붙인다. 마지막으로 레온 에델은 문학전기에는 "폭넓은 호기심과 탐색, 비평적 분석, 심리적 통찰, 그리고 전기작가와 대상 인물 ─ 사냥꾼과 사냥감 ─ 사이에 있는 동감의 질, 한 마디로 말해 삶 및 경험의 진리에 기울이는 관심이 포함"[21]되어야 한다고 주장하였다. 이러한 레온 에델의 주장은 거의 모두 『이광수와 그의 시대』에 적용되는 특징이라고 해도 과언이 아니다. 주지하다시피 김윤식의 『이광수와 그의 시대』는, 이광수와 관련해 모을 수 있는 거의 모든 자료를 섭렵하여 그것을 비판적으로 해독하고 또 그의 전기적 사상과 관련지어 자료들을 적절히 해석함으로써 작가의 삶과 문학 사이의 의미 있는 연관성을 찾아낸 평전으로 정평이 나 있기 때문이다.

김윤식이 밝혀낸 '고아 의식'과 관련한 레온 에델의 주장으로는 "조심스럽게 수집되어진 데이터와 작품 속에서 반복되어지고 있는 패턴의 관찰에 기초하고 있는 심리학적 사고"[22]를 들 수 있다. 이 '심리학적 사고'는 다른 부분에서, 소설가의 글에는 "어떤 유형의 스토리가, 어떤 의미 있는 작중인물이, 어떤 해결이, 그리고 어떤 윤리적 견해가 항상 새롭고도 교묘한 가면을 쓰고 있지만 제 나름대로 반복된다"[23]는 설명으로 재등장한다. 이에 바탕할 때, '고아 의식'은 김윤식이 수집된 자료와 작품에서 찾아낸 이광수라는 문제적

들어 다른 분야를 판단하는 행위는 다분히 도식적 사고가 작용할 우려가 있고, 그 결과 李光洙의 문학이 그릇 이해될 가능성이 도처에서 散見된다."(김윤식, 「문제점의 소재 ─ 이광수론」, 『한국근대작가론고』, 일지사, 1974, 16면)고 주장하였다.

20 Leon Edel, 앞의 책, 17면.
21 위의 책, 220면.
22 위의 책, 11면.
23 위의 책, 90면.

개인의 '심리학적 사고'에 해당한다고 볼 수 있다.

이 글에서 관심을 갖는 것은 『이광수와 그의 시대』에 나타난 김윤식의 해석에 대해서이다. 다음의 인용에서 알 수 있듯이, 김윤식은 작가론과 관련하여 비평가에게 주어진 몫은 사실의 확립, 법칙성에 의한 설명, 해석(대화)의 세 가지라고 주장한 바 있다.

> (1) 사실의 확립이 그것. 물적 소재 수집 및 역사적 문맥의 재구성이 이에 해당합니다. (2) 법칙성에 의한 설명이 그것. 곧 사회학적 심리적 생물학적 설명이 놓입니다. (1)과 (2) 사이에 놓이는 것이 (3) 해석(대화)입니다. 비평가와 인문과학자의 몫인 해석이란 새삼 무엇인가. 그것은 곧 인간 자유의 재발견에 해당됩니다. 존재의 차원에서 보면 인간은 자유와는 무관한 객체(물체)입니다. 인문과학이나 비평이 이에 기대는 한 자연과학에 전락될 터입니다. 그러나 인간을 의미의 차원에서 보면 인간적 자유가 절대적입니다. 사실의 확립과 과학적 설명 사이에 놓이는 것이 해석인 만큼 이는 두 주체 사이의 대화를 전제로 합니다.[24]

'(1) 사실의 확립'이라는 측면에서 『이광수와 그의 시대』는 주지하다시피 기념비적인 작품이다. 수십년 간 발품을 팔아 이광수에 대한 거의 모든 자료를 섭렵한 작가 평전은 앞으로도 또 나오기 힘들 것이다. '(2) 법칙성에 의한 설명'과 관련해서는 '고아 의식'이라는 매우 설득력 있는 개념을 학계에 제출하였으며, 앞에서 살펴본 바와 같이 이에 대한 논의가 학계에서 활발하게 이루어졌다. 그러나 『이광수와 그의 시대』에 대한 논의에서는 김윤식이 '비

---

24 김윤식, 「존재의 차원과 의미의 차원 — 자유와 규제의 끝없는 순환」, 『작가론의 새 영역』, 강, 2006, 6면.

평가와 인문과학자의 몫'이라고 부른, '(3) 해석(대화)'에 대해서는 충분한 논의가 이루어지지 않은 상태이다.[25] 『이광수와 그의 시대』는 제목에도 드러난 바와 같이, 시대와 관련하여 이광수의 사상과 이념을 검토한 저서이다.[26] 필자는 김윤식이 『이광수와 그의 시대』에서 펼친 해석의 핵심이 '심정적 세계(밤의 논리)와 논리적 세계(대낮의 논리)'의 이분법이라고 생각한다. 이것은 지금까지 거의 주목받지 못했지만, 이 이분법적 논리야말로 『이광수와 그의 시대』를 처음부터 끝까지 일관하는 '이광수 해석'의 핵심이라고 할 수 있다.

2. 동 키호테의 무리들

이광수에게 가장 자주 붙여진, 그리고 가장 유명한 별명은 '돈키호테'이다. 이 별명은 최초의 춘원 연구서인 김동인의 『조선근대소설고』(1929)에 등장한 이후, "해방 이후의 춘원론에서도 반복되고 변주"[27]되었다. 김윤식 역시 『이광수와 그의 시대』에서 여러 차례 이광수를 가리키 '동 키호테'라 부르고 있다. 김윤식이 춘원을 '동 키호테'라 부르는 핵심적 이유는, 춘원이 '심정적

---

25 그동안 연구자들의 논의가 집중된 '고아 의식'이란 춘원의 문학적 동력에 해당하는 것이어서 비판의 근거나 대상이 될 수는 없다. 고아인 것이 비난받거나 칭찬받을 일이 아니듯이, 춘원이라는 문인의 핵심에 '고아 의식'이 있다는 것도 그저 사실 자체로 그러할 뿐 평가의 근거가 될 수는 없다.

26 일테면 해방 이후에 쓰인 『사랑의 동명왕』을 야유에 가깝게 혹평한다. 김윤식은 "한갓 허황된 얘기", "맹물 같은 야담", "오락형 야담"(1108-1109) 등의 표현을 사용하고 있다. 이러한 혹평의 이유는 "역사를 바라보는 이데올로기가 소멸될 때 역사적 인물이나 사건은 무의미해질 수밖에 없는 것"(1109)이며, "이데올로기에 대한 자의식이 사라질 때 야담은 한갓 오락거리로 떨어"(1109)지기 때문이다.

27 안서현, 「분열하는 돈 키호테의 형상들 — 1960~70년대 춘원론의 재구성」, 『춘원연구학보』 26호, 춘원연구학회, 2023.6, 69면. 안서현은 김윤식이 "허상으로서의 나라를 추구하였던 고아의식의 소유자"(위의 논문, 86면)라는 의미로 춘원에게 돈키호테라는 말을 사용했다고 규정하였다.

세계'에 속하기 때문이다. 심정적 세계는 논리적 세계에 대응되는 개념으로서, 비합리적이며 비논리적인 세계를 의미한다. 그것은 "과학이, 논리가, 합리적 사고가 지배하는 세계"(420)이자, "추악할지 모르나 확실하고 빈틈없는 세계"(420)인 근대와는 대척점에 있는 세계이다.

본격적으로 '심정적 세계'와 '논리적 세계'의 이분법이 드러나는 것은 3부 1장에서부터이다.[28] 3부 1장은 제목부터 '논리적 세계와 심정적 세계'이다. 여기서 집중적으로 다루어지는 것은 '1절 1909년 11월 안중근 의사', '2절 심정적 세계의 분출', '3절 오산학교 교사', '4절 이승훈과 오산학교'라는 제목에서 알 수 있듯이, 안중근의 의거와 오산학교이다. 3부 1장에서는 거사 전날에 안중근과 우덕순이 하얼빈에서 화답한 노래를 소개하며, 약육강식의 법칙이 지배하는 국제사회의 역학관계에 비춰볼 때 "이것은 어디까지나 심정적인 것이지 그 이상은 못된다."(242)라고 주장한다.

이어서 김윤식은 3부 1장 2절 '심정적 세계의 분출'에서 '심정적 세계'에 대한 본격적인 논의를 펼치고 있다. "모든 권력을 빼앗긴 이 나라를 국가로 인정하기란 무리"(243)였으며, "그것은 두말할 것 없이 논리의 측면"(243)이라는 것이다. 그러나 "심정적 측면에서는 아직도, 그리고 언제까지나 어김없이 우리 국가이고 우리의 임금이고 우리의 문물제도"(243)이며, 안중근의 의거로 "심정적인 것이 논리적인 것을 격파해버린 체험을 한 사람들"(243)은 "논리적 세계, 현실 세계에서는 패배자임에 틀림없지만 어둠의 세계, 시적 세계에서는 불패의 영웅이자 승리자인 것"(243)이며 "논리의 세계에서 보면 이들은

---

28 이 논리가 처음 등장하는 것은 1부 3장의 '조부의 문틈으로 바깥세계를 엿보다'에서이다. 이 부분에서는 춘원이 일본(인)을 처음 접한 장면을 회상하는 「나의 고백」에 대해 논의하며, 이광수가 일본에 침윤되어 있음을 자각하지 못했다고 설명한다. 이어서 "그것은 심정적 세계(밤의 논리)에 속하는 쪽이 스스로의 처지를 잊고, 현란한 논리적 세계인 대낮의 논리를 마치 자기의 것인 듯 착각하는 현상과 흡사한 일이다."(77)라고 주장하고 있다.

갈데없는 동 키호테의 무리들"(243)이라고 주장한다. 이 '심정적 세계'는 크게 두 종류로 나뉘는데, "그 하나는 삭풍 속에 장총을 메고 장백산 기슭에서 혹은 만주 벌판에서 싸우는 독립군이요, 다른 하나는 교육사업으로 표상되는 시(詩) 짓기에 종사하는 부류"(243)이다. 춘원은 말할 것도 없이 후자에 속하는 인물로 규정된다.

개화기에 빈번하게 이루어졌던 연설회도 '심정적 세계'에 속한다. "연설이 논리가 아니라, 심정적 감정적 차원이라면, 연설은 안중근에 의해 달성된 그 심정적 차원과 유사한 구조를 가진 것"(250)이기 때문이다. 나아가 "논리의 자리, 진보주의의 입장에서 보면 오산학교란, 나아가 우후죽순처럼 돋아나는 신식학교란 일종의 심정적인 차원에 있는 것"(250)이라고 주장한다. 안중근과 그에 흥분한 사람들, 연설회, 오산학교 이외에도 "교육을 위한 학교(교사), 문필활동(문학), 그리고 신민회(독립운동) 등이 모두"(254) '심정적 세계'에 포함된다. 이러한 것들은 "논리가 지배하는 세계, 이른바 진보주의(文明開化) 앞에서는 한갓 헛소리이고, 동 키호테처럼 기괴한 양상으로 보이게 된다."(250)는 것이다. 여기서 '심정적 세계'의 첫 번째 특징으로 "비합리적인 것"(250)이 언급되고 있다.

'심정적 세계'의 두 번째 특징은 사이비 계몽주의라는 점이다. 「조선 사람인 청년에게」(1910.6)를 분석하면서, 춘원이 비참한 현실과 역사를 직시했으나 "그것이 속수무책, 즉 절망"(275)임을 깨닫지 못한 채, 희망을 말한 것이 "어둠(밤)의 논리"(275)에 해당한다고 설명한다. "이런 똥내 나는 시대야말로 조선 사람인 청년의 최대의 행복이며 따라서 '생'을 표준으로 하여 돌진하기만 하면 된다고 외쳤다. 우리는 여기서 동 키호테를 본다."(275)라고 하여, 사이비 계몽주의자의 모습을 '동 키호테'에 연결하는 것이다.

다음으로 춘원의 윤리편향성도 그가 '심정적 세계'에 속한 근거로 이야기된다. 춘원은 "전생애에 걸친 고집이자 신념"(276)으로 "현실이나 역사도 윤리 쪽에서 모두 해결될 수 있다고 착각하는 논법"(276)을 지녔다는 것이다. 2.8 유학생청년독립선언서와 뒤이은 상해임시정부에의 투신 이후 춘원이 귀국한 것도 근본적인 이유는 "윤리적 편향성"(278)에 있다고 주장한다. 이러한 신념을 낳은 원인으로는 천성, 동학운동, 고아라는 사실 등이 제시된다.

도산이 고국을 떠나 중국으로 가며 부른 「거국가」를 길게 소개하며, 도산은 "개화기의 인물답게 또 심정적 세계의 사람답게 노래 짓기라든가 창가 부르기를 좋아했다."(290)고 말하고 있다. 이어서 "문명개화의 예찬과 조선주의라는 방향성 자체"도 "합리적 사고, 진보주의의 빈틈없는 논리에 의해 구축된 서양(일본) 제국주의사상 앞에서는 한갓 심정적 세계, 밤의 논리에 불과"(467)하다고 주장한다. 또한 여준, 홍명희, 문일평, 육당, 이갑 등의 선각적 지식인 그룹도 "심정적 세계에서 벗어나지 못한"(396) 것으로 규정된다.[29]

이처럼 '심정적 세계'에 속하는 것은 참으로 넓고도 다양하다. '안중근 의거와 그것에 흥분한 사람들', '만주벌판에서 싸우는 독립군', '연설회', '오산학교를 비롯한 신식학교', '문필활동(문학)', '신민회(독립운동)', '잡지 『소년』'[30], '윤리적 편향성', '노래체'[31], '자아중심사상'[32], '문명개화', '조선주의', '교사(교육)·문사(문필)·지사(독립운동)의 삼위일체', '선각적 지식인' 등이 모두 '심정

---

29 김윤식은 오산학교 2대 교장으로 높은 인격과 식견을 가진 애국자인 여준이 분신자살한 장면을 소개한 후에, "이런 시당의 정신 내지는 극적인 최후야말로 논리를 뛰어넘는 심정적 세계의 극치라 할 만하다. 논리의 세계 쪽에서 보면 실로 기괴한 현상이 아닐 수 없다."(261)라고 주장한다.

30 김윤식은 『소년』지 역시도 "심정적 세계(밤의 논리)의 일환"(273)이라고 이야기한다.

31 김윤식은 "우리는 논리적 세계(낮의 논리)에 대응하는 심정적 세계(밤의 논리)라고 했거니와, 그 심정적 세계를 표상하는 양식이 노래체인 것이다."(466)라고 주장한다.

32 오산학교에서 교사 춘원은 자아중심사상을 가지고 있었으며, 김윤식은 이것 역시 "심정적 세계, 밤의 논리를 가장 잘 드러낸 것"(270)이라 말한다.

적 세계'에 속하며, 위에 열거된 것들 사이에는 심정적 세계(밤의 논리)에 침윤된 정도의 차이만이 존재할 따름이다. 일테면 육당은 춘원과 달리 "밤의 논리, 심정적 세계에 무턱대고 심취하기에는 저 서양의 합리주의, 소위 논리적 세계를 어느 정도 알아차리고 있었다."(627)라는 것이다.

『이광수와 그의 시대』에서 춘원은 '심정적 세계'에 속한 가장 대표적인 인간이다. 춘원은 "심정적 세계를 그대로 세계 전체로 안 우물 안 개구리였고, 죽을 때까지 이 우물에서 벗어나지 않"(425)았던 것이다. 그러한 근거로 김윤식은 1) 춘원이 비합리적으로 약자의 처지를 망각했다는 점, 2) 절망을 직시하고도 희망을 얘기하는 사이비 계몽주의자라는 점, 3) 평생 윤리적 편향성에서 벗어나지 못했다는 점을 꼽고 있다. 춘원은 "심정적 세계의 전형적인 내면 풍경"(383)을 지녔기에, '심정적 세계'가 "치밀한 논리의 세계, 가능성과 불가능성을 확연히 구분하는 합리주의(제국주의라는 이름의 서양 및 일본의 진보주의) 앞에서는 여지없이 격파되는 것, 진보주의가 얼굴만 내밀어도 산산이 공중폭파"(383-384)된다는 것을 몰랐다. 그렇기에 춘원은 "밤의 논리 속의 사람"(384)이었고, "하면 된다는 헛소리를 참말"(384)처럼 외치는, "그 맹목 속을 돈 키호테처럼 돌진"(384)했던 것이다.[33]

김윤식은 이러한 심정적 세계가 현실에서 한없이 무력하다고 본다. '심정적 세계'에 바탕한 환각은 "논리의 세계인 현실에 의해 하나 하나 격파되었다. 안중근의 의거는 "일본제국주의로 대표되는 합리적 진보주의적 세계, 즉 논리의 세계"(343)를 압도하는 것처럼 보이지만, 그것은 일시적인 '환각'에

---

33   심지어 심정적 세계, 밤의 논리는 김윤식의 춘원 소설에 대한 평가에도 그대로 이어진다. 춘원의 소설이 "허구이기보다는 그의 체험에 바탕을 둔 창작방법론에 의거"(386)하고 있는 것도, "일상적 삶과 허구적 삶이 구분되어 있음이 원칙"(386)인 근대소설에 미달된 것으로 이야기되는 것이다. "허구와 현실의 미분화상태(386)" 역시 "누누이 강조해온 심정적 세계, 밤의 논리"(386)에 해당한다.

가까울 뿐이다.[34] 한일합방과 신민회 검거사건 등을 거치며 사람들은 "심정적 세계의 환각에서 깨어나 그 너머로 전개되는 진보주의의 합리적 세계를 보지 않으면 안 되었"(343)던 것이다. 3.1운동도 '환각'이자 '순간'라는 점에서는 안중근 의거와 큰 차이가 없다.[35] '심정적 세계'가 '대낮의 논리적 세계'를 능가하는 이 엄청난 역사적 순간(안중근 의거, 3.1운동)이 지나면 "근대라는 이름의 그 빈틈없는 합리주의가 어김없이 그 불사신의 모습을 드러내는 것"(631)이다.

춘원이 가장 힘을 기울였던 준비론 사상도 결국 심정적 세계에서 벗어나지 못한 것으로 규정되며, 그렇기에 현실적으로 별다른 힘이 없다.[36] "우리 민족이 '무실역행'하는 동안 일본민족은 손발 묶고 가만히 있지 않는 한 결과는 불을 보듯 훤한 일"(301)이기에, 준비론의 일꾼이 된 춘원이 "민족을 빙자한 친일 노릇에 귀착"된 것은 "사상적 운명"(301)이다. "문명개화란, 어떤 경우에도 서양이나 그것을 모방한 일본의 제국주의의 산물이어서 약육강식을

---

34 춘원은 심정적 세계가 힘을 얻는 분위기 속에서 "교사로 오산에 올 결심"(343)을 했던 것이며, 춘원이 오산을 탈출한 것도 "심정적 세계의 소멸"(343)과 연결된 것으로 설명된다.

35 김윤식은 "제국주의, 그 합리주의라는 이름의 논리적 세계는 빈틈없이 정확한 속도로 진행되었으니, 심정적 세계는 언제나 일시적 환상으로 끝나는 것이었다. 「2.8독립선언서」 「기미독립선언서」 그 모두가 심정적 세계의 가능한 최대치의 표현일 뿐이었다. 그러기에 그 부산물인 임정은 춘원이 보기엔 한갓 환상이며 시적인 것이었다."(654)라고 설명한다.

36 흔히 준비론 사상은 도산의 것이고, 고아인 춘원이 도산의 준비론을 받아들인 것으로 이해하고는 한다. 김윤식은 준비론과 관련해 사상적으로 도산과 춘원을 대등한 지위에 놓는다. "도산과 비슷한 준비론 사상을 춘원이 일찍부터 갖고 있었기에 그와의 만남은 자연스러운 것"(643)이었고, "민족개량주의적인 발상이랄까, 주어진 한계내에서의 이른바 '합법적 민족운동'이라는 춘원의 기본적 발상은 도산사상과 친근성이 많았"(672)다는 것이다. 김윤식은 "분명히 해둘 점은 춘원이 도산사상의 추종자라기보다도 도산의 사상이 춘원사상과 일치했다는 점이다."(737)라고 밝히고 있다.

기본 윤리 및 법칙으로 해서만 성립"(102)되기에, "문명개화를 부르짖고 그것을 실천하면 할수록 우리는 제국주의의 뒤만 좇는 결과가 되기 때문"(102)이다.

그렇다면 '심정적 세계'에 대응하는 '논리적 세계'란 과연 무엇인가? 처음 그것은 근대(성) 그 자체를 의미하는 것으로 논의된다. 춘원이 만주리(滿洲里)를 넘어 시베리아에 갔을 때, 사람들이 빵을 파는 것을 보고 춘원이 감격해하는 대목이 나온다. 김윤식은 이때의 감격이 "논리적 세계(대낮의 논리)"(425)를 볼 수도 이해할 수도 없었기 때문이라고 주장한다. "고깃관 주인의 손익계산의 주판알이 정확한 계산에 의거되는 한 아침 식탁을 염려할 필요가 없"(325)는 세계가 "합리주의 및 진보주의이자 자본주의의 논리이며 또한 근대"(325)이자, "소위 논리적 세계(대낮의 논리)"(425)라는 것이다.[37] "근대라는 이름의 서양사상은 합리주의·과학주의를 기반으로 한 것"(457)이라는 말에서 알 수 있듯이, 과학주의 역시 논리적 세계의 중요한 일부이다. 이처럼 김윤식은 합리주의, 진보주의, 자본주의, 근대 등을 일컬어 '논리적 세계'라 부르는 것이다.

이러한 '논리적 세계'는 제국주의와 직접적으로 연결된다. 이것은 『이광수와 그의 시대』가 상해를 근대의 대표적인 도시로 다루는 것에서도 확인할 수 있다. 『이광수와 그의 시대』에서는 이광수가 세 번이나 유학을 간 '동경'을 독자적으로 다룬 장이나 절이 부재하는 것과 달리, 상해는 4부 1장('1913년

---

37 '논리의 세계'를 엿볼 수 있는 대목이 또한 등장한다. "남강 이승훈은 몇 단계 떨어지는, 비유하자면, 큰 테두리는 심정적 세계에 속하지만 그 테두리 속에서 보면 현저히 논리적 세계에 가깝게 자리한 인물"(262)로서, "학교 경영이나 신민회 간부의 일, 그리고 도자기 회사 경영 등은 현실이어서 어느 수준까지는 논리를 떠날 수 없었다."(262)라고 주장한다. 학교 일은 '심정적 세계'이지만, 학교 경영은 '논리적 세계'이며, 신민회 자체는 '심정적 세계'이지만 신민회 간부의 일은 '논리적 세계'라는 인식을 확인할 수 있다.

12월의 상해')과 4부 10장('상해의 두 해')에서 두 번이나 집중적으로 다루어진다. 춘원은 상해에 두 번 머물렀는데, 처음에는 한 달 보름 남짓을 두 번째는 두 해 정도를 상해에서 지냈다. 『이광수와 그의 시대』에서 상해는 "제국주의의 정수이자 합리주의가 만개한 세계"(385), "논리의 세계의 극치를 보여주는 상해"(388), "동양의 최대 항구이자 영국 문명의 최첨단지임을 자랑하는 상해"(389), "근대라는 이름의 빈틈없는 합리주의의 생리"(391)가 놓여 있는 곳, "런던의 모방을 가장 확실히 볼 수 있는 곳"(392), "영국의 합리주의가 지배하는 상해"(402), "세계 최고의 문명 수준을 자랑하는 영국 런던을 동양에 그대로 옮겨 놓은 것이 상해"(595), "근대 합리주의의 정수를 모은 대영제국의 수도 런던을 동양에 옮겨놓은 형국"(633) 등으로 표현된다.

굳이 근대적 발전상만을 따진다면, 상해가 동경보다 나을 이유가 없다. 그럼에도 상해를 '근대 합리주의의 정수를 모아놓은 도시'로 소개하는 것은, 그 곳이 제국주의의 불세례를 온몸으로 받은 것과 관련이 깊다. 김윤식은 상해와 관련해 아편전쟁을 자세히 소개하는데, 아편전쟁은 "동양이 서양의 합리주의 내지 진보주의 앞에 처음으로 무릎을 꿇은 사건"(389)이며, "서양 합리주의의 정예 앞에, 즉 정확한 논리의 세계 앞에 심정적 세계(밤의 논리)가 당해낼 재간이 없었"(390)음을 선명하게 보여주는 사건으로 규정된다.[38] 이러한 맥락에서 아편전쟁으로 대표되는 제국주의의 십자포화를 온몸으로 감당하고 있는 상해는 동경보다도 더욱 선명한 근대 도시일 수 있었던 것이다. 김윤식에게 제국주의는 "인간의 이성이 그 최고의 수준을 향해 나아가는

---

38 아편전쟁은 "청 제국에는 완전한 재난"(Klaus Muhlhahn, 『현대 중국의 탄생』, 윤형진 옮김, 너머북스, 2023, 131면)으로서, 아편전쟁의 결과로 맺은 난징조약(1842년 8월)은 "중국을 서양에 개방시키고 중국에서 서구의 우위가 커지는 출발점이 되었다."(위의 책, 131면)고 평가된다.

합리주의에 기반을 둔 것이며, 이 빈틈없는 진보주의는 결코 멈추거나 속도를 줄이지 않는다. 그것은 거의 세계사의 정신과 같아서 자유를 향한 절대정신이라 할 것"(324)으로 규정되는 '절대의 것'이다. 김윤식의 "민족자결주의도 전승국의 이익에 맞지 않으면 여지없이 묵살되지 않으면 안되는 것이다. 그렇지 않다면 그것은 합리주의가 아닐 것이다."(626)라는 주장에는, 제국주의를 합리주의와 동일시하는 사고가 선명하게 드러나 있다.

그렇기에 『이광수와 그의 시대』에서 춘원과 직접적으로 관련된 '논리적 세계(낮의 논리)'는 수차례 반복되는 '일본제국주의로 대표되는 합리적 진보주의적 세계'이다. "일본제국주의로 대표되는 근대라는 이름의 세계는 빈틈없는 논리적 세계"(625)이며, "이 대낮의 논리는 합리주의에 근거한 것으로서 비합리적 시적 세계인 심정적 세계와는 대립"(625)한다.

3. 이분법의 해체와 '친일파' 되기의 불가능성

이광수를 논하며 친일(파)의 문제를 우회하는 방법은 존재하기 어렵다. 이와 관련하여 김윤식의 『이광수와 그의 시대』에서는, 친일(파)에 대한 규정역시 '심정적 세계(밤의 논리)'와 '논리적 세계(낮의 논리)'의 이분법 속에서 이루어진다. 해방 이후의 시대 상황을 설명하며 친일파를 다음과 같이 규정하는 것이다.

어떤 의미에서는 친일파란 합리적 사고를 하는 근대주의자들을 지칭한다 해도 과언이 아니다. 논리적 합리적 사고를 했기에 타협하고 현실에 적응한 것이다. 친일행위도 그것의 한 표현이다. 소련이 와도, 미국이 와도, 또 무엇이 와도 통치권력과 가장 합당하고도 알맞은 거리를 유지하면서 살 줄 아는 능력을 가진 계층이 친일파이기에 그들이 해방 후에도 가장 합리적으로 처세할 것임은 불을 보듯이 환한 일이다. (1054)

근대화란 합리주의를 기반으로 한 논리의 세계(낮의 논리)이다. 합리적으로 논리적으로 살아가는 삶의 방식이 근대화라면, 서양제국주의 및 그 아류인 일본제국주의는 그러한 맥락에 이어지는 것이다. 그것은 근대화의 주력이었기 때문이다. 친일파란, 어떻게 보면, 그러한 논리적 세계에 따른 축이라 할 수 있다. 따라서 그들은 어느 경우에도 강할 수밖에 없다. 가장 알맞은 선, 현실타협의 길을 발견할 능력을 갖춘 무리이기 때문이다. (1092)

"합리적으로 논리적으로 살아가는 삶의 방식이 근대화"라면, 친일파란 "그러한 논리적 세계에 따른 축"이라고 할 수 있다. 김윤식에 의하면, 친일파는 '합리적·논리적 사고'를 하는 '근대주의자'로서, 논리적 세계(낮의 논리)에 속한 사람들인 것이다.

주지하다시피 김윤식은 『이광수와 그의 시대』를 통해 춘원의 핵심 사상으로 동우회 이념을 들고 있다. 머리말에서부터 동우회 사상이 문학이라는 간접화를 통해 어떻게 나타났는가를 밝히는 것이 『이광수와 그의 시대』의 참주제라고까지 밝힐 정도이다.[39] 춘원의 본기(本技)가 동우회 활동에 있으며,

---

39 해당 부분을 인용하면 다음과 같다. "이 책에서 제가 밝히고자 한 것은 글과 사람의 관계, 사람과 시대의 관계일 따름이고, 그 이하도 이상도 아닙니다. 하나의 의미있는 구조라는 것을 동우회의 이념과 그 운동 양상에서 찾고, 그것이 한 사람의 삶의 방식으로 어떻게 구조화되어 나타났는가, 동우회사상이 어떻게 글의 형태로 나타났는가, 그것이 어떻게 문학이라는 간접화를 통해 나타났는가 하는 것이 이 책의 참주제입니다. 이러한 일이 과연 얼마나 이루어졌는지에 대해서는 제가 무어라 말할 처지가 못됩니다. (김윤식, 「머리말」, 『이광수와 그의 시대』, 한길사, 1986, 9면)

춘원이 동우회의 국내 총책임자였다는 사실은 누누이 반복되는 사항이다. 김윤식은 춘원이 "동우회의 세계, 그 행동과 논리의 세계의 연장선상에서 그는 끝내 이탈할 수가 없었다."(1026)라고 보고 있다. 이러한 동우회의 세계관은, "논리적 차원이기보다는 심정적인 차원"(888)으로 규정된다. "이 엄밀한 논리의 세계에 비합리적인 심정적 세계(밤의 논리)를 대립시킨 것, 그것이 독립운동이요 동우회운동이었다."(1003)고 바라보는 것이다. 춘원이 "독립운동을 하고 동우회운동을 편 것은 물을 것도 없이 심정적 세계의 일"(1103)이었으며, 그는 "언제나 심정적 세계(밤의 논리)에 발을 딛고 있었"(1103)을 뿐이다. 그렇다면, 춘원이 '논리적 세계(낮의 논의)'를 따르는 친일파가 되는 것은 구조적으로 불가능하다.

여기서 자연스럽게 드는 의문은 춘원이 동우회 활동을 포기하고, 본격적인 친일 행각을 벌이던 일제 말기는 자연스럽게 춘원이 '심정적 세계'를 벗어나 '논리적 세계'에 다가간 것으로 볼 수도 있지 않겠냐는 것이다.[40] 그런데 주목할 것은 이 시기에 춘원의 생애를 일관해서 설명해 오던 '심정적 세계'와 '논리적 세계'의 이분법이 사라져 버린다는 점이다. 이분법이 사라진 가장 큰 이유는 '일본제국주의로 대표되는 근대라는 이름의 세계'가 더 이상 '논리적 세계'에 속하지 않기 때문이다.

김윤식에 의하면, 메이지 시기(1868-1912)와 다이쇼 시기(1912-1926)의 일본은 '합리주의를 기반으로 한 논리적 세계(낮의 논리)'로부터 크게 이탈하지 않은

---

40 『이광수와 그의 시대』에 따르면, 춘원은 1937년 5월 2일 총독부 학무국장이 만든 조선문예회에서 활동하였으며, 춘원 스스로도 밝혔듯이 1939년 3월 14일 황군위문작가단을 결성하면서 친일행위를 더욱 본격화하였다. 이후 춘원은 1940년 8월 21일 동우회 제2심에서 5년 징역형을 받았으며, 이때부터 최종판결이 무죄로 날 때까지 춘원의 창작활동은 친일문학뿐이었다. 그러나 동우회사건의 판결이 난 1941년 11월 이후에도 춘원의 적극적이고도 노골적인 친일행위는 계속되었다. (977-1002면)

국가이다. 일테면 메이지 시대의 일본은, "아직도 진화론과 제국주의의 본질 이랄까 필연적인 논리가 그 악마성을 공공연히 드러내기 전의 상태"[41]로 규정된다. 또한 다이쇼 시기의 일본과 관련해서도, "전전 일본의 자유주의 지식인을 대표하는 가장 뚜렷한 존재"[42]인 요시노 사쿠조에 대한 논의를 적지 않게 수행하고 있다. 김윤식은 춘원의 준비론을 형성케 한 기원의 하나가, "일본의 대정데모크라시의 사상가 길야작조(吉野作造, 1878-1933)에 연결"(608) 된다고 말한다. 김윤식은 3.1운동 이후의 국내 상황을 말하면서도, 요시노 사꾸조는 "'대일본국가 속에서' 일본민족과 조선민족이 각각 특징을 지녀야 한다."(718)는 입장이었으며, "길야의 이 사상이야말로 '조선인이 목말라 우러러본 사상'이었음은 어쩔 수 없는 일이었다. 국내의 많은 지식층들은 이 사상을 우러러보았고 이 수준에서 신문·잡지가 간행되었다."(718)라고 주장한다. 이처럼 다이쇼 시기의 일본도 서구 제국주의의 큰 흐름에서는 이탈하지 않은 때였다고 할 수 있다. 그러나 일제 말기의 일본을 '합리적 사고를 기반으로 한 근대주의 국가'로 규정하는 것은 여간 어려운 일이 아니다.[43] 그렇기에 춘원은 이 시기에 아무리 친일행위를 했다 하더라도, 김윤식이 규정한 의미의 '친일파'일 수는 없다. 친일을 하고자 아무리 몸부림쳐도, 친일을 할 대상으로서의 '합리적 논리적으로 살아가는 근대주의 국가' 일본이 일제 말기에는 더 이상 존재하지 않았기 때문이다.

---

41 김윤식, 「탄생 1백주년 속의 이광수 문학」, 『이광수와 그의 시대(개정·증보)』, 솔, 1999, 469면.

42 한상일, 『제국의 시선 — 일본의 자유주의 지식인 요시노 사쿠조와 조선문제』, 새물결, 2004, 17면.

43 『왜 일본 제국은 실패하였는가?』(野中郁次郎 외 5인, 박철현 옮김, 주영사, 2009)는 일제 말기 일본이 수행한 여섯 개의 전쟁 사례(논몬한 사건, 미드웨이 작전, 과달카날 작전, 임팔 작전, 레이테 해전, 오키나와 전투)를 분석하며, 이 시기 일본의 가장 우수한 두뇌집단이었던 일본군이 얼마나 비합리적인 행위를 일삼았는지 실감나게 보여준다.

주지하다시피 일본인들조차도 만주사변 이후의 일본은 합리나 논리와는 거리가 먼 세계였음을 인정하고 있다. 일본을 대표하는 지식인인 츠루미 슌스케와 후지타 쇼조 등은 만주사변 이후부터 시작하여 2·26사건 이후 분명해진 일본(사상)의 지배적 흐름을, "그것은 세계와 인류에게 보편적인 법칙을 정립하고자 하는 것은 아니기 때문에 도저히 과학일 수가 없다. 그것은 '일본과학'에 불과하며, '일본과학'은 당연히 과학이 아니다."[44]라고 단언한다. 일본의 지식인들은 이후의 일본이 과학이나 합리와는 더욱 거리가 멀어졌다는 인식을 보여주고 있다. "'황기(皇記) 2600년'이 경축되고 일본·독일·이탈리아 3국동맹이 성립했으며 대정익찬회가 출발한 1940년(昭和 15년)부터, 싱가포르가 함락되고 익찬선거가 있었던 1942년(昭和 17년)까지의 일본은, '온 세상이 마치 하나의 커다란 정신병원으로 변해 가는 듯한 모습'(林達夫, 『歷史の暮方』, 1946년 서문)이었다."[45]고 이야기 될 정도이다. 이처럼 "태평양 전쟁 후 일본은 근대 열강의 일원으로서의 자리로부터 완전히 탈락"[46]하였던 것이다.

그렇기에 식민지 기간에 유일하게 춘원이 '논리적 세계(낮의 논리)'에 근접할 수 있었던 것은 「민족개조론」(1922.5)을 작성했던 때뿐이다. 다이쇼 시기의 일제는 서구 제국주의의 대열로부터 크게 이탈하지 않은 상태였기 때문이다. 「민족개조론」이 쓰이던 시기는 앞에서 살펴본 요시노 사쿠조와 같은 자유주의자가 활동하던 때이기도 하다. 그렇기에 다음의 인용에서처럼, 「민족개조론」은 '심정적 세계'와 '논리적 세계'의 중간지점에 놓인 것으로 의미부여된다.

---

44 鶴見俊輔·橋川文三·藤田省三·安田武·山領健二, 「천황제의 파시즘화와 그 논리 구조」, 『근대일본사상사』, 연구공간 '수유+너머' 일본근대사상팀 옮김, 소명출판, 2006, 342면.

45 鶴見俊輔·橋川文三·藤田省三·安田武·山領健二, 「익찬체제하의 사상 동향」, 위의 책, 364-365면.

46 鶴見俊輔·橋川文三·藤田省三·安田武·山領健二, 「천황제의 파시즘화와 그 논리 구조」, 위의 책, 340면.

이 두 세계의 중간지점에 놓인 사상이 「민족개조론」이라 규정된다. 「민족개조론」이 한편에서 보면 독립 초기의 투항주의이고, 다른 한편에서 보면 민족 생존권의 하나인 까닭은 이 때문이다. 이를 두고 타협주의라 함은 매우 상식적이지만 또한 그만큼 어쩔 수 없는 것이었다. 다시 말해 이 중간선은 매개항적 존재와 같은 것이어서 경우에 따라 논리적 세계쪽으로 달려갈 수도 있고 또한 심정적 세계로도 치달을 수가 있다. (740)

김윤식은 '논리적 세계(낮의 논리)'가 해방 이후에도 한 치의 흔들림도 없이 지속되었다는 입장이다. "민족의 정기를 세운다는 건국 초기의 이념"(1092)은 "심정적 세계(밤의 논리)"(1092)이며, "근대화의 역사방향성 앞에서는 별로 쓸모가 없"(1092)었기 때문이다. 조선인은 모두가 심정적 세계의 도래를 믿고 거기에 취하였으나, "서구제국주의를 낳은 그 합리주의를 기반으로 한 미군정 및 소련군정에 의해 논리적 세계는 엄연히 되살아나고 있었"(1093)던 것이다.[47] 김윤식에게 '8월 15일의 광복'이란 '이등박문 암살'과 '3.1운동'에 이어지는 역사적 순간, 즉 "심정적 세계가 대낮의 논리적 세계를 능가하는"(631) 순간에 지나지 않는다. "한순간이 지나면 저 서양을 일으키고 살찌우고 지탱케 하여온 근대라는 이름의 그 빈틈없는 합리주의가 어김없이 그 불사신의

---

47 '논리적 세계(낮의 논리)'라는 관점에서 미국을 일본에 이어지는 세력으로 파악하는 시각은, 『이광수와 그의 시대』가 지닌 뜨거운 당대성을 보여주는 대목이다. 김윤식은 "우리 세대에겐 여전히 春園의 존재가 극복되어야 할 하나의 아포리아로 우뚝 솟아 있음을 부정하기 어려울 것"(김윤식, 「이광수론」, 『한국근대문학의 이해』, 일지사, 1973, 327면)이라며, "초기 선구자로서의 李光洙의 당위와 모순이 오늘 이 시점에서도 그 근본적인 점에 있어 진행되고 있다고 파악하는 데서 찾아진다. 따라서, 누가 쓰든 李光洙論은 완료형 혹은 과거형으로 쓸 수는 없을 것이다."(위의 글, 328면)라고 밝히고 있다. 『이광수와 그의 시대』가 쓰인 시기가 미국에 대한 재인식이 활발하게 이루어지던 1980년대 초반이라는 것은 이와 관련하여 많은 성찰을 요구한다.

모습을 드러내"(631)기 때문이다.[48]

춘원에게 불기소처분을 내린 1949년 8월 27일의 반민특위란 "민족의 정기를 세운다는 건국 초기의 이념"(1092)에 연결된 "심정적 세계(밤의 논리)"(1092)와는 한참 거리가 멀어진 조직에 지나지 않는다. 춘원을 불기소처분한 반민특위는 이미 국회 프락치사건에서 드러나듯 불사신처럼 새롭게 부활한 "논리적 세계"(1103)에 속하기 때문이다. 그렇기에 춘원에게는 "그가 가장 저주해 마지않는 수단에 의해 민의의 심판이 내려진 것"(1103)이고, 김윤식은 반민특위의 결정을 두고 이광수는 "불기소처분을 받는 그 순간에 죽은 것이다."(1103)라는 단언을 내린다. 그 대목을 김윤식은 다음과 같이 격정적으로 서술하고 있다.

> 그를 불기소처분한 것은 현상유지를 목표로 하는 정치, 즉 논리적 세계 쪽이었다. 그 논리적 세계란 합리주의적인 근대화의 논리로서, 일본 제국주의, 미국, 소련 등의 것이었다. 그것은 춘원이 증오해 마지않는 세계였다. 그러기에 그에 대한 불기소처분은 그를 최대로 모욕한 것이었다. 얼굴을 못 들도록 똥물을 뒤집어씌운 형국이었다. 모랄상에서 보면 그는 이 순간 죽은 것이다. (1103)

오히려 춘원이 김윤식이 정의한 '친일파'(합리적·논리적 사고를 하는 근대주의자)가 되는 것은 해방 이후이다. 해방 이후 춘원은 잠시나마 '논리적 세계(낮의 논리)'로부터 불기소처분(인정)을 받을만한 존재로 그려지기 때문이다. 김윤식은 1948년 12월에 발표된 「나의 고백」에서 춘원이 "3천만 민족이 일제히

---

48 김윤식은 1945년 8월 15일은 "심정적 세계가 하늘을 찌를 듯했으나, 그 한순간이 지나자 미군정 혹은 소련군정에 의한 빈틈없는 합리적 논리의 세계가 지배하였고, 정부수립(1948) 이후에도 사정은 마찬가지였다."(1003)라는 독특한 역사인식을 보여준다.

일어나서 대규모로 반항을 한다면 수만의 피를 흘리고라도 징용과 징병을 면할는지 모른다. 그러나 그때에 그것은 가능하였던가. 그것은 애국심이 부족하여서 못한 것도 아니요, 용기가 부족하여서 못한 것도 아니다. 어느 민족이나 그러한 경우에는 못하는 것이다."(1003)라고 말한 것을 인용한다. 이러한 주장은 "검토해볼 성질의 것"(1003)으로 고평되는데, 그 이유는 "적어도 논리의 세계를 전제로 했기 때문"(1003)이다. "서양 제국주의란 기실은 합리적 사고를 기반으로 한 진보주의"(1003)이며, 그것에 이어진 일본제국주의 역시 "빈틈없는 논리적 세계(낮의 논리)"(1003)인 것이다. 김윤식은 '동 키호테' 춘원이 해방이 되고 남한 정부가 수립된 1948년 12월의 시점에야 "비로소 이 사실"(1003), 즉 '빈틈없는 논리적 세계(낮의 논리)'에 눈을 뜬 것"(1003)으로 평가한다.

4. 보이지 않는 중심으로서의 카프(KAPF)

『이광수와 그의 시대』에서 합리적 진보주의의 세계인 '논리적 세계(낮의 논리)'는 서양에서 시작되어, 일본제국주의를 거쳐 미군정으로 이어짐을 알수 있다. 이러한 '논리적 세계'는 우러름의 대상일 수는 없으며, 주로 춘원의 '심정적 세계(밤의 논리)'가 지닌 한계를 비춰주는 역할을 할 뿐이다. 『이광수와 그의 시대』에서는 일제로 대표되는 '논리적 세계'를 극복하는 또 다른 '논리적 세계'가 '보이지 않는 중심'으로 자리 잡고 있다. 그것은 바로 사회주의라는 또 다른 '논리적 세계(낮의 논리)'이다.

이 '보이지 않는 중심'은 춘원이 시베리아 여행을 할 때, 춘원이 "논리적 세계(대낮의 논리)"(425)를 이해하지 못했다고 지적하는 장면에서 처음 등장한다. "이 논리의 측면이 우리 근대사에서 다시 이해되기 시작한 것은 계급사상이 퍼지기 시작한 1920년대 말기 이후일 것이다.(425)라고 하여, 계급사상이 '논리적 세계'에 연결된다는 인식을 드러내고 있다. 다음으로는 춘원의 「민족개조론」과 그 배경을 설명할 때 등장한다. 3.1운동 이후, 국내 중간지도층의 일부는 "미온적인 합법적 민족운동"(727) 대신 "사회주의운동에서 그 명분과 투쟁의식을 찾으려"(727) 했다고 설명한다.

또 다른 '논리적 세계'인 사회주의에 대한 인식은 이후에 보다 분명해진다. 김윤식은 "일본의 제국주의와 미국의 자유민주주의와 소련의 사회민주주의(공산주의)는 합리주의를 기반으로 한 이복형제"(1093)로서, "근대화라는 이름의 논리에는 어느 쪽이나 변함이 없는 것(1093)으로 규정한다. 이처럼 '사회민주주의(공산주의)'는 엄연히 '논리적 세계(낮의 논리)'에 속하는 것이다. "공산주의는 발전사관에 입각한 인류사의 발전과정이기에, 유토피아의 과학화를 전제로 한 것"(1071)으로 규정되기도 한다. 김윤식은 1986년에 발표한 「근대문학의 세 가지 시각」이라는 글에서 도남의 신민족주의 문학론을 설명하며, "맑스주의란 엄격한 학문이며 보편성을 추구하는 연구방법론"[49]이라고 주장하기도 하였다.

김윤식은 『이광수와 그의 시대』를 통해, 사회주의의 인식적 기반을 이루는 변증법적·역사적 유물론의 결핍이 춘원에게 드러나는 양상에 예민한 주의를 기울인다. "춘원사상 속에는 인류사의 변증법적 발전에 대한 인식은 처음부터 없다."(104)고 말하며, "춘원의 이 같은 반역사주의적 사상"(104)은 동학사상의 영향을 받아 형성된 것으로 설명한다. 동학으로부터 영향을 받아 형성된 춘원의 반역사주의적 사상은 불교에 의해서 완성된다.[50] 춘원은 "역

49 　김윤식, 「근대문학의 세 가지 시각」, 『운명과 형식』, 솔, 1992, 271면.
50 　김윤식은 춘원이 "불교에서 시대와 사회에도 미동하지 않는 인류의 본성, 그 불변성, 그 비혁명성, 그 현상유지성, 그 비개조성을 보았고, 이를 인과법칙이라 했고, 여기서

사의 단계적 발전, 투쟁을 통한 변증법적 생성법칙"(733)을 "생리적으로 싫어하고 이해하고자 하지 않았고, 서로 사랑하는 불교적 우주관을 일찍부터 품었"(733)으며, 춘원문학의 특징 중 하나는 "모든 변화를 싫어하는 반혁명적 성향"(778)이라는 것이다. 『동광』을 분석하며, 춘원이 적극적으로 활동한 수양동우회는 "사회주의와 뚜렷이 대립되는 것"(837)이라 규정하고 있다. 춘원의 이러한 "사회주의 혐오사상은 그의 또 하나의 고해승이자 재등 총독의 고문인 아부충가의 견해와 연결"(838)된다고도 보고 있다.[51] 춘원은 늘 비폭력론, 오직 실력양성론만을 주장했으며, 어떠한 논설에서도 "비합법적이거나 혁명적 주장은 없다"(841)며, 사회주의란 어디까지나 "춘원이 미워하고 또 잘 알지 못하는 세계"(848)일 뿐이라고 말한다. 춘원의 홍지동 산장이 지어진 터와 관련해서도, "이 지형이야말로 사회주의사상이라든가, 역사의 발전법칙을 원치 않는 순종 한국인이자 서도인 춘원의 심성의 가장 깊은 곳의 풍경"(904)이라고 의미부여를 한다.

홍지동 산장의 풍경은 사능(思陵)으로 이어진다. 해방 이후 춘원의 사능생활을 설명하며, 춘원이 "역사의 변화의 측면, 변증법적 사유에 의거한 마르크스주의나 기독교사상 등 발전사관을 부정하고 순환사관에 의거한 불교 및 주자학적 세계관에서 춘원은 마음의 안정을 찾았고 또 찾고자 하였다."(1057)면서, 그것은 "그의 기질"(1057)이라고 설명한다. 춘원이 "공산주의를 용납하지 않는 것은 상해시절부터"(1071)이며, 수필 「내 나라」에서 춘원이 말한 "민족주의자와 소련 계통의 공산주의자와 합작한다는 것은 다른 일에는 몰라도

한 발자국도 벗어나지 않음으로써 자기 주장인 민족개조론을 저도 모르게 부정하고 민족성의 현상유지적인 쪽을 강조한 것이었다."(779)고 주장한다.

51 김윤식은 다른 부분에서 춘원이 재등 총독을 만난 것은 1922년 9월 30일 밤이며, 총독부 당국도 소련과 연결된 사회주의사상의 위험성을 견제하기 위해 문화정치라는 명목의 준비론을 전략적인 차원에서 이용하고자 했던 것이라고 설명한다.

국가를 건설하는 정치적인 일이면 되지도 아니할 요술에 불과한 것이다."(1071)라고 말한 것을 언급하기도 하였다. 김윤식은 이러한 말년의 춘원사상이 "19세의 오산학교 교원 때에 이미 확립된 것이었고, 그후 한번도 변함없이 지금에 이른 것"(1072)이라고 말한다.[52] 여기서 중요한 것은 춘원의 '심정적 세계'를 '유토피아의 과학화를 전제'한 '공산주의'와 대립시켰다는 점이다.

『이광수와 그의 시대』에서 춘원이 평생 동안 보여준 사회주의적 인식의 결핍을 비춰주는 존재는 중국의 문호 루쉰(1881-1935)이다. 춘원이 지닌 '심정적 세계(밤의 논리)'의 한계를 지적하는 대목에서는 어김없이 루쉰이 호명되고는 한다. 김윤식은 교육과 산업으로 실력을 길러 일본을 이긴다는 것도 불가능하며, 다른 강대국에 의해 독립을 이룬다는 것도 불가능하다고 주장한다. 이 순간에 문인이 취할 수 있는 방식으로 루쉰의 삶을 끌어들이고 있다. 춘원의 「조선 사람인 청년에게」(1910.6)를 분석하며, 춘원이 비참한 현실과 역사를 직시했으면서도 "그것이 속수무책, 즉 절망"(275)임을 깨닫지 못하고 희망을 말한다고 비판한다. 이 대목에서 "노신은 절망에 빠져 유학에서 돌아온 후 10여 년 동안 한 줄의 글도 쓸 수 없었다."(275)며 루쉰을 언급하고 있다.

춘원의 오산학교 교사 생활에 대해 논의할 때도, 루쉰은 다시 등장한다. "절망을 알아차린 구안자·선각자라면, 중국근대사 속의 문호 노신처럼 절망부터 문제삼아, 망설임을 동반하는 사상밖에 내세우지 못할 것"(324)인데, 춘원처럼 "아무런 방도가 없는 상태인데도 교육과 산업만 준비하면 모든 것이 절로 될 듯 외쳐댄 것은 실로 답답하고 안타까운 일"(324)이며, 이것은 "한갓 심정적 세계, 밤의 논리에 불과"(324)하다는 것이다. 루쉰과 대비되는 춘원의

---

52 김윤식은 "공산주의에 대한 춘원의 고정관념이랄까 비판적 안목은 거의 생리적이라 할 만한 것으로, 일찍이 「혁명가의 아내」(1930)에서 명백히 드러내어 물의를 일으켰거니와, 『돌베개』 속의 글 「내 나라」에서도 이에 대한 명백한 태도를 보였다."(1111)고 주장한다.

한계는 육당에게도 해당하는 것이다. 육당의 조선광문회 활동을 소개하며, "자기는 똑똑한 우등생이니까 무식한 열등생을 조선주의로 훈도하겠다는 투의 계몽주의적 발상은 육당·춘원류의 가장 큰 취약점이었다. 이런 투의 발상을 처음부터 거부한 노신과 비교해보면 그 한계가 명백해진다."(463)고 주장한다.

춘원이 와세다대 유학 시절『학지광』에 발표한「천재야! 천재야!」(1917.4)를 이야기할 때도 루쉰은 다시 한번 호출된다.「천재야! 천재야!」는 춘원의 핵심 사상이라고 할 수 있는 "무실역행의 사상, 소위 준비론사상(도산사상)에 이어지는 것"(499)으로 규정되기에 더욱 중요성을 가진다. 다음의 인용에서 분명하게 드러나듯이, 루쉰은 준비론 사상의 "넌센스"(499)를 보여주는 존재로 호출되는 것이다.

> 우리는 여기서 중국의 노신을 생각케 된다. 일본유학생이었던 노신 (1902년에서 1907년까지 일본유학)은 귀국 후 계몽주의에 나서지 않았다. 방향이 떠오르지 않았기 때문이다. "천재야 나오라"라는 주장, "나는 천재다"라는 외침을 그는 할 수 없었다. 아무리 노력해도 소용없다는 것, 서양 제국주의의 천재 앞에서는 속수무책, 고립무원임을 그는 깨닫고 있었다. 우리 쪽이 배우면 저쪽은 몇 배 빠른 속도로 또 정밀하게 앞으로 나아가는 것이었다. 그것이 합리주의의 생리이자 본질이다. 아무리 배우고 노력해도 영원히 후진국은 선진국을 따라갈 수 없는 것, 그것이 합리주의를 기반으로 하는 이른바 근대화의 논리이다. 따라서 후진국으로서는 방도가 없다. 절망인 것이다. 상태로 볼 때 그것은 절망이며, 행동으로 볼 때 그것은 저항인 것이다. 그 길뿐인 것이다. (499)

춘원은, 루쉰과 달리 "아무리 노력해도 소용없다는 것, 서양 제국주의의 천재 앞에서는 속수무책, 고립무원"임을 깨닫지 못한 '심정적 세계'의 인간인 것이다. 김윤식은 춘원을 이해하기 위해서 루쉰이 절대적인 존재임을 『이광수와 그의 시대』를 출판하기 이전부터 여러 차례 밝힌 바 있다. 「노신과 한국문학」이라는 글에서 "요컨대 이 小論에서는 설사 魯迅만을 논하더라도 그것은 동시에 逆春園論도 될 수가 있을 것이다. 마찬가지로 누군가가 春園論을 쓰고 있다면 그는 逆魯迅論을 동시에 쓰고 있다는 의미는 갖는다."[53]라고 말할 정도이다. 루쉰과 대비되는 이광수의 문제는, 그의 진지함이 결여된 '사이비 계몽주의'적인 특성에 있다고 할 수 있다. 김윤식은 루쉰이 일본 유학을 끝내고 귀국한 루쉰이 오랜 동안 작품을 발표하지 않은 이유가 "절망이란 한마디로 수렴"[54]된다며, 이 절망에 대한 인식이야말로, "사이비 계몽주의자와 근본적으로 다른 점"[55]라고 말한다.[56]

동시에 루쉰이 춘원을 비춰주는 거울일 수 있는 이유는 "毛澤東으로 하여금 어느 맑스주의보다도 일층 맑스주의자라고 감탄케 한 魯迅의 「阿Q正傳」"[57]과 이어지는 요소의 결여와도 관련된 것으로 판단된다. "두 文人이 함께 계몽주의자로 출발되었지만 春園이 지극한 보수주의(朝鮮主義)에로 함몰한 데에 비해 魯迅 쪽이 反제국주의와 반봉건주의를 동시에 밀고 나간 것"[58]이라고 하여, 둘의 차이를 '지극한 보수주의'와 '반제 반봉건주의'의 차이에서 찾고 있기 때문이다. 나아가 다른 글에서는 "노신과 춘원의 차이란 무엇인가?"라

---

53 김윤식, 「노신과 한국문학」, 『(속)한국근대문학사상』, 서문당, 1978, 260면.
54 위의 책, 263면.
55 위의 책, 263-264면.
56 다케우치 요시미는 루쉰에게는 인식론적 대전환의 순간이 있었으며, 이 대전환 속에서 문학적인 '입장'이 정해졌다고 주장한다. (竹内好, 『루쉰』, 서광덕 옮김, 문학과지성사, 2003, 56면)
57 김윤식, 「노신과 한국문학」, 『(속)한국근대문학사상』, 서문당, 1978, 267면.
58 위의 책, 259-260면.

고 물은 후에, "역사 전개를 조망할 때에 문제의 중요성은 근대(서구화)를 근본적으로 악의 개념으로 보았느냐 선의 개념으로 보았느냐의 갈림길을 가늠하는 일에 관련되어 있다. 그리고 근대를 근본적으로 악의 개념으로 파악한 노신의 의견은 1922년에 낸 『눌함』의 서문에 명백히 드러나 있다."[59]고 밝히고 있다. 김윤식에게 루쉰은 '반제 반봉건주의자'이자 '근대를 근본적으로 악의 개념으로 파악한 혁명가'인 것이다.

"중화민족의 민족정신의 상징"[60]으로까지 일컬어지는 루쉰은 매우 다양한 역사적·문학사적 의미를 지닌 인물이다. 휴머니스트이자 자유주의자이며, 동시에 사회주의자이기도 한 다양한 얼굴의 소유자인 것이다. 한국 사회에서 받아들여진 루쉰의 얼굴도 시대적 맥락에 따라 다양하기 이를데 없다. 최진호는 냉전과 함께 "'혁명좌파 루쉰'의 형상은 은폐되고 자연주의적 휴머니스트 루쉰의 형상만이 언표 가능"[61]했는데, 1970년대 와서야 비로소 냉전체제의 완화와 함께 "공적 담론 체계에서 은폐되었던 '붉은 루쉰'이 재등장"[62]했다고 주장한다. 김윤식이 『이광수와 그의 시대』에서 수차례 호출한 루쉰은 이광수의 사상이 지닌 핵심적인 문제를 비춰주는 등대와도 같은 존재이며, 이때의 루쉰은 대표적인 사회주의 문인이다.

『이광수와 그의 시대』에서 춘원 평가의 '보이지 않는 중심'으로 기능하는 사회주의는 『무정』에 대한 논의에서도 찾아볼 수 있다. 말할 것도 없이 춘원의 대표작은 『무정』이며, 『이광수와 그의 시대』에서도 『무정』은 핵심적인

59 김윤식, 「이광수론―네 칼로 너를 치리라」, 『우리 문학의 넓이와 깊이』, 서래헌, 1979, 13면.
60 王錫榮, 『루쉰』, 이보경 옮김, 그린비, 2014, 393면.
61 최진호, 「냉전기, 상상된 '현대중국'과 루쉰의 변주」, 『상상된 루쉰과 현대중국 : 한국에서 루쉰이라는 물음』, 소명출판, 2019, 288면.
62 위의 책, 289면.

자리를 차지한다.[63] 4부의 7장 전체가 『무정』론으로 되어 있을 정도이다. 여기서 주목할 것은 이러한 『무정』 비판의 중요한 근거로 임화가 소환되고 있다는 점이다. 『무정』 비판을 위한 전제로, 임화의 「조선신문학사론 서설」을 길게 인용한 후, "임인식이 본 낭만적 이상주의는, 아직도 명확한 개념은 아니나, 현실의 경제적 사회적 법칙성과는 다분히 유리된, 주관적 감정을 지칭한 것으로 보인다."(573)라고 말한다. 그리고는 "춘원에 있어 가장 큰 약점은 현실을 주관적 관점에서 파악한 점"(573)에 있다고 비판한 후, 임화가 『무정』의 한계로 지적한 '낭만적 이상주의'를 득의의 논리인 '심정적 세계/논리적 세계'의 이분법과 연결시킨다. 다음의 인용에서 분명히 드러나듯이, '심정적 세계/논리적 세계'라는 논리의 기원에는 임인식으로 대표되는 카프(사회주의)가 중요한 구심점으로 작용하고 있는 것이다.

춘원은 근대화란 자본주의화라는 것, 그것은 또 하나의 엄격한 과학사상이라는 것을 끝내 알지 못했거나 알고자 하지 않았다. 따라서 심정적 세계에서 한발자국도 나아가지 못했다. 과학적 세계(논리적 세계)에서 보면 그것은 극히 허위적이고 주관이며 낭만적 이상주의에 지나지 않

---

63 『이광수와 그의 시대』에서 김윤식의 채찍같은 혹평에서 벗어난 작품은 사실상 「무정」뿐이다. 김윤식은 "춘원의 문학적 맡은 바 몫은 사실상 『무정』으로 끝난 것"(574)이라고 단언한다. "『개척자』는 『무정』의 이삭줍기에도 미치지 못하는 것"(574)이며, "『가실』이라든가 『허생전』을 쓴다는 것, 『재생』이라든가 『흙』을 쓴다는 것은 김동인의 지적대로 한갓 통속작가임을 천하에 드러내는 것에 지나지 못한"(574)다고 말한다. 이후의 작품들에 대해서도 마찬가지이다. "「이차돈의 사」는 역사적 인물을 문헌해석과 불교지식으로 얽어놓은 것이며, 「사랑」 역시 매우 해괴한 논리로 엮은 자기류의 관념에 불과"(934)하며 "그의 최고작이라 일컫는 「무명」"(935)조차도 "「무명」을 두고, 식민지하의 법 준수를 윤에게 설명하는 '나'의 설교가 얼마나 낮은 수준이며 식민지체제 긍정인가에 대한 비판은 이 허구성의 참뜻을 염두에 둘 때 비로소 가능해질 것이다."(950)라고 평가한다. 「육장기」 역시 "문체와 구성이 너무 흥분되어 있고 지리멸렬하다. 수필처럼 생각나는 대로 썼기에 도대체 구성이 없다."(964)라고 평가하였다.

는다. 그것은 또한 시적인 것이기도 하다. (573)

이와 관련해 『이광수와 그의 시대』는 김윤식에게 있어 80년대적인 저작
이라기보다는 70년대적 문제의식의 총괄로서 존재한다고 보는 것이 타당해
보인다.[64] 실제로 김윤식은 『이광수와 그의 시대』의 집필은 1981년 정초부터
시작되었으며, 1981년 8월 15일 오전에 이미 탈고하였다고 밝히고 있다.[65]

---

64 1980년대는 김윤식에게 '이념적인 것'과 '가치중립성'이 어느 정도 혼재되어 있던 시기로
논의되었다. 윤대석은 김윤식의 글쓰기가 시대에 따라 크게 현실 사회주의의 몰락을 기
준으로 하여 1990년대 이전과 이후로 나뉜다고 본다. "전자에서 가장 중요한 논제는
역시 카프였고, 김윤식에게 그것은 한국 근대를 문학의 영역에서 대표하는 존재"(윤대석,
「김윤식 저서 목록 해제」, 『근대서지』 12호, 근대서지학회, 2015.12, 177면)였다고 주장한
다. 그러나 김윤식은 한 계간지가 마련한 '80년대란 우리에게 무엇인가'라는 특집에 실린
「'이광수'에서 '임화'까지」에서 자신에게 있어 80년대가 지니는 의미를 '가치중립성'의
자각이라고 고백하고 있다. "저마다의 직업이 있고 그 윤리가 있듯 내가 하는 일은 그제
나 저제나 우리 근대문학일 뿐, 나는 이것을 한갓 직업이라 강조했는데, 이에 대한 자의
식, 곧 근대성에 대한 자의식을 날카롭게 하도록 만든 것이 80년대의 의미가 아닐 것인가.
내 저서 중에는 『한국근대문학사상연구(1)』(1984)가 있다. 도남과 최재서를 철저히 다룬
것. 나는 여기서 경성제대 출신의 조윤제·김태준·최재서라는 세 걸출한 사상가의 운명을
묘사하고자 하였다. 한 사람은 민족주의 사상가로, 또 한 사람은 마르크스주의로, 또 한
사람은 천황제 파시즘으로 스스로의 운명을 걸고 갔다. 나는 각각의 운명의 등가성(等價
性)에 흥미가 있었을 뿐, 민족주의 쪽이니까 잘났고 친일사상이니까 나쁘다는 논의 따위
란 실로 구역질이 났다. 사상의 깊이랄까 수준이 문제일 것. 그것에의 오름, 그것에의
도달, 그것에의 운명의 표정이 보고 싶었는데, 이런 생각을 갖게끔 나를 부추긴 것이
혹시 나를 에워싼 80년대의 지적 분위기 탓이 아니었던가. 어떤 영역에서의 최고의 수준
에 이르기, 그런 사람의 내면풍경·전략·고민·외로움·갈등·투지, 요컨대 그 운명을 엿보
고 싶었다. 이데올로기란 핫갓 이데올로기, 모든 이데올로기란 허위의식에 지나지 않는
것. 이 오만한 역사적 상대주의 앞에 비로소 나는 마음이 놓였다. 자유주의 수호를
외치는 구호도 가소로웠고 혁명구호도 똑같이 가소로웠다. 이 도저한 허무주의자 앞에
놓인 것은 과연 무엇이었던가. 내 운명의 표정, 그 외로움뿐이다. 나는 그것을 학문적인
의상을 빌어 「가치중립성」이라 부르곤 했다. 또 그것을 「근대성」이라고도 불렀다."(김윤
식, 「'이광수'에서 '임화'까지」, 『문학과사회』 8호, 1989년 겨울호, 180면) 이처럼 김윤식
에게 1980년대란 무엇보다도 '가치중립성'의 자각이 큰 의미를 갖는 시기라고 할 수
있다.

65 김윤식, 「글쓰기의 리듬감각」, 『문학사상』, 1985.11, 453면.

다른 글에서는 "『김동인 연구』는 또한 『이광수와 그의 시대』(한길사, 1986, 집필완료는 1980년 8월이었으며, 부분 수정을 거쳐 『문학사상』에 1981년 4월부터 1985년 10월까지 연재되었다)가 끝난 직후에 시작된 것"[66]이었다고 말하기도 하였다. 그렇다면 김윤식이 『이광수와 그의 시대』를 탈고한 것은 1980년 8월이거나 1981년 8월 15일이라고 볼 수 있다. 또한 김윤식이 『이광수와 그의 시대』를 출판하기 훨씬 이전부터 이광수에 대해 지대한 관심을 갖고 탐구해왔음은 널리 알려진 사실이다. 김윤식은 "1969년에서 1970년까지 동경에 머무르면서 이광수에 관한 자료를 찾아 헤"[67]맸으며, 이때 춘원의 와세다대학 학적부와 첫 작품 「사랑인가」(『백금학보』 19호, 1909.12)를 찾아보았다고 증언한 바 있다. 1992년에 발표한 「탄생 1백주년 속의 이광수 문학」에서는 "30대에서 40대에 걸쳐 나는 춘원의 사상과 생애에 대해 많은 관심을 보여왔으며 그 때문에 일본행을 두 번이나 감행하지 않으면 안 되었다."[68]고 고백하기도 하였다.

이때 김윤식의 '70년대적 문제의식'이란 카프를 한국현대문학의 중심으로 설정한 『한국근대문예비평사연구』에 이어진 세계를 말한다.[69] 김윤식은 평

---

66 김윤식, 「『염상섭 연구』가 서 있는 자리」, 『염상섭 문학의 재조명』, 새미, 1998, 9-10면.
67 김윤식, 「글쓰기의 리듬감각」, 『문학사상』, 1985.11, 450면.
68 김윤식, 「탄생 1백주년 속의 이광수 문학」, 『이광수와 그의 시대(개정·증보)』, 솔, 1999, 469면.
69 김윤식은 『한국근대문예비평사』의 머리말에서 프로 문학의 중요성을 다음과 같이 밝히고 있다. "본 연구는 1920년대 초기에 대두한 프로 문예 비평에서 1940년대 소위 신체제까지에 이르는 한국 문예 비평의 전개 과정을 서술한 것이다. 이 기간 이전에 이미 이광수·김동인·김억·염상섭·박월탄 등의 비평 활동이 있어 온 것은 사실이나 한국 신문학에서 문학 및 비평이 대중개념을 의식하면서 하나의 커다란 사회적인 문제로 등장한 것은 프롤레타리아 문학 운동에서 비로소 선명해진 것이며, 또 하나의 커다란 문학 사상의 실체인 민족주의 문학도 전자에 의해 대타의식화된 것으로 파악된다. 따라서 프로 문학 이전과는 보편성을 띤 사회적 역동성의 질과 양의 면에서 구분되는 반면, 프로 문학 퇴조 이후의 혼란된 전형기(轉形期) 모색 비평계와는 뚜렷한 사상적 연결을 가능케 하는 것이다."(김윤식, 『한국근대문예비평사연구』, 한얼문고, 1973, 3면)

론가 한기와의 대담에서 1970년대 카프 문학이 가졌던 의미와 그와 관련한 체험 등을 다음과 같이 증언하고 있기도 하다.

> 김윤식 : 한국근대문학비평이 내 전공인만큼 우선 근대성에 초점이 두어
> 지지 않으면 안된다고 생각했습니다. 그렇게 생각하니 카프 문
> 학 및 그 비평의 성격이 좀더 환하게 밝혀지는 기분이었어요.
> 카프 문학이 근대성의 뚜렷한 표징으로 다가올 수 있었던 까닭
> 은 그것이 현실적인 힘으로 작용하고 있다는 그 움직일 수 없는
> 증거로 소련, 중국, 북한의 장대한 이데올로기 체계, 그리고 그
> 에 동반되는 힘과 신화의 실체가 현실 속에 이미 뿌리내리고
> 있다는 실감을 확인할 수 있었기 때문입니다. 이것이 나라 안에
> 서는 금기로 되어 있었고, 이 때문에 여러번 정보 당국의 주시의
> 대상으로도 되었지만, 그러나 그 때문에 연구자로서는 일종의
> 지하운동가적 환상조차 가질 수 있었던 것입니다. 그 과정에서
> 루카치를 발견하고, 그의 전집을 모으고, 그의 불세출의 명작
> 『소설의 이론』조차 틈틈이 번역하는 열정을 가졌던 것은 나의
> 지적 여정의 가장 소중한 기억으로 남아 있습니다. 지금도 그때
> 의 원고가 내 서랍 속 깊은 곳에 있어 잠 안 오는 밤이면 이를
> 꺼내 쓰다듬곤 해 마지 않는 것은 이 때문입니다.[70]

한국근대문학비평의 근대성을 대표하는 존재가 카프 문학이라는 것, 카프
문학이 근대성의 뚜렷한 표징으로 다가올 수 있었던 까닭은 그것이 현실적인
힘으로 작용하고 있었기 때문이라는 것, 당시 남한에서는 카프 문학 연구가
금기였기에 지하운동가적 환상조차 가질 수 있었다는 것, 그 과정에서 루카

---

70 김윤식·한기, 「김윤식 선생과의 대화」, 『오늘의 문예비평』 13호, 1994 여름호, 72-73면.

치를 열심히 연구했다는 것 등이 빼곡히 드러나 있다. 이와 관련해 김승환은 청년 김윤식의 논리를 "일찍이 근대에만 있는 것이 바로 자본제 생산양식인데 그 자본제 생산양식은 민족주의를 만들었고 민족주의가 확정되면서 제국주의가 만들어졌으며, 제국주의에 저항하고자 맑스주의가 탄생되었으니 근대문학은 이것이 드러난 것과 그 관계들에 얽힌 것만 대상으로 한다고 선언했다."[71]고 정리하였다. 나아가 김승환은 역사유물론을 사상의 기반으로 삼은 청년 김윤식이, 반제반봉건의 안티테제로 맑시즘에 주목했다고 말한다.

『이광수와 그의 시대』에서 일본제국주의로 대표되는 '논리적 세계'는 우러름의 대상이 아니며 오히려 극복의 대상이다. 김윤식이 이 책에서 보여준 춘원 비판의 핵심은 '논리적 세계'를 극복하기에 턱없이 모자란 '심정적 세계'의 한계에 놓여 있다. 이 한계를 선명하게 보여주는 논리가 이 책의 '보이지 않는 중심'으로 자리잡고 있는데, 그것이 바로 사회주의라는 또 다른 '논리적 세계'이다. 이것은 춘원에게 결여된 변증법적·역사적 유물론에 대한 민감한 인식, 춘원의 계몽주의를 비판할 때면 어김없이 호출되는 '반제 반봉건주의자'이자 '근대를 근본적으로 악의 개념으로 파악한 혁명가'인 루쉰, 『무정』 비판의 근거로 활용되는 임화의 문학사 인식 등을 통해 확인할 수 있다.[72] 이처럼 『이광수와 그의 시대』는 김윤식이 1970년대에 견지하고 있던 사상적 지향에 이어지는 작업이라고 보는 것이 타당해 보인다.

---

71 김승환, 「김윤식 유종호 김우창의 말년」, 『오늘의 문예비평』 70호, 2008년 가을, 83면.
72 황호덕은 "김윤식은 1970년대까지의 문학사회학적 관심을 1980년대에 열린 정치적 가능성들 속에서 시험하며, 리얼리즘 및 통일문학론, 사회주의 문학에 대한 연구들과 호흡했지만, 평전들에서는 그 가치지향을 서사화하지 않거나 대체가능한 제도적 요소로서만 다루었다."(황호덕, 앞의 논문, 183면)고 주장하였다. 그러나 『이광수와 그의 시대』에서는 문학사회학적 가치지향이 '부재하는 중심'으로 작동하고 있음을 확인할 수 있다.

5. 이광수의 진정한 문제점

　김윤식의『이광수와 그의 시대』는 제목에도 드러난 바와 같이, 이광수를 그가 살아간 시대와 관련하여 검토한 저서이다. 필자는 김윤식이『이광수와 그의 시대』에서 펼친 이광수 해석의 핵심이 '심정적 세계(밤의 논리)와 논리적 세계(대낮의 논리)'의 이분법이라고 생각한다. 김윤식은『이광수와 그의 시대』에서 여러 차례 이광수를 가리켜 '동 키호테'라는 표현을 사용하고 있는데, 김윤식이 춘원을 '동 키호테'라 부르는 핵심적 이유는, 춘원이 '심정적 세계'에 속하기 때문이다. '심정적 세계'는 '논리적 세계'에 대응되는 개념으로서, 비합리적이며 비논리적인 세계를 의미한다. 춘원은 비합리적으로 약자의 처지를 망각했기에, 절망을 직시하고도 어설픈 희망을 얘기했기에, 평생 윤리적 편향성에서 벗어나지 못했기에 '심정적 세계'에 속한 인물이라는 것이다.『이광수와 그의 시대』에서는 친일(파) 역시 '심정적 세계'와 '논리적 세계'의 이분법을 통해 규정된다. 친일파는 '합리적 사고', '논리적 사고'를 하는 '근대주의자'로서, '논리적 세계'에 속한 사람들이라는 것이다. 그런데『이광수와 그의 시대』에서 춘원 사상과 활동의 핵심에 해당하는 동우회는 근본적으로 '심정적 세계'에 속하기에, 춘원은 구조적으로 '논리적 세계'를 따르는 친일파가 될 수 없다. 여기서 자연스럽게 드는 의문은 춘원이 동우회 활동을 포기하고, 본격적인 친일 행각을 벌이던 일제 말기는 자연스럽게 춘원이 친일파일 수 있지 않겠냐는 것이다. 그러나 일제 말기에는 일본이 더 이상 '논리적 세계'에 속하지 않는 국가로 변모하며,『이광수와 그의 시대』에서도 '심정적 세계'와 '논리적 세계'의 이분법은 일제 말기에 이르러 거의 사라져 버린다. 이제 춘원은 아무리 '친일파'가 되려고 해도 될 수 없게 되어 버린 것이다.『이광수와 그의 시대』에서 합리적 진보주의적 세계인 '논리적 세계'는 서양에서 시작되어, 일본제국주의를 거쳐 미군정으로 이어진다. 이러한 '논리적 세계'는 우러름의 대상일 수는 없으며, 주로 춘원의 '심정적 세계'가 지닌 한계를 비춰주는 역할을 할 뿐이다. 『이광수와 그의 시대』에서는 일제로 대표되는 '논리적 세계'를 극복하는 또 다른 '논리적 세계'가 '보이지 않는 중심'으로 자리 잡고 있다. 그것은 바로 사회주의라는 또 다른 '논리적 세계'이다. 이것은 춘원에게 결여된 변증법적·역사적 유물론에 대한 민감한 인식, 춘원의 계몽주의를 비판할 때면 어김없이 호출되는 '반제 반봉건주의자'이자 '근대를 근본적으로 악의 개념으로 파악한 혁명가'인 루쉰, 『무정』 비판의 근거로 활용되는 임화의 문학사 인식 등을 통해 확인할 수 있다. 사회주의는 일제라는 '논리적 세계'는 물론이고, 춘원의 한계까지도 선명하게 비춰준다. 이를 통해 『이광수와 그의 시대』가 비록 1980년대에 연재되었지만, 기본적인 문제의식은 김윤식이 1970년대에 견지하고 있던 진보적 사상의 총괄에 해당하는 것임을 알 수 있다.

춘원은 '심정적 세계'에서 벗어나지 못했기에 동 키호테였다. 그러나 진짜 문제는 춘원이 도산, 여준, 단재, 문일평, 이갑과 같은 철저한 동 키호테가 아니었다는 점이다. 춘원은 일찍부터 '논리적 세계(낮의 논리)'를 기웃거렸으며, 일제 말기에는 이미 '논리적 세계'에서 한참 벗어난 가짜 '논리적 세계'에 다가가기까지 하였다. 이 대목에서 세르반테스의 『돈키호테』를 다시 꺼내 읽지 않을 수 없다. 『돈키호테』를 처음 읽을 때면, 누구나 돈키호테의 바보스러움, 대책 없음에 그를 조롱하고 비웃는다. 그러나 『돈키호테』를 한참 따라 읽다 보면 그 바보스러움과 대책 없음은 어느새 신실한 모습으로 변모하고, 돈키호테가 거부하는 근대 현실이야말로 진정한 풍자의 대상으로 새롭게 다가옴을 느끼게 된다. 춘원은 끝까지 바보스럽고 대책 없는 동 키호테로 머물러야 했다. 김윤식은 불사신처럼 새롭게 부활한 "논리적 세계"(1103)에

속하는 '반민특위에 의해 불기소 처분이 내려진 순간 춘원은 "죽은 것"(1103)
이라고까지 단언하였다. 그렇기에 춘원의 핵심 문제는 동 키호테였던 것이
아니라, 그가 수시로 동 키호테이기를 멈췄다는 사실에 있는 것이다.

전통과의 접점에서 바라본 이광수

— 방민호의 『이광수 문학의 심층적 독해』

1. 20년 적공(積功)의 산물

방민호는 리얼리즘의 창조적 갱신을 내세우며 1994년부터 비평 활동을 시작하였다. 1996년에 발표한 평론 「리얼리즘의 비판적 재인식」에서부터 방민호는 "리얼리즘론의 계통이 추구하는 본질과 전체로의 지향성을 보존하는 새로운 관점을 모색"[1]하는 동시에 반영론, 총체성론, 전형론에 기반한 당파적 리얼리즘에 대한 부정적 태도를 보여주었다. 대신 방민호는 과거와 구별되는 새로운 리얼리즘의 방법으로 '사실적 진실성'이라는 척도의 완화된 적용을 주장하고 있다. '사실'은 방법론적 자유를 배제해버리는 척도로서가 아니라, 방법론적 자유를 통해 그려진 세계가 정녕 더 깊은 객관적 진실에 도달했는가를 가늠하는, 상대적으로 안정된 척도로서 기능해야만 한다는 것이다. "리얼리즘을 방법적 자유 속에서 획득하는 것, 이것은 작가의 창조성을 옹호하는 일이자 오늘의 리얼리즘을 가능케 하는 일"[2]이라는 주장이다.[3]

---

1   방민호, 「리얼리즘의 비판적 재인식」, 『비평의 도그마를 넘어』, 창비, 2000, 93면.

리얼리즘의 창조적 갱신이라는 문제와 더불어 방민호가 자신의 비평적 지향으로 삼고 있는 것은 문명 비평이다. 그는 두 번째 평론집에서 백낙청 비평을 논하며, 백낙청 비평의 참된 가치가 "문명비평적 성격"[4]에 있다고 주장한다. 백낙청은 단순한 문학연구자나 문학평론가에 머물려 하지 않았고 처음부터 근대문명 전체를 대상으로 사유하는, 이상적 사유인의 태도를 견지하려 했다는 것이다. 이러한 작업은 "미래를 구상하고 설계하는 철학인의 작업"[5]이기도 하다. 동시에 방민호는 문학의 예술성을 중요시 하는 비평가이다. 평론집인 『감각과 언어의 크레바스』에서는 자신의 비평관이 "비평을 시대에 반응하는 일종의 "정신적 행위"[6]로 이해하는 것에서 점차 "문학이 곧 언어적 구성물이라는 사실"[7]을 중시하는 방향으로 변해 왔다고 고백한다. 이러한 감각과 비평관이 동반된 것이기에 방민호가 추구하는 비평이 예술로서의 품격을 잃지 않을 것이라는 믿음을 준다. 상식화된 기존의 문학사 이해를 혁신하는 동시에, 상상력에 바탕해 본원적인 삶 자체의 표현에 이르는 것이 방민호가 추구하는 비평인 것이다. 그것은 예술주의적이면서 동시에 역사와 현실에 굳건히 뿌리 내린 문학이라고 할 수 있다.

방민호는 최근에 들어 동시대 문학에 대한 비평보다는 문학사에 대한 더

---

2   위의 글, 101면.
3   이와 같은 입장은 「낡은 리얼리즘과 새로운 리얼리즘」에서 "다시 말해 리얼리즘의 요체는 현실을 반영하는 그 자체에 있지 않다. 현실을 묘사하는 기존의 담론, 작품을 참조하거나 그것에 맞서면서 더 새롭거나 깊은 현실관을 제시하고, 세상에 아직 알려지지 않은 담론이 세상에 의해 공유되도록 노력하는 데 있다."(방민호, 「낡은 리얼리즘과 새로운 리얼리즘」, 『납함 아래의 침묵』, 소명출판, 2001, 505-509면)고 주장하는 대목에서도 확인된다.
4   방민호, 『납함 아래의 침묵』, 소명, 2001, 66면.
5   위의 글, 66면.
6   방민호, 『감각과 언어의 크레바스』, 서정시학, 2007, 6면.
7   위의 글, 6면.

욱 강한 관심을 드러내고 있다. 그러한 관심의 결과 『문학사의 비평적 탐구』(예옥, 2018), 『한국 비평에 다시 묻는다』(예옥, 2021), 『이광수 문학의 심층적 독해』(예옥, 2023) 3부작을 출판하였다. 오늘 본격적으로 살펴보려고 하는 『이광수 문학의 심층적 독해』는 20여 년의 적공이 쌓인 노작으로서 방민호 문학 세계의 핵심적 문제의식이 거의 모두 종합되어 있다고 해도 과언이 아니다. 방민호의 학술서가 지닌 핵심적인 특징은 문제의식으로 가득하다는 것이다. 그것은 흡사 지나간 시절의 문학사를 단순히 분석하고 정리하는 것이 아니라, 문학사의 대상을 평가하고 대안을 제시하는 당대비평에 가까운 모습으로 보이기까지 한다. 이것은 방민호가 『문학사의 비평적 탐구 — 꽃은 숨어서 피어 있었다』(예옥, 2018)에서 "한국현대문학사 전체가 대화를 위한 현장"(5)으로 규정한 것에서도 드러나는 특징이다.

2. '근대주의'를 넘기 위한 오랜 도정

방민호는 기존의 이광수 독해에 대해 심대한 불만을 가진 것으로 보인다. 이로 인해 방민호의 『이광수 문학의 심층적 독해』는 요즘 좀처럼 보기 드문 뜨거움으로 가득하다. 이때의 열기는 이광수 문학의 '진실'을 향한 것이면서, 잘못된 연구 태도에 대한 것이고, 동시에 이 사회를 향한 것이기도 하다. 무엇보다도 이러한 뜨거움은 자신이 지닌 '진실'에 대한 확신에서 비롯된다. 이 책 머리말의 제목은 '더, 깊은, '진실'을 위해'이다. 방민호가 이 책에서 주장하는 진실은, 그냥 진실이 아니라 '깊은' 그것도 '더 깊은' 진실인 것이다.

방민호의 '진실'은 대타적인 방식으로 뚜렷하게 부각된다. 이 '진실'은 비교적 최근까지의 이광수 논의가 "그의 문학을 서구 및 일본의 모델을 따라 한국사회와 한국문학 모두를 현대화하고자 한 의도를 함축하고 있는 것으로 독해"⁸한 것에 대한 비판에서 출발한다. 그것은 이 책의 '진실'을 압축한 것으로 보이는 <머리말>에서부터 분명하게 나타나 있다. 방민호는 "이 책은『무정』의 탄생 이후 끊임없이 지속되어온 이광수에 대한 '근대주의'적 독해가 오독으로 점철되어 있으며, 그럼으로써 이광수와 그 문학에 대한 오해를 반복해서 낳고 있음을 밝히고, 그러한 '근대주의'적 해석 전통과는 '다른' 독해의 가능성을 추구하고자 한다."(6-7)고 힘주어 말한다. 기존 논의들이 주장한, "이광수가 식민주의적 사고를, 식민지적 근대주의의 사고를 깊이 내재하고 있었다는 시각"(7)을 시험대에 올리려 하는 것이다.⁹ '근대주의'에 따른 이광수 읽기는 다음과 같이 규정된다.

> 이 '근대주의'에 따르면 이광수는 육친의 고아, 조국 상실의 고아, 나아가 사상의 고아였다. 그리고 그런 그에게 근대화의 이념을 불어넣어 준 것은 근대 일본이었다. 두 차례의 일본 제도교육의 세례를 통해서 훈육, 획득된 근대화의 이념은 이광수의 평생에 걸친 사고의 패러다임이자 문학 생산의 원천으로 작용했다. 이광수는 서구 문학, 그리고 그것을 모범 삼아 형성된 일본의 문학을 따라 한국문학을 근대화하고자 했다. (8-9)

"이러한 독해 방식은 아주 오래된 것이지만, 늘 새로운 어법으로 되돌아오

---

8   방민호,『이광수 문학의 심층적 독해 ─ '근대주의'의 오독을 넘어』, 예옥, 2003, 226면. 앞으로 이 책을 인용할 경우, 본문중에 면수만 기록하기로 한다.

9   이광수에 대한 '근대주의'적 독해에 대한 비판은 철저하다. 일테면 이광수 문학에 나타난 불교의 논리를 김윤식이나 최주한과 같은 연구자들이 "불교적 국가주의를 니치렌주의에 소급되는 것으로 논의"(324)한 것과 달리, 방민호는 "이광수의 불교사상이 조선 현대불교의 개혁에 진력했던 선사들과의 사상적 교호 작용 아래 성립된 것임을 드러내고,「금강산유기」나『애욕의 피안』등에서 볼 수 있듯이 일련의 실험적 과정을 거친 결과물"(359)임을 밝히는 모습 등에서 확인할 수 있다.

곤 한다."(8)고 말하는데, 아마도 이 독법에 해당하는 것은 김윤식의 『이광수와 그의 시대』를 말하는 것으로 판단된다.[10] 또한 "필자는 이광수가 '사상의 고아'로서 일본의 근대적 교육을 '양부'로 삼았다는 '가설'에서 벗어나, 그가 안창호와 신채호로 대표되는 이광수의 앞세대 지식인, 문학인들의 탈근대적 이상을 계승한 이였음을 부각시켰다."(10)고 이야기한다. 이때, "이광수가 '사상의 고아'로서 일본의 근대적 교육을 '양부'로 삼았다는 '가설'"도 김윤식의 『이광수와 그의 시대』에 그대로 연결된다고 할 수 있다.

방민호는 표나게 드러내지는 않지만, 무엇보다도 김윤식이라는 국문학계의 거두와 오랜 기간에 걸친 문학적 대화를 나누고 있다. 그의 거의 모든 글은 김윤식과 벌이는 진지한 대화의 장이라고 보아도 무리가 아니다. 김윤식의 비평은 방민호에게 무척이나 중요한 하나의 준거점이다. 그것은 김윤식론인 「숙명과 그 극복이라는 문제」가 첫 번째 평론집인 『비평의 도그마를 넘어』(2000)와 세 번째 평론집인 『문명의 감각』(2003)에 중복 수록되고 있는 사실에서도 확인할 수 있다. 이 글에서 방민호는 김윤식 문학의 기원이 "낯선 외부를 향한 동경"[11]이라 이야기하며, "일본과 서양 문학에의 지향이 그의 세대 문학인들 대부분에게와 마찬가지로 그에게도 일종의 숙명적 힘을 행사"[12]한다고 주장한다. 이 글에서 김윤식의 대표적인 업적인 1970년대의 카프 연구, 1980년대의 염상섭 연구, 1990년대의 김동리 연구는 두 번에 걸친 유학과 그것을 전후로 한, 일본의 인문학적 관심을 수용함으로써 가능했다는

---

10 이 책의 여러 곳에서 김윤식의 국문학 연구에 대한 대타의식이 발견된다. 일테면 "전통적인 국문고전소설이나 한문소설로부터의 변용 과정에 대한 연구는 미진한 채, 현대문학 특히 소설은 임화에서 김윤식으로 연결되는 '이식사'의 시각을 취하기에 바빴다고 해도 지나침은 크지 않다."(61)고 말하는 부분 등을 들 수 있다.

11 방민호, 『비평의 도그마를 넘어』, 창비, 2000, 131면.

12 위의 글, 132면.

의견을 제기하고 있다. 방민호는 이 평문을 통하여 "일본적인 것이 그의 생리적 감각에 달라붙어 있고, 그리하여 한국 근대문학의 정체성을 확인하고자 했던 연구가 오히려 이식문학론 같은 임화의 견해를 도리어 확인해주는 것이 되고 있는지도 모른다는, 그 뿌리깊은 불안"[13]을 끝내 떨쳐내지 못한다.

나아가 김윤식 세대는 일제하 식민지 시대에 유년기를 보냈고, 초등학교에 들어가는 그 어름에 해방이 되었으나 이는 곧 제 1세계의 변방으로 수직적으로 귀속됨을 의미하였으므로 "식민지성이라는 문제, 또 그것의 극복이라는 문제는 그들의 운명적 화두일 수밖에 없었다."[14]고 주장한다. 나아가 방민호는 김윤식의 비평에 관심을 갖는 이유는 "이들이 내가 관심을 갖고 있는 어떤 주제에 대해 매우 대척적인 위치를 점하고 있"[15]기 때문이다. 이때 방민호가 가진 관심은 '한국 근대문학의 고유한 정체성 탐구와 획득'으로 정리할 수 있다.

이러한 관심은 방민호의 박사논문인 『채만식과 조선적 근대문학의 구상』 (2001)에서부터 드러난 특징이다. 이 저서의 목표는 채만식이 "조선적인 독자·독특한 형식과 내용을 가진 근대문학의 수립을 꿈꾸었던 문학인"[16]이었음을 밝히는 것이다. 제목에도 들어가 있는 '조선적 근대문학의 구상'은 채만식에게 해당하는 말인 동시에 방민호 자신에게 해당하는 말이기도 하다. 채만식 이외에도 한국 근대문학의 고유한 정체성을 추구한 모범적인 사례로서 들고 있는 존재는 임화이다. 임화는 진영 테제로 요약되는 좌파 비평의 한계를 끝까지 타파하지는 못했으나 1930년대 중반 이후에는 마르크시즘과는

---

13   위의 글, 151면.
14   방민호, 『납함 아래의 침묵』, 소명, 2001, 38면.
15   위의 글, 38면.
16   방민호, 『채만식과 조선적 근대문학의 구상』, 소명, 2001, 6면.

다른 비평적 기준으로서 서구 및 일본 문학과 변별되는 조선 문학의 아이덴티티라는 탈식민주의적 척도를 구상하고 이를 그 자신의 비평에 도입했다는 것이다. 이러한 시각이 집약된 산물이 바로 그 유명한 조선 신문학사 연구라고 파악하고 있다. 1930년대 중반 이후 1940년대 전반기까지의 임화는 "주체적 시각으로의 전회"[17]를 보여준 모범적 사례이다.

'한국 근대문학의 고유한 정체성 탐구와 획득'이라는 문제의식은 시간이 지날수록 더욱 강해지는 면모를 보인다.『문학사의 비평적 탐구─꽃은 숨어서 피어 있었다』(2018)에서도 한국현대문학을 해명함에 있어 소위 전통이라는 우리의 고유한 맥락과의 연관성을 두드러지게 의식한다. 이러한 문제의식이 가장 분명하게 드러나는 것은 근대 전환기의 문학 현상을 바라볼 때이다. 방민호는 이 시기 문학을 외래적 요소와 연관 짓는 논의들에 민감하게 반응하며, 19세기 후반부터 20세기 전반에 걸쳐 이루어진 우리 문학이 고유한 전통과의 깊은 연관 속에서 전개되었음을 강력하게 주장한다. 이와 관련된 글들로는 「한국에서의 소설, 현대소설, 그리고 현대로의 이행」, 「신소설은 어디에서 왔나?」, 「이광수『무정』을 어떻게 읽어 왔나?」, 「'신라의 발견' 논쟁에 붙여」를 들 수 있다.

「한국에서의 소설, 현대소설, 그리고 현대로의 이행」은 근대문학의 기점을 논할 것이 아니라 근대문학의 지표들(indices)을 논해야 한다고 말한다. 이를 통해 근대문학 또는 현대문학으로의 이행은 1860년대부터 시작되어 넓은 시간에 걸쳐 장기간에 이루어진 것이라고 주장한다. 「신소설은 어디에서 왔나?」는 최초의 신소설이라는 불리는 「혈의 누」를 다룬 논문이다. 여기에서 방민호는 "『혈의 루』는 일본 정치소설의 결여형태라기보다는 17세기에

---

17 방민호,『문명의 감각』, 향연, 2003, 110면.

변화된 전기소설 양식을 한글소설의 형태로 새롭게 재편한 작품"[18]이라고 주장한다. 「이광수 『무정』을 어떻게 읽어 왔나?」는 일제 시대 김동인부터 최근에 이르는 이광수 연구의 큰 흐름, 즉 김동인, 임화, 박계주와 곽학송, 김윤식, 윤홍로, 이재선 등의 논의를 정리하고 있다. 이광수 『무정』의 사상은 "타자에 대한 지극한 사랑과 슬픔 없는 세계로서의 조선을 겨냥한 것"[19]이며, "그 원천은 안창호의 것으로 소급될 수 있음을 시사한다."[20]고 주장한다. 「'신라의 발견' 논쟁에 붙여」에서는 '신라의 발견'론을 기본적으로 모든 것이 외부에서 왔다고 주장하는 논의로 파악하며, 이를 강하게 비판한다. 이것은 "서구 근대를 가치의 척도로 보고, 한국의 것은 이에 미달 또는 과잉된 비정상성으로 보는 관점을 비판한 것"[21]이기도 하다.

『무정』의 논의에서 드러나듯이, 저자의 기본적인 관점은 한국현대문학사를 "전승되어 온 것과 외부에서 온 것을 종합한 것"(482)으로 이해하는 것이지만, 『문학사의 비평적 탐구』에서는 근대전환기의 문학을 '전승되어 온 것'과 관련시켜 이해하는데 초점을 맞추고 있다. 이것은 그동안의 문학연구가 지나치게 '외부에서 온 것'에 초점이 맞추어져 있었다는 저자의 인식에서 비롯된 것이다. 이처럼 오랜 시간 '조선적 고유성과 전통성'에 대한 탐구를 중요시해 온 방민호의 시각이 옹골차게 드러난 저서가 바로 『이광수 문학의 심층적 독해 ― '근대주의'의 오독을 넘어』라고 할 수 있다.

---

18 방민호, 『문학사의 비평적 탐구 ― 꽃은 숨어서 피어 있었다』, 예옥, 2018, 79면.
19 위의 글, 118면.
20 위의 글, 118면.
21 위의 글, 485면.

3. 『무정』(『재생』, 『흙』, 『사랑』) 제대로 읽기

'근대주의'에서 벗어난 이광수 독해를 위해, 저자가 가장 공을 들이는 것은 역시나 이광수의 대표작인 '『무정』 새롭게 읽기'이다. 방민호는 이광수가 근대주의적이었던 것만은 아니었음을 말하며, "『무정』같은 대표작조차 그렇게만은 독해할 수 없음"(9)을 강조한다. 그는 "『무정』과 여타의 작품들 속에 그의 선배들이 일구어낸 탈근대적 이상이 착종되고 '숨겨진' 형태로 끈질기게 가로놓여 있음"(9)을 그야말로 '끈질기게' 반복적으로 지적하는 것이다. 그러한 논의를 통해 방민호는 다음과 같은 결론을 내리고 있다.

> 그리하여, 이 책은 이광수의 문학, 곧 소설이 서구와 일본 문학의 이식, 모방, '번역'이었다는 논의에서 벗어나 그의 창조에, 창조를 위한 고통스러운 과정에 주목하고자 했다. 이광수는 조선적인 문학적 전통과 그 바깥의 것들, '동양'에 속한 사상과 '서구'로부터 온 사상들, 익숙한 것과 새로운 것들. '소설'적인 양식과 '노블'적인 양식을 창조적으로 접합시켜 새로운 단계의 소설을 창조해 간 존재였다.
>
> 또한, 이광수 문학은 한국의 현대문학을 서구나 일본의 아류로서가 아니라 그 자체 새로운 특이성을 가진 문학으로 만들어 가는 과정상에, 계단상에 놓여 있었고, 이인직과 이해조, 신채호 문학이 구축한 양식 접합의 전통을 새로운 차원에서 시도한 문학인이었다. (10)

이광수에게 "'번역'이 있었다면 그것은 외부로부터 오는 것의 번역과 더불어, 선배들의 이상사회론과 '정'의 사상의 '번역', 바로 그것이 함께 있었던 것이며, 이 이중의 '번역'은 이미 번역이 아니라 새로운 창조"(10)였다는 것이다. 이러한 진실을 증명하기 위한 방민호의 주요 방법론은 이광수와 "그의 선배 세대 지식인들과 그의 사상적 교호 관계에 대한 탐구"(64)함으로써, 이 광수 문학의 형성 과정을 재검토하는 것이다. 이때 선배 세대 지식인들로서 가장 중요한 인물이 도산과 단재이다.

방민호는 단재와 관련해서 놀라운 발견을 학계에 제출하고 있다. 그것은 바로 단재의 「꿈하늘」(1916)에서 "나는 元來 無情하야 나의 人間에 對 하여 쑤린 눈물은 몃 방울인가 세히랴."라는 대목을 발견한 것이다. 여기 사용된 '無情'이라는 단어야말로 이광수의 대표작 『무정』과의 관련성을 증명하며, 나아가 그것은 단재와 춘원의 문학적·사상적 연관성을 밝혀주는 결정적 증거가 된다고 주장한다. 이것은 이광수 문학에 나타나는 "'정'과 '무정'에 관한 담론이 '님나라'로 들어가기 위한 최후의 요건으로 제시되고 있다"(82)는 점에서 그 중요성이 매우 큰 것으로 이야기된다. 『무정』과 「꿈하늘」의 관련성을 밝히는 것은 다음의 인용에서처럼, 문학사 인식의 새로운 계기를 여는 중요한 작업으로 의미부여된다.

> 이 작업은 이광수를 안창호와 신채호라는 신민회 세대의 사상가들의 맥락에서 새롭게 해석할 수 있도록 해줄 것이며, 이는 다시 이광수 문학으로 '대표되는' 한국현대문학사의 형성 과정을 지난 15년을 풍미해 온 이식론, 모방론의 틀에서 벗어나 새로운 과정으로 이해할 수 있게 할 것이다. 필자는 여기서 단지 신채호의 「꿈하늘」만을 중심에 두었지만, 앞으로는 신채호 문학 전체가 그 이후의 소설사 또는 이광수 소설세계와 밀접하게 연결하여 논의되어야 한다. (90-91)

도산과의 관련성을 밝혀주는 것도 어휘 차원에서 이루어진다.[22] 방민호는

---

22 작품에 나타난 어휘에 주목해 관련성을 찾는 것은 이광수와 칸트의 관련성을 찾는 대목

『무정』이 "안창호의 '무정·유정'의 사상을 소설로 '번역'한 것"(82)이라고 주장하는데, 그 중요한 근거는 안창호가 섬메라는 필명으로 발표한 「무정한 사회와 유정한 사회 — 情誼敦修의 의의와 요소」(『동광』, 1926.6)이다.[23] 「무정한 사회와 유정한 사회」를 검토한 후에, "이광수『무정』의 사상이 '사랑 없음', '냉정함, 어머니가 아들을 사랑하는, 즉 피에타, 성모마리아가 예수의 죽음을 슬퍼하듯 한, 타자에 대한 지극한 사랑과 슬픔 없는 세계로서의 조선을 겨냥한 것이며, 그 원천은 안창호의 것으로 소급될 수 있음을 시사한다."(123)는 것이다.

'무정·유정' 사상이라는 안창호의 이상사회론은 방민호의 이광수論에서 매우 중요한 의미를 지닌다. 방민호는『무정』을 '무정·유정' 사상의 맥락에서 해명한 것에 이어『재생』역시도 "안창호의 이상사회론의 맥락에서 유효하게 해석"(191)될 수 있다고 보기 때문이다. 『무정』에 이어진다고 말하는『흙』역시도 안창호의 자장을 벗어나 있는 것은 아니다. 방민호는『흙』은 "자본주의 비판서이자 마치『무정』이 김장로와 선형으로 대표되는 '무정한 시대'의 지배계급을 넘어서 영채로 대변되는 민중, 옛 것, 주변화 되는 존재들까지 아우르는 '유정한 시대'로의 진입을 꿈꾸었듯이 자본주의에 의해 해체되어 가는 농촌 공동체의 현재 상태를 넘어선 이상적 상태로의 진화를 꿈꾸고 있다"(317)고 주장한다. 이처럼『흙』의 주제의식이 응축된 '살여울'의

에서도 빛난다. 『무정』 115회에서 이형식이 스스로를 "어린ᄂ"라고 자처한 것에 근거하여, "이광수를 칸트주의자로 재발견"(162)한다. "왜냐하면 이 '어린ᄂ'란 칸트의 짧은 명문 「계몽이란 무엇인가에 대한 답변」에 나오는 "미성년" 상태를 번역한 것으로 추측되기 때문"(162)이다.

23 안창호의 '무정·유정'의 사상은 부제에도 나타나 '정의돈수'와 연결되고, 그것은 "유학적 맥락에서 '정의'를 기독교에서의 어머니의 사랑, 더 나아가 예수의 죽음을 슬퍼한 성모 마리아의 사랑에 연결 지어 말한 것"(290)이라고 이야기된다.

형상을 "안창호의 이상촌에 대한 사유로 소급"(294)해서 논의하고 있는 것이다. 『사랑』 역시 안창호의 사상에 이어지는 것이다. "『무정』에서 『허생전』을 거쳐 『흙』에 귀착된 '무정·유정'의 이상사회 실험이 난관에 봉착했을 때, 이광수는 비로소 안창호 노선의 공동체론적 측면은 약화된 반면 그 정신적, 신앙적 측면은 그만큼 잘 부각되는, 『유정』에서 『사랑』으로 나아가는 새로운 궤선을 그릴 수 있었을 것"(320)이라고 주장한다.

이처럼 결정적인 중요성을 갖는 도산과 춘원의 관계를 해명하는 과정에는 한 가지 신경 쓰이는 대목이 있다. 도산의 「무정한 사회와 유정한 사회 — 情誼敦修의 의의와 요소」(『동광』, 1926.6)는 춘원의 『무정』보다 무려 10여 년이나 시간이 지난 시점에 발표되었다는 점이다. 이와 관련해 방민호는 "비록 장편소설 『무정』이 이 글보다 여러 해 앞서 발표된 것이기는 하지만, 이광수와 안창호의 일찍부터 존재했던 사제적 관계 또는 신민회 노선을 중심으로 한 안창호의 지도자적 위상을 감안할 때 이광수의 '무정·유정'의 사상은 바로 이 안창호의 '무정·유정'의 사상에 영향을 받은 것이었을 가능성이 아주 크다는 것이 필자의 생각이다."(83)라고 말한다. 이와 비슷한 이야기는 수차례 반복된다.[24] 이와 관련해 김윤식이 어떤 면에서는 춘원과 도산을 사상적 동지 관계로 파악한 것도 참고가 될 것으로 판단된다.

도산이나 단재와의 관계를 바탕으로, 방민호는 이광수가 영향받은 존재를 개인이 아닌 그의 선배 지식인들이라는 집단으로 확장시킨다. "이광수 소설

---

[24] "이 '무정·유정'의 사상은 비록 이광수의 소설 『무정』에 비해 훨씬 뒤늦게 활자화되었으나, 안창호가 본시 문필가라기보다는 사상가이자 연설가로서 자신의 사상을 일찍부터 설파해 왔을 가능성이 크고, 특히 이광수는 1907년경 신민회를 조직하기 위해 국내로 돌아오던 중 일본에 들른 안창호의 연설 등을 직접 접했을 뿐 아니라 같은 서북 출신 지식인인 안창호의 존재와 그 사상에 깊은 관심을 가져왔을 것이라는 점을 고려해야 한다."(285)라고 말하는 식이다.

에 나타나는 '무정·유정'의 사상이란 많은 논자들이 서구 원발적인 '지·정·의'론의 수입으로 이해되어 온 것과는 달리 오히려 그의 윗세대, 즉 '신민회' 계열의 실천가들의 공통의 사상에 연원을 둔 변용물이었을 가능성이 아주 높다."(83)는 것이다. 방민호는 "이 '무정·유정'의 사상이 안창호와 신채호 세대의 어느 한 사람의 전유물이 아니라 그들 세대의 공통적 사상으로 존재했을 가능성"(83)이 있다며, 이는 "안창호, 김구, 신채호, 안중근, 한용운 등 1880년 전후 출생자들의 세대의 사상에 대한 관심이 한국현대문학사의 계보학을 꾸리는 데 있어 아주 중요한 역할을 할 수 있음을 시사"(83)한다고 보고 있다. 그런데 단재와 도산과의 관련성은 '무정'이라는 어휘를 통해 어느 정도 확보되지만, 김구, 안중근, 한용운과의 관련성을 어떻게 확보되는 것인지에 대한 논의는 앞으로 크게 보충되어야 할 것이다.

일테면 춘원과 백범과의 관계가 그러하다. 3부 1장의 「김구 자서전 『백범일지』와 이광수의 '윤문'」에서는 여러 가지 자료를 바탕으로 "김구가 당시 안창호에 의해 주도되던 신민회 운동에 접맥되어 있었으며, 이 과정에서 교사로서 삼십대 초반의 김구와 16세 학생 이광수는 양산학교 교사와 안악면학회 강사로서 밀접한 관계를 맺고 있었다는 사실에 다다를 수 있다."(447)는 주장을 펼치고 있다. 또한 영향관계를 보강하는 차원에서 김구와 도산의 밀접했던 관계에 대해서도 서술하고 있다. 그런데 "이광수가 '윤문'을 가한 국사원 판 『백범일지』의 첫머리는 김구의 강렬한 신분제도에의 반감을 누그러뜨리면서 오히려 그 자신을 경순왕의 후손으로, 다시 말해 특별한 계급의 일원으로 인식하는 김구 '상'을 만들어내고"(437)고 있음을 자세히 밝히고 있다. 이러한 춘원의 윤문은 김구라는 한 사상가의 본의를 크게 훼손한 것으로 판단된다. 김구의 호 백범(白凡)에서 드러나듯이, 백범의 핵심 사상은 신분제도에 대한 강렬한 반감과 평등에 대한 지향성을 보여주기 때문이다. 또한 이러한 윤색이 일제의 압박에서 자유로운 해방 이후 이루어졌다는 것은, 춘원의 사상적 지향이 백범의 지향과는 거리가 있음을 보여준다고 할 수 있다. 또한 방민호는 「나의 소원」에는 이광수의 생각이 삽입된 흔적이 역력하다며, "이광수는 김구의 자기 생애 서술의 역작 『백범일지』를 국사원 판으로 '윤문'하는 가운데 자신의 반공산주의적 사상을 '알게 모르게' 기입해 넣은 것"(466)이라고 주장하기도 하였다. 이광수의 문학을 선배 지식인·문학인들과의 연관성 속에서 해명한 것이야말로 『이광수 문학의 심층적 독해』가 밝혀낸 '진실'의 핵심에 해당한다고 할 수 있다.

4. 친일의 문제

방민호도 언급하듯이, 최근 이광수 연구의 초점은 일제 말기의 친일 행각에 맞춰져 왔다. 그러한 친일행각은 방민호에 의해 다음과 같이 요령 있게 정리된다.

> 수양동우회 사건에 연루되어 옥고를 치르고 나와서도 끊임없이 총독부 권력의 위협에 시달리던 상황에서 그는 마침내 내선일체론과 일제의 전쟁 논리를 전면적으로 수용하는 태도를 표명하기에 이른다. 『사랑』후편(1939.3) 결말 부분의 미묘한 어조 변화에서 그 기미가 감지되고, 「육장기」(『문장』, 1939.9)에 이르면 완연히 변질된 『법화경』 사상으로 치장된 그의 전향 논리는 기자의 입을 빌려 밝힌 「칠백 년 전의 조상들을 따른다─『향산광랑』된 이광수씨」(『매일신보』, 1940.1.5) 및 「창씨와 나」(『매일신보』, 1940.2.20)의 단계를 거쳐 일본어로 쓴 「동포에게 보낸다」(『경성일보』, 1940.10.1-9), 「행자」(『文學界』, 1941.3), 『내선일체수상록』(중앙협회, 1941.5) 등으로 나아가면서 점입가경을 이룬다. 그는 조선인

의 이마에서 일본인의 피가 나올 만큼 조선인이 일본정신으로 무장해야 한다고 했을 정도로 내선일체론과 천황사상을 자기 것으로 체화하고자 했다. 과연 그것이 사실일 것이다. (420)

최근의 연구들은 이러한 춘원의 친일행각을 설명하는데 능숙하다. 그것은 그것들이 방민호가 규정한 '근대주의'에 빠져 있기 때문이다. 춘원은 (무)의식이 모두 일본의 제국주의 논리에 의해 형성되어 있기에, 일제 말기라는 상황에서 자연스럽게 일제에 협력하는 방향으로 나아갔다고 설명하는 것이다. 방민호는 "현재 '통용되는' 이광수 문학에 대한 진단 가운데 하나는, 이광수가 당대의 우승열패의 사회진화론에 깊은 영향을 받은 근대주의자였다는 것이며, 이것이 『무정』(『매일신보』, 1917.1.1.-6.14)에서 「민족개조론」(『개벽』, 1922.5)을 지나 일제 말기의 대일협력으로 나아가는 사상사적 과정에서 결정적인 요인으로 작용하고 있다는 것"(303)이라고 비판한다. 일제라는 독소에 침윤된 춘원이 대일협력으로 귀착된 것은, 어찌 보면 당연한 귀결일 수도 있는 것이다.

그런데 앞에서도 살펴본 바와 같이, 방민호는 '근대주의자' 춘원과는 다른 모습의 춘원론을 집필하고 있다. 춘원의 정신을 형성한 본 바탕은 도산과 단재로 대표되는 선배 지사들의 올곧은 정신세계이며, 그것은 우리의 고유한 정신세계와도 맥락이 닿아 있다는 것이다. 또한 『무정』과 같은 춘원의 대표작도 '근대주의'로만 설명될 수 없는, 선배 지식인들과 그들의 이상에 맥락이 닿아 있는 것이다. 그렇다면, '왜 춘원은 도산이나 단재, 백범이나 만해와 같은 선배 세대와는 달리 친일의 길을 갈 수밖에 없었던 것인가'란 의문이 남을 수밖에 없다. 이 의문이 제대로 해명되지 않는다면, 춘원의 선배들은 물론이고 우리의 고유한 정신세계마저 친일의 오물을 뒤집어쓸 수 있기 때문이다.

춘원의 친일과 관련하여, 방민호는 그것이 하나의 위장이며 진정성에 바탕한 친일과는 거리가 먼 것일 수도 있다고 주장한다. 방민호는 춘원이 '내선일체론과 천황사상을 자기 것으로 체화'하고자 했지만, 이에 실패했다고 본다. 그 증거를 역사소설인 『원효대사』에서 찾고 있다. 『원효대사』에서 "이광수가 원효를 고신도와 불교의 결합을 통해 국가주의를 실천해 간 인물로 묘사하고자 했던 것이 이광수의 의도"(408)였다고 하더라도, 이러한 "이광수의 의도가 봉착한 균열의 지점들"(408)이 있다고 보는 것이다. '균열의 지점'은 바로 원효의 파계에 대한 작가의 지대한 관심과 관련된다. "원효에 관련된 문헌들이 그를 거침없이 사유하고 행동하는 사람으로 형상화할 수 있는 가능성을 얼마든지 허용하고 있음에 비추어 볼 때, 이 작품에서 그토록 파계라는 문제에 매달린 것은 이광수 자신의 내면적 정황이 매우 복잡하고 괴로웠음을 시사"(419)한다는 것이다. 『원효대사』는 "천황제 권력의 힘에 굴복한 후 내선일체론의 논리를 내면화하지 않고는 행동할 수도, 쓸 수도 없었던 이광수의 전향을 향한 고행(苦行)이 결코 성공할 수도, 완결될 수도 없었음을 보여"(427)주는 작품으로 규정된다. 이러한 논의를 바탕으로 "이광수의 1940년 이후 행적과 문필 행위를 위장전향을 통한 '장기 저항'의 맥락에서 설명"(426)할 수 있는 가능성을 제시하기까지 한다. 정리를 해보자면, 일제 말기 이광수는 산문 등에서 '내선일체론과 천황사상을 자기 것으로 체화'하고자 했지만, 『원효대사』와 같은 문학작품에서는 '위장전향을 통한 '장기 저항'의 맥락'을 드러냈다는 것이다.

소위 도산 등의 선배 지식인(문학인) 사상에 이어지는 『무정』, 『재생』, 『흙』, 『사랑』과 더불어 방민호가 큰 관심을 기울이는 춘원의 문학세계는 역사소설이다. 역사소설은 춘원의 대일협력이라는 문제와 관련해, 춘원의 고뇌하는 진정성을 암시적으로 보여주는 주요한 통로라고 할 수 있다. 이광수의 『단종애사』는 "환국 이후 그가 내내 품었고 시달리지 않을 수 없었던 '죄의식'의 문제와 관련"(250)되며, 『세조대왕』 역시 세조와 춘원의 유사성에 바탕해 "자신의 뿌리 깊은 죄의식과 인생무상의 허무주의"(576)가 드러난 작품이라는 것이다. 방민호는 춘원의 '신라 3부작'같은 경우에는 "일본의 침탈로 인해 중단될 위기에 빠진 한국인의 역사를 내러티브, 즉 이야기의 형태로 보존하고, 그 기억의 서사를 통하여 한국인의 정체성을 재차 새롭게 창조하고자 한 것"(248)이라고 결론 내린다.[25] 그리고 이러한 역사소설의 민족주의적인 성격을 보장해주는 것으로, 역사소설 창작 계획을 수립한 것이, "明治 43년"(228) 즉 한일합병이 있었던 1910년이었다는 사실을 들고 있다. 이후에도 방민호는 "그는 대한제국의 멸망이라는 현실 속에서 역사소설을 기획했고, 따라서 그의 역사소설은 기억의 재구성, 전통의 확인, 역사 멸실로부터의 구원이라는 탈식민주의적 의도를 함축한다."(379)고 주장한다.

　방민호는 선배 지사들과 전통적인 정신을 이어받은 이광수의 일제 말기 행각을 '위장전향을 통한 '장기 저항'의 맥락'에서 설명하고 있다. 일제 말기 이광수를 설명하는 또 하나의 논리는 자발적인 의지와는 무관하게 이루어진 '위장 친일'로 파악하는 것이다. 그것은 "일제는 그를 전쟁 동원을 위한 제물로 삼았고, 그는 살아남기 위해 그리고 어쩌면 민족의 위기를 헤쳐 나가야 한다는 '선의'에서 일제에 협력하는 글을 쓰고 강연을 다녔다. 그러나 역사의 전개가 말해주듯이 그것은 오진에 근거한 잘못된 처방이었으며, 이는 그를

25　이러한 인식은 해방 이후 창작된 역사소설 『사랑의 동명왕』에까지 이어진다. 이 작품을 논의하며, "이광수도 단군 중심의 조선사관을 공유하고 있었다"며, "그는 신채호에서 최남선으로 연결되는 민족주의적 저항사학의 고구려 중심주의를 소설적으로 실천하고자 한 작가"(494)라고 의미부여를 하는 것이다.

'친일' 부역자의 절망 속에 밀어 넣었다."(512)고 말하는 대목에서 선명하게 드러난다.

그런데『이광수 문학의 심층적 독해』의 가장 마지막에 실린 논문「이광수 소설과 불교」에서는『원효대사』를 '위장전향을 통한 '장기 저항'의 맥락'과는 다른 방식으로 독해하기도 한다. "심층적 해석을 요하는『원효대사』의 복합적, 다층적 특성에 관해서 필자는 논의"(582)한 바가 있음에도, "이 소설은 수양동우회를 기점으로 자기 자신을 비롯한 동우회 '동지'들의 안위가 위태로울 수밖에 없는 상황에서 자결 또는 저항 대신에 굴종과 노골적 협력으로 나아가지 않을 수 없었던 이광수 불교 사상의 변질을 보여준다."(582)고 결론 내리는 것이다. '제국주의학자들이 쳐놓은 그물과 독가스에 걸리고 중독된 동 키호테'로 춘원을 규정한다면, 이러한 '굴종과 노골적 협력'은 일제의 탓으로 돌려버리면 그만이다. 물론 방민호의 논의에서도 "이광수는 도산 안창호와 백범 김구와 단재 신채호를 위시한 자신의 선배들의 투쟁정신의 세례를 받았으나 한편으로는 조선총독부 체제가 양성한 지식인이라는 양면적 속성을 한몸에 가진 문제적 인간이었다."(278)라는 부분에서 드러나듯이, 춘원을 낳은 정신이 '조선총독부 체제'와도 맞닿아 있다는 인식이 드러나 있다. 그러나『이광수 문학의 심층적 독해』의 본의는 춘원의 골수가 '선배들의 이상'에 맞닿아 있다는 것이다. 만약 '우리의 정신'에 맞닿아 있는 것이 춘원이라면, 일제 말기 춘원이 보여준 '굴종과 노골적 협력'의 심층적 원인을 찾는 것은 반드시 해명되어야 할 과제로 후학들에게 남겨진 것이라 할 수 있다.

5. 함께 가자고 어깨를 두드리는 연구서

이광수 문학의 '근대주의'적 독해를 비판하고, 학계를 지배하는 식민지 근대화론을 극복하는 것은, 방민호에게 가장 중요한 학문적 이상이다. 그것은 진리의 차원은 물론이고 윤리의 차원으로까지 이어지는 문제라고 할 수 있다. 방민호는 "필자는 이러한 식민지 근대화론을 학문적인 논리의 합리성 여하 이전에 가치론적인 견지에서 부정할 수밖에 없다."(225)고 주장하기 때문이다. 이러한 '근대주의'에 대한 맹렬한 문제의식은 박사논문을 집필할 때부터 뚜렷하게 선보인 '한국 근대문학의 고유한 정체성 탐구와 획득'이라는 소명에 맞닿아 있는 것으로 판단된다.

이와 관련해 방민호는 이광수의 문학을 바탕으로 한국현대문학사를 재조명하는 단계로까지 나아가고 있다. 문학의 현대 이행이라는 문제와 관련해 접붙이기 모델을 제시하고 있는 것이다. 접붙이기 모델은 이식론에 대한 부정에서 비롯된다. 이식론은 "한국현대소설을 서구적 노블과 '아서구'로서의 일본현대소설의 '거울상'에 사로잡힌, 프로이드적 강박증을 앓는, 그렇기에 이들의 모방이자 이식이고, 때문에 필연적으로 이들의 결핍이나 과잉 양태로 특징지어지는 '하위문화'로 규정하도록 인도"(189)하는 이론에 불과하기 때문이다. 접붙이기 모델은 한국문학이 현대문학으로 이행해 온 과정은 "접붙여서 얻는 감나무"(129)처럼, "'본래'의 것에 이질적인 것을 접붙여 새로운 것을 만들어 나간 것"(128)으로 이해한다. "이 접붙이기(grafiation) 모델은 기존의 이식론과 내재적 발전론의 해묵은 이항대립을 해소시킬 수 있는 방안"(129)으로까지 의미부여 된다. 이러한 이론은 막연한 공론이 아니라『무정』과 같은 실물을 통해 뒷받침되고 있다. "『무정』은 서양에서 발원한 노블 양식과 한자 문화권인 동아시아 공통의 유산인 소설의 양식적 결합 양상을 뚜렷하게 보여주는"(114) 사례라는 것이다. 이때 『무정』에 반영된 노블 양식은 바흐친이 도스토예프스키 소설의 특성으로 논의한 다성성과 관련된 것으로 이야기된 다.

　방민호의 『이광수 문학의 심층적 독해』는 참신한 문제의식으로 꽉 차 있는 일종의 화약상자이다. 그것은 기존의 한국문학 연구, 나아가 인문학 전반의 분위기를 폭파시키려는 열정과 용기로 가득하다. 이러한 문제의식의 강조는 방민호가 가진 기본적인 연구자의 자세와 연관된 것으로 보인다. 그는 『문학사의 비평적 탐구』에서 비평가는 "의식의 진정한 독립성을 쟁취"[26]해야 한다고 말한다. 오스카 와일드를 인용하여 "비평은 고도의 창작으로서, 기성의 창작품에 의존해서 기생하는 것이 아니라 단지 그것들을 소재로 삼아 새로운 세계를 창조"[27]해야 한다는 것이다. 문학에 대한 논의에서 새로움을 확보하는 방법은 크게 세 가지이다. 논의의 대상이 새롭거나 연구방법론(시각)이 새롭거나 해석이 새로운 것이다. 방민호의 『이광수 문학의 심층적 독해』는 적지 않은 논거와 자료를 활용하여 독창적인 해석을 확보하고 있다. 그 해석과 주장은 독보적(독창적)이기에 더욱 많은 자료와 증거와 방법론 등을 요구하는 것으로 보인다. 그렇기에 『이광수 문학의 심층적 독해 — '근대주의'의 오독을 넘어』는 수많은 동학들의 참여와 분발을 요청하는 하나의 학문적 선언(외침)으로도 '납함 아래의 침묵'에 빠진 한국 지성계를 흔드는 저서라고 할 수 있다.

26　방민호, 『문학사의 비평적 탐구 — 꽃은 숨어서 피어 있었다』, 예옥, 2018, 492면.
27　위의 글, 493면.

인간에서 중생으로

— 이광수의 『재생』

1. '재생'의 참된 의미

이광수는 상해에서 임시정부의 대변인이자 『독립신문』사장의 직무를 수행하다가 변절자라는 비난을 받으며 1921년 귀국한다. 1921년 상해에서 돌아온 이광수는 『선도자』(1923)와 『금십자가』(1924)를 집필하지만, 경무국의 불인가와 개인적인 사정으로 인해 각각 완성을 보지 못한다. 그 이후에 『동아일보』에 연재하여 완성된 장편소설이 바로 『재생』이다.[1] 『재생』은 『동아일보』에 1924년 11월 9일부터 1925년 3월 12일까지 연재된 후, 다시 1925년 7월 1일부터 9월 28일까지 연재(총 209회 연재)되었다. 이후 1926년과 1934년에 각각 회동서관과 박문서관에서 단행본으로 출판되었다. 이광수가 이전의 장

---

[1] 지금 내 눈앞에는 벌거벗은 조선의 강산이 보이고, 그 속에서 울고 웃는 조선 사람들이 보이고, 그중에 조선의 운명을 맡았다는 젊은 남녀가 보인다. (중략) 나는 <先導者>를 중편까지만 쓰다가 경무국의 불인가로 중지하고 <金十字架>를 계속하려 하였으나 <再生>을 쓰기로 하였다. 그것이 쓰고 싶기 때문이다. (이광수, 「『재생』作者의 말」, 『동아일보』, 1924.11.8)

편소설을 미완으로 남겨둔 것과 달리 척추 카리에스 수술로 석 달간 연재를 중단하면서도 끝내 작품을 완성한 것은, 『재생』이 이광수에게 얼마나 중요한 작품인가를 잘 보여준다.

지금까지 이광수의 『재생』에 대한 평가는 그렇게 높지 못했다. 『재생』은 당대에 이미 김동인이나 김기진과 같은 당대 평론가들에 의해 흥미본위의 통속소설로 규정되었으며[2], 2000년대 이전까지도 이러한 평가는 지배적인 것이었다. 김윤식은 『재생』이 3.1운동 이후 한국의 타락상을 그린 "한갓 통속적 수준에서 벗어나지 못한"[3] 작품이라고 주장하였다. 이후 홍혜원은 『재생』의 대중적 속성을 본격적으로 고찰하면서 인물들의 선악 이분법적 구도, 강렬한 감정, 극단적 행동, 극적인 사건들, 우연의 일치, 운명적인 엇갈림과 같은 멜로드라마적 특징을 규명하였다.[4]

다음으로 작품의 후반부에 나타난 강렬한 민족(주의) 의식을 통해서 『재생』을 민족(주의) 의식과 연결시키는 논의를 들 수 있다. 임화 이후 근대문학 연구자들은 1910년대 이광수 문학과 사상의 핵심을 근대성이라는 말로 규정하였다. 이에 반해 1920년대 이후 이광수의 소설이나 문학론은 '전근대성'의 노정이라는 평가를 받았다. 근대성은 주로 개성 혹은 개인의식과 관련하여, 전근대성은 공동체 의식과 관련해서 논의되어 왔다. 김현주는 1920년대 이후 이광수의 문화적 정치적 이상은 더 이상 자유주의적이거나 시민적인 것과

2　김동인, 「춘원연구」, 『김동인 전집』 16권, 조선일보사, 1988, 84-94면, 김기진, 『김팔봉문학전집1』, 문학과지성사, 1988, 116-119면.
3　김윤식, 『이광수와 그의 시대 3』, 한길사, 1986, 821면. 김윤식은 "『재생』이 지식층에 읽힐 작품이 아님은 새삼 말할 것도 없다. 서민층이 즐길 신파의 눈물에도 채 미치지 못하는 저차원의 통속성인 것이다."(위의 책, 824면)라는 지적까지 하고 있다.
4　홍혜원, 「『재생』에 나타난 멜로드라마적 양식」, 『한국근대문학연구』 10호, 한국근대문학회, 2004.10, 64-92면.

는 거리가 멀다고 주장한다. "개인의 사적인 영역을 허용하지 않는다는 점에서 반자유주의적이며, 국가(또는 민족) 이외의 정치적 주체를 인정하지 않는다는 점에서 반식민적"[5]이라는 것이다. 서영채는 "1910년대에 20대였던 이광수는 힘의 모랄을 부르짖는 사회진화론자였고, 1920년대에 접어들면서부터 3,40대의 대부분을 도덕적 민족주의자로서 살았"[6]다고 파악한다. 김병구는 "김순영이라는 젊은 여성의 타락과 파멸의 과정을 서사화하고 있는『재생』은 '조선과 조선 민족을 위한 봉사 — 의무의 이행'의 관점에서 다시 읽을 필요가 있는 것"[7]이라고 주장한다. 이러한 논의들은 모두 1920년대 이광수가 근대적인 개인의식이나 자유주의와는 거리를 두며 조선(민족)에 관심을 기울이게 되었다는 점을 지적하고 있다.[8]

다음으로 이 작품의 표제이기도 한 '재생'이라는 말이 의미하는 것이 무엇인지에 초점을 맞춘 논의들이 있다. 사에구사 도시카쓰는『재생』은 "작가 자신의 '재생'을 나타낸 작품"이며, "이광수에 있어서는 그가 상해에서 귀국한 후 다시 국내 활동을 할 수 있게 되었다는 선언"[9]이라고 결론 내린다. 강헌국은『재생』에서는 도덕적 장치가 제거된 사랑이 금전과 성욕의 유혹에 무방비로 노출된 모습이 형상화되지만, 사랑은 다시 그 스스로의 새로운 가치를 모색하여 "봉구가 염원하는 인류애"[10]에 도달한다고 주장한다. 강헌국

---

5   김현주, 「이광수의 문화적 파시즘」, 『문학 속의 파시즘』, 삼인, 2003, 100면.
6   서영채, 「이광수, 근대성의 윤리」, 『한국근대문학연구』 19호, 2009.4, 156면.
7   김병구, 「이광수 장편소설 『재생』의 정치 시학적 특성 연구」, 『국어문학』 54집, 2013.3, 187면.
8   필자는 이러한 전근대적인 공동체 의식이 이광수 본인도 수시로 밝힌 "조선과 조선민족을 위하는 봉사 — 의무의 이행"(이광수, 「余의 作家的 態度」, 『동광』, 1931.4)과는 조금 결을 달리 한다는 입장이다.
9   사에구사 도시카쓰, 「『再生』의 뜻은 무엇인가」, 『동방학지』 83집, 1994, 212면.
10 강헌국, 「계몽과 사랑, 그 불편한 관계에 대하여 — 「개척자」와 「재생」을 중심으로」, 『한국문학이론과 비평』 61집, 2013.12, 120면.

은 재생의 의미를 신봉구가 인류애를 체득하게 된 것으로 이해하는 것이다. 이수형은 "이기심을 버리고 신을 섬기며 자기를 희생하는 거듭남"[11]을 재생의 의미로 파악한다. 정하늬도 재생의 의미를 기독교와 관련시키면서, 신봉구가 기독교 사상을 핵심으로 삼아 지도자로 거듭난다고 주장하고 있다.[12]

필자는 재생의 의미가 비대칭성의 세계에 빠져 있던 신봉구가 대칭성의 사유를 깨닫고, 그것을 실천하는 인간으로 다시 태어난 것을 의미하는 것으로 파악하고자 한다. 그것은 순영이의 처절하고 비극적인 삶과도 밀접한 관련을 맺고 있다. 대칭성(對稱性)의 사고는 인간과 인간, 인간과 자연 사이의 연속성과 동일성을 강조하는 것을 말한다.[13] 대칭성의 사고에서는 "자기와 타자의 구별이 없고 개념에 의한 세계의 분리도 없으며, 온갖 사물이 교환의 고리를 탈출한 증여의 공간에서 교류"[14]한다. 대칭성의 사고가 작동할 때,

---

11   이수형, 「이광수 문학과 세속화 프로젝트―「무정」과 「재생」의 탈주술화와 재주술화」, 『인문과학연구논총』 38권 1호, 2017.2, 88면.

12   정하늬, 「회개와 거듭남, 정결한 지도자 되기―이광수의 『재생』론」, 『현대소설연구』 68호, 2017.12, 479-514면. 이외에도 2000년대 이후 『재생』에 대한 논의가 다양한 측면에서 이어졌다. 신윤주·권혁건은 비교문학적 관점에서 「나쓰메 소세키의 「풀베개(草枕)」와 이광수의 「재생」 비교연구」에서 온천이 주인공의 감정 변화에 미친 영향을 비교하고 있다.(신윤주·권혁건, 「나쓰메 소세키의 『풀베개(草枕)』와 이광수의 『재생』 비교 연구―주인공의 온천체험을 중심으로」, 『일어일문학』 49집, 2011.2, 287-301면) 서영채는 오자키 고요의 『금색야차』와의 비교를 통하여 『재생』에 나타난 "자기희생이라는 이광수식 모럴의 구조"(서영채, 「자기희생의 구조―이광수의 『재생』과 오자키 고요의 『금색야차』」, 『민족문화연구』 58호, 2013.2, 207면)를 밝히고 있다. 윤영옥은 부르디외의 문화자본, 사회자본, 경제자본, 상징자본이라는 개념을 통하여, 『재생』에 나타난 "사랑의 문법은 인물들을 둘러싸고 있는 여러 자본들의 동역학과 관련되어 있"으며, "경제 자본과 사회자본이 취약했던 여성지식인은 자신들의 문화자본을 공적 사회제도로 편입시키지 못하고 사회적 평판이 폄훼되는 상징 폭력에 노출"(윤영옥, 「자유연애, 문화자본, 그리고 젠더의 역학―이광수의 『재생』을 중심으로」, 『한국언어문학』 88집, 2014, 244면)된다고 주장한다.

13   이러한 의미로 '대칭' 혹은 '대칭성'이라는 용어를 처음 사용한 사람은 레비 스트로스이다. (레비 스트로스, 『야생의 사고』, 안정남 역, 한길사, 1996, 91면)

부분과 전체는 하나라는 직감이 자연발생적으로 이루어지며 "자기라는 존재는 '종(種)'으로서의 사회의 일원이자 자연의 일원이며, 우주 속의 미미한 일원으로서의 의미밖에 가질 수 없"[15]다. 대칭성의 윤리를 따르면 "전체성의 균형을 파괴할 위험이 있는 개인적 이익"[16]은 부정될 수밖에 없다. 이와 달리 비대칭성의 세계는 증여가 아닌 교환의 논리에 따라 작동하며, 사람들은 다른 인간이나 자연과의 연속성과 동일성도 느끼지 못하며, 자기 자신의 이익이나 욕망만을 최우선으로 여기게 된다. 신봉구는 두 번째 수감생활을 기점으로 비대칭성의 세계에서 대칭성의 세계로 건너간 것이라 할 수 있으며, 이것이야말로 재생의 참된 의미라고 할 수 있다.

2. 비대칭성의 세계

1) 돈과 애욕의 세상

『재생』의 스토리 시간은 3.1운동이 실패로 끝난 지 4년여가 지난 1923년 이후부터이다. 3.1운동이 실패한 자리, 즉 이광수의 맥락에서라면 민족 계몽이 실패한 자리에는 개인의 욕망만이 남는다. 그것은 감옥에서 나온 순흥이 달라진 세상을 일컫는 "소화기와 생식기의 세상"[17]이라는 너무나도 간결하고 인상적인 문구에 적절하게 압축되어 있다.

---

14   나까자와 신이치, 『대칭성 인류학』, 김옥희 역, 동아시아, 2005, 183면.
15   위의 책, 185면.
16   위의 책, 173면.
17   이광수, 「재생」, 『한국의 근대성 소설집』, 문성환 엮음, 북드라망, 2016, 411면. 이 책에 수록된 『재생』은 『동아일보』 연재본을 저본으로 하고 있다. 앞으로 인용할 경우, 본문 중에 연재횟수와 페이지수만 기록하기로 한다.

『무정』에서는 기껏해야 영채의 기구한 삶과 형식의 돈(출세)에 대한 욕망 정도로 자본주의의 문제가 드러났다면,[18] 『재생』에서 돈은 조선 사회의 주인이라고 할만큼 그 힘이 강력하다.[19] 무지막지한 자본의 힘은 당대의 부자인 백윤희가 김순영을 손에 넣는 과정에서 선명하게 드러난다. 이 과정에서 순영은 하나의 물건이다. 백윤희는 힘과 돈을 덜 들이고 순영을 손에 넣는 방법을 연구하고 순영의 둘째 오빠 순기는 어찌하면 백윤희에게 "가장 많은 값을 받고 순영을 팔까 하는 계책을 연구"(16, 95)한다. 실제로 백윤희는 자신이 순영을 "2만 원에 사 왔"(140, 381)다고 스스럼없이 말한다.[20] 상황이 이 지경에 이른 것은, 돈의 힘을 제어할 시대적 이념이 사라진 것과 관련된다. 계몽의 이념이 돈에 대한 욕망을 규제하는 역할을 했지만, 3.1운동이 실패한 이후 계몽의 이념이 적용되지 않는 시대가 열린 것이다.[21]

흥미로운 것은 이 작품에서 하나의 물건으로 취급받는 순영이야말로 자본의 논리에 가장 깊이 발을 담그고 있다는 점이다. 순영은 단순한 돈의 피해자가 아니며, 적극적으로 돈의 논리와 매력을 받아들인다. 그것은 순영이 백윤

---

18   이경재, 「이광수의 『무정』에 나타난 근대의 부정성에 대한 비판」, 『민족문학사연구』 54호, 2014.4, 247-269면.

19   서희원은 『재생』이 근대의 영웅인 부자를 등장시킨 작품으로서, 이들은 "더러운 동시에 매혹적이며, 비난을 받지만 단죄되지는 않는다"(서희원, 「근대의 영웅, 부자의 탄생 ─ 『재생』을 중심으로」, 『한국학연구』 34집, 2014.8, 115면)고 주장한다.

20   백윤희는 "네년 행세를 보면 당장에 때려 내쫓을게지만 돈이 먹었어! 돈이 먹었으니까 못 때려 내쫓는 게야."(134,368)라는 식의 말을 자주 한다.

21   박혜경의 "감격어린 전율에 몸을 떨며 '교육으로, 실행으로'를 부르짖는 것만으로 민족 구제의 희망에 불타오를 수 있었던 「무정」의 계몽적 순진성의 세계는 이들 작품에 이르면 돈을 향한 탐욕스러운 욕망의 세계 앞에서 급격히 무너지게 된다."(박혜경, 「계몽의 딜레마 : 이광수의 「재생」과 「그 여자의 일생」을 중심으로」, 『우리말글』 46집, 2009, 297면)는 『재생』의 기본적인 시대상황을 잘 보여준다. 『무정』에서는 네 명의 젊은이가 민족주의적 계몽주의로 대동단결하지만, 3.1운동의 실패는 더 이상 계몽을 통한 물욕의 규제를 어렵게 만든다.

희를 받아들이게 되는 과정을 통해 매우 설득력 있게 형상화되어 있다. 순영은 백윤희가 보낸 고급차를 탔을 때부터 마음이 흔들리기 시작한다. 백윤희의 집에 들어가자 이러한 동요는 더욱 심해진다. 백윤희를 처음 만났을 때만 해도 "백윤희! 피, 응. 그 기생작첩 잘하기로 유명한 그 부자 녀석이야?"(21. 107)라며 당당한 모습을 보이지만, 집에 들어와 5-6시간을 보내는 동안에 백윤희에 대한 생각이 변하는 것이다. 이 대목에서 수차례 반복되는 "아니 놀랄 수가 없었다."는 말에서는 거역할 수 없는 자본의 거대한 힘이 느껴진다. 동래온천에서 순영은 백윤희에게 정조를 잃는데, 이것도 "순영의 속에 움직이는 유혹의 힘"(42, 154)에 굴복한 결과이다. 순영은 백윤희를 가리켜 "예끼 짐승 같은 놈!"(43, 155)이라고 부르기도 하며 고민도 하지만, 결국 백윤희의 세계로 나아간다. 한여름을 원산 바다 외딴 섬 별장에서 백과 "순전한 부부생활"(50, 170)을 한 순영은 "돈과 육의 쾌락이 심히 기뻤다. P부인을 따라가거나 인순과 뜻을 같이 하거나 그런 일은 침 뱉어 버릴 우스운 일이요, 아직 세상 모르는 어리석은 계집애들의 꿈"(51, 173)이라 여기는 것이다.

이처럼 돈에 침윤된 것은 순영이만의 문제가 아니라 당대의 일반적인 모습이라는 점이 강조된다. 봉구의 어머니는 봉구에게 "요새 계집애들 돈밖에 안다든?"(11, 85)이라며 "모두 학교까지 졸업한 애들이 남의 첩으로 들어가지."(11, 85)라고 말하기도 한다. 실제로 복례라는 여성도 성환과 약혼까지 한 사이지만 부잣집 첩으로 가는 바람에 성환은 학교도 그만두고 중국으로 달아난다.

자본의 배후에 놓인 교환의 원리는 비대칭성의 세계를 만들어내는 핵심적인 힘을 지니고 있다.[22] 현생인류(호모 사피엔스)의 '경제'라는 활동은 '증여'와

---

22   나까자와 신이치는 "마르크스는 근대의 산업사회가 교환의 원리와 그로부터 탄생하는

'교환'이라는 두 원리의 '복논리'로서 작동하지만, 자본주의는 "비대칭성의 논리의 전형이라고 할 만한 '교환'의 원리를 기반으로 해서 작동"[23]한다.[24] 증여는 증여물을 매개로 주는 사람과 받는 사람을 인격적으로 연결하는 작용을 통해 "대칭성의 원리와 깊은 관련"[25]을 맺지만, 교환은 증여와는 상반된 작용을 하며 비대칭성의 원리와 깊은 관련을 맺는다. 나까자와 신이치는 사회의 대부분이 교환의 원리에 의해 작동하는 자본주의 사회가 등장하면서, "이제까지 증여관계로 맺어져 있던 사람들 사이에 차가운 공기가 흘러 들어와, 서로 연결되어 있던 것들 사이에 분리가 일어나는 것을 체험"[26]하게 된다고 말한다.[27]

화폐에 근거한 관계성을 지나치게 발달시킨 결과, 인간과 인간 사이에 '사랑의 응답'이라는 커뮤니케이션(소통)의 형태가 성립되기가 무척 어려워졌다는 것을 원리적으로 확실하게 파악한 거의 최초의 인물이었습니다."(나까자와 신이치, 『사랑과 경제의 로고스』, 김옥희 역, 동아시아, 2004, 206면)라고 주장한다. 사람과 사람, 사람과 자연을 연결시키는 증여의 논리와 달리 근대 사회를 형성하는 근원적 동력인 교환의 논리는 부정성과 분리성을 근본으로 한다. 교환에서는 증여에서 활동하던 인격성의 힘이나 영적인 힘이 모두 억압되고, 배제당하고, 제거되는 것이다. (위의 책, 52-54면)

23 나까자와 신이치, 『대칭성 인류학』, 김옥희 역, 동아시아, 2005, 108면.
24 현생인류의 경제행위의 두 가지 기본축인 교환 원리와 증여 원리를 도식화하면 다음과 같다.

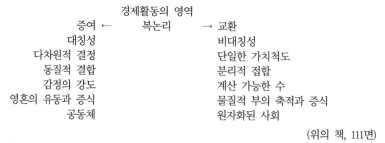

25 위의 책, 108면.
26 위의 책, 120면.
27 교환 원리에는 그와 관련된 물질이나 사람을 분리하려는 비대칭성의 특징이 잘 드러나는데 비해, 증여 원리는 증여되는 것을 매개로 사람과 사람 사이를 연결하는 유동성을

80 ____ 한국현대문학과 사상의 사계

다음으로 이 작품에 드러난 사랑도 이기적 애욕에 바탕한 것으로서, 그것 역시 비대칭성의 세계를 만들어내는 중요한 힘이 된다. 김순영은 백윤희와 실질적인 부부의 연을 맺은 뒤에도, 자신의 못다한 애욕을 충족하기 위해 신봉구를 찾는다.[28] 순영은 봉구의 "천진한 사랑도 받아 보고 싶"(53, 177)은 마음으로 봉구와 함께 석왕사로 여행을 가는 것이다. 또한 "여자 부랑자들" 로 불리는 여성들은 연애를 무엇보다 중요시한다. 이들의 연애관은 "연애는 신성하지 — 사랑만 있으면 나이가 많거나 적거나 본처가 있거나 없거나 상 관 있나"(150, 401)라는 것이다.

미국 유학까지 한 전문학교의 김교수 역시 이기적 사랑을 보여주는 대표 적인 인물이다. 그는 아내가 있음에도 순영을 따라다니고, 실패하자 또 다른 여자를 따라다니고, 나중에는 순영의 친구인 인순까지 따라다닌다. 나중에 순영이 백윤희의 집에서 나온 것을 알고는 순영에게 또 추근거리기 시작한 다. "어디를 가든지 누구라고 자기를 알아주고 대접해 주기를 바"(176, 456)라 는 김교수는 자기의 욕망과 이익을 전면에 내세우는 비대칭성의 사고에 빠진 인물이라고 할 수 있다. 돈(소화기)의 세상과 마찬가지로 애욕(생식기)의 세상도 자기만의 이익과 만족을 추구한다는 점에서 비대칭성의 사고와 연결된다.

비대칭성의 사고에 빠져 있다는 점에서는 신봉구도 김순영과 별반 다를바 없다. 지금까지의 논의는 도덕적 인간으로서의 봉구와 타락한 인간으로서의 순영이라는 이분법에 바탕해 있었다.[29] 그러나 두 번째 감옥 체험을 하기

발생시킨다는 점에서 대칭성의 논리의 특징을 뚜렷이 드러낸다. (위의 책, 182면)

28 이와 관련해 "영혼의 사랑=영원불변이라는, '연애'가 이끌고 들어온 사람에 대한 낭만적 환상이 김순영의 경우 일종의 강박증으로 변환되어 나타난 것"(정혜영, 「李光洙와 幻影의 近代 文學 —『再生』을 중심으로」, 『한국현대문학연구』 10집, 2001.12, 221면)이라는 주장 도 경청할만하다.

29 홍혜원은 『재생』은 '숭고의 체현'인 봉구와 '비속에 대한 처벌' 대상인 순영을 통해 서사

이전까지는 봉구 역시 비대칭적인 사고에 빠져있다는 점에서는 순영과 별반 다르지 않다. 이광수는 자신의 욕망(계집과 돈)에 충실한 봉구의 성격을 꽤 치밀하게 묘사하고 있다.[30] 『재생』은 이미 백윤희와 깊은 관계를 맺은 순영이 그 사실을 속이고 봉구와 함께 석왕사에 가는 장면으로 시작된다. 이 장면에서 봉구는 순영에 대한 소유욕과 독점욕으로 가득하다.[31] 대표적인 부분을 인용하면 다음과 같다.

> "'마침내 순영은 내 것이다'하는 승리의 강렬한 기쁨을 깨달았다."(1, 65), "순영을 내 것을 만들어야 된다."(2, 66), "아무도 그를 건드리지 못한다. 그는 내 것이다."(7, 77), "어찌하면 순영을 영원히 내 품에서 못 떠나도록 만드나."(7. 78), "'혼인을 해버려야 한다.'하고 봉구는 순영을 영원히 자기 것을 만들 방침을 생각한다. 혼인을 하여서 순영을 영원히 내 안방에 갖다가 가두어 놓아야 한다."(8, 78), "'어쩌면 이것이 내 것이람! 이렇게 아름다운 것이 내 것이 되어? 내가 아내라고 부를 사람이 되어?'"(8. 79) "봉구는 과연 4년이 넘도록 일념에 순영을 생각하였고 어찌하면 내 사람을 만들까를 생각하였다."(8. 79), "장차 오직 자기의 품에밖에 안겨

가 진행된다고 주장한다.(홍혜원, 앞의 논문, 66-80면) 김경미도 이 작품이 "비정상적인 섹슈얼리티를 보여주는 순영"과 "고결함의 이데올로기를 상징하는 봉구"(김경미, 「이광수 연애소설의 서사전략과 민족담론—『재생』과 『사랑』을 중심으로」, 『현대문학이론연구』 57집, 2012년 겨울, 5면)의 이분법을 보여주며, 전자는 배제시키고 후자만 민족에 연결시키는 정신주의를 보여준다고 지적한다. 그리고 이러한 정신주의는 일제의 식민주의 담론과 맞닿아 있다고 주장한다.

30　감옥에서 나온 이후에도 여러 독립활동을 하는 순흥의 "그놈 역시 첫 맹세를 잊고 계집과 돈을 따라다니다가 그리 되었으니까!"(154,411)라는 말은 봉구의 삶을 잘 압축해 보여준다.

31　또한 봉구는 자존심이 매우 강한 인간으로 그려진다. 봉구는 편모 슬하에서 성장하면서 "꾸중 한 번도 들어보지 못하고 제 맘대로 뛰고 놀고 자"(3,67)란 것으로 이야기된다. "자존심이 강한"(3.68)이라는 표현이 두 번이나 등장한다.

볼 일이 없을 그러한 깨끗하고 티 없는 처녀다."(53, 179), "여보시오, 순영씨. 당신은 나를 사랑하시오? 나밖에는 사랑하는 남자가 없소? 분명히 당신은 처녀요? 나는 이 자리에서 그 대답을 들어야 하겠소이다."(59, 193), "'만일 순영이가 자기만 사랑하는 것이 아니라 하면?' 이렇게 생각할 때에 봉구는 도저히 견딜 수가 없었다."(60, 195)

백윤희가 돈의 힘으로 순영을 물건처럼 소유하려고 했다면, 신봉구는 사랑이라는 이름으로 순영을 물건처럼 소유하려고 했던 것이다.

순영을 소유하려는 이기적 욕망이 충족되지 않자, 봉구는 이제 돈의 힘으로 순영에게 복수하려고 한다. 돈을 많이 벌어서 복수를 하겠다는 것은, 결국 돈의 힘에 의지한다는 점에서 백윤희나 순영이 보여주는 삶의 방식과 본질적으로는 동일하다.[32] 봉구는 "김영진(金英鎭)이라는 가명으로 인천 마루김金미두米豆 취인중매점에 사환 겸 점원 겸"(74, 227)으로 취직한다. 미두란 "한 놈이 잘 되려면 아흔 놈이 망해야 되는 법"(77, 235)에 바탕한 것으로서 비대칭적인 교환논리가 극단에 달한 현장이라고 할 수 있다. 나아가 미두 취인점에 취직하는 것은 단순히 돈을 버는 것을 넘어서 "나는 인생의 모든 이상과 모든 의무를 다 내버렸다."거나 "결코 남의 신세를 아니 지기로 또 따뜻한 인정이라는 것을 베어 버리기로 결심한 것"(78, 237)이라는 말에서 알 수 있듯이,

---

32 폐쇠는 인간의 정체성 구성방식을 크게 동일시, 반(反)동일시, 비(非)동일시로 나눈다. 동일시가 기존질서를 그대로 따르는 방식으로 정체성을 구성한다면, 반동일시는 기존질서에 철저히 반대하는 방식으로 정체성을 구성한다. 두 가지 방식 모두 자기만의 고유한 정체성을 구성하는 것과는 거리가 멀다. 비동일시는 기존질서를 그대로 따르는 것도 아니며, 무조건 반대하지도 않으면서 새로운 정체성을 구성하는 방식에 해당한다. M.Pecheux, trans. Harbans Nagpal, *Language, Semantics, and Ideology*, Macmillan, 1982, pp.36-88. 폐쇠의 논의에 기댄다면, 백윤희나 순영은 돈이 지배하는 세상과 동일시를 하는 것이고, 미두점에 취직한 봉구는 돈이 지배하는 세상과 반동일시를 하는 것이라고 볼 수 있다.

오로지 자기만을 위한 일로 분명하게 의미부여가 된다.

2) 개인적인 욕망에 바탕한 정치 활동

지금까지 『재생』에 대한 대표적인 독법은, 이 작품이 3.1운동의 대의가
사라진 이후의 타락상을 그렸다는 것이다.[33] 다음의 인용문에는 숭고한 대의
로서의 3.1운동과 타락한 삶으로서의 현재라는 이분법이 선명하게 드러난다.
"조선을 위하여 몸을 바친다"던 사람들은 어느새 "연애와 돈"이라는 종교에
지배를 받는 "이기적 개인주의자"가 되어 버린 것이다.

또 혹은 그들의 가정의 영향으로 혹은 3.1운동 당시의 시대정신의 영
향으로 그들은 거의 다 애국자였었다. 만세 통에는 숨어 다니며 태극기도
만들고 비밀 통신도 하고 비밀 출판도 하다가 혹 경찰서 유치장에도 가고
그중에 몇 사람은 징역까지 치르고 나왔다. 그때에는 모두 시집도 안
가고 일생을 나랏일에 바친다고 맹세들을 하였다. 그러한 여자가 서울
시골을 합하면 사오백 명은 되었다. 그러나 만세열이 식어 가는 바람에
하나씩 둘씩 모두 작심삼일이 되어 버려서 점점 제 몸의 안락만을 찾게

33 　『재생』을 3. 운동에 대한 후일담으로 읽는 것은, 『재생』에 대한 대표적인 독법 중의 하나
　　이다. 김윤식은 "춘원은 『재생』에서 3.1운동 후의 한국사회가 얼마나 타락했는가를 드러
　　내고자 했던 것이다. 정확히 말하면 3.1운동에 참가했던 한국 젊은이들의 패배한 모습을
　　쓰고자 하였다."(김윤식, 앞의 책, 817면)라고 지적하였다. 이혜령은 "염상섭은 만세전에
　　연애 따위는 청산했음을, 이광수는 만세후에 연애와 더불어 방황이, 전락이 시작되었다
　　고 이야기"(이혜령, 「正史와 情史 사이 : 3.1운동 후일담의 시작」, 『민족문학사연구』 40
　　권, 2009년 가을, 234면)한다고 주장한다. 권보드래는 『재생』이 "3·1운동의 후일담을
　　타락과 퇴화의 서사로 그려"(권보드래, 「3·1운동과 '개조'의 후예들 ─ 식민지시기 후일
　　담 소설의 계보」, 『민족문학사연구』 58권. 2015년 가을, 236면)냈다고 보고 있다. 서여진
　　은 3.1운동의 실패라는 폐허 속에서 새로운 전망을 보여주려고 한 작품으로 평가한다.(서
　　여진, 「『재생』에 나타난 『장한몽』의 구조」, 『춘원연구학보』 5집, 2012, 305-329면)

되었다. (중략) "조선을 위하여 몸을 바친다"는 것은 옛날 어렸을 때 꿈으로 여기고 도리어 그것을 비웃을 만하게 되었다.

'연애와 돈.' 이것이 그들의 정신을 지배하는 종교다. 그러나 이것은 여자뿐이 아니다. 그들의 오라비들도 그들과 다름없이 되었다. 해가 가고 달이 갈수록 그들의 오라비들의 맘이 풀어져서 모두 이기적 개인주의자가 되고 말았다. (150, 402)

그러나 『재생』에서는 3.1운동이, 애당초 '돈이나 애욕'과 선명하게 구분되는 숭고한 운동이 아니었을 수도 있다는 뜻밖의 인식을 드러낸다. 봉구가 3.1운동에 적극적으로 참여하고, 감옥살이까지 하는 심층의 동기는 바로 순영에 대한 애정이다. 3.1운동은 공동체를 위한 숭고한 대의가 아니라 개인적인 욕망과 이익에 바탕한 것으로 그려지는 것이다. 사형 집행을 기다리는 동안에도, 봉구는 "혹 나라를 위하여 몸을 바치리라 하는 생각을 가졌고 또 몸을 바치는 일도 하노라 하기도 하였으나 그것도 결국은 내 한 몸의 만족을 위한 것에 지나지 못하였다."(130, 360)라고 반성한다. 이때 '내 한 몸의 만족'이란 3.1운동에 대한 헌신이 순영에 대한 애욕에서 비롯된 것을 가리키는 말이다. 3.1운동도 비대칭적인 사고의 연장선상에 놓인 것으로 형상화되는 것이야말로 『재생』의 가장 특이한 면모라고 할 수 있다. 다음의 인용문들은 3.1운동에 참가하는 과정에서 순영을 욕망하게 되었지만, 결국에는 그 순서가 뒤바뀐 상황을 잘 보여준다.

봉구는 여러 번 위험한 지경을 당하였고 또 마침내 셋 중에 맨 먼저 붙들렸다. 그러나 그가 순영을 생각할 때 모든 고생과 위험은 꿀과 같이 달았다. 만일 자기가 사형대에 올라선다 하더라도 순영이가 곁에서 보아주기만 하면 목이 달리면서도 기쁘리라 하였다. (8, 80)

봉구는 무슨 까닭으로 이 운동을 시작하였는지 그것조차 잊어버렸다. 인제는 다만 자기가 힘을 쓰면 쓰느니 만큼 위험을 무릅쓰면 무릅쓰느니 만큼 순영이가 기뻐해 주고 애썼다고 칭찬해 주는 것이 기뻤다. (9, 80)

나는 조선을 사랑한다. ─ 순영이를 낳아서 길러 준 조선이니 사랑한다. 만일 순영이가 없다고 하면 내가 무슨 까닭에 조선을 사랑할까? 순영이를 알기 전에도 나는 조선을 사랑하노라고 하였다. 그러나 그때에는 내가 왜 조선을 사랑하였는지 모른다. 순영이를 떼놓으면 조선에 무슨 의미가 있을까? (10, 83)

봉구는 순영을 사랑하면서, 자신이 "무슨 까닭으로 이 운동을 시작하였는가. 그것조차 잊어 버"린 채 3.1운동에 참여하고 있는 것이다. 이러한 마음은 처음으로 감옥에 들어가서도 마찬가지이다. 봉구는 3.1운동 기간과 감옥 생활 내내 오직 순영이만 생각하고 지낸다. 이러한 마음은 감옥을 나온 후에도 변함이 없다. 신봉구는 김순영에게 보내는 편지에 "만일 내가 조선을 사랑하는 마음이 있다 하면 그것은 당신을 낳고 길러 준 나라이기 때문이로소이다."(52, 175)라고 쓴다.

『재생』에서는 3.1운동과 같이 대의에 바탕한 행동이 비대칭성과 관련된 것으로 그려지는 장면이 또 하나 등장한다. 경훈은 XX단에 가입한 후 자금을 마련하기 위해 아버지를 살해한다. "남에게 인정을 받으려는 야심"(84, 251)이 강한 경훈은 XX단의 사람이 찾아와 큰 사업을 의논하자, "고맙고 기쁘기도 하여서 너무도 흥분된 끝"(84, 252)에 "30만 원 내가 혼자 다 내지요."(84, 252)라고 약속한다. 결국 경훈은 30만원을 마련하기 위해 자신의 아버지를 살해하고 만다. 경훈의 자기애가 결국에는 살부라는 패륜에까지 이르고 마는 것이다. 서술자는 경훈이 "지금은 독립한 사람으로 움직이는 것이 아니요, 어떤 비밀결사의 기계로 움직이는 것"(84, 251)이라고 하여, 살인사건의 책임이 XX 단에도 있는 것으로 형상화하고 있다. 이광수의 『재생』에서는 봉구가 열심히 참가했던 3.1운동이나 XX단에 속한 경훈의 활동이 모두 자기를 내세우는 비대칭성에 바탕하고 있는 것으로 그려진다.[34]

3. 신봉구를 통해 드러난 대칭성의 지향

봉구는 억울한 누명을 쓰고 감옥에서 지낼 때, 커다란 사상의 변화를 경험한다. 그것은 말 그대로 '재생'에 해당한다. 이때의 감옥은 대칭성의 세계로 진입하는 이니시에이션(initiation)의 장소라고 할 수 있다. 그 곳은 새로운 생명의 탄생을 가능케 하는 자궁의 원형적 상상력에 부합하는 공간일 뿐만 아니라 고립된 공간으로서 교환원리에 바탕한 비대칭성의 세계와도 단절이 이루어지는 곳이다. 이 감옥은 여러 문명에서 대칭성의 원리가 발견되는 공간과 비슷한 성격을 지니고 있다.[35] '자기와 타자, 자기와 환경, 인간과 동물

---

34 그러나 경훈이 아버지를 살해했다가 상해로 달아난 이후의 행적은 매우 진중하고 헌신적이다. 당의 신임을 얻어 국내로 돌아온 경훈은 정성을 기울여 독립운동에 나선다. 이후에는 자신의 죗값을 달게 받으며 봉구를 구하려는 모습까지 보여준다. 이러한 경훈의 모습은 비대칭성의 세계에서 대칭성의 세계로 나아간 봉구와 유사하다.

35 나까자와 신이치는 그 이니시에이션의 장소를 다음과 같이 설명한다. "실제로 오래된 형태의 이니시에이션 의식이 치러지고 있는 지구상의 많은 장소에서는, 의식에 참가할 예정인 젊은이들의 눈을 가리거나, 칠흙같이 어두운 곳에 젊은이들을 장시간 방치해 극도의 불안을 느끼도록 합니다. (중략) 이런 반인반수의 괴물이 살고 있는 우리 '마음' 속의 장소는 어딘가 하면, 바로 고차원의 유동적 지성이 활동하고 있는 무의식입니다. 그곳에서는 '대칭성의 논리'가 작동하고 있어 자기와 타자, 자기와 환경, 인간과 동물 등의 온갖 경계가 해체를 일으킵니다. 이니시에이션에 참가하는 젊은이는 이런 장소에 내팽개쳐지는 셈이므로, 그것을 '괴물에게 잡아먹히는' 상황으로 설명하는 것은 그야말로 합리적이라고 할 수 있습니다." (나까자와 신이치, 앞의 책, 145면)

등의 온갖 경계가 해체'되는 대칭성의 논리를 익히기 위한 이니시에이션 의식은 '칠흙같이 어두운 곳에 장시간 방치해 극도의 불안'을 느끼도록 하는 것을 통해 이루어지는데, 봉구가 위치한 감옥이야말로 이러한 이니시에이션의 장소로서 가져야 할 요건을 충족시키고 있는 것이다.

이곳에서 봉구는 자기 안에 내재되어 있던 비대칭성의 사고를 하나씩 뿌리 뽑기 시작한다. 처음으로 봉구는 순영에 대한 사랑에 담긴 이기적인 마음을 깨닫는다. 자신은 "오직 순영을 욕심내었던 것"(118, 334)이고 순영이 "내 것이 안 되"자, 자신의 사랑이 "참되고 깨끗지 못함을 뉘우칠 줄을 모르고 도리어 순영을 미워하고 원망하고 저주한 것"(118, 335)임을 반성한다. 나아가 "내가 오늘까지 사랑한 것, 슬퍼한 것, 기뻐한 것, 모든 것이 다 이기주의의 더러운 동기에서 나온 것"(119, 336)이라고 반성하며, "다시 세상에 나가기만 하면 나는 새로운 생활을 할 것이다 — 나는 모든 이기적 욕심을 버리고 몸을 바치는 사랑의 생활을 하리라."(119, 337)라고 결심한다. 이기주의의 극복이란 자신의 이익과 욕망에 대한 집착을 극복한다는 의미이고, 이는 곧 대칭성의 사고와 연결되는 것이다. 개인적 이익을 중시하는 태도에서 다른 인간과의 연속성과 동일성을 강조하는 태도로의 변모는 다음의 인용문에도 선명하게 드러난다.

> 나의 이익을 위하여 누구를 사랑한다든가, 내게 해롭기 때문에 누구를 미워한다든가, 내게 좋은 일이 있으니 기뻐한다든가, 내게 싫은 일이 있으니 괴로워 한다든가, 이러한 일이 없이 오직 천하 사람의 기쁨을 위하여 웃고, 천하 사람의 슬픔을 위하여 울고, 오직 천하 사람의 행복을 위하여서만 나의 몸과 맘을 쓰고, 나의 목숨을 바치는 그러한 생각이 나게 하여 주시옵소서. (130, 359)

봉구가 자신의 삶을 바치겠다고 생각하는 "천하 사람"은 민족이라는 범주를 뛰어 넘는다. 봉구는 "한 번도 자기를 같은 사람으로 불쌍히 여기는 것을 본 일이 없"(121, 341)는 일본인 검사에게도 "아마 아내도 있고 아들딸도 있을 것이오, 혹 자기와 같이 늙은 어머니도 있을 것이다."(122, 343)라고 생각하며 공감의 촉수를 뻗칠 정도이다.[36] 봉구는 "만일 인류의 모든 유산이 다 없고 내가 이 세상에 혼자 떨어졌다면 나는 그날로 죽어 버렸을 것이다."라며, "나는 오직 인류에게 빚을 진 사람"(120, 339)이라고 스스로를 규정한다. 봉구가 발견했다는 "새롭고 큰 진리"란, 그것은 "천하 사람이 모두 내 몸이다!"(128, 356)라는 대칭적인 사고이다.[37]

봉구가 깨달은 진리는 인류애의 범주에서 한 단계 더 나아간다. 거기에는 다음의 인용문에 나타나듯이, 소, 돼지, 벌레, 새는 물론이고 해와 달과 바람과 별까지도 포함되는 것이다. 이것은 "자기라는 존재는 '종(種)'으로서의 사회의 일원이자 자연의 일원이며, 우주 속의 미미한 일원으로서의 의미밖에 가질 수 없"[38]다는 대칭성의 사고와 그대로 일치하는 것이다.

감옥 바로 곁에 있는 도수장에서 날마다 앙앙하고 슬픈 소리를 지르고 죽는 소나 돼지들까지도 그 소리를 듣는 이들은 불쌍하다는 생각을 발하지 아니하는가? 왜 사람들은 그렇게 죽기를 설워하는 소와 돼지를 꼭 잡아 먹어야만 되는가? 왜 같은 사람끼리 서로 잡아 가두고 서로 때리고

---

36 강헌국 "그가 추구하는 인류애는 민족과 국가를 초월할 만큼 광대하고 숭고하다. 민족의 계몽은 그 인류애의 휘하에 배속되어 실천되어야 한다."(강헌국, 앞의 논문, 136면)고 이야기한 바 있다.
37 대칭성의 원리는 무의식의 원리와 통하여, 대칭성의 원리에서는 "구체적인 개인이 아니라, 한 나라의 국민이나 인류와 같은 '강綱'을 마치 개체나 개인처럼 취급"(나카자와 신이치, 앞의 책, 61면)한다.
38 위의 책, 185면.

<u>서로 죽여야만 되는가?</u> 봉구의 생각에는 김 의관을 꼭 죽여야 할 필요도 있는 것 같지 아니하고 또 자기를 꼭 죽여야 할 필요도 있는 것 같지 아니하였다. (129, 357-358)

그러나 어떤 이름 없는 사람 하나가 혹은 가족을 위하여 혹은 물에 빠지는 아이를 위하여 혹은 나라를 위하여 목숨을 바치는 날도 무엇에 지지 않는 큰 날이다. 비록 그 일이 아무도 보지 못하는 빈 곳 어두운 밤중에 생겼다 하더라도, 또 비록 그가 내버린 목숨이 세상에 드러날 만한 아무 효과도 생기지 못하였다 하더라도, <u>그날의 해와 달은 그 목숨 하나를 위하여 뜬 것이요, 별과 바람과 모든 새와 벌레들은 그 목숨을 위하여 찬송과 기도하는 노래를 부르는 것이다. 진실로 그날의 전 인류가 이 목숨 하나의 덕으로 사는 것이요 그 목숨이야말로 그날의 천지의 주인 이다.</u> 날마다 이러한 생명 ― 의를 위하여 저를 희생할 생명이 있기 때문에 해와 달이 날마다 빛이 나고 사람의 생명과 기쁨이 날로 끊어짐이 없는 것이다. (159, 420-421)

"이 세상을 연기 드는 방"(131, 361)에 비유하는 봉구의 사고에서 이 세상은 하나의 유기적 전체이다. 봉구가 새롭게 깨달은 대칭성의 사고에서는 모든 것이 서로 관련을 맺고 있으며 이 우주 속에 고립된 현상은 하나도 존재하지 않는다. 이러한 사고에 입각할 때, 인간과 동물은 부자간이며 형제자매 사이라는 식의 관계를 회복해 상호간에는 자비에 근거한 우애관계가 부활한다.[39]

봉구는 곧 누명을 벗고 감옥에서 풀려난다. 그것은 출옥인 동시에 비대칭성의 세계에서 풀려나 대칭성의 세계로 나아가는 일이기도 하다. "돈의 욕심과 연애의 욕심과 살려는 욕심과 따라서 나오는 모든 번뇌를 벗어난 봉구"에

---

39   위의 책, 197면.

게는 "새로운 천지의 문"(131, 363)이 열린 것이다.

봉구는 금곡으로 가서 헐벗은 조선의 농민들을 위해 헌신하는 삶을 산다. 그것은 대칭성의 사고에 바탕한 것으로서, 이제 모든 불행을 일으키는 근원인 비대칭성의 흔적은 찾을 수 없다. 봉구는 교환이 아닌 증여의 논리에 따라 삶의 모든 과정을 밟아나갈 생각이다. 다음의 인용문은 봉구의 마음에 싹튼 증여의 논리가 순수증여의 단계에까지 나아가고 있음을 보여준다.

> 봉구는 어머니의 사랑이라는 것을 처음 깨닫는 것같이 감격하였다. 만일 저렇게 깊고도 은근하고도 헌신적이요 아무 갚아지기를 바라지 않는 어머니의 사랑으로써 사람이 사람을 서로 사랑한다 하면 얼마나 세상이 행복될까. 만일 자기 혼자만이라도 이 어머니의 사랑을 가지고 조선을 사랑하고 모든 조선 사람을 사랑할 수가 있으면 얼마나 좋을까?
>
> 이때에 봉구의 눈앞에는 한 비전(광경)이 보인다. 그것은 맨발로 허름한 옷을 입은 예수가 갈릴리 바닷가에 무식한 순박한 어부들과 불쌍한 병인들을 모아 데리고 앉아서 일변 가르치고 일변 더러운 병을 고쳐 주는 광경이다. 사막의 볕이 내리쬐고 바다에는 실물결을 일으킬 만한 바람도 없다. 그 속에서 얼굴이 초췌한 예수는 팔을 두르면서 '사랑'이 복음을 말하고 불쌍한 백성들은 피곤한 얼굴로 예수를 쳐다보며 그 말을 듣는다. (중략)
>
> 그가 무엇을 바랐던가. 돈이냐, 권세냐, 이름이냐, 일신의 안락이냐. 그는 오직 어머니와 같은 사랑으로 불쌍한 인류에게 기쁨을 주기를 바란 것이다. (170, 443-444)

부모의 사랑과 신의 사랑은 인간이 생각할 수 있는 순수증여의 대표적인 형상이다. 부모나 신은 자신의 사랑에 대해서 어떠한 대가도 요구하지 않기 때문이다.[40] 무언가를 증여하면서 그 보상으로 무언가를 기대하는 순간 그 증여는 교환의 사고에 의해 오염된다. 보상을 바라는 생각이 섞여들면, 증여 행위는 순식간에 非대칭성의 원리에 의해 움직이는 교환의 고리 속으로 떨어 져 버리는 것이다. 순수증여는 증여의 행위를 통해서 '증여하는 사람'과 '증여의 대상자'의 구별이나 분리가 전혀 발생하지 않는 상황, 즉 완전한 대칭성의 상황에서만 가능하다. 부모와 신은 아이와 인간에게 대칭성 사고의 이상을 체현한 존재이다. 지금 봉구는 바로 그 부모와 신의 마음으로 가난한 농민들 속으로 가고자 하는 것이다. 다음의 인용문은 봉구의 이러한 다짐이 금곡의 농민들 사이에서 거의 실제로도 구현되고 있음을 보여준다.

> 낮에는 노동하고 밤에는 자고 겨울에는 이 동네 저 동네를 돌아다니며 농사하는 백성들의 편지도 써 주고 또 원하는 이들을 모아 데리고 가갸거겨 국문도 가르쳐 주고 그들과 같이 새끼 꼬고 신 삼으며 이야기도 하여 주고, 그리하다가 봄이 되면 다시 농사하기를 시작하였다. 만일 늙은 어머니만 안 계시던들 그는 전혀 집 한 간도 가지지 아니하고 아주 의지가 없는 사람이 되어 버렸을는지도 모른다 ― 그처럼 봉구는 아주 일신상의 모든 행복을 떼어 버리려고 애를 써 왔다 ― 또 그대로 실행도 하여 왔다. (199, 507)

봉구는 3년간 농촌인 금곡에서 농사를 지으며 농민들을 위해 헌신하는 삶을 산다. "일신상의 모든 행복을 떼어 버"렸다는 말에서 알 수 있듯이, 이러한 헌신은 자기라는 개체성의 벽을 허문 것으로 순수증여에 다가간 행위

---

40 순수증여는 증여가 극단화 된 것으로서, "자신이 행한 증여에 대해 아무런 보답도 바라지 않는"(나까자와 신이치, 『사랑과 경제의 로고스』, 김옥희 역, 동아시아, 2004, 68면)다.

라고 할 수 있다. 여기서 봉구가 대칭성의 사고를 받아들인 후(재생)에 하는 행위가 농사라는 것도 매우 의미심장하다. 농사야말로 교환의 논리가 아니라 증여의 논리가 작동하는 거의 유일한 노동의 형태이기 때문이다. 농업에서는 "노동을 하는 농민과 노동대상인 대지 사이에 단순한 주체─객체의 관계를 초월한 '인격적 결합'이라고 부를 만한 유대관계가 형성"[41]되며, 이를 통해 노동과 그 대상 사이에는 단순한 부의 창출이라는 의미를 넘어서는 사랑의 관계가 탄생하는 것이다.[42]

4. 김순영의 삶을 통해 드러난 비대칭성의 부정

봉구를 통해 작가가 지향하는 대칭성의 사고가 드러났다면, 『재생』의 또 다른 주인공인 순영을 통해서는 작가가 부정하는 비대칭성의 사고가 드러난 다. 이광수는 『재생』에서 돈과 소화기와 생식기의 세상을 대표하는 순영을 잔인하게 느껴질 정도로 비극의 한복판으로 몰아세우는 것이다.

2장에서 살펴본 것처럼, 순영은 소화기(돈)와 생식기(육욕)의 행복만을 쫓는 삶을 선택했다. 그러나 이후의 삶은 "과연 돈도 행복의 근원이 못 되고 육욕 의 만족"도 "행복의 근원이 못 되는 줄을 어렴풋이라도 깨닫"(104, 301)는 과정 에 불과하다. 온갖 음행을 저지르는 백윤희는 순영에게서 오직 성욕의 만족 만을 구하고, 그 결과 순영은 매독과 임질에 걸린다. 또한 순영은 백윤희의

---

41 위의 책, 155면. 나카자와 신이치는 농업에서 순수증여의 가능성까지 보기도 한다. 농업에 는 "증여의 원리의 극한에 출현하는 순수증여의 원리를 분명한 이미지로서 조형하는 능력도 내재되어 있습니다. '대지'나 '자연'이라는 형태로, 순수증여의 원리가 작용하는 토포스를 실체로서 파악할 수가 있기 때문입니다."(위의 책, 142면)라고 설명하는 것이다.

42 농업이 지닌 증여적 성격은 『재생』 이후에 창작된 장편 『흙』(『동아일보』, 1932.4.12.- 1933.7.10)에서 본격화된다.

경제력으로부터도 완전히 배제되어 있다. 결국 순영은 눈 먼 딸과 함께 가출하여, 온갖 고생을 겪다가 구룡연에서 자살한 후에 그 시신마저 모두에게 공개되는 처참한 상황에 처한다.[43]

"'행복을 따르다가 행복도 얻지 못하고 남은 것이 이 죄 많고 병든 몸!'"(172, 449)뿐인 순영의 인생 역정은, 순영이 결코 비대칭적인 사고로부터 벗어나지 못하는 것과 무관하지 않다. 순영은 봉구가 살인사건의 용의자로 체포되었을 때 봉구를 위해 증언하는 자기 희생의 면모를 처음이자 마지막으로 보여주지만, 순영은 윤희의 정실이 될 수 있는 기회를 놓치기 싫어서 자신의 증언을 모두 거부하며 이전의 생활로 돌아간다. 그러한 거짓과 배신을 순영은 "행복의 값"(117, 330)이라고 생각한다.

순영은 백윤희의 본마누라가 죽으면 정실이 될 것을 기대하기 때문에 불행한 결혼생활도 견딘다.[44] 이후에 순영이 가출하는 것은, 백윤희와의 관계를 반성했기 때문이 아니라 "돈 욕심과 본처 되려는 욕심"(142, 386)을 더 이상 채울 수 없었기 때문이다.[45] 가출하였을 때 김교수가 찾아와 유혹하며 배 속의 아이를 지우라고 하자, 순영은 자신의 행복한 삶을 위해 김교수의 말을

---

43 순영의 시신은 다음과 같이 잔인하게 묘사된다. "아무도 시체를 건져 낼 생각은 아니한 모양이다. 봉구는 폭포 밑으로 뛰어갔다. 뽀얀 안개가 싸인 검푸른 물에는 분명히 순영이가 소경 딸을 업은 대로 얼굴을 하늘로 향하고 둥둥 떠서 폭포가 내려 쫓을 때마다 끔벅끔벅 물속으로 들어갔다 나오기도 하고 둥그런 수면으로 이리로 저리로 빙빙 돌기도 한다."(208,525-526)

44 이행미는『재생』에서 김순영을 비롯한 여러 인물들의 불행이 식민지 가족법의 모순에서 비롯되며, 근대적 가족 개념의 대안으로 신념과 생활을 나누는 일종의 생활공동체를 지향한다고 주장한다.(이행미, 「이광수의『재생』에 나타난 식민지 가족법의 모순과 이상적 가정의 모색」,『한국현대문학연구』50집, 2016.12, 71-107면)

45 이와 관련해 류수연은 "백윤희와의 결혼 생활에서 순영이 환멸을 느낀 것은 타락한 그 삶을 반성했기 때문이 아니라, 백윤희가 순영의 육체적 섹슈얼리티를 취하면서도 그녀의 금전적인 욕구를 거세했기 때문이다."(류수연, 「타락한 '누이', 그리고 연애서사」,『구보학보』13집, 2015, 242면)라고 설명한다.

따른다. 결국 낙태에도 실패하고 낙태약으로 인해 눈 먼 딸을 낳게 된다. 순영은 딸과 함께 마지막으로 봉구를 찾아와서도 겉으로는 용서를 빌러 왔다고 말하지만, 막상 봉구가 용서한다는 말을 하자 "자기가 봉구에게서 얻으려던 것은 그것만이 아닌 것 같다."(193, 493)며 서운함과 어이없음을 느낀다. 이것은 대칭성의 사고에 굳게 자리잡은 봉구와 더욱 대비된다. 순영이 봉구에게 용서를 빌러 왔을 때, 봉구는 자신이 새롭게 배운 사랑법에 대해 이야기한다. 그것은 "네가 사랑하는 이가 있거든 오직 그를 사랑 하여라. 그에게서 사랑을 갚아지기를 바라기는 할지언정 안 갚아진다고 원망은 말아라."(193, 492)라는 말로 요약되며, 교환이 아닌 증여에 바탕한 관계를 의미한다.

삶의 마지막 순간까지도 순영은 자기와 타인을 구별하는 분별심에 빠져서 자기를 내세우고자 하는 아상(我相)이 가득하다. 그렇기에 오랜만에 만난 지인들로부터도 불쾌한 감정만을 느낄 뿐이다. 생을 마감하는 장소인 금강산에서도 순영이의 비대칭적인 사고는 그대로 지속되는 것이다. 순영은 금강산에서 시카고 서북대학에서 학위를 받아 모교의 선생님이 된 인순과 학생들을 만난다. 사회적으로 인정 받는 인순을 보며, "그 어조와 손잡아 흔드는 태도가 냉정한 듯해서—또는 낮추어 보고 조롱하는 듯해서 순영은 불쾌"(206, 521)해 한다. 이뿐만 아니라 여학생들의 시선도 "마치 독약을 바른 화살 모양으로 순영의 전신을 폭폭 찌르는 듯하였다."(206, 522)고 느끼며, 다른 교사들도 "반가운 모양을 보이려고는 하나 마치 거지에게 무엇을 던져주는 태도와 같다."(207, 522)고 부정적으로 받아들인다. 이것은 모두 자기라는 우상에 집착한 결과, 초라한 자신을 견디지 못하여 발생한 일이라고 할 수 있다. 끝내 비대칭성의 사고에 결박되어 세상을 향해 자신을 개방하지 못하는 순영에게 이광수는 너무나 끔찍한 삶과 죽음을 선사함으로써, 비대칭적 세계에 대한 부정적 의식을 선명하게 드러내고 있는 것이다.[46]

5. 민족으로 환원되지 않는 대칭성의 사고

이 글은 표제이기도 한 '재생'의 의미에 초점을 맞추어 이광수의 『재생』을 살펴보고자 하였다. 지금까지의 논의에서는 '재생'을 '작가 개인의 재생', '인류애의 체득', '신을 섬기며 자기를 희생하는 거듭남' 등으로 설명하였다. 이 글에서는 신봉구가 두 번째 수감생활을 기점으로 비대칭성의 세계에서 대칭성의 세계로 나아가는 것을 '재생'의 참된 의미로 파악하였다. 대칭성(對稱性)의 사고에서는 자기와 타자의 구별이 없고 개념에 의한 세계의 분리도 없으며, 온갖 사물이 교환의 고리를 탈출한 증여의 공간에서 교류한다. 따라서 대칭성의 윤리를 따르면 전체성의 균형을 파괴할 위험이 있는 개인적 이익은 부정된다. 이와 달리 비대칭성의 사고에서는 증여가 아닌 교환의 논리가 작동하고, 사람들은 자기 자신의 이익이나 욕망만을 최우선으로 여기게 된다.

『재생』은 비대칭적인 사고에 깊이 침윤된 세상의 모습을 치밀하게 보여준다. 3.1운동이 실패로 끝난 지 4년여가 지난 1923년부터 이야기가 시작된다. 3.1운동이 실패한 자리, 즉 이광수의 맥락에서라면 민족 계몽이 실패한 자리에는 '소화기(돈)와 생식기(애욕)의 세상'이 펼쳐진다. 『재생』에서 돈은 조선 사회의 주인이라고 할 만큼 그 힘이 강력하며, 이를 가장 잘 보여주는 인물은 김순영이다. 자본의 배후에 놓여진 교환의 원리는 비대칭성의 세계를 만들어 내는 핵심적인 힘을 지니고 있다. 인류의 경제 활동은 '증여'와 '교환'이라는 두 가지 원리로 작동하지만, 자본주의는 비대칭성 논리의 전형이라고 할 만

---

46 박혜경은 "육체를 세상으로부터 거두어가는 그녀들의 파국적인 결말은 육체에 대한 정신의 승리, 혹은 현실에 대한 계몽이념의 최종적인 승리를 의미"(박혜경, 앞의 논문, 305면)한다고 주장하는데, 이때의 계몽이념은 단순히 조국이나 민족이라는 이름으로 행해지는 것은 아니다. 그것은 대칭성의 이름으로 이루어지는 비대칭성 세계에 대한 비판으로 보아야 할 것이다.

한 '교환'의 원리를 기반으로 해서 작동한다. 교환은 증여와는 상반된 작용을 하며 비대칭성의 원리와 깊은 관련을 맺는다. 『재생』에 드러난 사랑도 이기적 애욕에 바탕한 것으로서, 그것 역시 비대칭성의 세계를 만들어내는 중요한 힘이 된다. 봉구 역시도 두 번째 감옥 체험을 하기 전까지는 순영과 마찬가지로 비대칭적인 사고에 빠져 있었다. 봉구는 순영에 대한 소유욕과 독점욕으로 가득한 것이다. 백윤희가 돈의 힘으로 순영을 물건처럼 소유하려고 했다면, 신봉구는 사랑이라는 이름으로 순영을 물건처럼 소유하려고 하였다. 순영을 소유하려는 이기적 욕망이 충족되지 않자, 봉구는 돈의 힘으로 순영에게 복수하려고 한다. 『재생』에서는 3.1운동이 처음부터 '돈이나 애욕'과 선명하게 구분되는 숭고한 운동이 아니었을 수도 있다는 뜻밖의 인식을 드러낸다. 봉구가 3.1운동에 적극적으로 참여하고 감옥살이까지 한 동기는 순영에 대한 애정으로서, 이를 통해 3.1운동도 비대칭적인 사고의 연장선상에 놓인 사건으로 이해되는 것이다. 3.1운동과 더불어 XX단에 속한 경훈의 활동도 모두 자기를 내세우는 비대칭성에 바탕하고 있는 것으로 그려진다.

봉구는 이러한 비대칭성의 사고로부터 벗어나 대칭성의 사고를 깨닫고, 현실에서 이를 실천한다. 봉구는 억울한 누명을 쓰고 감옥에서 지낼 때, 커다란 사상의 변화를 경험한 것이다. 이때의 감옥은 대칭성의 세계로 진입하는 이니시에이션의 장소라고 볼 수 있다. 이곳에서 봉구는 자기 안에 내재되어 있던 비대칭성의 사고를 하나씩 극복한다. 개인의 이익을 중시하는 태도에서 다른 인간과의 연속성과 동일성을 강조하는 태도로 변하는 것이다. 봉구의 대칭적 사고가 적용되는 범주는 민족을 넘어 인류('천하 사람')의 차원으로 확장되고, 이는 다시 인류애를 넘어 천지 만물의 단계로 나아간다. 이것은 자기라는 존재는 '종(種)'으로서의 사회의 일원이자 자연의 일원이며, 우주 속의 미미한 일원으로서의 의미를 가진다는 대칭성의 사고와 그대로 일치하는 것이다. 봉구가 감옥을 나와 농촌인 금곡에서 농민들을 위해 헌신하는 것은 자신이 깨달은 대칭성 사고를 실천하는 일에 해당한다. 봉구는 3년간 농촌인 금곡에서 농사를 지으며 농민들을 위해 헌신하는 삶을 살며, 이러한 헌신은 자기라는 개체성의 벽을 허문 것으로 순수증여에 다가간 행위라고 할 수 있다. 봉구를 통해 작가가 지향하는 대칭성의 사고가 드러났다면, 『재생』의 또 다른 주인공 순영을 통해서는 작가가 부정하는 비대칭성의 사고가 드러 난다. 이광수는 『재생』에서 돈과 소화기와 생식기의 세상을 대표하는 순영 을 잔인하게 느껴질 정도로 불행의 한복판으로 몰아붙이는 것이다. 이것은 순영이 끝내 비대칭적인 사고로부터 벗어나지 못하는 것과 무관하지 않으며, 이러한 순영의 비대칭적인 면모를 부정적으로 바라보는 이광수의 인식을 반영한 결과이다.

1910년대와 1920년대 이광수 문학은 각각 근대성과 전근대성이라는 말로 구별되고는 하였다. 이때의 근대성이 주로 개성이나 개인의식과 관련되었다 면, 전근대성은 공동체 의식과 관련되어서 논의되었다. 이때의 공동체 의식 은 주로 조선(민족)과 관련되며, 1920년대 대표작인 『재생』도 이와 비슷한 맥락에서 많은 논의가 이루어졌다. 필자는 『재생』에 나타난 공동체 의식은 민족으로 환원되지 않는 대칭성의 사고와 관련되는 것으로 파악하고자 하였 다.

제2부

•

근대를 넘어서려는 정치적 기획

한설야라는 거울에 비친 신채호의 형상

─ 한설야의 『열풍』

1. 세 명의 한설야 : 1920년 북경, 1944년 함흥, 1958년 평양

한설야의 『열풍』은 출판과 관련해 다소 복잡한 사정을 지니고 있다. 한설야의 1920년 무렵 북경 체험을 담고 있는 『열풍』은, 일제말인 1944년에 작가의 고향인 함흥에서 쓰여 발표되지 않다가, 평양에서 1958년에 발표된 것이다. 따라서 이 작품에는 1920년, 1944년, 1958년의 한설야가 삼중으로 겹쳐 있다. 장편 『열풍』의 머리말에서 작가 스스로도 해방 이전 써놓은 원고에, "고의로 뺀 부분을 다시 생각해서 써넣고, 모호하게 만들어 놓은 부분을 도드라지게 고치고 조금 틀어 놓은 부분을 바로잡아 놓는 일"[1]을 했다고 밝히고 있다.

『열풍』은 한설야의 자전 소설 『탑』(매일신보사, 1942)에 이어지는 작품이다. 내용상으로도 『탑』에 이어져 3.1운동에 참여하여 몇 개월간 감옥살이를 한

---

1   한설야, 『열풍』, 조선작가동맹출판사, 1958, 7면. 앞으로의 작품 인용시 본문 중에 면수만 기록하기로 한다.

상도가 북경으로 건너가 1년여 머물다 귀국하는 내용을 담고 있다. 그리하여 『열풍』의 핵심에는 상도의 북경 체험이 놓여 있다. 서경석이 주장한 것처럼, 북경은 한설야만의 고유한 미학적, 정치적 입장이 설정된 근원적 장소였다.[2] 식민지 시기 지역의 문제는 매우 중요하다. 중국과 일본, 미국 등지에서 꾸준히 전개된 한국인의 민족운동은 그 지역의 공간적 특성으로부터 지대한 영향을 받았기 때문이다. 민족운동가가 어떤 지역에서 일제와 싸울 것인지를 선택하는 것은 어떤 운동방법으로 민족운동을 하겠다는 입장을 밝힌 것이나 마찬가지라고 볼 수 있을 정도였다.[3] 따라서 한설야와 북경 체험의 관련성을 살피는 것은, 한설야 개인에 대한 고찰에 그치는 것이 아니라 계급문학을 형성한 정신사의 한 측면을 밝히는 의미도 있다.

한설야에게 일정 기간 지속된 북경 체험은 모두 두 번이다. 첫 번째는 3.1운동으로 수감되었다가 출옥한 직후에 북경으로 건너가 다음해에 돌아온 것이고, 두 번째는 1940년에 수개월 동안 머문 것이다. 한설야의 『열풍』은 첫 번째 북경에 머물렀던 경험을 바탕으로 해서 쓰였다. 한설야는 '나의 이력서'라는 부제가 붙은 「苦難記」에서 첫 번째 북경 체험과 관련된 내용을 다음과 같이 서술하고 있다.

九年에 家兄을 따라 中國北京으로 가서 家兄에게서 支那語를 배웠다.
當時 支那飛行界에 이름이 높던 徐四甫(本名梁國一)氏의 紹介로 支那陸軍省

2 　서경석은 1958년 『조선문학』에 발췌 수록된 『열풍』의 마지막 부분(180매 분량)을 분석하여 다음과 같은 결론에 도달하고 있다. "마무리하자면 이렇다. 한설야에게 있어서 북경은 그의 성장소설의 종착지이다. 그의 미학적, 정치적 입장이 설정된 근원적인 장소인 것이다. 이러한 북경 체험은 따라서 일본체험이 문학적 여로에 중심이 되었던 임화 등과는 다른 입각점에 한설야가 서도록 만든 원인일 수 있다는 점이 본 논문의 결론이다." (서경석, 「한설야의 『열풍』과 북경 체험의 의미」, 『국어국문학』, 2002, 522면)
3 　신주백, 『1920-30년대 중국지역 민족운동사』, 선인, 2005, 8면.

官吏인 某朝鮮人家의書生이되었다. 그집次子가 鐵道局員이엿는데 阿片엔지 女子에겐지 들떠서 天津方面으로 逃亡을가서내가 그뒷일을 맛타日本鐵道省에서 내는雜誌中에서 每朔論文 멫篇式漢文으로 飜譯해서 鐵道局에냈다. 그일餘暇에는 益智英文學校로 다니고 또 이때부터 社會科學을보기始作하였다. 十年에잠시 서울와있다가 그사이 失戀하고 渡東하여 日本大學社會科에入學하였다.[4]

한설야의 『열풍』은 위에서 제시된 기본 행적 위에 수많은 사건들과 인물들이 덧붙여진, 총 28장 원고지 3500매 분량의 장편소설이다. 덧붙여진 것의 상당 부분은 1958년 시점의 한설야가 지닌 문학관과 작가의식에서 비롯된 것들이다.

『열풍』은 일제 시대에 창작되었다가 해방 이후 개작된 여타의 한설야 장편소설이 보이는 특징을 대부분 공유하고 있다.[5] 1950년대 중반 한설야가 북한에서 발표한 『황혼』, 『탑』, 『청춘기』, 『초향』은 식민지 시기의 작품과 비교할 때 다음과 같은 변화를 보인다. 서사적 내용에 있어서는 반일의식의 강화, 기층민중의 이상화, 혈통의 순결성 강조, 사회주의적 연애의 경직화, 사제 관계의 강화 등이 나타난다. 표현 형식에 있어서는 논쟁과 대화, 속담의 빈번한 등장 등을 꼽을 수 있다. 이러한 특징은 『열풍』에서도 그대로 발견된다. 『탑』에 등장했던 의형 상제를, 초판본에 나타난 모습이 아닌 개작본에서 변화된 모습에 바탕해 형상화하는 것 등은 1958년의 한설야가 개입해 들어온 뚜렷한 증거이다.

구체적으로 살펴보면, 우선 『열풍』에서는 혈통의 순결성이 강조됨을 알

4   한설야, 「고난기 — 나의 이력서」, 『조광』, 1938.10, 77면.
5   이경재, 「한설야 소설의 개작 양상 연구」, 『민족문학사연구』, 2006.12, 281-312면.

수 있다. 긍정적인 인물들의 피붙이들은 모두 이상화되어 있다. 중국인 동지인 연추의 큰오빠는 신해 혁명에 참여했다가 죽었고, 아버지는 탄광 노동자로 노동 운동에 참여했다가 경영측의 고의에 의해 갱내 가스중독 사건으로 죽는다. 둘째 오빠 정수화도 제철 노동자로서 변혁운동에 적극적으로 참여한다. 표현형식에 있어서는 "귀신은 경으로 떼고 도깨비는 매로 뗀다"(13), "제 속 짚어 남의 말 한다"(161), "주인집에 장 없자 손님 국맛 없는 뿐"(198), "석량짜리 말 이도 들어 보지 말랬다"(206), "포수집 개는 범이 물어 가야 말이 없다"(346), "우둔한 자 범 잡는 격"(349), "바람 간 데 범 간 데"(349), "가재는 게편"(362), "막다른 골목에 든 강아지는 범을 깨문다"(362), "한 길 물 속은 알아도 한 길 사람 속은 모른다"(372)와 같은 수많은 속담이 새롭게 등장한다. 또한 임진왜란 때의 김응서 장군이나 계월향 이야기가 등장하는데, 이것은 일종의 예시담(exemplum)으로서 한설야의 다른 북한 소설에도 나타나는 특징이다. 『열풍』에는 김응서나 계월향 이야기에서처럼 평양을 이상화하는 담론이 등장하기도 한다.

북경 표상에 있어서도 『열풍』은 40년에 집중적으로 발표했던 북경 기행 수필과의 불연속성을 지니고 있다. 「燕京의 여름 ─ 市內의 納凉名所其他」에서는 건륭제를 두고, "乾隆이면 다시 두말할거없으니 사람은 첫재 어질구야 볼것이오. 乾隆은 아직도 멫千멫萬年을 이들 萬百姓과 가치 살는지 모르겠소."[6]라든가 "康熙와아울러 淸朝로하여금 漢唐을 지나가 文化中原을 만든 聖君乾隆"[7]이라고 찬양한다. 「北京通信 萬壽山 紀行」에서는 건륭을 가리켜 "萬乘의귀한 몸이 汚穢흘으는 溝渠를 생각함은 實로 民을 天으로 생각하는 聖心

---

6   한설야, 「연경의 여름 ─ 시내의 납량명소기타」, 『조광』, 1940.8, 292면.
7   위의 글, 293면.

의 한끝일것이다."[8]라거나 "한개의 勞動者까지도 乾隆의이름을 알게되는것
은 그仁때문일것이다. 仁帝인 乾隆은 이르는곳마다 그雄建한 詩와 書를 내붙
여 萬百姓으로 하여곰 與民同樂의實際를 알게하였다."[9]고 쓰고 있다. 「天壇
北京通信」에서도 "實로 이 兩帝(강희제, 건륭제-인용자)는 近代의堯舜이라할만하
오. 이兩帝의文化가 오이려 漢唐을 누를만한것을 보아온 나도 어쩐지 感激과
追憶에떨리오."[10]라고 표현한다. 각각의 수필에서 건륭을 찬양하고 있는데,
그러한 찬양은 서태후의 무능과 부덕함에 대한 비판을 통해 더욱 강조된다.
특히 「천단」의 다음 인용에서는 일반 대중의 힘보다 탁월한 리더의 능력을
더욱 큰 힘으로 파악하고 있다.

대체 우리가 늘보는 저苦力을 보는때마다 蔑視하지않을수없는 저勞動
者들 아직도 大路邊에 大便을 버리고 家畜의 死體를 버리는 이거리의賤民
들을 使用해가지고 이렇게 이놀라운 建物 ─藝術문을 만들어 놓았는지
그것을 보면 이른바 위된 사람의 사람을 쓰는 재주와精神에 달려서 世道
人事가 天壤之判으로 갈려지는 모양이오. 그러니까 사람사람이 다 착해서
太平烟月이 오는게아니고 사람사람이 다惡해서末世가 되는게 아닌듯싶
소. 康熙乾隆이 나서 비로소 漢淸兩族이 同化되었나니 在上者의 힘이 얼마
나 偉大한 지 足히 알수있는것이오.[11]

이것은 『열풍』에서 이화원을 관광하던 연추가 상도에게 "이걸 만든 사람
은 건륭이 아니라 많은 장인들과 백성들이었어요."(256)라고 말하는 것과 대

8   한설야, 「북경통신 만수산 기행」, 『문장』, 1940.9, 107면.
9   위의 글, 107면.
10   한설야, 「천단」, 『인문평론』, 1940.10, 104면.
11   위의 글, 109면.

조적이다. 나아가 상도는 요즈음 사람들이 건륭을 떠받들지만, 사실은 "조그만 선행을 눈가림으로 하여 크나큰 악행을 했"(256)다고 싸늘하게 평가한다. 이외에도 『열풍』에서는 여러 문화 유적을 사회주의적 문제의식으로 비판하는 대목이 많다. 대표적으로 백운관이라는 도교사찰에 대해 이야기하며 상도가 "봉건 통치가 빚어 논 백공천창을 이 며칠 사이에 수리하는 노름이라도 하도록 야바우를 꾸며 놓았으니 그 통치배며 어용학자며 종교가들의 흉물성이란 세계사에서도 맨 윗자리를 차지해야 할거애요."(239)라며 야유하는 부분을 들 수 있다. 이러한 차이는 44년 『열풍』에 58년의 한설야가 개입해 들어온 사례일 것이다.

따라서 『열풍』은 1944년의 한설야를 통해 1920년 북경의 한설야가 그려진다기보다는 1958년의 한설야(서술자아)를 통해 1920년 북경의 한설야(체험자아)가 그려진다고 보는 것이 타당할 것이다. 그럼에도 카프 내에서 이론적 맹장으로 독특한 위상을 확보할 수 있었던 한설야를 형성해 낸 하나의 근거로서의 북경 체험을 재구할 수 있는 자료로서의 의미는 배제할 수 없다. 이 글은 신채호와의 관계를 중심으로 하여 한설야의 『열풍』을 실증적으로 고찰해 보고자 한다.

2. 신채호와 한설야의 만남

1) 작품 속에 형상화 된 신채호의 모습

『열풍』에서는 이데올로그들과의 직접적인 만남을 통해 상도의 성장이 이루어진다. 그것은 부정적 인물을 통한 대타적 방식으로 나타나기도 하고, 손빈이라는 긍정적 인물의 매개를 통한 긍정적 방식으로 나타나기도 한다.

상도는 북경에서 1920년 무렵 생각할 수 있는 거의 모든 유형의 이념분자들을 만난다. 실제로 1920년 무렵 북경은 중국의 고등교육기관이 밀집해 있었고 국제 사회주의운동과 연계선도 있었기 때문에 새로운 이념, 다채로운 이론을 펼칠 수 있는 공간이었다. 1920년대 북경지방에는 관내지역의 아나키즘 세력과 좌파 성향의 청년인텔리들이 군집해 당시로서는 수준 높은 이론 활동을 벌였다.[12] 상도에게 가장 큰 영향을 주는 손빈과 량국일 이외에도, 『열풍』에는 강연 등의 형식을 통해 다양한 조선인 지식인상이 등장한다. 북경을 중심으로 한 다양한 사상적 지형도를 그리는데 있어, 상도가 머물고 있는 민씨의 집이 "팔풍받이와 같은"(134) 성격을 지닌 것도 큰 효과를 발휘한다.

상도가 만난 다양한 이념분자들 중에서 핵심인물은 손빈과 량국일이다. 량국일은 실존 인물을 모델로 하여, 이름까지 그대로 가져온 경우이다. 량국일은 "글보다 지금 우리 처지에서는 쇠와 불과 피다."(89)라고 생각하는 인물로서, "민족의 원쑤를 족치고 조국을 찾는 그것 뿐"(89)에만 몰두하는 열혈남아이다. 이러한 성격은 실제의 량국일(徐曰甫)과 흡사하다. 량국일은 항공학교 졸업식 축하연의 답사에서 "나는엇더케든지 나의마음에잇는대로 速히싸호여죽을생각만잇슬뿐이오."[13]라고 말할 정도로 강렬한 애국심과 열정의 소유자였다. 작품에서도 평소의 꾸준한 신체 단련 덕분에 비행기 사고에서 살아나는 것으로 그려지는데, 실제로도 두 번이나 비행기 사고에서 살아난 바 있다.

이 작품에서 손빈은 새 형의 인텔리로서 "숨은 공산주의자"(203)로 명료하

---

12   신주백, 앞의 책, 9면.
13   在北京 K生, 「飛行將校徐曰甫君」, 『개벽』, 1923.5, 88면.

게 지칭된다. 량국일이나 민씨 등이 민족주의자라는 테두리로 묶일 수 있다면, 손빈은 그들과 뚜렷하게 구분되는 좌파 민족주의자로서 형상화된다. 상도는 "모든 조선 사람들이 한맘 한뜻으로 단란하고 단합된 련계 속에 살 것을 희망"(215)한다. 이를 위해서는 지도적 핵심이 있어야 하고, 그 핵심으로 "3.1운동 이래 급격히 장성하고 있는 프롤레타리아"(216)를 상정하고 있다. 그런데 지도적 핵심을 생각하며 상도는 "불현 듯 조선을 생각하고 고향을 생각"(218)한다. "무엇인지 모르게 어머니 땅에서는 그런 미운 것들을 깔아 뭉갤 큰 힘이 지금 무럭무럭 자라고 있을 것 같고 거기서 떨어져 있음으로 해서 저는 지금 고독한 것 같았다."(218)고 느낀다. 이 부분에서는 지도적 핵심이 프롤레타리아 계급과는 차원이 다른 또 다른 존재와 연결되는 미묘한 인상을 준다. 작품의 주제에 맞닿아 있는 이러한 생각을 상도는 손빈으로부터 배운다.

『열풍』의 초반에 량국일과 손빈은 대등한 비중으로 상도에게 영향을 주는 것으로 그려지지만, 후반부로 갈수록 상도는 손빈에게서 훨씬 큰 영향을 받는다. 상도에 의해 량국일의 한계는 계속해서 지적되는데 반하여, 손빈의 훌륭함과 영향력은 더욱 더 커지기 때문이다. 조경호를 포함한 수많은 사람들을 만난 후, 상도는 "이제까지 북경서 만난 사람은 손 빈 이외에는 모두 저희를 상식의 범위 안에서만 지도할 수 있는 사람들"(330)이라고 결론 내린다. 성장소설로서의 『열풍』에서 상도를 사상적으로 성장시키는 매개자는 손빈이라고 할 수 있다. 손빈은 상도뿐만 아니라 남향에게도 큰 영향을 미친다.

『열풍』에는 손빈과 량국일 이외에 다양한 사상가들이 등장하는데, 이들은 부정적 인물에 가까워 대타적인 방식으로 상도를 올바른 성장의 길로 인도한다. 그러한 인물로서 상도가 처음 만난 인물은 "한학 대가고 또 도학으로는 중국에서도 드소문한"(76) 윤취재라는 노인이다. 윤취재는 조선에서 온 도사

행세를 하며 중국인들에게 숭배를 받고 호사스런 삶을 산다. 상도는 윤취재를 배울 것이 하나도 없는 부정적인 대상으로 인식한다.

다음으로는 김상우를 만나는데, 그는 상도가 머물고 있는 집의 주인인 민우식과 젊은 시절의 동지이다. 칠십이 가까운 노인으로서 웅변으로 유명한 김상우는 기독교계의 성망을 얻고 있다. 북경에서의 연설에서 그는 천당과 기독교적 신념만을 강조할 뿐이다. 상도는 김상우를 보고서는 "신앙과 지식 대문에 인간의 맘을 절반은 잃고 절반은 누르고 속이고 사는 것 같았다."(131)고 비판한다.

이어서 상해에서 왔다는 조경호가 등장하는데, 조경호는 도산을 모델로 한 것으로 판단된다. 량국일을 추모하는 글에서 한설야는 "日前에 島山先生이 北京에왔을째"[14]라고 하여, 도산의 북경 방문을 언급하고 있다. 또한 작품에서 조경호가 강조하는 "사람은 위선 책임감을 가져야 한다. 사람은 각각 제 책임을 완전히 리행할 각오와 실행력을 가져야 한다."(130)는 말은 안창호의 무실역행(務實力行)에 바탕한 실력양성론을 떠올리게 한다. 또한 조경호는 평양에서 활동하며 명연설로 이름을 날렸고, 미국에도 다녀온 것으로 그려진다. 조경호는 "윤취재나 그런 사람들 류와 달리 나라와 민족을 위해 일하는 사람인 점에서 경외와 감사가 가져"(175)지는 사람이다. 그러나 조경호는 "미국 의존주의로 미국만이 세계 평화의 담당자이며 윌슨의 민족 자결론이 세계 각 민족 문제를 해결하리라는"(175) 생각을 가졌다는 점에서, 한계를 지닌 인물로 상도에게 받아들여진다.

주인 민씨 역시 조선 역사와 문화에 해박하며 "제것을 사랑하는 정신 강한 것"(131)으로 형상화된다. 민씨는 "일본은 조선을 이길 수 없다. 또 우리는

---

14   한설야, 「嗚呼 徐日甫公 血淚로 그의 孤魂을 哭하노라」, 『동아일보』, 1926.7.6.

다른 아무에게도 지지 않을 것이다."(133)라고 주장한다. "조선 사람으로서 조선 땅과 그 문화 우에 서 있는 점에서 상도는 주인 민씨를 존경할 사람이라고 생각"(134)하지만, 상도는 민씨가 "새것을 머리로부터 배제하고 제 것과 이미 있는 것만이 유일하게 옳은 것이며 가치 있는 진리라고 보는 것에 대해서 회의를"(133) 느낀다. 민씨는 "새것을 받아 들이지 않으려 하며 남의 것을 렬등한 것으로 배격하려 하는"(133) 국수주의자로서 상도에게 인식된다.

다양한 사람들 중에서 윤취재와 김상우는 철저히 배제되어야 할 부정적인 인물로만 새겨진다. 이에 반해 조경호와 주인 민씨는 일정한 한계를 지니지만, 큰 틀에 있어서는 함께 나아가야 할 인물로서 긍정된다. 조경호와 주인 민씨는 신채호가 구한말에 지녔던 자강론적 민족주의에 맞닿아 있다. 상도가 이들을 포용하는 것은, 신채호가 외교론이나 준비론을 비판하면서도 그러한 노선을 일제에 대한 타협주의 경향이나 민족의 적으로는 규정하지 않은 사실과 연관된다.[15]

윤취재, 김상우, 조경호, 민우식도 당대에 존재했던 다양한 유형의 지식인상을 대표하는 존재들이다. 그런데 이들은 서로 반목하고 질시한다. 민우식과 손빈이, 손빈과 량국일이, 량국일과 민우식이 서로를 멀리 하고 꺼리는 것이다. 량국일도 그만의 파를 형성하며, 그 파에는 비교적 양심적인 실력파들로 "테로단 같은 사람이 많"(401)은 것으로 그려진다. 이들 외에도 민우식을 살해한 세 명의 청년들이 속한 파가 존재한다. 이들은 서로 격렬한 파당 싸움을 벌이고, 이러한 파당 뒤에는 심지어 "도깨비 감투를 쓴 일본 관헌이 있"(402)다. 파당 싸움에 있어서는 완고파 뿐만 아니라 주의자들도 예외가 아닌 것으로 그려진다. 이러한 파쟁의 직접적인 결과가 바로 민우식의 피살

---

15   최홍규, 『신채호의 역사학과 역사운동』, 일지사, 2005, 163면.

이다. 이러한 파당 싸움은 '민족적 사회주의'[16]를 통해 해결된다. 남향과 상도는 이전에 계획한 적 있던 소련행 대신 조선행을 선택하는데, 그것은 "조선 인민 대중과 함께 살고 함께 싸"(408)우는 길을 선택하는 것이기도 하다. 상도를 통해 구현된 파쟁의 해결방안이 손빈에게서 비롯된 것임은 불문가지이다.

2) 신채호와 손빈의 거리

식민지 시기 창작된 한설야의 소설을 상세한 전기적 사실에 비추어 연구한 김명수는 "북경에서 그에게 커다란 사상적 영향을 준 사람은 진보적 학자이며 독립 운동자인 손 빈과 양 국일이였는바 손 빈은 혁명가 신 채호를 모델로 하여 창조된 것이며 양 국일 역시 조선 최초의 비행사이며 독립 운동가였던 서 왈보를 모델로 하였다."[17]라고 하여, 손 빈이 혁명가 신채호를 모델로 하여 창조된 인물임을 밝히고 있다. 김재용은 손빈과 신채호가 지닌 연관성을 다음과 같이 설명한다.

"3.1운동 이후 체포되었다가 석방된 뒤 중국으로 건너가 그곳에서 신채호를 만나게 된다. 그는 당시 중국에 건너온 많은 애국 지사들 중에서 신채호에 대해 각별한 애정을 느꼈다. 일제 말에 북경에서 신채호와의 만남을 소재로 장편 소설『열풍』을 집필할 정도로 그의 삶에서 신채호는 매우 중요한 계기였던 것으로 보인다."[18]

---

16 『열풍』의 머리말에도 상도가 도달한 지점이 "한 민족 속에 두 개 민족이 있는 것을 그는 이제야 알게 된다. 그는 어디까지든지 인민 대중을 근간으로 하는 민족의 편에 발을 박아야 할 것을 깨닫는다. 그는 리상의 땅(쏘련)으로 망명하자던 생각을 시정하고 애인과 함께 조국으로 돌아갈 것을 결심한다."(6)라고 정리되어 있다.

17 김명수, 『새 인간의 탐구 — 해방전의 한 설야와 그의 창작』, 조선작가동맹출판사, 1957, 300면.

『열풍』에서 손빈이 모습은 신채호의 1920년대 초반 모습과 여러 가지 면에서 흡사하다.[19] 손빈은 "한학과 사학에 조예가 깊을 뿐 아니라 새 사상의 소유자로 또 면도칼 같이 날카로운 사람"(85)으로 그려진다. "이 바닥에 손빈씨만침 굳고 바르고 결백한 사람"(204)이 없다는 것이나 "허줄하게 차리고 다니지만, 그 눈에서는 언제나 광채가 떠나지 않으니까요."(204)라는 대목도 실제 신채호의 모습과 흡사하다. 신채호와 오랜 기간 사귀어 온 변영만은 "그 기질이 기이하고 또 엄하고 좁아서 간사하고 조잔한 무리를 한번 보면 얼굴에 노한 빛을 띠게 되고, 생각이 맞지 않으면 연장자로서 德望 있는 사람이라도 멸시하듯 하였다."[20]고 증언한 바 있다. 변영로는 단재의 가장 큰 특징으로 절대 비타협의 지조를 들고 있다. "絕對非妥協! 그야말로先生의 갸륵하신 長點인同時에 아름다운缺點도될가한다."[21]고 말한다. 북경에서 오랫동안 함께 생활한 원세훈은 사람들이 "丹齋의 모든 點에 崇拜하지만 그의 固執不通에는 窒塞된다."[22]고 말하는 것을 여러번 들었다고 증언하고 있다. 신채호는

18　　김재용, 「염상섭과 한설야 — 식민지와 분단을 거부한 남북의 문학적 상상력」, 『역사비평』, 2008년 봄호, 77면.

19　　신채호가 북경과 인연을 맺은 것은 1915년부터이다. 이회영의 권고로 서간도로부터 북경으로 가서 3.1운동 때까지 약 4년을 머문다. 북경에서는 주로 역사연구, 북경 부근의 조선고대사 유적 답사, 독립운동 관계 논설 집필에 힘을 쏟았다. 1919년 3월 북경에서 문철(文哲), 서일보(徐日甫) 등과 대한독립청년단을 조직하여 단장이 되었으며, 그 회원은 70여 명 정도의 학생들로 구성되었다. 3.1 항쟁의 소식을 듣고 상해로 달려간 이후, 단재는 1919년 4월부터 7월까지 상해임시정부에 적극적으로 참여한다. 그러나 제6회 의정원 회의(1919.8.18-9.17) 이후 임정과 결별하고 임정 비판의 맹장으로 나선다. 단재는 임시정부 의정원 의원직을 사임한 상태에서 『신대한』이 임시정부의 압력으로 폐간되자 1920년 4월 상해를 떠나 다시 북경으로 돌아온다. 이후 신채호는 1928년 5월 대만 기융항에서 일제경찰에 체포될 때까지 북경에서 주로 활동한다. (김삼웅, 『단재 신채호 평전』, 시대의 창, 2006, 240-300면. 여기서 서일보는 서왈보(徐曰甫)의 오기로 보인다.)

20　　변영만, 「단재전」, 『단재 신채호 전집 9』, 단재신채호전집편찬위원회, 독립기념관 한국독립운동사연구소, 2008, 340면.

21　　변영로, 「國粹主義의 恒星인 申采浩氏」, 『개벽』, 1925.8, 40면.

북경에서 『중화보』에 논설을 집필하는데, 논설의 조사 '矣'자 한 자를 그의 허락 없이 신문사에서 고쳤다고 해서 집필을 거절한 적도 있다고 한다.[23]

애국계몽기의 신채호는 제국주의 침략에 대응한다는 뜻에서 자강론적 민족주의 또는 시민적 민족주의를 내세웠으나, 일제의 식민지 지배 체제가 구조화·장기화됨에 따라 반제국주의에 덧붙여 반봉건주의를 강화한다. 그리하여 신채호는 1920년대의 민족해방운동을 반제, 반식민, 반봉건이 전제된 민족해방을 위한 혁명의 단계로 이해하고, 독립운동의 주체로서 민중을, 그 방법에 있어서도 폭력행사를 수단으로 한 민중직접혁명론을 천명한다. 이러한 변화는 3.1운동 이후 국내외에 대두된 사회주의, 무정부주의 등 진보적 이데올로기의 유입과 수용, 국제회의에서 청원운동의 실패, 러시아 혁명의 성공과 반식민지 민족운동에 대한 지원, 그리고 망명지인 중국 사상계와 민족해방운동의 동향 등이 영향을 미친 결과이다.[24]

앞에서 살펴본 파당에 대한 비판적인 인식 역시 실제 신채호의 사상과 활동에서 뚜렷하게 나타난 바다. 신채호는 실제로 북경 독립운동자 그룹의 대표적인 이론가로서 활약하는 한편, "군사 각 단체를 완전히 통일해 혈전을 꾀한다."는 취지를 지닌 북경군사통일회의 성공을 위해 남, 북만주에서 난립된 무장군사단체의 통합운동에 진력했고, 국민대표대회의 성공을 위해 노력했다.[25] 그곳에서 박용만, 신숙 등 대한민국임시정부 반대세력과 합작하여

22 원세훈, 「丹齋 申采浩」, 『삼천리』, 1936.4, 128면.
23 신석우, 「단재와 '矣'자」, 『신동아』, 1936.4.
24 최홍규, 앞의 책, 126-149면.
    신채호는 반제국주의, 반식민주의, 반봉건주의에 입각한 그의 근대 민족주의 이념을 이론화, 실천화하는 과정에서 사회와 역사의 주도 세력으로 각 시대적 단계에 따라 영웅, 신국민, 민중 등을 내세웠다. 1920년대 전반 중국 망명지에서 신채호는 민족해방운동의 주체로서 민중을 내세운다. (위의 책, 211면)
25 위의 책, 134면.

군사통일운동을 일으켜 남북만주와 연해주에서 활동하는 군사 단체의 통합과 혈전의 독립전쟁을 강조하는 독립운동 방략을 강력히 추진하였다.[26] 1920년대 초 신채호는 독립운동단체간의 통합에 상당한 관심을 기울였던 것이다.

또한 량국일과 손빈은 1920년대 북경의 독립운동세력의 양대세력을 대표하는 인물들이라 볼 수 있다. 1923년 국민대표대회를 전후하여 북경의 독립운동세력은 크게 북경한교동지회(北京韓僑同志會)의 '혁명적 민족주의' 세력과 『혁명』이라는 잡지를 중심으로 한 '민족적 사회주의'의 세력으로 양분되었다. 『열풍』에 등장하는 량국일은 '혁명적 민족주의' 세력에, 손빈은 '민족적 사회주의' 세력에 가깝다. 특히 북경한교동지회의 1924년 8월 총회에서 서왈보는 신숙, 한진산, 조남승, 원세훈과 함께 집행위원으로 선출된다. 서왈보는 량국일의 이명(異名)이다. 이를 통해 량국일은 '혁명적 민족주의' 세력과 직접적으로 관계하고 있음을 확인할 수 있다. 이들은 폭력과 저항을 수단으로 절대 독립을 쟁취하자고 주장했으며, 자본주의 국가가 아닌 민주공화주의에 입각하여 운영되는 국가를 지향했다. 그러나 무산자 독재가 관철되는 사회주의 국가를 건설하려고 하지는 않았다. 반면 '민족적 사회주의' 세력은 민족적 단결과 정치적 해방을 주장하는 민족주의적 경향과 경제적 해방과 평등을 주장하는 사회주의적 경향을 동시에 추구하였다.[27] 이것은 손빈이 추구하는 이념적 지향과 일치한다.

그렇다고 『열풍』의 손빈과 실제의 신채호를 등치시키는 것은 위험하다. 신채호가 1921년부터 1923년 사이에 북경 대학 도서관장이었던 이대교의 도

---

26 윤병석, 『단재신채호전집 8』, 단재신채호전집편찬위원회, 독립기념관 한국독립운동사연구소, 2008, xi면.
27 신주백, 앞의 책, 180-190면. 신주백은 북경한교동지회의 집행위원으로 선출된 자의 이름을 서일보(徐日甫)라고 밝히고 있다. 그러나 여러 가지 정황을 고려할 때, 이것은 서왈보(徐曰甫)의 오독이라 판단된다.

움으로 북경 대학 도서관에서 『자본론』을 읽었다는 기록이 남아있기도 하지만,[28] 한설야가 북경에 머물렀던 시기인 1920년 무렵의 신채호를 공산주의자라고 단정할 수는 없다.[29] 1921년 1월 김창숙 등의 지원을 받아 만든 잡지 『천고』는 이 시기 신채호의 사상이 직접적으로 나타난 문건이다.[30] 이 잡지를 분석한 김명섭은, 『천고』 1호에서 신채호는 공산주의 이념이 진실로 진리에 부합하지 않을 뿐 아니라 러시아의 무분별한 진출도 경계해야 한다고 보았으며, 『천고』 2호에서는 볼셰비키당의 정치를 전제 무단정치로 파악했다고 주장한다.[31] 『천고』 2호에는 「고조선의 사회주의」라는 글이 실려 있다. 이것은 이 시기 신채호가 사회주의에 대한 일정한 의식을 보이고 있다는 사실을 증명하는 것인 동시에 '정전(井田)'을 사회주의로 파악할 정도로 그에 대한 인식이 깊지 못하였음을 보여주는 것이다.[32] 『열풍』의 서사에서도 손빈

---

28 김병민, 『신채호 문학연구』, 아침, 1989, 29면.

29 1920년 무렵 신채호의 주요활동은 다음과 같다. 1920년 4월 상해에서 북경으로 돌아온 신채호는 박용만 등 50여 명의 동지들과 함께 '제2회보합단'을 조직하고 그 내임장으로 선출된다. '제2회보합단'은 1919년 만주에서 조직된 독립군단체인 '보합단'을 계승한 단체로서, 무장군사활동을 유일한 독립운동방략으로 채택하고 임시정부의 독립운동노선을 맹렬히 비판하였다. 1920년 9월에 박용만, 신숙 등과 함께 군사통일촉성회를 발기하여 만주 독립군단체들의 통일을 추진하였다. 1921년 2월에는 박은식, 원세훈, 김창숙, 왕삼덕 등 14명과 함께 「우리 동포에게 고함」이라는 성명서를 발표하며 '국민대표회의'의 소집을 요구하였다. 4월에는 동지들과 함께 '군사통일주비회'와 '통일책진회'를 발기하였다. (신용하, 「신채호의 사상과 독립운동」, 『한국근대지성사 연구』, 서울대출판부, 2004, 343면)

30 『천고』의 창간사에서 신채호는 잡지 창간의 이유를 네 가지로 밝히고 있는데, 그것들은 모두 강렬한 항일의식으로 수렴된다. 일본의 죄악과 만행을 알리는 것, 항일의 결연하고 장렬한 역사를 이웃나라에 알리는 것, 일본의 조선사 왜곡을 바로잡는 것, 3.1운동 이후의 국내 언론 상황과 일제에 부역한 언론에 대한 비판이 그것이다.

31 김명섭, 『자유를 위해 투쟁한 아나키스트 이회영』, 역사공간, 2008, 126면.

32 최광식은 『천고』를 발행하던 1921년 신채호가 지닌 사회주의에 대한 인식을 다음과 같이 정리하고 있다. "아나키즘과 사회주의와 같은 사회사상에 관심을 가졌으나 그에 대한 이해는 매우 초보적이라는 것을 알 수 있다. 「고조선의 사회주의」에서 정전제를 사회주

은 작품의 마지막에 "완전히 지하로 들어 가 버린 것"(400)으로 그려지는데, 이것은 1920년 무렵 활발한 활동을 벌이던 신채호의 실제 모습과는 배치된다.

『열풍』에서 손빈은, "하나의 겨레는 덮어놓고 하나로 되어 한길로 가며 또 가야 한다고 생각"(217)하는 민우식이나 량국일과는 달리 "하나의 겨레에 두 개의 겨레가 있다고 말"(217)하기까지 한다. 그러나 이것은 지나치게 계급적 관점이 개입된 것이다. 신채호가 1920년대 초 독립과 혁명의 주체로 내세운 민중은 '일제 식민지하의 조선 민중'을 의미한다. 신채호는 '2천만 조선 민중' 대 '제국주의 강도 일본', 일제 압제하 '식민지의 민중' 대 일제의 선봉적 첨병인 '강국의 민중'이라는 대립 개념을 명확히 설정함으로써, 민족주의적 관점에서 민중의 개념과 그 현실적 특수성을 파악하려고 하였다. 그가 설정한 조선 민중의 범위에는 일제 지배층과 매국노, 항일민족해방운동을 완화·중상하는 각 지방의 지식인과 지주계층만이 특권계급으로 제외되어 있을 뿐이다. 신채호가 1920년대 이후에 애용한 민중이란 용어는 그 의미와 성격상 일제의 지배를 받는 우리 민족의 다른 표현에 지나지 않았다.[33]

따라서 "하나의 겨레에 두 개의 겨레가 있다고 말"하는 것은 신채호의 사상에서 벗어난 것이라 할 수 있다. 신채호에 대한 이와 같은 전유의 양상은, 한설야를 비롯한 북한 문학이 끝내 벗어나지 못했던 분단현실에 대한 평양중심주의적 인식의 틀이 적용된 결과라고 할 수 있다.[34] 또한 손빈이 내세우는

의로 인식한 것을 통해 그것을 알 수 있다. 한편 아나키즘에 대해서도 「크로포트킨의 죽음에 대한 감상」에서 알 수 있듯이 이 시기에는 아나키즘에 대한 사상적 수용이 제대로 되지 않았다. 상해임시정부에 환멸을 느낀 그가 조직이나 단체보다 개인적인 차원에서 이러한 사상에 관심을 갖기 시작하였다고 볼 수 있다." (최광식, 『단재 신채호 전집 5』, 단재신채호전집편찬위원회, 독립기념관 한국독립운동사연구소, 2008, xix면.)

33   최홍규, 앞의 책, 146-149면.

'프롤레타리아'와 신채호가 내세운 민중 사이에는 모종의 갭이 존재한다. 나중 정수화라는 존재를 통해 드러나듯이, 『열풍』의 프롤레타리아가 노동계급임이 비교적 선명하게 드러남에 비해, 신채호에게 민중은 가난하고 핍박받는 조선인 일반을 의미하기 때문이다.

작품의 마지막은 파당 싸움에 대한 비판과 그것의 해결방안으로서 소련이 아닌 조선에의 지향을 과도하게 강조하고 있다. 이와 관련해 "이 종파주의와의 투쟁, 그리고 조국으로의 귀환이 『열풍』의 중요한 주제였다는 점에서, 1958년 종파주의 청산, 독자노선 수립이라는 정치적 입장을 반영한 집필 혹은 가필 흔적이 이 작품에 남아있다고 볼 수도 있다."[35]는 서경석의 주장은 경청할 만하다. 종파주의가 1920년대 초반 북경에서 심각한 문제가 아니었다는 견해를 생각한다면, 1958년 북한의 정치적 상황이 개입했을 가능성은 더욱 크다고 볼 수 있다. 신주백은 "1923년경까지 북경지방에서의 민족주의운동 세력과 사회주의운동 세력 사이에 갈등이 있었다는 자료를 찾기 힘들다."[36]고 말하고 있기도 하다. 특히 이 마지막 부분만이 따로 발췌되어 『조선문학』에 실렸다는 것은, 이 부분이 작품의 여타 부분보다 민감하게 당대성을 띠었음을 증명한다.

따라서 『열풍』에 등장하는 손빈은 1944년 혹은 1958년 시점에 한설야가

---

34 김재용은 해방 이후 한설야 문학의 한 특징을 "그의 이러한 민족문학적 관점은 그 주관적 지향과 절절함에도 불구하고 분단현실에 대한 평양중심주의적 인식의 틀을 끝내 벗어나지 못함으로써 제한적인 것이 될 수밖에 없었다. 분단구조가 강제하는 이 평양중심주의는 그 주관적 분단극복의 강한 의지에도 불구하고 결국 분단 고착에 이바지하는 역설적 결과를 빚어내게 되는데 한설야가 그 강한 민족현실에 대한 천착에도 불구하고 이 그물에서 벗어나지 못함으로써 결국 식민주의 극복의 진정한 모습에는 이르지 못하고 말았다."(『분단구조와 북한문학』, 소명출판사, 2003, 129면)고 정리하고 있다.

35 서경석, 앞의 글, 521면.

36 신주백, 앞의 책, 180면.

신채호를 새롭게 전유한 것이라 판단된다. 작품에 량국일이 실명 그대로 등장함에 반하여, 신채호는 실명이 아닌 손빈이라는 이름으로 등장하는 것도 이를 뒷받침한다. 량국일이나 민씨가 서사 속에서 살아 움직이는 인물로 형상화됨에 비하여, 손빈은 서사 속에 직접적으로 등장하지 않는다. 손빈은 주로 상도나 서술자의 진술에 의하여, 상도에게 많은 영향을 주었다고만 이야기 될 뿐이다. 량국일처럼 서사 속에서 상도와 함께 말하고 행동하는 모습은 여간해서 보이지 않는다. 한설야가 북경에 머물던 1920년 무렵에 신채호는 이후 한설야가 갖게 될 이념에 가장 근접해 있던 인물이었던 것으로 보인다.[37] 그리하여 한설야는 신채호를 모델로 하여 손빈이라는 이상형을 만들어 낸 것이다.

3. 신채호가 주장한 한중연합론의 문학적 구현

한설야가 북경에서 만났을 당시 신채호를 이해하는데 가장 중요한 자료는 『천고』이다. 『천고』에 실린 대부분의 논설들이 주장하는 것은 항일의식과 깊이 관련되어 있다. 『천고』에는 고대사를 비롯한 한국사에 대한 논문과 아울러 일본 제국주의에 대항하는 논설과 독립운동 기사 등이 발표되었다. 『천고』를 본격적으로 연구한 최광식은 "특히 『천고』의 내용 중에는 한족(韓族)과 한족(漢族)의 단결을 부르짖는 내용이 많이 나타나고 있다."고 주장한다.[38] 윤병석도 신채호가 "1921년 초 북경에서 김창숙 등과 함께 순한문의 독립운동

---

37 북경지방에 거주하는 한인 사이에 사회주의 사상이 현저히 확산된 것은 1924-26년경이라고 한다. (신주백, 앞의 책, 185면)
38 최광식, 『단재신채호전집 5』, 단재신채호전집편찬위원회, 독립기념관 한국독립운동사연구소, 2008, X면.

잡지 『천고』를 창간하여 제7호까지 계속하면서 민족단합과 한·중 공동의 독립운동 이념을 정립하려 하였으며, 혈전 강조의 독립운동 전술 천명에 크게 기여하였다."[39]고 말한다. 『천고』 1호에는 중국인이 보낸 두 편의 글이 실려 있다. 종수(種樹)가 쓴 「爭自由的雷音자유를 다투는 천둥소리」와 천애한인(天涯恨人)이 쓴 「論中國有設中韓親友會之必要중국에 중한친우회를 설립할 필요가 있음」이 그것이다. 두 글 모두 한국과 중국이 굳게 결합하여 일제에 맞설 것을 주장하고 있다.

『천고』 2호에 신채호는 「韓漢兩族之宜加親結(한족과 한족은 마땅히 단결해야 한다)」라는 논설을 발표하였다. 이 글에서 신채호는 "한중 양 국인들은 스스로 일어나 서로 사랑하고 어서 빨리 일어나 서로 도와 공존공생의 세상으로 함께 나아가지 않으려는가?"[40]라고 말하며, 그 구체적인 방안으로 '두 국민이 서로 교류함에 마땅히 옛 잘못을 바로 잡아야 한다', '두 국민이 단결하려면 마땅히 먼저 서로 상대 국가의 상황을 연구해야 한다', '두 국민은 공동의 적에 대해서 적개심을 서로 고취시켜줘야 한다'는 것을 내세우고 있다. 한국은 중국과 밀접한 관련을 가지고 상호 협조 하에 일본제국주의에 대항할 것을 천명하고 있으며, 그런 주장을 역사적 맥락에서도 강조하고 있는 것이다. 나아가 역사적 실증을 통해 조선과 중국은 종래와 같은 사대적 관계가 아니라 민족자존에 바탕한 대등하고 친밀한 관계를 맺어야 한다고 주장한다. 『열풍』의 핵심적 주제의식 중의 하나인 중국과의 연대는, 그 내용이나 구체적인 방식에 있어 신채호의 한중연합론과 흡사하다.

---

39   윤병석, 『단재신채호전집 8』, 단재신채호전집편찬위원회, 독립기념관 한국독립운동사연구소, 2008, xii-xii i.
40   『단재신채호전집 5』, 단재신채호전집편찬위원회, 독립기념관 한국독립운동사연구소, 2008, 391면.

이와 관련해 『열풍』의 한 축을 이루는, 북경의 유적과 그곳에 사는 사람들에 대한 작가의 인식을 살펴볼 필요가 있다. 이를 알기 위해서는 일제 시기 여타 지식인들이 남긴 북경 체험기와의 비교가 선행되어야 한다. 식민지 시기 북경을 다녀온 지식인들이 남긴 글에는 몇 가지 공통점이 있다. 첫 번째는 북경의 유적지와 유물의 거대함과 위대함을 찬양하는 태도이다. 이들이 둘러보았던 곳은 대개 고궁, 북해공원, 경산, 삼해공원, 십찰해, 중산공원, 만수산, 곤명호 등이다. 이곳을 둘러볼 때는 예외 없이 모두가 찬양일색이다. "높고 큰 정양문을 바라보는 동안에 중국인의 인공이 위대한 것을 짐작할 수 있었다."[41], "북평! 역사의 북평, 명승의 북평, 궁궐의 북평! 상상도 못하던 웅대한 규모와 옛 문화의 정수의 어마어마한 유물, 유적에 마침내는 형용의 말을 찾기를 단념"[42], "궁궐도 너무 굉대(宏大)하고 보물도 너무 찬란하고 사람의 수효도 너무 많고 또 떠드는 소리도 너무 크다."[43], "그 굉대하고 웅장하며 화려하고 찬란한 것이 태서(泰西) 각국의 궁전에 비할 바 아니다."[44], "내가 본 北京은 크고 아름다웠다."[45] 등이 그러한 사례들이다.

그러나 관찰의 대상이 북경에 살고 있는 사람들로 변할 때, 그 논조와 태도는 급격하게 변한다. 중국인들은 반개(半開) 내지는 야만의 형상으로 표상된다. 대표적인 것을 인용하면 다음과 같다.

---

41 정래동, 「북경의 인상」, 『사해공론』, 1936.9.
42 홍종인, 「북평에서 본 중국 여학생」, 『여성』, 1937.8.
    북평(北平)은 북경(北京)의 다른 이름이다. 1928년 국민당은 북경시를 북평특별시로 고치기로 한다. 1949년 공산당이 정권을 잡은 이후 북평의 이름은 다시 북경으로 회복된다. 북경이 북평으로 불린 시기는 1928년 6월 20일부터 1949년 9월 30일까지이다.
43 김시창, 「북경 왕래」, 『박문』, 1939.8.
44 이갑수, 「북평을 보고 와서」, 『조선일보』, 1930.10.2.-10.16.
45 문장욱, 「燕京遺記」, 『조광』, 1939.11, 332면.

外部에 대한 北京의 印象은 대개 이렇지마는 그곳에서 居住하는 人間에 대하여는 여간한 不滿을 느끼게 하는 것이 아니었다. 人力車를 끄는 사람, 下宿에서 심부름을 하는 사람은 本來 敎養이 없는 사람이니까 말할 것도 없지마는 그러나 우리가 처음 가서 대할 機會가 많은 것은 亦是 그 사람들이다. 그 사람들에게는 人間의 美點이란 발견할 수가 없었다.[46]

발이 빠지는 몬지싸힌/네거리 한복판에/네 발을 되는대로 뻐더 바리고/낮잠 자는 中國개 볼 때마다 울고십다./수레가 그 입흐로 시치고 지나가나/自働車가 소리를 지르며 몰아오나/'나 모른다.'는 듯한 그 꼴은/가장 偉大한 듯도 하다./나는 同時에 中國苦力[47]을 생각한다./그리고 또 中國사람 全體를 聯想한다. -1918年 北京서-[48]

오상순의 시에서 '낮잠 자는 중국개'는 '중국고력'에 이어지고, 그것은 다시 '중국 사람 전체'로 연결된다. 중국인들은 동물과 같은 차원에서 인식되고 있는 것이다. 이광수도 한 인력거부에게 불쾌한 일을 당하고서는 곧 "중국인이란 이처럼 경우가 무디고 벽창호의 소리를 곧잘 합니다."[49]라는 일반화를 시도한다.

배호처럼 중국인을 향해 노골적인 식민주의적 의식을 나타내는 경우도 있다. 북경을 여행한 다른 이들처럼 그 역시 방대한 성벽과 성문 앞에서 "只今 京城의昌德宮, 景福宮, 무슨 宮하는 一流의宮을 聯想하기만 하여도 나는侮辱을 받는듯이 猥濫하였다."[50]며 감탄한다. 그러나 궁성과 영사관이 밀집한

---

46   정래동, 「북경의 인상」, 『사해공론』, 1936.9.
47   고력은 쿨리(coolie)라고도 불리며, 육체노동에 종사하는 하층의 중국인을 일컫는다.
48   오상순, 「放浪의 北京」, ≪삼천리≫, 1935.1, 171면.
49   이광수, 「북경호텔과 寬城子의 밤」, 『신인문학』, 1935.8.
50   배호, 「留燕 20일」, 『인문평론』, 1939.10, 63면.

동교민항을 벗어났을 때, 감탄의 시선은 싸늘하게 변한다. 나머지 곳은 "黃塵萬丈"으로 불결하기 이를데 없는 곳으로 묘사된다. 이처럼 배호에게 북경은 "不潔과 豪華의 兩極"[51]을 보여주는 곳이며, 이러한 인식은 배호가 스스로를 일본인 혹은 서양인과 동일시하기 때문에 가능한 것이다. 그는 산해관을 지나며 "驛頭마다 凜然히 劍銃을 손에든 守備隊의 姿影은 觀者의마음을 든든케 하여준다."[52]고 느끼며, "天津驛頭에 前城大豫科配屬將校 故丸山大佐의 戰死碑 앞에서 感慨無量함을 이기지못"[53]한다. 그는 만수산에 가는 도중에 동행한 중국인과는 달리 신체검사에서 면제받자, 서양인과 동등한 대우를 받았다는 우월감을 느끼기도 한다.

"急速度한 中國民族의 自醒과改造를 빌며"[54] 부산행 열차를 타는 모습에서, 배호가 중국인을 일본인 혹은 서양인과 동등한 입장인 조선인들에 의하여 개조되어야 할 대상으로 인식하고 있음이 드러난다. 경성에서는 "鐘路의 乞人까지가 이雙眼에는 모다 똑똑하고 깨끗하고 才操덩어리로 보"[55]이는데, 중국인의 존재로 인해 조선 사람들은 어느새 "모-던階級"이 되고, "五十年以後의 未來人"[56]이 되는 것이다. 이처럼 중국인의 존재는 배호를 식민지의 야만인이 아닌 모던한 미래인으로 만들어주고 있다.

한설야의 『열풍』에서의 중국인 표상은 이와 근본적으로 다르다. 상도는 북경행 기차에서 처음 중국인을 만났을 때부터 "그들을 업신여기는 맘은 꼬물도 없었다. 좀 불결은 하지만 인정머리 있고 두덥덥한 그들이 누구보다

---

51   위의 글, 65면.
52   위의 글, 62면.
53   위의 글, 62면.
54   위의 글, 66면.
55   위의 글, 67면.
56   위의 글, 67면.

도 믿음성 있는 이웃 사람인 것 같았다."(63)고 여긴다. 설령 중국인들이 불결하고 무질서한 행동을 하더라도 그것은 "악마놈들이 침범한 어느 지경"(63)에서 비롯된 것일 뿐이다. 피식민지 국가라는 측면에서 "조선 사람이나 중국 사람이나 오늘의 처지와 상태가 별로 다를 것이 없"(63)다. 상도는 "나는 중국 사람이 자기것을 느끼는 것처럼 중국 문물을 깊이 리해할 수 없지 않을가 이런 생각을 하게 됩니다."(149)라고 말할 정도로, 타자를 동일자로 전유하는 식민주의적 의식으로부터 벗어나 있다.

오히려 상도에게 중국은 배움의 대상이다. 그런데 배움의 대상으로 등장하는 중국은 일정한 담론적 지형도 속에서이다. 이 때의 담론적 지형은 '분열하고 파쟁하는 한국인 對 단합하고 대범한 중국인'이라는 구도를 말한다. 상도는 중국 여성 연추를 보며 "소소한 일에 꼬밀꼬밀하는 좀스런 자기의 버릇을 고치고 대륙의 넓음과 대범함을 호흡"(158)하겠다고 결심한다. 조선인들의 고질적인 파쟁을 비판하면서, 상도는 중국 사람은 "제 리익만을 위해서 전체를 희생시키지는 않을 것 같"(213)다고 인식하며, 곧이어 "이것은 조선 사람이 반드시 배워야 할 점이라고 상도는 생각"(213)하는 것이다. 작품의 마지막에는 연추의 오빠이자 철공소 노동자로서 조직선에 들어 있는 정수화를 통해 조선과 중국의 이념분자들이 "정신적 련계"(419)를 맺는 모습을 보여준다.

중국에 대한 위와 같은 인식은 1940년에 한설야가 집중적으로 쓴 일련의 북경 기행 산문에도 나타난다. 『열풍』에서 다루어지는 북경의 문화 유적과 사연들, 즉 중앙공원, 천교, 성남공원, 천단, 북해공원, 향비, 황토색에 대한 이야기는 기행산문에서 이미 다루어진 것들이다. 「연경의 여름」[57]에서 한설

---

57   글의 마지막에는 "北京 유리창 寓居에서 1940년 6월 10일"이라고 표기되어 있다.

야는 깨끗한 것을 좋아하는 조선인들이 폭포같이 땀을 흘리고 제대로 닦지도 않는 중국인들을 보고 이마를 찡그리지만, 실제로는 이 땀이 중국인들에게 매우 이로운 역할을 한다고 주장하며, 「천단」에서도 중국인은 '만만적'이라 해서 느린 것의 대표로 치지만, 어떤 경우에는 이 사람들처럼 "다급하고 재바르고 싹싹하고 귀끼빠른것은 없소."[58]라고 말한다. 이어서 "汽車나 汽船을탈 때의 황망해하는것과 왁자지껄 떠버리는것은 나쁜 첩性"[59]이나 이것은 "오래도록 內亂속에 살아왔고 또 權勢와秩序가없는 가운데서 살아온사람의 다만 살기爲하여서의 꾸며진 慾心에서 나온것"[60]이라고 주장한다.

나아가 중국인이 소위 문명인이라 자칭하는 이들보다 낫다고 주장하는 경우도 있다. 길에서는 "文明人이니 무어니 하고 쪼를 빼고 턱을높이는 人間"보다 더욱더 민첩하게 길을 피해준다는 것이다. 따라서 "公衆이니 公道니하는 그들의 아름다운 文字와는 딴판으로 길을 비키기를 꺼려하고 뜨고 오만하오. 해서 萬一 이들所謂 文明人이라는치들만 모아서 이北京의 雜沓한 네거리에 휘몰아 넣는다고하면 每日같이 交通事故가 續發할것"[61]이라고 주장한다.

일제 시기 화려한 유적의 거대함에만 감탄하고 중국인들에 대해서는 혐오와 멸시를 노골적으로 드러내던 여타의 지식인들과 달리 한설야는 중국 일반 민중들의 모습을 객관적으로 드러내고 있다. 한설야의 『열풍』에 나타난 중국인 표상은 식민지 시기 여타의 조선인 지식인들에게서 발견할 수 있는 식민주의적 의식과는 거리가 멀다. 또한 "조선 사람이나 중국 사람이나 오늘의 처지와 상태가 별로 다를 것이 없"(63)다는 말에서처럼, 조선과 중국이

---

58 『인문평론』, 40.10, 105면.
59 위의 글, 105면.
60 위의 글, 105-106면.
61 위의 글, 106면.

일제의 침략 앞에 놓여 있는 공동운명체라는 인식이 뚜렷하게 드러난다. 그러한 특징은 1940년에 집중적으로 쓰인 북경기행산문에서도 발견된다. 이것은 모두 1920년 초에 신채호가 『천고』를 통해 주장한 한중연합론, 즉 '한국과 중국이 굳게 결합하여 일제에 맞설 것'과 '한국인과 중국인이 서로 사랑하고 공존공생할 것'이라는 지침과 흡사하다고 볼 수 있다.

4. 신채호의 영향력과 연애서사의 변화

한설야의 장편소설에서는 지식인의 성장이 연애관계와 중첩되어 나타나는 경우가 많다. 대표적으로 『황혼』의 여순, 경재, 준식의 관계, 『청춘기』의 은히, 태호, 명학의 관계, 『초향』의 초향과 권의 관계, 『대동강』의 점순, 태민, 상락의 관계, 『설봉산』의 순덕과 학철의 관계 등이 그것이다. 이때 성장의 주체는 여성이며, 여성 인물의 의식화 과정은 긍정적이든 부정적이든 남성인물과의 관계를 매개로 해서 이루어진다. 대부분의 경우, 긍정적 도제 구조에서의 조력자나 부정적 도제 구조에서의 적대자가 모두 남성으로 설정된다. 여자 주인공과 교화자로서의 남자 인물과의 관계는 사제관계라고 할 정도로 위계화되어 있다.[62]

『열풍』에 등장하는 연애관계도 한설야 소설의 연애관계 일반이 그러하듯이, 붉은 연애 즉 사회주의적 연애로서의 특징을 지닌다. 그러한 특징은 머리말에서부터 상세하게 드러난다.[63] 그러나 2장에서 살펴본 바와 같이 『열풍』

---

62 이경재, 「한설야 소설의 서사시학 연구」, 서울대 박사논문, 2008, 50-55면.

63 대표적인 대목을 옮겨보면 다음과 같다. "애정이란 두말할 것 없이 인간 생활에 있어서 없지 못할 인간의 고귀한 정신의 일면이다. 그러나 만일 이것이 사회적 제 관계와 무연한 다만 개인 생활의 범위에 국한된 것이라면 그것의 의의는 아주 저하되지 않을 수 없는 것이다. (중략) 이와 달리 청년 남녀의 사랑이 보다 고귀하고 나와 남과 그리고 더 나아가

의 연애서사는 이전의 장편소설들과 달리 성장의 과정과 긴밀하게 맞물려 있지 못하다. 그것은 손빈이라는 압도적인 사상가의 등장에서 비롯된다. 그로부터 직접적인 가르침을 받기 때문에, 연애관계를 통한 이념의 각성은 상대적으로 그 비중이 줄어든다.

『열풍』에는 상도-연추, 상도-송심, 남향-상도-요한나, 최일-남향-상도, 상도-요한나-영식 등의 연애관계가 등장한다. 이러한 연애 관계 중에서 가장 중요한 것은 '남향-상도-요한나'의 삼각관계이다. 사회주의적 연애의 성격에 걸맞게 상도가 요한나를 멀리 하고 남향과 맺어지는 이유는 이념적인 매개에 따른 것이다. 동지적 결합의 강렬함 앞에 에로스적인 측면은 소거되어 있다. 상도에게 남향의 얼굴은 "아름다우려는 꾸밈도 기쁘다는 들뜸도 무엇을 가지려는 욕기도 무엇을 즐기려는 성수도 아무것도 없는 잠시 공허한 얼굴"(250)이다. 그것은 "잎 없는 꽃, 바다 없는 항구, 물 없는 호수… 순수한 아름다움…"(250)에 비유된다. 작가는 굳이 상도가 발목이 다친 남향을 부축하는 순간에도, "결코 남향에게서 이성을 느끼지 못"(253)하는 장면을 삽입하고 있다.

식민지 시기 한설야 소설의 연애관계가, 기본적으로 남성 주인공이 여성을 이념적으로 각성시키는 구조였다면,[64] 『열풍』에서 상도와 남향은 대등한 층위에 놓인 이념분자로 그려진다. 남성이 여성을 이끈다기보다는 둘이 모두 이 작품의 사상적 중심이라 할 수 있는 손빈의 제자로서 관계를 유지하는 것이다. 이들의 연애관계가 궁극적으로 지향하는 것은 서로의 내면에 잠재되어 있는 손빈의 이념을 확인하는 과정일 뿐이다. 그렇기에 상도와 남향의

서 나라와 인민을 위하는 길 우에서 꽃피게 된다면 그것은 진정 인간의 신성하고 고상한 정신으로 될 것이다."(3)

64   이경재, 『한설야 소설의 서사시학 연구』, 서울대 박사논문, 2008, 32-54면.

연애서사가 지향하는 것은 공통의 이념을 향해 다가가는 것이 아니라, 이미 지니고 있는 서로의 공통된 이념을 확인하는 것이다. "매를 들고 당신들은 그걸 나에게 가르쳐 주거든요. 나의 거울이 되어 주거든요. 나를 비쳐 주는 거울로…"(230)라는 상도의 말처럼, 남향은 상도를 비추어주는 거울에 머문다. 둘의 연애서사는 상도가 남향에게서 자신이 지닌 '민족적 사회주의'를 확인하는 과정인 것이다.

남향은 압록강을 넘나들며 독립운동을 하는 조선인 아버지를 두었지만 중국에서 나고 자랐기에 모습, 동작, 입성, 성격 등이 중국인과 흡사하다. 남향의 마음속에서 "무엇과도 바꿀 수 없는 조선"(234)을 확인했을 때, 상도는 몹시 흥분되어서 부지중 남향의 손을 잡는다. 상도와 남향의 사랑은 상도가 쓴 「꿈」이라는 소설이 불러일으킨 갈등이 해소되면서 절정으로 치닫는다. 「꿈」에서 남향에 해당하는 춘희는 진정한 조선인이 되고자 하지만 상도에 해당하는 화가 S의 꿈에 중국인 애인 왕첸과 함께 중국옷을 입고 나타난다. 이 소설을 훔쳐 읽은 남향은 "상도씨는 나를 집씨로 알아요, 나라 없는 류랑민으로 알아요."(318)라며 화를 낸다. 남향은 "나에게는 나라가 있습니다. 부모는 없지만 겨레가 있습니다."(318)라고 당당하게 외치며, 상도의 소설을 찢어버린다. 그 순간 상도는 남향을 껴안는다. 이후 남향은 "두 개의 심장은 여전히 각각 그 육체에 따로 머물러 있으나 그것은 둘이 아니고 하나이며 그 속을 흐르는 피도 하나의 문을 통해 도는 것 같"(381)다고 느낀다. 마지막에 남향이 상도와 함께 조선으로 향하는 것은, 남향과 상도가 이념적으로 하나가 되었음을 보여주는 행위이다.

이 작품에는 다양한 삼각관계와 상도가 머무는 집의 주인인 민우식의 피살 외에 별다른 사건이 등장하지 않는다. 작품의 육체를 채우는 것은 상도를 중심으로 해서 이루어지는 길고 지루한 대화들이다. 특히 상도와 남향이 나누는 대화가 많이 등장하는데, 그것은 상도(혹은 남향)의 독백에 불과하다. 그들은 서로의 말에 추임새를 넣고, 동의를 표하는 고수의 역할에 한정되어 있기 때문이다. 대표적인 사례 하나만 인용하면 다음과 같다.

"난 량 선생과 견해가 다른 점이 있어요. 난 무엇보다 첫째 정신이 강해야 한다고 생각합니다. 머리 속이 새 대가리만치 줄어 들고 육체나 강하면 뭘 합니까. 옛날 어떤 철학자는 맘 속에서 뜨겁다는 생각을 빼버리면 몸이 뜨거운 것을 모른다고 하고 불가리에 앉아서 태연히 타 죽었답디다만 전연 거짓말은 아닐거예요. 성 삼문 같은 이가 다리에 화침을 받으면서 좀 더 따겁게 하라고 호통했다는데 그것은 몸이 강한 것을 말하는 것이 아니라 정신이 강한 것을 말하는 것일겁니다. 정신이 강하면 그럴 수가 있어요. 나도 이 찰나의 기분 같으면 뜨거운 불을 견디여 낼 수 있을 것 같은데요 하하하…"
하고 상도가 웃으니까 요한나도
"어디 불을 대볼가요."
하고 웃고 남향이는 상도의 말에 매우 공명된 듯
"그럼요. 정신은 육체의 한 속성이라지만 정신이 육체에 주는 반작용이란 그렇게 무섭고 강한 것인가 봐요.(중략)"하고 말하였다.
"그렇지요. 물론 량 선생도 전연 정신을 부인하는 것은 아니지요. 글 때문에 사람이 도리여 나약해지고 보짱이 없어지는걸 경계하는 것일테지요." (208-209)

이 작품에서 둘의 관계는 손빈의 지도를 받는 두 명의 동지이다. 민족적 사회주의를 가르쳐주는 사람이 손빈이고, "그 아래서 손잡고 나갈 길동무가 남향"(214)인 것이다. '남향-상도-요한나'의 삼각관계에서 부정적인 측을 담당

하고 있는 요한나는 좌파 민족주의라는 작품의 주제에 걸맞게 서구(미국)지향
이 가장 본질적인 성격으로 형상화된다. 서구(미국)에 대한 무조건적인 동경
을 지닌 요한나는 다음과 같은 모습을 보여준다.

미국인의 감화 밑에서 자라난 요한나는 사람을 외양과 빛깔과 키와
입성으로 구별하는 버릇이 박혀 있다. 그러기 때문에 그는 도시 사람은
의당히 농촌 사람보다 한 등 동뜨다고 생각하고 동양인은 서양 사람보다
의례 렬등하다고 생각는 것이다.
... 이웃 사람을 변방 외인같이 가벼이 보는 대신, 바다 건너 양코배기
들을 이웃 사촌처럼 탐탐히 그리는 것이다.
... 그의 안중에는 조선의 문화라는 것도 없다. 음악이나 무용이나 말하
자면 미개한 토인의 그것이나 다를 것이 없고 문학이니 무엇이니 하지만
그게 어디 서양것의 발길에나 갈 것이냐 하고 생각하며 결국 조선 사람은
기껏 문명한다면 서양 사람과 같게 될 것이니 아야 조선 것은 배울 거
없이 서양것을 배우는 것이 현명하다고 생각한다. (187)

민우식이 낯선 청년들에 의하여 피살된 17장 이후부터 상도가 민씨의 집을
떠나는 26장까지는 '상도-요한나-영식'의 삼각관계가 서사를 이끌어나가는
동력이 된다. '상도-요한나-영식'의 삼각관계는 남향의 의지는 배제되어 있지
만 주위 여건에 의해 성립된 '최일-남향-상도', '남향-최일-요한나', '요한나-
상도-남향'의 삼각관계와 복잡하게 얽혀 있다. 요한나를 짝사랑하는 영식은
요한나를 얻기 위해 온갖 흉계를 꾸미고, 그 방편의 하나로 상도와 손빈을
민씨의 살인범으로 본다. 이것은 상도와 남향이 조선행을 감행하는 계기를
마련해 준다. 위 삼각관계는 이념성보다는 흥미성에 초점이 맞추어져 있지
만, 영식의 흉계는 그 자체만으로 당시 조선인들 사에서 파쟁이 얼마나 심각

한 것인지를 환기시키는 역할을 한다. 한설야가 생각하는 모든 부정적인 특징을 지닌 영식은 "파당 쌈의 교형리로 되기에 꼭 알맞게 되어 먹은 자"(400)라는 남향의 말처럼, 파당 싸움의 문제점을 드러낸다.

5. 신채호와 한설야의 만남이 갖는 의미

이 글은 단재와의 관련성 속에서 『열풍』을 살펴보고자 하였다. 한설야의 『열풍』은 출판과 관련해 다소 복잡한 사정을 지니고 있다. 한설야의 1920년 무렵 북경 체험을 담고 있는 『열풍』은, 일제말인 1944년에 작가의 고향인 함흥에서 쓰여 발표되지 않다가, 평양에서 1958년에 발표된 것이다. 따라서 이 작품에는 1920년, 1944년, 1958년의 한설야가 삼중으로 겹쳐 있다. 서사 내용이나 표현 형식 그리고 40년대 북경기행 수필들과의 비교를 통해 볼 때, 1944년의 한설야보다는 1958년의 한설야가 서술자아로서 더욱 큰 비중을 차지하고 있다.

성장소설이라 볼 수 있는 『열풍』의 중심에는 손빈의 '민족적 사회주의'가 놓여 있다. 손빈은 신채호를 모델로 하여 창조된 인물이다. 이 작품에서 손빈이 지니는 영향력은 절대적이어서, 작품의 주제와 구성에까지 영향을 미치고 있다. 그러나 손빈을 신채호와 등치시키는 것은 조금 성급해 보인다. 손빈은 1920년 무렵의 신채호와는 다른 여러 가지 특징을 지니고 있기 때문이다. 이 시기 신채호는 『열풍』에서처럼 분명한 공산주의자라고 볼 수 없다. 결정적으로 『열풍』의 손빈은 1958년 한설야가 지녔던 분단현실에 대한 평양중심주의적 인식을 지니고 있다. 신채호를 모델로 한 손빈 이외에도 량국일이나 민우식, 조경호, 김상우, 윤취재 등의 이념형 인물을 통하여 상도는 이념적으로 성장해 간다. 각각의 인물은 당시 조선인 사상가의 유형을 대표한다. 이외에도『열풍』에는 상도와 같은 세대의 다양한 인간형 역시 등장한다. 부자집 아들로서 북경에서 오직 중국말 배우는 것에만 시종하는 경수나 3.1운동에 적극 나서고 여학교에서 출학당한 송심이 그들이다.

『열풍』의 배경이 되는 북경은 한설야를 이해하는데 매우 큰 의미를 지닌다. 1920년대 북경은 외교론을 지향하는 사람들의 주요 거점이었던 상해와는 차별적인 공간이었다. 북경에 존재하던 독립 운동가들은 다양한 분파 속에서도 반임정(反臨政)과 무장투쟁 노선만은 공유했다. 특히『열풍』의 사상이라고까지 말할 수 있는 신채호는 반이승만 반임정 노선의 선봉장과 같은 역할을 수행하였다.[65] 또한 북경은 좌파 성향의 인텔리들이 활발하게 활동하던 무대이기도 했다. 이러한 사상적 지향점은 이후 한설야 문학에 변치 않는 중핵으로 남게 된다. 해방 이후 한설야 소설에 나타난 강력한 반이승만주의는 북한의 지배이데올로기에 영향받은 바 크지만,『열풍』을 통해서 볼 때 그 뿌리가 단재에까지 이어진 것이라고 볼 수도 있다.

『열풍』의 핵심적 주제의식 중의 하나인 '중국과의 연대'도 신채호의 한중연합론과 많은 유사성을 지니고 있다. 일제 시기 조선의 많은 지식인들이 중국의 화려한 유적에만 감탄하고 중국인들에 대한 혐오와 멸시를 노골적으로 드러낸 것과 달리 한설야는 중국 일반 민중들을 객관적으로 드러내고 있다. 한설야의『열풍』에 나타난 중국인 표상은 식민지 시기 여타의 조선인 지식인들에게서 발견할 수 있는 식민주의적 의식과는 거리가 멀다. 또한 조

---

65 한설야가 신채호와 관련을 맺었던 1920년대 초반에, 신채호는 임시정부의 지도노선을 바로잡기 위하여 임시정부를 떠나『신대한』을 창간하는 등, 반임정 반이승만 노선의 대표적인 맹장이었다. 북경에서 독립운동자 54명의 공동서명으로「성토문」(1921)을 기초 발표하여 자주독립 절대독립론의 입장에서 이승만 정한경 등의 위임통치청원사건을 규탄하고, 이승만을 국무총리 및 대통령에 추대한 안창호에 대해서도 비판한다. (최홍규, 앞의 책, 159면)

선과 중국이 일제의 침략 앞에 놓여 있는 공동운명체라는 인식이 뚜렷하게 드러난다. 그러한 특징은 1940년에 집중적으로 쓰인 북경기행산문에서도 발견된다. 이것은 모두 1920년 초에 신채호가 『천고』를 통해 주장한 한중연합론, 즉 '한국과 중국이 굳게 결합하여 일제에 맞설 것'과 '한국인과 중국인이 서로 사랑하고 공존공생할 것'이라는 주장과 흡사하다.

손빈이라는 압도적인 사상가의 등장으로 인해, 한설야 장편소설의 기본적인 구성방식인 연애관계에도 큰 변화가 일어난다. 식민지 시기 한설야 소설의 연애관계가, 기본적으로 남성 주인공이 여성을 이념적으로 각성시키는 구조였다면, 『열풍』에서 상도와 남향은 대등한 층위에 놓인 이념분자로 그려진다. 남성이 여성을 이끈다기 보다는 둘이 모두 이 작품의 사상적 중심이라 할 수 있는 손빈의 제자로서 관계를 유지하는 것이다. 이들의 연애관계가 궁극적으로 지향하는 것은 서로의 내면에 잠재되어 있는 손빈의 이념을 확인하는 과정일 뿐이다. 상도와 남향의 연애서사가 지향하는 것은 공통의 이념을 향해 다가가는 것이 아니라, 이미 지니고 있는 서로의 공통된 이념을 확인하는 것이다. 그렇기에 상도에게 남향은 손빈의 이념을 비추어주는 거울에 머문다. 이처럼 둘의 연애서사는 상도가 남향에게서 자신이 지닌 '민족적 사회주의'를 확인하는 과정에 해당한다.

『열풍』은 자전적 소설에 존재하는 체험자아와 서술자아 사이의 관계에 있어 서술자아의 힘이 너무나 압도적이다. 이 작품은 성장소설이 갖추어야 할 주인공의 변화와 각성의 과정이 제대로 드러나지 않는다. 이유는 상도를 핵심으로 하는 긍정적 주인공들이 처음부터 이념적으로 완벽한 상태이기 때문이다. 이것은 서술자아가 과도하게 개입한 결과이다. 상도는 북경에 온 순간부터 다양한 사상가들의 의의와 한계를 분명하게 짚어낼 수 있는 능력의 소유자이다. 그는 중국인에 대하여서도 식민주의와는 무관한 국제주의적 시각을 견지하고 있으며, 민족의식 역시 뚜렷하다. 이러한 민족의식은 계급적 당파성을 견지한 바탕 위에서 성립되어 있다. 이로 인해 한설야 장편소설의 통사적 규칙이라 할 수 있는 연애관계마저 무미해지고, 작품은 구체적 서사 대신 지루하고 반복적인 대화와 논쟁이 작품의 대부분을 차지하게 되는 문제점도 노출하게 된다.

일제 말기 사회주의 문인과 애도

— 임화와 한설야의 대화를 중심으로

1. 일제 말기라는 시대의 압력

　1930년대 후반은 사회주의 문학인들이 자신의 정체성과 문학적 방향에 대해 심각한 고민을 하던 시기이다. 이 시기를 결정 짓는 사건으로는 1935년의 카프 해산과 1937년의 중일전쟁을 들 수 있다. 카프 해산이 운동으로서의 문학을 불가능하게 했다면, 중일전쟁은 파시즘과의 관계설정이 문인으로서의 존재방식에까지 심각한 영향을 미치게 만들었다. 카프 해산이 마르크시즘적 주체의 상징적인 죽음을 의미한다면, 1937년 이후의 황민화 정책은 마르크시즘적 주체의 실제적인 죽음을 의미한다고도 볼 수 있다. 중일전쟁 이후 일제는 노동력의 국가적 통제 및 황민화 정책을 노골적으로 시행했고, 세계적으로도 파시즘의 위세는 대단했다. 이러한 상황에서 문인들은 중일전쟁 이전과는 다른 방식으로 현실과 문학을 바라볼 수밖에 없었고, 그 결과 사상 전향이 횡행하고 신체제론에 편승한 친일 문인들이 나타났다.[1]

1　하정일, 「'사실' 논쟁과 1930년대 후반 문학의 성격」, 『임화 문학의 재인식』, 소명, 2004,

이처럼 사회주의 이념과의 결별을 강제당한 일제 말기는 각각의 문학적 주체에게 애도라는 문제를 가장 중요한 정체성의 계기로 만들었다고 해도 과언이 아니다. 본래 애도의 상황을 낳는 상실의 대상에는 연인뿐만 아니라 이념이나 정치적 자유 등도 해당한다.[2] 애도에 대한 가장 고전적인 정의는 프로이드에 의해 이루어진다. 프로이드는 애도와 우울증을 구분하는데, 애도는 현실성 검사를 통해 사랑하는 대상이 더 이상 존재하지 않는다는 것을 깨닫고, 대상에 부여했던 리비도를 철회하여 다른 대상에 부여하는 것이다. 이에 반해 우울증은 자아를 포기된 대상과 동일시하고, 이때 대상상실은 자아상실로 전환된다. 자아와 대상 사이의 갈등은 자아의 비판적 활동과 동일시에 의해 변형된 자아 사이의 분열로 바뀌는 것이다.[3]

프로이드가 말한 고전적인 의미의 애도에 가장 적합한 사례로는 박영희와 백철을 들 수 있다. 박영희는 「최근 문예이론의 신전개와 그 경향」(『동아일보』, 1934.1.27-2.6)에서 카프가 정치적 성격을 강하게 지니게 되어 더 이상 감당할 수 없는 지경에 이르러 전향하게 되었다고 말한다. 그리고는 손쉽게 기독교와 일본주의를 향해 나아간다. 백철 역시 감옥에서 집행유예로 나오자마자 「출감소감 ― 비애의 성사」(『동아일보』, 1935.12.22-27)를 발표하며 과거 사회주의 문학과의 결별을 간단히 선언해 버린다. 이후 「시대적 우연의 수리」(『조선일보』, 1938.12) 등의 글을 통해 현실 순응의 길을 걸은 백철은 파시즘의 강화,

---

236-237면. 중일전쟁 이후는 "계몽의 전통이 붕괴의 위기에 빠진 것, 이념적 지표를 상실한 것, 진리와 비진리의 경계에 대한 판단을 정지한 것, 문학의 현실 연관성을 포기한 것 등"(237)으로 '환멸의 시대'라 규정되기도 한다.

2   애도란 "사랑한 사람의 상실, 혹은 사랑하는 사람의 자리에 대신 들어선 어떤 추상적인 것, 즉 조국, 자유, 어떤 이상 등의 상실에 대한 반응"(프로이드, 「슬픔과 우울증」, 『무의식에 관하여』, 열린책들, 1997, 248면)이다.

3   위의 논문, 243-270면.

일제의 군국주의화, 중일전쟁 등을 시대적 우연으로 명명한 후, 이러한 시대적 우연을 엄연한 사실로 인정하자고 제안한다. 파시즘에 맞서 싸우지 말고, 그것에 적극 호응함으로써 문화 발전을 도모하자는 것이다. 이것은 마르크시즘의 자리에 사실의 논리, 즉 파시즘을 대체한 것이라 할 수 있다. 이것은 프로이드가 말한 애도, 즉 '대상에 부여했던 리비도를 철회하여 다른 대상에 부여하는 것'에 대응한다.

그런데 이러한 행위는 상실된 대상에 대한 추모의 행위일 수는 없으며, 더군다나 윤리적이라고 볼 수는 없다. 오히려 이것은 쉽게 잊어버리기 위한 하나의 요식행위에 불과하다. 보다 본질적인 문제는 이러한 애도를 행하는 과정에서는 상실된 대상에 대한 왜곡과 변형, 즉 자의적으로 의미를 부여하는 상징화 과정이 나타난다는 점이다.[4] 박영희의 경우도 마찬가지이다. 그가 남긴 '얻은 것은 이데올로기이며 상실한 것은 예술 자신'이라는 말처럼, 박영희는 자신이 적극적으로 가담한 카프를 일종의 정치단체로 격하시키는 것이다. 세부적으로도 1932년도에서 1933년까지 카프 진영 내에서 이루어진 창작방법론(신유인, 임화, 김남천, 박승극, 백철, 추백, 안막 등)이 모두 예술성의 강화를 주장했지만, 이것이 받아들여지지 않았다는 식의 왜곡을 하고 있다. 이때의 애도란 너무나도 간편하지만 이것이 진정한 애도인지는 생각해볼 문제이다.

4 　데리다가 보기에 프로이드가 말한 애도는 본질적으로 타자를 상징적·이상적으로 내면화하는 것, 곧 타자를 자아의 상징 구조 안으로 동일화하는 것을 의미한다. 이런 측면에서본다면 소위 정상적 애도, 성공적인 애도는 타자의 타자성을 제거한다는 의미에서 타자에 대한 심각한 (상징적) 폭력을 함축하고 있다. 따라서 데리다가 보기에 애도가 타자에 대한 존중, 타자에 대한 충실한 기억을 목표로 하는 이상, 정상적 애도는 실패한 애도일수밖에 없다. (자크 데리다, 『마르크스의 유령들』, 진태원 옮김, 이제이북스, 2007, 389면)

2. 실패한 애도의 정치성 – 한설야의 경우

위에서 살펴본 박영희나 백철과 정반대의 모습을 보이는 문인이 바로 한설야이다. 한설야는 1930년대 후반에 프로이드적인 의미의 애도에 철저하게 실패한 모습을 보여준다. 그럼으로써 그는 우울증적 주체가 된다. 이것은 한설야의 산문 「지하실의 수기 – 어리석은 자의 독백」(『조선일보』, 1938.7.8)에 직접적으로 나타나 있다. 이 글에서 한설야는 지금의 시대가 "시속에 눈이 밝은 지자와 지레 약은 인간을 무수히 남조"한다고 주장한다. 동시에 "이 영리한 인간들은 하룻밤의 철리로서 세기의 인생관과 세계관을 바꾸어 놓을 수도 있고 한 마디의 말과 성명으로서 자기의 인생행로를 역사의 그것으로부터 대담히 공화의 속으로 옮겨갈 수도 있는 것"이라고 비판한다. 그러면서 이처럼 과거와 쉽게 단절하고 새로운 길을 걷는 삶과는 달리 "관뚜껑을 닫는 날까지 한 길을 꾸준히 걸어"가는 삶을 이상적으로 제시한다. 이 글의 곳곳에는 과거에 대한 고집스러운 때로는 강박적이기까지 한 집착이 나타나 있다.

변화된 현실 앞에서 과거의 이상을 맹목적으로 고집하는 이러한 태도는 일제 말기 한설야 소설을 각종 병리의 백과로 만든다. 이 시기 한설야 소설의 인물들은 임화가 반복해서 이야기 한 '울발(鬱物)'한 기분에 빠져 있는데,[5] 이들이 보여주는 병리는 사회주의라는 대상을 상실한 데서 비롯된다. 프로이드가 말한 우울의 핵심은 자아와 대상의 동일시이다. 우울증자는 대상이 떠난 후에도 자아를 대상으로 삼아 애증의 드라마를 연출하는 것이다. 우울증에서 공격받고 빈곤해지고 위험해지는 것은 바로 자기 자신이며, 그것은 궁극적으

---

5   임화는 한설야에 대하여 언급한 마지막 평론인 「문예시평 – 여실한 것과 진실한 것」(『삼천리』, 1941.3)에서도 한설야의 「아들」에는 「이녕」부터 지속되는 울발한 기분과 답답증이 가득하다고 주장한다.

로 죽음충동으로까지 이어진다.[6]

「이녕」(『문장』, 1939.5), 「모색」(『인문평론』, 1940.3), 「파도」(『신세기』, 1940.11), 「두견」(『문장』, 1941.4)에는 죽음충동이 직접적으로 드러나 있다. 「이녕」의 민우는 길에서 예전에는 자신과 비슷한 길을 걸었지만 이제는 도청 사회과에 취직한 박의선을 만나고 다음과 같은 생각을 한다.

> 그는 또 뜻하지않고 관속에 가로누은 자기를 생각하였다. 그 관뚜께우에먹으로만 쓴 글씨 ─ 민우의약력이 나타난다. 그담에는 주묵글씨 또 그담에는 백묵글씨...... 이렇게 수없이 바뀌어진다. 그리다가 이 가지가 지빛갈글씨가 얼룩덜룩 섞여씨인것이 보인다. 그는 또한번 몸소름을친다. 차라리관뚜게에 아무것도 씌워지지 않기를바란다.[7]

"관속에 가로누은 자기를 생각"하고, 관뚜껑 위에 아무것도 쓰이지 않기를 바라는 욕망이란 완전한 무로 돌아가기를 욕망하는 죽음충동에 해당한다고 볼 수 있다. 「모색」에서도 남식의 죽음충동이 "그는 또 어떤때는 아주 장엄하게 죽는 자기를 상상하는일도있다. 가슴복판에서 자기황같은것이 탁 튀여서 새캄한 공중에 날아올라가 찬란한 화화(火花)와같이 터지는 공상을하고 또어떤때는 다캄한 고층건축(高等建築)의 지붕위에서부터 땅바닥에까지 내려붙은 길다란 면도칼날에 제배를 붙이고 미끄러 떨어지는것을 생각하는 일도 있다."[8]와 같은 부분을 통해 직접적으로 드러나고 있다.

「파도」의 명수는 안해에게 "그리게 나도 내가 미워서 죽겠소. 제발 나를

---

6   프로이드, 앞의 논문.
7   『문장』, 1939.5, 27면.
8   『인문평론』, 1940.3, 113-114면.

돌루 점 때려주구려."[9]라고 말한다. 또한 아내의 죽어버리겠다는 말에 "사는 것보다 몇갑절 안락한 주검이란것을 그렇게 쉽사리 가저낼 줄 아느냐, 팔자 늘어진 소리를 하지두말아, 사람놈들은날마다 그달콤한 주검이란 놈을 잡으랴다가 되려 '삶'이라는 심술막난이 한테 덜미를 짚여 오군하더라."[10]라고 대응한다. 명수에게 죽음이란 "사는 것보다 몇갑절 안락한" 혹은 "그 달콤한" 이라는 수식어를 거느리는 매력적인 대상인 것이다.

「두견」에서도 세형이 자아이상으로 생각하는 안민 선생은 자살한다. 더군다나 이 작품에는 상세하게 죽음의 과정과 그 모습이 기술되어 있다. 이 작품에서 안민은 자신의 목에 상처를 내서는 사발에 그 피를 받아놓고 죽는 것으로 그려진다. 그리고 세형이 "고인이 제손으로 자결하지않으면 안될 이유가 —그것이 무엇인지는 알수없으면서도 연성 제몸을 엄습하는것같"[11]음을 느끼는 것에서 보여지듯이, 안민을 죽음으로 이끈 충동은 이 작품의 초점화자인 세형에게도 그대로 전해진다.

이것은 백철이나 박영희 등이 리비도를 투자했던 대상, 즉 사회주의 이념을 멋대로 상징화하여 결별한 것과는 정반대의 메커니즘이 한설야에게 일어난 결과이다. 한설야는 자기 내부에 상실된 대상을 그 자체로 충실하게 보존한 상태라고 할 수 있다. 한설야 소설의 주인공들은 전향한 주의자들로서 과거와의 결별을 전혀 받아들이지 못한다. 이로 인해 발생하는 현실과의 낙차는 온갖 병리적 행동으로 발현되는 것이다. 이것은 프로이드적인 의미에서는 일종의 우울증적인 태도라고 말할 수 있으며, 동시에 '정치적 올바름'의 태도라고 말할 수도 있다.[12] 버틀러는 상실한 대상을 애도할 수 없을 때 주체

9   『신세기』, 1940.11, 93면.
10   『신세기』, 1940.11, 94면.
11   『문장』, 1941.4, 168면.

는 그 대상을 자신과 일치시키고 그 대상이 이루려고 했던 이상을 실현하는 일에 집중하며, 이로써 애도를 불가능하게 했던 권력을 해체하는 정치적 결과를 낳을 수 있다고 말한다. 애도의 금지는 애도를 금지하는 권력에 대한 저항을 낳는다는 것, 이것이 바로 버틀러가 주장하는 우울증적 주체의 정치성이다.[13]

한설야 소설의 우울증이 보이는 정치적 효과는 비교적 뚜렷하다. 일제 말기 소설에 빈번하게 등장하는 병리성은 정상으로 보이는 사회의 비정상성을 보이기 위한 반어적 표상으로 기능하는 것이다. 즉 대상과 자아, 과거와 현재, 사회주의와 현실의 뚜렷한 이분법을 가능케 한다. 「모색」의 남식은 여러 차례에 걸쳐 미친 사람과 자기를 비교해 보는데, 이 작품에서 광기는 다음의 인용에서럼 새롭게 의미부여가 됨을 알 수 있다.

> 그리고 또 더 우스운것은 싱싱하게 앞으로 걸어가는사람들이 졸지에 모걸음을치는것으로보이고 또 이어 뒷걸음을 치는 것으로 보이여 정작 그런가하고 때기 보면 볼수록 그런법해서 멀거니 오고가는사람을 바라

---

12 지젝은 동성애에서 탈식민주의 담론에 이르기까지 다양한 변형태들로 우울증 뒤에는 '정치적 올바름'이라는 든든한 지배적 통념이 버티고 있다고 주장한다. 그 지배적인 통념이란 다음과 같다. "프로이드는 정상적인 애도(상실을 성공적으로 받아들이는 것)과 병적인 우울증(여기서 주체는 상실한 대상과의 나르시시즘적 동일시에 고집스레 머물러 있다)을 대립시키고 있다. 우리는 프로이드에 반대하여 우울증의 개념적인 그리고 윤리적인 우선권을 주장해야만 한다. 상실의 과정 속에는 애도 작업을 통해 통합될 수 없는 잔여들이 항상 남아 있기 마련이며, 가장 궁극적인 충절이란 바로 이 잔여에 대한 충절이다. 애도란 일종의 배신이며 (상실한) 그 대상을 "두 번 죽이는" 짓이다. 이에 반해 우울증의 주체는 상실한 대상에 대한 자신의 애착을 포기하기를 거부하면서 그 곁을 충실하게 지킨다."(슬라보예 지젝, 「우울증과 행동」, 『전체주의가 어쨌다구?』, 한보희 옮김, 새물결, 2008년, 218면)

13 주디스 버틀러, 『불확실한 삶 ─ 애도와 폭력의 권력들』, 양효실 옮김, 경성대 출판부, 2008.

본다. 그러면 참말 더욱 그런것 같애진다.[14]

남식에게는 자신이 뒤로 가는 것이 아니라 세상이 뒷걸음을 치고 있는 것으로 보인다. 즉 남식이 비정상이고, 세상이 정상인 것이 아니라 '남식이 정상이고, 세상이 비정상'이 되어 버리는 것이다.

「두견」에서도 이와 같은 맥락에서 안민이 보이는 광기에 대한 의미부여가 이루어지고 있다. 안민은 S여학교를 나온 이후 학회일을 하며 서울에 머문다. 이때 안민은 광증에 이르는데, 이러한 광증에 대하여 이 소설의 초점화자인 세형은 '안민은 정상이고, 세상이 비정상'이라는 인식을 보여준다. 학회마저 "부득의한 사정으로 마침내 간판을 떼"[15]게 된 후부터 모진 신경쇠약에 걸려 오래도록 고생한 안민은 학회로 찾아가서 목을 매려는 이상행동을 보인다. 이에 대해 세형은 "골선비를 보고 미친사람이라고 부르는 속인들의 실없는 말인게지"[16]라고 생각하며, 세속을 향하여 "왼통 미친놈들같으니라구는"[17]이라고 생각한다. 세형이 보기에 세상 일을 "가만히볼라치면 제정신이똑똑한 사람의일같지않은 일뿐인것"[18]이다.

위에서 살펴본 인물들은 모두 변화된 현실에 맞게 대상을 의미화하지 않고, 예전 그대로의 모습으로 간직하고자 한다. 과거의 대상을 온전하게 간직한 그들이 현실과 부딪칠 때, 그것은 각종 병리현상으로 나타나게 되는 것이다.[19] 그러나 한 가지 생각해 보아야 할 문제는 이러한 심리적 메커니즘 속에

---

14 『인문평론』, 1940.3, 124면.
15 『문장』, 1941.4, 163면.
16 『문장』, 1941.4, 179면.
17 『문장』, 1941.4, 164면.
18 『문장』, 1941.4, 179면.
19 이 시기 한설야 소설의 병리성으로는 죽음충동 이외에도 상상계적 이자관계, 구순기적

서 대상(과거)은 자아(현재)로부터 아무런 관련도 맺지 못하며, 이로 인해 분리된 채 존재할 수밖에 없다는 것이다.[20] 즉 주인공들이 그토록 집착하는 과거의 이념은 현실로부터 철저히 배제된다. 이 점에서 이러한 우울증 역시 실패한 애도라고 부를 수 있다.

그러나 이러한 우울증적 상상력은 나름의 정치적 의미를 지닐 수 있다. 애도적 상상력은 대상의 상실이라는 현실을 수용함으로써 상징계적 질서 안에서 자신의 자리를 안전하게 유지해 나가는 상상력이고, 우울증적 상상력은 그러한 현실에 저항함으로써 대상에 대한 열망, 실재에 대한 유혹을 계속 간직해 나가는 상상력이기 때문이다. 애도적 상상력이 과잉에 대한 제한으로서 법적 실정성(positivity)에 집착한다면, 우울증적 상상력은 부정성(negativity)

격분과 질투심, 근원적 모성성에 대한 열망, 자아이상과의 동일시 등을 들 수 있다. (이경재, 『한설야와 이데올로기의 서사학』, 소명, 2010, 288-303면)

20 데리다의 관점과 가장 가까운 정신분석학을 선보인 니콜라스 아브라함과 마리아 토록은 프로이드를 비롯한 대부분의 정신 분석가들이 동일시했던 입사(introjection)와 합체(incorporation)라는 개념을 구분하고 이를 정상적인 애도 작업과 실패한 애도 작업에 각각 결부시켰다. 아브라함과 토록에 따르면 입사는 적절한 상징화 과정을 통해 부재, 간극의 장애를 극복하고 이를 통해 자아를 강화하고 확장하는 데 있으며, 따라서 이는 정상적인 애도 작업과 결부되어 있다. 반면 근원적으로 환상적인 성격을 지니는 합체는 대상의 부재를 상징화 과정을 통해 은유화하지 못하고 이 대상을 탈은유화해서 자아 안으로 삼켜 버리며, 이 합체된 대상과 스스로를 동일화시킨다. 데리다가 보기에 애도 작업은 본질적으로 타자를 상징적, 이상적으로 내면화하는 것, 곧 타자를 자아의 상징 구조 안으로 동일화하는 것을 의미한다. 이런 측면에서 본다면 소위 정상적 애도, 성공적인 애도는 타자의 타자성을 제거한다는 의미에서 타자에 대한 심각한 (상징적) 폭력을 함축하고 있다. 그렇다면 납골(納骨)로서의 실패한 애도, 합체는 타자의 온전한 보존이라는 측면에서 볼 때는 성공한 애도, 충실한 애도라고 볼 수 있지 않을까? 데리다는 이 역시 충실한 애도일 수 없다고 본다. 자아 내부에 타자가 타자 그 자체로서 충실하게 보존되면 될수록 이 타자는 자아로부터 분리된 채 자아와 아무런 연관성 없이 존재하게 되면, 따라서 어떤 의미에서는 입사에서보다 더 폭력적으로 타자는 자아와의 관계에서 배제되기 때문이다. (자크 데리다, 『마르크스의 유령들』, 진태원 옮김, 이제이북스, 2007, 388-389면, Jacques Derrida, *Memories : for Paul de Man*, trans. Cecile Lindsay, Jonathan Culler, and Eduardo Cadava, Columbia University Press, 1989, p.35)

과 함께 머물며 그러한 한계에 대한 자기패배적인 도전을 감행하는 방법이 될 수 있는 것이다.[21]

3. 과정으로서 존재하는 애도 – 임화의 경우

1) 불가능하지만 불가피한 혹은 불가피하지만 불가능한 애도

프로이드가 말한 성공한 애도는 타자를 자기 식으로 상징화하여 기억의 공간에 편입시킨다는 점에서 일종의 폭력이다. 이것은 백철과 박영희가 과거의 프로문학을 대하는 방식이라고 할 수 있다. 그렇다고 우울증에 빠지는 것 역시 지금의 지배적인 통념과는 달리 과거의 대상을 배제시킨다는 점에서 결코 성공적인 방법이 될 수 없다. 정상적 애도라는 관념이 전제하는 타자로부터의 분리는 타자를 내 식대로 만드는 것이며, 실패한 애도라는 관념이 전제하는 타자와의 합체는 타자를 나와는 무관한 타자로 만드는 것이다.[22] 데리다의 입장에서 볼 때, 애도는 필연성과 불가능성을 동시에 지니는 역설 또는 이중구속을 의미한다. 따라서 진정한 애도란 진행형으로서만 존재할 수 있다. 즉 애도는 대상이 지닌 현실성의 상실을 통해서 그 관념상의 본질을 획득하는 지양(Aufhebung)의 구조를 통해서만 가능한 것이다. 이때 애도는 '불가능하지만 불가피한' 혹은 '불가피하지만 불가능한' 하나의 과정으로 남게 된다. 임화는 사회주의와 프로문학의 상실 앞에서 여기에 가장 가까운 애도의 모습을 보여준다.

21   이현우, 『애도와 우울증』, 그린비, 2011년, 119-120면.
22   데리다, 앞의 책, 390면.

1930년대 전반까지 임화는 선명하게 유물변증법과 사회주의 리얼리즘의 입장을 견지한다. 그것은 1933년에 발표된 「진실과 당파성 — 나의 문학에 대한 태도」(『동아일보』, 1933.10.13)이라는 글을 통해서도 확인된다. 이 글에서 임화는 "오늘날에 있어 문학적 진실과 그 객관성은 오로지 부르주아 세계에 대한 완전히 비판적인 의식성만이 이것을 가능케 할 것이며 또 이 당파적인 비판적 태도만이 문학예술의 완성을 위한 문학적 진실의 양양한 길을 타개하는 유일한 열쇠이다."[23]라고 힘주어 말한다.[24] 1935년 무렵에 수행된 문학사 서술의 문학사관과 서술 방법에도 여전히 토대 결정론적 사고와 주관주의적 편향이 미묘하게 결합되어 있다. 비슷한 시기 그가 주장한 낭만정신론에서도 현실(객체)의 반영과 주체의 정신이 통합되는 주도적 계기를 주체의 원리, 즉 낭만적 정신에서 찾는다는 점에서 기존의 문제의식을 확인할 수 있다.[25]

---

23 『임화문학예술전집 4』, 소명, 2009, 292-293면.

24 카프가 당파성 문제를 우선적으로 제기한 것은 그것이야말로 프로문학을 프로문학답게 만들어주는 핵심원리였기 때문이다. 당과의 이데올로기적, 조직적 결합을 의미하는 당파성은 사실상 마르크스-레닌주의적 원칙과 동의어이며, 이 당파성, 곧 '프롤레타리아 전위의 눈'이야말로 프롤레타리아 리얼리즘의 성취를 가능케 해주는 미학적 원리였다.(하정일, 「프로문학의 탈식민 기획과 근대극복론」, 『한국근대문학연구』, 2010, 427-430면) 루카치, 코르쉬, 그람시 등의 헤겔주의적 마르크스주의는 "주객 상호작용으로 파악된 사회적 실천"(알렉스 캘리니코스, 『현대 철학의 두 가지 전통과 마르크스주의』, 정남영 옮김, 갈무리, 1995, 116면)을 마르크시즘 이론의 핵심으로 파악했다. 루카치는 『역사와 계급의식』에서 마르크스주의와 부르주아 사상의 결정적 차이를 총체성의 유무에서 찾았다. 그에게 있어 총체성은 과학에 있어서 혁명 원리의 담지자였고, 프롤레타리아트가 이 총체적 주체의 역할, 즉 사회적 역사적 진화 과정에서의 주객동일성의 역할을 떠맡았다. 루카치는 "프롤레타리아트의 자기인식은 동시에 사회의 본질의 객관적 인식"(루카치, 『역사와 계급의식』, 박정호 조만양 옮김, 거름, 1986, 238면)임을 천명했다. 이러한 맥락에서 프롤레타리아 당파성 획득이 해방운동을 위한 가장 핵심적인 요건으로 부상하며, 볼셰비키화론은 이러한 당파성 논리를 바탕으로 하고 있다.

25 이현식, 「주체 재건을 향한 도정과 실천으로서의 리얼리즘」, 『임화 문학의 재인식』, 소명, 2004, 265-266면. 권성우에 따르면, 1935년에 발표된 「조선적 비평의 정신」(『조선중앙일보』, 1935.6.25-29)까지 "마르크스주의에 입각한 임화의 비평관"(권성우, 「임화의 메타

그는 여전히 위대한 낭만적 정신과 당파성을 주장하고 있었던 것이다.

그러나 중일전쟁 이후부터 임화의 입장은 크게 변한다. 임화는 유물변증법이나 사회주의 리얼리즘과 결별할 수밖에 없는 상황을 절실하게 인식한다. 그는 「세태소설론」(『동아일보』, 1938.4.1-4.6)에서 '그리려는 것과 말하려는 것의 분열'을 이야기하는데, 이것은 이상과 현실의 거리가 극복할 수 없을 정도로 단절되었다는 고백에 다름 아니다. 1937년까지만 해도 프로문학의 가능성을 인정했던 임화는 이 시기에 이르러 그것이 더 이상 불가능함을 가슴 아프게 인정한 것이다.

이때 임화가 유물변증법과 사회주의 리얼리즘을 대신하여 주장하는 것은 새로운 리얼리즘론과 생활이다. 그의 리얼리즘론은 주체 재건을 위한 방법론으로서의 의미가 강하다. 임화의 리얼리즘론에서 상정된 주체는 현실 속에서 발전하고 운동하는 존재이며, 현실도 주체에 의해 변화될 수 있는 것이다. 그리고 현실과 주체를 매개하고 연결하는 것은 다름 아닌 실천이다.[26] 이때의 실천은 정치적 실천이 아닌 예술적 실천을 말한다. 리얼리즘 정신에 입각한 작품 창작행위를 통해, 작가의 세계관이 형성되고 그로부터 주체 재건이 가능하다는 것이다.

그러나 이러한 리얼리즘론에는 여전히 세계관 유일주의와 주관주의적 편향이 공존한다. 「주체의 재건과 문학의 세계」(『동아일보』, 1937.11.11-16)에서는 "이것이 우리가 현실의 객관성 앞에 자기 해체를 완료하고 과학적 세계관으로 주체를 재건하는 노선이며 우리의 문학이 협애한 현재 수준에서 역사적 지평선 상으로 나아가는 구체적 과정이다."[27]라고 하여 구체적 현실에 대한

비평 연구」, 『상허학보 19집』, 2007.2, 418면)은 그대로 유지되었다고 한다.
26 이현식, 앞의 논문, 282면.
27 『임화문학예술전집 3』, 소명, 2009, 62면.

천착을 세계관보다 우선시하는 논지를 펼친다. 그러나 같은 글에서 임화는 곧바로 세계관이야말로 "자기 재건의 길인 동시에 예술적 완성의 유력한 보장"[28]이라는 반대되는 입장을 펼치기도 한다.

이후에도 새로운 리얼리즘론과 주관주의적 편향의 공존은 지속된다. 「의도와 작품의 낙차와 비평」(『비판』, 1938.4)에서도 임화는 "변증법적 유물론에 입각한 과학적 비평 체계를 수립하기 위해 일관되게 배제(해야)했던 문학의 어떤 부분"[29]인 잉여야말로 비평의 진정한 대상이라고 말하면서, 잉여의 세계에서는 작가의 주체가 와해되는 것조차 두려워하지 말아야 한다고 주장한다. 그러나 이러한 잉여의 비평관은 과거의 입장과 완전한 결별을 의미하지 않는다. "작품의 외부는 현실세계이고 비평의 외부는 작품이나, 잉여의 세계의 원천인 현실 가운데서 다같이 제 세계를 창조하게 된다 할 수 있다."[30]는 말처럼, 임화의 현실 변혁 의지는 흔들림이 없다. 이에 대해 김수이는 "창조적 원천으로서만 아니라, 비평적 원천으로서의 현실의 재음미가 필요한 이곳, 이 자리는 임화가 사상의 수준으로 앙양해야 한다고까지 주장한 잉여의 비평관이 현실 변혁의 리얼리즘의 세계관과 다시 접속하는 지점이라고 말할 수 있다."[31]라고 정리한 바 있다. 이처럼 공존할 수 없는 것들의 공존, 혹은

---

28 『임화문학예술전집 3』, 소명, 2009, 62면.
29 김수이, 「임화의 시비평에 나타난 시차들」, 『임화문학연구 2』, 소명, 2011, 23면.
30 『임화문학예술전집 3권』, 소명, 2009, 569면.
31 김수이, 앞의 논문, 33면. 허정은 더욱 적극적으로 과거 맑스주의적 지향을 읽어낸다. 새 세계는 맑스주의를 통해 지향해나가야 할 계급해방의 사회를, 잉여물은 시대 상황으로 인해 당대 상황에서 전망해내기 어려웠던 새 세계의 징후를 의미한다는 것이다. 이와 관련해 "새 세계와 잉여물은 흔히 오해하듯이 임화가 지향해왔던 세계와 상이한 것을 뜻하는 것이 아니라, 그것과 동일한 것을 일컫는 것이다. 역사의 방향성을 찾기 힘들었던 당시 잉여물은 징후의 차원에서 흐릿하게 감지될 뿐이지만, 임화는 이것을 계급해방사회(맑스주의에서 제시된 역사발전단계론의 종점)를 향한 진보적 도정을 향해 자신을 이끌어줄 단초로 파악하였다."(허정, 「작가에서 비평가로」, 『임화문학연구 2』, 소명, 2011,

대립되는 것들 사이의 위태로운 긴장은 일제 말기 임화 비평의 고유한 특징이다.[32] 임화는 과거 프로문학과의 결별을 가슴 아프게 인정하지만, 그럼에도 백철식의 사실수리론으로 전락하지 않는 이유는 그가 맑스주의에 대한 리비도를 온전하게 철회하지 않았기 때문이다. 그렇기에 임화는 주체 재건과 현실 변혁의 기본 원칙은 신실하게 견지해 나갈 수 있었던 것이다.

애도라는 측면에서 볼 때, 백철이나 박영희식의 애도는 대상의 타자성을 제거하고 상징적 폭력을 가한다는 점에서 진정한 애도일 수 없다. 거기에는 타자에 대한 배려나 추모의 마음 따위는 존재하지 않기 때문이다. 한설야의 경우는 타자의 온전한 보존이라는 측면에서 정치적인 정당성을 주장할 수도 있다. 그러나 자아의 내부에 대상이 충실하게 보존될수록, 대상은 오히려 자아와 현재로부터 분리된다는 문제점이 발생한다. 따라서 진정한 애도란 하나의 아포리아(aporia)로서 존재할 수밖에 없다. 그것은 과거의 대상을 자신과 분리시키려 하는 동시에 자신 안에 보존하려는 '불가피하지만 불가능한' 혹은 '불가능하지만 불가피한' 시도로서만 존재할 수 있는 것이다. 일제 말기 임화 비평에 나타난 상호모순되는 것들의 공존은 이러한 애도의 과정이라는 측면에서 음미해 볼 필요가 있다.

379면)고 주장하다.

32 권성우는 임화의 일제 말기 비평 텍스트에는 "투철한 마르크스주의비평가의 모습과 표현과 독창성을 중시하는 섬세한 예술가의 모습이 절묘하게 착종되어 있다."(권성우, 앞의 논문, 434면)고 주장한다. 김예림 또한 "일제 말기에 임화가 남긴 여러 논의들은 사실상 매우 비균질적이며, 서로 다른 방향의 사유들이 동시에 혼재하는 복잡한 균열의 양상을 보인다."(『1930년대 후반 근대인식의 틀과 미의식』, 소명, 2004, 224면)고 말한 바 있다.

2) 한설야 읽기에 나타난 애도의 힘

임화가 행한 역설로서의 애도가 실제 비평에서 가장 선명하게 나타나는 경우는 바로 한설야에 대해 논할 때이다.[33] 임화가 일제 말기 한설야에게 주목하는 것은, 한설야의 문학이 카프 시절의 공식적인 문학적 태도로부터 변화한 양상과 관련해서이다. 임화의 비평에서 한설야가 처음 언급되는 것은 1933년 프로문학계를 총평하고 있는 「현대문학의 제 경향 — 프로문학의 제 성과」(『우리들』, 1934.3)에서이다. 이 글에서 임화는 한설야가 희곡 「저수지」와 소설 「추수 후」에서 "적극적인 주제에 대한 명확한 태도는 볼 수 있으면서, 생활 현실의 풍부한 향기 대신에 추상적 슬로건의 냄새가 강"[34]하다고 비판한다.

「사실주의의 재인식 — 새로운 문학적 탐구에 기하여」(『동아일보』, 1937.10.8-14)에서는 변화 없는 한설야 소설 경향에 대해 강력하게 비판한다. 다음의 인용문에서처럼 한설야는 과거 카프 시대로 퇴행한 작품들을 발표한다는 것이다.

이러한 퇴화, 정체는 설야 씨의 소설 〈태양〉, 〈임금〉, 〈후미끼리〉 등

---

[33] 기본적으로 임화에게 한설야는 주목을 요하는 일급의 작가이다. 「그 뒤의 창작적 노선」(『비판』, 1936.4)에서는 현실에 대한 단순한 재현적 리얼리즘에의 방향과 암담한 비관적 낭만주의를 최근 작품의 문제점으로 지적하면서, "민촌의 〈인간수업〉, 설야의 〈황혼〉 그것 둘은 우리 잔류 작가들의 옹졸함을 비웃듯 탄탄한 세계를 개척"(『전집 4권』, 626면) 한다며 고평한다. 「문예시평 — 창작 기술에 관련하는 소감」(『사해공론』, 1936.4)에서는 최근 작가들이 창작기술의 연마를 기도하고 있으며, 이러한 사례의 모범적인 선례로서 서해, 송영, 민촌과 더불어 한설야를 언급하고 있다. 「10월 창작평」(『동아일보』, 1938.9.20-9.28)에서는 설야, 남천, 무영, 현민의 문장은 현대 인텔리겐차의 어법을 가지고 만들어진 문장이며, "현대 조선 문장이 이런 이들의 글을 중심으로 만들어져야 할 그런 문장"(『전집 5권』, 72면)고 고평한다.

[34] 『임화문학예술전집 4』, 소명, 2009, 447면.

일련의 작품에서도 인정할 수 있는 것으로 새로운 관조주의와 아울러 낡은 공식주의의 잔재가 혼합되어 있다. 예하면 소설 〈후미끼리〉, 〈임금〉 등에선 노동에 대한 무원칙적 찬미라는 낡은 사상과 아울러 명백히 소시민화하고 있는 주인공의 생활과정이, 그가 인민적 성실을 다시 찾고 인간의 생활 속으로 들어간다는 외형만이 전사회운동자의 전형적 갱생 과정처럼 취급되어 있는 데서 적례를 볼 수 있다.

이 소설은 우리의 주관이 양심과 성실과를 잃지 않았다고 자부함에 불구하고 객관적으론 알지 못하게 나락의 구렁으로 이끌려가는 과정이 반대의 관점에서 형상화되어, 작품은 전체로 전도된 모티브 위에 구성되어 있다.

이 전도 가운데 작자의 양심적 주관은 공식주의로서 나타나고 작품에 그려진 온갖 사실을 표면적으로 긍정하는 데서 작자는 명백히 관조주의자이었다.[35]

「한설야론」(『동아일보』, 1938.2.22~2.24)에서도 위의 주장은 반복된다. 한설야의 1930년대 후반 소설은 "인물과 환경과의 괴리"를 보이며, 인간들이 죽어가야 할 환경 가운데서 설야는 인간들을 살려가려고 애를"[36] 쓴다고 비판한다. 「철로교차점」 등의 작품에서 사회운동자였던 주인공들이 몰락해가는 모습을 그리는 대신, "그들의 재생(시민적이 아닌!)"[37]을 그리고 있다는 것이다. 이러한 입장에서 임화가 노동자들의 세계를 그린 『황혼』보다 소시민적 세계에 바탕한 『청춘기』를 고평하는 것은 당연하다. 임화는 『청춘기』 속에서 "인물과 환경의 모순이 조화될 새로운 맹아를 발견"[38]하였기 때문이다.[39]

---

35 『임화문학예술전집 3』, 소명, 2009, 74면.
36 『임화문학예술전집 3』, 소명, 2009, 444면.
37 『임화문학예술전집 3』, 소명, 2009, 444면.
38 『임화문학예술전집 3』, 소명, 2009, 445면.

임화는 한설야가 카프 시기의 입장을 고수할 때, 한설야를 부정적으로 평가한다. 이와 같은 맥락에서 임화는 한설야가 카프 시기와는 다른 새로운 모습을 보일 때, 그를 고평한다. 「소화 13년 창작계 개관」(『소화십사년판 조선문예연감 ― 조선작품연감 별권』, 인문사, 1939.3)에서는 한설야의 「산촌」을 경향문학의 중진으로서의 관록을 보이는 가작으로 고평하는데, 이유는 이 작품이 "낡은 공식주의를 해탈하는 일보 전야의 작"[40]이기 때문이다. 「현대소설의 귀추」(『조선일보』, 1939.7.19-7.28)에서도 한설야의 소설을 높게 평가하는데, 이유는 「술집」에 나타난 "그 준열한 현대성"[41] 때문이다. 이 작품에는 일상적인 혼탁한 생활에서 벗어나고 싶지만 벗어날 수 없는, 오히려 그러한 의식이 한없는 부담이 된 현대 청년의 고민이 제대로 드러나 있으며, 또한 "「이녕」에서 시작하여 작자는 생활의 명석한 관찰자로서 혹은 일상성의 현명한 이해자로서 일찍이 마차 말처럼 앞으로만 내닫던 정신을 달래어 하나의 지혜로운 의지로 훈련시키는 사업에 종사"[42]하고 있다는 것이다. 즉 현실의 변혁을 추구하는 과거로부터 벗어나려는 정신과 지금의 현실이 조화를 이룬 작품으로 고평하고 있음을 알 수 있다. 「창작계의 1년」(『조광』, 1939.12)에서도 「이녕」, 「술집」, 「종두」 등의 제재나 제작태도가 새롭지 않다는 비평에도 불구하고, 자신은 그 작품들에 대해 가볍지 않은 평가를 한다고 말한다. 특히 「이녕」을 "현대의

---

39 임화는 『청춘기』의 세계가 "우수와 암담과 희망 적은 세계였고, 그곳의 시민들은 무위와 피곤과 변설의 인간들이었다."(『전집 3』, 445면)고 평가한다. 「방황하는 문학정신 ― 정축 문단의 회고」(『동아일보』, 1937.12.12-15)에서도 『청춘기』에서는 루진적 분위기가 드러난다고 말한다. "당분간 루진 같은 남녀 인물, 정신적 분위기는 무력화한 인텔리겐차의 심리적 기념물로 꽤 오래 작품 위를 떠돌지도 모른다."(『전집 3권』, 207면)는 것이다. 그러나 『청춘기』는 철수라는 인물을 중심에 둔 연애서사를 통하여 변치 않는 작가의 이념적 지조를 선명하게 보여준다.

40 『임화문학예술전집 3』, 소명, 2009, 253면.

41 『임화문학예술전집 3』, 소명, 2009, 345면.

42 『임화문학예술전집 3』, 소명, 2009, 346면.

오예 가운데서 전시대의 인간의 비참할 만치 무력한 자태를 그린 가작의 하나"[43]라고 고평하고 있다.

임화는 일제 말기 한설야의 소설들을 평가하는 데 하나의 기준을 보여주고 있다. 그것은 한설야가 카프 시기의 창작경향을 보일 때는 비판을 아끼지 않으며, 반대로 변화된 현실과 그에 바탕한 새로운 정신을 드러낼 때는 긍정적으로 평가한다는 것이다. 그리하여 임화는 한설야에 대한 논의에 있어서만큼은 과거 프로 시절과 결별을 행하고 있는 것처럼 보인다.

그러나 실상은 그렇게 간단하지 않다. 임화는 첫 번째 기준과는 반대되는 이유 때문에 한설야를 계속해서 언급하기 때문이다. 즉 다른 작가들이 맹목적으로 현실을 추수하는데 반해 한설야는 과거의 원칙을 손쉽게 내려놓지 않는다는 점에서 관심의 대상이 된다. 앞에서 살펴본 「현대문학의 제 경향」에서 임화는 '생활 현실의 풍부한 향기 대신에 추상적 슬로건의 냄새가 강하다'고 비판하지만, 이러한 비판은 당대 카프 작가들에 대한 비판과 공존한다. 임화는 지금의 카프 작가들이 "현실의 전형적 요소와 표주적 성격의 반영으로부터 점차로 객관적 현실과 계급생활의 지엽적인 부분으로 주의를 돌리고 있다"[44]고 강력하게 비판한 후에, 그와 다른 경향의 소설로 한설야를 들고 있는 것이다. 여기에서도 긍정과 부정의 묘한 착종을 확인할 수 있다. 이러한 특성은 이후의 평론들에서도 발견된다.

「현대소설의 주인공」(『문장』, 1939.9)에서 임화는 "소설이란 것은 부단히 구성되려 하고, 환경과 인물이 단일한 메커니즘 가운데 결부하려 하는 것"[45]임에도 불구하고, 최근 소설에는 인물이 부재하다고 말한다. 더군다나 사회운

43　『임화문학예술전집 5』, 소명, 2009, 170면.
44　『임화문학예술전집 4』, 소명, 2009, 445면.
45　『임화문학예술전집 3』, 소명, 2009, 329면.

동의 과거를 가진 인물들을 찾아볼 수 없다는 것이다. 그럼에도 한설야의 「이녕」에는 과거를 가진 인물이 등장하여 생활에 적응하는 과정이 그려진다고 고평한다. "그 울발한 기분, 풀 곳 없는 정열, 오래 은닉되었던 가족에 대한 애정, 이런 것을 그리어낸 <이녕>은 아름다운 작품"[46]이라는 것이다. 그러나 비판 역시 빼놓지 않는다. 주인공이 상징적인 방식으로나마 현실과의 대결의지를 드러낸 족제비 사건 이후를 묻는 대목이 대표적인데, 임화는 「이녕」의 실제 주인공이 생활과의 만남을 어떻게 헤쳐 나갈 수 있겠느냐고 의문을 표시한다. 이러한 질문 후에 임화는 "결국 소설 <이녕>의 주인공은 인물이라기보다, 작자의 기분이 자리를 잡고 앉은 공석에 불과할지도 모른다."[47]라는 평가를 한다. 즉 작가의 세계관이 과도하게 투사되었다고 비판하고 있는 것이다.

「중견 작가 13인론」(『문장』, 1939.12)에서는 임화의 착종된 심리가 단적으로 나타나 있다. 그는 다른 작가들의 작품에서 "외부적 인간이 작가의 정신에 의하여 그려지는 대신 작가의 정신이 외부적 인간에게 끌려가고 있다. 사상으로서의, 정신으로서의 문학을 재고해야 할 것이다."[48]라고 비판한다. 이러한 비판의 준거로 제시되는 것이 한설야의 「이녕」이다. "여기에 비하면 한설야 씨의 문학은 완고하고 낡은 듯하고 노둔하면서도, 제목을 추종하는 문학이 근본적으로 자기를 재건하려면 일차는 반드시 회귀할 기본 지점에 확고히 서있다."[49]라고 고평한다. 즉 임화는 작가의 정신이 굳건히 서야 하며, 동시에 그것은 당대의 현실에 깊이 뿌리박아야 함을 말하고 있는 것이다. 여기에서

---

46 『임화문학예술전집 3』, 소명, 2009, 335면.
47 『임화문학예술전집 3』, 소명, 2009, 336면.
48 『임화문학예술전집 3』, 소명, 2009, 259면.
49 『임화문학예술전집 3』, 소명, 2009, 259면.

는 세계관을 우선시하는 과거의 경향과 현실과 작품을 우선시하는 현재의
입장이 공존함을 확인할 수 있다. 임화는 한설야를 평가함에 있어서도 '불가
피하지만 불가능한' 혹은 '불가능하지만 불가피한', 즉 과정으로서만 존재하
는 애도를 행하고 있는 것이다.[50]

4. 서로를 비춰주는 두 개의 거울

1935년의 카프 해산과 1937년의 중일전쟁을 거치며, 사회주의 문학인들은
자신의 정체성과 문학적 방향에 대해 심각한 고민을 할 수밖에 없었다. 사회
주의 이념과의 결별을 강제당한 일제 말기는 각각의 문학적 주체에게 애도라
는 문제를 가장 중요한 정체성의 계기로 만들었다고 해도 과언이 아니다.
박영희나 백철 같은 문인은 프로이드가 말한 애도, 즉 '대상에 부여했던 리비
도를 철회하여 다른 대상에 부여하는 모습'을 보여준다. 이들은 자신들이
신봉했던 마르크시즘의 자리에 사실의 논리, 즉 파시즘을 손쉽게 대체하는
것이다. 이러한 행위의 본질적인 문제는 애도를 행하는 과정에서 상실된 대
상에 대한 왜곡과 변형, 즉 자의적으로 의미를 부여하는 상징화 과정이 나타
난다는 점이다. 박영희나 백철과 정반대의 모습을 보이는 문인이 바로 한설
야이다. 한설야는 1930년대 후반에 프로이드적인 의미의 애도에 철저하게

---

50 일제 말기 한설야가 임화에 대해 논한 것으로는 임화의 평론집인 『문학의 논리』에 대한
서평을 들 수 있다. 『문학의 논리』를 "朝鮮文壇의 縮圖요 里程標"(「林和 著 『文學의 論理』
新刊評」, 『인문평론』, 1941.4, 143면)라고 정리하며, 임화는 "朝鮮新文學이 참말新文學으
로서 發足하든 가장모뉴멘탈한 時期에나온 詩人, 評論家요 今日에이르기까지 그는 가장
文學的, 思想的으로 밀도가 높은時代를 詩와散文文學全般에對한 높은理解와批判力을가지
고 肉身과精神으로 同居同勞해온 사람"(143면)이라고 고평한다. 나아가 "主觀的또는甚하
면 自家辯護를爲한 그런 類의評論과는 嚴格히 區別되는것이며 그래서 讀者인 우리들이
氏의論文을 가장愛讀하는것이오 또 얻는바가많은 것이다."(143면)라고 평가한다.

실패한 모습을 보여준다. 그럼으로써 그는 우울증적 주체가 된다. 변화된 현실 앞에서 사회주의라는 과거의 이상을 고집하는 태도는 일제 말기 한설야 소설을 각종 병리의 백과로 만든다. 이것은 프로이드적인 의미에서는 일종의 우울증적인 태도라고 말할 수 있으며, 동시에 '정치적 올바름'의 태도라고 말할 수도 있다. 그러나 한 가지 생각해 보아야 할 문제는 이러한 심리적 메커니즘 속에서 대상(과거)은 자아(현재)로부터 아무런 관련도 맺지 못하며, 이로 인해 분리된 채 존재할 수밖에 없다는 것이다. 즉 주인공들이 그토록 집착하는 과거의 이념은 현실로부터 철저히 배제된다. 이 점에서 이러한 우울증 역시 실패한 애도라고 부를 수 있다.

이 지점에서 애도와 관련한 제3의 시각이 요청되는데, 이와 관련된 중요한 시사점은 데리다에게서 얻을 수 있다. 데리다에게 애도는 필연성과 불가능성을 동시에 지니는 역설 또는 이중구속을 의미한다. 따라서 진정한 애도는 대상이 지닌 현실성의 상실을 통해서 그 관념상의 본질을 획득하는 지양(Aufhebung)의 구조를 통해서만 가능하며, 이때 애도는 '불가능하지만 불가피한' 혹은 '불가피하지만 불가능한' 하나의 과정으로 남게 된다. 임화는 사회주의와 프로문학의 상실 앞에서 데리다의 주장과 가장 가까운 애도의 모습을 보여준다. 공존할 수 없는 것들의 공존, 혹은 대립되는 것들 사이의 위태로운 긴장은 일제 말기 임화 비평의 고유한 특징이다. 유물변증법이나 사회주의 리얼리즘과 결별할 수밖에 없는 일제 말기의 상황에서 임화의 비평은 긴장으로 한껏 충일되어 있다. 이러한 긴장은 새로운 '새로운 리얼리즘론과 주관주의적 편향 혹은 '생활과 세계관 유일주의' 사이의 공존과 갈등에서 비롯된다고 할 수 있다. 임화가 행한 역설로서의 애도가 실제 비평에서 가장 선명하게 나타나는 경우는 바로 한설야에 대해 논할 때이다. 얼핏 보기에 임화는 일제 말기 한설야의 소설들을 평가하는 데 하나의 기준을 가지고 있는 것처럼 보인다. 한설야가 카프 시기의 창작경향을 보일 때는 비판을 아끼지 않으며, 반대로 변화된 현실과 그에 바탕한 새로운 정신을 드러낼 때는 긍정적으로 평가하는 것이 그것이다. 그러나 실상은 그렇게 간단치 않다. 임화는 첫 번째 기준과는 반대되는 이유 때문에 한설야를 계속해서 언급하기 때문이다. 즉 다른 작가들이 맹목적으로 현실을 추수하는데 반해 한설야는 과거의 원칙을 손쉽게 내려놓지 않는다는 점에서 관심의 대상이 된다. 요컨대 임화는 작가의 정신이 굳건히 서야 하며, 동시에 그것은 당대의 현실에 깊이 뿌리박아야 함을 동시에 말하고 있는 것이다. 여기에서는 세계관을 우선시하는 과거의 경향과 현실과 작품을 우선시하는 현재의 입장이 공존함을 확인할 수 있다. 일제 말기 임화의 한설야론에는 하나의 아포리아로서 존재하는 애도의 모습이 선명하게 드러나 있는 것이다.

식민주의에 대한 성찰
─ 이병구와 이병주를 중심으로

1. 태평양 전쟁이 남긴 것들

인류사는 전쟁의 역사라는 말이 있을 정도로, 우리 인류는 수많은 전쟁을 겪어 왔다. 20세기 역시 예외는 아니며, 오히려 전쟁은 아우슈비츠나 히로시마가 증언하듯이 대형화되고 비인간화되었다. 한민족 역시 그러한 세계사의 격변 속에서 수많은 전쟁을 치러왔다. 태평양 전쟁, 한국전쟁, 베트남 전쟁 등은 우리가 직접 피를 흘린 전쟁이라고 할 수 있다. 한국전과 베트남전에 대한 문학적 논의는 비교적 활발히 이루어져 오고 있다. 어떤 의미에서 50년대 문학사 전체는 한국전에 대한 문학적 응전이었다고 말할 수 있을 정도이며, 월남전에 대한 창작이나 비평도 이미 일정한 수준에 도달해 있는 형편이다.

그러나 태평양 전쟁에 대한 논의는 거의 이루어지고 있지 않다. 이는 태평양 전쟁기가 우리 민족사에서는 그 어느 시기와도 비교할 수 없는 부끄러움과 치욕의 시대라는 것과 무관하지 않다. 내선일체와 창씨개명의 강요, 한글 사용의 금지, 공출과 징용, 학병과 징병 등으로 이어진 이 시기는 우리 민족에게 상처투성이 시기였던 것이다. 그리하여 문인들을 포함한 모든 이의 가슴속에 태평양 전쟁기는 일종의 금기 아닌 금기의 영역으로 방치되어 온 것이 사실이다.

이러한 상황에서도 태평양 전쟁을 심도 있게 다룬 작가들이 있는데, 그들은 바로 이 글에서 다루려고 하는 이병주와 이병구이다. 두 명의 작가는 모두 일본군의 신분으로 태평양 전쟁을 겪었다는 공통점이 있다. 이병주는 와세다 대학 불문과에서 수학하던 도중 학병으로 동원되어 중국 쑤저우(蘇州)에서 지낸바 있으며[1], 이병구는 예산농업학교에 재학하던 시절 일본군으로 동원되어 필리핀에서 일본군 생활을 했다.[2] 이병주는 『關釜連絡船』, 『辨明』 등의 작품을 통해 중국에서의 학병 체험을 다루고 있으며, 이병구는 집요하다고 할 정도로 필리핀에서의 체험과 그 의미를 천착하였다. 김우종은 이병구에게 "남양에서 벌어진 전쟁 비극의 증인"[3]이라는 명칭을 부여할 정도이다.

한국 현대사를 지식인의 문제와 관련하여 휴머니즘적 입장에서 다루어온 이병주의 『關釜連絡船』에 대한 논의는 활발하지는 않지만, 지속적으로 이루어져 오고 있다. 최초의 본격적인 이병주론이라 할 수 있는 「歷史的 狀況과 倫理」에서 이보영은 『關釜連絡船』을 일제 식민지 시대를 한국 지식인들의 자아와 관련시켜 역사적 방법으로 취급한 작품으로 규정하고 있다.[4] 김외

---

1   이병주, 『關釜連絡船』, 동아출판사, 1995, 연보 참조.
2   이병구는 자신의 작품집의 「所感」에서 "토인들과는 접촉도 해봤고 또 필리핀은 경험이 있는 땅이다."(『현대한국문학전집』15, 신구문화사, 1968, 523면)라고 밝히고 있다. 같은 책에서 김우종은 "그는 日帝末期에 學兵으로 끌려서 南洋에 갔었다. 거기서 그는 무수한 역경을 겪어 가며 특히 필리핀 산 속의 미개한 原始民族의 세계를 알아 내었다."(492면)라고 말함으로써, 필리핀에서의 경험이 학병 체험임을 설명해주고 있다. 신경득도 "이병구의 단편 「패자 제1장」은 그의 다른 작품처럼 경험을 바탕"으로 하고 있으며, "그의 경험과 세팅은 학도병시절과 그후의 필리핀 재방문을 통하여 얻어진 신빙성 있는 것"(「인격시장의 사냥꾼」, 『현대문학』, 80. 3, 339면)이라고 말하고 있다.
3   위의 책, 498면.

곤은 『關釜連絡船』이 근대 및 현대의 역사적 진실을 추구한 점, 지식인을 작품의 중심인물로 등장시킴으로써 현실을 폭넓게 반영하고 비판적으로 평가한 점, 작가의 대표작이라 할 수 있는 『지리산』의 원형이라는 점 등을 이유로 긍정적으로 평가하고 있다.[5] 김종회는 『關釜連絡船』이 일제하의 일본 유학과 학병 동원 그리고 그 과정에서의 교유관계 등 작가 자신이 걸어온 핍진한 삶의 족적을 담고 있으며, 역사적이고 시대적인 사실과 문학의 예술성을 표방하는 미학적 가치가 한데 잘 어우러진 소설로 평가하고 있다.[6] 강심호는 『關釜連絡船』을 포함한 이병주의 소설이 "일제말기와 해방공간에 걸친 유학생들의 내밀한 마음의 움직임"[7]을 보여주고 있다며, 그 내면풍경의 핵심으로 '허무주의'를 들고 있다.

이에 반해 이병구라는 작가는 그 이름조차 생소할 정도로 비평적 관심에서 벗어나 있었다. 작품집의 말미에 실린 해설류의 비평이 주류를 이루고 있는 실정인데, 김우종은 "이병구는 누구보다도 그 체험의 세계를 충실하게 그려 나가는 작가"라고 전제한 후, 이병구를 남양(南洋)에서 벌어진 전쟁의 비극과 미개인들이 겪은 삶의 비극을 다루는 휴머니스트라고 규정하고 있다.[8] 신경득은 「패자 제1장」이 인간소외의 문제와 아시아적 정체성의 대명사인 무지의 문제를 다루고 있다고 보고 있다.[9] 원형갑은 이병구 소설의 특성을 "남방 토착민 세계"에서 소재를 취하는 데서 찾고 있으며, 이를 바탕으로

4   이보영, 「歷史的 狀況과 倫理 — 이병주론·上」, 『현대문학』, 1977.2.
5   김외곤, 「격동기 지식인의 초상 — 이병주의 『관부연락선』」, 『소설과 사상』, 1995년 가을, 275-283면.
6   김종회, 「근대사의 격랑을 읽는 문학의 시각」, 『關釜連絡船』, 동아출판사, 1995, 665-678면.
7   강심호, 「이병주 소설 연구」, 『관악어문연구』, 제27집, 2002.12, 188면.
8   김우종, 앞의 책, 492-498면.
9   신경득, 「인격시장의 사냥꾼」, 『현대문학』, 1980.3.

그의 주제의식이 인류문화사적 양심의 고뇌라고 밝히고 있다.[10] 이기윤은 이병구 소설의 특색으로 소재의 이색성과 인물설정을 들고 있다. 이러한 소설적 특성은, 한국전쟁이라는 특수성보다는 보편적인 것으로서의 전쟁의 본질을 탐구하려는 것과 전쟁으로 인한 고통은 인류의 보편적 현상이라는 점을 강조하려는 의도에서 비롯된다고 보고 있다.[11]

이상의 논의에서는 이병구를 남양이라는 독특한 제재를 휴머니즘의 관점에서 다룬 작가 정도로 바라보고 있음을 알 수 있다. 필자는 이병구의 소설에는 일제 말 조선인이 일본군이 되면서 갖게 된 독특한 심리가 깊이 있게 드러나 있다고 판단한다. 이것은 한국문학사에서 사례를 찾기 힘든 매우 희귀한 경우로서, 그 고찰의 의의가 매우 크다고 할 수 있다. 이러한 심리를 해명하기 위해 필자는 고모리 요이치의 '식민지적 무의식과 식민주의적 의식'이라는 개념을 적극 활용하고자 한다.[12] 또한 이병구 소설의 특수성을 선

---

10 원형갑, 「기묘한 인간사의 캐리커처」, 『현대한국단편문학전집』, 금성출판사, 1981, 426-430면.

11 이기윤, 『한국전쟁문학론』, 봉명, 1999, 345-346면.

12 고모리 요이치는 개화기에 후쿠자와를 비롯한 일본의 지식인들은 서구 열강의 오리엔탈리즘적 시선에 의해 일본이 조선이나 대만과 같이 야만이나 미개로 취급되어 식민지로 전락하는 것을 두려워했다고 한다. 이러한 '식민지적 무의식'은 문명의 타자로서의 야만이나 미개와 대비되는 반개(半開)라는 중간항적인 타자를 설정하는 것으로 나타났다는 것이다. 이때 반개는 문명이라는 타자로서의 거울에 자기를 비추고, 그 기준에 따라 자기상을 형성함으로써만 반개일 수 있다. 동시에 반개가 미개 내지는 야만으로 떨어져 문명인 서구 열강의 노예가 되지 않기 위해서는 다른 한쪽의 타자로서의 거울인 미개 내지는 야만을 새롭게 발견하거나 날조하여 거기에 자기를 비추면서, 그들에 비하면 자신들은 충분히 문명에 속한다는 사실을 발견하지 않으면 안 되었다. 그 확인이 행해지는 순간 미개나 야만으로 간주될지도 모른다는 공포와 불안을, 거울이기도 한, 즉 새롭게 발견한 미개와 야만을 식민지화함으로써 전혀 존재하지 않았던 것처럼 기억에서 소거하고 망각의 심연에 떨어뜨려 다시는 떠오르지 못하도록 뚜껑을 닫아 버리고 의식하지 않을 수 있었다는 것이다. 이러한 조작을 통해 형성된 의식의 원형이 바로 식민지적 무의식과 식민주의적 의식이다. (고모리 요이치, 『포스트 콜로니얼』, 송태욱 옮김, 삼인, 2002, 33-36면)

명하게 드러내기 위해, 유사한 시기의 학병 체험을 다룬 이병주의 작품도 함께 다룰 것이다. 이러한 입장을 바탕으로 이 글에서는 태평양 전쟁 시기 일본군으로 전쟁에 참전한 인물들을 그리고 있는 이병주의 『關釜連絡船』(『신구문화사』, 1972), 「辨明」(『문학사상』, 1972.12)과 이병구의 「候鳥의 마음」(『조선일보』, 1958), 「解胎以前」(『자유문학』, 1958.12), 「方向」(『자유문학』, 1958.8), 「두 개의 回歸線」(『사상계』, 1960.2), 「岐路에 나선 意味」(『자유문학』, 1960.4), 「사라하미 愛華」(『자유문학』, 1960.8), 「結論」(『신사조』, 1962.8), 「無文字 道標」(『현대문학』, 1963.9), 「第三의 時間」(『신동아』, 1969.7) 등을 살펴보고자 한다.

2. '일본군 되기'의 과정과 그 의미

일제 말기는 한반도에서 처음으로 근대적인 군대 및 군인이 일상화된 시기였다. 그 당시 수많은 젊은이들이 지원병, 학병, 혹은 징병이라는 이름으로 전쟁터에 동원되었다. 이 중 가장 먼저 젊은이들을 전쟁터로 몰아 세운 것은 지원병제도이다. 이 제도의 실시가 논의된 것은 중일전쟁이 발발한 1937년이고, 이 후 1938년에 육군특별지원병령이 공포된다. 이로써 일제는 이 땅의 젊은이를 지원병이란 이름으로 전쟁터로 내몰 수 있는 기반을 마련하였다. 이 지원병제도는 징병제 실시 전년인 1943년까지 계속되어, 총 17,664명의 젊은이가 전선으로 동원되었다.[13]

다음으로 학병에 대해 살펴보면, 중등학교 이상의 모든 학교에서 현역장

---

13 육군 특별지원병제도는 처음 '내선일체'의 구현책으로서 교육령의 개정과 함께 선전되어 '황국정신'이나 '국체관념'에 바탕한 청년층의 재교육을 기대하였다. 그러나 중일전쟁으로부터 태평양 전쟁으로 전장이 확대됨에 따라 전력으로서 청년을 동원하는 것이 가장 큰 목적으로 변모하였다.(君島和彦, 「조선에 있어서 전쟁동원체제의 전개과정」, 『일제말기 파시즘과 한국사회』, 최원규 옮김, 청아 출판사, 1988, 187-196면)

교에 의해 이루어지던 군사교육에서 학병의 뿌리를 찾을 수 있다. 1943년에 들어 일제는 육군특별지원병 임시채용규칙을 공포하였는데 이것이 바로 학도병 지원병제이다. 이 법안은 이공과 및 사범학교 계통을 제외한 법문계 대학 및 전문학교 교육을 일시 정지하고 현역병으로 강제 동원한다는 것으로서, 이후에는 졸업생들에게까지 적용되면서 '중등학교 졸업 정도를 입학자격으로 하는 수업연한 2년 이상의 학교'는 재학생 졸업생을 가릴 것 없이 일률적인 취급을 받게 되었다. 그 결과 지원자들은 그 이듬해 1월 20일에 입영하였다.[14]

군대 및 군인의 일상화는 징병제에서 완성된다고 볼 수 있는데, 징병제도를 실시하겠다는 발표가 있었던 것은 1942년 5월 8일이다. 징병제 실시의 가장 큰 이유는 태평양 전쟁의 발발과 그에 따른 병력의 부족을 들 수 있다. 일제는 징병제 실시를 위해 의무교육제도의 도입을 결정하였고, 내선일체론에 바탕한 각종 선전을 실시하였다. 나아가 징병 대상자를 정확하게 파악하기 위한 호적 정비와 징병 대상자들에 대한 훈련과 교육의 방법까지 마련하였다. 이상과 같은 준비작업을 거쳐 1943년 10월 1일을 기하여 징병 적령 신청이 이루어졌는데, 그 결과는 예정 적령자 인원 266,643명 중에서 254,753명이 신청하여 약 96%의 신청률을 보인 것이었다. 1944년 4월 1일부터 8월 20일까지 최초의 징병검사가 실시되었고, 입영한 인원을 보면 1944년 9월 15,936명, 10월 5,922명, 11월 1,886명, 12월 6,583명으로 나타나고 그 이후의 상황은 알기 어렵다. 제 2회 징병검사는 1945년 1월부터 5월에 걸쳐 실시되었다.[15]

---

14   『關釜連絡船』에서 유태림을 비롯한 학병들은 1944년 1월 20일 오전 9시 입영한다. (『관부연락선 1』, 신구문화사, 1972, 75면) 『關釜連絡船』에서 인용할 경우, 본문 중에 면수만 표시한다.

위에서 살펴본 지원병, 학병, 징병으로 태평양 전쟁에 동원된 인원은 '징병 2기'(45년 8월)의 숫자를 제외해도 총 26만 1천 554명에 이르며, 여기에 군속으로 동원된 숫자까지 포함하면 41만 7천 121명에 이르는 것으로 파악되고 있다.[16] 이러한 통계 숫자는 당시 일본군으로 전선에 동원된 인원이 결코 적지 않았다는 것을 증명하며, 일제 말기를 이해하기 위해서는 태평양 전쟁 체험의 고찰이 필수적임을 보여주는 것이라 할 수 있다.

일본군 체험의 의미를 알기 위해서는 군사제도에 대한 이해가 선행되어야 하는데, 근대 사회에서 군대가 갖는 의미에 대한 가장 심화된 이해는 푸코에게서 얻을 수 있다. 푸코는 신체의 효율성과 경제성을 극대화시키는 새로운 기법이 18세기부터 본격적으로 도입되었다고 보았는데, 이러한 기법을 '규율·훈련'이라고 불렀다. 규율·훈련은 사회 전체가 근대로 변용될 때 생긴 것으로, 학교나 공장과 함께 군대가 중요한 그 발현의 장이 된다.[17] 일본에서는 민주적인 사회제도와 병행해서 국민개병제도가 생긴 다른 나라와는 달리, 헌법을 비롯한 어떠한 대의제도도 확립되기 전에 징병제가 우선적으로 실시

---

15 최유리, 「일제 말기 징병제 도입의 배경과 그 성격」, 『한국외대사학』 12, 2000.8. 지원병제도의 실시가 조선인의 황민화 작업의 일환 가운데 하나로 강조된 것과는 달리 징병제는 내선일체화된 현실을 제도의 면에서 완성시킨다는 의미로 설명되었다.(위의 책, 407면)

16 군인·군속 등 징병의 경우 1944년 조선총독부가 작성한 '85제국의회 설명자료'에 의하면 일본이 항복하기 직전인 1945년 8월 이른바 '징병 2기'로 끌려간 숫자를 제외해도 총 41만 7천 121명이 태평양 전쟁에 강제동원된 것으로 나와 있다. 일제는 징병 1기로 21만 8천 189명, 1938년부터 1943년까지 실시된 육군특별지원병 1만 7천 664명, 해군 특별지원병 2만 1천 316명(43-45) 그리고 학도병으로 4천 385명(44.1.20)을 동원했다. (정운현, 「일제동원 8백만의 잔혹사」, 『친일파 II』, 학민사, 1992, 136-144면)

17 푸코에 의하면 근대 사회에서 사람의 몸은 통제하고 금지하고 조절하는 권력에 노출된다. 인간의 사회화 과정 자체가 인간의 정신과 몸을 한 사회가 요구하는 대로 효과적인 방식으로 통제하기 위한 과정이라는 것이다. 사회의 전 영역에 퍼진 규율적 권력은 사회를 철저히 규율화하며, 규율적 권력은 감옥 뿐만 아니라 학교, 군대, 공장, 병원, 가족 관계에서도 차용된다. (미셸 푸코, 『감시와 처벌』, 오생근 옮김, 나남, 1994)

됨으로써, 군대가 신체를 근대화시키기 위한 특수한 장소가 되었다.[18] 푸코는 인간에게 약간의 자유와 권리를 부여하는 법적 개인화와, 신체가 규율·훈련에 의해서 구성됨으로써 개인이 형성되는 것, 이 두 가지가 서로 관련되는데 서구적인 근대 권력이 작용한다고 보았다. 그러나 일본의 경우는 자유와 권리가 주어지지 않은 채 '규율·훈련'에 의해서 인간이 개별적으로 계측되고 기재된다는 의미에서의 개별화만이 진행되었다. 그럼으로써 개인이 정치적으로 주체화되는 일은 전혀 없고, 단지 끊임없는 복종을 지향하는 황국신민으로 획일화되어 갔던 것이다.[19]

태평양 전쟁 말기에 일본군이 된다는 것은 규율·훈련에 의해 근대적 사회가 필요로 하는 개인으로 탄생한다는 일반적인 의미보다는 자유로운 한 개인이 어떠한 굴욕적인 명령에도 무조건적인 복종만을 하는 노예가 되어 가는 과정과 일치했다. 『關釜連絡船』에서 유태림이 초년병 시절에 겪는 다음과 같은 일들은 이를 잘 보여준다.

초년병 시절의 훈련은 어디에서나 마찬가지로 가혹했다. 뺨은 노상 맡겨놓아야 했고 구두의 밑바닥을 핥아야 했고 마루 위를 기어다니며 개처럼 짖기도 해야 했다. (81)

마구간에 깔려 있는 똥 오줌 섞인 짚을 손으로 ─ 꼭 손으로 해야만 한다. 기구를 써선 안 된다. 그러니 말발톱을 씻을 시간은 있어도 자기 낯짝을 씻을 시간은 없게 된다. 어쩌다보면 칙간에 갈 시간도 없어지는데 나오는 것을 어떻게 할 수 없어 칙간에 가 놓고 보면 뒤엔 벌에 쏘인

---

18   다키 고지, 『전쟁론』, 지명관 옮김, 소화, 2001, 58면.
19   위의 책, 56-59면.

만큼 부풀어오르도록 따귀를 얻어맞아야 한다. 말 부대에서의 서열은 장교, 하사관, 말, 그리고 병정이란 순서다. 이건 결코 과장된 얘기가 아니다. (82)

노상 뺨을 맞는 행위나 구두 밑바닥을 핥는 행위 혹은 개처럼 짖는 행위는 국가 방위를 위한 전투력 제고와는 무관하다.[20] 그것은 단지 철저하게 인간성을 빼앗는 인간 모멸의 행위에 불과한 것이다. 기구를 사용하면 더욱 효율을 높일 수 있는 말똥 치우기를 굳이 손으로만 하게 하는 것 역시 자존의 근거를 빼앗고, 인간을 오직 명령과 그에 따른 복종만이 있는 하나의 기계로 만드는 행위인 것이다. 그렇기에 일본 군대는 복종의 기술을 통해 훈련을 위한 신체, 권력에 의해 조작되는 새로운 객체, 즉 황국신민을 만들어내는 공간에 불과했던 것이다. 이곳에서 인간의 존엄성은 전혀 보장되지 않아 결국에는 인간의 가치가 말에도 미치지 못 하는 지경에까지 떨어지고 만다. 이런 과정을 거치는 동안에 최고의 교육과정을 받은 학병들조차도 "어느덧 먹는 것과 잠자는 것 외엔 아무 것도 생각하지 않는 동물이 되어 스스로를 느"(84)끼게 된다. 아무런 의식조차 없어진 그들은 이러한 가혹행위에 못 이겨 "차라리 전쟁에 나가 죽어버리는 게 낫다는 생각을 갖게 돼 그것이 바로 '가미가제 정신'이나 '황군의 정신'이니 하는 것으로 둔갑케"[21]되는 것이다.

---

20 이러한 가혹 행위는 다음의 징병 출신 탈출자의 증언에서도 확인되듯이 당시 일본군에서 널리 행해졌다. "졸병들에게 구두바닥을 핥게 하고, 이른바 신병의 신고식 때 '매미 소리 내기'등의 비인간적인 기합은 일본식 군인정신을 만드는 밑천 바로 그것이다."(이용구, 「징병탈출자 끝없는 迷路—대륙 2만리 떠돈 李用九씨의 抗日記」, 『정경문화』 234, 1984.8, 319면)

21 이용구, 앞의 글, 319면. 일본인에게도 이는 예외가 아니었다. 태평양 전쟁 당시 일본 군의였던 오가와는 "훈련은 더욱 지독해졌다. 어차피 죽는 거라면 빨리 전쟁터에서 가서 죽었으면 좋겠다고 바라게 된다."(노다 마사아키, 『전쟁과 인간—군국주의 일본의 정신

이러한 일본 군대의 노예화와 대응하는 것이자, 그것을 뒷받침하는 중요한 장치는 철저한 위계질서이다. 그것은 어떠한 조직에나 있게 마련인 효율성과 합리성으로 뒷받침 된 근대적 의미의 위계질서가 아니라, 자기 본분에 만족한다는 신분사회적인 본분론(本分論)에 가까운 것이다.[22] 그것은 우선 장교와 병정 사이에서 이루어지는데, 복장에 있어서부터 "장교복은 아무리 못난 놈이라도 그것을 입기만 하면 잘나 뵈도록 하기 위해서 고안된 것임에 틀림이 없"(76)는 것이고, "이와는 반대로 병정이 입는 군복은 아무리 잘난 놈이라도 되도록이면 못나 뵈도록 하기 위해서 고안된 것"(76)으로 보일 만큼 차이가 확연하다. 또한 병정들 사이에서도 위계질서는 엄격해서, 이는 조직을 유지하는 기본 골격이 된다. 유태림조차 한 칸 아래의 계급이 생기자 일본 군대 내에서의 고통을 덜 느끼게 된다. 이는 유태림의 아래 예문과 같은 분석을 통해 설득력 있게 제시되고 있다.

> 일본 군대에서는 어떤 일이 있어도 병정들끼리 단결해서 상층부에 반항하지 못하는 것은 병정들의 계급이 세분되어 있고 각 계급의 이해관계가 판이한 까닭에 있다. 초년병 때 적개심은 2년병이 되어 새로 들어온 신병들에게 군림하는 맛으로 가셔지는 것이 그 예다. (85)

맹목적인 복종만을 지향하는 황국신민으로의 획일화와 더불어 일본군대의 중요한 목적은 감수성이 마비된 살인 기계를 만들어내는 것이다. 이를 위해 가장 널리 사용된 방법이 중국인 민간인을 상대로 한 총검 연습이다.[23]

분석』, 서혜영 옮김, 길, 2000, 85면)고 증언하고 있다.
22 다키 고지, 앞의 책, 79면.
23 중일 전쟁과 태평양 전쟁 당시 일본군은 총검술의 연습 재료로 살아 있는 민간인을 사용했을 뿐만 아니라 담력을 키운다든가, 장교 신고식을 한다든가 하는 여러 가지 일에서도

유태림은 외출에서 만난 R부대에 배치된 친구로부터 "포로로 끌려온 7명의 중국인을 살아 있는 채 기둥에다 묶어 놓고 총검술의 연습 재료로 했다"(120)는 이야기를 듣는다. 이것은 사람을 죽이는 일에 아무런 느낌도 갖지 않도록 하는 훈련방법인 것이다. 인간이라면 누구나 가책을 받을 이러한 행위를 하면서도 실제 일본군들은 양심의 가책을 받지 않았다고 하는데, 이러한 윤리적 마비 상태는 천황제 파시즘의 이데올로기로 인해 가능했다. 자신들은 '동양 평화'와 '오족 협화'를 위해 헌신하고 있다는 자기 멋대로의 망상과 이데올로기상의 미사여구가 병사들의 야수적인 행동을 정당화했던 것이다.

일본군은 자신들의 만행을 결국에는 천황의 숭고한 뜻에서 나온 의로운 행동으로 인식했던 것인데, 이는 몸이 조금만 불결해도 행해지는 구타에서 사용되는 언어가 "천황폐하의 팔다리가 그처럼 불결해서 쓰겠느냐"(83)인 것에서도 확인할 수 있다. 최하급 병사의 몸을 천황폐하와 동일시하는 것은 처음 군사제도를 만들 때부터 군령을 천황 직할로 하고 문관을 배제한 일본의 특수성에서 기인한 것으로 이해할 수 있다. 군령을 천황 직할로 한 것은 통수권을 성역화한 것이자 '국가장치'와 '군사력'을 분리한 것을 의미한다.[24]

예사로 민간인을 학살하고는 했다. 이외에도 강간, 토끼몰이식 양민 학살, 동네 전체의 소각 등 여러 가지 만행을 저질렀다.(노다 마사아키, 앞의 책) 1944년에 각각 학병출신과 징병출신으로 있다가 탈출한 바 있는 김준엽과 이용구의 증언도 일본군의 만행을 증명한다. "더욱 한심하고 분노를 느낀 것은 실탄 사격연습을 하는데 인근 마을을 지나가는 양민들에 대하여 마구 실탄사격을 가하게 하는 일이었다. 담력시험—일반훈련을 시작한 지 1주일도 못되어 철로 근처에서 훈련을 받고 있는데 고참병 2명이 평복차림의 중국청년을 포박해서 끌고 오는 것을 보았다...... 나는 54명 중의 맨 마지막에 섰다."(김준엽, 「김준엽 학병 탈출기」, 『월간경향』, 1987.4, 246-247면) "토벌작전에 나갈 때 농민들의 가축이 눈에 보이기만 하면 모조리 잡아 먹어버리는 것은 말할 것도 없고, 유부녀는 보는 대로 강간한 다음 살해하고, 무고한 양민들은 한 곳에 모아놓고 기관총을 쏘아 몰살시켜 버리며, 그것도 모자라 동네 일대를 소각시켜버리는 등 차마 눈뜨고는 볼 수 없는 만행을 자행했다."(이용구, 앞의 글, 319면)

24　다키 고지, 앞의 책, 62면.

이처럼 태평양 전쟁 당시 일본 병영에서는, 평범한 인간을 맹목적인 복종만을 지향하는 황국신민이자 타인의 생명에조차 둔감한 일종의 살인 기계로 만들어 내고 있었던 것이다. 그리하여 그들은 자신들의 행위를 '가미가제 정신'이나 '황군의 정신'으로 미화하며 아무런 죄책감 없이 전장으로 향할 수 있었다. 진정으로 자유로운 인간이 타인을 노예화시킨다는 것이 불가능한 것과 달리, 가장 잔인하고 수치를 모르는 노예는 타인의 자유에 대해 가장 무자비하고 유력한 강탈자가 될 수 있다. 황군(皇軍), 즉 천황의 군대란 실상 온갖 이데올로기적 미사여구로 치장된 노예의 군대에 불과했던 것이다.

이와 같은 '일본군 되기'의 과정을 한국인 병사들이 맹목적으로 받아들이는 것은 아니다. 때로 목숨을 건 저항으로 이어지기도 하는데, 그것은 병영으로부터의 탈출이다. 탈영은 이병주와 이병구의 소설 모두에서 공통적으로 나타난다. 『關釜連絡船』에서는 학도병 7명이 집단 탈출(101)한 일이라든가, 심지어 북지(北支) 서주(徐州)에 있는 부대에 배치된 한국 학도병의 거의 반쯤이 탈출(81)한 일 등이 소개한다. 또한 유태림의 고향 친구인 P는 일본 병영을 탈출하는데, 중국군에게 일본의 스파이란 혐의를 받고 체포되어 1년이 넘는 세월을 중국 군대의 영창 등을 전전하기도 한다. 이병주의 「辨明」에서도 중심 인물인 탁인수는 일본 병영을 탈출하여 독립 운동에 적극적으로 나선다.

이와 마찬가지로 필리핀을 중심으로 한 이병구의 소설에서도 병사의 탈출을 다룬 것은 적지 않게 발견된다. 「無文字 道標」에서 월파는 필리핀 주민에 대한 일본군의 잔학 행위를 견딜 수 없어, 일본군 대열에서 벗어나 농민군 우파에 가담해 항일 대열에 나선다. 「第三의 時間」에서도 음대 교수이자 음악가인 선우는 필리핀에 있을 당시 탈영하여 한 필리핀 여인과 살림까지 차리며, 「餘韻」에서는 일본군 통신원으로 필리핀에 왔던 '나'는 마닐라에 온 지 석달만에 씨모미 마을의 교포 속으로 숨어든다. 「두 개의 回歸線」에서는 탈출이 이루어지고 있지는 않지만, "만일 중국으로 보내만 줬더라면 거기는 땅이 넓으니까, 일본에 항거하며 도망도 했을 것"[25]이라는 생각을 통해 주변 여건만 허락했다면 언제든지 탈출을 시도할 의도가 있었음을 보여준다. 이것은 일본의 한국인을 상대로 한 황군화에 대한 한국인들의 저항을 드러내는 것이라고 할 수 있다.

3. 공감적 시선과 식민주의적 시선

자발적으로든 비자발적으로든 일본군의 일원이 되어 『關釜連絡船』의 학병들과 이병구 소설의 인물들은 다양한 곳으로 배치되어 간다. 『關釜連絡船』에서 학병들은 "중국으로 만주로 버마로 필리핀으로 각기의 운명"(144)을 안고 떠나는 것이다. 고맹수는 1944년 남방으로 가는 수송선을 타고 버마로 떠나고(123), H촌에서의 좌익 폭동 당시 행동대장이었던 인물은 지원병으로 필리핀에 나갔다(228) 온 것으로 소개된다. 그러나 『關釜連絡船』에서의 전쟁 체험은 유태림이 머물렀던 중국을 중심으로 해서 펼쳐진다. 태평양 전쟁 체험을 다룬 이병구 소설의 인물들은 보르네오가 배경인 「解胎以前」과 「岐路에 나선 意味」를 제외하고는 모두 필리핀에서 전쟁을 겪는다. 이처럼 다양한 곳에서 이들은 똑같은 군복을 입고 있지만, 상이한 의식과 경험의 양상을 보여준다.

무엇보다 눈에 띄는 차이점은 현주민들을 바라보는 두 작가의 시선이다. 이병주의 『關釜連絡船』에서 현지의 중국인들을 바라보는 시선은 우호적이다. 다음의 예문은 중국인을 대하는 이병주의 기본 시각을 잘 보여주는데,

---

25   『사상계』, 1960.2, 368면.

중국인은 충직한 애국자로, '나'는 용병으로 규정되고 있다. 「辨明」에서도 이병주는 학병으로서의 자신을 '용병'[26]으로 인식하고 있는데, 이러한 인식은 그들에게 큰 내적 갈등과 고통을 가져다준다.

> 그들은 조국을 위한 충직한 애국자이고 나는 보잘것없는 용병이 아닌가. 용병이 애국자를 쏠 수 있을까. 내 생명이 위태로와진다면? 아마 쏠 거다. 아니 나는 쏘지 않을 거다. 나를 죽이지 않는다면 나도 쏘지 않겠다고 말할 게다. 일본 군대는 여기 이 소주 성벽 위에 자기들을 위해선 총 한 방 쏘지 않을 보초를 세워 둔 셈이 된다.[27]

이에 반해 이병구의 소설에서 현지인들을 바라보는 시선은 식민지 지배자가 피지배자를 바라보는 시각과 별반 차이가 없다. 이병구의 태평양 전쟁 체험을 다룬 대부분의 소설에서 한국인 주인공을 포함한 일본군들이 현주민들과 관계 맺는 방식은 남녀관계 뿐이다. 이들 소설에서 원주민 남성은 존재하지도 않는다. 「候鳥의 마음」에서 남자는 여자를 빼앗기고 바다에 몸을 던져 갯벌로 떠밀려오는 시체로 등장할 뿐이다. 「岐路에 나선 意味」에서는 이미 죽은 존재인 아버지를 제외한 어떤 남자도 등장하지 않으며, 식욕과 성욕으로만 이루어진 원시인에 가까운 원주민 여성만이 등장한다. 「結論」에서는 무인지경의 산악을 헤매다 마을이 있다고 느껴지자 오직 '여자'만을 생각한다. 그리고 실제로 그들이 만나는 것은 원주민 모녀이고, 남자는 원주민 처녀의 애절한 절규 속에서만 존재할 뿐이다. 「解胎以前」은 예외적으로 순만이를 힘으로 물리치는 원주민 남성이 등장하는데, 그의 존재가 원주민 여성의 구원

---

26 『문학사상』, 1972.12, 85면.
27 『문학사상』, 1972.12, 122면.

으로 이어지는 것은 아니다. 「사라하미 愛華」에서도 사라하미는 일본군의 필리핀 점령 당시 모녀끼리만 살고 있었고, 그 어머니마저 유탄에 맞아 죽는다.

한국인 출신 일본군과 현지의 여성들이 관계 맺는 방식은 대부분이 정상적인 애정에 바탕한 것이 아니라 강간과 같이 지극히 폭력적인 것이다. 「解胎以前」이나 「岐路에 나선 意味」와 같이 산 속 원주민 부락을 배경으로 한 소설은 물론이고, 「사라하미 愛華」에서와 같이 마닐라라는 대도시를 배경으로 한 소설도 예외는 아니다. 마닐라 대학에서 영문학을 전공하던 사라하미를 사이에 두고 홍운이와 '내'가 삼각관계에 빠지는데, 그것을 해결하는 방식은 지극히 폭력적인 것이다. "홍운이는 나를 쓰러뜨린 후 다짜고짜 사라하미를 붙들고 사라하미의 침실로 드러가서는 이십분 만에 나"[28]오며, 사라하미에게서 나온 피가 묻은 손수건을 내던진다. 그 후 사라하미는 홍운이의 아내가 되어 한국에까지 건너온다.

이와 대응되는 것으로 원주민 여성들은 비정상적으로 비대해진 성적인 욕망의 소유자로 그려진다. 「無文字 道標」에서 월파의 아내인 마타나는 항일투쟁을 벌이는 독립군 분대장이지만, 화가 나면 "월파를 함부로 쓰러뜨리며 덮쳐 덤"[29]비고는 극도에 이르러 "이그러진 몰골로 입에 거품을 물며 코밑의 사내 얼굴을 늑대처럼 물어뜯어"[30] 댄다. 「第三의 時間」에서 선우가 필리핀 여성 하마니를 만나는 것은 공습을 피해 엎드린 언덕에서인데, 빨래를 하고 있던 "그녀는 아무런 주저 없이 입술을 찾"[31]으며, "여자의 갈구는 선우가 놀랄만큼 치열"[32]하다.

---

28 『자유문학』, 1960.8, 178면.
29 『현대문학』, 1963.9, 119면.
30 『현대문학』, 1963.9, 120면.
31 『신동아』, 1969.7, 157면.
32 『신동아』, 1969.7, 158면.

위에서 살펴본 것처럼, 이병구의 소설들은 한국인 출신 일본군들과 원주민들의 관계를 남녀관계로 표현하고 있다. 그런데, 일반적으로 식민지 지배자는 식민지 피지배자와의 관계를 남성과 여성의 관계로 표현하는 경향이 있다. 제국의 남성성이 정복당한 곳들의 상징적 여성화를 통해 표현되며, 성적 지배와 정치적 지배 사이에는 식민주의적 상동성이 존재하는 것이다.[33] 이병구의 태평양 전쟁기를 다룬 소설들에서 동남아를 바라보는 시선 역시 식민지 지배자의 시선과 유사한 것이라고 볼 수 있다.

그렇다면, 똑같은 태평양 전쟁기를 다루고 있으면서도 이병주와 이병구에게 있어 현지인들을 바라보는 시선이 이토록 차이 나는 이유는 무엇일까? 기본적으로는 우리 민족이 오래 전부터 갖고 있는 문화적 종주국으로서의 중국인에 대한 생각과 동남아인에 대하여 갖고 있는 인종적 편견을 들 수 있을 것이다. 그러나 이것보다 근본적인 요인으로는 '식민지적 무의식'과 '식민주의적 의식'의 분열을 고려해 보아야 한다.

이병구의 소설 속 주인공들은 『關釜連絡船』의 학병들보다 훨씬 더 민족적 차별을 심하게 받는다. 이병구의 소설에서는 "지게와 행주치마 사이에서 태났으니 집짐승과 같아서 학대가 싸다"[34]는 식의 인신 비방은 수시로 등장하고, 심지어는 일본인이 스럼없이 한국인 병사에게 아내와의 동침을 요구하기도 한다. 이러한 민족적 차별은 "소위였지만 명호는 계급까지 봉변을 하며 혼자서 만만했다."[35]는 진술에서 알 수 있듯이, 때로는 계급적 위계를 넘어설 만큼 강력한 것으로 그려진다.

이에 반해 이병주의 소설에서는 그러한 민족적 차별이 약화되어 있다. 물

---

33 Leela Gandhi, 『포스트식민주의란 무엇인가』, 이영욱 역, 현실문화연구, 2000, 125-127면.
34 『자유문학』, 1958.8, 153면.
35 『자유문학』, 1958.8, 153면.

론 쓰레기 뭉치에서 「반도출신 학도병을 취급하는 요령」같은 문건을 발견하기도 하지만, 그것은 버리려고 하던 종이 뭉치에서만 확인될 뿐이고, 서사 속에 구체적으로 개입하지는 않는다. 유태림은 일본인과 자유롭고도 진지한 대화를 나누기도 하며, 동경 상과대학 교수를 하다가 학병으로 전쟁터에 나온 이시하라 같은 사람에게서는 비굴함이 느껴질 정도의 대우를 받기도 한다.[36] 이것은 『關釜連絡船』의 인물들보다 이병구 소설에 등장하는 인물들이 훨씬 더 큰 식민지적 불안과 공포를 느꼈을 가능성이 높음을 의미한다. 이러한 식민지적 공포와 불안은 이병구 소설의 한국 출신 일본군들에게 동남아의 현지인들에 대한 식민주의적 의식을 불러일으킨 것으로 이해할 수 있다.

4. 일제의 존재 유무에 따른 행동의 변화 양상

1) 일제로부터 비롯된 폭력과 교화에의 욕망

이병구의 「候鳥의 마음」, 「解胎以前」, 「岐路에 나선 意味」, 「結論」은 모두 1944년 중반 이후[37] 미군에게 밀려 산 속에서 패잔병 생활하는 것을 시·공간

---

36 그러나 이를 중국에 배치된 한국인 출신 일본군 전부에게 확대 해석할 수는 없다. 징병 출신의 이용구는 다음과 같이 증언하고 있다. "내가 본국에 있을 적에는 이렇게까지 하는 줄 몰랐다. 內鮮一體니 皇國臣民이니 하기 때문에 나도 일본사람이라고 자부해 왔는데 막상 일선에 나와 보니까 그게 아니었다. 너희들은 너무나 민족차별을 했다. 우리가 훈련받을 때 아사히소대장이란 놈이 '조선놈은 도망갈 궁리만 한다', '이 전쟁에 지면 너희놈들도 노예가 된다', '조선놈은 똥 같은 새끼들'이라고 소리 지른 게 한두번이 아니다. 이런 데서 어떻게 치욕을 안 느끼겠느냐?"(317)라고 탈출에 실패한 후 일본군 장교에게 항의하는 장면이 나온다.

37 1941년 12월 7일 일본은 진주만 공격을 감행하고, 이로부터 4시간 뒤에 필리핀 곳곳에 공습을 개시한다. 일본군의 주력군은 12월 22일 상륙을 시작하고, 1942년 1월 2일에는 마닐라를 점령한다. 이에 필리핀은 5월 6일 최종적으로 항복한다. 그러나 1944년 중반

적 배경[38]으로 하고 있으며, 3장에서 살펴본 '식민지적 무의식'과 '식민주의
적 의식'이 서사구성의 기본원리로서 작동하고 있는 작품들이다.[39]

「候鳥의 마음」은 미군에게 쫓긴 일본군 패잔병 60여 명이 필리핀의 정글
에 숨어 들어, 병영을 이룬 채 그 곳의 원주민들과 함께 지내는 소설이다.
이곳 둔병영은 "軍人法典"과 "저 본 일이 없는"[40] 일본이라는 폐쇄된 언어
체계 속에 갇힌 곳이다. 이는 일종의 천황제 파시즘에 의해 유지되던 당시
일본 사회에 대한 알레고리로도 읽을 수 있다.[41] 이 소설의 기본갈등은 일본
인과 김동수 그리고 원주민이라는 서로 다른 인종 사이에서 발생한다. 주인
공 김동수는 둔병영(屯兵營)의 규칙대로 원주민 여성 쌔리마의 선택을 받아
그녀를 아내로 얻는다. 이때부터 김동수는 "半島人" 혹은 "김가 새끼"[42]라는

이후 미군은 전쟁초기에 상실했던 지역들을 회복하면서 일본군의 목을 조여 나갔다.
1944년 10월 23일 한시적인 과도정부가 레이테만에 위치한 타크로반(Tacloban)에 수립
되었다. 1945년 2월 27일 독립과도정부는 마닐라에 재수립되었다. 연합군 태평양 지역
사령관으로 필리핀 전시내각을 대표해오던 맥아더는 1945년 7월 4일을 기해 필리핀에서
일본세력은 완전히 제거되었다고 발표하기에 이른다. (양승윤 외 9인,『필리핀』, 한국외
국어대학교 출판부, 1998, 57-60면)

38   「사라하미 愛華」,「第三의 時間」만 각기 일본군이 마닐라를 점령하던 시절과 1943년
7월 무렵을 다루고 있을 뿐, 이병구의 나머지 작품들은 일본군이 미군에게 밀리던 1944년
중반 이후를 다루고 있다.

39   베트남전 작가인 Tim O'Brien은 진정한 전쟁이야기는 결코 시련을 극복한 인간승리의
이야기나 참혹한 전쟁의 재발을 방지하기 위한 교훈적인 이야기가 아니라 정말로 듣기에
거북하고, 들으면 당혹스러워 듣기 싫은 이야기, 나아가 시대적 분위기와 영합하지 않는
이야기, 듣기 싫어도 인정할 수밖에 없는 이야기, 정말로 외설스럽고 거북한 이야기, 아무
도 믿으려 하지 않으며 또 믿을 수 없는 이야기라고 말한다. (정연선,『미국전쟁소설
 ─ 남북전쟁으로부터 월남전까지』, 서울대학교 출판부, 2002, 20면)

40 『현대한국문학전집』 15, 신구문화사, 1968, 36면.

41   전쟁은 하나의 결정적인 담론, 그 근거가 분명하지 않음에도 불구하고 확실한 실체가
보이는 듯한 언어공간을 기반으로 해서 발생하고 전개되는 것이다. (다키 고지, 앞의
책, 31면)

42 『현대한국문학전집』 15, 신구문화사, 1968, 16면.

민족적 차별을 받게 된다. 이러한 차별은 일본인들의 요구, 즉 쌔리마와의 동침이라는 김동수가 도저히 받아들일 수 없는 요구를 거절함에 따라 심화되어 간다. 이미 원주민 여성과 결혼한 다른 일본인들에게는 있을 수 없는 요구가 김동수에게는 지속적이고도 자연스럽게 이어지고, 그러한 요구는 "식민지 백성"[43]이라는 호명으로 정당화되는 것이다.

그동안 일본군으로서 아무런 정체성의 위기를 겪지 않던 김동수에게 있어 공통의 욕망 대상인 쌔리마와의 결혼은, 그동안 은폐되어 있던 식민지 피지배자로서의 위치를 적나라하게 드러내는 계기가 된다. 민족적 차별은 점점 더 심해져, 김동수는 일본인들로부터 집단 폭행을 당하게 되고, 병영 내에서 유일한 지기(知己)였던 야마다로부터도 쌔리마와의 동침이라는 똑같은 요구를 받는다. 이를 거절하자 동수는 야마다로부터 "너는 지게와 행주치마 사이에서 태어난 백성이란 것을 잊어선 안된다."[44]라는 친절한 설명을 듣게 된다. 이제 김동수는 더 이상 둔병영에서 일본군으로서 살아갈 수 없는 상황에까지 이른 것이다. 김동수가 겪는 주체로서의 위협은 여기서 그치지 않고, 가정에까지 이른다. 계속된 일본군의 농락과 강간 시도에 지친 쌔리마의 부모는 김동수가 다른 집 사위와는 다른 "필경 큰 죄인"[45]이며, "나중에는 딸 자식 하나 있는 거 못 볼 꼴"[46] 보게 만들 위인이라고 말한다. 장인 장모에게서도 그는 온전한 인간으로 대우받지 못 하며, 더 이상 일본군(일본인) 김동수로서는 존재할 수 없는 지경에 이른 것이다. 그 때 동수의 귀에는 아리랑의 고운 가락이 들리는데, 이것은 일본군이라는 그동안의 정체성에서 벗어나 한국인

---

43 『현대한국문학전집』 15, 신구문화사, 1968, 23면.
44 『현대한국문학전집』 15, 신구문화사, 1968, 38면.
45 『현대한국문학전집』 15, 신구문화사, 1968, 39면.
46 『현대한국문학전집』 15, 신구문화사, 1968, 39면.

으로서 새롭게 태어나는 순간이라 하지 않을 수 없다.

그러나 새로운 주체로서의 탄생은 쌔리마를 살해하는 것에 의해 완성된다. 그날 밤 동수는 쌔리마를 죽이는데, 이것이 보통의 정사(情死)와는 확연히 구분된다는 것은 쌔리마를 죽인 후의 동수가 보여주는 이상 행동을 통해 확인할 수 있다. 동수는 둔병영을 찾아가서 쌔리마를 내려 놓고, "어제까지는 너는 만만한 사내의 아내였다. 허나 오늘의 나는 다르다!"[47]라고 외친다. 쌔리마의 시신을 굳이 둔병영까지 가지고 가는 행위나, 어제와 다른 오늘의 자신을 소리 높여 외치는 행위는 살인의 목적이 일본인에게 알리는 데에 있었음을 보여주는 것이다. 이것은 일종의 '식민지적 무의식'이 낳은 '식민주의적 의식'의 결과라고 할 수 있다. 똑같은 일본 군복을 입고 일본군이라는 정체성을 받고 전쟁에 참여하고 있으나, 실제에 있어 동수는 언제든지 일본군에게 죽임을 당할 수도 있는 피식민지 민족에 불과했던 것이다. 따라서 동수는 자신이 처한 식민지적 공포와 불안을 망각하기 위해서 타자로서의 거울인 미개와 야만을 발견할 필요가 있었다. 이로 볼 때, 쌔리마를 살해한 것은 야만과의 분명한 구별을 선언하는 행위라고 할 수 있다. 동수에 의한 쌔리마의 살해는 태평양 전쟁에 참가한 한국인이 가질 수 있었던 일종의 '식민지적 무의식'과 '식민주의적 의식'의 분열이 낳은 결과라고 볼 수 있다.

「岐路에 나선 意味」도 이와 같은 의식의 전개가 작품의 기본 구조를 이루고 있는 작품이다. 이 작품은 이미 "성전(聖戰)이니 군기(軍紀)니는 벌써 그 때가 아"[48]닌, 즉 더 이상의 폐쇄적 언어 담론의 유효성마저 사라진 태평양 전쟁 말기, 미군에게 쫓긴 '나'가 보르네오의 산악 지대에서 겪은 이야기이다.

---

47 『현대한국문학전집』 15, 신구문화사, 1968, 44면.
48 『자유문학』, 1960.4, 58면.

그곳에서 '나'는 스가리라는 한 토인 여성을 만나는데, 그녀는 식인종으로서 인간이라기보다는 식욕과 성욕으로만 가득 찬 짐승에 가까운 존재로 그려진다. '나'는 인간이 한 마리 맹수를 다루듯이, 그녀를 통해 성욕을 해소하고, 의식주를 해결하고자 한다. 일본군이 나타나기 전까지 '나'는 스가리를 향해 교화라는 이름의 폭력적인 동화에의 욕망을 일으키지는 않는다. 배가 고프거나 성교 끝이면 '나'를 잡아먹으려는 스가리에 맞서, 다만 "늘 배부르도록 짐승이나 새를 쏘아다가 먹"[49]이고 "밤이면 육체의 향락 끝에 웃방으로 넘어가서 문을 잠궈 놓고"[50] 잠을 자는 정도로 둘의 관계를 지속시키는 것이다.

그러던 '나'와 스가리의 관계에 어느날 나까무라라는 일본인 패잔병이 끼어든다. 그는 스가리라는 존재를 파악한 즉시 "이런 껌둥이 계집애에 대해서 아내나 애인 의식을 갖는다면 자네가 황색인종 전체의 낯짝에다 침을 뱉"[51]는 것이라며 자신과 공유할 것을 제안한다. 나까무라가 비록 일본인이기는 하지만, 그는 혼자이며 더군다나 양발에 발가락이 두 개씩 밖에 없는 장애인이기에 '나'의 식민지적 공포나 불안을 자극하지는 않는다. 나까무라 역시 스가리와의 공유를 제안할 뿐, 빼앗을 생각은 하지 못 하는 것이다. 그러나 나까무라 개인이 지닌 현실적 힘과는 상관없이 일본인이라는 사실은, 그 자체만으로 '나'에게 처음으로 스가리를 향한 교화의 욕망을 불러일으킨다. 그것은 스가리에게 "비록 한 점이라도 나는 네게 인간의 살을 먹이지는 않겠다!"[52]라는 결심을 통해 확인할 수 있다.

그러나 백명 안팎의 일본 패잔병이 이 시메 마을에 들이닥치자 '나'의 스가

---

49 『자유문학』, 1960.4, 46면.
50 『자유문학』, 1960.4, 46면.
51 『자유문학』, 1960.4, 49면.
52 『자유문학』, 1960.4, 55면.

리를 향한 교화의 욕망은 강하게 나타나기 시작한다. 물론 이것은 일본인 패잔병에 의한 민족적 차별이 전제되었기에 가능한 것이다. 그들은 마을에 들어옴과 동시에 나를 "바지와 치마 사이에서 태난 백성이라고 친절하게 지적해서 공표"[53]하고는 마을 어구로부터 두 째 집, 지붕이 내려앉은 곳에 머물게 한다. 스가리는 모두의 성적 도구가 되고, '나'는 84호라는 번호표를 부여받는다. 이때부터 '나'는 스가리에 대한 연민의 마음을 느끼기 시작하며, 목숨을 걸고라도 스가리를 건져 내겠다는 다짐을 한다. 스가리를 탈출시키겠다는 생각 속에는, 스가리에 대한 애정과 함께 스가리를 야만으로부터 탈출시키겠다는 교화의 의지가 강하게 작용하고 있는데, 그것은 스가리가 총탄에 종아리를 맞았을 때, 그 어떤 행동에 앞서 "그것 바라! 아프지? 아픈 걸 이제사 알았어? 그래두 너는 살았다. 쪽발이는 죽었어! 왜 너는 그걸 모르는 거야!"[54]라며 지난번에 나까무라를 죽였던 스가리를 "질책"[55]하는 것에서 엿볼 수 있다. 그러나 스가리는 마지막 눈을 감는 순간까지 사람의 육체를 먹는다. 이러한 행위에 '나'는 스가리의 무심함을 한탄하며, 눈물까지 흘린다.

「候鳥의 마음」에서 타자로서의 거울인 야만과 자신을 구별하는 방식이 살인이라는 파괴적 행위로 드러났다면, 「岐路에 나선 意味」에서는 야만에 대한 교화라는 양식으로 드러나고 있는 것이다. 이들의 공통된 행동의 변화 과정은 다음과 같이 정리해 볼 수 있다. 우선 그들은 자기 식민지화된 상태로 존재한다.[56] 이런 상황에서 민족적 차별을 받아 그들은 일본인으로부터 분리

---

53 『자유문학』, 1960.4, 58면.
54 『자유문학』, 1960.4, 61면.
55 『자유문학』, 1960.4, 61면.
56 미야다로부터 일본의 패전 소식을 전해 들었을 때, 보이는 동수의 반응을 통해 그가 빠진 자기식민지화의 상황을 확인할 수 있다. 그는 "청천 벽력 같아서, 동수는 똑 한 대가리 얻어 맞은 사람"(36)이 되며, "눈 앞이 캄캄해 지는" 경험을 한다. 이러한 동수의

되어 노예로 떨어질지도 모른다는 극심한 식민지적 공포와 불안을 느끼게
된다. 이 때, 공포와 불안을 해소하기 위한 방편으로 등장하는 것이 바로
원주민들과의 구별짓기 욕망인 것이다.

문제는 열심히 전쟁에 임하는 일이 사실은 식민지화 되는 일일 수밖에
없는 '식민지적 무의식'을 은폐하기 위해서, 한국인 스스로가 자신이 일본과
똑같은 존재임을 확인할 필요가 있다는 것이다. 즉 한국인 병사들에게는 자
신과 차이화되는 야만국의 발견이 필요했던 셈이다. 그들의 야만성은 한국인
병사들이 원주민들을 동화시키거나 배제시킬 수 있는 이유이기도 했으며,
이러한 숨은 의식을 이병구 소설의 주인공이 지닌 '식민주의적 의식'이라
말할 수 있을 것이다.

2) 일제의 소멸과 인간성 회복의 과정

식민지적 공포와 불안을 낳는 힘이 약하게 작용할 때, 태평양 전쟁에 일본
군으로 참전한 한국인의 행동양상은 다르게 나타난다. 이는 「解胎以前」과
「結論」에서 확인할 수 있다. 「解胎以前」에서는 일본의 힘이 약화된 정도가
아니라 완전히 제거된 것으로 등장한다. 보르네오의 볼네이시에서 미군의
공격을 받고, 산 속으로 들어간 이후에 일본군은 시체로도 등장하지 않는다.
이 작품의 주인공 김순만은 3년 전 징용으로 나와서 비행장을 닦으며 끌려
다니다가 젊다는 이유로 병정이 된 사람으로서, 토인군 32명을 찔러 죽이고

반응은 엄청난 희생을 치렀던 오키나와인들이 일본의 항복 소식을 듣고, 기쁨보다는 타
자에 대한 분노와 과거의 자신에 대한 격렬한 내적 성찰이 섞여 있는 복잡한 감정을
우선적으로 느끼는 것과 유사한 것이라 할 수 있다. (도미야마 이치로, 『전장의 기억』,
임성모 역, 이산, 2002, 84-85면)

받은 훈장을 무엇보다 자랑스럽게 생각하는 살인기계이다. 「解胎以前」은 식민지화된 주변부에 나타나는, 종주국 문화와의 친자 관계를 가장한 양자 관계, 즉 식민지 종주국보다 더욱 식민주 종주국답게 되려는 과도한 욕망이 일본군이 된 한국인에게서 발생한 작품이라고 할 수 있다.[57]

김순만은 같은 부대의 나까무라가 자신보다 10명이 많은 42명을 죽여 사령관에게서 갑종 무공훈장을 타고, 자신은 을종 무공훈장을 탄 데 대하여 이를 갈 정도로 분해한다. 그는 11명을 더 죽임으로써 나까무라를 이기기 위해 시장에 모인 양민들을 죽이려고까지 하며, 살인 그 자체에 무한한 쾌감을 느낀다. 순만이는 자신이 죽인 수많은 원주민 시체를 보며, "어디로 가서 갑종 훈장을 타나?"[58]라며 중얼거리지만, 이내 '배반'당한 기분을 느낀다. 이때의 배반감은 「候鳥의 마음」에서 동수가 일본의 패전 소식을 듣고 느낀 감정과 유사한 것으로서, 순만이의 자기 식민지화된 상태를 극명하게 보여주는 것이라 할 수 있다.

이후 소설은 나물을 캐기 위해 살육의 현장을 벗어나 있던 체미성과 순만이의 관계를 중심으로 전개된다. 체미성을 보자마자 순만이는 그녀를 강간하고, 묶어 놓기까지 한다. 이후로도 순만은 체미성을 모질게 학대하는데, 체미성은 복수하려는 마음이 있지만 순만이의 야만적인 폭력에 압도당해 결국 순종의 길을 걷는다. 그럴수록 "순만이는 체미성의 그 생명에 대한 애착을 멸시"[59]하는 마음으로 더 큰 폭력을 휘두른다. 순만이는 생명에 대한 일말의

---

57 사이드는 문화적 중심에 주변부가 그저 받아들여질 뿐만 아니라 마치 양자처럼 완전한 양자 결연을 맺어 그 일부가 되는 욕망을 가지고 과도한 모방을 하는 현상을 의식적인 '양자 관계' 만들기(affiliation)의 과정이라고 표현했다. (고모리 요이치, 앞의 책, 44면에서 재인용)

58 『자유문학』, 1958.12, 196면.

59 『자유문학』, 1958.12, 199면.

존엄성을 인정하지 않으며, 오직 파괴적인 욕망 하나로만 가득 찬 사람이 되어버린 것이다. 이러한 파괴적인 욕망은 체미성을 포함한 타인들은 물론이고, 자신을 향해서도 이루어진다. 그는 정글에서 코브라에게 물리고도 "까짓 거 죽으면 그만이지, 내가 목숨을 겁낼 줄 알구?"[60]라고 말하며, 아무런 조치도 취하지 않는다. 체미성이 자신의 아이를 배었을 때도, 오히려 그 배를 때리며, 더 심한 학대를 가하기도 한다.

이런 순만에게 생명에 대한 강렬한 욕구와 존엄이 생기는 것은 토인 사내와의 결투에서 칼에 맞아 죽을 고비를 넘기고 간신히 살아난 이후이다. 그는 그러한 가사(假死) 체험 이후 생명에의 강렬한 요구를 느껴서는, "피가 부족하면 죽는다!"[61]며 주변에 흘린 피를 핥아먹기까지 한다. 이러한 욕구는 주위로도 확산되어 체미성을 보고는 자기도 모를 지극한 반가움에 안아 보기도 하고, 볼을 쥐어 보기도 한다. 그로부터 며칠 후 체미성은 심한 산통을 느끼며 아이를 낳는다. 이 아이를 보며 순만이는 "사람이다!", "목숨이다!"며 "생명체가 신비해서"는 "오싹하는 공포의 정에 사로 잡히"[62]기까지 한다. 그러나 순만이는 태어난 아이와 산모를 연결하는 탯줄을 어떻게 처리해야 할 지 몰라 "아아 저 밧줄!……죽는다! 사람이 죽는다!"[63]라며 울음보를 터뜨린다.

인간을 인간으로 보지 못하며, 자타(自他)의 아픔과 슬픔에 대한 완전한 무감각[64]에 빠져 있던 한 명의 살인귀가 세상에 대하여 느낄 줄 아는 인간으로 재탄생한 것이다. 이러한 재탄생의 가장 큰 이유로는 순만이가 죽음을

---

60 『자유문학』, 1958.12, 201면.
61 『자유문학』, 1958.12, 203면.
62 『자유문학』, 1958.12, 205면.
63 『자유문학』, 1958.12, 205면.
64 노다 마사아키(앞의 책. 233면)는 군의관, 장교, 헌병, 특무기관원으로 중국인 살육에 참가했던 일본군에게서 공통적으로 자타의 비통함에 대한 무감각이 발견된다고 말한다.

가상적으로 경험해 생명의 존귀함을 깨달은 것을 들 수도 있겠지만, 무엇보다도 일본군의 부재를 근본적인 이유로 들 수 있다. 똑같은 동남아의 원주민 마을을 배경으로 하고 있음에도 이 작품에는 흔적으로라도 일본군은 존재하지 않는다. 이러한 조건은 더 이상 순만의 '식민주의적 의식'을 자극하지 않았던 것이며, 그렇기에 그는 정상적인 인간으로 복귀할 수 있었던 것이다.

「結論」의 결말 역시 한국인 출신 일본군이 필리핀의 현주민을 구원할 정도로 인간성을 회복하는 것으로 끝난다. 이 작품은 1945년 미군의 반격으로 산으로 쫓겨간 다무라와 김, 그리고 상관을 죽이고 탈주병이 된 마케와 그의 위협에 할 수 없이 따라나선 흑인병 죠오가 아무런 희망도 없이 필리핀 산악에서 도주의 세월을 보내는 것이 그 배경이다. 마케와 다무라는 서로의 국가에 대한 자존심으로 늘 언쟁을 벌이며, 거기에 보태 "민족 차별을 반발하는 김이나 죠오의 다무라와 마케에 대한 감정들이 있어서"[65] 이 동행에는 언제나 갈등이 끊이지 않는다. 그러한 민족적 갈등은 다무라와 김, 마케와 죠오 사이를 벗어나 다무라와 죠오, 마케와 김 사이로 확대되기도 한다. 그러나 이들의 갈등은 일방적인 차별로 이어지지는 않는데, 그것은 무엇보다도 식민지 지배자가 「候鳥의 마음」이나 「岐路에 나선 意味」에서와 같이 피지배자의 생존이나 아내를 빼앗을 정도로 강력한 힘을 지니고 있지 않기 때문이다. 일본군은 이제 산천에 널린 시체로 존재하거나, 한 명의 패잔병이자 탈주병일 수밖에 없는 처지이다.

그러나 마케와 죠오, 다무라와 김 사이에는 끈질긴 차별이 붙어 다닌다. 이익이 걸린 문제에서는 항상 마케와 다무라가 이익을 챙기는데, 그러한 이유로 마케는 죠오가 "인디언"[66]이라는 것을, 다무라는 김이 "식민지인"[67]이라

---

65 『신사조』, 1962.8, 382면.

는 것을 강조한다. 이러한 차별과 불이익을 죠오나 김은 커다란 반항 없이 받아들이는데, 그것은 강제에 의한 순종이라기보다는 "되도록 분쟁을 피하고 싶"[68]은, 그리고 "종전만 되면 세상에 나가서 다시 한 번 사람 구실을 해 볼"[69] 생각을 하는 김 스스로의 판단에 따른 것이다.

이런 상황에서 김과 죠오는 원주민 모녀를 발견하자 「候鳥의 마음」, 「岐路에 나선 意味」, 「解胎以前」과는 다른 모습을 보여준다. 그들은 자신들의 몫으로 떨어진 쓰하족의 어머니를 돌려 보내고, 성폭행을 하고도 모자라 "자기 부족의 마을을 버리고 떠난다는 것은 극형 이상의 고통"[70]인 여자를 끌고 가려는 다무라와 마케를 향해 총을 쏘아 버리기까지 한다. 비교할 수 없이 약화된 일본의 힘 앞에서 죠오나 김은 눈 앞에 나타난 쓰하족의 모녀에게 살인이나 교화의 충동을 느끼는 대신, 연민과 정의감을 느끼게 된 것이다. 이전의 소설에서 토인들을 향했던 총구의 방향이 이번에는 일본을 향한다는 것에서 그 욕망의 분출 양상이 판이하게 달라졌다는 것을 확인할 수 있다.

5. 식민주의를 넘어

일제 말기는 한반도에서 처음으로 근대적인 군대 및 군인이 일상화된 시기이다. 그 당시 수많은 젊은이들이 지원병, 학병, 혹은 징병이라는 이름으로 전쟁터에 동원되었다. 지원병, 학병, 징병으로 태평양 전쟁에 동원된 인원은 '징병 2기'(1945년 8월)의 숫자를 제외해도 총 26만 1천 554명에 이르며, 여기에

---

66 『신사조』, 1962.8, 384면.
67 『신사조』, 1962.8, 384면.
68 『신사조』, 1962.8, 384면.
69 『신사조』, 1962.8, 382면.
70 『신사조』, 1962.8, 390면.

군속으로 동원된 숫자까지 포함하면 41만 7천 121명에 이르는 것으로 파악된다. 태평양 전쟁 당시 일본 병영에서는, 평범한 인간을 맹목적인 복종만을 지향하는 황국신민이자 타인의 생명에는 둔감한 일종의 살인 기계로 만들어내고 있었다. 이에 한국인들은 목숨을 건 저항을 하는데, 그것은 병영으로부터의 탈출로 나타난다. 이병구의 소설은 한국인 출신 일본군들과 현주민들의 관계를 폭력적인 남녀관계로 표현하며, 이것은 작가의 식민주의적인 시선을 나타내는 것이라 할 수 있다.

이병구의 「候鳥의 마음」, 「解胎以前」, 「岐路에 나선 意味」, 「結論」 등의 작품은 '식민지적 무의식'과 '식민주의적 의식'이 서사구성의 기본원리로서 작동하는 작품들이다. 「候鳥의 마음」에서 타자로서의 거울인 야만과 자신을 구별하는 방식이 살인이라는 파괴적 양식이었다면, 「岐路에 나선 意味」에서는 야만에 대한 교화라는 양식으로 드러나고 있다. 이들 소설의 인물들은 식민지적 공포와 불안에서 비롯된 살인과 교화에의 욕망을 갖게 되는 것이다. 그러나 일본의 존재가 지워진 소설에서는 주인공들이 인간성을 회복하는 것으로 그려지고 있는데, 이것은 더 이상 그들이 식민지적 공포와 불안을 자극 받지 않았기 때문인 것으로 이해할 수 있다.

제3부

•

이상향에 대한 갈망

헤테로토피아로서의 하얼빈

― 이효석의 『벽공무한』

1. 반복되는 논쟁을 넘어

  1990년대부터 본격화된 한국문학과 만주와의 관련성에 대한 연구는 매우 깊이 있게 진행되었다. 이러한 연구를 통해 한국 현대소설 속의 만주는 식민지 시기 만주가 차지했던 복합적인 위상만큼이나 매우 다양한 모습으로 형상화되고 있음이 확인되었다. 한국문학에 나타난 만주의 여러 가지 양상을 전체적으로 분류하고 있는 정호웅에 의하면, 그동안 만주는 절박한 생존의 공간, 죽음의 공간, 불평등의 공간, 절망의 공간, 열린 가능성의 공간, 관념의 상징, 막다른 곳, 지배와 개척의 대상, 죽음의 기운으로 가득 찬 곳 등으로 다양하게 등장했다고 한다.[1]

  본고에서는 만주를 형상화한 여러 작품 중에서도 이효석의 『벽공무한』에 대해 살펴보고자 한다.[2] 『벽공무한』은 만주를 다룬 한국소설 중에서도 드물

---

1   정호웅, 「한국 현대소설과 만주공간」, 『문학교육학』 7호, 2001.8, 171-195면; 정호웅, 「한국 현대소설과 '만주'라는 기호」, 『현대소설연구』 55집, 2014.4, 9-36면.

게 이색적인 도시 하얼빈을 본격적으로 다루고 있으며,[3] 하얼빈에 대한 공간 표상 역시 작가론적 맥락이나 문학사적인 맥락에서 중요한 의미를 담고 있는 것으로 판단된다. 일반적으로 이효석의 문학은 탈이데올로기적이며 가치중립적 것으로 평가받아 왔지만,[4] 만주를 배경으로 한 『벽공무한』을 둘러싸고는 당대 지배질서나 담론과의 관련성이 집중적으로 논의되어 왔다.

이경훈은 "시종일과 일본 제국의 하늘 밑을 한 발자국도 벗어나지 못한다"[5]라는 표현에서 드러나듯이, 『벽공무한』이 철저하게 국민문학론을 수용한 작품이라고 평가하였다. 윤대석은 이효석이 "식민지 본국에 대한 양가성, 즉 동일화와 이화, 매력과 반감을 동시에 표현"[6]하지만, 그 시선이 외부로 향할 때 그러한 양가성은 사라지고 식민지 본국에 대한 동일화가 전면에 드러나게 된다고 지적한다. 그 구체적인 사례로 "일본인이 조선을 표상하는 '벽공'을 만주에 대한 표상으로 전환하는 것"[7]을 들고 있다. 감벽(紺碧)이라는 표상 속에는 조선이라는 식민지를 정복하고 개척하려는 일본인의 심성이 포함되어 있는데, 이효석은 이것을 만주에 그대로 전이하고 있다는 것이다. 방민호는 이경훈이나 윤대석과는 상반된 입장을 피력하고 있다. 『화분』, 『벽공무한』, 「하얼빈」 등에 나타난 구라파주의, 공통주의 등을 살펴본 후에 이

---

2   이효석은 『창공』을 『매일신보』(1940.1.25-7.2)에 연재한 후, 다음해에 『벽공무한』이라는 제목의 단행본을 박문서관에서 출판하였다. 『이효석전집』(창미사, 2003)을 연구텍스트로 삼았다.

3   이효석의 『벽공무한』 이외에도 하얼빈이 등장하는 한국소설로는 이광수의 『유정』(1933.10.1-12.31)과 최명익의 「심문」(『문장』, 1939.6) 등을 들 수 있다.

4   김윤식, 「이효석론 (2)」, 『일제말기 한국작가의 일본어 글쓰기론』, 서울대 출판사, 2003, 276면.

5   이경훈, 「하르빈의 푸른 하늘」, 『문학속의 파시즘』, 삼인, 2001, 230면.

6   윤대석, 「경성 제국대학의 식민주의와 조선인 작가」, 『우리말글』 49호, 우리말글학회, 2010, 284면.

7   위의 글, 284면.

효석이 "당대의 국민문학론이나 일본적 오리엔탈리즘에 순응하기만 한 작가가 아니었으며, 오히려 그에 대한 강렬한 비판의식을 바탕으로 그 자신의 문학적 이상을 실험해 나갔"[8]다는 것이다.[9]

흥미로운 점은 『벽공무한』을 분석함에 있어 일부 연구자들이 주목하는 신경행 열차라든가 '위대한 정리'라든가 채표와 경마에 의한 운명의 변화라든가 하는 것들을, 다른 연구자는 '한갓 의장에 불과'한 것으로 정리하고 넘어간다는 것이다. 반대로 다른 연구자가 주목하는 백계러시아인들이나 음악 등의 요소는 일부 논자들의 논의에서는 전혀 발견되지 않는다. 이것은 『벽공무한』에서 표상된 하얼빈이 특정한 시각에 바탕해 단일한 의미층위로 환원되지 않기 때문에 벌어진 일이라고 할 수 있다. 이효석이 표상한 하얼빈은 기본적으로 공통척도가 없는 이질적인 공간이기에, 하나의 의미층위로 환원하는 작업 자체가 무리한 일인지도 모른다.

---

8   방민호, 「이효석과 하얼빈」, 『일제 말기 한국문학의 담론과 텍스트』, 예옥, 2011, 212면.
9   이외에도 이효석의 『벽공무한』에 대한 주목할 연구로는 다음과 같은 것들이 있다. 서재원은 「이효석의 일제말기 소설 연구 - 『벽공무한』에 나타난 '하얼빈'의 의미를 중심으로」(『국제어문』 47집, 2009.12)에서 이효석이 하얼빈이라는 제국주의적 식민화 공간에 대하여 매혹과 동시에 거부감을 드러냈다고 주장한다. 정여울은 「이효석 텍스트의 노스탤지아와 유토피아 - 『벽공무한』을 중심으로」(『한국현대문학연구』 33집, 2011.4)에서 이효석의 미적 취향은 『벽공무한』에서 '하얼빈으로의 공간이동'과 '복권당첨이라는 경제적 자유'로 인해 완전히 해방되고, 그 결과 그의 미적 이상이 지닌 스노비즘적 특성이 유감없이 발휘된다고 지적한다. 정실비는 「일제 말기 이효석 소설에 나타난 고향 표상의 변전」(『한국근대문학연구』 25호, 2012 상반기)에서 이효석 소설의 고향 / 고국 / 조선 표상이 제국주의 담론의 자장 안에서 생산된 고향 / 고국 / 조선의 표상과 대척적인 지점에서 구축되고 있음을 구명하였다. 김미란은 「감각의 순례와 중심의 재정위 - 여행자 이효석과 '국제 도시' 하얼빈의 시공간 재구성」(『상허학보』 38집, 2013)에서 『벽공무한』과 「하얼빈」에는 이효석의 미적 보편주의에 대한 욕망이 드러나며, 그것은 각각 애수의 형식과 구원의 형식으로 나타난다고 파악하였다. 서세림은 「이효석 문학의 미학적 형상화와 자기 구원의 논리」(『한어문교육』 28집, 2013)에서 이효석의 일제 말기 문학이 독특한 미의식을 보여주며, 그것은 미적 감수성과 아름다움에 대한 사랑의 형식으로 구체화된다고 주장한다.

필자는 이효석이 『벽공무한』에서 하얼빈을 헤테로토피아적 공간으로 기호화했다는 입장이다.[10] 따라서 이 글에서는 한 가지 핵심적인 해석으로 하얼빈을 규정짓기보다는 너무도 다양하기 때문에 통약불가능한 하얼빈을 있는 그대로 살펴보고자 한다. 『벽공무한』의 하얼빈은 "그것에 의해 우리 자신의 바깥으로 이끌리는 공간, 바로 우리의 삶, 시간, 역사가 침식되어가는 공간, 우리를 주름지게 만들고 부식시키는 공간"[11]으로서의 헤테로토피아라고 할 수 있다.

푸코는 공간을 일상 공간, 유토피아 공간, 헤테로토피아 공간의 세 가지로 나눈다. 헤테로토피아(heterotopia)는 '다른, 낯선, 다양한, 혼종된'이라는 의미를 가진 hetero와 장소라는 의미의 topia가 합쳐진 용어이다. 헤테로토피아는 실제로 존재한다는 점에서 유토피아와는 구분되지만 동시에 일상 공간과는 질적으로 다른 자신만의 고유한 기능과 특징을 지니고 있다는 면에서는 유토피아와 유사하다.[12] 푸코에 따르면 헤테로토피아는 내부의 공간이 아닌 '외부의 공간'이고, 동일성이 아닌 이질성을 지닌 차이의 공간이며, 환원 불가능한 총체의 공간이다.[13] 헤테로토피아는 사물들의 공통 요소들을 추출해

10　야마무로 신이치는 만주국 시절의 만주 전체가 "거기에 감으로써 완전히 다른 체험, 완전히 다른 의식을 가지게 되는 공간"(야마무로 신이치, 윤대석 역, 『키메라 - 만주국의 초상』, 소명출판, 2009, 18면)으로서의 헤테로토피아라는 주장을 하고 있다. 이것은 헤테로토피아가 지닌 성격 중의 한 가지인 문제제기적 측면을 염두에 둔 주장이라고 할 수 있다.
11　미셸 푸코, 이상길 역, 『헤테로토피아』, 문학과지성사, 2014, 45-46면.
12　푸코의 핵심적인 주장을 그대로 옮겨보면 다음과 같다. "모든 문화와 문명에는 사회 제도 그 자체 안에 디자인되어 있는, 현실적인 장소, 실질적인 장소이면서 일종의 반(反)배치이자 실제로 현실화된 유토피아인 장소들이 있다. 그 안에서 실제 배치들, 우리 문화 내부에 있는 온갖 다른 실제 배치들은 재현되는 동시에 이의제기당하고 또 전도된다. 그것은 실제로 위치를 한정할 수 있지만 모든 장소의 바깥에 있는 장소들이다. 이 장소는 그것이 말하고 또 반영하는 온갖 배치들과는 절대적으로 다르기에, 나는 그것을 유토피아에 맞서 헤테로토피아라고 부르고자 한다"(위의 책, 47면).
13　강정민·김동일, 「미셸푸코와 미술관에 관한 테제들」, 『인문연구』 66호, 2012, 140면에서

낼 수 없는, 즉 공동척도가 없는 다원적이고 이질적인 공간인 것이다.[14] 또 다른 헤테로토피아의 중요한 특징은 그것이 일종의 반(反)공간(counter-space)이라는 점이다. 이것은 현실에 배치되는 공간이자 일상생활과는 모순된 일탈된 공간으로서 현실과는 다른 차이를 발생시키는 장소라는 의미이다.[15] 그것은 일상세계의 가치와 질서를 부정하는 파괴적인 힘을 지닌 장소이기도 한 것이다. 헤테로토피아의 핵심적인 특징은 혼종성과, 지배 질서에 대한 비판과 교란이라고 정리할 수 있다. 이러한 헤테로토피아로서의 특성은 오늘날 자주 이야기되는 다문화 사회의 기본적인 특징과도 연결된다. 언어, 종교, 관습, 국적, 인종, 민족 등 다양한 문화적 배경을 가진 이민자 등이 사회구성원으로 참여하여 이루어진 사회라는 의미의 다문화 사회는 기본적으로 혼종적인 성격을 지닐 뿐만 아니라, 단일민족신화가 깊이 뿌리박힌 사회의 기본적인 지배 이데올로기에 심각한 균열을 가져다주기 때문이다.

본론에서는 『벽공무한』에서 하얼빈이 헤테로토피아로서 형상화된 방식을 구체적으로 살펴보고, 그것을 통해 이효석이 당대의 조선 사회에서 구현하고자 한 것이 무언인지에 대해 알아볼 것이다. 2절에서는 여러 가지 문화와 삶의 논리가 공존하는 혼종성의 공간으로서 하얼빈이 존재하는 양상을 고찰할 것이고, 3절에서는 당대 지배질서에 대한 문제제기를 하는 반공간으로서

재인용.

14 미셸 푸코, 이광래 역, 『말과 사물』, 민음사, 1986, 14-15면.

15 "아마도 모든 문화와 문명에는 사회 제도 그 자체 안에 디자인되어 있는 장소, 현실적인 장소, 실질적인 장소이면서 일종의 반(反)배치이자 실제로 현실화된 유토피아인 장소들이 있다. 그 안에서 실제 배치들, 우리 문화 내부에 있는 온갖 다른 실제 배치들은 재현되는 동시에 이의제기당하고 또 전도된다. 그것은 실제로 위치를 한정할 수 있지만 모든 장소의 바깥에 있는 장소들이다. 이 장소는 그것이 말하고 또 반영하는 온갖 배치들과는 절대적으로 다르기에, 나는 그것을 유토피아에 맞서 헤테로토피아라고 부르고자 한다(미셸 푸코, 이상길 역, 『헤테로토피아』, 문학과지성사, 2014, 47면).

하얼빈이 존재하는 어떻게 형상화했는지 살펴볼 것이다. 4절에서는 헤테로토피아로서의 하얼빈이라는 공간을 통해 이효석이 당대 조선 사회에 건설하고자 한 삶의 지향점이 무엇인지 알아보고자 한다. 이를 통해 우리가 오늘날 지향해야 할 다문화 시대의 이상적인 삶의 태도와 지향 등에 대한 시사점도 얻을 수 있을 것이다.

2. 혼종성의 공간

『벽공무한』에서 오랫동안 하얼빈에 거주한 벽수는 하얼빈에 온 일마에게 "만주는 복잡한 구렁이야. 넓기두 하지만 속속들이루 무슨 세상이 숨어 있는지 헤아릴 수 있어야지"(75)라고 말한다. 벽수의 '복잡한 구렁'이라는 표현에는 헤테로토피아로서의 하얼빈이 지닌 혼종적인 특성이 압축되어 있다.

하얼빈은 제정 러시아의 중동철도 부속지를 중심으로 개발된 계획도시이다. 1898년 철도 기공식이 거행된 후, 1903년 중동철도가 모두 개통된 시기를 전후하여 철도부속지가 확대되면서 러시아인과 중국인 인구가 급증했고, 이후 하얼빈은 거대도시로 발전하였다. 하얼빈은 중동철도의 기점으로 러시아가 만주를 지배하는 과정에서 거점도시의 역할을 수행하였으며, '동양의 모스크바'로 건설된 계획도시이다.[16] 동시에 20세기 전반 러시아, 영국, 미국, 일본 등 제국주의 열강의 각축전이 펼쳐진 무대이기도 하다. 이른바 국제도시로서 '동양의 파리'라는 별명까지 얻은 이 도시는 후에 일본인의 손에 넘어가는 일까지 겪는다. 이러한 복잡한 상황을 반영하듯, 이효석이 하얼빈을 방문했던 1939년 당시 하얼빈의 인구분포는 매우 혼종적이었다.[17] 이러한

---

16 김경일 외, 『동아시아 민족이산과 도시』, 역사비평사, 2004, 284면.
17 1939년 하얼빈의 총인구는 517,127명이며, 조선인 6,330명, 일본인 38,197명, 중국인

특징은 다음의 인용문들에 잘 나타나 있다.

반이 외국 사람이면 나머지 반이 이곳 사람이다. 외국 사람도 얼굴이 검붉은 사람으로부터 허여멀쑥한 사람에 이르기까지 각각 국적을 달리들 하고 있으나, 이곳 사람들도 단순하지는 않다. (…중략…) 수다한 국적의 수다한 사람들이 한데 휩쓸려 설레는 것이 반드시 피차에 친밀하게만은 보이지 않는 것이며, 그 어디인지 서먹서먹하고 어울리지 않는 기색이 떠돈다. (88)

할빈의 거리가 그러하듯 그곳(경마장 – 인용자)에도 각 사람들이 다모여 국적과 인종의 진열장이었다. (107)

보다 자세하게 살펴보면『벽공무한』에서 '복잡한 구렁'으로서의 하얼빈은 세 가지 층위를 지닌 것으로 볼 수 있다. '제국의 이상이 실현되는 공간', '구라파의 흔적이 남겨진 공간', '범죄와 공포의 공간'이 그것이다.

'제국의 이상이 실현되는 공간'은 천일마의 성공담을 통해 드러난다. 서른 다섯의 천일마는 음악평론가이면서 문화사업가로서『현대일보』사장의 부탁을 받고 교향악단을 초빙하기 위해 하얼빈으로 간다. 뚜렷한 직업과 사회적 지위가 없는 천일마는, 자신을 환송하기 위해 나온 능보(의학박사), 종세(신문기자), 훈(소설가)과 같은 친구들 앞에서도 위축감을 느낀다. 하얼빈행 기차 안에서 사랑에도 실패하고 마지막 혈육인 어머니마저 잃은 일마는 자신의 삶을 "찌그러진 가시덤불의 반생"(15)이라고 정리한다. 그러나 늘 불행을 달

439,491명, 소련인 2,548명, 무국적인(백계 러시아인) 28,103명, 기타 외국인 2,548명이었다. 기타 외국인에는 리투아니아, 라트비아, 폴란드, 체코슬로바키아인 등이 포함된다(위의 책, 292면).

고 산 천일마는 하얼빈에서 행복의 길로 들어서게 되는 일을 연달아 경험한다. 채표에도 당선되어 일만 원이라는 거금을 손에 넣고, 경마장에서도 많은 돈을 벌어들이는 것이다. 무엇보다 할빈교향악단의 초빙에 성공하여 사회적 지위가 높아지고, 모든 사람이 부러워하는 미인 나아자의 사랑을 얻는다. 일마가 초빙하려는 할빈교향악단이 만철 철도총국 소속이며, 복지과장을 만나서야 그 임무가 원활히 수행된다는 사실은 일마의 행로가 지닌 제국주의적 성격을 잘 드러내준다.[18] 천일마는 친구 박능보의 말처럼, 한 번의 만주행으로 "시험관 속의 액체의 변화같이 삽시간에 놀라운 변화를 한 것"(181)이다.

다음으로 하얼빈은 '구라파의 흔적이 남겨진 공간'으로 표상되고 있다.[19] 하얼빈을 특징짓는 주요한 존재들은 백계러시아인들이다. 볼셰비키의 탄압

18 이와 관련해 일마는 식민주의적 (무)의식을 노골적으로 드러내기도 한다. 그것은 봉천역에서 만주인을 관찰하는 장면에서 드러나는데, 이 만주인은 『벽공무한』에 등장하는 유일한 중국인이다. "그 어디인지 어마어마하고 긴장되어 있어서 육칠년 전과는 판이한 인상을 띠게 되었다. 낡은 것과 새 것이 바꾸어지고 위대한 정리가 시작된 까닭이다. 몇해 동안의 엄청난 변화를 일마는 사실 경이와 탄식 없이는 볼 수 없었다. 그 길을 지날 때마다 느껴지는 감회였다. 물론 그 위대한 정리는 아직 시작이 되었을 뿐이요, 완성까지는 앞날이 먼 듯하다. 가령 차가 떠나기 시작해 역 부근의 긴 빈민지대를 지날 때, 일마가 문득 빙그레 웃음을 띤 것은 둑 아래에서 바로 지나는 기차를 향해 한 사람의 만주 사람이 바지를 벗고 유유히 용변을 하고 앉은 것을 본 까닭이다. 신선한 아침 공기 속에서 한 폭의 유모어의 풍경이라고 할까, 역 구내에서의 어마어마한 풍경과는 거리가 먼 한 폭이다. 이런 풍속까지가 정리되려면 참으로 몇세대의 시간이 필요할지 모른다."(16-17)

19 만주국 시절 다롄, 펑톈, 신징, 하얼빈 등의 주요 도시에서는 유행의 최첨단을 달리는 상품 외에도 일본에서는 입수할 수 없는 양주 같은 수입품도 백화점에 넘쳐났다고 한다. 특히 하얼빈은 유럽적 분위기가 넘치는 이국적인 공간으로 받아들여졌다. 당시 하얼빈을 방문했던 다치바나 소토오가 "하얼빈! 바다가 없는 상하이 …… 엽기와 소설적인 것(로맨틱한 것)과 모험이 소용돌이치며, 과거와 미래가 지그재그로 교향악을 울리고 있는 북만의 국제도시! 그리고 쇠락한 제정 러시아의 대공작이 길모퉁이에서 행인의 구두를 닦으며 제실 가극단의 간판 무용수가 나이 들어 길가에서 성냥을 팔고 있는 슬픈 도시!"(다치바나 소토오, 「하얼빈의 우울」, 『문예춘추』, 1940.8, 264면. 야마무로 신이치, 앞의 책, 332면에서 재인용)라고 묘사한 것에서도 이러한 성격은 분명하게 드러난다.

을 피해 하얼빈으로 온 백계러시아인들 중에는 지식인이나 예술가가 높은 비율로 포함되어 있었다. 이들로 인해 하얼빈은 오랜 러시아적인 생활의 최후 성채가 되었고, 하얼빈에는 음악, 노래, 시가 곳곳에서 울려 퍼졌다.[20] 일마는 키타이스카야가(街)에 있는 모데른 호텔에 머물며 주로 캬바레나 극장 등을 오간다. 일마는 "완전히 구라파의 한 귀퉁이"(51)인 하얼빈을 사랑하여 "이곳에 들어서면, 웬일인지 올 곳에 왔다는 느낌"(51)을 받고는 한다. 일마는 나아자와 '파리의 뒷골목'이라는 영화를 보는데, 일마는 그 영화에 대해 "지나쳐 화려하지 않은 조촐한 모든 생활의 규모가 그대로 바로 할빈에서 볼 수 있는 그것"(82)이라고 말할 정도로 하얼빈은 이국적이다.

> 추림백화점(秋林百貨店)은 외국인 경영의 할빈서도 으뜸가는 가게였
> 다. 점원이 전부 외국인인데다가, 특히 금발, 벽안의 여점원들의 응대는
> 그것만으로도 눈을 끌었다. 반드시 한 가지 나라 말만이 쓰이는 것이
> 아니요, 러시아어도 들리고 영어도 들려서, 이 구석 저 구석에서 언어의
> 혼란을 일으켜 흡사 국제백화점인 감이 있었다. 층층으로 진열된 물품에
> 는 구라파적인 은은한 윤택과 탐탁한 맛이 드러나 보인다. 하루 아침에
> 이루워진 것이 아니요, 천여년을 두고 쌓아 내려온 굳건한 전통의 빛이
> 그 어디인지 흐르고 있다. 구라파 문명의 조그만 진열장인 셈이다.
> (104-105)

추림백화점에는 '구라파적인 은은한 윤택과 탐탁한 맛'과 '천여년을 두고

20 우랄산맥 동쪽의 주민이 볼셰비키의 탄압에서 도주하는 기본 루트는 철로를 따라 시베리아를 빠져서 블라디보스톡이나 하얼빈에 다다르는 탈출구밖에 없었다. 그러나 블라디보스톡은 바로 공산주의자의 지배하로 들어갔기 때문에 하얼빈으로 난민이 쇄도하였다(얀 소레키, 「유대인·백계 러시아인에게 만주란」, 박선영 역, 『만주란 무엇이었는가』, 소명출판, 2013, 470-472면).

쌓아 내려온 굳건한 전통의 빛'이 존재한다. 그러나 일마가 그토록 본능적 친애감을 느끼는 구라파는 백화점의 조그만 진열장에만 존재할 뿐이다.

1932년 3월 만주국이 성립되고, 1935년 3월 23일 동지철도가 만주국에 매각되면서 하얼빈의 러시아 사회는 쇠퇴한다. 사람들은 서로 서비스를 제공하면서 간신히 생활하였고 철도 수입이 점점 적어짐에 따라 더욱더 빈약해졌다. 모두가 어딘가 다른 나라의 비자를 취득하려고 했지만 1930년대는 세계의 대부분이 대공황의 타격을 받고 있었기 때문에 그것조차도 어려웠다. 제2차 세계대전 중, 하얼빈에 사는 러시아인의 지위는 거의 기아 수준까지 떨어졌다.[21] 이러한 상황의 한복판에 놓인 하얼빈에 있는 것은 구라파라는 유토피아가 남겨놓은 하나의 흔적일 뿐이다. 따라서 『벽공무한』에서 하얼빈은 추구의 대상이 아니라 추억의 대상으로 변했고, 상실감과 멜랑콜리로 채색된 노스탤지어의 빛깔로 물들어진다.

『벽공무한』에 등장하는 러시아인들은 모두 불우한 처지이다. 만주리와 하얼빈에서 각각 아버지와 어머니를 여읜 나아자는 백모의 집에서 눈칫밥을 먹으며 캬바레에서 일급 일원도 못버는 생활을 하고 있다. 일마의 주위에 "나아자만큼 가여운 여자는 없다"(60)고 할 정도로, 그녀가 처한 상황은 열악하다. 나아자의 유일한 친구라고 할 수 있는 어린 소녀 에미랴는 고아로 혼자 지내며 마약에 중독되어 지금 병까지 든 상태이다. 약에 절은 어린 에미랴를 보고, 천일마는 "만주의 속은 겹겹으로 깊구 무서운 곳"(78)이라는 생각까지 하게 된다.

비슷한 시기에 쓰인 이효석의 「합이빈」(『문장』, 1940.10)에서도 '구라파의 흔적이 남겨진 공간'으로서의 하얼빈이라는 특징은 선명하게 나타난다. '나'

---

21   위의 책, 473-480면.

는 키타이스카야의 중심지에 있는 호텔에 머물며, 이삼 층 높이의 창가에서 보이는 거리의 전망을 즐긴다. 호텔의 식당에는 "기름진 빠터며 로서아 쑤웁이며 풍준한 진미"[22]가 준비되어 있고, 즐겨 산책하는 부두구 일대의 집 문패는 "노서아문자"[23]로 되어 있다. 송화강가에서는 밴드의 음악이 흘러나오기도 한다. '나'는 "답답함"과 "근심" 혹은 "애수"[24]를 느끼는데, 이유는 "낡고 그윽한것이 점점 허덕어리며 물러서는 뒤ㅅ자리에 새것이 부락스럽게 밀려드는 꼴"[25]에서 비롯된다. 이때의 '낡고 그윽한 것'은 하얼빈이 지니고 있던 구라파적인 분위기를, '새것'은 당시 욱일승천의 기세로 밀려오던 일제를 의미한다고 볼 수 있다. '내'가 하얼빈에서 유일하게 만나는 유우라는 "보세요. 저 잡동사니의 어수선한 꼴을. 키타이스카야는 이제는 발서 식민지예요. 모든것이 꿈결같이 지내가버렸어요"[26]라고 분명하게 말하고 있는 것이다.[27]

「합이빈」에서도 러시아인들은 모두 불우하다. 유우라는 "결코 명예롭지 못한 곳"[28]인 니이싸에서 일한 적도 있으며, 하얼빈은 돈푼을 구걸하는 늙은 보이들로 가득하다. 유우라는 심지어 "언제나 죽구싶은 생각 뿐예요"[29]라고 말할 정도이고, '나' 역시 "죽엄 이외의 무슨말로 대체 나는 그를 위로할수있는 것일까"[30]라고 말하며 유우라의 말에 동의를 표한다.

---

22 『문장』, 1940.10, 3면.
23 『문장』, 1940.10, 5면.
24 『문장』, 1940.10, 3면.
25 『문장』, 1940.10, 3면.
26 『문장』, 1940.10, 4면.
27 만주가 일제의 지배에 들어간 이 시기는, 히틀러가 유럽을 점령한 시기이기도 하다. 이러한 역사적 상황은 불란서 영사관도 키타이스카야와 마찬가지로 변했다는 유우라의 말에, '내'가 "독일과의 싸홈에 졌으니까 말이지"(6)라고 대답하는 것을 통해 드러나고 있다.
28 『문장』, 1940.10, 5면.
29 『문장』, 1940.10, 10면.

마지막으로 '범죄와 공포의 공간'이라는 하얼빈의 특징은 하얼빈에서 신문기자를 하는 벽수의 숙부 한운산을 통해 드러난다. 『벽공무한』에서 한운산은 대륙당이라는 규모 있는 약방을 운영하는 거부이지만, "중국이나 만주백성들을 등골부터 녹여내는 약"(71)을 팔아 그러한 부를 축적하였고, 지금도 그러한 종류의 생업을 이어가고 있다. 한벽수의 말처럼 "만주에 들어와 소위성공했다는 조선사람의 대부분은 아마도 다 그같은 위험한 길을 걸은 사람들"(71)이며 조선인들에게 "열린 길이라군 그것밖엔 없"(71)다고 말해지는 상황이다. 그래서 만주에서는 다른 사람들이 "조선사람만 보면 그 약을 연상"(71)할 정도이다.[31] 나아자와 귀국한 지 달포 만에 일마는 "사건돌발 황당불이 급래희망 한벽수"(244)라는 전보를 받고, 급하게 하얼빈으로 돌아간다. 일마가 종세에게 전한 편지에는 한운산이 갱단에 납치되어 몸값으로 삼십만원을 요구받고 있다는 내용이 담겨 있다. 이를 통해 일마는 하얼빈이 "공포의 도시"(249)임을 깨닫게 된다.[32]

'제국의 이상이 실현되는 공간'으로서의 하얼빈은 백계러시아인들과 마약을 파는 조선인, 그리고 만주의 깽단을 통해 여지없이 해체되고 있는 것이다. 헬무트 빌케는 헤테로토피아가 근대성의 주변적인 장소로서, 근대 질서와 근대성의 닫힌 상태와 확실성을 무너뜨리는(혹은 그러한 상태와 확실성이 무너진) 혼재와 변이, 위기의 장소라고 설명하였다.[33] 『벽공무한』에 나타난 하얼빈의

---

30   『문장』, 1940.10, 11면.

31   하얼빈의 조선인들 역시 아편 밀매와 연관된 직업에 종사하는 경우가 있었기에 공식적 문서에서는 '불온한' 민족으로 분류되었다(김경일 외, 앞의 책, 287면).

32   나중에 몸값 삼십만 원을 지불하고 한운산이 풀려난 후에도, "깽의 정체에 대한 비밀은 밝혀지지 못한 채 여전히 오리무중에 숨겨져 버"(354)리는 것으로 끝난다. 이로 인해 하얼빈이라는 도시가 지닌 공포는 끝내 해소되지 않은 채로 남는다.

33   "헤테로토피아는 근대성의 주변적인 장소로서, 근대 질서와 근대성의 닫힌 상태와 확실성을 붕괴시키는 혼재와 변이, 위기의 장소를 의미한다. 구체적으로 헤테로토피아는 국

세 가지 특성은 서로 대등한 힘을 지닌 채 공존하고 있으며, 이를 통해 하얼빈은 당대의 지배질서를 교란시키는 헤테로토피아로서의 특징을 선명하게 드러낸다고 볼 수 있다.

3. 문제제기의 공간

헤테로토피아는 일상세계에 대한 이의제기를 중요한 특징으로 한 공간이다. 헤테로토피아는 두 가지 방식으로 이의제기를 수행하는데, 첫 번째는 "나머지 현실이 환상이라고 고발하는 환상"을 만들어내는 것이고, 두 번째는 첫 번째와는 반대로 우리 사회가 무질서하고 정리되어 있지 않고 뒤죽박죽으로 보일 만큼 "완벽하고 주도면밀하고 정돈된 또 다른 현실 공간"[34]을 실제로 만들어냄으로써이다. 하얼빈은 이 중에서 첫 번째 방식으로 당대의 지배적인 질서에 문제를 제기한다. 그것은 「합이빈」에서 다음의 인용문과 같이 상당히 암시적인 방식으로 나타나고 있다.

"유우라두 혹 그런지 – 난 각금가다 현재 라는것에 대해 커다란 놀람과 의혹이 솟군 하는데."
"현재가 웨 이런가 하구 말이죠."
유우라도 내 마음속에 떠오르고있는 생각의 정체를 옳게 살핀 모양이었다.

민국가를 바탕으로 하는 근대 사회의 영토에 천착된 질서를 해체할 뿐 아니라 지식의 질서를 해체하며, 그와 관련된 권력의 질서 또한 해체한다"(김미경, 「상상계와 현상계의 사이 – 헤테로토피아로서의 하얼빈」, 『인문연구』 70호, 영남대 인문과학연구소, 2014, 172면).

34   미셸 푸코, 이상길 역, 『헤테로토피아』, 문학과지성사, 2014, 24면.

"가량 – 이 행길은 웨 반다시 이렇게 났을까 – 집들은 웨 하필 이런 모양일까 – 이 거리는 웨 꼭 지금같은 규모로 세워졌을까 – 하는 생각 ……"

"키타이스카야는 웨 지금같이 변하구 불란서 영사관은 웨 저 모양이 되구 했나 말이죠."

(…중략…)

"다만 우연한 기회로 말미아마 다르게 결정된 까닭에지금의 이머리 이 행길로 변한것이 아닐까 – 그러기 때문에 지금보다 다른 세상이라는 것을 생각할수 있는것이구 생각하지않고는 견딜수 없는것이구 ……"[35]

'나'는 유우라와 하얼빈을 대표하는 키타이스카야를 걸으며, '현재에 대한 커다란 놀람과 의혹'을 느낀다. 이것은 처음 행길이나 거리의 모양과 같은 가벼운 대상을 향하다가, 곧 쇠락한 불란서 영사관의 모양을 문제 삼는 차원으로 확장된다. 결국에는 '다른 세상'을 생각하지 않고는 견딜 수 없는 지경에까지 이른다. 작가의 분신이라고 할 수 있는 '나'를 통해 키타이스카야로 대표되는 하얼빈은 현재의 사회질서에 대한 문제제기를 하며, 새로운 세상을 꿈꾸는 공간으로 의미부여가 되는 것이다.

『벽공무한』에서는 경성과의 대비를 통해 하얼빈의 문제제기적 성격이 보다 뚜렷하게 부각된다. 모두 15장으로 이루어져 있는 이 작품의 주요 공간은 하얼빈과 경성이다.[36] 따라서 하얼빈의 의미를 분명히 파악하기 위해서는 무엇보다도 경성과의 관계를 우선 고려해야만 한다. 본래 로컬리티는 특정 로컬이 나타내는 장소성, 역사성, 권력성 등을 포함한 다양한 현상과 관계성의 총체로서, 지리적 환경, 역사적 경험, 사람들의 정서적 기질, 언어, 사회적

---

35 『문장』, 1940.10, 6-7면.
36 전부 15장 중에서 하얼빈을 주요한 배경으로 삼고 있는 것은, '3장 일만 원', '4장 대륙의 밤', '5장 아킬레스의 비상', '6장 향연', '11장 뮤우스의 선물'로 모두 다섯 장에 그친다.

관계, 제도 등이 복합적이고 중층적으로 작용하여 구성된다.[37] 오늘날 로컬리티는 단순히 기억과 관심 속에 창조되는 것이 아니라, 일정한 사회적 과정이나 배경 속에서 구축되며 또한 그 사회의 지배적 담론과 관련되는 사회적 구성물로서 받아들여지는 것이다. 이처럼 로컬리티는 외적으로 존재하는 실체가 아니라 사회적 구성물이라고 할 수 있다.[38]

헤테로토피아가 반공간으로서 일상세계의 가치나 질서와는 다른 차이를 발생시키는 장소라고 할 때,[39] 『벽공무한』에서 일상세계와의 차이는 주로 사랑을 중심에 두고 발생한다. 『벽공무한』의 서사 전체를 포괄할 수 있는 가장 핵심적인 관계를 들자면, 그것은 일마를 중심에 둔 '나아자 - 일마 - 미려·단영의 연애관계'라고 할 수 있다. 이 중에서 '나아자 - 일마'의 관계가 하얼빈의 공간성을 대표한다면, '일마 - 미려·단영'의 관계는 경성의 공간성을 대표한다.

'나아자 - 일마'와 '일마 - 미려·단영'의 관계는 여러모로 대조적이다. 일마와 동양무역상회의 주인인 만해는 동창이었고 둘은 함께 남미려를 원했다. 그러나 미려는 일마 대신 유만해를 선택하는데, 이 결정은 "일마가 패한 것은 문과 출신의 가난뱅이 학사였던 까닭이요, 만해가 이긴 것은 백만금의 상속을 받은 법학사였던 까닭"(30)이라는 것에서 잘 나타나듯이, 유만해가 가진

37　부산대 한국민족문화연구소 편, 『로컬리티, 인문학의 새로운 지평』, 혜안, 2009.

38　데이비드 하비, 최병두 역, 『희망의 공간』, 한울, 1993, 64면; 구동회, 「로컬리티 연구에 관한 방법론적 논쟁」, 『국토지리학회지』 44권 4호, 2010, 515면; 이창남, 「글로벌 시대의 로컬리티 인문학」, 부산대 한국민족문화연구소 편, 『로컬리티 인문학의 새로운 지평』, 혜안, 2009, 118-121면; 정주아, 「움직이는 중심들, 가능성과 선택으로서의 로컬리티」, 『민족문학사연구』 47호, 민족문학사연구소, 2011, 14-15면.

39　헤테로토피아적 상상력은 완강하게 닫힌 현실에 균열을 내고 다른 세계의 가능성에 눈뜨게 한다는 점에서 기존의 규범적 총체성이나 진보의 서사를 추구하는 경향과는 다른 차원에서 현실을 조망하고 사회변혁의 꿈을 끌어낼 수 있는 계기를 제공한다(남진우, 『폐허에서 꿈꾸다』, 문학동네, 2013, 12면).

"황금"(30)의 힘에 따른 것이다. 이러한 미려의 모습은 "맘의 애정을 첫째로 쳐서 아무런 수단에두 좀해 굴하는 법이 없는"(53) 나아자의 모습과 대조적이다.

유만해와 남미려는 불화를 겪는데, 그 핵심적인 갈등의 이유는 음악이나 예술에 관한 둘의 입장이 서로 다르기 때문이다. 남미려는 음악과 예술의 가치를 높이 평가하고, 이를 적극적으로 후원해야 한다는 입장인데 반해, 만해는 생활의 문제도 해결하지 못한 상황에서 음악이나 예술은 "허영"(33)에 불과하다고 생각하는 것이다. 이처럼 돈만 아는 유만해는 홍천금광에 자신의 전재산은 물론이고 채무까지 끌어다 투자했지만 그 금광은 아무런 경제적 가치가 없다는 사실이 드러난다. 결국 유만해는 돈을 돌려받으려다가 광산을 매도한 브로우커 박남구와 칼부림을 하는 지경에 이른다. 그리고 이 사건으로 인해 유만해와 남미려의 삐걱거리던 부부생활은 종지부를 찍게 된다.

『벽공무한』에서 남미려는 얼치기 근대여성으로 형상화되어 있다. 남미려의 가정은 식모의 눈에 "부부는 집안에서는 각각 독립된 한 사람이요, 그 한 사람으로서의 자격이 부부로서의 자격보다도 중요한 모양"(165)으로 보인다. 혜주조차도 친구가 기다리는 것을 신경쓰지 않고 한 시간 넘게 화장을 하는 미려를 보며 "개인주의의 극치야"(168)라고 말할 정도이다. 칼부림을 겪고 붕대를 친친 감은 채 밤늦게 나타난 남편을 향해 미려는 "싸웠으면 싸웠지, 집을 비우라는 법은 어디 있나요?"(171)라고 쏘아붙인다. 결국에 사랑 없이 이루어진 가정은 "금시 깨뜨러진 유리조각이 뎅그렁 하고 떨어"(172)지듯이 파탄나고 만다. 미려는 "일에 바쁜 남편이 밖에서 하룻밤쯤 지내구 왔단들 ……"(173)이라고 말하는 남편에게, "구라파사람같이 교양 있는 사내"(174)가 되라며, 몇번이나 '야만인'이라는 말을 써가며 대응한다.[40] 결국 만해는 상해로 달아난 후 종무소식이 되고, 미려는 이혼수속까지 마치고 완전한 자유인으로 남게 된다.

또 한 명의 신여성인 단영 역시도 나아자의 존재로 인하여 부정적인 인물로 부각된다. 일마를 짝사랑하는 여배우인 단영은 퇴폐의 매력을 지닌 "한 송이 악의 꽃"(204)으로 그려진다. 일마는 "난맥의 생활과 빈번한 치정관계"(23)를 보여주는 단영을 "해로운 벌레"(23)라고 여길 정도이다. 단영은 일마에게 약을 탄 술을 먹게 해서 하룻밤을 보내기까지 하지만, 곧 "참으로 마음을 얻지 못하고는 사랑은 뜻없는 것"(221)임을 깨닫고 깊은 슬픔에 빠진다. 결국 일마의 사랑을 얻지 못해 자학을 거듭하다 자살기도까지 한다. 이 순간 단영은 "그것 하나를 위해서 죽어야 한다는 게 나두 결국 구식 여자에 지나지 못했던가. 그런 이 고전적인 습속이 지금 제일 비위에 맞는 것이다. 인연이 있다면 딴 세상에서나 또 일마를 만날까"(288)라고 생각한다. 하녀들도 "참으로 단영같이 신여성이면서도 구식의 정신을 사랑하는 여자도 드물 법하다"(289)라고 평한다. 이처럼 단영은 화려한 외양만 신여성이었던 것이다. 일마도 단영에게 "단영은 한다 하는 신여성이 아니오? 신여성이면서두 맘은 아주 구여성이란 말야"(312)라고 웃으며 말한다.

미려를 통해서는 애정이 결핍된 채 물질만을 앞세운 사랑과 얼치기 서구 흉내에 대한 비판이, 남영을 통해서는 육체만의 사랑 추구와 한 명의 이성에게만 집착하는 구도덕에 대한 비판을 발견할 수 있다. 하얼빈에서 시작된 나아자와 일마의 사랑은 미려와 단영의 사랑이 지닌 문제점을 확실하게 부각시키며, 이상적인 사랑의 모습을 펼쳐나간다. 일마와 나아자의 사랑은 서로

---

40 이에 대해 유만해는 "구라파니 개인주의니, 반지빠르게 배워가지구는 남녀동등이니, 아내의 지위가 어떠니 철없이 해뚱거리는 꼴들이 가관이야. 몸에서는 메주와 된장 냄새를 피우면서, 문명이니 문화니 하구, 가제 깬 촌놈같이 날뛰는 것을 - 복수는 다 무어야. 여편네가 사내에게 복수라니.이 사랑 없는 가정을, 누군 달갑게 여기는 줄 아나. 한꺼번에 다 부서버릴까부다"(174)라고 응대한다.

의 인격을 온전하게 인정하는 바탕 위에 성립한 것이라고 볼 수 있다.

하얼빈과 백계러시아인들에 대한 고정관념은, 푸코가 헤테로토피아의 대표적인 장소로 꼽은 묘지를 방문한 후에 집중적으로 교정된다.[41] 일마는 하얼빈의 묘지를 방문한 이후 쭉정이의 사상을 발견하고, 이를 통해 나아자와의 온전한 결합에 이르기 때문이다. 일마가 나아자와 사귄다는 말에 친구들(능보, 훈, 종세)이 매우 부러워하는 태도를 보이는 것에서 알 수 있듯이, 그전까지 백계러시아인은 숭배의 대상이었다고 해도 과언이 아니다. 그러나 묘지를 방문한 이후, 백계러시아인들은 단지 과거의 주인공들이며 지금은 사라져가는 존재들에 불과함을 깨닫게 된다. 일마는 백계러시아인들 역시 자신처럼 사회 경제적으로 불행한 '쭉정이'에 불과하며, 자신과 나아자는 쭉정이라는 같은 계급이기 때문에 결합될 수 있었다고 생각하는 것이다. 이러한 쭉정이의 사상은 아래의 인용문에 잘 나타나 있다.

> 인간의 대부분은 그 쭉정이다. 어느 도회가 그렇지 않으랴만 할빈은 어디보다도 심한 쭉정이의 도회이다. 거리는 국제적 쭉정이의 진열장이다. (…중략…)
>
> 허름하게 차리고 무엇을 하려는지 분주하게 포도를 지내는 무수한 사람─또한 쭉정이들이다. 묘지에서 만난 이봐놉도 쭉정이요, 병든 에미랴도 쭉정이다. 그리고 나아자─그는 쭉정이가 아니던가. 그 역 쭉정이에

---

41 푸코는 헤테로토피아의 공간으로 묘지 이외에도 감옥, 정신병원, 박물관, 도서관, 정원, 유원지 등을 언급한다(미셸 푸코, 이상길 역, 『헤테로토피아』, 문학과지성사, 2014, 55면). 당시 하얼빈의 러인공동묘지는 하얼빈 역에 근접한 신시가지 남강구의 東大直街에 위치한 것으로 우크라이나 사원 옆에 있었다. 이후 러인 공동묘지는 1958년에 하얼빈 동부 황산 신묘지로 이전되었다고 한다(兪濱洋 主編, 『哈爾賓印象(上)1897-1949』, 중국건축공업출판사, 2004, 145면. 조은주 「공동묘지로의 산책」, 『만주연구』 18집, 2014, 116면에서 재인용).

틀림없는 것이다.

(그럼 나는 대체 무엇일까?)

일마는 자기 또한 하나의 쭉정이임을 알았다. 뜬돈 일만 오천원이 생겼대야 지금 정도의 문화사업을 한대야 기실 쭉정이밖에는 안 되는 것이다. 쭉정이끼리이기 때문에 나아자와도 결합이 되었다. 쭉정이는 쭉정이끼리 한 계급이다. 나아자나 자기의 그 어느 한 편이 쭉정이가 아니던들 오늘의 결합은 없었을 것이다. (137-139)

묘지를 향할 때까지만 해도 일마는 나아자를 알게 되고 사랑하게 된 것이 "꿈결 같고, 거짓말 같다. 절기의 변천과 같이 신기하고 이상스러운 일이다"(131)라고 생각했다. 묘지를 거치고, 그 곳에서 쭉정이의 사상을 깨달은 후에 일마는 나아자를 향하는 마음이 더욱 살뜰해진다. 그곳에서 일마와 나아자는 음악가지만 어디서도 활동하지 못 하는 이봐놉을 만나는데,[42] 이곳에 온 러시아인들을 통하여 일마는 나아자를 좀더 깊이 있게 이해하게 된 것이다. 일마는 "묘지에서 받은 감상이 쉽사리 사라지기는커녕, 더욱 가슴속에 배어들면서 거리의 풍경이 어제와는 판이한 인상으로 눈에 어리우기 시작했다"(136)고 말한다. 이처럼 묘지는 하얼빈을 새롭게 인식하게끔 만드는 헤테로토피아 안의 헤테로토피아였던 것이다.

쭉정이의 사상은 일마가 하얼빈에 두 번째 방문했을 때도 반복해서 등장

---

42 일본은 구미 열강에 대해 만주국의 국제성을 선전할 수 있는 장으로서 하얼빈을, 선전의 매개체로서 백계 러시아인과 유대인을 선택했다. 그러나 만철 홍보과의 한 보고서에 드러나듯이, 백계 러시아인들은 소수의 유산자를 제외하고 대다수가 빈곤한 근로생활을 할 수밖에 없었다. 하지만 아편밀매, 매춘 등을 하며 최저변의 삶을 살아야 했던 대다수 중국인과 조선인들 그리고 무엇보다도 전도된 오리엔탈리즘의 상징으로서 그 존재의의가 부각되었던 백계 러시아인들은 하얼빈이라는 공간에서 만주국이 표방했던 국제성의 그림자를 극명하게 감지할 수 있었을 것이다(김경일 외, 앞의 책, 329-332면).

한다. "병"과 "가난"(257)이라는 두 가지 고통에 시달리는 소녀 에미라를 보며, 지난번에 왔을 때 거리에서 느꼈던 쪽정이의 사상, 즉 "혈족의 차이도 피의 빛깔도 쪽정이라는 사실과는 아무 관계가 없다. 혈족의 단결이 쪽정이를 구해 주지는 못하는 것이요, 쪽정이는 쪽정이끼리만 피와 피부를 넘어 피차를 생각하고 구원하고 합할 수 있는 것"(260)이라는 생각이 또다시 떠오르는 것이다. 이러한 쪽정이의 사상도 헤테로토피아인 하얼빈이 가져다준 깨달음이라고 볼 수 있다.

4. 사랑과 예술(미)의 헤테로토피아 창조

일마는 조선에 처음 온 나아자에게 단호한 어조로 "조선은 전체가 한 커다란 빈민굴"(187)이라고 말한다. 『벽공무한』에서 구라파는 "부질없이 향수는 느끼는 것이었고, 그 그리워하는 고향이 여기가 아닌 거기였다. 현대문명의 발생지인 서쪽 나라였다"(183)는 것에서 알 수 있듯이, 도달할 수 없는 상상의 장소(utopia)이다. 이에 반해 하얼빈은 가짜 유럽이자 가짜 유토피아로서의 헤테로토피아이고, 조선은 가난과 제국의 힘이 절대적인 영향력을 발휘하는 일상세계인 것이다.

결국 『벽공무한』에서는 하얼빈의 체험을 통하여 '거대한 빈민굴'에 새로운 가능성을 담지한 헤테로토피아를 창출하는 것으로 끝난다. 그것은 바로 일마와 나아자가 사랑으로 만들어나가는 공간과 미려와 단영이 만들어 나가는 녹성음악원이다. 『벽공무한』에서 오리엔탈리즘이나 옥시덴탈리즘과 무관한 조선인과 백계러시아인의 결합이 가능해진 것은 이상적인 사랑을 통해서이다. 나아자는 조선의 "무엇이든지 모두"(126)를 사랑한다고 말하는데, 이것은 일마에 대한 사랑이 있었기에 가능한 일이다.[43] 나아자가 조선어를 열심히 배우는 모습은, "사랑하는 사람의 풍습을 존중히 여기고 배우고 그와 동화되려는 뜻 - 사랑의 정성, 그보다 더 큼이 있을 것인가"(318)라고 설명된다. 다음의 인용문처럼 사랑이야말로 국경을 허무는 유일한 힘인 것이다.

> "국경이 없다는 것이 얼마나 아름다운 생각이오? 야박스런 세상에서."
> "그래요. 나두 그렇게 생각해요."
> "사랑으로 밖엔 국경을 물리칠 수가 있소? (…중략…)"
> "제 눈에두 사람은 다 같이 일반으로 뵈여요. 구라파 사람이나, 동양 사람이나, 개인개인 다 제나름이지 전체로 낫구 못한 게 없는 것 같아요."
> "각 사람이 편견을 버리구 그렇게 너그러운 생각을 가진다면, 세상은 얼마나 아름다워지겠수?" (85)

> 생활양식의 차이쯤이 근본적인 난관은 아니다. 밀을 먹든 쌀을 먹든 그 근본의 차이라는 것은 극히 사소한 것이다. 굳은 사랑이 있을 때 인류의 동화는 손바닥을 번기는 것보다도 쉬운 노릇일지 모른다. (340)

『벽공무한』에서 이 사랑은 인생의 가장 중요한 것으로 의미부여된다. 이국적으로 한껏 멋을 낸 신혼집에서 일마는 나아자의 피아노 연주를 듣는다. 이 순간 나아자는 "'가이 없는 푸른 하늘 - ' 행복도 무한하고, 불행도 무한한 - 무한한 인생같이도 가이 없는 창공"(346)을 바라보며 자기 몸이 푸르게 물드는 듯도 한 착각을 느끼며, 일마에게 키스를 한다. 그리고 서술자는 "창공의 선물로 그에 지남이 어디 있으랴"(347)라고 말한다. '가이 없는 창공=무한한 인생'이라고 할 때,[44] 창공이 주는 즉 인생이 주는 가장 큰 선물은 사랑이

43　나아자는 조선옷, 꽃신, 질그릇, 그림, 음악, 조선의 집, 조선어 등을 사랑하며, 그것을 열심히 배우고자 한다.

었던 것이다.

일마와의 관계에서 같은 실연의 상처를 받은 미려와 단영은 누구보다 가까운 친구가 된다. 이들은 결국 삶의 해결책으로 녹성음악원을 설립하기로 결정한다. 헤테로토피아는 두 가지 방식으로 이의제기를 수행하는데, 첫 번째는 "나머지 현실이 환상이라고 고발하는 환상"[45]을 만들어내는 것이고, 두 번째는 첫 번째와는 반대로 우리 사회가 무질서하고 정리되어 있지 않고 뒤죽박죽이라고 보일 만큼 "완벽하고 주도면밀하고 정돈된 또 다른 현실 공간"[46]을 실제로 만들어냄으로써이다. 『벽공무한』에서 하얼빈이 '나머지 현실이 환상이라고 고발하는 환상'으로서의 헤테로피아라면, 녹성음악원은 예술과 음악을 중시하는 작가의 사상이 완벽하게 현실화(질서화) 된 또 하나의 헤테로토피아라고 할 수 있다. 두 장소는 모두 현실에 실제로 존재한다는 점에서 상상의 장소와는 구별된다.

이곳에서는 학감보다 미용사를 먼저 둘 정도로 아름다움에 치중한다. "예술의 세계를 속세의 것과 혼동할 것은 조금두 없으니까"(323)라는 말처럼, 이곳은 일상세계와는 격리된 완전히 다른 세계라고 말할 수 있다. 원생 선발 시험의 표준은 학력보다도 용모에 있을 정도이다. 미려는 "아름다운 집 속에 학생까지 아름답다면 그야말로 지상의 천국을 이룰 것이 확실"(324)하다고 생각하는 것이다. 그야말로 아름다움에 대한 절대적인 강조를 하고 있는 것

---

44 방민호는 벽공무한이 "'부분'과 '구역'을 획정할 수 없는 무한의 영역을 표상한다. 그것은 이질적이고 비대칭적인 문화들, 개체들의 삶이 '양식'의 차이를 넘어서 하나로 '동화'될 미래적 '공간'을 표상"(방민호, 앞의 책, 201면)한다고 말한다. 윤대석은 경성 제국대학, 그리고 그것이 있는 조선은 '감벽(紺碧)'으로 표상되었고, 그 표상 속에는 자연으로 표상된 식민지를 정복하고 개척하려는 일본 식민자들의 심성이 표현되었고, 이효석의 '벽공무한'은 그러한 심성이 만주로 전이된 것이라고 주장하였다.

45 미셸 푸코, 이상길 역, 『헤테로토피아』, 문학과지성사, 2014, 24면.

46 위의 책, 24면.

인데, 이것이 문훈의 "누가 서양을 숭배하나 아름다운 것을 숭배하는 것이지. 아름다운 것은 태양과 같이 절대니까. 서양의 것이든 동양의 것이든 아름다운 것 앞에서는 사족을 못써두 좋구, 엎드려 백 배 천 배 해두 좋거든. 부끄러울 것두 없구, 추태두 아니야"(185)라는 생각에 이어지는 것임은 분명하다. 학생과 교수도 모두 미녀로만 가득한 이곳은, "생활과 예술의 합치"(325)가 이루어진 "조그만 이상국"(325)이다. 이곳의 시설 역시도 일상세계를 뛰어넘는 요소가 많다. 잔디는 영국종의 박래품이며, 온갖 나무에 덧붙여 체육실과 온실 거기에 수영장까지 갖추어져 있는 것이다.

녹성음악원 설립기성회 연회가 열리는 집의 다른 방에서는 일마 부부를 위한 회합이 이루어진다. 이로써 녹성음악원은 일마와 나아자의 사랑에 값하는 무게가 있음이 공간적 배치로서도 확연히 드러나고 있는 것이다. 결론적으로 이효석의『벽공무한』은 하얼빈이라는 헤테로토피아를 통해 어두운 조선이 새로운 현실로 나아갈 수 있는 푸른 공간을 만들어 냈다고 말할 수 있다.

5. 헤테로토피아의 현재적 의의

이 글은 이효석의『벽공무한』에서 하얼빈이 헤테로토피아로서 형상화된 방식을 구체적으로 살펴보고, 그것을 통해 이효석이 당대의 조선 사회에서 구현하고자 한 것이 무언인지에 대해 살펴보았다. 헤테로토피아의 핵심적인 특징은 혼종성과, 지배 질서에 대한 비판과 교란의 성질을 지닌다는 점이다. 2절에서는 여러 가지 문화와 삶의 논리가 공존하는 혼종성의 공간으로서 하얼빈이 존재하는 양상을, 3절에서는 당대 지배질서에 대한 문제제기를 하는 반공간으로서 하얼빈이 형상화된 방식을 살펴보았다. 4절에서는 헤테로토피아로서의 하얼빈이라는 공간을 통해 이효석이 당대 조선 사회에 건설하고자 한 삶의 지향점이 무엇인지를 검토해 보았다. 헤테로토피아의 핵심적인 특징은 혼종성과, 지배 질서에 대한 문제제기라고 정리할 수 있다.

『벽공무한』에서 '복잡한 구렁'으로 표현되는 하얼빈의 혼종성은 '제국의 이상이 실현되는 공간', '구라파의 흔적이 남겨진 공간', '범죄와 공포의 공간'이라는 세 가지 층위로 나누어 볼 수 있다. 하얼빈은 결코 하나의 의미로 환원될 수 없는 혼종적인 공간인 것이다. '제국의 이상이 실현되는 공간'은 천일마의 성공담을 통해 드러나고 있으며, '구라파의 흔적이 남겨진 공간'은 백계러시아인들을 통해 드러나고 있다. 마지막으로 '범죄와 공포의 공간'은 하얼빈에서 신문기자를 하는 벽수의 숙부 한운산을 통해 드러난다. '제국의 이상이 실현되는 공간'으로서의 하얼빈은 백계러시아인들과 마약을 파는 조선인, 그리고 만주의 깽단을 통해 여지없이 해체되고 있는 것이다.

다음으로 『벽공무한』의 하얼빈은 지배 질서에 대한 비판으로서의 의미를 지니고 있다. 본래 헤테로피아는 두 가지 방식으로 이의제기를 수행하는데, 첫 번째는 나머지 현실이 환상이라고 고발하는 환상을 만들어내는 것이고, 두 번째는 첫 번째와는 반대로 우리 사회가 무질서하고 정리되어 있지 않고 뒤죽박죽이라고 보일 만큼 완벽하고 주도면밀하고 정돈된 또 다른 현실 공간을 실제로 만들어냄으로써이다. 하얼빈은 이 중에서 첫 번째 방식으로 당대의 지배적인 질서에 문제를 제기한다. 『벽공무한』에서는 경성과의 대비를 통해 하얼빈의 문제제기적 성격이 보다 뚜렷하게 부각된다. 하얼빈의 반공간적 성격은 주로 사랑을 중심에 두고 발생한다. '나아자 - 일마'의 관계가 하얼빈의 공간성을 대표한다면, '일마 - 미려·단영'의 관계는 경성의 공간성을 대표한다. 『벽공무한』에 나타난 지리적 상상력을 요약하자면, 구라파는 도달할 수 없는 상상의 장소(utopia)이고, 하얼빈은 가짜 유럽이자 가짜 유토피아로서의 헤테로피아(heterotopia)이고, 조선은 가난과 제국의 힘이 절대적인 영향력을 발휘하는 일상세계라고 할 수 있다.

결국 『벽공무한』에서는 하얼빈의 체험을 통하여 '거대한 빈민굴'인 조선에 새로운 가능성을 담지한 헤테로피아를 창출하는 것으로 끝난다. 그것은 바로 일마와 나아자가 사랑으로 만들어나가는 사랑의 공간과 미려와 단영이 만들어 나가는 녹성음악원이다. 특히 녹성음악원은 '완벽하고 주도면밀하고 정돈된 또 다른 현실 공간'을 실제로 만들어냄으로써 현실세계에 문제제기를 하는 헤테로피아의 성격을 지닌다고 할 수 있다. 하얼빈과 녹성음악원은 모두 현실에 실제로 존재한다는 점에서 상상의 장소(Utopia)와는 구별된다. 이효석의 『벽공무한』은 하얼빈이라는 헤테로토피아를 통해 빈민굴이 되어 가는 조선의 현실에 새로운 창공을 만들어 낸 소설이라고 할 수 있다. 특히 일마와 나아자가 상대방의 문화와 정체성을 인정한 바탕 위에서 만들어 나가는, 사랑의 신혼집은 다문화 시대를 살아가는 우리에게 시사하는 바가 적지 않다고 여겨진다.

유토피아의 정치적 가능성

― 김사량의 『태백산맥』

1. 『태백산맥』 다시 읽기

김사량의 『태백산맥』(『국민문학』, 1943.2-4, 6-10)은 김사량이 10여 년의 일본 체류를 끝내고, 귀국하여 발표한 첫 번째 소설이다. 일제 말기의 어둠이 짙던 시기에 창작되었기 때문인지, 『태백산맥』에 대한 논의는 일제에 대한 대응이라는 측면에 초점이 맞추어져 왔다. 지금까지는 『태백산맥』이 친일과 거리가 먼 작품이라는 것에 의견일치를 이루고 있다. 이것은 『태백산맥』에 대한 최초의 언급이라 할 수 있는 임종국의 「金史良論」에서부터 찾아볼 수 있다. 임종국은 『태백산맥』의 "밑바닥에는 맥맥히 흐르는 민족의식과 향토에 대한 애착심"이 있으며, "설익은 시국적 설교도 없거니와 어릿광대 같은 일본정신의 선전도 보이지 않는"[1]다고 평가하였다.

2000년 무렵부터 본격적으로 발표되기 시작한 학술논문들도 『태백산맥』에 나타난 저항성과 민족성에 관심을 기울여왔다. 서은혜는 『태백산맥』이

---

1   임종국, 「金史良論」, 『친일문학론』, 평화출판사, 1966, 203면.

역사에 대한 절망적 인식도 드러내지만, "다루고 있는 시기가 구한말의 격동기로서 민족의 고난과 함께 그들이 잠재력을 발휘할 수 있는 시대설정이라는 점, 또한 주인공 윤천일의 꺾일 줄 모르는 의지와 그의 두 아들 일동과 월동의 나라를 위한 충정 등을 강조한 점에서 단순히 시국 영합적 작품이라든가 친일작품이라고 치부해 버리지 못하게 한다."[2]고 주장한다. 김학동은 김사량의 『태백산맥』이 "식민지로 전락한 암담한 조선의 현실을 기조로 하면서도 주체하기 어려운 조선민족으로서의 긍지와 민족독립에 대한 희망을 치밀한 계획 아래 그려낸 작품"[3]이면서, 동시에 조선적인 정서와 풍습을 풍부하게 담아내고 있다고 말한다. 김학동은 다른 글에서도 "김사량의 『태백산맥』은 엄습해 오는 민족의 앞날에 대한 절망을 부정하며 마지막까지 희망을 잃지 않으려는 작가의 몸부림"[4]을 보여준다고 주장한다. 이춘매는 『태백산맥』이 "화전민들의 실생활, 경제, 건강, 문명 상황 등을 리얼하게 보여주면서 이들의 정처 없는 삶을 조성한 진정한 원인이 어디에 있는가 제시하였으며 '새로운 신천지', '낙토' 등 일제가 사용하는 표현을 빌어 문제를 해결할 수 있는 근본적인 방도를 사고하고 고민했다."[5]고 고평하였다. 이자영은 "『태백산맥』은 어용잡지 『국민문학』에 실리기는 했으나 조국과 민중을 염려하는 작가의 민족의식이 흐르고 있"[6]는 작품이라고 주장하였다.

---

2 서은혜, 「김사량의 '民族我'에 관하여」, 『한림일본학연구』 4집, 1999, 101면.

3 김학동, 「김사량의 『태백산맥』과 민족독립의 꿈 ─ 조선민중의 혼을 담아내기 위한 글쓰기를 중심으로」, 『일본학보』 68집, 2006.8, 192면.

4 김학동, 「김사량, 김달수, 조정래의 『태백산맥』」, 『내일을 여는 역사』, 2008년 가을호, 198면.

5 이춘매, 「김사량의 소설에 반영된 일제 강점기 한민족의 삶과 이산」, 『한중인문학연구』 29집, 2010.4, 86면.

6 이자영, 「김사량의 『태백산맥』론 ─ 작가의 민족의식을 중심으로」, 『일본문화연구』 34집, 2010.4, 407면.

최근에는 저항성과 민족성 이외의 다른 측면에도 주목한 연구들이 발표되고 있다. 서영인은 표상불가능한 화전민의 형상에 주목하여, 일제에 대한 저항이라는 측면과 더불어 작가의 계몽의지에 대한 저항이라는 측면을 논의하였다. "김사량이 추구해 온 조선적인 것의 고유성, 특수성은 강압적 지배질서로 온전히 정복할 수 없고, 계몽적 의지와 투지로 쉽게 극복될 수 없는 식민주의의 현실을 단속적이고 부분적이기는 하지만 환기하고 있다."[7]는 것이다. 윤대석은 가라타니 고진의 '유동론'에 바탕하여, 『태백산맥』이 "쫓겨난 자, 떠도는 자의 유동성이 가진 가능성을 포착"[8]했다고 고평한다. 이희원은 김사량 소설 전반의 공간 형상화 전략을 논의한 글에서, 『태백산맥』의 공간 형상화 방식도 함께 논의하고 있다.[9]

이 글에서는 지금까지 김사량의 『태백산맥』을 이해하기 위해 사용된 저항성, 민족성, 소수자성, 유동성이라는 개념이 아닌 유토피아를 키워드로 삼아 『태백산맥』을 살펴보고자 한다. 유토피아를 중요하게 생각하는 이유는, 『태백산맥』의 기본 서사가 서울에서 커다란 정치적 실패를 맛본 윤천일 일가가 강원도 산골에서 화전민으로 살다가 새로운 이상향을 찾아 떠나는 이야기이기 때문이다. 그렇기에 『태백산맥』의 유토피아적 성격에 대한 탐구는 작품

---

7   서영인, 「김사량의 『태백산맥』과 조선적 고유성의 의미」, 『어문론총』, 62집, 2014, 504면.

8   윤대석, 「김사량 소설과 동아시아 민중 사상」, 『국제어문학회 사가 국제학술대회』, 2018, 79면.

9   이희원, 「일제 말기 김사량 소설의 공간 형상화 전략 연구」, 『한국민족문화』 77집, 2020, 211-223면. 이희원의 논의는 이 논문과 같이 『태백산맥』에 드러난 유토피아적 성격에 주목하였다. 이희원은 『태백산맥』에는 물신주의적 유토피아와 메타적 유토피아가 나타나는데, 이때 물신주의적 유토피아가 "제국 일본이 선전하던 이상향과 닮아있는 전체주의적 면모를 가지며 체제를 내면화한 마이너리티들이 현실에서 느끼는 깊은 절망을 반영"(위의 논문, 228면)한다면, "메타적 유토피아에 대한 상상력 속에는 절망적 현실을 성찰하고 넘어서고자 하는 의지가 작동"(위의 논문, 228면)한다고 주장한다.

의 본질적인 성격을 해명하는 것과 더불어 일제 말기 김사량의 작가정신을 구명하는데 기여할 것으로 판단된다.

본래 유토피아는 공간적 측면에서 '여기-이곳'과 지리적으로 단절되어 있는 곳을 가리키는데,[10] 『태백산맥』에 등장하는 낙토(樂土)는 이러한 특징에 그대로 부합한다. 김사량의 『태백산맥』에서 윤천일 부자가 애타게 찾는 낙토(樂土)는 얼핏 보면 유토피아가 아닌 낙원(paradise)으로 이해할 수도 있다. 그러나 낙원이 그 자체로 완벽한 곳인데 반해 유토피아는 불완전하며 인간의 노력이 필요한 곳이라는 점에서, 『태백산맥』에 등장하는 낙토는 낙원이 아니라 유토피아로 보는 것이 타당하다. 이한구는 "낙원에 관한 수많은 이야기들은 대체로, 사람들이 순박하여 다툼과 전쟁이 없이 평화로우며, 자연이 풍요로워 의식주 걱정이 없고, 무병장수하며, 성적 쾌락을 포함하여 온갖 즐거움을 누리는 내용들로 채워져 있다."[11]고 설명한다. 이에 비해 유토피아는 낙원과는 달리 인간들의 모든 욕망을 무한히 충족시킬 정도로 풍요롭지 않으며, 이상적인 세상은 인간의 손으로 만들어 가야 한다는 특징을 지닌 것으로 규정한다.[12] 이와 관련하여 일동과 월동이 발견한 '안주(安住)의 땅'은 기본적인 조건만 갖추어져 있다는 점에 주목할 필요가 있다. 천신만고 끝에 낙토를 발견한 일동은 그 곳을 아버지인 윤천일에게 "땅은 비옥하고 물도 있으며 숲은 있으나 경사는 완만하고 분지도 평탄"[13]하다고 소개할 뿐이다.

---

10 오봉희, 「유토피아 문학의 형성과 발전」, 『유토피아 문학』, 알렙, 2021, 22면. 티에리 파코는 유토피아가 "주변 세계와의 단절, 공간상의 이탈과 관련된다."(티에리 파코, 『유토피아』, 조성애 옮김, 동문선, 2002, 81면)고 주장하였다.

11 이한구, 「한국인의 유토피아」, 『유토피아 인문학』, 석탑출판, 2013, 182면.

12 위의 책, 185면.

13 김사량, 「태백산맥」, 『김사량, 작품과 연구4』, 김재용·곽형덕 편역, 역락, 2014, 185면. 앞으로 『태백산맥』을 인용할 경우, 본문 중에 이 책의 면수만 기록하기로 한다.

본래 유토피아를 바라보는 시각은 "유토피아주의가 사회의 진보를 앞당긴다는 것부터 끔찍한 폭력과 억압을 유발한다는 것까지 다양한 스펙트럼에 걸쳐 존재"[14]한다. 유토피아가 지닌 이러한 의미적 풍요로움은 기본적인 개념에서부터 비롯된다. '유토피아(utopia)'라는 단어는 '장소'를 의미하는 그리스어 토포스(topos)와, 양질을 뜻하는 접두사 eu와 부정을 나타내는 접두사 ou가 합성된 단어로서 이중적 의미를 지닌다. 이처럼 '유토피아'는 어떤 점에서는 '좋은 장소', '행복의 장소'를 뜻하는 동시에, '존재하지 않는 곳' '어디에도 없는 곳'을 의미하면서 실제 지리학적으로 존재하지 않는 장소라는 뜻을 담고 있다. 결국 살기에는 너무나 좋은 곳이지만 닿을 수 없는 곳이라는 의미를 지니고 있는 것이다.[15] 유토피아라는 말에 내재된 추상성과 이상성이라는 특성으로 인해, 인간은 다양한 욕망을 유토피아에 투사해왔다.

유토피아는 크게 두 가지 의미론적 축을 중심으로 설명할 수 있다. 프레드릭 제임슨은 유토피아 문학을 "'유토피아적 프로그램의 실현에 전념하는 것'과 '온갖 암시적 표현이나 습관 속에서 표면화하는, 애매하지만 편재하는 유토피아 충동'으로"[16] 나뉜다고 설명한 바 있다. 이때 전자는 유토피아에 대한 분명한 청사진과 프로그램을 가지고, 그것을 실현하기 위해 구체적인 실천을 요구하는 이상을 말한다. 이에 반해 후자는 막연하나마 '지금-여기'와는 다른 새로운 세상에 대한 충동과 지향으로서의 꿈을 의미한다.

첫 번째 입장은 유토피아가 가져올 수 있는 부정적인 측면과 관련된다. 유토피아적 프로그램의 실현에 몰두하는 것은 경직된 이상을 바탕으로 사람

---

14 이명호, 「저 멀리, 아직은 아닌 세계를 향해」, 『유토피아 문학』, 알렙, 2021, 7면.

15 티에리 파코, 앞의 책, 10면.

16 Fredric Jameson, *Archaeologies of the Future*, London : Verso, 2005, pp.18-19. 남상욱, 「'아름다운 마을'은 내 마음속에?」, 『유토피아 문학』, 알렙, 2021, 149면에서 재인용.

들의 자유를 억압하는 경향이 있기 때문이다. 이와 관련해 마리 루이즈 베르네리는 그동안 제시된 유토피아들이 대부분 권위주의적이고 독단적인 특성을 지녔으며, 개인의 존엄이나 개성을 억압하는 경우가 많았다고 주장한다.[17] 에밀 시오랑은 유토피아 체제들의 특징은 "'사회문제'를 단번에 해결하고자 하는 것"이라며, "그래서 최종적인 것에 대한 강박관념과 아울러 가능한 한 빨리, 가까운 장래에 천국을 건설하려는 조바심이 있다."[18]고 말한다. 결국 유토피아는 "경직과 침체를 피할 수 있는 개념으로 유용하지만 결코 실현될 수도 없고, 실현되어서도 안 되는 이상향이다."[19]라는 결론을 내리고 있다.

두 번째 입장은 유토피아를 기존 질서에 대한 비판과 새로운 현실에 대한 갈망을 드러내는 사상적 지향으로 바라보는 것이다. 유토피아론의 고전이라고 할 수 있는 『이데올로기와 유토피아』에서 칼 만하임은 기존 질서를 인정하고 재생산하는 방향으로 작용하는 사상은 이데올로기로, 기존 질서를 파괴하고 넘어서려는 사상은 유토피아로 규정하였다.[20] 티에리 파코는 유토피아가 정기적으로 나타난다면서, "유토피아는 사회 통념들을 부인하고, 확신들을 뒤흔들고, 삶에 대한 다른 개념을 제시하기 위해 나타난다."[21]고 말한다. 김미정 역시 이러한 맥락에서 유토피아가 기존 사회의 모순과 갈등을 극복한 이상적인 다른 세계를 보여줌으로써 사람들이 은연중에 당연하다고 여겨온 사회의 지배적 운영원리, 논리, 가치의 문제들을 부각시키고 현실 지배적 사회질서가 이데올로기적으로 구성된 것일 뿐 얼마든지 변화될 수 있음을 설파한다고 주장한다.[22]

---

17 마리 루이즈 베르네리, 『유토피아 편력』, 이주명 옮김, 필맥, 2019, 4-17면.
18 에밀 시오랑, 『역사와 유토피아』, 김정숙 옮김, 챕터하우스, 2022, 188면.
19 위의 책, 7면.
20 칼 만하임, 『이데올로기와 유토피아』, 임석진 옮김, 김영사, 2012, 235-412면.
21 티에리 파코, 앞의 책, 9면.

김사량의『태백산맥』에는 '프로그램화 된 이상으로서의 유토피아'와 '다른 세상에 대한 꿈으로서의 유토피아'가 모두 나타나며, 작가는 전자가 아닌 후자를 지향한다. 특히 유토피아적 프로그램에 집착하는 태도에 대한 비판은 화전민 마을까지 파고든 사교집단의 형상화를 통해 드러난다. 이와 달리 김사량이 지향하는 유토피아는 막연하지만 보편적인 이상향으로 존재하며, 이를 통해 기존 사회에 대한 비판의식을 드러낸다. 이를 보다 면밀히 살펴보기 위해, 2장에서는 평양 출신의 엘리트인 김사량과 강원도 화전민과의 인연에 대해 살펴보고, 3장에서는 급박한 유토피아 지향성이 갖는 문제점에 대한 작가의 인식을 사교 집단의 형상화를 통해 논의하고, 4장에서는 현실 비판의 보편적 대타항으로 존재하는 유토피아 지향에 대해 살펴보고자 한다. 마지막으로 5장에서는『태백산맥』의 유토피아에 나타난 탈식민적 성격에 대해 논의할 것이다.

2. 김사량과 강원도 산골, 그리고 화전민

김사량은 평양에서 태어나 성장하였으며, 이후 일본에서 작가로서 입신하였다. 이러한 이력을 고려할 때, 김사량과 강원도 산골은 거의 무관한 것으로 생각하기 쉽다. 그러나 강원도 산골은 김사량에게 적지 않은 의미를 지니는 공간이다. 김사량의 형인 김시명은 홍천 군수를 역임하였으며[23], 김사량은

---

22   김미정, 「'더불어 살아가는 세계'를 '함께' 만들기 위해」,『유토피아 문학』, 알렙, 2021, 211면.

23   김시명은 교토제국대학 법학부를 졸업, 고등문관 시험에서 사법과 행정 양과에 합격하고, 강원도 홍천 군수 및 평창 군수를 거쳐, 황해도청 농상부장 겸 도참여관을 역임하고 조선총독부의 마지막이자 조선인 최초의 전매국장이 되었다. 1934년에는 강원도 홍천군 지방관으로 임명되었다가 1935년 6월에 군수로 승진해 1935년 7월까지 홍천군수로 재직

학창 시절에도 자주 강원도의 화전민 지역을 취재하였다. 이와 관련하여 김사량은 산문 「마을의 작부들 — 화전 지대를 가다 3」(「村の酌婦たち — 火田地帶を行く(二)」(『文藝首都』, 1941.5))에서 "이 홍천읍은 좋든 궂든 내게는 인상 깊은 곳이다. 나는 이 읍에 네다섯 번 온 적이 있다. 가형(家兄)이 이곳에서 군수(長)로 이삼 년간 일했던 적이 있어서다."[24]라고 그 사정을 밝히기도 하였다. 「산곡의 수첩」(『동아일보』, 1935.4.21.-4.28)에는 방학을 맞아 조선에 돌아온 김사량이, 병환 중인 어머니를 만나는 대신 강원도로 향하는 내용이 나온다. "내마음의 煩悶과 괴로움을 장사지냄에 그淸楚와素樸을 感受케하는 곳 오직 江原道가 잇"[25]으며, "그곳에는親愛하는 家兄이 또 귀여운 어린족하애들이 나를 반길 것이며 사랑하는 동모 R도 잇어 내 옴을理解"[26]하여 준다는 것이다. "나를 가르키고 나를 꾸짖고 나를 붓도둡는 故國의 山谷땅에 찾어싸다니며 自然에서 동모와 사랑과 偉大한 敎師를 찾어 웃고 울고 하소할때 그割然한 心象이 필시 나를 모든 괴로움에서 건저주리라."[27]라고 말하는 대목에서는, 강원도의 자연을 거의 경배의 대상으로까지 여기는 듯한 모습을 발견할 수 있다.

이러한 매혹을 단순히 자연에 대한 애정으로만 설명할 수는 없다. 자연을 대상으로 한 「山寺吟」(『조선일보』, 1934.8.7.-8.11)에는 그러한 매혹이 드러나지 않기 때문이다.[28] 또한 「산곡의 수첩」에서 춘천의 "新開地的 魅力"[29]과 소양

하며 홍천농민훈련소 소장을 겸했다. 1937년에는 강원도 평창군 군수를 겸임했으며, 그는 행정관으로 상당한 능력을 보여주어, 1937년 11월에는 홍천군 두촌면의 주민들이 그를 위해 송덕비를 세운 사실이 신문에 실릴 정도였다고 한다. 그 후 김시명은 1940년 4월부터 9월까지 강릉군수를 지냈다. (김석희, 「김시명(金時明)의 생애와 "친일" — 식민지 관료소설로서의 『풀 속 깊이』를 출발점으로」, 『일어일문학연구』 75권 2호, 2010, 87-91면)

24 김사량, 「마을의 작부들 — 화전 지대를 간다 3」, 『김사량, 작품과 연구2』, 김재용·곽형덕 편역, 역락, 2009, 232면.
25 김사량, 「산곡의 수첩」, 『동아일보』, 1935.4.21.
26 김사량, 「산곡의 수첩」, 『동아일보』, 1935.4.21.
27 김사량, 「산곡의 수첩」, 『동아일보』, 1935.4.21.

강의 아름다움에 빠져 있던 김사량은 화전민들이 피워 올린 화연을 보고는 홍천에 가려던 예정을 변경하여 연기가 오르는 북방을 향해 떠난다. 이 대목은, 김사량에게 강원도가 중요한 이유가 바로 화전민에 있음을 알려준다.[30]

김사량 문학에서 강원도 산골과 그곳에 사는 화전민은 빼놓을 수 없을

---

28 화전민과 관련해서 가장 최근에 쓰인 글(「번역된 식민지 오지 기행—<풀숲 깊숙이> 창작과정 연구」,『김사량과 일제 말 식민지문학』(소명출판, 2017))에서, 곽형덕은 「산사음」을 「산곡의 수첩」과 함께 "김사량이 사가고등학교 재학 중에 강원도 일대를 기행하고서 쓴 것"(265)이라고 주장하고 있다. 나아가 "서두에 '이곳은 平壤서 四十里 平南線으로 둘째 번인 조고마한 村驛에서 下車하야 十里 안짝의 山이다.'라고 나와 있듯이 이 기행문은 강원도 대보산(大寶山)에 다녀온 후 쓴 것으로, 노승老僧에게 느낀 감상(비판)과 자연自然경관에 대한 감탄이 주를 이룬다."(266)고 밝히고 있다. 그러나 「산사음」에는 대보산이 강원도에 있는 산이 아니라 평양 근교에 있는 산이라는 근거가 나열하기 힘들만큼 많이 등장한다. 가장 대표적인 것만 든다면, "이山의東으로는, 溶溶한大同江을 새에두고 百里의平壤沃野가展開되다. 그리고그것은 彩色한地圖이다."(『조선일보』, 1934.8.10)라는 문장을 들 수 있다. 무엇보다도 곽형덕이 인용하고 있는, "이곳은 平壤서 四十里 平南線으로 둘째 번인 조고마한 村驛에서 下車하야 十里 안짝의 山이다,"(『조선일보』, 1934.8.7)라는 문장이야말로 대보산이 강원도에 위치한 산이 아니라 평양 근교의 산임을 입증한다. 평남선은 평양과 남포를 오가는 노선이며, 평남선의 역에서 내려 십리(약 3.9km) 안짝에 있는 산이 강원도에 위치할 수는 없기 때문이다.

29 김사량, 「산곡의 수첩」, 『동아일보』, 1935.4.23.

30 『태백산맥』과 더불어 화전민을 다룬 김사량의 대표적인 작품은 「풀숲 깊숙이」이다. 「풀숲 깊숙이」에 대한 연구사를 정리하면 다음과 같다. 김진구는 "코풀이 선생에게서 식민주의의 이데올로기와 조선인으로서의 본성 사이에서 어디에도 동일시할 수 없는 정체성 균열의 모습을 확인"할 수 있으며, "이것이 코풀이 선생을 관찰하고 있는 박인식에게도 전이되고 있다는 것을 논증"(김진구, 「김사량 소설의 인물의 정체성(identity) 문제」, 『시학과언어학』 8권, 2004, 274-275면)하고 있다. 윤대석은 「풀숲 깊숙이」를 분석하면서 김사량이 "모방을 직접 문제 삼으며 그러한 모방이 얼마나 뒤틀려서 나타나는가를 그려내"(윤대석, 「식민지인의 두 가지 모방 양식—식민주의를 넘어서는 두 가지 방식」, 『식민지 국민문학론』, 역락, 2006, 112면)며, "그러한 뒤틀림에 대한 표현은 그가 이중언어 상황 속에 놓여 있었기에 가능"(위의 논문, 112면)했다고 결론내린다. 서영인은 "「풀속 깊숙이」에서 화전민들은 '재현될 수 없는' 서발턴으로서 식민주의가 온전히 지배할 수 없는 '조선의 현실'을 표상했다."(서영인, 앞의 논문, 500면)고 보았다. 곽형덕은 「풀숲 깊숙이」를 중심으로 "조선어에서 일본어로의 개작 과정 및 기행문에서 소설 창작으로의 과정"(곽형덕, 앞의 책, 264면)을 실증적으로 살피고 있다.

만큼 중요한 위상을 차지한다. 화전민과 관련한 글로는 「산곡의 수첩」(동아일보, 1935.4.21.-28), 「풀숲 깊숙이」(『문예』, 1940.7), 「山家三時間, 深山紀行의 一節」(『삼천리』 제12권 제9호, 1940.10), 「火田民地帶を行く 1-3」(『文藝首都』, 1941.3-5), 『태백산맥』(『國民文學』, 1943.2-4, 6-10)이 있다. 이 글들은 크게 두 가지의 계열로 나눠 볼 수 있다. 먼저 「산곡의 수첩」(동아일보, 1935.4.21, 23, 24, 26-28)과 「풀숲 깊숙이」(『문예』, 1940.7)를 묶어서 살펴볼 수 있는데, 「풀숲 깊숙이」에는 「산곡의 수첩」에 등장하는 주요한 모티프나 서사 등이 그대로 드러나기 때문이다. 춘천에서 인제로 들어가는 승합자동차를 탔을 때, "道學者然한老人"을 만나는데 그 노인은 "물감이 고루 못든 회색 휘주근한 겹주의를 입고" 있으며, 김사량은 이것은 "필시色衣獎勵의 餘紋"[31]이라고 생각한다. 주지하다시피 「풀숲 깊숙이」에서는 색의 장려가 중요한 모티프로 활용되고 있다.

다음으로는 「山家三時間, 深山紀行의 一節」(『삼천리』 제12권 제9호, 1940.10), 「火田民地帶を行く 1-3」(『文藝首都』, 1941.3-5), 「태백산맥」(『國民文學』, 1943.2-4, 6-10)을 묶어서 얘기해 볼 수 있다. 1941년 2월 28일자 『매일신보』 기사에 따르면, 김사량은 1940년 8월경 '조영'(조선영화주식회사)의 촉탁을 받고 김승구와 함께 강원도 지역의 화전지대에 현지조사를 나갔는데, 이 현지조사와 관련해 서영인은 "'화전민'을 소재로 한 영화제작을 위한 것이었다."[32]고 설명한다. '조영'의 기획에 의한 화전민촌 취재 이후 김사량은 「산가 세 시간」(조선어)과 「火田民地帶を行く」(일본어)를 썼으며, 『태백산맥』은 이 취재와 직접 연관을 맺고 있다고 이해할 수 있다.[33] 「마을의 작부들 — 화전 지대를 가다 3」(「村の酌婦たち — 火田地帶を行く (二)(『文藝首都』, 1941.5))에서 김사량은 "화전민들의 생활이나

---

31   김사량, 「산곡의 수첩」, 『동아일보』, 1935.4.21.
32   서영인, 『식민주의와 타자성의 위치』, 소명출판, 2015, 161면.
33   위의 책, 162면.

또는 그것을 포함해 여러 가지 문제에 대해서는 이번 여행의 목적지인 당군 두촌면 가마 연봉 안의 산민을 실록 느낌이 나는 소설 형식으로 후일 풀어보 겠다."[34]라는 집필계획을 밝히고 있는데, 『태백산맥』이야말로 바로 이 계획 의 결과물인 것이다.

3. 사교(邪敎)를 통해 드러난 프로그램화 된 유토피아의 문제점

김사량의 『태백산맥』에서 화전민들을 가장 괴롭히는 존재는 사교 무리이 다. 사교의 문제는 강원도의 화전민을 그린 「풀숲 깊숙이」나 다른 산문에서 도 드러난 바이다. 동시에 유토피아라는 관점에서 볼 때, 사교 무리는 확고한 이상에 바탕한 프로그램화된 유토피아의 문제점을 드러내는 존재이기도 하 다.

『태백산맥』에서 이러한 사교의 문제점을 가장 선명하게 보여주는 인물은 성용삼이다. 성용삼 부부가 황해도에서 강원도 산속으로 흘러들어 온 것부터 가, 사교 무리가 "강원도 금강산 기슭으로 모여야만 생명과 재산을 보전할 수가 있다며 무지한 교도들을 태백산맥으로 몰아갔"(35-36)기 때문이다. 성용 삼 가족은 산속에서도 사교의 끊임없는 착취에 시달린다. 사교 패들은 성용 삼 처의 병을 고쳐주겠다며 성용삼의 집에서 온갖 기괴한 짓을 벌이지만, 성용삼의 처는 아무런 차도도 보이지 않는다. 배나무골로부터 칠십 리 떨어 진 포교당에서 나온 무리들이 가장 신경 쓰는 것은 성용삼의 딸 봉이를 데려 가는 것이다. 성용삼 부부는 사교패에 속아 외동딸 봉이를 교단에 바쳐서 도 "장생불사하면서 현세의 환락을 누려보려 눈이 어두워"(49) 있다. 나중에

---

34 김사량, 「마을의 작부들―화전 지대를 간다 3」, 『김사량, 작품과 연구 2』, 김재용·곽형덕 편역, 역락, 2009, 232면.

성용삼과 마대연은 종자로 남겨두었던 곡식까지 들고 분교소까지 사교 무리를 따라 간다.

이 사교는 이상향에 대한 분명한 청사진을 가지고 있다. 그것은 프로그램화 된 이상이라고 보아도 무리가 없을 정도이다. 교주가 지금의 왕조를 타도하고 등극하면, 이때 분교소의 상사는 자신이 소재하는 도의 통치자가 되는 것이다. 그렇게 되면 교도들은 관도(官途)에 나아가 영화를 누리는데, 입신출세의 정도는 평소에 바친 치성미(致誠米)의 양에 따라 결정된다. 이들은 "불가사의한 영력을 지닌 것의 존재"(163)를 숭배하며, "인생은 필경 이러한 정령, 즉 귀신들의 지배하에 있고 그 생활은 귀신에 의하여 좌우되는 것"(163)이라고 믿는다. 이 사교는 "고뇌와 공포, 원한과 빈궁 속에서 허덕이고 있던 우매한 민중"(164)들에게 다음과 같은 약속도 한다.

> 그것은 불가사의한 귀신을 제압함으로써 병고와 재앙을 물리치는 것이었고 영인(靈人)의 신통력으로 기적적인 생활이 전개되기를 바라는 것이었다. 그리고 대망의 새 땅이 출현하기라도 한다면, 지금까지 그들 민중에게 영원히 금단의 과실이었던 특권계급의 생활로 들어가게 되는 것이다. 그러려면 우선 관도에 들어 전개된 새 생활 속에서 영화를 누려야 한다. (165)

이처럼 사교 무리는 확고한 청사진을 제시하며, 이에 바탕해 자신들을 따르는 화전민들에게 끝없는 희생을 요구하는 것이다. 성용삼은 사교의 "누구보다도 충실한 교도"(165)여서, 자신의 외동딸인 분이도 분교소 상사에게 바쳐 영화를 누리려 한다. 그러나 모두로부터 외면받고 절망한 성용삼은 끝내 목을 매 자살함으로써, 사교 집단의 유토피아가 얼마나 허무맹랑하고 위험한 것인지를 선명하게 보여준다.

여기서 주의할 점은 이들 사교의 무리가 동학과 관련된 것으로 그려진다는 것이다. 배나무골의 성용삼 가족들을 괴롭히는 사교패들도 동학과 관련되어 있으며, 배나무골에 들어온 여섯 명도 "동학이라든가 하는 놈들"(76)과 그들을 진압하기 위해 읍에서 나온 "관적 놈들"(76)의 행패 때문인 것으로 묘사된다. 일동과 월동이 호랑이골에서 물리친 도적들 역시 "동학교도"(162)라는 것이 밝혀진다. 나중에는 배나무골을 괴롭히던 사교패와 호랑이골을 습격한 무리들이 같은 일당이라는 사실도 드러난다.

그러나 서술자는 직접적으로 등장하여 동학에 대한 설명을 덧붙이며, 이 설명을 통해 사교는 동학의 본령과는 무관한 무리들임이 밝혀진다. 서술자는 "서민들의 종교 사상으로 발흥한 것이 동학"(77)이며, 그 핵심사상을 다음과 같이 정리하고 있다.

> 사실 이 가르침은 무엇보다 먼저 천주(天主)의 조화(造化)를 존중하고 천도(天道)의 상법(常法)을 따르며 천명을 우러르고 천리에 합하여야만 한다고 말한다. 그리하여 당시 청운의 뜻을 이루지 못하여 불평 있는 자들과 고난과 학대에 처해 있던 민중들이 속속 그들의 산하로 모여들어 그 세가 점차 무시하지 못할 만큼 되었다. 세상을 구하고 백성을 평안케 하며 간사한 권력을 제거해야만 한다는 것이 그 정치사상이기도 했다. 하지만 또 무뢰배들은 이 종교를 악용하여 산간이나 벽촌으로 들어가 우매한 민중을 농락하고 너무나 무참하게 그 생활을 유린하였다. (78)

위의 인용문에는 '동학'과 "이 종교를 악용하여 산간이나 벽촌으로 들어가 우매한 민중을 농락하고 너무나 무참하게 그 생활을 유린"하는 "무뢰배들"(78)이 구분되어 있는 것이다. 이러한 '무뢰배들'은 뒤이어 "동학이라 칭하는 간악한 무리들"(78)로 불리기도 한다. 서술자의 이러한 직접적 개입을 통하여, 독자는 동학과 『태백산맥』에 등장하는 사교패를 분리하여 이해할 수밖에 없다.

4. 대타적으로 존재하는 유토피아 충동

1) 서울의 대타항

김사량의 『태백산맥』에서는 사교(邪敎)가 추구하는 유토피아와는 다른 차원의 유토피아 충동이 작품의 근본적인 서사를 이끌어간다. 유토피아 지향성이 작품의 서사를 이끌어 나가는 힘이 되고 있지만, 이때의 유토피아는 대개 부정적인 현실에 대해 대타적인 모습으로 드러난다. 『태백산맥』에서 가장 큰 부정의 대상이 되는 현실은 바로 서울로 대표되는 평지에서의 삶이다.

김사량의 『태백산맥』은 "지금부터 육십 년 전"(11)인 갑신정변(1884년) 무렵부터를 스토리 시간으로 삼고 있으며, 주요한 공간적 배경은 배나무골이다. 배나무골은 "태백산맥 속에서도 새조차 날아들지 않을 깊은 골짜기"(11)에 위치해 있다. 이 사람들은 "가렴주구의 압정에 시달리다 못해, 혹은 천재지변에 쫓겨 온 빈민들"(12)로서, 이들은 존재 자체로 서울에 대한 비판을 함축하고 있다.

윤천일은 서울을 떠나 강원도의 산골로 들어가며, 일동과 월동에게 "나는 저주받은 서울을 증오하고 원망"(22)하며, "그 옛날 은(銀) 안장을 얹은 백마의 젊은이들이 오가고 만 호(戶), 황금 지붕으로 늘어서 꿈처럼 아름답던 그곳에 지금은 악마들이 우글거리고 더러운 벌레들이 기어"(22) 다닐 뿐이라며, "더 이상 그 서울에 미련은 없다."(22)고 단호하게 말한다. 나아가 월동에게 "우리와 함께 피 같은 침을 서울을 향해 내뱉으렴. 영원히 버리는 거야."(23)라고 외치는데, 이것은 이들의 산골행이 무엇보다도 서울을 떠나는 것에 의미가 있음을 보여준다. 이처럼, 윤천일 부자는 "시대를 저주하고 세상을 증오하며 서울을 원망하다가 마침내는 자포자기한 반역의 무리, 화전민이 되어버린"(29) 것이다.

작품 후반부에 윤천일이 관아에서 나온 포졸들에 의해 죽게 되었을 때도, "서울에서의 갖가지 추억들"(181)을 떠올리는데, 그것들은 다음의 인용에서처럼 지극히 부정적이다.

> 그는 그때 처음으로 이 세상에 어떠한 부정과 불행들이 존재하는가를 확실히 눈앞에 보았던 것이다. 양반 생활의 추악함과 정치가의 부패, 밖으로부터 몰려오는 모욕……. 그러자 그의 마음이 갑작스레 경직되었다. 이렇게 나는 그 증오스런 서울 앞을 더러운 익사체가 되어 흘러가야만 하는 것일까?" (181)

이처럼 윤천일이 떠올리는 서울은 추악하고 더러운 곳이다. 그는 죽은 이후에도 "증오스런 서울 앞"을 흘러가야 하는 것을 걱정할 정도이다.

서울에 대한 강렬한 적개심은 다른 인물들도 공유하는 특징이다. 봉이의 오빠인 봉수는 백치(白癡)로서 서울에 가서 각설이 행세를 하며 먹고 살 생각을 한다. 그런 봉수조차도 "서울이란 건, 나는 잘 몰러두 음청난 곳이래여. 커단 가게들이 쭉 늘어져 있고, 그 앞을 그지 떼들이 줄줄이 걸어다니고 있다등만."(49)이라고 말한다. 봉수는 호랑이골에서 우연히 일동과 월동 형제를 만났을 때도, "이히히, 내가 서울을 몰른다구? 동대문이다가 종각이다가, 까치 걸은 양반들에다가, 거그다가 짱꼴라 병정으다가, 동냥아치들꺼정 우글우글허구 있지……."(157)라고 주절거린다. 낙토를 찾은 후에 길만은 월동에게 자신도 서울로 데려가 달라고 부탁하는데, 이때 길만은 "적이 어디 있는지는 모르지만 월동 씨를 따라가면 틀림없이 서울 어딘가에서 찾아낼 수 있겠지."(205)라고 말한다. 길만에게 서울은 적이 있는 곳에 불과한 것이다.

서울은 강원도 산골과 대비되는 세상 일반의 대명사라고 할 수 있다. 서울의 부정성은 일제의 영향력이 미치는 다른 곳으로 확장되기도 한다. 이러한 특징은 김사량의 다른 산문에서도 확인할 수 있다. 「산가 세시간 ─심산 기행의 일절」(『삼천리』, 1940.10)은 1940년 9월 1일 경성을 떠나 홍천군 두촌면(斗村面) 소재의 가마산 연봉에 점재(點在)하는 화전민 부락을 찾아가는 여정에서, 뜻하지 않은 자동차 사고로 산간의 한 집에 3시간가량 머물면서 겪은 일들을 기록한 산문이다. 이 산간 지역에 사는 사람들의 삶은 곤궁하기 이를 데 없다.[35]

이 산문에서 주목할 것은 차장 여아나 조수들이 산가 사람들에게 보이는 횡포에 가까운 행태이다. 이들은 산가 사람들에게 "자꾸 먹을 것을 내어 놓으

---

[35] 산간 사람들의 곤궁한 삶은 한글로 쓰인 「산가세시간」보다, 「산가세시간」을 일본어로 옮긴 「맨들레미 꽃 ─화전 지대를 간다 1」(「メンドレミの花─火田民帶を行く(一)」(『文藝首都』, 1941.3), 「부락민과 장작더미 성 ─화전 지대를 간다 2」(「部落民と薪の城─火田民帶を行く(二)」(『文藝首都』, 1941.4)에서 더욱 강조된다. 한가지 사례만 든다면, 산가의 주인이 직접 "저희들 따위는 정말 산에 사는 짐승과 같은 생활을 하는 것입죠. 조금도 인간이라는 생각이 스스로도 들지 않습니다요."(김사량, 「맨들레미 꽃」, 『김사량, 작품과 연구2』, 김재용·곽형덕 편역, 역락, 2009, 221면)라고 말하는 부분을 들 수 있다. 「마을의 작부들 ─화전 지대를 간다 3」에서는 홍천군이 강원도에서도 손가락에 꼽히는 괜찮은 도시이지만, "이 읍내에 한 채 밖에 없는 내지인 여관에서도 쌀밥을 내놓지 못한다"(김사량, 「마을의 작부들 ─화전 지대를 간다 3」, 『김사량, 작품과 연구2』, 김재용·곽형덕 편역, 역락, 2009, 231면)는 이야기를 하고 있다. 또한 이 삼년전보다 홍천군의 생활 수준이 더욱 열악해졌음을 밝히고 있다.

라 성화"[36]를 부리고, 이런 모습에 김사량은 "좀 정도가 지나쳤으며 또 그 무례함이 적잖게 비위를 거슬린다."[37]고 느낀다. 산가 사람들은 자신들의 장 작더미가 물에 떠밀려 내려갈지도 모르지만, 차를 정비하는 일에만 신경을 쓴다. 그 모습은 "부락민들은 겹석겹석 허리를 구부리며 치우래는 돌은 들어 옮기고 차체 아래에 기여 들어 가래면 시퍼렇게 겁을 집어 먹고도 두말없이 엎드려서 몸을 비틀어 넣는다."[38]고 묘사된다. 이러한 산가 사람들의 모습을 보며 김사량은 의분을 느끼고, "부락민에 대하여 죄스럽고 또 염치없는 생 각"[39]을 하기도 한다.

그렇다면, 도대체 왜 산가 사람들은 자신들과 직접적인 이해관계도 없는 자동차 정비에 동원되어 이토록 모욕을 당하며 고생을 해야만 하는 것일까? 차안의 한 사내가 펼치는 다음과 같은 "부락민 동정론"[40]은, 산사 사람들이 당하는 횡포가 사회적이며 구조적인 문제임을 드러낸다.

부락민들이 오다가다 할 수 없어 좀 타고 가려고 손을 들어도 대체는 민원이라고 눈도 거들떠보지 않고 그냥 내 달리는 금새에 이런 일이 생기 면 모두 부락민을 징집하여 죽도록 일만 시키고 막걸리 한 잔을 사주질 않는다는 것이다. 나도 그 말에는 정말로 그렇다면 경춘(京春) 철도 당국 은 너무 옹색하고 못쓰겠다고 속 깊이 나무랐다. 그리고 조수들의 태도이 며 부락민들의 일들을 생각하며 가히 벌 받을 일이라고까지 의분을 느꼈 다.[41]

---

36 김사량, 「산가 세시간 — 심산 기행의 일절」, 『김사량, 작품과 연구 2』, 김재용·곽형덕 편역, 역락, 2009, 204면.
37 위의 글, 204면.
38 위의 글, 206면.
39 위의 글, 207면.
40 위의 글, 207면.

김사량이 '의분'을 느낄 정도로 조수들이 산가 사람들을 함부로 대하는 이유의 근원에는 '경춘 철도 당국'이 있는 것이다. 산문의 마지막 부분에서도 다시 한번 "경춘 철도는 부락민의 수고에 대하여 또 복숭아 값에 대하여도 책임을 져야 할까 한다."(208)라고 하여, 당국의 책임을 분명하게 밝히고 있다. 경춘 철도가 이러한 횡포를 부릴 수 있는 것은 산가 사람들이 산농 지도구에 편입된 화전민들이기 때문이다.[42] 이들은 한때 평지의 질서에서 벗어나 화전민으로 살았지만, 다시 제국의 질서 속에 편입되면서 그러한 수모를 받게 된 것이다. 이처럼 김사량의 『태백산맥』에서 추구하는 유토피아는 우선적으로 서울로 대표되는 평지(제국)의 질서와는 대타적인 관계 속에서 존재한다.

그러나 강원도 산골 이외의 모든 것이 부정적인 것은 아니다. 향수 (nostalgia)에 의해 형상화되는 과거의 고향은 이상적인 모습으로 반복해 등장한다. 낙토를 찾아 떠난 자식들은 돌아오지 않고, 배나무골의 화전민들은 속속 마을을 떠나는 곤란한 상황에서 윤천일은 향수에 빠진다. 이때 그의

---

41 위의 글, 207면. 「부락민과 장작더미 성」에는 산가 사람들의 고통이 다음처럼 더욱 강렬하게 묘사된다. "부락민들이 산길을 왕래하는 가운데 혹은 해도 기울어졌거나 지쳐서 발이 움직이지 않을 때 등 피눈물과 같은 돈이지만, 하는 수 없이 태워달라고 손을 들어도, 변변히 돌아보지도 않고 자리가 만원이라고 그대로 지나쳐 버리면서도, 일단 이런 일이 일어나면 여기저기서 불려나와 소나 말처럼 부림을 당한 끝에, 막걸리를 마실 돈 한 푼조차 주지 않는다고 했다. (중략) '짓사이 히도이 테스카라네. 모모하나시니 나라나 이 테스요'하고, 사내는 눈을 희번덕거리면서 점점 더 양분(昂奮)한 표정으로 외쳤다."(김사량, 「부락민과 장작더미 성 ─ 화전 지대를 간다 2」, 『김사량, 작품과 연구2』, 김재용·곽형덕 편역, 역락, 2009, 228-229면)

42 진성화는 "「산곡의 수첩」에 이어 김사량의 「山家三時間, 深山紀行의 一節」(『삼천리』 제12권 제9호, 1940.10)과 그 일본어판으로 보이는 1941년의 「火田民地帶を行く 1-3」(『文藝首都』, 1941.3-5)에 등장하는 '산민 혹은 부락민'은 산농 지도구에 편입된 화전민을 가리킨다. 제국의 가시적인 영역에 편입되어 '지도' 받는 화전민들의 삶은 유동하며 살아가던 예전 화전민 시절보다 전혀 나아보이지 않는다." (진성화, 「김사량 '화전민' 서사 연구」, 『문창어문논집』 58권, 2021, 95면)고 주장하고 있다.

고향 마을은 다음과 같이 낭만적으로 그려진다.

> 끝없는 강의 흐름은 그의 마음을 고향으로 싣고 가는 것이다. 한강을
> 거슬러 백오십 리, 경성에서도 그다지 멀지 않고 물길을 끼고 있는 복숭
> 아밭 사이로 보일 듯 말 듯 숨어 있는 아름답고 조그마한 마을, 그렇다.
> 지금쯤은 연분홍색 꽃봉오리들이 한참 부풀어 있을 것이다. 그 봉오리들
> 로 싸인 꽃밭에서 그리운 농부들과 어린 동무들에 아주머니들, 그리고
> 아름다운 이웃 아가씨들의 얼굴 몇이 나타났다가는 사라지고, 사라졌다
> 가는 나타나곤 했다. 그 꽃밭에서 작은 아가씨들은 풀꽃을 따서 인형을
> 만들곤 했다. 그리고 서로의 풀인형을 손에 들고 강강수월래를 하며 흥겨
> 워했다. 석양 무렵이면 그도 역시 마치 왕자라도 된 듯이 소의 등을 타고
> 버들피리를 불어가며 꽃밭 사이를 빠져나와 강둑으로 나가곤 했다. 그러
> 고 보니 죽은 마누라가 아직 정말 앳된 아가씨였을 때 얼핏 한눈에 보고
> 반했던 일도 먼 전설처럼 떠올랐다. (94-95)

그러나 이토록 행복한 삶도 "서울로 올라가 군인이 되고 성문 옆에 조그만
오두막집을 마련하고부터는"(96) 완전히 사라지고, 대신 날마다 "아내를 괴롭
히고 슬프게 하고 놀라게만"(96) 할 뿐이다. 작품 후반부에 윤천일이 관아에
서 나온 포졸들에 의해 죽게 되었을 때도, 윤천일은 "그리운 고향 땅"(180)을
떠올린다. 이 순간 "그리운 고향의 아리랑"(182)이 들려오는 것을 듣는다.[43]

배나무골에 사는 "아가씨 대여섯 명"(97)도 향수에 빠져 있다. "이 깊은
산속으로 끌려와서 참담한 생활을 강요당하다 보니 그녀들의 추억이나 수다
스러움은 언제나 까마득한 옛 기억을 더듬어 고향과 이어져"(98) 있으며, "저

---

43 그 구체적인 가사는 다음과 같다. "나냐 너냐 누가 더 잘났냐/이러쿵저러쿵할 것 없이
    돈이 더 잘난 거지/아리랑 아리랑 아라리요/아리랑고개로 넘어간다"(182)

마다 고향은 다르고 추억도 제각각이지만 꿈이 옛날로 돌아간다는 점에서는 다들 마찬가지"(98)인 것이다.[44] 이때의 고향은 향수라는 프리즘을 통해 바라본 것으로서, 낭만화되고 이상화된 모습이다. 향수가 '지금-이곳'에 대한 당혹감에서 비롯된 정념이며 부재하는 빈자리를 채우는 이상화되고 낭만화된 환상이라는 점을 고려한다면[45], 배나무골 화전민들의 비참한 현재의 삶이 이상화되고 낭만화된 환상인 '과거의 고향'을 불러왔다고 할 수 있다.

2) 화전(민)의 대타항

앞에서 살펴보았듯이, 『태백산맥』은 서울로 대표되는 평지의 삶에 대한 강렬한 부정의식을 드러낸다. 또한 윤천일과 화전민들이 끝내 지향하는 낙토역시 태백산맥에 있다는 점에서 화전민의 삶을 지향하는 것처럼 보이기도한다. 이에 착안하여 깊이 있는 논의가 펼쳐지기도 하였다.

윤대석은 『태백산맥』의 화전민이 보여주는 삶의 방식을 현실에 대한 대안이자 전망으로 높게 평가한다. 가라타니 고진의 '유동론'에 바탕하여, 『태백산맥』이 "쫓겨난 자, 떠도는 자의 유동성이 가진 가능성을 포착"[46]했다는

---

44 그녀들이 느끼는 향수는 다음과 같이 묘사된다. "어렸을 적에는 그나마 샛노란 저고리에 연분홍 치마 정도는 입고 빨간 댕기를 휘날리며 그네를 타던 아름다운 추억이 있었다. 설날의 즐거운 모임에서는 삐걱삐걱하며 널뛰기에 흥이 났고, 달 밝은 여름밤이면 시냇가 버드나무 그늘에서 친구들과 몸을 씻으며 장난을 치고, 귀뚜라미 울어대는 겨울밤이면 등잔불 아래 앉아 옛이야기를 나누며 베갯잎에 수를 놓느라 밤이 깊은 줄도 몰랐다."(98)

45 노스탤지어는 존재론적 부리 뽑힘 혹은 삶의 근본적 토대의 상실과 연관되어 있다. 집합적 미래의 전망과 그 미래의 전망이 제공하는 정체성이 위기에 빠졌을 때 행위자는 노스탤지어를 통해 과거 속에서 새로운 정체성의 자원을 길어온다. 즉 노스탤지어가 과거를 회고하도록 하는 것은 궁극적으로 현재의 위기이다.(F·ed Davis, *Yearning for Yesterday, A Sociology of Nostalgia*, New York : Free Press, 1979, pp.34-35. 김홍중, 「골목길 풍경과 노스탤지어」, 『경제와사회』 77호, 2008.3, 159면에서 재인용)

것이다. 즉 "그동안 부정성을 통해서만 암시된 삶의 가능성이, 조에가 아니라 비오스로서의 삶의 가능성으로서 제시"[47]된다고까지 적극적인 평가를 하는 것이다. 김사량이 『태백산맥』에서 그리고 있는 산민들의 교환양식은 증여와 답례에 바탕한 교환양식A에 해당하며, 그것은 "『태백산맥』에서 배제되고 있는 교환양식에 대한 서술에서도 알 수 있다."[48]고 말한다. 진싱화는 윤대석의 문제의식을 「풀숲 깊숙이」에까지 확대하고 있다. "「풀숲 깊숙이」는 '지금-여기'의 식민지 현실에 대한 비판과 철저한 부정의 단계"[49]로 볼 수 있으며, "이때 화전민은 피착취자/피억압자로서의 수동적인 민중이 아니라 살아남기 위해서 끊임없이 불을 지르고 유동하며 자기들의 새로운 생활을 개척해나가는 모습으로, 체제 전복적이고 혁명적인 세력으로 재현되지는 않았지만 그것은 식민지 지배 통치를 교란시키는 민중의 이미지였다."[50]고 결론 내리는 것이다.

그러나 화전민에 대한 김사량의 입장이 보다 직접적으로 드러난 산문이나 『태백산맥』을 꼼꼼히 살펴보면, '화전민이 보여주는 삶의 방식을 현실에 대한 대안이자 전망'으로 평가하기는 여간 어려운 것이 아니다. 처음으로 강원

46 윤대석, 「김사량 소설과 동아시아 민중 사상」, 『국제어문학회 사가 국제학술대회』, 2018, 79면.
47 위의 논문, 80면.
48 위의 논문, 82면. 윤대석은 이전부터 화전민의 삶에서 많은 가능성을 주장해왔다. "제목인 '풀속깊이'는 '숲속 깊이' 혹은 '숲이 무성한 곳' 등 여러 가지로 번역할 수 있지만, 결국 화전민의 삶터를 지칭한다는 것이다. 이 풀 속 깊은 곳에서는 모든 것(식민지 정책도 포함하여)을 다 태워버리고도 남을 약동하는 화전민 문화가 존재하고 있지만, 화전민 편에서도, 박인식 편에서도 서로에 대한 두려움을 가지고 있다."(윤대석, 「식민지인의 두 가지 모방 양식 — 식민주의를 넘어서는 두 가지 방식」, 『식민지 국민문학론』, 역락, 2006, 111면)고 주장한다.
49 진싱화, 앞의 논문, 112면.
50 위의 논문, 112면.

도의 화전민을 다루고 있는 「산곡의 수첩」은 강원도의 자연에 대한 감탄과 그것에 대비되는 화전민의 비참한 삶에 대한 서술로 이루어져 있다. 이 중에서도 많은 부분을 차지하는 것은 화전민의 비참한 생활에 대해서이며, "火田 틈서리에는 짐승처럼 사람의그림자가 기고도잇다."[51]는 문장이나 "새둥지같은 火田民의집"[52]이라는 표현에서 알 수 있듯이, 화전민은 인간보다 차라리 짐승에 가까운 모습으로 묘사된다.[53] 김사량이 화전민과 직접적으로 만나는 것은 "北漢江의 上流國有林地帶"[54]에서인데, 김사량은 "덩이저 문허저가는 담벽에는 「박」이 두서넛과 怪異한 「부작」이 붙어"[55]있는 집에서 육십 세가량의 노인을 만나 많은 대화를 나눈다.

이 노인의 삶은 그야말로 유동성 그 자체의 구현이라고 해도 모자라지 않는다. 그는 원래 평남 성천에 살다가 10년 전 아들 부부와 손녀 하나를 데리고 춘천군 샘밭으로 이주한다. 약간의 자농과 소작을 하던 노인은 흉년을 만나자 다시 깊은 산골로 떠나 춘천군 북산면에서 화전을 시작한다. 이후 그곳의 산이 국유로부터 기업가의 손에 불하되어 3분의 1을 도조(賭租)로 수납하라는 명령이 내려오자 4년전에 생로를 찾아 헤매이다 양구군의 산협으로 가고, 그 이듬해에 여름 사태로 집과 손자를 잃어버리자 더 깊이 산속으로 들어온 것이다. 이러한 노인의 삶에 구현된 유동성에는 긍정적 자발성이 조금도 드러나지 않으며, 오직 수동적인 도피의 과정만이 적나라하게 드러날 뿐이다. 이는 김사량이 노인의 이야기를 들으며, "奧地에 그들은 마치 治蕃策

---

51   김사량, 「산곡의 수첩」, 『동아일보』, 1935.4.23.
52   김사량, 「산곡의 수첩」, 『동아일보』, 1935.4.26.
53   「산곡의 수첩」에는 화전민과 더불어 숯산판에서 일하는 사람들의 비참한 삶에 대한 묘사
       도 등장한다.
54   김사량, 「산곡의 수첩」, 『동아일보』, 1935.4.26.
55   김사량, 「산곡의 수첩」, 『동아일보』, 1935.4.26.

에 걸리운 蠻族처럼쫒겨들어갓다."[56]고 생각하는 것에서도 확인할 수 있다. 이곳에 도착해서도 노인의 비극은 끝나지 않아 작년에 냉수해가 침범하여 양식을 모두 빼앗기자, 아들 부부는 자식을 남기고 종적을 감추어 버린다. 계속된 유동의 끝에 이들이 맞닥뜨린 결과는, "죄다 떠나씁디유. 모두가못살게되여버렷세유."[57]라는 노인의 말에 간명하게 압축되어 있다.

화전민과의 심도 있는 만남 이후, 김사량은 이 산문의 처음에 보여준 희망이나 기대와는 완전히 다른 낙담의 모습을 보여준다. "하로밤을 깊도록그들과이야기 한나는 여러가지感念과鬱血에 燃燒되어 마치 마치로머리를 얻어맞은것같이 허방지방山脊의險路를 다시 나려오는것이엿다."[58]고 서술되는 것이다. 나아가 "이곳서는 生命이 굶어죽거니, 시달려죽거니"라거나 "이곳서는 百姓이 離散하야 거지되나니"[59]라고 한탄한다. 특히 '백성이 이산하야 거지되나니'라는 표현에는 화전민들의 유동성이 지닌 비극에 대한 김사량의 비판적 인식이 잘 드러나 있다.

나아가 김사량은 화전의 유동성이 지닌 근원적인 한계에 대한 예민한 문제의식을 보여준다. 그는 화전민에 의해 자연이 파괴되는 것에 매우 비판적이다. "「노루웨이」의 어떤詩人이 읊은모양으로 이곳山은「祈禱」하지안코 呻吟하고 잇는곳이다. 赤松이듬듬이 보일뿐 그것의 얼골은 측덤풀에 엉키우고 섭나무에 이리째우고 부대(火田)에저리 갈키우고 잇다."[60]고 생각하는데, 여기에는 화전에 의해 자연이 파괴되는 것에 대한 비판적 인식이 선명하게 드러나 있다.

---

56   김사량, 「산곡의 수첩」, 『동아일보』, 1935.4.27.
57   김사량, 「산곡의 수첩」, 『동아일보』, 1935.4.27.
58   김사량, 「산곡의 수첩」, 『동아일보』, 1935.4.28.
59   김사량, 「산곡의 수첩」, 『동아일보』, 1935.4.28.
60   김사량, 「산곡의 수첩」, 『동아일보』, 1935.4.23.

화전(민)에 대한 비판적 인식은 「풀숲 깊숙이」에서도 거의 그대로 반복된
다. 「풀숲 깊숙이」에서 박인식이 화전민을 만나려 하는 이유는, "그가 이
산읍에 들어온 것은, 각 산마다 깊숙한 곳에 살고 있는 화전민(火田民)들의
질병을 조사하기 위해, 목적지인 양부산(兩斧山)에 가는 길에 들른 것일 따
름"[61]이다. 박인식은 "몽땅 태워버린 험준한 산언저리에 화전민의 간이 움집
을 바라봤을 때, 자신의 가슴에서 붉은 피가 그곳에 튄 것 같은 고통마저
느껴졌다. 이 뭐라 해야 할 비참한 고향의 모습이란 말인가."(78)라고 한탄할
정도이다. 이처럼 화전민은 하나의 대안이라기보다는 '비참한 고향의 모습'
에 해당할 뿐이다. 또한 H군 경계에 들어서서 발견한 화전민의 모습은 다음
과 같이 비참하게 묘사된다.

> 심산 속으로 깊이깊이 들어가니, 바람은 자고 햇빛은 또한 희미해져갔
> 다. 게다가 산들이 황폐해짐도 갈수록 심각해 만신창이라고 해도 좋을
> 벌거숭이가 되어 있었고, 버려진 화전이 고약을 붙인 상처처럼 군데군데
> 검게 그을린 채로 착 달라붙어 있었다. 협곡을 사이에 둔 맞은편 낭떠러
> 지 산 위에는 누가 살고 있는 것인지, 노란 귀리밭 물결이 바람에 나부끼
> 고, 한 쪽으로는 간이 움집이 죽은 새처럼 걸려있었다. (89)

김사량의 『태백산맥』에서 배나무골 사람들은 화전민들로서, 그들의 삶
자체가 이미 유동성에 바탕한 것으로 그려져 있다. 그들은 "정찰할 줄을 모르
고 산속으로, 산속으로 계속 옮겨 다니"(12)는 사람들인 것이다. 주목할 것은,
"산속으로 숨어들어 와 일단 화전민이 되어 버리고 나면 유랑과 방화모경(放

---

61   김사량, 「풀숲 깊숙이」, 『김사량, 작품과 연구2』, 김재용·곽형덕 편역, 역락, 2009, 69면.
      앞으로 「풀숲 깊숙이」를 인용할 경우, 본문 중에 이 책의 면수만 기록하기로 한다.

火冒耕), 그것이 어쩔 수 없는 그들의 숙명"(12)이다는 말에서 알 수 있듯이, 화전민에게는 '유랑'과 '방화모경'이 숙명처럼 얽혀 있다는 점이다. 서술자는 '유랑'과 '방화모경'을 숙명으로 하는 이들의 삶에 대해 지극히 부정적인데, 이것은 "애당초 농민이라는 것이 경작을 통해 자연의 은총 속에서 생계를 꾸려가는 것이라고 한다면 그들은 농민은커녕, 그야말로 하늘에 대고 활을 쏘고 땅에 칼을 꽂는 반역의 무리"(13)로 화전민들을 규정하는 것에서 분명하게 드러난다.

'유랑'과 '방화모경'을 핵심으로 하는 화전민들의 삶에 대해 윤천일 부자는 지극히 부정적이다. "산과 숲에 불을 놓아 강토를 짓밟음으로써 자신의 불만과 저주를 풀어내 보았자 그것이 결코 자기들의 삶에 도움이 되지 않"(29)으며, 썩은 감자조차 동이 나면 초근목피 생활을 하다가 각종 병에 걸리고, "자연의 폭력으로 논밭과 집들이 휩쓸려 떠내려가고 맹수들의 습격에 떨어야"(30) 하는 삶이라고 냉정하게 규정하는 것이다. 심지어 "지고지상의 산신령"(33)까지 등장케 하여, 화전민으로서의 삶의 방식을 비판한다. 산신령은 큰 물난리가 나는 이유가 "신령한 산을 더럽히는 자들에 대한 나의 징벌"(33) 때문이라고 말한다. 물난리는 화전민들이 "닥치는 대로 산에 불을 지르고 숲을 태워 버린 것에 대한 산신들의 분노 때문"(33)인 것이다.

윤천일이 두 아들로 하여금 낙토를 찾게 한 것도, 화전민들로 하여금 화전민의 삶 즉 '유랑'과 '방화모경'을 핵심으로 하는 삶을 그만두게 하기 위해서이다. 홍수의 비극이 "산사람들이 불을 질러 산들을 벌거숭이로 만든 것에 기인"(34)한다는 것을 깨달은 윤천일은 "안주할 땅"(34) 계시해 달라고 산신에게 기도를 올린다. 윤천일 부자가 그토록 애타게 찾는 것은, 기본적으로 '유랑'이 아닌 "안주의 땅"(38)인 것이다. '안주의 땅'이라는 말은 이후에도 반복해 등장한다.

일동과 월동이 '안주의 땅'을 찾아 떠난 이후로, 윤천일이 배나무골에 남아 주로 하는 일은 "가야지, 가야 된당께."(61)라고 말하는 배천석처럼 어디론가 떠나려는 화전민들을 붙들어 놓는 일이다. 추상원 노인 역시 "가야지, 어디든지 가야 혀."(66)라고 말하는데, 그는 "나는 몸이 움직이는 한, 돌아다니면서 불을 놓을 것이고, 마지막이 오면 그 불 속에 뛰어들어 죽어불믄 그만이여."(86)라고 덧붙인다. 이것은 유랑(유동성)이야말로 화전민들에게 체화된 삶의 본능이며, 윤천일은 이러한 유랑(유동성)을 추구하는 것이 아니라 어떻게든 극복하고자 하는 인물임을 보여준다.

"배나무골의 화전민 가운데 가장 긴 역사를 지닌 사람"(86)인 득보 노인의 삶은 그 자체가 유랑에 해당한다. 득보 노인은 본래 평안도의 어느 산마을에서 유복하게 살았는데, 외아들이 관기를 빼돌려 도망치다가 잡히면서부터 득보 노인의 "떠돌이 삶"(87)은 시작된다. 득보 노인은 "화전민 속으로 몸을 던진 이래, 유랑에서 유랑으로 이어지는 불행한 생활"(88)을 해오고 있는 것이다. 그 삶은 "길을 떠난다! 떠돌아다닌다! 이것이 그의 원수 같은 운명이 강요하는 유일한 삶의 방법이었던 것"(88)으로 이야기된다. 그렇기에 천일은 "득보 노인 가족을 다시 한번 행복하게 하기 위해서라도 낙토(안주의 땅)를 "반드시 찾아내야만 한다고 생각"(86)한다.

『태백산맥』은 화전민인 배나무골과 호랑이골 사람들 188명이 낙토로 이주하는 것으로 끝난다. 이 행렬에는 그동안 사교에 빠져 있었던 허 서방은 물론이고, 봉이 엄마도 들것에 실려 동참한다. '안주의 땅'에 도착한 이후, 윤천일은 유언과도 같은 축문을 신에게 올린다. 이때 축문은 "이미 이 백성은 화전민이 아니니 그대를 모독할 일은 없을 것이다."(215)라는 문장으로 끝나는데, 여기에서도 화전이 지닌 유동성에 대한 작가의 비판의식을 다시 한번 확인할 수 있다.

3) 월동의 대타항

김사량의 『태백산맥』에서 주요한 갈등은 '윤천일,일동 對 '월동' 사이에서도 이루어진다. 일동과 월동은 아버지 윤천일의 명을 받아 낙토를 찾아 헤매며 끝내는 그곳을 찾아내 배나무골로 돌아오지만, 그 속마음은 전혀 다르다. 일동은 아버지 윤천일의 꿈을 그대로 이어받아 서울과는 절연된 산 속의 이상적인 세계를 지향하지만, 월동은 마음속으로 서울에서의 현실적인 개혁을 꿈꾼다. 일동은 윤천일과 같은 유토피아에의 꿈을 지니고 있으며, 현실에 대한 근본적이고 총체적인 부정을 하고 있는 것이다. 이와 달리 월동은 현실에 대한 이상을 버리지 못하고 있으며, 낙토를 찾는 과정에서도 "낙토 같은 것이 있을 리가 없어……."(121)라며 냉소적인 태도를 보이기도 한다. 7장의 전반부에서는 상당히 긴 분량으로 일동과 월동의 입장 차이에 따른 대화가 오고 간다.

월동은 산골에 살면서 낙토를 찾는 것에 대해 "비겁하게 어리석은 나그넷길을 떠난"(123) 것이라 생각하고, 그런 자신을 "배신자, 겁쟁이"(123)라고까지 여긴다. 이에 반해 일동은 "현실은 지금 어쩔 수 없는 곳까지 가 버렸고 역사는 붕괴하기 시작"(125)했으며, 현실을 변화시키려는 우리의 힘은 "당랑지부 (螳螂之斧)에 불과한 거"(125)라고 생각한다. 대지에 나가 일을 도모하는 것은 "괜스레 무뢰한들이 도당을 만들어 치안을 어지럽히고 하층의 동포들을 못살게 구는"(127) 것에 불과하다는 입장인 것이다. 이후에도 둘의 대화는 길게 이어지며, 결국 월동은 "형님, 나도 형의 심정을 이해할 수 있어요. 형의 비원이 달성되기를 진심으로 빌게요."(131)라고 말한다. 그러나 곧이어 "하지만 나에게는 또 나의 길이 있어."(131)라며, 혼자 중얼거린다.

그런데 여기서 주목할 것은 월동이 도모하는 현실개혁의 핵심에는 김옥균

(金玉均, 1851-1894)이 존재한다는 점이다. 본래 윤천일은 "일본의 입헌군주제와 같은 형태의 근대국가를 꿈꾸던 김옥균 일파에 가담하여 맹렬한 활약"[62]을 보여주었던 인물이다. 그러나 갑신정변이 실패하는 바람에 현실에 크게 환멸을 느껴 강원도 산골로 향하게 된 것이다. 그런데 월동은 김옥균에 대한 희망을 버리지 않고 있으며, 그를 지도자로 삼아 현실 개혁에 나아가려는 이상을 여전히 견지하고 있다.

작품의 마지막에 배나무골 사람들이 낙토로 향할 때, 월동은 매우 우울한 모습을 보여준다. 봉이는 재회한 월동에게서, "이전의 모습과는 확연히 달라진 연인을 발견"(202)하며, 월동이 "무언가에 쫓기듯이 또는 무언가와 격렬한 사투라도 벌이듯이 안절부절못하고 있었다."(202)고 생각한다. 이러한 월동의 모습은 "이번 여행을 거치면서 너그러워지고 안정되어 그 써늘한 눈매에도 부드러운 빛이 드러나고 있"(202)는 일동과 대비되어 더욱 부각된다. 월동은 봉이에게도 차가워져서, "다만 나는 서울로 나가 홀가분하게 혼자서 움직이고 싶어졌어. 거치적거리는 것은 싫다구."(203)라고 말한다. 월동의 이러한 부정적인 변화는 "다만 김옥균을 되찾아야만 한다는, 오로지 그 마음이 그를 근본에서부터 바꾸어 놓았"(204)기 때문이다. 월동은 '단신으로라도 서울에 가서, "김옥균 선생을 구해야만 한다. 쩨쩨하게 여자에 대한 사랑에 연연할 때가 아니다.'"(204)라고 생각한다. 결국 월동은 김옥균을 구해서 대사를 도모하기 위해 서울로 향하며, 이때 윤천일은 "배신자 놈"(213)이라고 욕하며 월동에게 활까지 쏜다. 월동은 간신히 살아나고, 그제서야 윤천일은 "신의 뜻"(213)이라 여기며 월동의 서울행을 받아들인다.

---

62   김학동, 「김사량, 김달수, 조정래의 『태백산맥』」, 『내일을 여는 역사』, 2008년 가을호, 197면. 윤천일은 갑신정변 당시 김옥균과 함께 활동하기도 했지만, 그 이전 임오군란에서도 적극적인 활동을 하였다.

『태백산맥』은 표면적으로는 일동과 월동의 논리 중에 어느 하나가 우위를 차지하지 않은 채, 끝까지 지속되는 것처럼 보인다. 그러나 월동이 간절하게 믿고 따르는 김옥균이 작품에서 형상화되는 양상은, 월동의 입장을 오히려 부정적인 것으로 받아들이게 한다. 『태백산맥』의 주스토리 시간은 갑신정변 이후 2년여의 시간이 지난 때이다. 이 당시 김옥균은 서울로 압송된 바도 없으며, 일본에서 무력한 날들을 보내고 있을 뿐이다. 김옥균은 갑신정변이 3일 천하로 끝난 이후, 일본으로 망명하였으며 그 이후 약 10여 년 동안 일본에서 유배 아닌 유배생활로 심신이 피폐해졌던 것은 물론, 때로는 조선에서 보낸 자객으로 인해 생명의 위협을 느끼며 지냈을 뿐이다. 이후 1894년 3월 이홍장을 만나기 위해 상하이로 갔다가 조선인 홍종우에 의해 암살당한다. 그는 갑신정변 이후 살아서는 한 번도 조선 땅에 발을 들이지 못한 것이다.[63] 그렇기에 서울에 있는 김옥균을 구출해서, 그와 대사를 도모하려는 월동의 계획은 전혀 현실성이 없으며 월동의 주장이 지닌 가치를 무화시킨다고 할 수 있다. 이러한 담론효과는 작가에 의해서 충분히 의도된 것으로 판단되는데, 『태백산맥』의 서술자는 "재거사 계획이 사전에 발각되어 김옥균은 일본 정부에 의해 이미 오가사하라 섬으로 유배당했다는 사실을 알 턱이 없었다."(204)고 하여, 월동의 계획이 지닌 비현실성을 분명하게 지적하고 있기 때문이다.

월동의 논리는 친일의 논리로 이어질 수도 있다는 점에서, 월동의 계획이 지닌 비현실성에 대한 형상화는 매우 중요한 의미를 지닌다.[64] 오대산에서

---

63 윤상현, 「역자후기」, 『김옥균』, 지식과교양, 2022, 210면. 일본으로 망명한 김옥균은 처음 후쿠자와 유키치의 집에 머물렀으나, 1887년에는 메이지 정부에 의해 오가사와라(小笠原) 섬으로 유배 보내졌으며, 1889년 겨울에는 다시 홋카이도로 보내지기도 하였다. (구스 겐타쿠, 『김옥균』, 윤상현 옮김, 지식과교양, 2022, 56-57)

64 임종국은 김사량의 『태백산맥』이 "친일작품으로 단정하기가 어려운 작품"(임종국, 앞의

만난 노승은 자신이 일본의 지사들을 만나 필담을 나눈 결과 "실로 그들은 원대한 이상, 고매한 경륜"(142)을 지니고 있으며, "영국, 미국, 아시아의 각축장"(142)이 된 지금이라도 "이 나라 정부가 일본과 서로 손을 잡고 청국을 계몽하여 대동단결 동아시아의 환난에 대처하지 않으면 모두 함께 망할 따름이네."(142)라고 말한다. 이 노승은 "그대들도 가서 이 일본 지식인과 힘을 합하는 것이 좋아. 그리고 김옥균을 맞이하여 떨쳐 일어서시게!"(142)라고 권유한다. 노승의 말은 『태백산맥』이 발표되던 당시 일제의 대동아공영론을 그대로 옮긴 것이라 해도 무리가 없을 정도이다. 이러한 노승의 말에 월동은 "절규"(142)하며, "스님, 명심하고 하늘에 맹세코!"(142)라는 말까지 덧붙일 정도로 동조한다.

그러나 앞에서 살펴본 것처럼, 작가는 월동의 이상이 현실과는 무관한 몽상에 가까운 것임을 보여줌으로써 결과적으로 일본과 손을 잡고 서양에 맞선다는 당시의 제국주의 이데올로기가 얼마나 허황된 것인가를 암시적이지만 강렬하게 드러낸 것이라고 할 수 있다. 이와 관련해 윤천일이 갑신정변 당시 일본의 무책임과 무능에 크게 실망한 사람으로 형상화된다는 것도 주목할 필요가 있다. 『태백산맥』의 시작 부분에서는 갑신정변 당시의 모습이 생생하게 그려진다. 1884년 12월 6일 오후, 청병은 급진당을 공격하고 이때 다케조에 공사는 "철수 명령"(18)을 내림으로써 끝내 갑신정변은 실패로 귀결된 것이다.[65] 이 일을 겪으며, 본래는 "청국과의 전통적인 주종 관계를 타파하고

책, 203면)이라고 분명하게 규정하면서도, 친일문제와 관련해서는 유일하게 "다만 주인공이 김옥균 일파라는 것이 평자에 따라 어떻게 해석될는지?"(위의 책, 203면)라는 의문을 표시한 바 있다.

65 이러한 시각은 일본인들에 의해서도 제기된 것이다. 1916년에 출판된 『金玉均』(民友社, 1916)에서 저자 구스 겐타쿠는 갑신정변의 실패는 "꼭 김옥균과 독립당을 책망할 것이 아니라 오히려 그 실패의 책임은 일본 정부당국자에 있었다."(위의 책, 50면)면서, "전혀

신흥 일본과 함께 나아갈 때 비로소 이 나라에 여명이 있는 것"(25)이라 생각했던 윤천일은, "우정국 사변에 따른 다케조에 공사의 조치를 보고, 믿었던 일본에도 단호한 결의가 없음"(25)을 깨닫자 "눈앞이 캄캄해지고 발밑이 무너져 내리는 듯"(25)함을 느낀다. 이것은 서술자에 의해 윤천일의 "재탄생"(25)으로까지 의미부여된다. 이처럼 윤천일이 그토록 강력하게 서울의 삶을 거부하는 이면에는 일본에 대한 불신과 무책임에 대한 거부가 놓여 있었던 것이다.

5. 유토피아의 탈식민적 성격

김사량이 『태백산맥』을 통해 지향하는 유토피아는 미래의 청사진이나 설계도가 아닌 대타적인 열망의 방식으로 나타난다는 것을 확인할 수 있다. 그런데 이 낙토에는 대타적인 방식이 아닌 직접적인 방식으로 하나의 긍정적 성격이 부여되기도 한다. 그것은 바로 이 낙토가 조선 민족의 전통과 연결된 탈식민적 성격을 지닌다는 점이다.

가장 적극적으로 낙토를 찾는 인물은 일동이다. 그런데 일동은 "일찍이 이 나라 역사의 발자취를 연구하면서 자기 나름의 고매한 이상을 이끌어낸 젊은 학도"(41)로 소개된다. 그는 산신령으로부터 "안주의 땅"(41)이 동남쪽에 있다는 계시를 받은 이후, 그가 꿈꾸는 '안주의 땅'에 다음과 같은 민족사적 의미를 부여한다.

오랫동안에 걸친 고구려와 신라, 백제의 삼국정립에서 유래한 지방

도움이 안되는 다케조에게 이러한 대사를 맡겨 그 혼자 공명을 독차지하려고 하였다. 그 생각의 천박함이나 계획의 경솔함은 거의 어린애 장난과 같다."(위의 책, 50면)며 당시 일본 정부를 신랄하게 비판하고 있다.

할거 정신, 그것이 고려를 거쳐 이조에 들어서면서 이른바 남인과 북인의 대립이 되었고, 당쟁 때문에 순결한 민족성은 황폐해질 대로 황폐해졌다. 고구려의 전투적인 성격, 신라의 진취적인 기상, 백제의 보수적인 특징, 이것들이 핏줄을 통해 혼연일체가 되었을 때 비로소 조선인에게도, 그 역사에도 빛나는 장래가 찾아올 것이다. 근대 민족으로서 새로이 출발할 수 있는 자격도 주어진다. 이 이상이 마침내 현실의 모습을 띠는 것도 멀지 않다고 말할 수 있다. (42)

일동은 "안주의 땅"(42)에서 새롭게 만들어 나가는 세상은 고구려, 신라, 백제, 고려, 조선의 부정적인 특성은 소거되고, '고구려의 전투적인 성격, 신라의 진취적인 기상, 백제의 보수적인 특징'과 같은 긍정적인 성격이 혼연일체가 된 사회가 되어야 한다는 이상을 지니고 있다. 일동은 낙토를 한민족의 압축적 공간으로 생각하는 것이다. 그는 낙토에서 살아갈 배나무골 사람들에게 "여기에는 모든 나라의 사람들이 모여 있습니다. 고구려 백성도, 신라 백성도, 백제의 백성까지"(42)라며, "나라에서 쫓겨난 사람들끼리 모여, 우리들의 이 공동생활 속에서 진실로 새로운 조선인이 태어나는 것입니다."(42)라고 열변을 토한다. 이러한 논리는 월동과의 대화에서도 다시 등장한다.[66]
또한 『태백산맥』에는 '화랑 정신'에 대한 강조도 반복해서 나타난다. 윤천일은 민중의 적인 악독한 사교패들과 싸울 준비를 하며, 장년들과 젊은이들에게 "신성한 화랑의 정신을 심어주자"(83)라고 결심한다. 오대산에서 만난

---

66 일동은 월동에게 강원도 산속에 조선 각지의 사람들이 모여 있으며, "자신은 이 사람들을 격려하여 완전히 새로운 조선인을 만들고자 하는"(130) 것이라고 말한다. 배나무골의 화전민들은 각 지역을 대표하는 일종의 민족대표라고도 볼 수 있다. 이때 중요한 것은 "내가 항상 말하는 것처럼 고구려의 전투 정신, 신라의 진취성, 백제의 중용적 기풍, 이것이 새로운 국민을 통하여 혼연일체가 되어 나타"(130)나야 한다는 것이다. 그렇게만 되면 그 어떤 것도 두려울 것이 없다고 일동은 강조한다.

노승도 일동과 월동에게 화랑도 정신을 설교한다. 노승은 자신이 "더없이 존앙하는 신랑의 원광국사의 세속오계"(143)를 꼭 지켜달라고 당부한다.

낙토에 도착한 윤천일은 숨을 거두기 직전 "들것 위에 황금불(黃金佛)처럼 정좌하고 앉아"(215) 신에게 올리는 축문과도 같은 "이야기를 시작"(215)한다. 그런데 신에게 올리는 이야기에서, 자신을 "계림의 나라 초망(草莽)의 신(臣) 윤천일"(215)이라 칭한다. 주지하다시피 이때 '계림의 나라'는 '신라'의 다른 이름이다. 윤천일은 자신을 고대의 신라인으로 규정하고 있는데, 이것은 일동 등의 말에서 보이던 고대 정신에 대한 숭배와 연결된다고 할 수 있다. 마지막에 윤천일은 축문을 올리고 복지의 주변 산과 봉우리에 이름을 지어준다. 이때 마지막으로 지어준 이름이 '아리랑 고개'이다. 이것 역시 우리 것에 대한 강조와 연결된다고 할 수 있다.

'아리랑'이라는 명칭에는 우리 민족 고유의 정신과 문화가 압축되어 있다. 김사량은 산문 「마을의 작부들 — 화전 지대를 간다 3」(「村の酌婦たち — 火田地帯 を行く (二)(『文藝首都』, 1941.5))에서도, 홍천의 선술집에서 만난 작부가 강원도 아리랑 부르는 장면을 서술하고 있다. 이때 김사량은 그 아리랑에 "그것은 지극히 로칼 칼라 강한, 염불과 같은 장중한 노래였다."[67]고 하여 민족적인 성격을 부여한 바 있다. 낙토에 부여한 이러한 민족적 성격은 배나무골에서 이미 나타난 특징이기도 하다. 『태백산맥』에는 동네 처녀들이 부르는 각 지방의 아리랑이 무려 10여 편이나 등장하였다. 이외에도 봉이의 오빠 봉수가 부르는 다섯 편의 각설이 타령과 아이들이 부르는 전통노래도 추가로 언급되고 있다.[68] 이것은 말할 것도 없이 우리의 고유한 민족정신과 문화에 해당하는

---

67   김사량, 「마을의 작부들 — 화전 지대를 간다 3」, 『김사량, 작품과 연구2』, 김재용·곽형덕 편역, 역락, 2009, 233-234면.
68   이외에도 조선의 음식, 의복, 나아가 전통적인 풍속, 지명, 인명 등의 표기에도 조선적인

것이며, 이처럼 새롭게 발견한 낙토에는 배나무골에서부터 내재되어 있던 민족성이 그대로 이어지고 있는 것이다.

박정원은 탈식민 유토피아를 그린 작품들에는 흥미롭게도 기억을 통해 억압되고 잊혀졌던 역사적 과거가 새로이 발굴되고는 한다고 주장한다. 탈식민 유토피아는 모순적인 현실 속에서 과거의 기억을 통해 미래를 비추어 준다는 것이다. 이때의 과거는 당연히 과거 그 자체가 아니라 현재의 시점에서 기억을 통해 다시 창조된 과거라고 할 수 있다.[69] 김사량의 『태백산맥』에서 강조된 고대 국가들의 이상적인 정신이나 화랑도 등은 이러한 '창조된 과거'의 사례로 볼 수 있는 여지도 충분하다. 아리랑을 비롯한 전통적인 풍속 역시도 민족적 고유성을 독자에게 강하게 환기시킨다. 이런 맥락에서 『태백산맥』에 형상화된 새로운 이상향은 일제 말기라는 암흑기에 나름의 탈식민적 의미를 간접적으로 드러낸다고 볼 수 있다.

6. 일제 말기 김사량 문학의 연속성

이 글에서는 지금까지 김사량의 『태백산맥』을 이해하기 위해 사용된 저항성, 민족성, 소수자성, 유동성이라는 개념이 아닌 유토피아를 키워드로 삼아 작품을 살펴보았다. 유토피아라는 개념을 중요하게 생각하는 이유는, 『태백산맥』의 기본 서사가 서울에서 정치적 실패를 맛본 윤천일 일가가 강원도의 산골에서 화전민으로 살다 새로운 이상향을 찾아 떠나는 이야기이기 때문이다. 그렇기에 『태백산맥』의 유토피아적 성격에 대한 탐구는 작품의 핵심적인 주제의식을 해명하는데 기여할 것으로 기대한다. 이를 위해 본고에서는

것이 강조되고 있다. (이자영, 앞의 논문, 400-402면)

69 박정원, 「서구 중심의 유토피아를 넘어」, 『유토피아 문학』, 알렙, 2021, 114면.

유토피아에 대한 다양한 논의와 비슷한 시기에 쓰인 김사량의 산문들을 적극적으로 살펴보았다.

김사량의 『태백산맥』에는 '프로그램화 된 이상으로서의 유토피아'와 '다른 세상에 대한 꿈으로서의 유토피아'가 모두 나타나며, 작가는 전자가 아닌 후자를 지향한다. 특히 유토피아적 프로그램에 집착하는 태도에 대한 비판은 화전민 마을까지 파고든 사교(邪敎) 집단의 형상화를 통해 드러난다. 김사량이 지향하는 유토피아는 막연하지만 보편적인 이상향으로 존재하며, 이를 통해 기존 사회에 대한 비판과 문제의식을 드러낸다. 이때의 유토피아는 대개 부정적인 현실에 대한 대타적인 모습으로 나타나고 있다. 대타항으로 등장하는 것은 서울, 화전(민), 월동의 정치적 입장이다. 『태백산맥』에서 가장 큰 부정의 대상이 되는 현실은 바로 서울로 대표되는 평지에서의 삶이다. 윤천일은 서울을 추악하고 더러운 곳으로 여기며, 서울에 대한 강렬한 적개심은 다른 인물들도 공유하는 특징이다. 가렴주구의 압정에 시달리다 못해 산골로 쫓겨온 화전민들은, 그 존재 자체로 서울에 대한 비판을 함축한다. 다음으로 등장하는 대타항은 화전(민)을 들 수 있다. 화전민은 '유랑'과 '방화모경'이 숙명처럼 얽혀 있는 존재이며, 서술자는 물론이고 작품의 주인공인 윤천일 부자도 '유랑'과 '방화모경'을 숙명으로 하는 이들의 삶에 대해 지극히 부정적이다. 윤천일이 두 아들로 하여금 낙토를 찾게 한 것도, 화전민들이 화전민의 삶 즉 '유랑'과 '방화모경'을 핵심으로 하는 삶을 그만두게 하기 위해서이다. 기본적으로 『태백산맥』은 화전민인 배나무골과 호랑이골 사람들 188명이 '안주의 땅'으로 이주하는 것으로 종결되는 작품이다. 마지막으로 등장하는 대타항은 월동의 정치적 입장이다. 일동이 아버지 윤천일의 꿈을 그대로 이어받아 서울과는 절연된 산 속의 이상적인 세계를 지향하는 것과 달리, 월동은 마음속으로 서울에서의 현실적인 개혁을 꿈꾼다. 월동이 숭배하는 김옥균이 작품에서 형상화되는 양상은, 월동의 입장을 오히려 부정적인 것으로 받아들이게 한다. 김옥균은 갑신정변 이후 살아서는 한 번도 조선 땅에 발을 들이지 못하였다. 그렇기에 서울에 있는 김옥균을 구출해서, 그와 대사를 도모하려는 월동의 계획은 전혀 현실성이 없으며, 그의 주장이 지닌 가치를 무화시킨다고 할 수 있다. 월동의 논리는 친일의 논리로 이어질 수도 있다는 점에서, 월동의 기획이 지닌 비현실성에 대한 형상화는 매우 중요한 의미를 지닌다. 낙토에는 대타적인 방식이 아닌 직접적인 방식으로 하나의 긍정적 성격이 부여되고 있다. 김사량의 『태백산맥』에서 강조된 고대 국가들의 이상적인 정신이나 화랑도, 그리고 아리랑을 비롯한 전통적인 풍속 등이 조선 민족의 전통과 연결되어 탈식민적 성격을 보여주는 것이다.

김사량 문학의 유토피아적 성격을 논의함에 있어 빼놓을 수 없는 것이 『태백산맥』이 발표된 두 달 후부터 연재가 시작된 장편소설 『바다의 노래』(『매일신보』, 1943.12.14-1944.10.4)이다. 『바다의 노래』에서 신태주가 건설한 이상촌인 주란섬은 인종지말(人種之末)로 천대받는 재인(才人)들이 사는 노내미 방성의 연장선 위에 놓여 있는 공간이다. 노내미 방성은 민중이 중심이 되어 상호협력하는 이상적인 공동체의 모습을 갖춘 곳이었다. 주란섬은 단순하게 해군특별지원병제도의 선전과 연관된 것이 아니라 '양반 중심의 외성/재인 중심의 노내미 방성'의 대비를 통해 드러난 반봉건 의식과 민중주의적 지향이 본격화 된 공간이었던 것이다.[70] 이와 관련해 낙토에 도착한 직후 윤천일이 축문을 읽는 순간, 무리의 최연장자인 득보 노인이 "고향 땅을 떠나 온 이래 영혼과 육신의 고향을 그리워하며 보따리 속에 오래 지니고 다니던

---

[70] 주란섬이 가진 유토피아적 성격에 관한 논의는 이경재의 「평양(平壤) 표상(表象)에 나타난 제국(帝國) 담론(談論)의 균열(龜裂) 양상(樣相) — 김사량(金史良)의 『바다의 노래』를 중심(中心)으로」(『어문연구』 49집 2호, 2021, 275-304면)를 참고하였음.

자랑스러운 족보를 한 장씩 찢어내어 날리"(216)는 행동은 의미심장하다. 족보란 신분질서를 토대로 하는 유교질서의 상징물과도 같은 것이기 때문이다.[71] 『바다의 노래』에 등장하는 유토피아인 주란섬의 반봉건 의식과 민중지향적 성격은 『태백산맥』의 마지막에 암시적으로 드러난 반유교적인 태도가 보다 본격화 된 것으로 이해해 볼 수도 있다. 김사량의 『태백산맥』에 나타난 유토피아 지향성은 일제 말기라는 극한의 상황에서 김사량의 저항적인 의식이 창출해낸 새로운 정치적 가능성으로 이해해 볼 수 있다.

---

71 서술자는 유교가 지니는 시대적 문제점을 다음과 같이 지적하고 있다. "물론 유교야말로 모든 이들이 의지할 유일한 길로서 특권계급에 의하여 강요되고 있기는 했다. 하지만 이것은 결국, 특권계급의 형식적인 자기 과시와 썩은 유교 패들의 당쟁만을 불러오고 민중들을 쓸데없이 구속하고 억압하는 도구가 되어 버리자, 오히려 그들이 타기하고 나아가 경원하는 것이 되었다."(163)

수직적 초월을 향하여

— 손장순의 산악소설

1. 손장순 소설의 새로운 영역

손장순은 1935년 2월 서울에서 태어났다. 1954년 이화여고를 졸업하고 1958년 서울대학교 불어불문학과를 졸업하였다. 같은 해 단편 「입상」과 「전신」이 『현대문학』에 추천되면서 문단에 데뷔하였다. 손장순의 단편소설은 산업화 속에서 지나친 물욕에 빠진 인간들의 타락과 문제점을 잘 짜인 구성과 치밀한 묘사를 통해 생생하게 형상화하였다. 또한 손장순은 첫 번째 장편인 『한국인』(1969)을 비롯하여 여러 편의 장편소설을 남겼다. 이들 작품은 모두 그 당시 한국인이 처한 고유한 입상, 즉 급속하게 변하는 현실 속에서 자기 정체성을 찾기 위해 몸부림치는 사람들의 모습을 담고 있다는 특징이 있다. 출세작인 「한국인」이 보여주듯이, 한국 현대사의 바람직한 인간상에 대한 탐구는 여성과 사회의 문제에 대한 고찰의 과정을 동반하는 것이기도 하다.

그동안 손장순 연구는 「한국인」(『현대문학』,1966.1-1967.7)에 초점을 맞추었다.

이선미는 1960년대 박순녀, 박시정의 소설과 함께 손장순의 작품을 고찰하면서, 손장순의 소설에 등장하는 여성 인물들을 통해 드러난 자유 담론과 그 지향점으로서의 '미국'의 의미를 살펴보고 있다. 작품 속 여성들은 성과 사랑의 주체가 됨으로써 근대화된 개인이 될 수 있다고 여기며, 자신들의 주체성을 위해 고투한다는 것이다. 그러나 민족의 근대화를 이상화하는 지배 담론(남성담론) 속에서 성과 사랑의 주체가 되기를 갈망하는 여성 담론은 개인 담론으로서 인정받지 못한다고 결론 내린다.[1] 전혜자는 도시생태적 독법을 통하여 「한국인」에서 서울은 해방정국과 6.25 전쟁을 겪은 후의 아노미 (anomie) 현상에서 출발해 1960년대 초반 제3공화국 시절에는 오르기(orgy) 현상을 나타냈다고 말한다. 특히 미국에 유학 갔다 돌아온 인물들이 60년대 초반을 풍미했던 아메리카니즘과 한국전통문화와의 괴리에 빠져 역사적, 사회적, 경제적, 정치적 불행 속에서 얼마나 몸부림치고 있는가를 선명하게 드러냈다고 고평한다.[2] 이명희는 1970년대 손장순 소설의 특징에 대해 논의하고 있다. 1960년대 작품 속에서 칼날 같았던 여성들의 당당한 모습이 1970년대 소설에서는 무뎌지면서 근대화 속에서 고개 숙인 채, 자신을 지키고자 애쓰는 여성들의 모습이 형상화된다는 것이다. 여성 인물들이 결국 약자일 수밖에 없다는 많은 작품들의 결론은 진정한 여성성 회복이 요원한 상태임을 독자들에게 알려준다고 주장한다.[3]

이 글은 그동안 주목을 받지 못한, 손장순의 작품세계에서 중요한 일부를

1   이선미, 「1960년대 여성지식인의 '자유' 담론과 미국」, 『현대문학의 연구』 29호, 2006, 417-452면.
2   전혜자, 「현대소설의 도시생태적 독법에 대한 연구 ─ 손장순의 <한국인>을 중심으로」, 『현대소설연구』 12호, 2000, 213-231면.
3   이명희, 「여성성의 모색을 통한 삶의 근원적 탐색 ─ 손장순의 70년대 작품을 중심으로」, 『여성문학연구』 3호, 2000, 223-242면.

이루는 산악소설에 대해 논의해 보고자 한다. 손장순의 산악소설로는 「알피니스트」(『신동아』, 1966.5), 「불타는 빙벽」(『한국문학』, 1977), 「돌아가지 않는 나침반」(『문학사상』, 1978.2), 「빙벽에 핀 설화」(『한국문학』, 1979.11), 「단독등반」(『문학사상』, 1983.11), 「절규」(『문학정신』, 1987.1), 「허상과 실상」(『한국문학』, 1987.9), 「정상이 보인다」(『한국문학』, 1988.3) 등을 들 수 있다. 손장순의 산악소설에 대한 연구는 유일하게 홍기삼에 의해 이루어졌다. 그는 손장순의 작품들은 "최초의 본격적인 산악소설로 평가되어 마땅"[4]하다고 말하며, 사건의 전개와 심리묘사 그리고 용어 하나에 이르기까지 탁월한 리얼리티와 현장감을 얻는데 성공했다고 평가한다. 나아가 손장순의 산악소설에 등장하는 알피니스트의 모험과 행동은 앙드레 말로의 모험적 행동주의에서 볼 수 있는 것처럼 철저한 무상적 행동을 의미한다고 파악한다.[5] 본고에서는 바타이유의 관점에서 산악소설의 특징을 고찰할 것이며, 이를 통해 손장순 문학을 바라보는 작은 시각 하나를 마련하고자 한다.

2. 일상의 속악성을 비춰주는 산

손장순의 산악소설은 기본적으로 등반과 하산의 서사이며, 여기에는 일상과 탈일상이라는 또 하나의 서사가 포개져 있다. 일상의 곤혹은 목숨을 건

---

4   홍기삼, 「허무, 그리고 무상(無償)의 행동」, 『손장순 문학전집 14』, 푸른사상, 2009, 282면.

5   그러한 무상적 행동은 "전혀 행동하는 그 자체에 삶의 의미를 부여하는 것이고 행동의 순간순간이 값진 것이며 결과나 목적의 수행에 뜻이 있는 것이 아니라 매순간마다 죽음과 위험이 도사리고 있는 허무의 늪―하나의 과정에 삶의 뜻이 가로놓여 있는 것이라고 볼 수 있는 것이다. 그렇기 때문에 알피니즘은 반도시적 반문명적인 특질이 있고 남성적이며 의지적이고 세속적인 것을 거부한다."(위의 글, 282-283면)라고 설명된다.

등반에 나서도록 알피니시트들의 등을 떠민다. 그리하여 이 알피니스트들은 거대한 자연의 힘과 삶의 상처에 맞서 조금 더 높은 곳을 향해 한 걸음씩 힘들게 발걸음을 떼어 놓는다. 이들이 보내는 산에서의 시간은 일상에 의미를 부여하기 위한 제의의 순간이라고 해도 과언이 아니다. 목숨마저 내놓아야 할 지 모르는 이 절체절명의 순간에까지 이들을 내몬 것은 다름 아닌 그들의 일상이다. 이 알피니스트들은 하나같이 어딘가에 정착하지 못한 자들이라는 공통점이 있다.

「알피니스트」는 손장순의 산악소설 중 처음 창작된 작품으로 사람들이 등반을 하게 되는 이유가 잘 나타나 있다. 이 작품에서 선우일과 정세정은 한라산 등반을 한다. 선우일은 연인이었던 상아로부터 작은 배신과 상처를 입을 때마다 "반사작용처럼 산으로 마음이 달렸"[6]다. 정세정에게는 산이 "지성의 양심으로 대결할 수 없는 정치적 현실과 사회를 외면하기 위한 도피처"(210)이다. 「불타는 빙벽」에서도 "인간에 대한 실망을 느끼면 느낄수록 나의 믿음은 투박하면서도 굳건한 산으로만 향하게 마련"(73)이라고 서술된다.

「불타는 빙벽」에서는 선명하게 산과 도시의 이분법이 성립한다. "산으로만 치달리는 마음은 상처받은 도시의 수인에게 일종의 노스탤지어"(17)이다. 서울은 "마치 요녀와 같다."(18)고 표현된다. 백주의 서울은 밝은 태양 아래 갖은 추태를 누절누절 노출시키는 품이 마치 밤손님에게 시달리어 해가 떠오를 때까지 화장을 지우지 못한 "밤의 여성의 몰골"(18)과 같다. 서울과 같은 의미를 지닌 인물로 미술을 하는 친구 정빈과 '나'의 아내가 등장한다. 정빈

---

6   손장순, 『손장순 문학전집 14』, 푸른사상, 2009, 199면. 앞으로 소설 인용시 본문 중에 면수만 기록하기로 한다.

은 자신의 예술적 명성을 위해 언론을 이용하고 경제적 이익만을 추구하는 속물이다. 정빈은 '나'의 히말라야행도 전혀 이해하지 못한다. 아내는 '나'의 예술을 "상품 가치로만 인정"(53)하며 남편의 산행을 막는 이야기만 반복한다. 아내는 산에 대한 정열을 "광기 아니면 중독"(69)으로 바라볼 뿐이다. 정빈과 아내는 주인공과 정빈과의 2인전을 상비하는 화랑을 공동합자로 경영하려는 계획까지 세운다.[7]

「단독등반」은 산행이 지니는 일상적인 삶과의 차별성을 선명하게 드러낸 작품이다. '나'는 일반적인 사회의 예의라든가 규범으로부터 벗어난 인물이다. 특히 복장에 있어 자유를 만끽하는 그는, 여고에 근무할 때도 자유로운 복장이 문제가 되어 사직한 경험이 있다. 이후 "거의 산에서 살다시피 하고, 나의 복장은 히피가 아니면 나날이 형편없는 산거지"(238)가 되어 간다. '나'는 이후 신문사에 근무하지만 별반 인간과 어울리는 데 재미를 느끼지 못한다. 이처럼 날카로운 의식의 소유자에게 사회는 온통 음모와 협잡의 구렁텅이로 보일 뿐이다. 신문사에서는 "은혜를 원수로 갚"(244)는 일이 빈번하다. 자기가 은혜를 베풀어주었던 현부장과 장기자는 '내'가 신문사란 조직에 적응하지 못하는 이색적인 존재라는 것이 알려지자 노골적으로 신문사를 그만두었으면 하는 의향을 드러낸다. 이럴수록 "산으로 향하는 나의 마음과 거창한 등반 계획만이 유일한 삶의 보람"(247)이 되고, "인간혐오증과 기피벽"(252)은 '나'를 단독등반으로까지 내몬다. 다음의 인용문에서처럼 사회에 대한 부적응의 보상은 '산'에서만 이루어지는 것이다.

---

7   「불타는 빙벽」에는 흥미롭게도 산과 대비되어 바다가 등장한다. 그리하여 손장순 소설에서 산이 가지는 복합적인 의미를 부각시킨다. '나'는 "산에서 좌절할 때마다 고향인 제주 섬을 찾"(59)는다. 에베레스트의 정상 등정에 실패했을 때도 제주도로 돌아와 위안을 얻는다. "산이 나의 행동의 광장"(59)이라면, 바다는 온전한 휴식으로 가득한 공간인 것이다. 산이 남성의 성기와 닮아 있다면, 바다는 여성의 성기를 연상케 한다.

산에서 소유할 수 없는 무한대의 자유. 그 무엇과도 타협하지 않은 순수한 고독의 깊이. 어떤 교활한 계략이나 간교한 술책도 통하지 않는 의연한 암벽. 웅대하고 장엄한 산록의 신비한 모습 앞에서 나의 마음은 가장 편안하다. 암벽을 등반하는 행위가 아무리 험난하고 그 대결이 참혹하다 해도 거기에는 패퇴가 있을 뿐 마음의 상처는 없다. 산행이 없었다면 나는 벌써 도시의 공해와 오염 속에서 질식했을는지 모른다. (241)

「단독등반」은 산거지라며 나를 놀리던 신문사 사장이 인수봉에서 조난된 아들을 구해 달라고 '나'에게 부탁하는 것으로 끝난다. 이 순간 '나'는 "나에겐 산만이 심신을 편안하게 기댈 수 있는 나의 영원한 복지이다. 나는 비로소 살아있음의 희열을 가슴 버겁게 느낀다. 단독등반의 철학은 점점 견고해질 것이고, 그럴수록 산악인이지만 성공적인 사회생활도 모색할 수 있을 것 같다."(256)는 희망찬 예감을 갖게 된다.

「불타는 빙벽」에서도 순수한 인간은 어디에도 없기에, 주인공은 "산에 가서 위안을 얻고, 거기에 나의 세계가 있음을 확인하고 돌아"(56)온다. 「빙벽에 핀 설화」에서 석준은 "산에서 단련되고 정화된 그의 곧고 순수한 영혼"(163) 때문에 혼탁한 현실에 적응하지 못한다. 그가 K대학을 그만둔 이유도 "현실과 타협을 할 줄 모르는 그의 생리 때문"(164)이다. 이 작품의 상당 부분은 교수 사회에서 이루어지는 여러 번잡한 정치 놀음을 서술하는데 바쳐지고 있다. 이러한 삶과 반대로 "산은 나의 고독을 이해해 줄 뿐만 아니라 쓰다듬어 준다. 일상에서 겪는 모든 패배와 좌절을 위로"(172)해 주는 것이다. 설악산에 단독등반을 나선 것은 "소외에 대한 열등감에서 오는 보상심리"(172)와 같은 것이다.

「절규」에서 동훈은 대학의 전임강사인데, 이곳 역시 여러 음모와 협잡이

판을 치고 동훈은 스스로 소외의 길을 걷고 있다. 그 사회와의 타협이 어려우면 어려울수록 동훈은 "반사작용으로 산으로만 몸과 마음이 치달렸"(95)다. "출세와 이해 위주로 살아가는 세태에 환멸을 느낄수록 그는 산에 탐닉해 갔"(107)던 것이다. 「정상이 보인다」에는 "현대인에게는 누구나 이 살벌한 도시를 살아가는 데 깃들여진 숨은 병이 있다. 거기에다 삭막하고 허망한 삶을 살아가는 데 이 도취감은 때로는 생명수요, 때로는 마약이기도 하다."(219)는 서술이 등장한다.

손장순의 산악소설에서 등반대라는 작은 공동체 역시 또 하나의 타락한 일상으로 형상화되기도 한다. 「허상과 실상」에서 등반대의 부대장인 장헌은 지리산 등반을 하다가 등반대장인 남기탁과 그의 졸개인 박완식을 쏘아 죽인다. 여러 가지 상황상 후퇴를 해야 하는데도 남대장은 "전진이 있을 뿐"(138)이라며 물러서지 않으려 한다. 남대장은 "가증스런 영웅심과 공포"(138), "독기와 집념과 오기"(138)로 가득한 인물로서, 그의 "등반규율은 비인간적이고, 기초훈련은 혹독하기로 이름이 나 있"(138)다. 본래 남대장은 자신의 과거를 날조하여 그것을 강조하고, 자기 선전을 하여 등반대장이라는 자리에까지 오른 것이다. 이러한 남대장의 모습은, 최성주의 "이미 산의 세계도 오염이 되어 버린 것"(144)이라는 말을 실감나게 한다. 「단독등반」에서도 '나'는 오염된 명예욕을 지닌 악우들에게까지 환멸을 느끼며, 히말라야 등반에도 반칙과 추태는 횡행한다.

손장순 소설에서 산악인들이 목숨을 건 등산에 나서는 이유가 사회의 타락과 속악성 때문이라면, 30여 년 후에 쓰인 또 하나의 산악소설인 박범신의 「촐라체」(푸른숲, 2008)에서 상민과 영교 형제가 산에 나서는 이유는 실존적 고뇌 때문이다. 그러한 고뇌는 "그늘"[8]이라는 말로 표현된다.[9] 정을 포함한 이들에게 산행은 "길을 떠나는 것만으로도 법의 절반을 이룬 것이다."[10]라는 밀라레파의 말처럼 수행에 가까운 행위이다. 그렇기에 그들은 세계 최초로 최소한의 장비만으로 셰르파의 도움 없이 단둘이 올라가는 "등로주의(登路主義) 등반"[11]을 하고자 하는 것이다. 그것은 고행을 통해 업장을 녹이는 티벳 불교의 오체투지에 버금가는 행위이다.

3. 인생과 예술을 상징하는 산

손장순의 산악소설에서 산을 오르는 과정은 인생 혹은 예술의 창작과 유사한 의미를 지닌다. 「알피니스트」의 주요 인물 도진희에게는 "산다는 자체가 도통 정상을 향해 등반하는 과정"(208)과 같다. 「불타는 빙벽」에서도 등반은 삶과 동일시되는데, "암벽을 타고 올라가는 행위는 바로 굳센 의지로 역경을 뚫고 나가는 삶의 피나는 고투와 같"(48)으며 "산은 나의 삶이요, 생명"(80)인 것이다. "이런 직벽의 출현은 마치 생의 과정에서 나타나는 수없는 장해와 같다."(47)는 문장 역시 삶과 등산의 유사성을 잘 보여준다. 동시에 등산은 더 나은 삶을 위한 하나의 예행연습이자, 일상으로 돌아오기 위한 하나의 통과제의로도 의미부여된다. 「알피니스트」의 선우일은 도진희에게 몸을 기댄 채, 지상은 "한때 혐오하던 살풍경한 전장이지만 지상과의 갑작스런 단절감은 그곳에 대한 향수와 더불어 묘한 애착을 환기"(204)시킨다고 생각한다.

---

8   박범신, 『촐라체』, 푸른숲, 2008, 25면.
9   박상민과 하영교는 아버지가 다른 동복형제이다. 박상민의 어머니는 자신의 남편을 버리고, 하영교의 아버지와 만나 새로운 살림을 차렸던 것이다. 이로부터 비롯된 감정으로 둘은 심각하게 감정적으로 대립하며, 박상민과 하영교는 몸싸움을 벌이기도 한다. 하영교는 아버지가 죽은 후 빚쟁이에게 시달리다가 빚쟁이를 부엌칼로 찌르고 형을 찾아온 것이다.
10   위의 책, 26면.
11   위의 책, 31면.

선우일은 등산을 하면서 느끼는 "일상적인 삶에의 그리움, 생명의 집착"(204)을 통해 삶을 향한 절실한 의욕을 확인하는 것이다.

나아가 등산은 예술을 의미하기도 하며, 이때 손장순의 산악소설은 메타소설의 성격을 지니게 된다. 「불타는 빙벽」에서도 "등반은 예술과 마찬가지로 나의 존재이유"(44)라는 말처럼, 등산과 예술은 동일한 의미를 지닌 것으로 표현된다. 주인공은 히말라야에 오르며 어려움을 만나자 "그림을 그리는 과정에도 어려운 고비가 몇 번이나 있었다."(47)고 말한다. 「정상이 보인다」에서 동계 적설기 등반은 "백지의 빈 칸들을 앞에 놓고 무에서 유를 창출하려는 작가의 고뇌"(225)와도 같은 것이다. 「절규」에서 추락하여 죽음을 기다리는 동훈은 고독과 죽음의 공포를 잊기 위해서 필사적으로 글을 쓴다. "쓰고 있는 이 사실만이 아직 나의 실존을 증명해 주는 유일한 것"이기에 "동상을 입은 손으로 피를 흘려가며 쓰고 있는"(135) 것이다. 동훈에게 등산과 글쓰기는 모두 자신의 실존을 증명해주는 방법들이었던 것이다. 「불타는 빙벽」의 다음 대목에도 '등산=예술'이라는 인식이 선명하게 드러난다.

> 창작의 세계는 바로 무한에 도전하는 것이 산과 공통의 무엇을 가지고 있기 때문일 거야. 무에서 유를 만드는 창작이나, 하늘 높은 줄 모르고 높이 솟아 있는 극지를 향해 정상을 정복하겠다고 도전하는 것이나, 무한과 대결하는 인간의 능력이란 점에서 마찬가지인 것 같애. 난 예술이 그러하듯이 인간의 의지로서 이루어지는 일체의 것에서 인간의 위대함을 느껴. 비록 고독한 작업이지만 산은 바로 그것을 확인하는 도장이기도 하지. 나는 예술 앞에서처럼 거대하고 웅장한 산 앞에서 수도사와 같은 경건한 자세를 가지게 되지. 마치 기도하는 자세로. 산은 바로 나의 믿음 그 자체이기도 해. 아무리 산이 이때까지 나를 저버리고 많은 시련을 안겨 주었지만 산으로 끊임없이 향하는 마음은 바로 신앙과 같은 것이야.

삶이 허망하면 할수록 인간의 동물적인 삶의 타락과 시한적인 생명의 허무에서 벗어나서 인간의 존엄성을 지킬 수 있는 것은 바로 인간 스스로의 불굴의 의지로써 무한과 싸워 이기는 데에 있다고 생각해. 인간은 무엇에 의미를 두고 어떻게 살았느냐가 중요한 것 같애. 그것만이 동물과 구분 지을 수 있는 한계점이야. 여기에 어떤 종교의 도움도 필요 없어요. 그것은 인간 스스로의 정신력으로 해내야 해. (63~64면)

위 인용문에서 예술과 등산은 '무한'이라는 매개어를 통해 만난다. 두 가지 모두 '무한에의 도전'이고 '무한과 대결하는 인간의 능력'이라는 점에서 공통된다. 이러한 무한에의 도전이야말로 인간의 삶을 동물의 삶과 구별시키는 인간 존엄성의 근거가 된다. 등산하다가 죽은 산악인들의 고혼은 "영원과 무한을 향한"(84) 삶의 증거인 것이다.

나아가 높은 산에 오르는 일은 곧 "허망에 대한 도전"(65)으로 받아들여진다. 등산은 노동과 생산을 우선시하는 일상적 삶과는 대척적인 자리에 놓여있다. 생산과 유용성을 지향하는 현대문명의 일반적인 경향에 비추어보면, 아무런 생산도 하지 못하며 심지어는 주체의 목숨마저 요구하는 등산이란 무용한 일에 불과하다. 그러나 바타이유의 관점에서 보자면 이처럼 무용한 낭비야말로 인류를 전쟁과 같은 대재앙으로부터 구원하는 빛의 길이다. 바타이유가 주장한 일반경제학의 관점[12]에서 사치, 종교 예식, 기념물 건조, 전쟁, 축제, 스포츠, 장례, 예술, 도박 등은 인류의 존속을 가능케 하는 비생산적

---

12 바타이유의 일반경제학에 따르면 필요, 생산, 축적보다 사치, 소비, 선물이 훨씬 중요하다. 지구에 도달하는 태양에너지는 기본적으로 과잉이기 때문에 지구상에 존재하는 모든 유기체는 어떤 방식으로든 이 과잉 에너지를 처리해야 하기 때문이다. 바타이유는 과잉 에너지를 소모하는 방법으로 불유쾌한 파멸, 즉 전쟁이나 사치의 길로 가거나 유쾌한 파멸의 길로 가는 두 가지가 있다고 말한다. 이 중에서 바람직한 것은 당연히 후자이다. (조르주 바타이유, 『저주의 몫』, 조한경 옮김, 문학동네, 2000)

소비의 구체적 사례이다. 그러고 보면 생산과는 무관한 등산은 과잉 에너지의 소비 방식이라는 측면에서 예술과 서로 맞닿아 있다. 그렇기에 손장순 소설의 알피니스트들은 현실적 이득과는 무관하게 산을 향해 목숨을 걸고 나아가는 예술가들이다.

4. 에로티즘으로서의 산

손장순의 산악소설에 등장하는 알피니스트들은 바타이유가 말한 에로티즘(érotisme)을 기준으로 두 종류로 나누어 볼 수 있다. 첫 번째는 등산이 개체로서의 불연속성(discontinuité)을 심화시키는, 즉 에로티즘과는 반대 방향으로 나아가는 경우이다. 손장순 인물들의 핵심적인 특징은 자의식에 시달린다는 점이다. 「알피니스트」의 선우일은 "상아와의 경우에도 그녀에게 몰두할 수 없는 자의식이 모든 회의를 낳았는지도 모른다."(200)고 생각한다. 상아는 "미스터 선우는 나보다 산을 더 좋아하니깐 내가 없어도 별로 외로움을 느끼지 못할 거예요."(203)라고 말한다.

「절규」에서도 등산가인 동훈은 날카로운 자의식의 소유자이다. 동훈은 본래 자신의 친구인 철주와 사귀던 유진과 결혼하지만 동훈은 유진에게서 진정한 사랑을 느끼지 못한다. 철주는 유진과 깊은 육체적 관계까지 맺지만, 철주는 그녀를 소유하고 향유할 뿐 결혼 같은 것은 염두에 두고 있지 않다. 철주와 동훈은 알프스 등반에 동행한다. 동훈 역시 다른 소설의 알피니스트들과 유사하다. "난 지상의 속된 일체를 멀리하고 속된 것과 타협하지 않아도 되는 나만의 삶을 구축하면 돼."(91)라고 말한다. 동훈은 자신의 모든 좌절을 이번 등반의 성공을 통하여 보상받고자 하는 것이다. 정상 도전에 성공하면 논문도 제대로 쓰고, 유진과의 관계도 호전될 것이며, 철주에 대한 우월감도 느낄 수 있을 것이라 생각한다. 함께 현장에 있었던 철주의 말에 의하면, 동훈은 철주를 살해하려 했고 그 과정에서 자신이 추락한 것이다. 철주는 동훈을 위해 그의 죽음이 자살이라고 말한다. 법정에서는 철주를 동훈의 살해범으로 지목하고 있다. 그 와중에 동훈의 시체와 더불어 그가 쓴 최후의 일기가 발견된다. 그 일기를 통해 "난 아무래도 정상 정복에 자신이 없었소. 그렇다고 패배를 감수할 수도 없고 철주가 그것을 할 수 있는 기회를 용납할 수는 더욱 없었소. 그 기회를 뺏기 위해서는 어떤 사고이든 사고를 일으킬 수밖에 없었소."(134)라고 말한다.

동훈에게 등산은 자신의 가치를 높여 타인과의 대결에서 승리하기 위한 하나의 수단이라고 할 수 있다. 요컨대 그에게 등산은 개체로서의 불연속성을 더욱 심화시키는 일에 해당하는 것이다. 「불타는 빙벽」의 '나'에게도 "고독한 자아를, 아니 고독의 의식을 끌고 짊어지고 찾아가는 산은 감상적인 경지를 넘어서 자아를 견고하게 하는 곳"(17)이다. 그곳에서는 "자신의 신념을 재확인하게 되는 희열"(17)이 존재한다.

이러한 알피니스트들과 달리 등산을 에로티즘의 관점[13]에서 이해하는 알피니스트도 존재한다. 「알피니스트」의 도전희가 대표적이다. 도진희에게 등산은 개체의 불연속성을 잊고 연속성(continuité)을 경험하는 내적 체험에 해당한다. 도진희가 보기에 "산은 그와 같은 딜레탕트나 아마추어에게는 너무나 거대하고 험난"(205)하며 도진희에게 등반은 "골수에 배인 스포츠"(206)이자 "수도의 길"(206)이고, "신앙"(206)과도 통한다. 도진희에게 등산과 여자를 정

---

13 한 존재와 다른 존재 사이에는 넘을 수 없는 심연이 가로놓여 있으며, 이러한 측면에서 인간은 불연속성에 의해 특징지어진다. 바타이유는 잃어버린 연속성에 대한 뿌리 깊은 향수에서 인간의 에로티즘이 비롯된다고 생각한다. (조르주 바타이유, 『에로티즘』, 조한경 옮김, 민음사, 1999)

복하는 일은 서로 일치하며, 두 가지는 모두 "에로티시즘의 절정"(210)이라고 단언한다. 도진희는 등반이 "삶의 니힐을 극복하는 행위"(209)라고 말하는데, 이것 역시 에로티즘과 무관하지 않다. 나아가 도진희는 "개아의 고독을 근본 적으로 해소해 주는 영원한 결합을 바라는 것 자체"(211)가 하나의 "난센 스"(211)라고 여긴다. 그리고는 "마환에 가까운 쾌락 속에서. 말하자면 '에고' 의 극치를 잠시 잊어보는 것이지. 마치 술로 아픈 감정을 마비시키듯, 모르히 네로 현실의 고통을 외면하듯."(211)이라고 말한다.[14] 이러한 도진희의 발언은 '죽지 않으면서 죽음 저편의 세계로 살짝 넘어갔다 오는 길'이라고 할 수 있는 에로티즘의 본질을 정확히 지적한 것이다.

나중에 도정희가 죽는 것은 연속성에 이르려는 욕망이 궁극에 이르렀음을 의미한다. 바타이유는 불연속적인 인간에게, 죽음이란 존재의 연속성을 보장 하는 의미가 있다고 역설한다. 육체란 우리의 존재를 경계 지우는 집이기 때문에, 죽음의 세계에서 육체라는 집은 파괴되고, 자연스럽게 우리는 더 이상 불연속적인 존재가 아니게 된다는 것이다. 이러한 죽음은 바타이유가 말한 내적 체험을 표현하기 위한 하나의 상징적 장치라고 볼 수 있다.[15] 손장

---

14 그러나 우리는 연속성의 열락을 희망하는 동시에 불연속성의 고독을 원한다. 그리하여 우리는 지혜롭게도 또는 음험하게도 모순된 두 항의 양립을 모색한다. 이를테면 금기를 완전히 와해시키지 않으면서 순간순간 위반의 관능을 만끽하고자 하거나 불연속적 존재 를 포기하지 않으면서 순간순간 연속성을 음미하려 하는 것이다. 이를테면 욕망의 밑바 닥까지 가 닿고서도 죽지 않는 길이 있을까? 바타이유는 죽지 않으면서 죽음 저편의 세계로 살짝 넘어갔다 오는 길이 바로 에로티즘의 길이라고 말한다. (유기환, 『조르주 바타이유』, 살림, 2006, 207면)

15 내적 체험은 바타이유가 특유의 의미를 부여한 '비지(非知)' 상태를 말한다. 일체의 감각, 일체의 언어, 일체의 지식이 상실되고, 육체의 힘, 정신의 힘, 영혼의 힘이 한 방울 남김없 이 소모될 때, 우리는 그때 비로소 비지의 상태에 이른다. 이 절대적 소모, 이 순수한 상실, 이 완벽한 빈손의 상태가 바로 바타이유가 지상권(至上權)의 경지라고 부르는 인간 경험의 최고 영역이다. 내적 체험은 끝없는 '비의미의 의미'이며, '의미의 비의미'이다. 바타이유에게는 영원한 밤이 있을 뿐이다. 바타이유는 내적 체험을 하나의 재앙이라고

순의 산악소설 곳곳에는 실제로서의 죽음[16]과 원망(願望)으로서의 죽음이 가득하다. 「알피니스트」에서 도진희는 "선우일과 달리 죽음에 대해 일말의 공포"(203)도 느끼지 않는다. 「절규」에서 동훈은 등산의 와중에 아름다운 풍경을 보며 문득 "빙벽 아래로 몸을 던져서 죽고 싶은 충동"(109)을 강렬하게 느낀다. 도진희나 동훈이 매혹된 죽음 역시도 존재의 연속성을 희구하는 에로티즘적 욕망의 궁극적 모습으로 이해할 수 있다.

5. 실재(the real)를 드러내는 틈새로서의 산

어찌 보면 당연한 것이겠지만 정상을 보고 온 자들이 확인하는 것은 '정상은 없다'는 사실이다. 그것은 철학적으로 표현하자면, '공(空)'의 확인이기도 하다. 이것이야말로 삶의 진상이며 실재 그 자체라고 말할 수밖에 없다. 목숨을 건 등산이 거대한 욕망의 뒷받침을 통해 가능한 것이라면, 이러한 결말은 자연스럽다. 라캉에 따르면 욕망은 결핍에서 비롯되며, 이러한 결핍은 영원히 채울 수 없다. 하나의 결핍을 채우면 또 다른 결핍이 오기 때문이다. 마치 「알피니스트」에서도 링반데룽에 걸려 죽을 고비에까지 이르렀던 선우일이 한라산을 정복한 후에 곧 "다음 순간 어쩔 수 없이 말갛게 고여드는 일말의 애상. 그 우월감만으로도 다 채워질 수 없는 가슴의 공동"(210)을 느끼는 것처럼 말이다. 도진희 역시 정복의 순간 다음에는 "속절없이 좌절감에 빠져 들어가기 마련인데 이것이 삶의 참모습"(212)이라고 생각한다.

불렀다. 주체를 주체의 절멸로 이끄는 황홀경이란 얼마나 큰 재앙인가. 내적 체험은 몰아의 왕국이요, 절멸의 축제이다. (위의 책, 34-35면)

16 대표적으로 「불타는 빙벽」에서도 한 순간의 눈사태로 셀파 5명과 대원 6명이 조난사를 당한다.

욕망을 채울 수 있다고 생각하는 것이 허구라면, 욕망을 비울 수 있다고 생각하는 것은 오만이다. 욕망이란 채울 수도 비울 수도 없는 절대적인 X일 뿐이기 때문이다. 그렇다면 정상은 존재하면서 동시에 존재하지 않는다고 보는 것이 타당하다. 「정상이 보인다」에서 "그렇다면 정상이 없는 것이 아니라 정복이 없는 것인지도 모른다. 대청봉은 언제나 그 자리에 있는 것인데 다만 보이다가 보이지 않다가 할 뿐이다."(235)라는 오노학의 깨달음처럼 말이다.

「돌아가지 않는 나침반」에서는 나침반이 작동하지 않고 오르고자 하는 낭가파르바트 봉우리는 보이지 않는 상황이 펼쳐진다. 호준은 등반대의 대장으로서 낭가파르바트 등반을 이끌고 있다. 낭가파르바트의 웅장한 주봉의 모습이 보여야 하는 지점에 이르지만, 주봉은 보이지 않는다. 이처럼 난처한 처지에서 호준은 나침반을 꺼내 보지만 그의 나침반 바늘은 움직이지 않는다. 그들은 자신들이 "어느 방향에 와 있는 것인지 그것조차 헤아려 볼 길이 없"(186)는 것이다. 하산하지만 제 5천막마저 보이지 않는 상황, 즉 앞과 뒤가 꽉 막힌 절체절명의 상황에서 이 소설은 서로가 말씨름을 벌이며 호준이가 "낭가파르바트는 끝내 보이지 않을 것인가."(197)라고 절규하며 끝난다.

산악소설 중에서 마지막 작품인 「정상이 보인다」에서 정영균, 오노학, 강혁심, 부충렬은 설악산 등정을 한다. 이 네 명은 먼저 정상에 오르기 위해 치열한 대결을 펼치는 것이다. 각자는 자기만의 간절한 이유로 목숨을 건 대결을 펼쳐 나간다. 정영균과 강혁심은 한때 협력관계이기도 했지만 오랜 라이벌이다. 부충렬은 아무에게도 인정받지 못한 자신의 등반능력이나 기량을 이번에 인정받고자 하는 마음으로 가득하다. 오노학은 "단지 목표와 수단이 되어 버린 정상 정복을 위해 최선을 다해 싸우고 있을 뿐"(231)이다. 그런데 이들 네 명의 눈 앞에서 대청봉이 사라져 버린다. 네 사람은 그 때 "정상은 우리의 누구에게도 존재하지 않는 겁니다."(234)라는 사실에 공감한다. 그리하여 이 작품은 "그들은 가까이 가면 그 정상이 다시 보이지 않을 것을 알고 있다. 정복이 누구나 불가능하다는 것을."(235)이라는 말로 끝난다. 이때의 '사라진 정상'은 도달할 수 없는 욕망의 기호인 동시에 끝내 무로 환원되어 버리고 마는 우리 삶의 실재를 드러낸 것이라고 할 수 있다.

6. 산악소설의 문학적 의의

이상으로 손장순의 문학 세계에서 우뚝한 산맥을 이루는 일련의 산악소설들을 살펴보았다. 이들 통해 손장순 소설에 등장하는 산으로부터 '일상의 속악성을 비춰주는 산', '인생과 예술을 상징하는 산', '에로티즘으로서의 산', '실재(the real)를 드러내는 틈새로서의 산'이라는 다섯 가지 의미를 추출해낼 수 있었다. 요컨대 손장순은 산을 통하여 자신의 인생관과 작가관을 오롯이 형상화했다고 말할 수 있다. 그것은 인간 욕망의 근원에 대한 통찰인 동시에 도덕적으로 타락해가는 당대의 삶에 대한 비판적 성찰에 해당하는 것이기도 하였다. 손장순은 개념조차 희미한 산악소설이라는 장르를 한국문학사에 당당하게 등재시킨 선구자인 동시에 이를 통하여 좋은 문학이 마땅히 다루어야 하는 인간과 세계의 진실을 탐문하는데도 성공한 작가이다.

본론에서 다루지는 못했지만 「빙벽에 핀 설화」 역시 중요한 의미를 담고 있는 작가의 산악소설이다. 이 작품에서 대학교수인 석준은 로체 페이스를 눈앞에 두고 있다. 조난사고가 발생하지만 대경과 도현은 조난사고에 신경 쓰지 말고 정상정복에 나서자고 주장한다. 그러나 석준은 정상 정복을 포기하고 혼자 하산하여 조난자를 구한다. 그 조난자는 왕대천이라는 대만 청년인데, 그는 나중 석준의 아들임이 밝혀진다. 대만의 알피니스트였던 왕대천의 어머니는 젊은 시절 석준과 짧은 연애를 하였고, 곧 대만으로 돌아가 석준 모르게 아이를 낳았던 것이다. 그녀는 왕대천이 세 살이었을 때 산에서 죽었고, 몇 십 년이 지난 지금 둘은 드디어 조우한 것이다. 석준은 자신과 같은 등산대의 대원이었던 도현이 정상 정복에 성공했다는 소식을 듣는다. 또 한 번 패배감이 밀려드는 상황에서 석준은 "아버지, 인생은 유예의 연속만은 아니죠?"(180)라는 아들의 말에, 자신 있게 "아니다."(180)를 외치며 소설은 끝난다. 손장순은 정상 정복이라는 허명의 추구보다는 조난자의 구조라는 윤리적 행위가 좀더 인간적인 행동임을 부자의 감격적 상봉을 통해 웅변하고 있는 것이다. 한 가지 안타까운 점은 이러한 윤리적 태도가 네팔이나 이집트 등의 제 3세계에 대한 차별적 시선[17]과 공존한다는 점이다.

---

[17] 「불타는 빙벽」의 '나'는 히말라야 원정대 리더로 네팔의 카트만두에 간다. 그곳을 거닐며 소가 한가로이 다니는 모습이나 사람들이 길거리에서 방뇨, 방분하는 모습을 보며 "동물적"(40)이라고 말한다. 더욱이 사람들의 옷차림을 보며 "한결같이 누추하고 원시적"(40)이라고 평가하며, "몇 천 년을 거슬러 고대로 돌아간 듯한 즐거운 착각"(40)을 느끼기도 한다. 이곳은 "원시적인 엑조티즘을 한껏 향유"(41)하기에 적당한 곳으로 인식된다. 히말라야 인근에 사는 사람들은 "원시인"(42)으로 불리며, 그들이 밥먹는 모습을 보며 "동물적"(42)으로 보인다고 말한다. 현지의 수송원들과 헤어지는 장면도 "우리 대원들과 헤어지게 되자 치즈와 마늘 냄새를 풍기며 씻지 않아 땟국이 흐르는 볼을 비비자고 들이대는 사람이 있는가 하면, 누런 이똥을 내보이며 악수를 청하기도 한다."(45)고 묘사한다. '나'는 국제 전시회를 위해 이집트에 내렸을 때도, "지저분한 카이로 거리는 꼭 서울의 해방 전후를 연상케 하나 사람들은 순박하고 인간미가 풍긴다. 전차와 버스에 사람들이 꾸역꾸역 타고 그것도 모자라 매달려 가는 비문명적인 풍경"(71)이라고 생각한다. "폐허의 고도 알렉산드리아는 그 가난함과 미개함이 네팔의 카트만두를 연상"(73)시키는데, 이러한 장면들에서는 네팔이나 이집트 등을 바라보는 우월적 시선을 느낄 수 있다.

가짜 낙원에서 벗어나기

— 이민진의 『백만장자를 위한 공짜 음식』

1. 성장 서사의 관점에서 바라보기

이민진의 『백만장자를 위한 공짜 음식』은 최근 『파친코』로 국제적 주목을 받고 있는 이민진의 첫 번째 장편소설이다.[1] 지금까지 『백만장자를 위한 공짜 음식』에 대한 연구는 크게 두 가지 방향에서 이루어졌다. 첫 번째는 한국계 미국인에 대한 정형화된 표상을 벗어난 지점에 주목한 논의를 들 수 있다.[2] 김소영은 『백만장자를 위한 공짜 음식』이 "한국계 미국인 전형의 이면

---

[1] 이 작품은 2007년에 Grand Central Publishing 출판사에서 Free Food for Millionaires 라는 제목으로 처음 출판되었고, 2008년에 이용옥의 번역으로 출판사 이미지박스를 통해 처음 한국에 소개되었다. 이후 2022년 유소영이 번역한 판본을 출판사 인플루엔셜이 다시 한국에 소개하였다.

[2] 이민진 스스로도 미국의 미디어들이 아시아계 여성을 상투적으로 재현하는 것에 문제의식을 느꼈다고 밝힌 바 있다. 그 대목을 옮겨보면 다음과 같다. "언론과 예술 속에서의 아시아계 미국인들은 대개 그들의 모습 그대로 정확하게 반영되지 않는다. 그러니 미디어를 통해 본 것으로 그들을 바라보는 건 위험하다. 아시아계 미국인들은 긍정적인 측면에서 몹시 능력 있고, 성실하고, 아주 온순한 사람들이라고 인식하고 있다. 반면에 아주 교활하고, 음흉하고, 과대망상증이 있는 것으로 알고 있다. 어느 쪽이든 실제 주변의 아시

을 고발함과 동시에 과거로부터 당연시 되어왔던 통념이자 안정적으로 여겨져 왔던 아시아계 미국인 범주에 대한 의문점을 시사"[3]하는 작품이라고 주장했다. 김미영은 케이시나 테드가 "'한국계'라는 한정사에 갇히지 않고 맥락에 따라 여러 국적과 인종의 문화들에서 취사선택한 준거들로 자신만의 새로운 문화적 정체성을 구성해가는 트랜스컬처한 주체들"[4]이며, 이들은 "자기기만이 없는 삶, 공감과 교류의 연장선상에 있는 섹스, 신뢰에 기초한 연애와 결혼, 인간관계에서의 배려와 세련된 매너 등"[5]의 보편적 휴머니티를 체득하게 된다고 결론 내린다. 나보령은 『백만장자를 위한 공짜 음식』에서 이민진이 "케이시를 위시한 한국계 미국인 여성의 서사를 써내려가는 과정에서 자신의 삶을 재료로 삼으면서도, 한국계 미국인, 아시아계 미국인 여성의 스테레오 타입을 넘어서고자 하는 욕망을 투영하면서 이들을 대담하게 가공하였다."[6]고 주장하였다. 이주영과 정기인은 『백만장자를 위한 공짜 음식』이 자신들에 대한 스테레오 타입에 균열을 내는 입체적인 한국계 미국인 인물들을 보여주었지만, "이 소설을 수용하는 미국과 한국의 콘텍스트와 파라텍스트는 다시 기존의 스테레오 타입으로 끊임없이 이 소설을 환원하려고 한다."[7]

아계 미국인들의 모습을 반영하는 데 성공하지 못한다. 이제 아시아계 미국인에 대한 명료한 목소리와 언어를 부여받아야 한다. 그들의 감성과 현실을 온건히 드러내는 것이 내 작업의 목적이기도 하다. 이 시도를 통해 나는 내가 알고 있는 한국계 미국인들의 사회와 이를 구성하는 복잡한 개인들을 드러내 보이고 싶다. 또한 작가로서 한국계 미국인이 아닌 인물들에 대해서도 똑같은 일을 해내고 싶다."(이민진, 「한국계 미국인들에 대한 사랑과 편견」, 『백만장자를 위한 공짜 음식 2』, 이미지박스, 2008, 9-10면)

3   김소영, 「『백만장자를 위한 공짜음식』에 나타난 아시아계 미국인의 정체성과 범주의 의미」, 고려대 석사논문, 2014, 61면.
4   김미영, 「민진 리의 『백만장자를 위한 공짜 음식』에 나타난 글로컬 시대의 트랜스문화적 주체 구성과 보편적 휴매니티 탐구」, 『한국현대문학연구』 68집, 2022, 68면.
5   위의 논문, 68면.
6   나보령, 「모범 소수자를 넘어」, 『인문논총』 79집 1호, 2022, 455면.
7   이주영·정기인, 「민족과 국가 사이에서 : <백만장자를 위한 공짜 음식>의 텍스트, 파라텍

고 비판하였다.

한국계 미국인에 대한 정형화 된 표상에 대한 비판을 보여줬다는 논의와 더불어 또 하나의 축을 이루는 논의는 『백만장자를 위한 공짜 음식』이 보여주는 차별받는 소수자성에 대한 문제의식에 주목한 연구들이다.[8] 이용욱은 『백만장자를 위한 공짜 음식』이 미국에서 살아가는 이민자들이 겪는 "희노애락을 담담하게 보여줌으로써, 미국의 내밀한 문제 - 세대 대 세대, 문화 대 문화(인종), 그리고 계급 사이의 갈등에 꾸미지 않은 생생함을 담아낸다."[9] 고 주장한다. 김성곤은 『백만장자를 위한 공짜 음식』이 "이민자가 필연적으로 경험하는 두 나라 사이의 문화 및 가치관의 충돌, 두 세계 사이에서 느끼는 갈등과 고뇌, 그리고 두 개의 조국에 대한 충성심과 배신의 문제를 심층적으로 탐색하고 있다."[10]고 말한다. 김종회는 "한인 이민자와 그 자녀가 남몰래 겪어야 하는 차별적 상황이 아주 많은 분량으로, 아주 구체적이며 동시에

스트, 콘텍스트」, 『한국근대문학연구』23집 2호, 2022, 25면.

8   이 역시 이민진이 직접 머리말에서 분명하게 밝힌 바 있다. "같은 이민자라고 해도 같은 대우를 받는 것은 아니다. 퀸스에서 자라날 때 내 주위에는 중국, 한국, 인도뿐만 아니라 전 세계에서 온 이민자들이 있었다. 그런데 백인이 아닌, 아시아계 미국인들에게 볼 수 있는 뚜렷한 한 가지 차이가 있었다. 인종적인 특성을 유지하고 있는 한 사회 주류로 받아들여질 수 없다는 점이다. 간단하게 말해서 눈과 코의 모양, 머리카락, 또는 체형이 두드러지게 다르다면, 나쁘든 좋든 간에 상관없이, 주류 사회로의 완벽한 동화는 불가능하다. 그런 물리적인 차이로 미국에서 당연한 듯이 벌어지는 온갖 종류의 문제들을 이 책을 통해 기록한다."(이민진, 「한국계 미국인들에 대한 사랑과 편견」, 『백만장자를 위한 공짜 음식 2』, 이미지박스, 2008, 9면) 이와 관련해 정회옥은 "백인 중심 사회에 살고 있는 아시아인은 한눈에 알아볼 만한 신체 특징인 피부색 때문에 손쉽게 외집단(out-group)으로 정의된다. 설사 그가 미국에서 태어나고 자라 영어가 모국어이며 미국에 강렬한 애국심을 지녔더라도 말이다."(정회옥, 『아시아인이라는 이유』, 휴마니타스, 2022, 38면)라고 설명하였다.

9   이용욱, 「아메리칸 드림의 진상」, 『백만장자를 위한 공짜 음식 2』, 이미지박스, 2008, 515면.

10   김성곤, 「해외동포 700만, 국내 외국인 100만 명, 이 시대를 살아가는 우리의 필독서」, 『백만장자를 위한 공짜 음식 2』, 이미지박스, 2008, 527면.

지속적으로 탑재되어 있다."[11]고 주장한다. 이익성은 「『백만장자를 위한 공짜 음식』에 나타난 한국계 미국인에 대한 특징」에서 이민진이 "주인공 케이시 한의 삶을 중심으로 그녀를 둘러싸고 있는 한인 사회와 그 구성의 삶을 그려 내"[12]고 있다고 주장한다. 유소영도 『백만장자를 위한 공짜 음식』이 "한국땅 에서 전혀 위협을 느끼지 않고 편안하게 사는 다수의 한국인보다, 피부색이 더 어두운 한국인, 아프리카계 한국인, 필리핀 마닐라나 베트남 어딘가에서 삼대 위 할아버지를 찾아야 하는 한국인에게 더욱 절실하게 말을 거는 이야 기일지도 모른다."[13]고 하여, 이 작품이 소수인종의 문제를 드러낸 이야기라 는 입장을 보여주고 있다.

이 글에서는 『백만장자를 위한 공짜 음식』을 주인공인 케이시 한의 성장 서사로 독해하고자 한다. 성장의 핵심적인 내용은 일종의 스놉이었던 케이시 한이 자신의 진정한 욕망에 따른 삶을 추구하게 되는 것이라고 할 수 있다. 이때의 스놉은 "자기에 대한 세상의 평판을 매우 중시하여 자기보다 타인이 판단해주는 것에 오히려 행복을 느끼고 만족할 수 있는 부류의 사람들"로서 "언제나 자기 밖에 존재하며 타인의 의견 속에서만 살아"[14]가는 존재를 말한 다. 케이시 한이 보여주는 탐색의 서사는 일과 연애라는 두 가지 측면을 중심 으로 이루어진다. 2장에서는 스놉으로서의 케이시 한이 지닌 특징을 살펴보 고, 3장에서는 일과 연애라는 측면에서 스노비즘이 작동하는 방식을 고찰하

---

11 김종회, 「미주 한인 디아스포라 문학에 나타난 민족정체성 고찰 : 이창래, 수잔 최, 이민 진의 작품을 중심으로」, 『현대문학이론연구』 44집, 2011, 214면.

12 이익성, 「『백만장자를 위한 공짜 음식』에 나타난 한국계 미국인에 대한 특징」, 『개신어문 연구』 44, 2019, 143면.

13 유소영, 「옮긴이의 말」, 『백만장자를 위한 공짜 음식 2』, 인플루엔셜, 2022, 487-488면.

14 Jean-Jacques Rousseau, 『인간불평등기원론』, 주경복·고경만 옮김, 책세상, 2003, 139 면.

고자 한다. 4장에서는 그러한 상황에서 벗어나 케이시가 자신의 진정한 욕망과 마주하게 되는 과정을 살펴볼 것이다.

2. 스노비즘(snobbism)에 빠진 케이시 한

『백만장자를 위한 공짜 음식』은 "유능한 젊은 여성으로서 케이시 한은 번듯한 삶과 성공을 선택해야 한다는 강박관념을 가지고 있었다. 하지만 그녀가 갈망한 것은 화려함과 통찰이었다."[15]는 문장으로 시작된다. 뒤이어 "그녀는 맨해튼에서 세탁소를 운영하는 부모님의 근면하고 힘겨운 삶을 넘어선, 눈부시고 화려한 인생을 꿈꾸었다."(1,13)는 말이 덧보태진다. 여기서 알 수 있는 것은, 프린스턴대 경제학과를 졸업한 스물 두 살의 케이시가 갈망하는 것이 '화려함'과 '눈부시고 화려한 인생'이라는 사실이다. 이처럼 '눈부시고 화려한 인생'은 모두 타자를 전제로 한 것이라는 점에서, 인간의 가장 보편적인 욕망 형태인 인정 욕망에 해당한다.

처음 케이시는 매우 막연하게 인정 욕망을 지니고 있을 뿐이다. 케이시는 "자존심과 통제력, 영향력을 손에 쥐고 싶다고 막연히 생각할 뿐 자신이 무엇을 원하는지 아직 확실히 모르"(1,151)는 상태이다. 이 작품에서 가장 성공한 한국계 미국인 여성인 사빈이 "케이시에게 자신의 욕망을 알 기회가 주어진다면, 사빈보다 더 멀리 나아갈 수 있을 것이다."(1,324)라고 생각하는 것에서도 케이시의 욕망이 불분명하다는 사실이 드러난다. 이러한 케이시의 모습은

---

15 이민진, 『백만장자를 위한 공짜 음식 1』, 유소영 옮김, 인플루엔셜, 2022, 13면. 해당 부분의 원문을 옮기면 다음과 같다. "As a capable young woman, Casey Han felt compelled to choose respectability and success. But it was glamour and insight that she craved."(Min Jin Lee, *Free Food for Millionaires*, Grand Central Publishing, 2007, p.3) 앞으로 이 작품을 인용할 경우, 본문 중에 권수와 면수만 기록하기로 한다.

스놉(snob)에 해당하는데, 스놉은 본래 '자신이 무엇을 원하는지 모르는 자들'로서, 그렇기에 타자의 욕망만을 과도하게 욕망하기 때문이다.[16]

"매일같이 다른 누군가의 삶을 부러워했고, 모든 형태의 가십을 사랑"(1,179)하는 케이시의 스놉적인 성격은, 그녀의 옷에 대한 집착에서 확인할 수 있다. 케이시와 동거했던 은우조차 케이시에게 옷에 그렇게 많은 돈을 쓰는 사람을 처음 본다고 말할 정도이다. 컨 데이비스의 아시아자산영업부장 케빈 제닝스는 케이시를 보고 "영업부 보조직원치고는 옷을 너무 잘 차려입었다. 오냐오냐 자란 공주 과가 분명하다."(1,154)고 생각한다. 옷에 대한 과도한 욕망으로 인해 케이시는 계속 해서 돈걱정에 시달린다. 케이시가 가진 모자는 쉰 개에 이를 정도이며, 그녀의 "소비 행태가 과도하다는 것을 부정할 사람은 아무도 없었다."(1,274)고 이야기된다. 케이시는 "빚이 그렇게 두려우면서도, 더 많은 것을 누리고 싶은 욕망은 커지기만 한다는 점"(1,275)에 대해 스스로도 한심해한다. 케이시는 점점 늘어나는 빚 때문에 잠이 오지 않을 정도이다. 나중에 케이시는 자신의 의류비 지출 내역만 봐도 구역질이 날 정도로서, "물건을 산다는 것에 대한 자책감이 한시도 떠나지 않고 그녀를 짓누"(2,87)른다. 케이시가 이토록 옷에 집착하는 이유는, "옷은 마법"(1,77)으로서 "옷 한 벌이 문자 그대로 마법의 주문을 걸어 사람을 변신시키는 것 같았"(1,77)기 때문이다. 옷은 실제의 케이시와는 다른 '화려한 케이시'를 만들어내는 주요한 수단이었던 것이다.

케이시에게 옷이 갖는 의미는 그녀가 컨 데이비스에 다니는 휴나 브렛 등과 골프를 치게 되었을 때, "급여의 절반 이상"(1,372)에 해당하는 비용의 옷을 차려 입는 장면에서 잘 드러난다. 이 장면에서 케이시에게 옷이 가지는

---

16 김홍중, 『마음의 사회학』, 문학동네, 2009, 86-87면.

의미는 다음과 같이 분명하게 표현된다.

> 케이시는 그녀보다 열 배나 높은 연봉을 받는 여성 브로커들과 은행가
> 들, 증권 분석가들이 입는 것보다 더 비싼 옷을 입고 있었다. 하지만 옷은
> 끊임없이 바뀌는 환경 속에서 그녀를 좀 더 번듯한 사람으로 느끼게 해주
> 었다. 오늘 밤 이 드레스를 입으면 스타이브슨 공립고교가 아니라 앤도버
> 사립학교 출신처럼, 퀸스 엘름허스트의 롤러 스케이트장이 아니라 뉴욕
> 골드앤드실버 사교 파티에서 첫 경험을 한 여자처럼 행세할 수 있었다.
> 그녀는 어디를 가든 항상 적절한 드레스로 자신의 정체성을 직조했다.
> (1, 372)

케이시는 그녀보다 열 배나 높은 연봉을 받는 사람들이 입는 옷보다 비싼
옷을 입는데, 이유는 그 옷을 통해서 실제의 자신보다 훨씬 상류층의 사람처
럼 '자신의 정체성을 직조'할 수 있으며, '번듯한 사람'이 될 수 있기 때문이
다. 이것은 케이시가 "나 아닌 것으로 나를 드러내는 '척'의 에토스"[17]에 빠져
있는 주체임을 보여준다. 또한 이러한 케이시의 모습은 "속물에게는 자신의
모든 것이 오직 전시 대상"이며, "깊이나 내면은 표면으로 호출되어 노출"[18]
된다는 말도 떠올리게 한다. 옷에 대한 케이시의 집착은, 그녀가 실제의 자기
보다도, 사람들에 의해 판단되는 자신을 중요시한다는 것을 보여준다. 사빈
의 "이 모든 소비는 네가 진정 원하는 것의 대용품이야. 이 모든 과소비는
단순히 중독에 불과해."(1, 290)라는 말도 이러한 성격을 잘 보여준다. 스놉은
남들과 구별되고 싶다는 욕망을 가지고 있으며, 인정투쟁에 모든 것을 건

---

17 백욱인, 「속물 정치와 잉여 문화 사이에서」, 『속물과 잉여』, 지식공작소, 2013, 25면.
18 김홍중, 「삶의 동물/속물화와 참을 수 없는 존재의 귀여움」, 『속물과 잉여』, 지식공작소,
    2013, 51면.

인물들이기에 타인의 인정을 위하여 과시하고, 위장하고, 기만한다. 그러나 안타깝게도 타인의 인정에 목을 매면 맬수록, 그들이 최종적으로 도달하는 지점은 자기의 상실일 뿐이다.[19]

『백만장자를 위한 공짜 음식』에는 케이시 한이 속물이 될 수밖에 없는 배경도 등장한다. 그 배경은 간단히 말해, 케이시가 한국계 미국인으로서 늘 차별과 무시의 상황에 놓여 있는 것이라고 할 수 있다. 이러한 상황은 친구인 버지니아가 옷차림에 유난을 떤다고 놀릴 때마다, 케이시가 "그래서? 매장에 들어섰을 때 넌 일본인 관광객이나 유모, 우편 주문 신부, 손톱 미용사로 오해받지는 않잖아? 네가 뭘 안다고 그래?"(1,126)라고 대답하는 대목에서 드러난다. 케이시의 대답에는 케이시가 한국계 미국인 여성으로서 겪을 수밖에 없는 일상의 곤란이 잘 드러나 있다. 이러한 고통이야말로 케이시가 스놉이 될 수밖에 없었던 이유에 해당한다. 본래 왜곡된 인정 욕망의 표현이라고 할 수 있는 속물주의에는, "근대성에서 일상화된 체계적인 모욕과 무시의 경험"[20]이 밑바탕에 깔려 있기 때문이다. 그녀는 카스트(caste)라고까지 불리는 미국의 인종적 차별의 직접적인 피해자인 것이다.[21]

---

19 김홍중, 『마음의 사회학』, 문학동네, 2009, 84면.

20 장은주, 「상처 입은 삶의 빗나간 인정투쟁」, 『사회비평』, 2008년 봄호, 17면. 장은주는 한국의 현대사라는 맥락에서 속물(주의)를 논하고 있다. 한국의 속물주의는 "생존의 이데올로기와 터무니없이 좁은 문화적 인정 지평의 악순환적 상호작용"(위의 논문, 28면)에서 탄생했으며, 그렇기에 속물주의는 "이 땅의 상처 입은 삶을 살아온 사람들의 어떤 거대한 복수극 같은 것"(위의 논문, 29면)이기도 하다는 것이다. 이러한 한국적 속물주의는 케이시가 직접 부딪치며 살아가는 맨해튼의 금융계에도 근본적으로 동일하게 적용된다고 할 수 있다.

21 이저벨 윌커슨은 미국의 유구한 인종차별과 불평등을 인도의 카스트 피라미드에 비유한다. 지배 카스트가 물려받은 이점은 백인의 지배를 보장했는데, "게리맨더링에 의한 선거구부터 유권자 탄압, 사법부의 우경화, 지배 카스트에게 유리한 선거인단에 이르기까지 통치의 거의 모든 측면에서 지배 카스트의 이해관계는 백인들의 지배를 보장했다."(Isabel Wilkerson, 『카스트-가장 민주적인 나라의 위선적 신분제』, 알에이치코리아,

케이시가 겪는 한국계 미국인으로서의 차별 문제는 비교적 상세하게 드러난다. 한국계 미국인으로 뉴욕의 금융계에서 승승장구하는 테드는 경영대학원 진학을 놓고 고민하는 케이시에게, 갈 만한 가치가 있는 경영대학원은 하버드나 스탠퍼드뿐이지만 입학에 있어서 "여성이라는 게 도움이 될지도 모르지. 아시아인이라는 건? 도움이 안 돼."(1,282)라고 단호하게 말한다. 이 작품에서 자수성가한 여성이자 자기 분야의 개척자이며 케이시가 "자신이 아는 다른 어떤 여자들보다 존경"(2,158)하는 한국계 여성인 사빈도 "대부분의 미국인들은 아시아인을 곤충으로 생각해. 좋은 개미, 일벌, 죽지도 않는 바퀴벌레. 셋 중 하나지"(1,286) 같은 소리를 틈날 때마다 한다.

이러한 차별은 케이시의 일상적 감각에까지 깊이 새겨져 있다. 케이시는 열여덟 살이 되던 해부터 스물다섯 살이 될 때까지 최고급 식당부터 회원제 클럽, 뉴욕의 여러 가정을 드나들며 수많은 식탁에서 식사했지만, "마음 한구석에는 언제든 누가 와서 나가달라고 하지 않을까 하는 막연한 불안감"(2,17)이 있었다. 이어서 케이시는 혹시 그런 일이 벌어진다 해도 "나 같은 여자에게는 이런 일도 있구나 생각하고 조용히 나가는 수밖에 없지 않을까."(2,17)라고 생각할 정도이다.[22] 이처럼 '일상화된 체계적인 모욕과 무시의 경험'이야말로 케이시를 스놉으로 만드는 가장 큰 이유라고 할 수 있다.

2022, 462면)는 것이다.

[22] 황승현은 트럼프 대통령 당선이 보여주듯이, 최근에도 "반아시아계 정서가 섞여서 아시아로 돌아가라는 말이 나왔고, 이 말에 함의된 영원한 외국인이라는 개념은 여전히 아시아계 미국인을 향한 역사적 편견의 시선을 지속해서 반영"(황승현, 『미국에서 찾은 아시아의 미 ─ 차별과 편견이 감춘 아름다움』, 서해문집, 2023, 224면)한다고 주장한다. 흑인은 미우나 고우나 내국인으로 인식되는 반면, 아시아인은 백인과 흑인의 중간에 놓인 위치에 있으며 본질적으로는 백인 주류에 동화될 수 없는 외국인으로 인식된다는 것이다. 그렇기에 아시아인은 서구 사회에서 영원한 외국인이자 '종신이방인'perpetual foreigner으로 취급된다고 한다. (정회옥, 앞의 책, 167-168면)

그러나 스놉인 케이시의 마음 한편에는 자신만의 진정성 있는 삶을 향한 꿈이 존재한다. 이것이야말로 『백만장자를 위한 공짜 음씩』의 서사를 가능케 하는 핵심적인 요인이라고 할 수 있다. 케이시는 컬럼비아 로스쿨 입학허가를 받아놓았지만, "설령 모호한 꿈이라도 단지 안정된 직장을 가져야 한다는 이유로 포기하고 싶지 않았"(1,17)기에 입학을 거부한다. 주변 사람들이 보잘것없다고 했던 일자리를 고르면서, 케이시는 "왜 천천히 내 길을 찾으면 안 되지? 왜 실패하면 안 되지? 미국에서는 그렇게 하라고들 하지 않나. 나 자신을 찾고, 내게 어울리는 색깔을 찾아야 하는 것 아닌가."(1,289)라고 생각하기도 하는 것이다. 스노비즘에 빠져 있지만 한편에는 '남과 다른 자신만의 길을 걷고 싶은 마음'이 있는 것이야말로, 이 작품의 본질적인 갈등이라고 할 수 있다. 결국 전자가 아닌 후자의 세계를 케이시가 선택하는 것이야말로 케이시가 보여주는 성장의 본질이라고 할 수 있다.

3. 스노보크라시(snobocracy)의 사회

『백만장자를 위한 공짜 음식』의 기본 서사는 맨해튼의 금융계를 중심으로 펼쳐진다.[23] 본래 속물이 "자본주의의 산물"[24]이라는 점을 생각할 때, 자본주의의 최첨단을 달리는 맨해튼이야말로 속물이 살아가기에 가장 적합한 공간이다. 맨해튼은 철저한 스놉의 세상으로서, 이곳에는 돈을 향한 욕망만이

---

23 이외에는 한인교회를 중심으로 한 한인사회가 주요한 배경으로 등장한다. 금융계와 한인사회를 벗어나 등장하는 것은 결혼식 피로연에 잠시 등장하는 중국계 식당과 푸에르토리코 출신의 아파트 도어맨 조지의 생각을 통해 중남미 출신 이민자의 삶이 조금 언급될 뿐이다.
24 우석훈, 「속물의 정치경제학 ─ 만개한 속물의 전성시대에 부쳐」, 『사회비평』, 2008년 봄호, 37면.

존재하며 진정한 인간적 가치는 존재할 여지가 없다. 테드의 동료와 하버드 경영대학원 친구들은 "엘라를 탐나는 상품인 양 취급했고, 엘라는 그들과 말을 섞는 것이 두려웠다."(1,97)고 이야기될 정도이다. 맨해튼의 금융계는 사용가치에 따라 욕망을 갖는 것이 아니라 다른 사람과의 경쟁 관계, 즉 교환가치에 따라 욕망을 가질 수밖에 없는 전형적인 공간인 것이다. 맨해튼의 금융계에서는 돈이라는 단 하나의 목적을 위해 모든 이가 투쟁하는 전쟁같은 상황이 매일 벌어지는 것이다. 그렇기에 이곳은 "스놉이 선망되고, 모방되고, 그의 성공담이 모범으로 읽혀지고 그 삶의 형식이 훈련되는 사회"[25], 즉 스노보크라시의 사회라고 할 수 있다.

　이 금융계에서 진정한 가치는 논의하기 어려우며, 이곳을 지배하는 것은 학벌이나 학연과 같은 스놉적 기호들일 뿐이다. 케이시는 컨 데이비스에서 일하며, "최고의 회사들이 그렇게까지 뉴욕대 스턴 스쿨을 무시하고 하버드, 워튼, 스탠퍼드, 그리고 그보다 못한 컬럼비아 재학생들 중에서만 직원을 뽑는다면, 성적증명서가 아무리 탁월하다 해도 소용이 없다"(2,159)는 것을 깨닫는다. 케이시는 프린스턴에 다닐 때 아이비리그 대학이 다른 학교보다 낫다고 여기는 사고방식을 천박한 엘리트주의라고 배웠지만, 뉴욕대 스턴 스쿨에 다니며 컨 데이비스를 다닐 때는, "브랜드가 중요하다"(2,159)는 아버지의 말을 비로소 이해하게 된다. "스턴 스쿨에서는 신규 채용을 하지 않는 바로 그 은행들이 프린스턴에 찾아가서 학부 투자분석가 프로그램에 뽑아가기 위해 스무 살 학생들을 면접"(2,160)하는 곳이 바로 뉴욕의 금융계인 것이다.[26]

25　김홍중, 「스노비즘과 윤리」, 『사회비평』, 2008년 봄호, 52면.
26　금융계에 들어오기 전에 다니는 경영대학원도 스놉의 공간으로 형상화된다. 케이시의 상사인 케빈은 "경영대학원이 인맥이나 쌓는 곳"(1,286)이라고 케이시에게 말하는데, 실

케이시는 컨 데이비스에서 몇 달간 근무하면서 그 분위기에 진이 빠지는데, 이유는 그곳의 사람들이 "서로를 이겨먹으려고 혈안이 되어 있"(1,210)기때문이다. 컨 데이비스에서는 사용가치에 따라 욕망을 갖는 것이 아니라 다른 사람과의 경쟁 관계, 즉 교환가치에 따라 욕망을 가질 수밖에 없다. 돈을향한 욕망은 모방적 욕망의 성격을 가지며, 욕망 주체와 매개자가 맨해튼의금융계라는 같은 세계에 속하는 내적 매개의 양상을 보여준다.[27] 주체와 중개자 사이에 경쟁관계가 있다는 점을 고려할 때, 이들의 관계는 내면적 간접화(médiation interne)의 관계라 부를 수 있다.[28] 이러한 내적 매개에 의한 모방욕망은 그 본성상 강한 전염성을 지닌다. 모방의 연쇄가 계속 될 경우, 욕망의 대상은 더 이상 문제가 되지 않는다. 초점은 욕망의 대상이 아닌 욕망의모델 즉 경쟁자로서, 경쟁과 승리만이 문제가 되는 것이다. 경쟁 상태가 지속되고 확대될수록 경쟁자들 사이의 거울효과는 커진다. 이로 인해 경쟁자들사이의 차이가 사라지고, 오직 동질성만이 그들 사이를 지배할 때 이들은

제로 테드의 하버드 경영대학원 친구들은 "항상 서로 부탁을 들어주곤 했"(1,95)다.

27 스노비즘의 정신역동에 대한 가장 탁월한 분석은 르네 지라르에 의해 이루어졌다. 르네지라르(René Girard)는 욕망의 주인은 나 자신이 아니라고 주장한다. 대상을 욕망할 때그것은 자신의 내부에서 발원한 것이 아니라, 자신의 밖에서 빌려온 것에 불과하다는것이다. (R.Girard, 『낭만적 거짓과 소설적 진실』, 김치수·송의경 옮김, 한길사, 2001, 39-102면)

28 욕망이 모방적이라면, 즉 모방에 의해 생겨나면 주체는 그의 모델이 소유하거나 욕망하는 것을 욕망한다. 주체는 그의 모델과 같은 세계에 있을 수도 있고 다른 세계에 있을수도 있다. 후자의 경우, 다른 세계에 있을 경우의 주체는 당연히 그의 모델이 소유하거나욕망하는 대상을 욕망할 수가 없고, 이때 모델과는 외적 중개라고 이름붙인 관계만 맺게된다. 외적 중개는 갈등을 불러일으키지 않는다. 그와 반대로 우리가 우리의 모델과 같은환경에 살고 있다면, 모델이 우리의 이웃이라면 그가 소유하거나 욕망하는 대상을 우리도 소유하고 욕망할 수 있게 된다. 이러한 모방적 관계를 내적 중계라고 하는데, 이 내적중계는 한없이 격렬해진다. (R.Girard, 『문화의 기원』, 김진식 옮김, 기파랑, 2006, 66-67면)

완벽한 짝패(double)가 된다.[29]

2장에서 살펴본 것처럼, 케이시는 속물적인 성격을 지니고 있지만 컨 데이비스로 대표되는 진정한 스놉들과는 구별된다. 그녀는 진정성 있는 세계와 속물의 세계 중간 쯤에 놓인 존재라고 할 수 있다. 그것은 다음과 같은 인용문에도 나타나 있다.

> 월 스트리트에서 케이시가 만난 많은 사람들은 멋진 물건들을 소유하고, 새로 생긴 식당에서 식사를 하고, 값비싼 여행을 다니고 싶어 했지만, 그녀가 아는 예술가들은 그런 것들에 대해 경멸감을 표현했다. 케이시는 자신이 양쪽 어디에도 속하지 않는다고 느꼈다. (2,92)

월가의 사람들과 예술가들 세계 '양쪽 어디에도 속하지 않는 존재'가 바로 케이시인 것이다. 케이시는 어떻게든 자신을 화려하게 꾸미며 남들에게 인정받고 싶다는 욕망에 시달리기도 하지만, 속물의 반대편에 놓인 예술가들의 세계에 깊은 관심을 보이기도 한다. 조셉을 통해 케이시가 조지 엘리엇의 『미들마치』는 물론이고, 새커리, 하디, 엘리엇, 톨스토이, 캐더, 헤밍웨이, 더스패더스, 싱클레어 루이스 등을 읽는 독서가라는 사실이 드러난다. 컨 데이비스에서 만난 사람 중에 소설을 읽는 사람은 아무도 없다.

흥미로운 것은 한인 사회도 스놉의 세계라는 것이다. 그것은 "한국인들에게는 매사가 그저 남들 보기에 창피하지 않아야 한다는 것이었다."(1,122)라는 문장을 통해서도 선명하게 드러난다. 케이시의 아버지인 조셉이야말로 가장 대표적인 스놉이라고 할 수 있다. 그가 딸들에게 강요하는 것은 모두 남들의 시선에 관계된 것이다. 그것은 구체적으로 남들이 보기에 성공한 진로를 선

---

29   R.Girard, 『폭력과 성스러움』, 김진석·박무호 옮김, 민음사, 2000, 215-252면.

택해야 한다는 것과 한국계 남성과 결혼해야 한다는 것으로 나타난다. 늘 부모님의 말에 순종하는 티나는 한국인인 철과 결혼한다. 또한 티나와 철의 결혼식 과정을 통해, 한국계 미국인들 사이에 남아 있는 한국식 스노비즘, 즉 "돈을 만지는 사람들을 업신여기는 양반들의 태도"(1,452)가 형상화되기도 한다.

스노비즘은 이 작품의 중심인물들인 한국계 미국인 여성들의 삶에도 그대로 나타난다.[30] 케이시를 제외한 한국계 여성들은 모두 순종적이고 전통적인 여성상을 구현한 인물들이다. 이러한 여성상은 미국 사회에서 요구되는 아시아계 여성의 모습에 부합하는 것으로서, 이러한 여성상에 충실한 것은 아시아계 여성이 미국에서 자신의 인정욕망을 충족하는 가장 쉬운 방법이라고 할 수 있다. 미국 사회에서 아시아계 여성은 "조용하고 온유하며 순종적인 성적 대상이라는 고정관념에 갇혀 있"[31]으며, 매체도 "아시아계 여성은 착하고 말을 잘 듣는다는 이미지를 지속적으로 재생산"[32]하기 때문이다.

케이시의 어머니인 리아는 전통적인 한국 여성이라는 점이 크게 강조된다. 리아는 여덟 살 때 어머니를 잃었고, 10대부터 여섯 오빠와 가난에 시달리는 목사 아버지의 뒷바라지를 하며 성장했다. 리아는 열일곱 살 때 큰오빠의 절친한 친구였던 서른여섯 살의 조셉과 결혼한다. 리아의 주변 사람들을 통해 그녀의 수동적이며 얌전한 성격은 두드러지게 강조된다. 남편인 조셉은 리아의 "유순한 성품"(1,19)을 감사히 여기고, 성가대 지휘자로 부임한 찰스 홍도 리아가 "너무나 한국적"(2,70)이라고 생각하며, 유명한 소아과 의사인

---

30 『백만장자를 위한 공짜 음식』은 모두 3부와 44개의 장으로 이루어져 있다. 44개의 장에서 주인공 케이시 한이 중심인물로 등장하는 것은 24개 장, 엘라 심이 주인공으로 등장하는 것은 12개 장, 리아 조가 등장하는 것은 8개 장이다.

31 정희옥, 앞의 책, 188면.

32 위의 책, 189면.

더글러스 심은 리아를 보며 두 번이나 "누님을 연상"(2,147)한다. 리아는 교회 성가대에서도 다른 교인들을 배려하며 "믿기지 않는 자기희생"(2,81)을 보여준다. 남편인 조셉과 딸인 케이시가 충돌했을 때도, 리아는 "남자는 화를 내도 괜찮지만, 여자는 곤란하다."(1,28)며, "남편이 나가지 않고 케이시를 다시 때렸다면 더 나았을 것 같았다."(1,37)라고 생각할 정도이다. 리아는 찰스 홍에게 데이트 강간을 당한 이후에는, 자신이 "그를 유혹한 것"(2,308)이라고 자책하며, 찰스 홍에게 "전 실수를 했어요. 제 잘못이에요. 부디 용서해주세요. 제가 끔찍한 잘못을 저지른 거예요."(2,309)라며 흐느끼기까지 한다.

이런 리아는 딸인 케이시와 티나에게 한국 동화를 읽어주는데, 그 동화들은 한결같이 "희생과 헌신이야말로 좋은 여자가 걸어야 할 유일한 길이라는 교훈"(2,97)을 담고 있는 것이다. 리아의 가르침은 둘째 딸인 티나에게 그대로 이어진다. 케이시의 여동생 티나는 "리아의 젊은 시절을 빼닮은 고전적인 한국 미인"(14)으로 묘사되며, "사랑을 나눈 첫 남자"(1,349)인 철과 결혼한다.

소아과 의사인 더글러스 심의 딸이자 케이시의 친구인 엘라 심 역시 전통적인 여성이라는 점이 크게 강조된다. 리아는 엘라가, 정말 여자다우며 행동거지가 바른 "양반댁 규수"(1,206)라고 생각한다. 실제로 그녀의 행동은 전통적인 여성 규범에 충실하다. 엘라는 테드와 처음 관계를 맺은 후에, "그녀의 몸은 그의 것, 그에게 행복을 주기 위한 것"(1,308)이라고 생각한다. 엘라는 처음 테드의 부정을 알았을 때도, 서약을 했기에 테드를 떠날 수 없다고 다짐한다. 엘라의 남편이었으며 부정을 저질렀던 테드는 엘라를 생각하며, "그녀는 너무나 훌륭한 사람이었고, 좋은 어머니였으며, 기독교인 여성의 모범 같은 사람이었다."(1,437)고 회상한다. 케이시도 "엘라는 성녀였다. 아름답고, 친절하고, 좋은 사람이었다."(1,476)고 규정한다.[33] 엘라는 테드와 이혼한 후에 새롭게 취업하는 모습을 보여주기도 한다. 그런데 이러한 취업 역시도 일보다는 사랑을 더 중시하는 전통적인 여성상의 범주 내에서 벌어진 일로 그려진다. 엘라에게는 일 자체보다 데이비드와의 관계가 더욱 중요했던 것이다. 엘라는 취업을 결정한 후에, 바로 "자신이 원했던 것은 데이비드였다는 것"(1,407)을 깨닫는다.

이러한 전통적인 한국계 여성들의 삶은 미국의 주류사회는 물론이고, 한인 사회에서도 많은 지지를 받는다. 이들은 이상적인 여성으로 칭송받으며, 나름의 위치를 확보하는 것이다. 그러나 이들이 사회에 안착하여 나름의 인정 욕망을 충족시키는 대가 또한 혹독하다. 이 작품에서 리아는 찰스 홍에게 데이트 강간을 당하고도 모든 것을 자신의 책임으로 돌리며 괴로워한다.[34] 엘라 역시도 같은 한국계인 테드의 부정(不貞)을 지켜보며 고통을 겪는다. 또한 다음의 인용에는 미국 사회에서 한국계 여성들이 겪는 일상의 삶이 얼마나 끔찍한 것인가가 잘 드러난다.

> "제가 수시로 먹여요. 어떤 날은 하루에 열두 번, 열세 번도 먹네요." 티나는 지나치게 자란 앞머리를 입으로 불어 넘겼다. 아기가 젖을 먹지 않을 때면, 철은 그저 그녀의 셔츠 안에 손을 넣으려고 안달이었다. 예전 몸무게로 돌아가려면 아직 13킬로그램 정도 더 빼야 했지만, 철은 아랑곳하지 않는 것 같았다. 부풀어 오른 젖가슴 때문에 더 흥분된다는 것이었다. 티나의 젖가슴은 온 가족의 공유재산이었다. 엄마도 이런 기분을 느낀 적이 있을까? (2,356)

---

33 이러한 엘라와 대조적으로 테드가 부정을 저지른 델리아는 "잡지에서 흔히 볼 법한 외모"(2,240)를 지닌 여성으로, 그녀의 성적 매력은 극단적으로 강조된다.

34 리아는 죄책감을 느껴서 그날의 기억이 떠오르면 "죽고 싶은 심정"(2,373)을 느끼기도 한다. 리아는 딸인 케이시에게 "난 죄를 지었어. 하나님을 거스른 죄. 남편을 속인 죄. 나 자신에 대한 죄"(2,388)라고 말하기도 한다.

교회에 있는 여자들 중 많은 사람이 일주일에 60시간에서 70시간씩 급여도 못 받고 휴식 시간조차 없이 작은 가게에서 일하고 있었다. 집에 돌아가면 살림이 쌓여 있고 아이들까지 돌보아야 했다. 김 장로의 아내는 세금 신고 기간이 되면 사무실에 나와서 남편의 일을 도왔지만, 대체로 집에서 아들 둘을 키웠다. (2,362-363)

케이시는 앞에서 살펴본 전통적인 여성들과는 매우 이질적인 모습을 보여준다. 케이시는 사랑하지도 않는 남자들과 자유롭게 잠자리를 가지며, 낙태 수술을 하고도 양심의 가책을 느끼지 않는다. 케이시는 술 마시고 취하는 것은 물론이고 마약도 하는데, 이것은 그녀가 한국계 미국인에게 부여된 성역할과는 무관하게 열정에 따라 충동적으로 행동한다는 것을 보여준다.

케이시가 리아나 엘라와 구별되는 것은 다음과 같은 케이시의 행동을 통해 직접적으로 드러난다. 케이시는 리아를 데이트 강간한 찰스 홍을 찾아가 그의 죄악을 분명하게 따지며, 교회 성가대에서 쫓아낸다. 그녀는 찰스 홍을 찾아가서는, "절대 그 교회에는 다시 발 들이지 않는 게 좋을 거야. 엄마에게서 성가대를 빼앗지 마. 그리고 절대 다시 접근하지 마."(2,444)라고 당당하게 요구하는 것이다. 또한 케이시는 테드의 부정으로 인해 크게 상처받은 이후 집에서 아기만 돌보는 엘라를 향해, "집 밖으로 나가야 해. 아기는 잘 돌보고 있잖아. 집 밖으로 나가. 테드는…… 테드고. 네게도 네 인생이 있어야 해."(1,394)라고 말하기도 한다. 이러한 케이시의 충고는 엘라의 행동에도 영향을 미치며, 엘라가 데이비드와 약혼을 하는데도 결정적인 역할을 한다. 이러한 케이시의 모습은 '조용하고 온유하며 순종적인 성적 대상'이나 '착하고 말을 잘 듣는다'는 미국 내 아시아계 여성의 상투화된 이미지와는 완전히 다른 것이라고 할 수 있다.

케이시는, '한인들은 반드시 한국계와 결혼해야 한다'는 불문율을 지니고 있는 한인 사회의 전통적인 여성과는 다른 연애 상대를 선택한다. '한인들은 반드시 한국계와 결혼해야 한다'는 불문율은 케이시의 아버지인 조셉이 늘 강조하던 바로서, 조셉은 아내의 동창인 사빈이 "미국인과 결혼했다는 이유"(1,231)만으로 사빈을 경멸할 정도이다. 이것은 다른 한인도 공유하는 특징이어서, 사빈과 아이작의 결혼식에는 양가 누구도 참석하지 않는다. 케이시의 어머니인 리아는 케이시와 사귀는 제이 커리를 보고, "이 남자는 케이시를 무슨 창녀 정도로 생각하고 있을 것"(1,218)이라고 여긴다. 엘라의 결혼식에서 제이아 함께 다가오는 케이시를 보는 순간, "조셉과 리아의 즐겁던 기분은 산산이 부서져버렸다."(1,252)고 표현된다. 이런 상황에서 케이시는 같은 프린스턴대 동창인 백인 케이와 교제하는 것이다.

그러나 케이시와 제이의 사랑은 결코 순조롭지 않다. 케이시는 아버지의 집을 나온 후, 연인인 백인 남성 제이의 집으로 간다. 그 곳에서 본 것은 제이가 두 명의 연인과 함께 벌거벗은 채 뒹구는 것이었다. 그러나 케이시와 제이가 결별하는 진짜 이유는 제이의 부정에 있지 않다. 둘은 케이시가 부모님에게 제이를 소개하는 것과 관련해 갈등하게 되고, 결국 문화적 차이 때문에 이별하는 것으로 그려진다.[35]

문득 제이가 미국인이라는 것이 싫었고, 그와 같이 있을 때 자신이

---

35 사실 케이시는 케이는 물론이고 은우와 살 때도 "자질구레한 집안일"(2,36)을 도맡아 한다. "이런 일을 남자와 나눈다는 생각은 해본 적 없"(2,36)는 것이다. 버지니아는 케이시가 "남자들이 쫓아다니는 것을 좋아한다는 이유"(2,37)에서 "연애 측면에서는 구식"(2,36)이라고 말한다. 케이시는 버지니아가 자신을 구식이라고 한 것이 틀리지 않다고 생각하며, 그 이유가 "집에서 어머니만 집안일을 하는 모습을 보고 자랐기 때문"(2,37)이며, "은우에게 일이 없다는 사실을 받아들이는 것이 이렇게 힘든 것도 그래서일까?"(2,37)라고 생각한다.

너무나 외국인처럼 느껴진다는 것이 싫었다. 개인주의와 자기결정권이라는 그의 이상이, 색깔만 채우면 되는 간편한 컬러링북처럼 인생은 자신이 만들어나가기 나름이라는 공허한 관념이 싫었다. 세상에서 가장 이기적인 사람들이나 그런 식으로 살아갈 수 있을 것이다. (1,213)

제이는 다시 그런 짓을 하지 않을 것이다. 그보다 더 마음에 걸리는 것은 그가 남의 비위를 맞추는 사람이라는 것, 그의 신념이 비현실적이라는 것, 케이시로 산다는 것이 어떤 것인지 그가 전혀 이해하지 못한다는 것이었다. 이런 피부색으로 산다는 것이 어떤 것인지 백인은 절대 이해할수 없다고 생각하는 건 아니었지만, 굳건한 미국식 낙관주의로 무장한 제이는 케이시가 좋은 의도와 분명한 대화로 모든 상처를 덮을 수 없는 문화권에 속한 사람이라는 사실을 직시하지 않으려 하고 있었다. 어쨌든 그녀의 부모님에게는 그런 방식이 통하지 않았다. 그들은 한(恨)많은 한국인이었다. (1,264)

주목할 것은 케이시와 사귀었던 케이가 동양 여자에 대한 "페티시"(2,43)가 있는 남성으로 소개된다는 점이다. 그렇기에 한국계 미국인인 케이시가 백인 남성과 진정성 있게 교제하는 것은 결코 쉬운 일이 아니었음이 강조된다.[36] 케이시는 자신과 헤어진 후 케이가 "마치 기계부품 갈아 끼우듯"(2,43) 또다른 아시아계 여자인 게이코와 사귄다는 사실에 충격을 받는다. 제이는 백인 남성 사이에 실재하는 '옐로 피버'yellow fever를 보여주는 인물이었던 것이다.[37] 이처럼 스노비즘이 지배하는 미국 사회에서 백인 남성과 한국계

---

[36] 미국에서 타 인종과 결혼을 하여도 형사 처분을 받지 않게 된 것은 1967년 미국 연방대법원이 러빙 대 버지니아 소송 사건에서 <인종 간 결혼금지법>이 위헌이라고 판결을 내린 이후부터이다. (황승현, 앞의 책, 135면)

[37] 이는 백인 남성이 아시아 여성에게 강하게 끌리는 성향을 일컫는 속어이자, 아시아계

여성의 정상적인 사랑은 쉽지 않은 것으로 그려진다.

4. 스노비즘에서 벗어나기

케이시는 백인 휴와의 관계를 통해 스놉으로서의 삶이 얼마나 끔찍한 것인가를 깨닫게 된다. 3장에서 살펴보았듯이, 케이시는 다른 한국계 여성들이 미국 사회에서 강요받는 전형적인 여성상과는 다른 모습을 보여주었다. 케이시는 자유분방할 정도로 자신의 욕망에 충실하여, 다른 여성들과는 다른 사랑의 행태를 보여주었던 것이다. 그러나 "키 크고, 잘생긴…… 든든한 인맥을 지닌 백인 남자"(2,287)인 휴와의 관계를 통해, 케이시 역시 또 다른 방식으로 정형화 된 아시아계 여성에 불과했음이 드러난다.

컨 데이비스의 정규직 선발을 앞두고, 케이시는 휴에게 연락을 해서 그의 아파트를 방문한다. 그리고는 섹스를 나눈다. 섹스가 끝난 후에 휴는 케이시에게 "당신은 상위 다섯 명 안에 들어, 찰리가 말해줬어, 당신이 그 자릴 놓치기도 힘들어."(2,431)라며 정규직 선발 결과를 알려준다. 또한 농담처럼 "이걸 핑계로 섹스 한 판 할 수 있을까 했지. 봐, 했잖아. 짜잔."(2,431)이라고 덧붙인다. 물론 케이시는 "오늘이든 언제든, 난 일자리를 얻으려고 너랑 잔 게 아니라고, 나쁜 자식."(2,431)이라는 말을 덧붙이지만, 케이시와 휴의 관계는 결코 케이시의 말처럼 '일자리를 얻으려는 의도'와 무관한 것이 아니다.

처음 케이시와 휴가 육체적으로 관계를 맺은 것은, 케이시가 경영대학원

여성에 대한 백인 남성의 남성 우월적이고 차별적인 페티시즘을 가리킨다. 일부 백인 남성이 아시아 여성만을 고집하며 데이트를 하는 우월주의적 모습은 아시아계 여성에 대한 인종주의 편견에서 비롯된 셈이고, 이런 편견은 19세기 중반 아시아인의 이민이 시작되던 시기에서부터 그 연원을 찾을 수 있다고 한다. (정회옥, 앞의 책, 190면)

에 진학하고 거래소에서 뒤늦은 송별회를 했을 때다. 이후 케이시는 궁지에 몰리면 휴를 떠올리고는 한다. 조셉에게서 1500달러의 비싼 책 『제인에어 (Jane Eyre)』를 사게 됐을 때, 케이시는 "휴 언더힐에게 전화해서 시장조사 일자리보다 훨씬 급여가 센 투자은행 여름 인턴 면접 기회를 알아봐달라고 부탁하는 수밖에 없다."(2,99)고 생각한다.[38] 이때는 컨 데이비스 인턴 프로그램의 정원이 모두 찬 5월이다. 컨 데이비스에서 여름 인턴 자리를 얻은 후에, 사빈에게 "어떻게 면접 기회를 얻었는지는 차마 말할 수 없었다."(2,169)고 고백하는 것에서 알 수 있듯이, 케이시가 인턴 자리를 얻은 것은 휴에게 성적인 서비스를 제공한 것과 직접적으로 관련된다.

무엇보다도 케이시는 휴가 소장한 포르노를 통해 자신의 위치를 분명히 인지한다. 성관계가 끝난 이후 휴는 아이스크림을 사러 밖으로 나가고, 그 사이에 케이시는 휴가 보던 '진주 목걸이'라는 제목의 포르노를 보게 된다. 그 포르노의 여자 주인공은 아시아계로서 케이시는 그 여자의 모습에서 자신을 본다. 펄이라는 이름의 여자 주인공은 회계사무소에서 일하는 네 남자의 비서이며, 무엇보다 포르노에서는 남자 중의 하나가 펄을 향해 "나도 끝내게 해주겠어?"(2,435)라고 말하는데, 이 말은 직전의 관계 도중에 휴가 케이시에게 했던 말이기도 하다. 포르노 속의 펄은 빨간색 정장을 입고 있는데, 케이시는 자신이 빨간 정장을 입었을 때 휴가 자신을 칭찬했던 일도 떠올린다. 결국 케이시는 우연히 본 휴의 포르노를 통해서 자신이 '백만장자를 위한 공짜음식'에 불과함을 깨닫게 된 것이다.[39]

---

38   금융 전공자들에게 경영대학원에 다니는 목적은 오로지 투자은행의 여름 인턴 자리를 얻기 위한 것이라는 이야기가 있을 정도로, 투자은행의 여름 인턴 자리는 매우 중요하다. 그렇게 여름이 끝나면, 졸업 후 월 스트리트의 회사로 들어오라는 정규직 제안이 들어오기 때문이다.

39   이러한 깨달음이 더욱 충격적으로 다가온 것은, 케이시가 무엇보다도 자율성을 중요시해

본래 미국 내에서 아시아계 여성은 천사와 괴물로 양극화된 이미지를 경험한다고 한다. "천사처럼 상냥하고 순종적인 게이샤가 되거나, 포악하고 사악한 드레곤 레이디가 되는 것"[40]이 바로 그 양극화 된 이미지이다. "서구 사회에서 역사적으로 아시아계 여성은 과잉 선정성과 연계되어 성적이며 부도덕한 존재로 여겨지기도 했"[41]던 것이다. 케이시는 미국의 한국계 여성에게 강요된 천사와 같은 이미지에서는 벗어났는지 몰라도, 그녀는 선정적이며 부도덕한 악마의 이미지에서는 벗어나지 못했던 것이다.

케이시가 휴의 포르노를 발견하고, 자신이 그 영화 속의 주인공에 불과했음을 깨닫는 순간은 너무나 중요하다. 그것은 르네 지라르가 말한 '죽음'의 순간에 해당하기 때문이다. 지라르는 타자의 욕망을 욕망하는 속물이 그러한 광기에서 벗어나는 소설적 장치가 있는데, 그것을 죽음이라고 보았다. 죽음의 순간, 주인공들은 자신의 삶 전체가 기만이자 허상이었다는 것을 깨닫고 모방적 욕망에서 처음이자 마지막으로 벗어난다는 것이다. 그렇기에 지라르는 이 죽음의 순간을 회심(conversion)이라고 부르기도 하였다.[42] 또한 이 순간

왔기 때문이다. 케이시는 자신에게 많은 도움을 주고자 하는 사빈에게 "신세 지고 싶지 않"(1,422)아 했다. 일테면 사빈이 케이시의 경영대학원 학비를 내주겠다는 제안은 물론이고 백화점을 넘겨줄 거라는 암시적 제안을 거절하는 식이다.

40 정회옥, 앞의 책, 187면.

41 위의 책, 190면.

42 지라르는 모든 주인공들이 결말에서 그들이 예전에 지녔던 생각과 명백히 모순되는 말들을 한다고 지적한다. "돈키호테는 그의 기사들을 버리고, 쥘리앵은 그의 반항을 그리고 라스콜리니코프는 그의 초인을 단념한다, 주인공은 그의 자만심이 불어넣은 환상을 번번이 부인한다."(R.Girard, 『낭만적 거짓과 소설적 진실』, 김치수·송의경 옮김, 한길사, 2001, 381면)는 것이다. 또한 "소설 결말들의 통일성은 형이상학적 욕망의 포기에 있다. 죽어가는 주인공은 그의 중개자를 부인한다."(위의 책, 381면)고 덧붙인다. 결국 소설의 마지막 순간 "삶의 모든 면에서 전도가 일어나고, 형이상학적 욕망의 모든 결과가 그 반대의 결과로 바뀐다. 거짓말은 진실로, 고뇌는 추억으로, 동요는 안정으로, 증오는 사랑으로, 모욕은 겸손으로, 타인을 모방한 욕망은 자신에게서 우러난 욕망으로, 굴절된 초월

은 '무치(無恥)의 에토스'를 지닌 속물이 수치를 깨닫는 순간이라고도 할 수 있다.[43] 이러한 깨달음은 케이시를 이전과는 다른 주체로 새롭게 탄생시키는 기본적인 조건이 된다.

케이시는 일과 사랑을 통해 자신의 속물주의가 갖는 한계를 절실하게 깨닫는다. 인정의 위계질서라는 함정은 상처받은 사람들을 윤리적으로, 문화적으로, 그리고 정치적으로 포섭하는 힘이 있다. 부연하자면 인정의 위계질서는 억압하지 않고 오히려 기쁨과 행복을 주면서 피지배자들의 적극적이고도 자발적인 복속을 이끌어낼 수 있는 완벽한 '생산적 권력'의 체계를 만들어내는 것이다.[44] 뉴욕에서의 '화려한 삶'이라는 허명에 대한 케이시의 도취와 집착이야말로 이후 계속되는 그녀의 착취를 가능케 하는 바탕이 되었다. 실제로 케이시는 고등학교도 졸업하지 못한 부모님조차 일요일에는 쉰 것과 달리, 성공을 위해 "일주일에 이레를 일했다."(1,285)고 이야기될 만큼 자신을 스스로 착취해 왔던 것이다.

케이시는 이제 타인의 인정욕망에 목을 매는 속물의 삶이 아니라 자기진 정성을 추구하며 살아가기로 결심한다. 자신의 내면과 욕망으로부터 비롯된 의미 있는 삶을 살고자 하는 것이다. 그러한 선택은 역시나 일과 사랑의 두 가지 영역에서 나타난다. 먼저 일에서는 화려한 생활이 보장된 컨 데이비스를 거부하고 모자 만드는 일을 선택한다.

일과 관련해 케이시는 엄청난 결단을 내리는데, 그것은 바로 고액의 연봉

은 수직적 초월로 대체된다."(위의 책, 382면)

43 자신을 성찰하는 내면적 주체는 무엇보다도 '수치심'을 통하여 구성되는 인간이다. 이때의 수치심은 레비나스가 말한 "우리가 감추고 싶어 하지만 은폐할 수 없는 모든 것 앞에서 우리가 느끼는 감정"을 말한다. (김홍중, 「삶의 동물/속물화와 참을 수 없는 존재의 귀여움」, 『속물과 잉여』, 지식공작소, 2013, 58-59면)

44 장은주, 앞의 논문, 30면.

이 보장된 꿈의 직장 컨 데이비스에 취직하는 것을 거부하는 것이다. 케이시가 보조 직원으로 근무했던 컨 데이비스는 하버드, 예일, 콜롬비아 등 아이비리그 MBA 출신의 백인 남성들과 동급의 학력에 머리까지 좋은 동양계 남성들이 포진해 있는 꿈의 직장이다. 컨 데이비스는 1993년 졸업생 모두가 원하는 직장이었다. 그러한 컨 데이비스의 정직원이 된다는 것은 다시는 지긋지긋한 돈 걱정을 안 해도 된다는 의미이기도 하다. 이 당시 케이시가 학자금 대출과 신용카드 빚으로 힘들어했다는 것을 생각한다면, 케이시가 컨 데이비스에 취직하는 것을 거부하는 것은 대단한 의지가 필요한 결단이다. 컨 데이비스에서 일하는 대신 케이시는 모자 만드는 일을 선택한다.[45] 자신의 욕망에만 충실하기로 결심한 케이시는, 스노비즘에 빠진 삶의 허위를 깨닫고 그로부터 벗어나려는 작지만 소중한 몸짓을 시작한 것이다.

다음으로 사랑에 있어서의 변화를 살펴볼 차례이다. 그것은 은우와의 재결합을 통해 나타난다. 처음 은우와 '동거할 당시의 은우'와 '다시 만난 은우'는 커다란 차이가 있다. 처음 만났을 때의 은우는 스놉으로서의 케이시에게 어울리는 남성이라고 할 수 있다. 엘라의 사촌인 은우는 영국계 차상위 투자금융회사 피어슨 크로웰의 전자 회사 투자분석가 출신이었다. 이런 은우를 보며, 케이시는 은우가 "한국인, 좋은 집안, 훌륭한 학벌, 게다가 자상한 성격까지"(2,283) 갖춘, "완벽한 남자"(2,283)라고 생각하였다. 다음의 인용에도 드러나듯이, 은우는 케이시가 좋아할 만한 스놉적 가치와 기호로 가득했던 남자인 것이다.

45　케이시는 모자 만드는 일을 배울 때도 그 일이 컨 데이비스에서의 일과는 구별된다고 느꼈다. 컨 데이비스의 남성적인 분위기에 가끔 진이 빠지던 케이시는, 모자 강습을 받으며 "서로를 이겨먹으려고 혈안이 되어 있지 않은 여자들과 시간을 보내다 보면 긴장이 풀렸"(1,210)던 것이다.

둘 다 좋은 사립대학에서 교육받은 한국인이었지만, 그는 백만장자의 아들이었고 부유한 교외에서 자랐으며 유치원부터 줄곧 사립학교만 다닌 사람이었다. 친가와 외가, 양쪽을 훑어도 서울대나 연세대, 이화여대를 졸업하지 않은 사람이 단 한 명도 없었다. 반면 케이시의 부모님은 대학 문턱도 넘지 못했다. 그녀는 매스페스 가스 탱크와 퀴스 대로로 둘러싸인 싸구려 아파트에서 자랐다. 부모님은 아직도 셋집에 살고 있고 유일한 자산은 얼마 전에 불에 탔다. 그가 어떻게 그녀를 이해할 수 있을까? (2,30)

그러나 케이시와 동거를 시작한 후, 은우는 이전보다 더 도박에 빠져 생활에 쪼들리며 직장도 잃게 된다. 이런저런 청구서를 도박으로 해결할 정도로 도박에 중독된 은우는 결국 퇴거통지서까지 받는다. 결국 케이시와 은우는, 케이시가 휴와 함께 잔 것을 계기로 헤어지게 된다.

엘라의 집에서 케이시는 은우를 다시 만난다. 이때의 은우는 스놉적인 차원의 어떠한 매력도 없다. 은우는 도박중독 치료 모임에 나가며, 세인트크리스토퍼 학교에서 통계와 미적분학 예비과정을 가르치는 일을 한다. 나아가 은우는 케이시가 그러하듯이 다시 금융업으로 돌아가 "여섯 자리 숫자의 보너스를 받는 생활"(2,403)에 대한 미련이 전혀 없다. 은우는 월 스트리트가 "모조리 태워 없애고 다른 밭으로 옮겨 가는 화전농법을 바탕으로 돌아가는 세계"(2,411) 같다며, 그곳에서 일하는 것보다는 "차라리 노름이나 하는 게 낫지 않나."(2,411)라고 생각할 정도이다. 은우와의 대화에서, 케이시는 컨 데이비스에서 일하지 않을 것임을 분명하게 밝힌다.

결국 『백만장자를 위한 공짜 음식』은 케이시가 은우와 완전히 빈 손으로 꽃나무를 함께 그리는 것으로 끝난다. 둘은 모두 남의 집 손님방에서 지내며,

가진 물건이라고는 슈트 케이스 하나에 몽땅 집어넣을 정도밖에 없다. 이제 케이시는 일과 사랑에서 모두 자신의 진정한 욕망에 따른 선택을 하게 된 것이며, 이것은 케이시가 스놉의 상태에서 벗어났기에 가능한 일이라고 할 수 있다.[46]

5. 성장의 본질

지금까지 『백만장자를 위한 공짜 음식』에 대한 논의는 한국계 미국인에 대한 정형화 된 표상을 비판했다는 것과 차별받는 소수자성에 주목했다는 것으로 나누어 볼 수 있었다. 이 글에서는 『백만장자를 위한 공짜 음식』을 주인공인 케이시 한의 성장 서사로 독해하였다. 성장의 핵심적인 내용은 일 종의 스놉이었던 케이시 한이 자신의 진정한 욕망에 따른 삶을 추구하게 되는 것이다. 이러한 성장은 일과 연애라는 두 가지 측면에서 이루어진다. 처음 케이시는 인정 욕망에 지배되는 스놉의 모습을 보여주었다. 이러한 성 격은 케이시의 옷에 대한 집착에서 확인할 수 있다. 케이시가 옷에 집착하는 이유는, 옷을 통해서 '자신의 정체성을 직조'하거나 '번듯한 사람'이 될 수 있기 때문이다. 『백만장자를 위한 공짜 음식』은 케이시가 한국계 미국인으 로서 늘 차별과 무시의 상황에 놓여 있었기에 속물이 될 수밖에 없었음을 설득력 있게 보여준다.

『백만장자를 위한 공짜 음식』의 기본적인 서사는 맨해튼의 금융계를 중심

---

46 본래 스놉의 독특한 특징은 "단순히 차별을 하는 것이 아니라, 사회적 지위와 인간의 가치를 똑같이 본다는 것"(Alain de Botton, 『불안』, 정영목 옮김, 이레, 2005, 29면)이며, 속물은 "명성과 업적에만 관심을 갖기 때문에 아는 사람들의 외적인 환경이 바뀌면 누구 를 자신의 가장 가까운 친구로 삼는 것이 좋을지 잽싸게 재평가"(위의 책, 32면)를 한다고 한다.

으로 펼쳐진다. 본래 속물이 자본주의의 산물이라는 점을 생각할 때, 자본주의의 최첨단을 달리는 맨해튼이야말로 속물이 살아가기에 가장 적합한 공간이다. 맨해튼은 철저한 스놉의 세상으로서, 이곳에는 돈을 향한 욕망만이 존재하며 진정한 인간적 가치는 존재할 여지가 없다. 이곳을 지배하는 것은 학벌이나 학연과 같은 스놉적 기호들일 뿐이다. 스노보크라시의 세계에서 케이시는 큰 좌절을 느끼게 된다. 연애의 영역에서도 케이시는 스놉적인 가치의 허망함을 깨닫는다. 케이시를 제외한 한국계 여성들은 모두 순종적이고 전통적인 여성상을 구현한 인물들이다. 이러한 여성상은 미국 사회에서 요구되는 아시아계 여성의 모습, 즉 '조용하고 온유하며 순종적인 성적 대상이라는 고정관념'에 부합하는 것으로서, 스노비즘의 맥락에서 봤을 때 아시아계 여성이 미국에서 자신의 인정 욕망을 충족하는 가장 쉬운 방법이라고 할 수 있다. 케이시는 한국계 미국인에게 부여된 성역할과는 무관하게, 열정에 따라 충동적으로 행동하는 것을 즐긴다. 처음 케이시는 한국계와 결혼해야 한다는 한인 사회의 불문율과 달리, 제이라는 백인 남성과 사귀기도 한다. 그러나 능력 있는 백인 남성 휴와의 관계를 통해, 케이시 역시 또 다른 방식으로 정형화 된 아시아계 여성에 불과했음을 깨닫는다. 이러한 깨달음의 순간은 스놉이었던 케이시에게 너무나 중요하다. 그것은 르네 지라르가 말한 '죽음'의 순간, 즉 자신의 삶 전체가 기만이자 허상이었다는 것을 깨닫고 모방적 욕망에서 벗어나는 순간에 해당하기 때문이다.

결국 케이시는 일과 사랑을 통해 자신의 속물주의가 갖는 한계를 절실하게 깨닫는다. 케이시는 이제 타인의 인정욕망에 목을 매는 속물이 아니라 자기 진정성을 추구하며 살아가기로 결심하는 것이다. 그러한 선택은 역시나 일과 사랑의 두 가지 영역에서 나타난다. 일에서는 화려한 생활이 보장된 컨 데이비스를 거부하고 모자 만드는 일을 선택하는 것으로, 연애에서는 빈

털터리에 가까운 은우와 재결합하는 것으로 구체화 되는 것이다. 결국 스노비즘의 허망함을 절실하게 깨달은 케이시는 진정한 '자신의 삶'을 시작하게 된 것이며, 이것이야말로 『백만장자를 위한 공짜 음식』에 형상화 된 성장의 본질이라고 할 수 있다.

제4부

•

삶의 기층에 대한 탐구와 중시

남광우의 수필과 보수주의

1. 수필 범주의 새로운 이해

남광우를 일컬어 김상선은 "수필가가 아니라고 자칭하면서 수필을 쓰는 수필가"[1]라고 말한 바 있다. 국어학자로 이름이 높은 남광우는 생전에 수상집 『살 맛이 있다』(일조각, 1973.4)와 『情』(일조각, 1983.12)을 발표한 수필가이다. 『살 맛이 있다』에는 1959년부터 1973년까지 쓰인 글이 수록되어 있으며, 두 번째 수필집인 『情』(일조각, 1983.12)에는 주로 『살 맛이 있다』 출간 이후부터 1983까지 발표된 글들이 수록되어 있다.[2] 『살 맛이 있다』는 총 6개 장(1장 본 대로 들은 대로 느낀 대로, 2장 나, 남광우, 3장 敎壇有感, 4장 한글과 우리말, 5장 女性에게, 6장 죽음의 周邊)으로 이루어져 있으며, 모두 65편의 수필이 실려 있다. 『정』은 총 5개 장(1장 情表, 2장 情, 3장 孝子손, 4장 師範敎育, 5장 꽃마음)으로 이루어져 있으

1 　김상선, 「남광우 수필론 ― 수상집 『정』을 중심으로」, 『난정의 삶과 學問』, 한국어문교육
　　연구회, 1008, 642면.

2 　『情』에 수록된 글 중에서, 「續・漢字이야기」(『現代隨筆』, 1972.12), 「가련동」(『現代隨筆』,
　　1973.2), 「나 仁荷로 왔네」(『仁荷大新聞』, 1973.3) 세 편만이 『살 맛이 있다』 출간 이전에
　　발표된 글들이다.

며, 모두 73편의 수필이 실려 있다.

남광우는 1920년 경기도 광주에서 태어난 후 1933년 4월 대구사범학교 심상과(尋常科)에 입학하여 1938년 3월 졸업하였다. 1938년 3월부터 1945년 10월까지 경남, 경기도, 황해도 등에서 교편을 잡았으며, 해방 이후에는 경성 죽첨초등학교(京城竹添國民學校)와 경성 공립중학교에서 교편을 잡고, 1950년 서울대 문리대 국어국문학과를 졸업하였다. 1951년 8월부터 1956년 5월까지 대구고등학교(현 경북고등학교), 대구사범대학(현 경북대학교 사범대학), 청구대학 (현 영남대) 강사와 대구사범학교(현 대구교육대학)와 경북대학교의 교수로 활동 하였다. 이후 1956년 4월부터 1985년 8월까지 중앙대학교와 인하대학교 교 수를 역임하였다.[3] 남광우 선생의 연보를 살펴보는 일은 단순한 겉치레가 아니다. 수필이란 가장 직접적으로 작가의 인생이 드러나는 문학장르이기 때문이다. 실제로 남광우의 수필은 대부분 국어학자이자 교육자로서의 삶에 서 우러난 사상이 형상화 된 것들이다. 또한 많은 수필(「술」, 「汽車에 얽힌 이야기」, 「晚學과 一人三役」, 「나의 길 나의 人生」, 「人間的인 사랑이」, 「日帝下의 학창時節」 등)에 삶의 이력이 직접적으로 드러나 있다.

남광우 수필에 대한 논의로는 『난정의 삶과 學問』에 수록된 김상선과 윤 재천의 글을 들 수 있다. 김상선은 「남광우 수필론 ― 수상집 『정』을 중심으 로」에서 남광우의 수필에 드러난 민족주의 정신을 높게 평가한다. 「재래종」 이나 「건망증」과 같은 작품들이 "지난날에 있어서의 조상들이 물려 준 유산 을 귀중히 생각해야 하고, 오늘날에 있어서의 우리의 자리를 정확하게 파악 함으로써 앞으로 있어서의 나라의 힘을 길러내야 한다는 점에서 일맥상통한 다."[4]는 것이다. 윤재천은 「남광우의 문학세계 ― 韓國語에 대한 熱情의 삶」에

---

3   한국어문교육연구회, 「난정 남광우 선생 연보」, 『어문연구』 26집 1호, 1998, 5-10면.

서 남광우가 "모국에 대한, 모국어에 대한 애정이 남달라 국어 사랑에 대한 열정이 몸 구석구석에 배어 있던 꼬장꼬장한 선비였다."[5]면서, 그가 남긴 수필의 특징을 병렬적으로 나열하고 있다. 남광우 수필의 특징으로는 인간성과 정의 회복을 촉구하는 것, 특정 분야의 전문적 지식을 드러내는 것, 국한혼용(國漢混用)을 강하게 주장하는 것[6], 우리말과 글 그리고 우리 것에 대한 애정을 강조한 것, 교육 여건의 개선을 호소하는 것, 근원에 대한 그리움을 보여준 것, 삶의 중요한 가치인 '최선'에 대해 강조한 것 등을 제시하고 있다.

남광우의 수필을 제대로 이해하기 위해서는, 우선 좁아진 오늘날의 수필관을 바로잡을 필요가 있다. 한국에서 수필은 필자의 신변잡사를 아름다운 문장에 담아 감정에 호소하는 글이라는 인식이 널리 퍼져 있다. 그러나 한국인이 생각하는 수필은 일종의 '서정수필'에만 해당되는 특징이라고 할 수 있다. 이러한 수필관은 일본의 영향과 일부 유명 수필가에 의해 만들어진 한정된 수필관에 불과하다.[7] 남광우의 수필, 나아가 한국의 수필을 보다 폭넓고 깊이 있게 이해하기 위해서는 '서정수필' 이외의 다른 종류의 수필에도

---

4   김상선, 앞의 글, 648면.
5   윤재천, 「남광우의 문학세계 — 韓國語에 대한 熱情의 삶」, 『난정의 삶과 學問』, 한국어문교육연구회, 1998, 652면.
6   이와 관련해 윤재천은 "그의 수필은 학문적 소신을 대외적으로 홍보하기 위한 수단이라고 해도 무리가 없을 정도로 내용이 일관되게 진행되었음을 발견할 수 있다."(위의 글, 657면)고까지 이야기한다.
7   오양호는 "오늘날 '수필'이라는 용어로 묶이는 비허구 산문은 필자의 신변잡사를 계절감에 싸서 미문체로 다듬어 내는 것을 장기로 삼는데 이것은 식민지적 영향이 가장 강하게 드러나는 글쓰기 형태이다."(오양호, 『한국 근대수필의 행방』, 소명출판, 2020, 32면)라고 주장하였다. 서정수필=수필이라는 인식을 심어주는데 가장 큰 영향을 미친 이는 한국의 가장 대표적인 수필가인 피천득이다. 피천득은 대중에게 가장 널리 읽힌 수필을 썼으며, 그는 이성적 사유를 극도로 절제하는 서정수필만을 창작하였다. 또한 피천득은 「수필」이라는 글을 통하여 서정수필을 수필의 본령으로서 강조하였던 것이다(위의 책, 81-88면)

관심을 기울일 필요가 있다.

이와 관련하여 오양호가 기존에 이루어진 국내외의 수필론을 종합적으로 검토한 후, 장르류(Gattung)로서의 수필과 그 하위 부류라고 할 수 있는 장르종(Art)으로서의 수필 다섯 가지를 설정한 것은 주목을 요한다. 오양호가 제시한 장르종으로서 수필은, 오래전부터 있어 온 기행문에 뿌리를 두었으며 여행을 통해 경험한 것을 비허구적으로 쓴 '기행수필', 명문장으로 사람의 성정을 서정적으로 표현한 '서정수필', 이지적 요소가 강한 글쓰기로 이광수가 문학적 논문이라 말한 '에세이', 서술적이면서 서정적 형상화를 가미한 신문 칼럼으로 대표되는 '서정적 교술산문', 『백범일지』나 『안중근전』과 같은 전기물(傳記物)로 대표되는 '서사적 교술산문'을 말한다.[8] 남광우의 수필에는 이 다섯 가지 장르종으로서의 수필이 모두 나타나며, 그 중에서도 대부분을 차지하는 것은 '서정적 교술산문'과 '에세이'이다.[9]

이 글에서는 서정수필만을 수필로 바라보는 기존의 좁은 수필관에서 벗어나 에세이나 서정적 교술산문 등도 수필에 포함시켜 논의하고자 한다. 이를 통해 남광우라는 한 명의 문인이 지닌 세계관의 실체를 살펴볼 것이다. 작가의 기본적인 세계관에 대한 이해는 그의 문학세계를 이해하는 가장 핵심적인 작업이기 때문이다. 이 글에서는 남광우의 핵심적인 세계관을 보수주의로 이해하고자 한다. 본래 보수주의는 지난 200여 년간 자유주의 및 사회주의와 더불어 서구의 3대 정치 이데올로기 가운데 하나로 꼽힐 정도로, 그 사유의 폭이 넓다.[10] 또한 각 나라의 보수정당이 보여주듯이 현실정치에서의 영향력

---

8   위의 책, 95-96면.
9   서정수필에 해당하는 것으로는 「淸明한 그 가을이!」(1980)를, 기행수필에 해당하는 것으로는 「濟州 나들이」(1978)를, 서사적 교술산문에 해당하는 글로는 「李熙昇先生과 韓國語」(1978) 등을 들 수 있다.
10   Robert Nisbet, 『보수주의』, 강정인 옮김, 이후, 2007, 11면.

도 매우 크다. 그러나 한국에서 보수주의는 기득권자들의 자기 보호 논리 정도로만 여겨져서 그동안 깊이 있는 논의가 이루어지지 않았다. 남광우의 수필에 대한 논의가 거의 전무한 이유 중의 하나도 이러한 국내의 지성적 흐름과 무관하지 않은 것으로 판단된다.

2. 여성관과 교육관에 나타난 보수주의

보수주의는 프랑스 혁명 이래 진보주의에 대항해 등장한 이데올로기이다. 이 경우 진보주의란 추상적 이념에 기초해 사회의 전면적 개조를 시도하는 입장으로 보통 이상주의적이며 이성과 체계성을 중시하는 경향이 있다. 이러한 진보주의에 대항하는 보수주의는 오히려 구체적인 것, 경험적인 것을 중시하며 역사의 연속성 속에서 부분적 개량을 지향하는 입장이라 할 수 있다.[11] 보수주의는 프랑스대혁명을 통하여 대두된 '진보주의'라는 새로운 사상에 대한 '반동'(reaction) 또는 '비판', '대안'으로 제시된 사상이다.[12]

클램페러(Klemperer)는 보수주의를 "권위를 받아들이고, 미지의 것에 비해 이미 알려진 것을 선호하며, 현재와 미래를 과거와 결부시키는 경향이 있는 기질, 정치적 입장 및 일련의 가치 체계"[13]를 가리킨다고 정의 내린다. 같은 맥락에서 헌팅턴(Huntington)은 보수주의는 에드먼드 버크의 정치철학으로부터 유래하는 핵심적인 입장, 즉 평등에 대한 회의, 엘리트의 중요성, 역사·전통·권위·종교의 강조, 자유와 재산의 중요성 등을 공유한다고 말한다.[14] 보수

---

11 宇野重規, 『보수주의란 무엇인가』, 류애림 옮김, 연암서가, 2018, 34-35면.
12 함재봉, 「한국의 보수주의와 유교」, 『한국의 보수주의』, 인간사랑, 1999, 200면.
13 강정인 외 4인, 『한국 정치의 이념과 사상』, 후마니타스, 2009, 38면.
14 위의 책, 40면.

주의는 무조건 새로운 것이나 발전 혹은 진보를 추구하기보다는 전통과 관습을 존중해야 한다는 입장이라고 할 수 있다. 즉 인간을 '전통'의 산물로 간주하며, 따라서 모든 변화 역시 전통의 틀 내지는 '한계' 내에서만 이루어져야 한다는 주장인 것이다.[15]

윌리엄 하버(William Harbour)는 보수주의의 특징을 열 가지로 정리하고 있는데, 그 중의 핵심으로 "보수주의는 종교적, 문화적, 지적 환경이 가져다 줄 수 있는 질서 개념을 강조한다."[16]는 것을 들고 있다. 이러한 보수주의는 한국의 전통적인 사상이라 할 수 있는 유교와 공유하는 부분이 적지 않다. 대표적으로 "가족을 중심으로 하는 강력한 공동체주의, 우주의 질서와 연결되어 있는 도덕의 강조, 뿌리깊은 전통주의, 배움을 바탕으로 정치를 하는 엘리트들을 인정하는 것"[17] 등을 들 수 있다.[18]

전통이나 관습에 대한 존중은 남광우의 여러 글에서 공통적으로 발견된다. 이러한 전통에 대한 강조가 특히 두드러지는 부분은 여성관과 교육관이다. 남광우는 수필집마다 여성에 대한 글을 독립된 장으로 설정할 정도로, 여성(문제)에 남다른 관심을 기울였다. 「새 時代의 며느리論」(1971)은 "溫故知新이란 말이 있지 않은가. 우선 내 며느리가 되고자 열망(?)하는 후보자는 이 말의 뜻부터 알고 있어야 한다."는 문장으로 시작된다. 여기서는 며느리의 조건으로 삼종지도(三從之德), 칠거지악(七去之惡), 사덕(四德), 사행(四行) 등과 같은 전통

---

15 함재봉, 앞의 글, 212-216면.
16 김용민, 「서구 보수주의의 기원과 발전」, 『한국의 보수주의』, 인간사랑, 1999, 18면.
17 함재봉, 앞의 글, 218면.
18 보수주의의 중요한 특징 중의 하나는 엘리트주의이다. 윌리엄 하버는 보수주의의 열 가지 특징 중 하나로 "보수주의는 귀족적인 엘리트의 중요성을 강조한다."(김용민, 앞의 글, 18면)는 것을 들고 있다. 기본적으로 보수주의의 도덕주의와 공동체주의는 엘리트주의를 수반한다(앞의 글, 214면).

적인 덕목을 강조한다. 특히 "여자는 영원히 여자다. 턱수염이 나지 않는 것이 불변의 진리이듯이 아무래도 남편의 보호를 받아야 될 것이 대부분의 경우가 아니겠는가."라고 말하는 대목에서는 완고하면서도 시대착오적인 여성관이 드러난다.

「戀浦에서 어머니께 드립니다」(1977)는 가족들과 함께 해수욕장에 가서, 전통적인 한국 여성으로 "참 좋은 세상, 이런 세상 살아보지 못하시고 호강 한번 하시지 못한 채 돌아가신 어머니를 생각"하며 쓴 글이다. 이 글은 다음의 인용문과 같이, 서양품의 영향으로 '범절(凡節)있는 동양여성(東洋女性)'에서 한없이 멀어진 여성들의 모습을 어머니의 전통적인 모습과 대비하며 한탄하는 내용이 대부분을 차지하고 있다.

> 어디 차림새뿐입니까. 남남끼리가 분명한데 젊은 男子와 주고 받는 말씨, 行動擧止는 小學이나 內訓이나 女四書(女誡 女論語 內訓 女範) 등에 보인 凡節있는 東洋 女性의 그것은 아닙니다. 아무래도 洋風이 몰고 온 풍경이 아니겠습니까. '부끄럼'도 '스스럼'도 '다소곳'도 '은근한 情趣'도 사라져간 時代風이라고나 할 것인지요.

「賢母良妻가 되는 길」(1976)은 혜화여고생들을 독자로 한 글로서, "娘→婦·妻→母→姑→婆→妣, 아가씨→며느리·지어미 아내(안해)→어미→시어미→할미"로 이어지는 "'男子' 아닌 '女子'"의 일생에 대해 말하고 있다. 이 글 역시 "다소곳한 忍從의 美德, 사근사근하고 상냥한 淑德"으로 요약되는 전통적인 "東洋女性 아니 韓國女性이 지닌 強點"을 강조하는 글이다.

다음으로 교육관에서도 전통이나 관습을 중시하는 태도를 발견할 수 있다. 「國籍 있는 敎育」(1972)에서는 한글 교육의 방법으로 영어나 일어 교육의 흥내를 내지 말고, "우리 조상들이 오랜 세월 가르쳐 오고 배워 오던 지금은 헌신짝처럼 버려진 방법", 즉 "反切式에 의한 지도가 效率的"이라고 주장한다. 「在來種」(1977)에서는 토종재래종이 개량종에 비해 맛이 있는 것에 비유해서, "敎育理念이나 敎育制度, 敎育內容이나 敎育方法 등 일체가 내 風土에 맞는 그런 것이어야 함은 물론이다."라고 말한다.

또한 수십 년을 교육자로 살았던 남광우는 구체적인 교육철학에 있어서도 보수주의자의 면모를 보여준다. 러셀 커크는 교육과 관련해 보수주의자는 교육의 목적으로 "개인의 정신적이고 도덕적 능력의 개발"[19]을 중요시한다고 주장한다. 근대의 급진주의자들이 "학교가 단지 일반 개개인 각자의 개인적 능력의 계발을 장려해야 한다는 개념 자체를 짜증스러워" 하며, "학교를 어떤 형태의 집산주의로 전진케 하는 수단"[20]으로 여기는 것과 달리, 보수주의자는 "개별적 인간을 언제나 우선"[21]시 한다는 것이다. 러셀 커크는 보수주의자들이 "학교에서 '집단 역할'이나 '사회적 재구성' 운운하는 대신 읽기와 쓰기, 수학, 과학, 풍부한 상상력의 문학, 그리고 역사 등 과거의 핵심 과목들을 복구하는 데 더 많이 노력을 기울여야 한다고 믿는다."[22]고 주장한다. 남광우 역시 「國語敎育은 强化되어야 한다」(1978)에서 "東西古今을 막론하고 읽기·쓰기·算數의 세 가지는 인간 교육에 있어 가장 기본적이고 기초적인 것"

---

19 Russell Kirk, 『지적인 사람들을 위한 보수주의 안내서』, 이재학 옮김, 지식노마드, 2019, 125면.

20 위의 책, 128면.

21 위의 책, 126면.

22 위의 책, 132면. 미국의 보수주의를 대표하는 정치인 배리 골드워터(Barry Morris Goldwater)도 "학교의 기능은 사회를 교육시키거나 향상시키는 것이 아니라, 오히려 개인을 교육시키고 그에게 사회의 요구를 떠맡을 수 있을 지식을 갖춰 주는 것"이라며, 학교에서는 "영어와 수학, 역사, 문학, 외국어, 자연과학을 크게 강조하도록 장려해야 한다."고 주장한다(Barry Morris Goldwater, 『보수주의자의 양심』, 박종선 옮김, 열아홉, 2019, 186-187면).

으로, "그 읽기와 쓰기가 국어교육의 領域"이라고 주장한다.

다음으로 러셀 커크는 보수주의자가 모든 종류의 중앙 집중화에 의심의 눈초리를 보낸다고 주장한다. 교육 제도의 중앙 집중화 역시 위험한 중앙 집중화 형태 중 하나라고 생각하기 때문이다. 대신 보수주의자는 "보통 사람, 지역 공동체 그리고 각각의 주가 그들 자신에 필요한 교육적 수요의 관심이 무엇인지 결정하는 데 최선의 판단자라고 생각"[23]한다는 것이다. 미국의 대표적인 보수주의자인 배리 골드워터(Barry Morris Goldwater)도 교육문제와 관련해 자신이 의지하는 것은 연방정부가 아니라 "공립학교위원회, 사립학교, 개별 시민"[24]이라고 말한다. 남광우는 교육에 관한 대부분의 글에서 중앙집중화 된 입시나 교육에 대한 관리를 반대하며, 개별 학교나 학교장에게 입시나 교육에 대한 권한이 주어져야 한다고 주장한다. 대표적인 사례만 몇 가지 들어보면 다음과 같다.

"과거의 문교 행정이 지나치게 中央集權的이고 强硬一邊倒여서 명령, 지시나 파면, 직위 해제 등 징계나, 휴업령, 퇴학 종용 등으로 각급 학교의 長이나 敎員들의 士氣는 위축되고 정신적 물질적으로 푸대접받는 교원들의 離職率은 높아갈 뿐 아니라 敎權의 墜落, 교원의 質 低下는 심각한 문제라 아니 할 수 없었다. (중략) 각급 학교장에게 최대한의 재량권을 주어 활기를 불어넣고 독창적인 학교 교육으로 劃一性을 止揚, 자유 경쟁에 의해 의욕적으로 일할 수 있는 방도도 강구할 일이다." (「소 잃고 외양간 고치는 일 없도록」, 1971)

---

23 Russell Kirk, 앞의 책, 135면.
24 Barry Morris Goldwater, 앞의 책, 172면. 배리 골드워터는 여러 가지 이유를 들어 교육에 대한 연방의 지원을 반대한다.

能力別 班編成 문제도 入試 문제도 校長에게 一任해 보라. 劃一的인 指示命令 嚴斷云云으로만 다스리려 하지 말고 각기 그의 創意性을 발휘하도록 하면 의욕적으로 교육에 몰두할 수 있어 개성 있는 학교 교육으로 교육 효과를 增大할 수 있을 것이다. (「創意性」, 1971)

入試는 교장 권한으로 돌리고 모든 것은 劃一的으로 다루려는 당국의 方針을 止揚하는 것이 좋지 않을까 한다. 入試科目의 決定權도 主觀式 出題건 客觀式 出題건 主·客觀 混合式이건 自由裁量이 허용되어야 하며 體能이나 人物, 혹은 出身學校 成績을 참작하는 權限도 응당 校長으로 되돌아가야 할 줄로 안다. (중략) 이렇게 되면 個性 있는 學校教育도 正常化되며, 과외 공부도 적어질 수 있는 길이 아닌가 한다. (「教權」, 1968)

이상의 글들에서는 한결같이 거의 모든 한국의 교육문제들, 예컨대 교원들의 사기가 위축되고 교권이 추락하며 교원의 질이 저하되는 것이나 개성 없는 교육이 이루어지고 과외공부가 만연하는 현상 등의 원인을 모두 "中央集權", "劃一的인 指示命令", "당국의 方針" 등의 중앙집중화에서 찾고 있다. 이러한 중앙집권적인 문교 행정이 개선되어 각급 학교장에게 권한이 대폭 위임된다면, 의욕적으로 교육에 몰두할 수 있는 개성 있는 학교가 되어 교육 문제가 해결될 것이라는 입장이다. 이러한 남광우의 생각은 러셀 커크나 배리 골드워터와 같은 보수주의자의 교육관에 부합하는 것이다.[25] 이처럼 남광

---

25 이러한 주장은 이후에도 반복해서 등장한다. "根源的으로는 장차 高入試나 大入試는 전적으로 校長이나 總長 책임으로 되돌리는 것이 바람직한 방향"(「師範教育」, 1977), "나는 해마다 입시가 끝나면 각 大學 각 과의 합격선이 誌·紙上에 공표된다는 점이 대입예시를 근본적으로 再考해야 하는 큰 이유로 생각"(「大入豫試」, 1980), "'교육 활성화'를 위해 국어시험에서는 교과서 안에서만 出題하라는 식의 종래의 규제는 당연히 사라져야 한다."(「教育의 活性化」, 1980), "지금까지 規制, 지시로 일관해 오던 行政體制에서 자율화의

우는 여성관과 교육관에 있어서 전통과 관습을 중시하는 보수주의의 입장을 보여주며, 특히 교육관에 있어서는 그 각론에 있어서도 보수주의와 동일한 주장을 하고 있다는 것을 알 수 있다.

3. 국한문혼용론과 보수주의

남광우는 국한문혼용(國漢文混用)을 주장한 한국의 가장 대표적인 지식인이다. 국한문혼용과 한자교육운동이 남광우에게 갖는 의미는 그가 별세하기 직전(1997년 12월)에 당시 고건 국무총리에게 보낸 편지를 통해서도 알 수 있다. 이 편지는 일종의 유서라고 할 수 있으며, 남광우는 죽음과 대면한 절대의 상황에서도 조금의 흔들림 없이 국한문혼용을 통한 국어 교육의 정상화를 주장하였던 것이다.[26]

이 편지는 모두 열 한 개의 단락으로 이루어져 있다. 첫 번째와 두 번째 단락만 통상적인 인사말에 해당하고, 나머지는 모두 국한문혼용의 필요성을

새바람을 어떻게 정착시키느냐는 행정관리들이 公僕으로서의 自省도 뒤따라야 하지만 학교행정의 책임자인 총·학장이나 교장들이 學校行政은 전적으로 내 책임이라는 소신이 있어야 한다."(「敎權確立」, 1980), "大入試는 각 대학에 一任해서 재량대로 지식편중의 학교 교육을 止揚하는 의미에서라도 각 학교별로 개성적인 入試案을 마련"(「家計威脅하는 '過課外'의 根絶方案」, 1980) 등의 발언이 그 구체적인 사례이다.

26 국한문혼용이 남광우의 삶에서 차지하는 절대적인 위상은 다른 글에서도 쉽게 발견된다. 첫 번째 수상집의 표제가 되기도 한 수필 「아직은 살 맛이 있다」(1971)에서 남광우를 '살 맛 나게 만든 것'은 다름 아닌 K씨로부터 漢字敎育復活 운동과 관련하여 식사대접을 받았을 때이다. 삶 그 자체의 의욕과 연관되는 문제가 바로 國漢文混用과 漢字敎育運動인 것이다. 또한 「또 한번 大學生이 된다면」(1977)에서는 다시 대학생이 된다면 "첫째 총각으로, 둘째 돈 걱정없이 공부에만 열중할 수 있는 대학생이 되"는 것과 함께 "학생운동의 하나로 韓國人으로 되돌아가는 운동을 펴보고 싶다"고 밝히고 있다. "韓國人으로 되돌아가는 운동"의 구체적인 방법으로는 "지나치게 범람하는 西歐系外來語나 아직도 활개 치고 있는 日語의 찌꺼기를 줄"이고, "순우리말 아니면 漢字말로 되돌아가는 사회분위기를 조성"하는 것을 제시하고 있다.

절절하게 호소하는 내용이다. 한자의 역사가 수천 년에 이르러서 우리 문화어의 대부분이 한자말이라는 것, 한글 전용 교육으로는 우리말의 장단(長短)을 구분할 수 없다는 것, 한자어는 뛰어난 조어 기능과 축약력·함축성을 함께 지니고 있다는 것 등을 국한문혼용을 해야 하는 주요한 이유로 내세우고 있다.

그런데 이 마지막 편지에서 가장 주목되는 것은 전통국어라는 개념을 내세우고, 그것을 오늘날의 어문정책이 따라야 할 근본적인 지표로 설정한다는 점이다. 남광우는 "한자말이나 순우리말이나를 막론하고 세종시대의 국어가 우리의 전통국어요, 표준국어라고 할 수 있습니다. 언어란 어느 특정한 시대, 특정한 일부 사람들의 아집에 의해 함부로 만들어지거나 고쳐져서 왜곡되면 안 됩니다."[27]라고 주장하는 것이다. 세종시대의 국어를 하나의 표준이자 전통으로 규정한 이후에 그것을 수호해야 한다는 보수주의자로서의 면모를 보여주고 있다. 이 편지는 마지막에도 "세종시대의 전통국어 회복으로 국가 위기 극복에 진력해 주시기를 당부드리며 펜을 놓습니다."[28]라고 하여, '전통국어 회복'이라는 입장을 다시 한번 강조한다.

두 권의 수필집에서 주제상으로 가장 많은 비중을 차지하는 것도 국한문 혼용론에 관한 글들이다. 그 중에서도 문학적인 방식으로의 간접화와 형상화에 성공한 것은 「한漢對話」 시리즈라고 할 수 있다. 한글과 한자가 의인화되어 서로 이야기를 나누는 이 시리즈는 1971년 10월에 처음 발표된 후, 무려 다섯 편이나 창작된다. 1974년 9월에 「續 漢·한 對話」, 1980년 1월에 「漢·한 對話(一)」, 1980년 2월에 「漢·한 對話(二)」, 1980년 3월에 「漢·한 對話(三)」가

---

27   남기탁, 「유고편지」, 『문학사상』, 1998.1, 77면.
28   위의 글, 77면.

연달아 발표되는 것이다.

이 시리즈에서는 일관되게 "한자의 視覺性 造語力 縮約力이 우수한 점", "漢字를 빌어쓴 歷史가 너무나 길어서 우리말의 太半이 漢字말인 점", "순한 글로 된 글은 의미 전달이 늦어진다는 점", "한자말엔 同音異義語가 많아서 한글 표기로는 그 뜻의 辨別이 어렵다는 점", "漢字音은 우리 固有의 것이라는 점", "學術用語들이 한자로 되어 있다는 점", "올바른 발음교육을 위해서도 국한혼용은 필요하다는 점" 등을 들고 있다. 이러한 주장은 「오뉘」(1978) 등의 여타 글에서도 반복적으로 등장한다.

흥미로운 것은 남광우가 혼신의 힘을 기울여 주장한 국한문혼용론이 보수주의의 시조로 일컬어지는 에드먼드 버크(Edmund Burke, 1729-1797)의 보수주의론과 구조적으로 유사하다는 점이다.[29] 버크의 보수주의는 "① 지켜야 하는 것은 구체적인 제도와 관습이며 ② 이러한 제도와 관습은 역사 속에서 다듬어져 온 것임을 잊어서는 안 된다. 나아가 ③ 자유를 유지하는 것이 중요하며 ④ 민주화를 전제로 하면서도 질서 있는 점진적 개혁을 지향한다는 점을 근거로 해야 한다."[30]는 것으로 정리된다.

이를 남광우의 국한문혼용론에 적용해본다면, ①번과 ②번에 해당하는 것은 거의 2000년 가까이 한자를 사용해 온 역사적 사실을 들 수 있다. 남광우는 일관되게 한글이 한자보다 한참 늦게 창조됨으로써 우리말의 태반이 한자로 이루어져 있다는 엄연한 사실을 부인해서는 안 된다는 입장이다. 또한 ③번에 해당하는 것으로는 과도한 민족주의나 정치적 이유로 일방적인 순한

29 로버트 니스벳은 "버크는 자유주의의 밀이나 사회주의의 맑스 같은 인물처럼 보수주의의 예언자이며, 지난 사반세기 동안 그가 영미의 보수주의자들에 의해서 그 이전의 어떤 시기보다도 더욱 빈번히 인용되고 인정받는 것은 그의 지속적인 예언가적 지위를 입증하고 있다."(Robert Nisbet, 앞의 책, 16면)고 주장한다.

30 宇野重規, 앞의 책, 류애림 옮김, 2018, 33면.

글 정책 등이 이루어져서는 안 된다는 주장을 들 수 있다. 마지막으로 ④번의 '민주화'는 순한글이 최대한 사용되는 언어환경을 이야기하는 것으로, 그 때 까지의 '질서 있는 점진적 개혁'은 바로 국한문혼용에 해당하는 것으로 새겨 볼 수 있다.

아마도 국한문혼용론자로만 널리 알려진 남광우가 순우리말을 최대한 발 굴하고 애용해야 한다고 주장한 것이 낯설게 느껴질 수도 있다.[31] 그런데 그가 남긴 수필집에는 순우리말에 대한 애정이 진하게 베어 있으며, 근본적 으로는 순우리말을 사용하는 것이 가장 이상적이라는 입장이 드러난 수필도 여러 편이다. 대표적으로 다음에 인용하는 「아름다운 母國語」(1977)를 들 수 있다.

母國語! 어머니의 배 밖에 나오면서부터 익혀온 내 나라말, 얼마나 情을 느낄 수 있는 말인가. 그런데 이 내 나라말의 太半이 한자말이요, 거기에 日語의 찌꺼기와 西歐系 외래어까지 활개를 치는 판이고 보면 순우리 말의 開發에 힘써야 되지 않겠느냐 하는 마음이 간절하다.

오늘날 풍요로운 言語生活을 하려면 漢字말이나 외래어의 사용에 지나 치게 폐쇄적이어서는 안 되지마는 같은 값이면 다홍치마로 순우리말로 충분한 것을 漢字말이나 외래어를 굳이 써야 할 까닭은 없다. 또한 漢字말 로 충분한 것을 구태여 외래어를 쓸 것도 없다. (「아름다운 母國語」, 1977)

---

31 고영근은 "남 박사의 국한문혼용론은 『현대국어국자의 제문제(現代國語國字의 諸問題)』
(1970)와 『국어국자논집(國語國字論集)』(1982)에 집성되어 있다. 남 박사는 한글전용은
정신은 좋으나 현재의 단계로는 얻는 것보다 잃는 것이 더 많기 때문에 한자교육의 강화
와 함께 국한문혼용을 하는 것이 옳다는 주장을 하고 있다."(고영근, 「국한문혼용 추진에
바친 50년 ─ 남광우 박사의 학문과 어문정책론(語文政策論)」, 『문학사상』, 1998.1, 81면)
고 파악하였다. 남광우가 한글전용을 궁극적으로는 지향하지만, 그것이 지금 당장은 불
가능하기 때문에 현단계에서는 국한문혼용을 하는 것이 옳다는 입장이라는 것이다.

"같은 값이면 다홍치마로 순우리말로 충분한 것을 漢字말이나 외래어를 굳이 써야 할 까닭은 없다."라는 부분에서는 순우리말에 대한 愛情을 분명하게 확인할 수 있다. 이 글은 마지막 문장에서도 "우리 모두가 文化民族이라는 矜持로 파묻힌 우리말을 찾아내고 다듬어 우리말 開發에 힘쓴다면 아름다운 母國語는 더더욱 빛날 수 있을 것이다."라고 하여, 우리말의 발굴과 보존이 모국어를 발전시키는 중요한 방법이라는 인식을 드러내고 있다.

이와 같은 맥락에서 「넓푸른 바다」(1978)에서도 최남선이 순우리말을 이용하여 새로운 단어를 만든 것에 대해 고평하면서, "조용의 극치, 봄의 따뜻, 가을의 신선을 피부로 느낄 때…… 앙큼의 女人, 어시장의 어수선…… 등이나 조촐·서늘·덜렁·종알……"과 같은 육당식의 순우리말 신어를 제안하고 있다. 또한 「꽃마음」(1979)에서도 주말연속극에서 어느 여배우가 사용한 꽃마음이라는 순우리말을 듣고서, "꽃같이 아름다운 마음씨, '꽃마음!' 좋은 말이다. 글자 그대로의 말뜻으로 쓰여 全國 방방곡곡으로 번져나갔으면 하는 꽃같은 말이다."라고 감탄하는 대목이 나온다.

4. 한자문화권과 보수주의

20세기 대표적인 보수주의자로 꼽히는 이는 시인이자 평론가로도 유명한 T.S.엘리엇(T.S.Eliot, 1888-1965)이다. 엘리엇이 가장 강조하는 것은 전통이다. 엘리엇은 전통과 진보의 이항대립에 도전장을 내밀며, 하나의 문화가 진정 새로운 것을 창조하기 위해서는 오히려 전통이 필요하다고 주장하였다.

그런데 엘리엇의 전통론에서 주목할 것은, "전통은 일개 국가 안에 갇힌 것이 아니라 그것을 초월하는 시간과 폭과 깊이를 갖는 것"[32]이라는 점이다. 엘리엇은 "한 나라의 문화는 다양한 계급과 지역의 문화에 의해 구성됨과 동시에 보다 상위의 세계문화와 맞닿아 있어야 한다."고 보았으며, "영어로 쓰인 시의 특성과 풍부함은 영어가 유럽의 다양한 언어로 합성된 것에서 유래"한다고 보았다. 그리고 우노 시게키는 이러한 입장이 보수주의자인 엘리엇에게 "본질적 중요성"[33]을 지닌다고 주장한다. 엘리엇은 "유럽의 나라들이 서로 분리된 상태에서 시인들이 자국어로 쓰인 문학 이외의 문학을 더 이상 읽지 않는다면 많은 나라의 시는 쇠퇴할 수밖에 없다."[34]고 보았는데, 이때의 문학이나 시를 언어생활로 바꾼다면, 남광우의 주장과 거의 일치한다고 할 수 있다.

남광우 역시 국어는 순우리말로 한정할 수 없으며, 우리의 국어는 한자문화권의 한자와 맞닿아 있기 때문에 오랜 동안 동아시아의 공통문자로 쓰인 한자를 혼용해야만 한다는 입장이다. 또한 우리가 순우리말로만 언어생활을 한다면 수많은 문제를 갖게 될 것이라고 우려한다. 이러한 입장은 수차례 반복되며, 대표적인 경우만 인용해 보아도 다음과 같다.

> 그런데 한가지 中共과 日本의 國際的 比重이 커진 이 마당에 우리는 과거나 現在나 앞으로 永遠 無窮히 中國과 日本 사이에 끼여 있다는 사실을 다시 한 번 되새길 필요가 있다고 생각한다. 東洋文化圈, 즉 漢字文化圈에서 호흡하고 있다는 사실 말이다.
>
> 日本은 최근 小學校의 敎育漢字를 一千字로 늘리고 二백여 유치원에서 한자 교육이 행해져 크게 성과를 거두고 있다 하며, 中共은 二〇年 동안에 계속적인 연구와 實驗을 거듭해 漢字 簡化案(略字案), 漢語拼音案(漢字의 注音, 漢字音의 學習用), 共通語(標準語) 確立의 三大事業의 방향으로 歸結, 語文

---

32 宇野重規, 앞의 책, 류애림 옮김, 2018, 85면.
33 위의 책, 90면.
34 위의 책, 91면.

政策에 신중한 태도와 계획적인 방법을 보이고 있다 한다. 同文化圈에서
의 離脫은 있어서는 안 되리라 생각하며, 時急한 漢字教育 復活이 要請된
다. (「닉슨 中共訪問 決定 有感」, 1971)

日本人이 世界一의 讀書量(年間一人當 日本三千面, 歐美一千八十面, 韓國六
十面)임은 漢字와 가나 混合文의 덕택이라는 것. 漢字만의 글이나 日字,
로마字만의 글보다 이 混合文이 가장 독서에 能率的이라는 것이다. (중략)
日本에선 二百餘 幼稚園 등에서 漢字教育의 實效를 거두고 있으며 小學校에
서 九九六字의 漢字를 가르치고 있다. 그들은 漢字의 長點을 이용하자는
적극적 姿勢이다. 우리도 국어의 태반이 漢字語요, 따라서 漢字語의 母胎
인 漢字 교육이 바로 국어 교육의 지름길임을 認識해야 할 것이다. (「漢字
教育이 國語教育의 지름길」, 1971)

世界를 크게 로마字文化圈과 漢字文化圈으로 가른다면, 美·英·獨·佛 등
諸國은 같은 로마字를 쓰고 있는 同文化圈이듯이, 中·韓·日 등 諸國은 같은
漢字를 쓰는 同文化圈을 이루고 있다는 사실을 認識해야 할 걸세.
우리 나라가 地政學的으로 日本과 中國 사이에 끼여 있다는 사실과 그
日本과 中共이 世界 五極(美·蘇·日·中共·西歐) 중 二極을 이루고 있다는 현
실은 우리가 감정으로만 이 漢字를 다룰 수 없다는 중요한 이유가 된다고
보네, 우리와 거의 同一條件下에 있는 日本이 小學校에서 九九六字를 가르
치고 常用漢字 一,八五〇字(人名 地名用 漢字 別途)를 쓰고 있다는 사실도
잊지 말게. (「한한대화」, 1971)

로마자가 로마자 文化圈의 共有文字, 通用文字이듯이 漢字는 동양문화
권의 通用文字로 생각해 버리면 마음은 한결 가벼워지는 것이다. (「青瓷」,
1974)

漢字사용의 역사로 보나 우리의 文化遺産이, 우리말의 현실이, 앞으로의 새말 또한 순 우리말 造語도 해야 하지만 한자말을 만들어 쓸 수밖에 없는 상황이, 어느 모로 보나 國漢混用文이 理想的인 것임을 옳게 인식해야 한다. 漢字의 視覺性이나 무궁한 造語力·縮約力 등을 이용하는 것이 현명하며 簡潔正確한 새말을 만드는 造語源이 바로 漢字에 있는 것임을 알라는 것이다. (중략)

'漢字·가나混用'인 日本이 常用漢字를 一천 九백 二六자로 當用漢字(一천 八백五0字)보다 늘리고 固有名詞用 한자는 사실상 그 規制를 푸는 추세에 있으며(필자 註 : 一천九백四五字로 됨) 中共에서도 '漢字·로마字混用'이 日常生活에서는 차차 實用의 범위를 넓혀갈 것 같다는 것이다. 이러고 보면 같은 文化圈인 韓·中·日이 다 각각 表音表意文字의 혼용으로 같은 문화권의 同質性이 유지될 것 같다. (「'새 憲法은 우리말로' 提案을 보고」, 1980)

이상의 인용에서 핵심적인 주장은 두 가지이다. 첫 번째는 중국과 일본 사이에 놓여 있는 지정학적 위치에 대한 강조이다. 한국은 두 나라 사이에 놓여 있는 숙명으로 인해 동양문화권(한자문화권)에서 벗어날 수 없으며, 그렇기에 일본이나 중국처럼 표음표의문자의 혼용으로 같은 문화권의 동질성을 유지해야 한다는 것이다. 다른 하나는 두 나라(그 중에서도 일본)가 한자교육을 통해서 실효를 거두고 있다는 점이다. 따라서 이들 나라에 뒤처지지 않기 위해서도 한자를 배우는 것이 필요하다는 주장이다.

동아시아 삼국의 동질성을 강조하는 것과 맞물려, 다음의 인용에서처럼 남광우의 수필에는 해방 이후 한국 사회를 지배한 서구문화에 대한 비판의식이 선명하게 드러난다.

信徒도 아닌 이들이 남의 장단에 춤추어 國內人들끼리 英字 섞인 크리

스마스 카드를 돌리고 선물을 교환하는 새 풍습이나 聖夜의 夜間通禁 없음을 奇貨로 워커힐이니 나이트클럽 등 高級社交場에서 흥청거렸다는 소식은 유쾌한 것은 아니다. 또하나 '청소년 선도'의 어깨 띠의 X-mas라는 英字도 눈에 거슬리는 것은 筆者만의 過敏인가? (「聖誕有感」, 1969)

이외에도 「情表」(1980)에서는 "三綱이다 五倫이다 하고 父母의 내리사랑에 子女의 孝道, 兄弟姉妹間의 友愛가 敦篤하고 극진한 그 실례"가 사라지는 현실을 안타까워하며, 그 원인으로 "해방 후 西歐의 物質文明의 소용돌이 속에 '나'를 잃고 휘청대던 우리들이 덮어놓고 미국만을 흉내내던 風潮로 汚染이 된" 것을 언급하고 있다.

「五無主義」(1980)에서는 일본 청소년 절반이 "無氣力·無責任·無關心·無感動·無禮"에 빠져있다는 기사를 인용하며, 우리에게도 해당되는 이러한 현상의 원인으로 "日本은 終戰後, 우리는 解放後 미국 바람이 휩쓴 것"을 들고 있다. "말하자면 東洋의 精神文化가 西洋의 物質文明에 현혹되고 있는 것"이라고 주장하는 것이다. 「新春二題」(1976)에서도 "古來로 우리나라에서는 崇祖의 念이 강하여서 祭禮를 엄히 지켜 오던 美風이 있었다. 이 미풍이 해방 후 三〇년, 물밀 듯 밀려온 서구풍의 영향으로 頹勢를 보인듯이 느끼는 것은 나만의 환각일까."라고 말하여, 우리의 미풍을 헤친 원인으로 해방 이후 밀려온 서구풍을 들고 있다.

서구와 대비되는 한자문화권에 대한 강조와 그로부터 비롯되는 한자사용의 중요성을 강조하는 태도는 소설가 장용학(1921-1999)과 비교해 볼 때, 나름의 세대론적 의미를 지닌 것으로 판단된다. 남광우가 활발하게 국한문혼용론을 주장하던 1960년대 중반 무렵, 문단에서도 장용학과 비평가 유종호(1935-)가 한자 사용 문제를 두고 뜨거운 논쟁을 벌였으며, 둘의 논쟁은 무려 1년간이나 지속되었다.[35] 이 논쟁에서 장용학은 우리 민족의 언어생활이 한자에 의해서 틀이 잡힌 후에, "後來라도 너무 後來"[36]로 온 후래자가 한글이며, "漢字는 우리의 音價로 발음해서 사용하고 있는 限 우리 글자 '第二의 國字'"[37]라는 등의 이유로 국한문혼용을 주장한다. 이러한 장용학의 주장은, 앞에서 살펴본 바와 같이 남광우의 주장과 매우 흡사하다.

방민호는 이 둘의 논쟁을 1920년대산 작가와 1930년대산 비평가의 대립이라는 의미를 지닌다고 본다.[38] 그는 "장용학의 관점에 따르면 한글 전용론은 '우리의 것'이라는 신화 위에서 한자 문화권에 속했던 과거를 부정하고 지성을 훼손하는 비논리를 범하는 것이 된다."[39]고 정리하면서, 장용학이 한자혼용을 주장한 이유를 그의 세대적 특성에서 찾고 있다. 1921년 4월 25일에 출생하여 1942년 와세다 대학 상과에 들어간 장용학에게 "한글은 사유의 언어, 문학의 언어가 될 수 없었"[40]으며, "장용학의 세대는 한자라는 구시대, 즉 식민 경험에서 자유로울 수 없었다."[41]고 결론 내리는 것이다. 이러한 장용학의 세대적 특성은 1920년에 출생하여 일제의 사범학교 교육을 받은 남광우와 유사한 측면이 있다.

---

35 이들이 논쟁을 벌인 구체적인 글의 목록을 정리하면 다음과 같다. 유종호, 「내셔널리즘·其他 ― 문학월평·소설」, 『사상계』, 1964.5, 308-313면; 장용학, 「긴 眼目이라는 幽靈 ― 우리 國語의 二元性」, 『세대』, 1964.8, 190-201면; 유종호, 「버릇이라는 굴레 ― 한글·漢字·小說」, 『세대』, 1964.9, 134-142면; 장용학, 「樂觀論의 周邊 ― 評論家 유종호 論秒」, 『세대』, 1964.10, 132-141면; 유종호, 「청승의 둘레 ― '樂觀論의 周邊'을 읽고」, 『세대』, 1965.2, 136-143면; 장용학, 「市長의 孤獨」, 『문학춘추』, 1965.3, 284-292면.

36 장용학, 「긴 眼目이라는 幽靈 ― 우리 國語의 二元性」, 『세대』, 1964.8, 197-198면.

37 위의 글, 199면.

38 방민호, 「장용학의 소설 한자 사용론의 의미」, 『한국 전후문학과 세대』, 향연, 2003, 72면.

39 위의 글, 84면.

40 위의 글, 87면.

41 위의 글, 91면.

이와 관련해 남광우의 「日帝下의 학창時節」(1975)은 매우 중요한 글이다. 여기서는 대구사범 심상과를 다녔을 때의 이야기가 자세하게 나온다. 1학년 때의 교장은 인격자였지만, 2학년 때부터의 교장인 T선생은 "철저한 국수주의자"였다고 회고한다. T선생의 강경방침으로 인해 남광우는 위축된 분위기 속에서 4년을 보낼 수밖에 없었다고 한다. 그는 대구사범교육에서 얻은 교훈으로 잊지 못할 것은 한국인 은사에게서 받은 것이라고 밝히면서, 다음과 같은 내용을 덧붙이고 있다.

> 하나 더 덧붙이고 싶은 것은 그 T교장의 철저한 國粹主義 교육방침에도 불구하고 우리가 졸업할 때까지 五년 동안의 기숙사생활에서는 〈朝鮮日報〉, 〈東亞日報〉를 購讀할 수 있었다는 사실이다. 지금으로 치면 중一~고二까지의 학생들이 신문을 읽었다는 얘기다. 국어교육은 지금처럼 받지 못했으면서 다만 '漢字 가나혼용'의 전교과서로 日語교육을 받은 것으로도 이 신문 讀解力을 얻었다는 얘기다. 국민학교부터 한자교육을 받아야 되는 까닭은 이론을 떠나서 이 사실 하나로 충분히 뒷받침되는 것이다.
>
> 지금 내가 國語學敎授가 되고 國漢혼용교육을 국민학교부터 실시해야 된다고 高唱하는 것은 이 대구사범을 다닌 덕택인지도 모른다. 그리고보면 역시 교육의 힘은 무서운 것이다.

이 글에서는 중요한 두 가지 점을 발견할 수 있다. 첫 번째는 '한자 가나혼용'의 전교과서로 일어교육을 받은 결과로 조선어 신문의 독해력을 얻을 수 있었다는 점이며, 두 번째는 국한문혼용 교육을 주장하는 이유가 바로 대구사범에서 일본어 교육을 받은 체험에 바탕한 것이라는 점이다. 세대론적 관점에서 국한문혼용론의 기원과 맥락을 살펴보는 작업은 앞으로 남은 중요한 사상사적 과제라고 할 수 있다.

5. 고어(古語)와 보수주의

이 글은 남광우의 수필에 나타난 보수주의적 특징에 대하여 살펴보았다. 이를 위해 우선 서정수필만을 수필로 인정하는 기존의 통념을 벗어나 에세이 나 서정적 교술산문 등도 수필의 하나로서 바라보고자 하였다. 보수주의의 핵심적인 특징은 전통과 관습 그리고 권위에 대한 존중이라고 할 수 있으며, 이러한 특징은 남광우의 여러 글에서 공통적으로 발견된다. 이러한 보수주의 적 특징이 특히 두드러지는 부분은 여성관과 교육관이다. 남광우는 수필집마 다 여성에 대한 글을 독립된 장으로 설정할 정도로 여성(문제)에 많은 관심을 기울였는데, 여성들에게 "다소곳한 忍從의 美德, 사근사근하고 상냥한 淑德" 으로 요약되는 전통적인 여성상을 강조한다. 다음으로 교육관에서도 전통적 인 교육 이념, 교육제도, 교육내용, 교육방법 등을 중요시한다. 또한 보수주의 자들이 강조하듯이, 남광우 역시 읽기와 쓰기 교육을 강조하며, 중앙집중적 인 방식의 교육보다는 개별 학교나 학교장에게 권한이 위임된 교육 방식을 선호한다.

남광우는 국한문혼용을 주장한 한국의 가장 대표적인 지식인으로서, 별세 하기 직전 국무총리에게 보낸 편지에는 국한문혼용과 한자교육운동을 호소 하는 절절한 심정이 담겨 있다. 이 편지에서 주목되는 것은 세종시대의 국어 를 하나의 표준이자 전통으로 규정한 이후에 그것을 수호해야 한다는 보수주 의자로서의 면모를 보여준다는 점이다. 두 권의 수필집에서도 주제상으로 가장 많은 비중을 차지하는 것은 국한문혼용론에 관한 글들이다. 흥미로운 것은 남광우가 혼신의 힘을 기울여 주장한 국한문혼용론이 보수주의의 시조로 일컬어지는 에드먼드 버크의 보수주의론과 구조적으로 유사하다는 점이다. 또한 남광우의 국한문혼용론은 20세기 대표적인 보수주의자로 꼽히는 T.S.엘리엇의 주장과도 유사한 점이 있다. 엘리엇은 전통을 강조하며, 전통은 일개 국가 안에 갇힌 것이 아니라 그것을 초월하는 시간과 폭과 깊이를 갖는 것이라고 주장하였다. 나아가 엘리엇은 유럽의 나라들이 서로 분리된 상태에서 시인들이 자국어로 쓰인 문학 이외의 문학을 더 이상 읽지 않는다면 많은 나라의 시는 쇠퇴할 수밖에 없다고 보았는데, 이때의 문학이나 시를 언어생활로 바꾼다면, 남광우의 주장과 거의 일치한다. 남광우 역시 국어는 순우리말로 한정할 수 없으며, 우리의 국어는 한자문화권의 한자와 맞닿아 있기 때문에 동아시아의 공통문자로 쓰인 한자를 혼용해야 한다는 입장이다. 서구와 대비되는 한자문화권에 대한 강조와 그로부터 비롯되는 한자사용의 중요성을 강조하는 태도는 소설가 장용학과 비교해 볼 때, 나름의 세대론적 의미를 지닌다. 남광우가 활발하게 국한문혼용론을 주장하던 1960년대 중반 무렵, 장용학 역시 남광우와 비슷한 논지로 국한문혼용을 주장하며 비평가 유종호와 논쟁을 벌인다. 1921년 4월 25일에 출생하여 1942년 와세다 대학 상과에 들어간 장용학에게 한글은 사유의 언어나 문학의 언어가 될 수 없었다는 선행연구가 있는데, 장용학의 이러한 세대적 특성은 1920년에 출생하여 일제의 사범학교 교육을 받은 남광우와 유사한 측면이 있는 것이다. 이와 관련해 남광우의 「日帝下의 학창時節」(1975)에서 국한문혼용 교육을 주장하는 이유의 하나로 대구사범에서의 일본어 교육 체험을 들고 있는 것은 국한문혼용론을 세대론적 관점에서 파악할 필요성을 제기한다고 볼 수 있다.

마지막으로 보수주의와 직접적으로 연결되지는 않지만, 남광우 수필의 고유한 개성 하나를 언급하고자 한다. 남광우가 국어학의 전문 지식을 맛깔스럽게 정서와 버무려낼 때, 남광우만의 고유한 수필이 탄생하는 경우가 많다.

몇 가지 사례를 들면 다음과 같다.

秋夕을 〈가위〉니 〈한가위〉니 하는데 〈한가위〉의 〈한〉은 〈가운데〉〈한가운데〉의 경우의 〈한〉과 완전히 같은 것이요, 〈한밤중〉〈한복판〉의 〈한〉과도 같은 것이다. 이 〈한〉은 〈大·多·正〉의 뜻으로 쓰인 〈하다〉라는 古語에서 그 가닥을 찾을 수 있다. 〈가위〉는 무엇인가? 이것은 『三國史記』에 나오는 〈嘉俳〉라는 기록이나 고려 가요 『動動』에 나오는 〈嘉俳날〉에서 그 연유를 찾을 수 있다. 이 〈嘉俳〉는 지금은 없어진 〈갑다〉라는 말에서 갈라진 것인데 〈갑다〉라는 말은 〈中·半〉의 뜻으로 쓰이던 말이다. 가빈→가외→가위(仲秋, 八월 보름, 秋夕), 가븐(中·半)뒤(處)→가온뒤→가온대→가운데, 가붓→가옷→가웃(半) (「秋夕」, 1973)

올해는 己未年, '羊같이 순하다'는 말이 있다. '美'字나 '善'字, '義'字가 모두 '羊'字가 들어있지 아니한가. '美'字는 '羊+大'로 분석된다. 큰 羊이 살쪄 아름답게 보임을 뜻한다. '義'字는 '羊+我'로 분석된다. 나의 마음씨를 '羊'처럼 착하게 가진다 하여 '바르다' '옳다', 또한 나를 '羊처럼 희생시킨다'하여 '義理'의 뜻이 된다. '善'字 또한 '羊'字의 뜻이 들어 있는 것으로 '착하고' '좋고' '吉하고' '옳게 여기고' '잘하다'의 뜻이 담긴 글이다. 얼마나 좋은가. 美(아름답게), 善(착하게), 義(義롭게), 잘 살아 나가자는 것이 他意에 의해 그어진 三八線, 美·蘇·日·中共 四强에 의해 둘러싸인 우리, 슬기로와야 된다. (「己未年의 意味」, 1976)

지금은 '한 살, 두 살, 열 살…'이라 하지만 옛날에는 '살' 아닌 '설'이었다. '세설, 열설'이라 했던 것인데 이 설(歲)이 '설날'의 '설'과 관계가 있음은 물론이다. 한 '설'을 쇠고 나면 한 '설(歲)'을 더한 것이었다. 섣달이란 말이 설날에서 온 것이라고 하기도 한다. (「재미난 부럼까기」, 1979)

이때 활용되는 국어학 지식은 주로 고어(古語)에 관련된 것이다. 이러한 전문 지식이 감동을 줄 수 있는 수필로 자연스럽게 녹아들 수 있는 것은 고어에 대한 남광우의 학식이 독보적인 수준에 이르렀기 때문에 가능한 일이다. 남광우는 이미 1960년에 『고어사전(古語辭典)』을 편찬했으며[42], 이외에도 여러 논문을 통하여 "사라진 옛 어휘에 대한 합리적인 해석을 내림으로써 우리의 주석학(註釋學)이 뿌리를 박을 수 있는 바탕을 마련하였다."[43]는 평가를 받고 있다. 또한 보수주의의 측면에서 보자면, 고어란 말의 전통으로 볼 수도 있는 것이다. 이처럼 국어학 지식이 일상의 일들과 어우러져 문학적 감동을 주는 수필로는, 「秋夕」(1973), 「己未年의 意味」(1976), 「쓰다듬고 가다듬는 마음」(1977), 「미워할 것도 예뻐할 것도 없어」(1978), 「넓푸른 바다」(1978), 「재미난 부럼까기」(1979), 「Toilet」(1979) 등을 들 수 있다. 이러한 수필들은 모두 서정수필의 좁은 테두리를 벗어나 한국 수필의 영역을 넓혔다는 측면에서, 그 문학사적 의의가 있는 것으로 판단된다.

---

42 이 『古語辭典』은 오래전부터 준비되어 탄생한 업적이다. 남광우는 "古語辭典 착수를 한 게 아마 51년 경이었을 거예요. 方鍾鉉 선생의 『古語材料辭典』(전·후집)에 실린 자료는 물론, 그 무렵에 慶北 대학교에서 찍어낸 海印寺板 각종 언해본을 비롯해 大邱에서 여기저기 개인 장서를 뒤져서 원고를 만들고, 서울 와 가지고서는 서울대학교 도서관이나 국립 도서관이나 각 개인 李熙昇·李崇寧·李秉岐·崔鉉培 웬만한 분 개인 장서 어지간히 빌어서 원고를 만들어 가지고, 그게 60년 9월에 나온 『古語辭典』이라는 것이 그래서 된 겁니다."(남광우, 「내가 걸어 온 길—國語硏究와 語文政策」, 『난정의 삶과 學問』, 한국어문교육연구회, 1998, 7-8면)라고 밝힌 바 있다.

43 고영근, 앞의 글, 80면.

휴머니스트가 바라본 법

1. 감옥체험과 법에 대한 탐구

이병주는 1921년 경남 하동에서 출생하여 일본 메이지대학 문예과와 와세다대학 불문과에서 수학하였다. 이후 진주농과대학과 해인대학 교수를 역임하고, 부산 『국제신보』 주필 겸 편집국장을 지냈다. 1965년 중편 「소설 알렉산드리아」를 『세대』에 발표하면서 등단한, 이병주는 '한국의 발자크'라는 별명이 붙을 정도로 수많은 작품을 창작하였다.[1] 그동안 이병주에 대한 연구는 「관부연락선」과 「지리산」에 치우친 면이 있지만, 주제와 형식 등 다방면에 걸쳐서 적지 않은 논의가 이루어졌다. 특히 21세기에 들어서는 김윤식이 학병세대의 세대의식과 관련해 이병주 문학을 지속적으로 탐구하였다.[2]

1 　김종회, 「이병주」, 『약전으로 읽는 문학사 2』, 소명출판, 2008, 110-114면.
2 　김윤식, 『일제 말기 한국인 학병세대의 체험적 글쓰기론』, 서울대출판부, 2007. 김윤식은 "이 삼부작에 일관된 중심축은 이른바 '인민전선' 이후 일본 고등교육의 '교양주의'이다. 이는 경도 체험과 분리되지 않는다. 이 '교양주의'가 학병 문제에 부딪치고 증폭되어 이루어진 것이 대형 작가 이병주 문학이다." (「학병 세대의 내면 탐구」, 『문학과 역사의

흥미로운 점은 이병주가 여러 작품을 통하여 지속적으로 법의 문제를 다루었다는 점이다.[3] 이와 같은 법에 대한 관심은 무엇보다도 사상범으로서 옥중 생활을 한 본인의 경험에서 비롯된 것으로 보인다. 그의 소설을 설명하는 용어로 '감옥 콤플렉스'[4]라는 말이 등장할 만큼, 그는 감옥체험을 한 인물들을 숱하게 등장시켰다. 이러한 등장인물의 존재는 자연스럽게 법의 문제에 대한 심도 있는 탐구로 이어진다. 이병주 자신도 「예낭풍물지」에서 "일단 형무소를 다녀 나온 사람의 눈은 다르다. 역사라는 의미, 법률이라는 의미, 사회라는 의미, 인생이란 의미를 적막하고 황량한 빛깔로 물들여 놓는 눈이 되어버린다."(193)라고 하여, 감옥 체험이 법률의 의미에 대한 남다른 시각을 갖게 해주었음을 암시하고 있다.

이 글에서는 「예낭 풍물지」(『세대』, 1972.5), 「목격자?」(『신동아』, 1972.6), 「내 마음은 돌이 아니다」(『한국문학』, 1975.9), 「철학적 살인」(『한국문학』, 1976.5), 「삐에로와 국화」(『한국문학』, 1977.5), 「거년의 곡」(『월간조선』, 1981.11)을 중심으로 이병주가 지니고 있던 법에 대한 작가의식을 살펴보고자 한다.

2. 부정(不正)한 법에 대한 비판

「예낭 풍물지」[5]의 '나'는 국가에 대죄를 얻어 10년형을 받고 징역살이를

경계에 서다』, 바이북스, 2010, 64면)라고 주장한다.

3   이병주의 작품에는 "많은 법학 고전이 인용되고 변호사, 법학과 교수, 그리고 법대생이 등장"(안경환, 「고야산과 알렉산드리아를 꿈꾸며」, 『문학과 역사의 경계에 서다』, 바이북스, 2010, 190면)한다.

4   "거의 모든 작품에서 소위 '감옥 콤플렉스'가 나타나고 있다. 이는 작가의 체험이 반영된 범례이며 향후 그의 소설을 간섭하는 하나의 원형이 된다."(김종회, 「문학과 역사의식」, 『문학과 역사의 경계에 서다』, 바이북스, 2010, 93면)고 이야기된다.

5   이광훈은 「예낭풍물지」를 「낙엽」, 「망명의 늪」, 「여사록」, 「행복어 사전」과 더불어 "우

하던 중, 결핵으로 오년 남짓한 세월을 감옥에서 보내고 석방된 인물이다. '나'는 본래 "누구도 지상의 평화와 행복을 그처럼 작은 집에 그처럼 충실하게 담아놓진 못했을 것"(156)이라고 할만큼 행복한 가정생활을 하고 있었다. 그러나 한순간 그 행복은 사라져버리는데, 이유는 '내'가 감옥에 있는 동안 아내는 딸과 어머니를 버려둔 채 집을 나가 버렸기 때문이다. '나'는 다음의 인용문처럼 법에 의해 억울한 죄인이 되었다.

> 형법 어느 페이지를 찾아보아도 나의 죄는 없다는 얘기였고 그 밖에 어떤 법률에도 나의 죄는 목록에조차 오르지 않고 있다는 변호사의 얘기였으니까 그런데도 나는 십 년의 징역을 선고받았다. 법률이 아마 뒤쫓아 온 모양이다. 그러니까 대영백과사전도 스티븐도 홉스도 나를 납득시키지 못했다.
>
> '죄인이란 권력자가 <너는 죄인이다> 하면 그렇게 되어버리는 사람이다.' (156)

'나'는 결국 권력자의 농단에 따라 죄인이 되어 버린 것이다.[6] 이러한 상황에서 "어떤 재난도 어떤 권력도 내가 살아 있는 한 빼앗아갈 수 없는 집이라야 한다고 마음 먹"(156)은 '나'는 "실재(實在) 이상의 실재"(121)인 예낭을 상상속에서 만들어 나간 것이다.[7] 이처럼 예낭이라는 도시를 공상 속에서 만들어

리가 살고 있는 세태와 풍속을 리얼하게 묘파한 격조 높은 풍속 소설"(『한국현대문학전집 42』, 삼성출판사, 1979, 440면)이라고 말한다. 김종회는 「예낭 풍물지」가 "그야말로 현란한 소설적 잡학사전이다. 감옥·병·사랑·가족·고향·죽음 같은 온갖 재료를 버무려 한 편의 소설을 만들고, 그 가운데서 참된 인간의 자아가 무엇인가를 탐색하는 독특한 작품"(김종회, 『이병주 작품집』, 지만지, 2010, 19면)이라고 설명한다.

6   '나'의 아버지는 해방 이후 좌익들과 어울렸고, 이런 사정으로 6.25 때 비명에 죽었다. 그런데 4.19가 나자 어떤 사람들이 나타나서 죽은 사람들의 유골을 찾자는 운동에 동참할 것을 권유하였다. 이로 인해 '나'는 옥살이를 하게 된 것이다.

낸 것은 권력자에 좌지우지되는 법으로부터 자신을 보호하기 위해서이다. '나'는 "법 앞에 만민은 평등하다'는 말은 잠꼬대"(208)라고 말할 정도로 법을 부정적인 것으로 바라본다. 「예낭 풍물지」는 법을 다룬 이병주의 소설 중에서 법에 대하여 가장 비판적인 모습을 보여주고 있다. 이것은 이 작품이 사상범으로 몰려 억울하게 옥살이를 한 작가의 체험과 시간적으로 가장 가까운 시기에 창작된 상황을 반영한 것으로 보인다.

3. 악법의 무용성

「내 마음은 돌이 아니다」의 노정필은 무기형에서 감형되어 20년의 형기를 꼬박 채운 사회주의자이다. 2년 전에 출옥한 이래로 전연 말을 하지 않았으나, 지금은 소설가인 '나'와의 교류를 통해 사회에 빠르게 적응해 나가는 중이다. 가지 않던 성묘 갈 생각을 하고, 목공소를 다니기도 한다. 또한 "나와 공산당과는 아무런 관계도 없습니다."(53)라고 선언하거나. "보통의 능력으로 보통의 노력을 해서 보통으로 살아갈 수 있는 사회면 더 바랄 것이 없다는 것이 이 선생의 말이었는데 그런 뜻에서 대한민국도 이 정도면 됐다는 생각을 하게 되었다."(63)고까지 말한다. 목공소에 다니며, 그곳의 직원들이 구김살 없이 "가난하긴 하지만 궁하진 않은 생활들을 하고 있"(64)는 것에 만족한 결과이다.

---

7   고인환은 "『예낭풍물지』가 감옥에서 나온 황제가 현실에서 적응하지 못하고 관념의 성(환각) 속에서 살아가는 모습을 그린 작품이다. 그에게 '예낭'은 타인의 지도에선 찾아낼 수 없는, 현실보다 더욱 진실한 공상의 공간, 즉 실재 이상의 실재이다. 여기서는 꿈과 현실, 생자와 사자의 구별조차 없다. 그는 이러한 환각 속에서 살아간다. 어떤 재난도 어떤 권력도 그가 살아 있는 한 빼앗아갈 수 없는, 관념 속의 성이다."(「이병주 중·단편 소설에 나타난 서사적 자의식 연구」, 『국제어문』 48집, 2010년 4월, 142면)라고 설명한다.

그러나 노정필은 '나'로부터 사회안전법[8]이 생길 것이라는 말을 듣고는 묘한 웃음을 지으며, "일제 때 보호관찰법이란 무시무시한 법률이 있었소. 그런 법률의 본을 안 보는 게 이상하다고 생각했지."(66)라며 "당연하다"(66)고 말한다. 1975년 7월 19일 사회안전법이 통과되어, '내'가 노정필을 찾아가자 노정필은 이미 사망한 상태이다. 이 사망소식을 듣고 돌아오는 길에 '나'는 "나라가 살고 많은 사람이 살자면 노정필 같은 인간이야 다발다발로 역사의 수레바퀴에 깔려 죽어도 소리 한 번 내지 못한들 어쩔 수 없는 일이다."(69)라고 생각한다.[9] 이 말 속에는 한국 사회에 적응해 가던 노정필로 하여금 묘한 웃음을 짓게 만든 악법에 대한 비판이 담겨 있다. 사회안전법이 아니었더라도(아니었더라면) 노정필은 한국 사회에 좀더 바람직한 모습으로 적응해 나갔을 것이 분명하다.

「목격자?」 역시 악법에 대한 비판적 인식을 우회적으로 드러낸 작품이다.

---

[8] 사회안전법은 특정범죄를 다시 범할 위험성을 예방하는 한편 사회복귀를 위한 교육개선이 필요하다고 인정되는 자에 대해 보안처분을 함으로써 국가 안전과 사회 안녕을 유지하기 위해 제정한 법률(1975. 7. 16. 법률2769호)이다. 보안처분대상자는 ①형법상의 내란·외환죄 ②군 형법상의 반란·이적죄 ③국가보안법상의 반국가단체구성죄, 목적수행죄, 자진지원·금품수수죄, 잠입·탈출죄, 찬양·고무죄, 회합·통신죄, 편의제공죄를 지어 금고(禁錮) 이상의 형을 받고 그 집행을 받은 사실이 있는 자들로 규정했다. 보안처분은 검사의 청구에 의해 법무부장관이 보안처분심의위원회의 의결을 거쳐 결정하고 기간은 2년이며 경신할 수 있다. 그밖에 보안처분의 종류인 보호관찰·주거제한·보안감호와 보안처분의 면제·행정소송·보안처분심의위원회·벌칙 등에 관해 규정했다. 전문 28조와 부칙으로 돼있다. <사회안전법>은 형기를 다 마쳤어도 전향하지 않은 사람들을 재판 없이 계속 가둬둘 수 있는 가능성이 존재하는 법률이었다.

[9] 이재복은 「내 마음은 돌이 아니다」가 "노정필의 한을 헤아리고 그것을 풀어주려고 하지 않은 사회체제 등은 모두 타자의 고통을 외면한 채 자신의 안위와 체제(권력) 유지에만 급급한 반(反)휴머니즘적인 존재들에 다름 아니다. 이것은 그가 타자의 흠이나 고통을 공격하고 외면하는 것이 아니라 그것을 회색의 비의 논리하에서 바로 잡아주고 감싸줄 때 비로소 진정한 차원의 인간회복의 길이 열린다는 사실"(『패자의 관』, 김윤식 김종회 편, 바이북스, 2012, 120면)을 설파한 것이라고 주장한다.

이 작품은 일제 말기와 그로부터 30여 년이 지난 현재를 배경으로 삼고 있다. 성유정은 일제 말기에 초등학교에서 두달 동안 임시교원으로 지낸 적이 있다. 이때 세끼라는 유능하고 헌신적인 일본인 교장과 도둑질을 상습적으로 하는 윤군수라는 아이를 만난다. 성유정은 윤군수가 범인이라는 것을 안 후에도, 곧 이 학교를 떠날 자신의 입장과 교육적 측면을 고려하여 윤군수의 범행을 공개하지 않는다.

그런 윤군수가 미국의 성공한 대학교수가 되어 한국에 돌아와서는 성세정을 수소문해 찾아온다. 성세정을 만난 윤군수는 "선생님이 소년시절의 저의 못된 버릇을 너그럽게 봐주지 않았더라면 저의 오늘은 없었을 겁니다."(254)라며 감사해 한다.

윤군수의 말에 의하면, 세끼는 성유정과 달리 윤군수를 창고에 가두고는 낫을 들고 위협하여, 어린 윤군수가 손가락에 피를 내어 다시는 도둑질을 하지 않겠다는 혈서까지 쓰게 만들었다. 성유정은 "세끼 교장의 이런 태도가 옳았는지 나빴는지 분간할 수 없"(256)어 한다. 윤군수를 향한 세끼의 행태는 과잉된 법적 행위에 해당한다. 세끼의 행위가 가져온 효과는 이중적이다. 일단 도벽을 고쳐 겉으로 보기에 윤군수를 사회적으로 성공시켰다는 점에서는 그 교육적 효과가 매우 높다고 말할 수 있을 것이다.

그러나 윤군수는 겉에 보이는 화려한 모습과는 달리 인격적으로는 파탄난 상태이다. 윤군수는 "오늘의 윤군수"(255)라는 말을 반복할 정도로 기고만장한 모습을 보이며, "미국에서의 생활은 낙원과 같고 그 곳에 살고 있는 사람의 눈으로써 한국에 살고 있는 사람을 보니 불쌍해서 목불인견"(254)이라고 말한다. 또한 윤군수는 자신의 아버지에 대해 "빨리 죽어 버린 덕분에 겨우 면목을 세운 그런 인간"(254)이라고 독설을 날리기도 한다. 삼십 여 년이 지난 지금도, 윤군수는 만년필을 자기가 훔치지 않았다고 태연하게 거짓말을 한다. 그렇다면 세끼의 과잉된 처벌 행위는 결국 윤군수를 도둑보다도 못한 인간으로 만들었다고 볼 수도 있을 것이다.[10]

흥미로운 것은 「내 마음은 돌이 아니다」와 「목격자?」에서 악법의 기원이 모두 일본(인)에 있는 것으로 그려진다는 점이다. 이것은 오랜 기간 일제의 식민지를 경험한 한국의 근대사를 반영하는 것인 동시에, 「내 마음은 돌이 아니다」에서는 한국의 법체계가 일본의 법률로부터 많은 영향을 받았기 때문이라는 인식을 보여준다.

4. 법률 만능론에 대한 거부와 인정의 중시

「거년의 곡」은 청평호에서 이미 고등고시에도 합격한 현실제라는 S대 법과대학 4학년생이 탄 보트가 전복하여 익사하는 사건을 중심으로 서사가 진행된다. 이 사건의 핵심에는 '현실제-진옥희-이상형'이라는 삼각관계가 놓여 있다. 현실제는 이름처럼 법률공부에만 충실하여 출세에 목을 매고 있으며, 혁명가가 되고 싶어하는 이상형은 인생과 사회와 역사에 관한 깊은 견식 없이 법률 조문부터 배우는 것을 혐오한다. 이상형이 법률이란 "특정 계층의 이익에 봉사하는 것"(33)이라고 말하면, 현실제는 법률은 "통치의 기준이며 사회의 질서이다. 법률 없이 어떻게 민중의 통치가 가능할 것인가."(33)라고 대답한다. 진옥희는 처음 이상형의 '법률 부정론'과 현실제의 '법률 만능론' 사이에서 고민하지만, 점차 이상형의 '법률 만능론' 쪽으로 마음이 기울어진다.

이런 와중에 거의 반강제적으로 진옥희는 현실제와 육체 관계를 맺는다. 이후 현실제는 진옥희와의 육체 관계를 불장난으로 취급하려 하고, 현실제와

10　흥미로운 점은 성유정이 윤군수의 도둑질을 묵인한 행위 역시 똑같은 이중적 효과를 가져왔다고 말할 수 있다는 사실이다.

R 재벌의 딸 사이에는 혼담이 진행된다. 현실제가 그날의 일을 결말짓기 위해 청평에 왔을 때, 현실제의 잊어달라는 말에 진옥희는 맹렬한 증오를 느낀다.

이 작품에서 현실제가 추악하게 그려지면 질수록, 법률 만능론 역시 부정적인 모습을 드러내게 된다. 보트 위에서 현실제는 "만능주의자도 좋고 지상주의자라도 좋아. 하여간 내 전도에 지장 있는 짓은 하지 말어. 법률은 그리 호락호락한 게 아냐."(50)라며 거들먹거린다. 결국 진옥희는 보트를 뒤엎을 의도가 "있었다고도 할 수 있고, 없었다고도 할 수 있었다."(51)는 말처럼, 현실제의 죽음에 (불)분명하게 연루된다. 진옥희는 익사한 현실제의 죽음을 보며 "법률이 보호해 줄 것이라더니……"(52)라는 말을 되새김질한다. 다음의 인용문 역시 현실제의 죽음이 법률 만능주의에 대한 비판에 해당한다는 인식이 드러나 있다.

"그러나 나와 현실제의 죽음과엔 아무런 관련도 없다. 그는 그가 좋아하고 믿었던 법률이 절대로 보호할 수 없는 인생의 국면이 있다는 것을 스스로 증명하기 위해서 죽은 것이다. 아무리 능숙한 계산의 능력을 가졌더라도 세상은 마음대로 안 된다는 것을 증명하기 위해 죽은 것이다." (56)

「예낭 풍물지」에는 최노인이 자신의 집에 들어온 열일곱 살의 도둑을 실컷 때려놓고도 "경찰서에 가서 콩밥을 먹어봐야 버릇이 고쳐지지."(212)라며 경찰관을 부르는 장면이 등장한다. 최노인은 일제 때 고등계 형사를 한 사람으로서, 입버릇처럼 요즘 빨갱이 잡는 수법이 틀려먹었다고 말하며 다닌다. '나'는 최노인의 이런 모습을 보며, 강도짓을 하러 온 소년을 너그럽게 용서하는 스팽글러 씨의 이야기를 담은 사로얀의 『인간 희극』을 펼쳐본다. 스팽글러는 "무덤과 감옥엔 운수 나쁘게 가난한 집에 태어난 선량한 미국의 청년 들로서 꽉 차 있다. 그들은 결코 죄인이 아니다."(213)라고 주장하는 인물이다. '나' 역시 스팽글러의 입장에 전적으로 동의한다. "스팽글러 씨를 만난 그 청년은 절대로 앞으론 그런 짓을 하지 않을 것이 아닌가. 나는 경찰서로 끌려 가 그 소년의 처참하고 당황하고 어쩔 줄 몰라 하는 모습을 뇌리에 떠올려 봤다. 그 소년의 앞날이 슬프게만 상상이 된다."(213)고 이야기한다.

「철학적 살인」[11]은 "사랑하는 아내에게 과거가 있었다는 것과 그 과거의 사나이와 아내가 정(情)을 통하고 있다는 사실을 알았을 때 남편은 어떻게 해야 하는 것일까."(25)라는 문장으로 시작된다. 이 작품의 주인공인 민태기는 그 한 사례를 보여주는 인물이다.

민태기는 30대 중반으로서 대기업의 부장이며 중역으로 승진할 가능성이 높은 사람이다. 아내 김향숙 역시 부유한 집안의 딸로서 재능과 미모를 겸비 하고 있다. 민태기는 아내와 대학 동기동창이며 줄곧 라이벌 관계에 있었던 고광식이 호텔방에 함께 가는 것을 보았다는 익명의 전화를 받는다. 민태기 는 고광식과 아내 김향숙이 모두 모이도록 계략을 꾸미고, 결국 민태기는 끓어오르는 분노를 참지 못하고 현장에서 고광식을 살해하고 만다.

경찰에 출두한 민태기의 태도는 침착하고 냉정하다. "진정한 사랑이 아닌, 일시적인 기분, 동물적인 성적 충동으로 남의 가정을 유린하는 결과를 가져 올 행동을 하는 남녀는 어떠한 명분으로서도 그들을 용서할 수가 없다."(45) 고 믿기 때문에, "감정으로 그놈을 죽인 것이 아니라 나의 철학에 의해 그놈

---

11   김종회는 「철학적 살인」이 "법과 제도를 넘어 인간이 세계의 중심이라는 작가의 사상을 극명하게 드러내는 작품이다. 간음한 아내에 대한 남편의 물리적 치죄를 납득할 수 있는 것으로 보고 이를 뒷받침하기 위해 일본 법원의 판례를 가져오기도 하는데, 더 중요한 것은 이를 설득력 있게 피력하는 작가의 변설"(김종회, 『이병주 작품집』, 지만지, 2010, 19면)이라고 설명한다.

을 죽였"(46)다고 확신하는 것이다.

「철학적 살인」은 민태기의 살인을 기본적으로 정당하다고 보는 입장이다. 자신의 아내를 반복적으로 농락한 남성을 살해한 남편에게 무죄를 선고한 코오베 재판소의 판례나 미국에서 성명을 숨긴 사람이 민태기에게 돈을 보내는 장면 등을 통해 작가의 시각을 확인할 수 있다. 심지어 고광식의 아내로 추정되는 여인은 인생을 새로 시작할 반려로 자신을 선택해 달라는 편지를 보내기도 한다.[12] 민태기 본인도 "사람은 이성에 따르기보다 감정에 따른 것이 훨씬 정직하고 인간적일 수 있다는 신념"(53)을 끝까지 유지한다. 민태기의 살인은 법률에 따르면 분명한 유죄이지만, 작가는 감정(인정)에 따른 민태기의 살인을 결코 유죄로 보고 있지 않은 것이다.

「삐에로와 국화」에서 강신중은 간첩 임수명의 국선 변호인이 된다. 임수명은 45세로서 남한에 귀순한 도청자를 암살하러 왔다가, 도청자가 이미 죽은 것을 알고 자수한 간첩이다. 임수명은 자신이 도청자를 죽일 목적으로 한국에 침입했다는 사실을 부인하기만 한다면, 무죄가 될 수도 있다. 아무런 혐의도 입증할 수 없는 상황에서, 임수명은 집요하게 자신이 특수임무를 수행하는 간첩이라고 주장한다. 임수명은 최후 진술에서 대한민국에 대해 욕설을 퍼붓고 '김일성 만세'를 부르기까지 하여, 끝내 사형을 언도받는다. 사형당하기 직전 임수명의 마지막 부탁은 국화꽃을 자신의 전처인 주영숙이라는 여인에게 전달해달라는 것이다.

월북한 박복영 일가는 공산당에 제공한 재산이 남로당에 준 것으로 취급

---

12 편지의 내용은 "선생님의 철학에서 얻은 용기가 시킨 행동입니다. 어떤 법률도 도덕도 사랑을 넘어설 순 엇고 선생님은 말씀하셨습니다. 사랑은 모든 가치의 으뜸이라고도 선생님은 말씀하셨습니다. 그리고 선생님은 사랑의 철학으로 감히 사람을 죽이기까지 하셨습니다. 저도 그 철학으로 모든 잡스럽고 제이의적인 조건을 넘어설 각오를 했습니다."(52)이다.

받아 정치적 핍박을 받는 상황이었고, 도청자가 전향하는 바람에 남한에 있는 자신의 형인 박복길과 어머니가 사형당한 소식을 듣고, 자원하여 간첩이 된 것이다. 임수명은 가난에 시달리는 전처 주영숙에게 전화를 걸어 자신의 소재를 알게 하였고, 주영숙의 남편이 임수명을 간첩으로 신고하여 포상금을 받게 된 것이다. 이 작품의 결론은 "박 복영이 자기의 죽음을 최대한으로 이용해 보려고 했다는 사실이다. 그는 자기의 사형을 북쪽에 있는 가족들을 편하게 살리기 위한 수단으로 했고(그 성공여부는 고사하고), 한편 남한에 있는 옛 마누라를 도우기 위한 수단으로 했다는 건 분명했다."(176)는 것으로 정리 된다. 법률의 형식논리보다 박복영이 처한 상황에 좀더 주의를 기울였다면, 불필요한 죽음은 발생하지 않았을 것임이 분명하다.

5. 휴머니즘과 법

그동안 많은 주목을 받지 못했지만, 이병주는 여러 작품을 통해 법에 대한 탐구를 보여주었다. 법에 대한 집요한 관심은 사상범으로서 옥중 생활을 한 작가의 체험에서 비롯된 것으로 보인다. 부정한 법에 대한 비판, 악법의 무용 성, 법률 만능주의에 대한 비판, 법보다 인정을 중시하는 태도 등이 이병주가 문학을 통해 보여준 대표적인 법에 대한 인식이라고 할 수 있다. 「예낭 풍물 지」는 권력자의 농단에 따라 죄인이 되어 버린 인물을 통해, 부정적인 법에 대한 강렬한 비판을 보여준다. 이러한 비판의식은 「예낭 풍물지」가 사상범 으로 몰려 억울하게 옥살이를 한 작가의 체험과 시간적으로 가장 가까운 시기에 창작된 상황을 반영한 것으로 보인다. 「내 마음은 돌이 아니다」는 사회안전법이라는 악법으로 인해 생명까지 잃게 되는 노정필이라는 인물을 통하여, 악법의 문제점을 직접적으로 보여주고 있다. 「목격자?」는 윤군수라는 문제적 인물을 통하여 악법에 대한 비판적 인식을 우회적으로 드러낸다. 「거년의 곡」은 법률 만능론자와 법률 부정론자의 대립을 통하여, 법률 만능주의에 대한 비판을 보여주는 작품이다. 「철학적 살인」과 「삐에로와 국화」는 작품의 기본 서사를 통하여 법률보다는 인정에 바탕한 세상이 더욱 바람직하다는 인식을 드러낸다. 이러한 태도야말로 불필요한 피해나 죽음을 막을 수 있는 것이다.

인정에 대한 중시는 물론이고, 부정한 법에 대한 비판, 악법의 무용성, 법률 만능주의에 비판 모두 이병주 문학의 상수라 할 수 있는 휴머니즘과 관련된다고 말할 수 있다. 법의 문제 역시 휴머니즘적 입장에서 바라보고자 한 이병주의 태도는 법학자 안경환의 다음과 같은 증언에서도 확인 가능하다.

> "사람을 다루고 재판하는 직책을 가지려면 인생의 기미에 통달한 지혜와 철리를 가져야 해." 이 땅의 모든 문인이 예외 없이 법에 대한 냉소로 일관할 때, 이병주만이 한 걸음 더 나서서 법과 법률가에 대한 따뜻한 충고를 아끼지 않았다. 베카리아의 〈범죄와 형벌〉에 통달했고 독재정권 아래 고뇌하는 젊은 법학도들에게 살뜰하게 삶의 길을 제시했다.[13]

이와 관련해 이병주가 "법학에 앞서 인문학을 공부하라거나 법전 속에 함몰되지 말라는 충고를 넘어서, 문화와 지성의 장으로서 법이 있다는 강론을 펴기도 했다."[14]는 안경환의 증언 역시도 법을 바라보는 이병주의 휴머니스트적인 태도를 증명한다고 할 수 있다.

---

13   안경환, 「이병주의 상해」, 『문예운동』 71호, 2001.9, 14-15면.
14   안경환, 「고야산과 알렉산드리아를 꿈꾸며」, 『문학과 역사의 경계에 서다』, 바이북스, 2010, 190면.

죽음을 둘러싼 축제의 복합적 성격

— 이청준의 『축제』

1. 축제에 대한 다양한 이론들

호모 페스티부스(Homo Festivus)라는 말이 있을 정도로 인간에게 축제는 필수적이다.[1] 그럼에도 한국근대소설에서 축제를 정면으로 다룬 작품을 찾는 것은 여간 어려운 일이 아니다. 이것은 시대와의 밀접한 연관 속에서 창작되는 소설이라는 장르의 본질적 특성을 생각할 때, 한국의 현대사가 축제와는 거리가 멀었던 고난의 시기였음을 증명하는 것이라고 할 수 있다. 식민지, 분단, 전쟁, 산업화, 민주화로 이어지는 격동의 시대를 살아오며 한국인들은 축제보다는 생존과 투쟁에 더욱 골몰했던 것이다. 이를 반영하여 소설도 분단문제나 노동문제와 같은 거대담론에 천착해왔다. 이러한 상황에서 이청준의 『축제』는 축제의 보편성과 축제의 한국적 특수성을 파헤친 특별한 작품

---

[1] 페스티부스는 라틴어 페스툼(festum) 또는 페스투스(festus)에서 유래하며 즐거운, 기쁜, 유쾌한 등의 의미를 지닌다. (장영란, 『호모 페스티부스 : 영원한 삶의 축제』, 서광사, 2018, 10면)

이다. 이 글은 이청준의 『축제』에 나타난 축제의 다양한 성격을 인물이나 갈등과 같은 서사적 측면에서 면밀하게 살펴보고자 한다. 특히 이 작품의 중심인물인 준섭과 용순, 그리고 노인에 초점을 맞추어 살펴본 것이다.

이청준의 『축제』는 임권택 감독의 영화 「축제」와 동반 창작되었다는 특이한 이력 때문에 영화와의 관련성 속에서 집중적인 논의가 이루어졌다. 김경수는 소설과 영화의 동시 창작이라는 특수성으로 인해 소설 『축제』가 메타소설의 일반적인 특징 위에 "영화에 대한 하나의 간섭 내지는 의견 표출까지를 담당"하는 "메타픽션적 영화소설"[2]이 되었다고 주장한다. 표정옥은 『축제』를 포함한 이청준의 작품이 영상화되는 과정에서 "신화적 기호작용"[3]이 일어난다고 보고 있다. 이채원은 소설 『축제』가 강한 자기반영성을 드러내고 있으며, '메타픽션', '자의식적 소설', '비평소설'로서의 면모를 두드러지게 보여"[4]준다고 설명한다. 이현석은 이청준 소설과 그 영화적 변용 관계를 분석하면서, 이청준의 고유한 소설적 특징이 영화화되는 방식을 집중적으로 고찰하였다.[5] 용석원은 동일한 이야기를 가진 소설과 영화가, 매체의 특질과 담론적 자질에 의해 서사 양상이 달라지는 양상을 살펴보았다.[6]

이외에도 생태학과 낭만성의 관점에서 『축제』를 살펴본 연구들이 있다. 우찬제는 이청준의 소설이 생태학적 전체성의 상실과 회복의 드라마이며,

---

2   김경수, 「메타픽션적 영화소설?」, 『이청준 깊이 읽기』, 문학과지성사, 1999, 327면.
3   표정옥, 「이청준 소설의 영상화 과정의 생성원리로 작용하는 원형적 신화 상상력에 대한 연구」, 『서강인문논총』 제25집, 2009, 265면.
4   이채원, 「이청준 소설에서의 자의식적 서술과 자기반영성 : 축제(1996)를 중심으로」, 『한국문학이론과 비평』 47집, 2010, 12면.
5   이현석, 「이청준 소설의 영화적 변용에 나타난 서사적 특성 연구」, 『한국문학논총』 53집, 2009.12, 339-375면.
6   용석원, 「매체 특질과 서사 구성요소의 선별에 따른 서사물의 의미 차이 - 소설 『축제』와 영화 『축제』를 중심으로」, 『영화와 문학치료』 5집, 2011.2, 167-189면.

그 중에서도 『축제』는 "'기다리기'의 생태 윤리"[7]와 관련된다고 주장한다. 양윤의는 낭만주의적 주체가 타자와 조우하는 순간에 연결되는 작품으로 『축제』를 들고 있다.[8]

이 글에서 관심을 갖는 축제의 성격에 초점을 맞춘 논의는 최근에 올수록 활발하게 이루어지고 있다. 장윤수는 『축제』가 이청준이 이전에 보여준 메타서사에서 한 걸음 나아가 작가와 그의 창작행위 자체를 모두 굿판 위에 올려놓는 공연(公演, performance)의 성격, 곧 제의로서의 글쓰기와 어머니와 가족들을 소재로 취하여 썼던 기존의 여러 작품들을 독자 관객들에게 재현하여 보여주는 상연(上演, presentation)의 성격을 동시에 지닌다고 주장한다. 나아가 이러한 "공연성 혹은 상연성은 죽음의 의식을 축제로 양식화하는 과정에 마당극과 같은 연희적 효과를 낳게 한다."[9]고 보고 있다. 양윤의도 "인물들과 사건들만이 축제를 구현하는 것이 아니다. 저 각각의 양식들도 서로 부대끼고 길항한다. 그리하여 축제의 자리에 참여하는 것이다."[10]라고 설명하며, 주로 그 소설 형식과 구조에 나타난 복합적인 성격에서 축제의 의미를 찾는다.[11]

최영자와 강준수는 모두 바흐친의 이론에 바탕하여 『축제』에 나타난 축제의 성격을 고찰하고 있다. 최영자는 "『축제』의 장례의식은 메니페아의 한

---

7 우찬제, 「생태학적 무의식과 생태 윤리 ─ 이청준 소설의 경우」, 『동아연구』 59집, 2010.8, 187면.
8 양윤의, 「이청준 소설의 낭만성 연구 ─ 병신과 머저리, 소문의 벽, 선학동 나그네, 축제를 중심으로」, 『한국문예비평연구』 50집, 2016.6, 36-37면.
9 장윤수, 「축제의 글쓰기 제의와 연희적 성격」, 『현대소설연구』 20집, 2003.12, 58-59면.
10 양윤의, 앞의 논문, 49면.
11 전체 7개의 장으로 구성되어 있는 이청준의 『축제』 속에는 다양한 장르들이 공존한다. 간단하게 정리하면 다음과 같다. 1) 기본 서사 : 죽음-임종-장례를 시간 순으로 따라가는 이야기, 2) 편지 : 소설의 중간 중간, 하나의 장을 매듭지을 때마다 작가가 감독에게 보내는 편지글, 3) 이청준의 다른 소설, 동화, 잡문, 콩트 : 「기억여행」, 「빗새 이야기」, 「할미꽃은 봄을 세는 술래란다」, 「눈길」 등, 4) 다른 필자의 글 : 정진규의 「눈물」.

형식인 카니발적 장으로 변모하면서 새로운 텍스트 생산에 기여한다. 이구동성으로 이루어지는 다양한 사람들의 담화는 가족텍스트의 오류를 바로잡고 장례의식을 축제의 장으로 변모하게 한다. 이를 통해 어머니의 텍스트는 임종을 기점으로 다시 조명된다."[12]고 보고 있다. 강준수는 바흐친의 카니발 개념을 통해 이청준은 "노인의 죽음을 소재로 축제가 지니고 있는 본질적 특성을 제시"[13]한다고 보았다. 축제에 재현된 카니발적 특성으로는 "신성성, 대립과 전복, 웃음, 그리고 통합"[14]을 들고 있다.

이청준의 『축제』는 장례절차를 수행하는 과정에서 기존의 권위 파괴, 갈등과 대립의 해소, 그리고 새로운 의미와 질서가 구현되고 있다는 점에서 미하일 바흐친(Mikhail Bakhtin)의 카니발리즘과 연계할 수 있는 요소가 분명하게 존재한다. 그러나 바흐친의 시각으로만 축제를 바라볼 경우에는 저항적 측면에만 초점을 맞추게 된다. 바흐친이 축제의 내재적 의미로 관심을 기울이는 것은 축제가 지니고 있는 전복적인 기능이기 때문이다. 축제에서는 사회적 계급의 서열이나 금기 사항, 사회적 규범이 해체된다는 것이다.[15] 주지하다시피 바흐친은 카니발이 가지는 사회적 갈등의 표현 기능과 상징적인 저항 기능을 강조하였다.[16] 바흐친은 축제에서 나타나는 전복의 의미를 "어

---

12 최영자, 「메니페아 형식으로서의 텍스트 담론 연구 ─ 최명희의 『혼불』, 이청준의 『축제』, 황석영의 『손님』을 중심으로」, 『한중인문학연구』 54, 2017, 123면. 이와 같은 입장은 "축제에서의 장례의식은 죽은 자의 산 자에 대한 의례에만 치중하고 있는 것이 아니라 메니페아의 한 형식인 카니발적 장으로 변모하면서 가족텍스트를 새로 쓰는 기회로 활용된다."(위의 논문, 148)는 진술에서도 확인할 수 있다.

13 강준수, 「카니발적 특성으로 본 이청준의 『축제』 고찰」, 『문학과 종교』, 24권 1호, 2019, 44면.

14 위의 논문, 24면.

15 이상룡, 「'또 다른 세계'를 비추는 거울 ─ '축제'의 구성 원리와 그 변주」, 『축제와 문화』, 연세대학교 출판부, 2003, 65-66면.

16 카니발은 기존의 질서로부터 인간을 해방시키는 기능을 한다. 카니발은 모든 위계적 서

떤 독단적 권위주의나 엄숙한 교조주의와 근본적으로 대립적이며, 인공적으로 다듬어지고 규격화된 관습적 체제의 오만한 관념적 틀을 부정하는 정신이 바로 축제 이미지의 본질"[17]이라고 주장한다.[18]

그러나 축제에 대한 다양한 이론들(플라톤, 뒤르켐, 반 제넵, 터너, 셰크너, 리치 등)을 검토해보면 축제에서 반드시 저항적 성격만을 발견할 수 있는 것은 아니다. 바흐친이 주장한 카니발적 축제에서처럼 축제는 일상의 질서와 규범으로부터 벗어나 자유와 해방, 쾌락과 도취, 과잉과 엑스타시를 경험하는 '규범 파괴적인 과잉'이기도 하지만, 한편으로는 공동체 구성원의 친목과 단결 그리고 일체감과 통일성을 확인하고 강화하는 '기존 질서의 긍정적인 고양'으로 파악할 수도 있기 때문이다.[19] 각각의 특징은 카오스적 축제와 의례

열, 위세, 규범, 금지의 중지를 의미하고, 모든 영원하고 완전한 것에 적대적이다. 바흐친이 말하는 카니발 형식이 공식적인 질서를 전복하고 넘어설 때, 사회적 상징은 의미를 상실하고 뒤죽박죽 엉켜버린다. 축제에서는 흔히 비일상적인 전도 현상이 발견된다. 축제를 일상생활의 단절, 즉 하나의 의례적인 상황으로 간주할 경우에 축제는 초자연적인 존재에 대한 의식이 치러지는 신성하고 종교적인 순간과 장소가 된다. (류정아, 『축제이론』, 커뮤니케이션북스, 2013, 70-72면)

17 이상룡, 앞의 논문, 69-70면.

18 축제를 이러한 시각에서 보는 것은 니체와 프로이드에게서도 발견할 수 있다. 니체가 말한 디오니소스적 상태는 단순히 고대 그리스 신화에서의 주신(酒神) 디오니소스를 문학적으로 현재화하는 것이 아니라 합리적이고 이성적인 문명 상태에 대한 문명비판적이고도 사회철학적 의미를 지닌다. 그것은 다양한 형태의 지배와 소외가 사라진 새로운 사회를 암시한다. 이는 모든 위계 질서가 해체된 유토피아적 상태(지고한 공동체)와 연결되는 것이다.(최문규, "축제의 일상화"와 "일상의 축제화", 『축제와 문화』, 연세대학교출판부, 2003, 126면) 프로이드는 축제를 공정성과 즉흥성, 디오니소스적인 부정과 인간 본능을 억압하는 것의 폐기, 해방을 향한 문화라고 본다. 즉 그에게 있어서 축제는 통합과 질서의 유지라기보다는 금기의 위반, 과도함과 난장트기에 해당한다. (류정아, 『축제인류학』, 살림, 2003, 16면)

19 플라톤이 제시한 그리스 종교 축제의 마지막 기능은 인간들이 축제를 통해 신들과 함께하며 삶의 영양분을 받고 삶을 재정립(epanorthntai)할 수 있다는 것이다.(장영란, 앞의 책, 57면) 뒤르켐도 축제를 "사회적 통합을 위해 기능하는 일종의 종교적 형태"(윤선자, 「프랑스 대혁명기(1789-1799)의 민중축제와 엘리트축제에 관한 연구」, 고려대 역사학과

적 축제에 해당한다고 볼 수 있으며, 카오스적 축제와 의례적 축제의 대표적인 예로는 카니발과 제의를 들 수 있다.[20] 제 3의 입장은 '기존 질서의 긍정적인 고양'과 '규범 파괴적인 과잉'이라는 두 가지 극단적인 입장을 종합하여, 축제를 '경계현상'으로 규정하는 것이다. 경계현상이란 일상에서 일탈로 넘어가고 일탈에서 다시 일상으로 들어오는 시공간적 넘나들기뿐만 아니라, 축제연행 중에 나타나는 유희성과 진지성, 자유와 질서의 넘나들기 현상을 지칭한다.[21]

주지하다시피 소설 『축제』는 망자를 위한 장례식이 실은 산 자를 위한 축제가 된다는 것을 보여주는 작품이다. 달리 표현하자면, 장례는 가족의 소통과 통합을 가능케 하는 축제의 장이라는 주제의식을 담고 있는 것이다. 기본적으로 이 작품은 한국의 대표적인 의례인 전통 장례의식을 기본 토대로 해서 창작되었다.[22] 일부 연구자는 본래 축제가 종교제의에서 유래되었기 때문에, 상례(喪禮)는 그 자체로 축제의 성격이 강하다고 주장하기도 한다.[23]

박사 논문, 2001, 10면)라고 규정한다. 즉 그에게 있어서 축제 개념은 제의(rite)와 동일하다. 류정아는 궁극적으로 축제란 결국 다시 현실로 회귀하려는 것을 목적으로 하고 있는 것이지, 현실을 뒤엎으려는 것은 아니라고 본다. 후자가 목적이라면 그것은 이미 축제를 넘어선 혁명이기 때문이다. 축제는 결국 기존의 사회질서, 즉 코스모스적인 상황을 카오스적 상황을 통해서 역설적으로 강조한다는 것이다. (류정아, 『축제인류학』, 살림, 2003, 15-16면)

20 표인주는 서구에서 축제를 크게 두 가지 방향에서 정의한다고 말한다. 하나는 축제는 제의와 같은 종교인 행사라는 것이고, 다른 하나는 놀이와 같은 유희적 행사라는 것이다. (표인주, 『축제민속학』, 태학사, 2007, 18면)

21 고영석, 「축제의 이념과 한계」, 『축제와 문화』, 142-144면.

22 "예는 중국 고대사회의 근간이었고 이런 예 중에서도 기본이 상례(喪禮)였다. 상례는 삶과 죽음이 교차되는 곳에서 일어나는 가장 극적이고 엄숙한 것이라서 인간의 모든 문화적 사회적 결과물이 총동원되었다."(김홍열, 「죽음」, 『축제의 사회사』, 한울, 2010, 147면)

23 장영란, 앞의 책, 10면. 표인주도 "혼례식 및 장례식은 가족 공동체적 질서를 회복하기 위해 진행된다는 점에서 축제적인 성격이 강하다."(표인주, 앞의 책, 22면)고 주장한다.

장례식을 배경으로 한 이청준의 『축제』 역시 의례적 축제와 카오스적 축제의 양 측면이 강하게 담겨 있을 수밖에 없다. 그럼에도 기존 연구가 지나치게 카오스적 측면에만 초점을 맞춘 것은 문제가 아닐 수 없다. 3장에서는 카오스적 측면과 더불어 의례적 측면에도 관심을 기울이고, 나아가 두 가지 축제의 상반된 힘이 서로 갈등을 이루면서 서사를 이끌어나가는 고유한 특성을 밝혀보고자 한다. 동시에 2장에서는 여러 가지 축제이론을 활용하여 그동안 간과되었던 『축제』에 나타난 통과제의적 속성을, 4장에서는 준섭과 용순의 관계와 변모된 용순의 모습을 통해 축제의 경계현상적 측면을 살펴볼 것이다. 이를 통해 이청준의 『축제』에 나타난 축제의 복합적 성격을 보다 선명하게 드러내고자 한다.

2. 노인의 가사체험에 나타난 축제의 통과의례적 성격

이청준은 머리말에서 『축제』의 첫 번째 집필 동기로 "내 '어머니 이야기'의 결산편을 삼고 싶어서였다."[24]라고 밝히고 있다. 그럼에도 그동안은 축제의 근원이라고 할 수 있는 준섭의 어머니, 즉 노인[25]에 대한 논의는 이루어지지 않았다.[26] 이 작품에서 어머니는 축제를 가능하게 하는 단순한 계기에

---

24 이청준, 『축제』, 열림원, 1996, 6면. 앞으로 인용시 본문 중에 면수만 기록하기로 한다.
25 『축제』는 작가와 거의 동일시되는 준섭이 초점화자로 등장한다. 작가는 임감독에게 보낸 첫 번째 편지에서 "1인칭보다는 3인칭 시점의 객관적 진술 형식"(34)으로 어머니와 주변 일들을 최대한 객관적으로 쓰고자 한다고 밝히고 있다. 그 결과 이 작품에서 작가는 준섭으로, 어머니는 노인으로 호명된다.
26 어머니에 대하여 가장 깊이 있는 논의가 이루어진 글로는 김동식의 「삶과 죽음을 가로지르며, 소설과 영화를 넘나드는 축제의 발생학」을 들 수 있다. 김동식은 『축제』가 "어머니의 죽음을 다룬 작품이다."(김동식, 「삶과 죽음을 가로지르며, 소설과 영화를 넘나드는 축제의 발생학」, 『축제』, 열림원, 2003, 271면)라고 말한 후에, "장례식장의 중심에 놓여진 어머니의 시신은 인간의 자리(비녀)이며, 모성의 운명적인 표정(손사래짓)이며, 몸과

머무는 것이 아니라, 축제의 근본적인 의미를 형성하는 하나의 중핵이라고 볼 수 있는 여지가 충분하다.

아널드 반 제넵(Arnold Van-Gennep)은 통과의례라는 개념으로 축제를 설명한다. 급격한 변화의 순간에 비일상적인 의례 행위들이 일어나게 되는데, 바로 이 순간이 축제 형태를 띠게 되는 경우가 많다는 것이다.[27] 반 제넵에 따르면 이러한 의례들은 모두 형식면에서 3단계의 구조를 갖는다. 즉, 개인이 이전 단계로부터 분리되는 격리기(separation), 두 단계 사이에 걸쳐 있는 과도기(transition), 새로운 상태를 획득하는 통합기(incorporation)를 거친다는 것이다. 죽음은 고인에게 새로운 성격을 부여하는 마지막 통과의례라고 볼 수 있다.[28]

『축제』에서는 지극히 비일상적인 노인의 가사(假死)체험을 설정함으로써, 본래 상례가 지닌 과도기로서의 성격을 극대화하고 있다. 준섭의 어머니는 한번 죽은 것으로 인식돼 부고장까지 돌린 상황에서 다시 살아났다가 죽는다. 이로 인해 어머니는 보통의 상례에 내재된 과도기 외에도, 가사체험에 따른 과도기(가사체험과 진짜 죽음의 사이)를 다시 한번 겪는다. 이때 과도기는 빅터 터너(Victor Turner)가 말한 리미널리티와 코뮤니타스의 성격을 선명하게

언어의 근원적인 해탈(치매)이며, 비어 있는 중심(침묵의 완성)이다. 어머니는 침묵으로 완성되는 텅 빈 중심이었다."(위의 논문, 271면)라고 주장한다. 어머니에 대한 매우 정확하고 설득력 있는 논의라고 할 수 있다. 그러나 이 작품에서 어머니는 '침묵으로 완성되는 텅 빈 중심'만은 아니다. 어머니 역시 가사 체험과 진짜 죽음 사이의 발화를 통하여, 자신의 삶과 고통을 나름대로 증언하는 축제의 당당한 한 명의 주체이기 때문이다.

27 류정아, 『축제이론』, 커뮤니케이션북스, 2013, ⅹⅳ면. 통과의례라는 개념은 본래 인류학에서 인간의 사회적 지위 변화를 설명할 때 주로 사용되는 개념이다. 반 제넵은 처음으로 통과의례라는 개념을 축제에 적용하였으며, 이를 통해 축제가 개인들의 단순한 여흥거리나 소일거리가 아니라 그들이 속해 있는 사회 규범을 반영한 문화 현상이라는 점을 학문적으로 해명하는 기반을 마련하였다. (위의 책, 1면)

28 위의 책, 7-10면.

보여준다. 빅터 터너는 "신성하고 종교적인 순간을 '리미날리티(Liminality) 단계'라 칭하고 이러한 단계에 머물러 있는 사람들이나 그들이 모여 있는 상황이나 공간을 '코뮤니타스(Communitas)'라고 부른다.[29] 과도기의 시공은 어느것도 확실한 것이 없기 때문에 무한한 자유와 상상력을 충만하게 꽃피울수 있는 기회이며, 이때 모든 사람들은 평소 지위의 고하와 상관없이 평등하게 친구가 되어 혼연일체가 되는 경험을 할 수 있다.

실제로 가사체험에서 깨어나 진짜 죽음을 맞이하기까지 어머니의 삶은여러 명의 발화 주체들에 의하여 다양하게 이야기된다. 터너는 코뮤니타스를사람들 사이의 관계가 정형화되어 구조 지어진 체제와 대립되는 사회 상태로정의했다.[30]

노인의 가사체험 단계에서 30여 년 동안 노인을 모시고 산 외동댁과 시누이들은 표면적으로 "갈등"(117)을 표출한다. 평소에 외동댁은 시누이들을 어려워했고, 시누이들은 외동댁에게 노인을 맡겨 놓았기에 "그 며느리 자식앞에 늘 죄인일 수밖에 없었"(97)다. 그러나 이때만은 말 한 마디 한 마디에서로 날카롭게 충돌한다. 이것은 비일상적인 리미날리티 단계에서는 비일상적인 단계로서 극도의 흥분이나 위험성, 일탈성 등을 허용한다는 것을 실감나게 한다. 그러나 끝내 이 갈등이 수습되고 노인에 대한 이야기가 펼쳐지는

---

29 Turner, V., *The Ritual Process : Structure and Anti-Structure*, Chicago : Aldine, 1969.

30 리미날리티 단계는 일시적으로 끝나는 단계이며 동시에 압축적이고 비일상적인 상황이 표출되기 때문에 신성한 단계로 간주된다. 이때는 극도의 흥분이나 위험성, 일탈성 등이 용인된다. 코뮤니타스적인 상황에서 일어날 수 있는 현상으로 자유, 평등, 동료애, 동질성 등이 있다. 그들은 리미날 상태에 있으므로 사회적인 지위나 서열을 나타낼 만한 어떤 지위도 재산도, 어떤 표시도 드러내지 않는다. 더 이상 규범적이거나 위계적이거나 소원 하지 않으며 오히려 아주 긴밀하고 평등한 것이 된다. 이런 상태가 코뮤니타스인 것이다. (류정아, 『축제이론』, 커뮤니케이션북스, 2013, 39-43면)

것에서 알 수 있듯이, 여기서도 자유, 평등, 동료애, 동질성 등이 강한 힘으로 작동한다고 볼 수 있다. 그 은밀한 대화는 "노인의 친자식인 시누이와의 사이에 그만큼 허물이 없어진 증거"(105)인 것이다.

시누이와 외동댁이 주고받는 이야기는 노인에 대한 것들이다. 시누이는 노인이 6.25 당시 일갓댁 큰당숙을 집안에 숨겨둔 일을 말하고, 외동댁은 노인이 6.25 당시 태연하게 청년을 자신의 이불에 숨겨서 목숨을 살려주었던 일을 말한다. 앞의 이야기에는 "참말로 성정이 무서운 양반"(103)이라는 지적이, 뒤의 이야기에는 "감당하기 쉽지 않은 그 노인의 성품에 대한 은근한 하소연"(105)이 담겨 있다. 이후에도 시누이가 일제 시절 놋쇠 공출이 한창일 때 부엌살림을 하나도 내놓지 않은 이야기를 하고, 외동댁은 "온 동네 남정들이 눈을 감고 지나게 한 오연스런 일화"(106)를 이야기한다. 친자식이나 며느리 모두 노인의 지금 처지는 염두에 없이 자유롭게 말하는 이 방 안은, 노인에 대한 "엉뚱한 성토장 꼴"(107)이 되어 버린 것이다. 이곳에서의 대화는 노인과 거의 교류가 없었던 준섭의 아내가 "가만히 듣고만 있을 수 없"(107)을 정도로 심각하다. 그러나 이후에도 "지난날의 노인의 매정스러움을 증거해 보이려"(108)는 대화는 한동안 지속된다.[31]

그런데 흥미로운 것은 일방적으로 어머니만 공격과 비판의 대상이 되는 것은 아니라는 점이다. 어머니 역시도 이전에는 할 수 없던 핵심적인 공격과 비판을 산 자들에게 되돌려준다. 이제 진짜 죽음을 목전에 둔 노인이 할 수 있는 말은 제한될 수밖에 없지만, 그 공격과 비판의 무게는 결코 가볍지 않다.

---

31 흥미로운 것은 보다 직접적으로 작가의 맨얼굴이 드러나는 임감독에게 보낸 편지에서는 노인에 대한 이야기를 "지난 시절 노인의 의연하고 담대했던 모습을 말씀드리려 하였습니다."(117)라고 하여서, 그 모든 이야기들을 보다 아름답게 포장하려 한다는 점이다.

"아재…… 우리는 대충…… 요기를 했소마는…… 아재는 어쨌소……
아재도 오신 김에…… 거기 앉은 자리에서 무얼 좀……드시고…… 놀다
가시지라……." (87)

"아재…… 그참에 또…… 가실라고? 그라믄…… 가셨다가……
또…… 오시제이?" (87),

"내 비녀…… 내 비녀 어디……." (117)

앞의 두 문장은 자신을 찾아온 사람들을 배려하는 말로서, 시누이와 외동
댁이 주고받는 말과는 달리 이 노인이 얼마나 인정이 넘치는 인격자인지를
증명하기에 모자람이 없다. 특히 마지막으로 남긴 "내 비녀…… 내 비녀 어
디……."라는 말은 노인이 마지막으로 남긴 말, 즉 유언이라는 점에서 그
의미가 더욱 각별하다.

앞의 두 문장은 노인이 결코 모질거나 억센 사람이 아니라 타인을 배려하
는 삶이 몸에 밴 사람임을 증명한다. 세 번째는 노인이 그동안의 억울함을
토로한다는 비판적 의미가 있다. 노인은 부잣집의 맏고명딸로 태어났으나
늙은 스님의 예언을 믿고 명을 늘리기 위해 고단한 집안 총각에게 시집을
온다. 노인은 신산스런 삶 속에 당신의 힘든 소명과 부끄러움을 잃지 않으려
평생 동안 "피"(201)를 흘려온 것이다. 중년 시절의 어려움과 말년 치매증
때문에 노인은 조신하고 고왔던 본래 모습을 잃어버린다. 그 비녀는 노인이
유복한 친정집에서 가져온 유일한 혼수로서 오랜 세월동안 소중하게 간직해
오던 것이다. "비녀는 노인에게 한마디로 자존심의 표상물"(222)이며, 그녀의
존엄성을 상징한다고 해도 과언이 아니다.

그러나 노인이 80대에 접어들어 정신력과 기억력이 흐려지는 것과 더불어 비녀에 때가 끼고 상처가 앉기 시작한다. 비녀에 자주 때가 끼고 상처가 앉기 시작하면서부터는 노인의 비녀가 사라지고 뒷머리가 풀어져 얼크러지는 일까지 빈번해졌다. 그럴수록 노인은 더욱 비녀와 뒷낭자머리에 집착한다. 노인에게는 그 비녀가 "마지막 여자로서의 품위와 자존심을 되찾아 지키려는 마음의 빗장"(219)이었던 것이다. 하지만 외동댁은 그런 노인을 이해하지 못했고 이해하려고 하지도 않았다. 결국 외동댁은 노인의 머리를 늙은 영감모양 짧게 깎고는 비녀로 엿을 바꾸어 먹었다고 거짓말을 했던 것이다. 그 비녀가 뒤쪽머리와 함께 잘려 나간 것은 "노인의 자존심이 잘려 나간 것일 뿐만 아니라, 그 부끄러움을 가두고 견디려는 마음의 빗장까지 통째로 뽑혀 나가 버린 격"(223)이다. 나아가 준섭은 비녀를 상실한 것이야말로 "깜깜한 망각과 침묵, 그 자기 해제의 허망스런 치매증"(223)까지 불러온 원인으로 보고 있다. 그렇기에 비녀를 찾는 노인의 모습은 반항이나 저항의 성격을 지니는 것이다.

　　죽음은 본래 마지막 통과의례라고 할 수 있으며, 상례는 이승과 저승 사이의 과도기적 단계로서 비일상적인 의례 행위들을 폭증시키는 축제의 성격을 지닌다. 이청준의 『축제』는 극히 드문 가사체험을 설정함으로써, 통과의례로서의 과도기를 또 하나 설정하였다. 이것은 '축제 안의 축제'로서, 축제가 지닌 통과의례의 성격을 더욱 강화한다. 이러한 과도기는 빅터 터너가 말한 리미날리티와 코뮤니타스의 성격을 선명하게 보여주며, 자유와 평등을 가능케 하는 시공으로서 기능한다고 볼 수 있다.

3. 축제에 내재된 상반된 지향의 갈등 양상

1) 준섭을 통해 드러난 축제의 질서 유지적 성격

노인의 유일한 아들이자 작품 내에서 초점화자의 역할을 맡고 있는 준섭이 어머니의 죽음을 대하는 기본적인 마음은 유교적인 것이다. 준섭은 일관되게 유교적 예법에 따라 조용하고 경건하게 장례 절차를 밟아 나가고 싶어한다. 준섭이 생각하는 축제의 의미는 다음과 같이 전통적인 유교적 세계관에 깊이 뿌리 박고 있다.

> 우리 전통의 유교적 세계관에서는 제사를 지낼 때 보듯이 우리 조상들이 신으로 숭앙받고 대접을 받는다. 우리 조상들은 죽어서 가족신이 되는 것이다. 그처럼 우리가 말하는 유교적 개념의 효라는 것은 조상이 살아 있을 때는 생활의 계율을 이루고, 조상이 죽어서는 종교적 차원의 의식 규범을 이룬다. 제사라는 것은 그러니까 죽어 신이 되어간 조상들에 대한 종교적 효의 형식인 셈이고, 장례식은 그 현세적 공경의 대상이었던 조상을 종교적 신앙의 대상으로 섬기는 유교적 방식의 이전의식, 즉 등신의식인 셈이다. 그러니 그것이 얼마나 뜻깊고 엄숙한 일이냐, 죽어 신이 되어가는 망자에게나 뒷사람들에게나 가히 큰 기쁨이 될 수도 있을 만한 일이다……. (271)

임 감독에게 보내는 첫 번째 편지에서도, 이 책의 집필 동기로 "이 세상의 모든 치매증 노인들과 그 자식들을 위해, 당신들을 모시는 옳은 도리를 함께 배우고 찾아보자"(32)는 감독님의 말씀을 듣고 있다. 두 번째 편지에서도 자신의 소설과 동시 창작되고 있는 "영화의 주제가 어차피 '이 시대의 효(孝)'가

되어야 한다는 데에는 저도 감독님의 생각에 이견이 없습니다."(36)라는 고백이 등장한다.

효를 가장 기본적인 원리로 하는 유교적 세계관에서 일탈과 과잉을 핵심으로 하는 카오스로서의 축제는 극히 꺼려야 할 대상이다. 임 감독에게 보내는 두 번째 편지에서 영화의 주제와 축제의 제목이 서로 어울리지 않는다고 걱정하는 대목에서는, 일탈로서의 축제에 대한 분명한 거부감이 나타나 있다.

> 하지만 영화의 제목으로 '축제'를 생각하고 계시다는 데에는 우선 의문과 의구심이 앞섭니다. (중략)
> 감독님의 흉중을 아직 다 헤아리지 못한 탓이겠지만, 저로선 무엇보다 사람의 죽음과 장례의 마당을 배경으로 이 시대의 효의 본질과 모습을 찾아보자는 이 영화의 주제가 어떻게 그 축제의 의미와 연결지어질 수 있을지 쉽게 이해가 안 갑니다. (36)

수백 년 동안 성리학의 영향력 아래 살아온 한국인들에게 놀이는 가능하면 피해야 하는 부정적인 것으로 간주되었다. 소위 선비정신이나 양반 개념, 점잖음의 예찬, 지나친 교육열, 성공지향적 인간관 등이 조선 시대에 본격적으로 도입된 성리학에 의해 학문적으로 고취되었고, 보다 차원 높은 인간적 가치를 실현하는 것으로까지 간주되었던 것이다.[32] 준섭이 노인의 상을 대하는 태도는 이러한 유교적 세계관의 엄숙한 관점에서 크게 벗어나 있지 않다.

준섭은 노인의 집에 가는 길에서부터 자신이 이번 상례를 법도에 맞게

---

32 류정아, 『축제인류학』, 살림, 2003, 13면.

조용히 치를 생각임을 분명히 제시한다. 딸인 은지에게 준섭은 "우리 곁을 마지막 떠나가시는 분이 우리와 함께 살아오신 지난날의 일들을 뒤에 남은 사람들이 함께 되돌아보고 그리워하며 정성스런 마음으로 그분의 편안한 저승길을 빌어 드리는 일이 장례의 참뜻이다."(57)라고 말하는 것이다. 준섭은 상주인 원일과 청일에게도 자신이 노인의 장례를 대하는 기본 태도는 "형식 보다는 마음과 정성을 다해 모시려는 것"(125)이라고 엄숙하게 선언한다. 그리고 이러한 당부는 작품 속에서 "여러번 말한"(125) 것으로 강조된다.

이후의 논의에서 자세히 살펴보겠지만, 정성으로 가득하면서도 조용한 장례를 치르려는 준섭의 계획은 수시로 방해받는다. 그럼에도 준섭이 끝내 포기하지 않는 것은 노인에 대한 효라는 전통적인 관념이다. 준섭이 온갖 난장과 일탈을 받아들이면서도, 끝내 받아들일 수 없는 것은 노인의 자식들 사이에서까지 "이것저것 노인의 일이 함부로 짓씹혀대기 시작한 것"(255)이다. 준섭은 노인의 젊었을 적 모진 성품에 대한 전날 밤의 성토에 이어 이루어지는 "말년의 치매기에 대한 원정이자 거리낌없는 허물"(255)을 못 견뎌 한다.[33] 그것은 일종의 "허물털이, 아니면 허물 묻어 보내기"(256)라고 할 수 있는데[34], 준섭은 노인에 대한 험담에 동참하지 못한다. 준섭은 "그 노인의 괴로운 치매증과 긴 침묵의 치매기를 허물할 수가 없었"(256)던 것이다. 오히려 치매에든 노인을 제대로 돌보기는커녕 오히려 놀리고 장난치는 일을 반복하여, 노

---

[33] 이들은 치매에 걸린 노인이 집을 나가 사람들을 괴롭게 한 이야기, 쇠똥 칠갑을 했던 이야기, 담배 피우다 집을 다 태울 뻔했던 이야기, 풋감을 모두 따버린 이야기, 밤새 빨래하는 시늉을 해서 잠을 잘 수 없었던 이야기 등을 나눈다.

[34] 준섭도 "이제 노인의 침묵이 마지막 절정을 맞아 명부의 땅으로 떠나 가려는 마당에 남은 사람들은 서로 그간의 허물을 털어 함께 묻어 보내고 그 갈등 속에 잃어버린 생자의 말을 다시 찾아 끊어진 관계들을 회복하려 하고 있는 것이었다."(259)고 하여 '허물털이'의 기능을 이해하지만, 그것을 받아들이지는 못 한다.

인의 치매증을 더욱 심하게 만든 주변 사람들을 비판적으로 바라본다.

이러한 허물 털기의 반대편에 놓인 것이, 이제 막 출간되어 노인의 영전에 놓인 동화『할미꽃은 봄을 세는 술래란다』이다.『할미꽃은 봄을 세는 술래란다』는 준섭의 마음가짐과 딸아이를 비롯한 주변 사람들에 대한 소망을 담고 있는 동화이다. 이것은 남겨진 자들의 "도리와 행복한 삶을 위"(121)해 쓰인 것이다. 이 동화에서 노인은 자신의 삶을 온전히 자식들을 위해 희생했으며, 자식들은 그러한 삶에 대한 감사와 존경을 돌려 드려야만 하는 것으로 그려진다. 이 동화책에 담긴 메시지는 준섭에게 절대적인 의미를 지니는데, 그것은 준섭이 관 위에 흙을 얹을 때 노인의 이야기를 쓴 동화책까지 함께 얹어 드린 것에서도 확인할 수 있다.

이 논문의 기본적인 문제의식 중의 하나는 이청준의『축제』에 나타난 축제의 성격을 해명하는 기존 논의가 지나치게 축제의 저항적·일탈적인 측면에만 초점을 맞추었다는 것을 비판하는 것이다. 기존 논의가 축제의 저항적인 측면에만 초점을 맞춘 이유는 작품의 초점화자로서 의미 전달의 가장 중요한 역할을 하는 준섭에 대한 관심이 상대적으로 소홀했기 때문이라고 판단된다. 일관되게 노인의 장례를 기존의 유교적 질서라는 측면에서 치르려고 하는 준섭에 초점을 맞춘다면, 이청준의『축제』에는 일체감과 통일성을 중시하는 기존 질서의 유지라는 축제의 또 다른 속성이 강하게 드러나 있음을 확인할 수 있다.

2) 용순을 중심으로 드러난 축제의 규범 파괴적 성격

앞 절에서 살펴본 준섭의 바람, 즉 예법에 맞게 조용한 장례를 치르려는 계획은 쉽게 지켜지지 않는다. 축제에는 기본적으로 일탈적인 요소가 존재할 수밖에 없기 때문이다. 리처드 셰크너(Richard Schechner)는 특정한 시공간에서 사람들이 많은 것을 표현하고, 이해하고, 공감하고, 또 즐거워하고, 더 나아가서 일종의 판타지와 일탈 또는 카타르시스를 경험할 수 있게 한다는 점에서, 축제가 연행의 대표적인 방식이라고 주장한다.[35] 축제에서는 흔히 비일상적인 전도현상이 발견되는 것이다. 축제를 일상생활의 '단절', 즉 하나의 의례적인 상황으로 간주할 경우에, 축제는 초자연적인 존재에 대한 의식이 치러지는 신성하고 종교적인 순간과 장소가 된다.[36] 이러한 축제의 성격은 한국 축제에도 그대로 적용된다. 이상일은 한국의 축제도 "신화적 창조적 카오스에의 회귀와 난장·orgia의 조성"[37]에 해당한다고 말하였다.[38]

이청준의 『축제』에서 이러한 특성이 가장 잘 나타나는 것은 6장 '사랑과 믿음의 문을 잃은 세월'과 7장 '바람 되고 구름 되고 눈비 되어 가시다'이다. 이 부분에서는 상례가 지닌 연행적 성격이 크게 부각된다. 특히 기자로서 장례식의 모든 일들을 시시콜콜 취재하는 장혜림의 존재로 인해 연행적 성격은 매우 강화된다. 용순과 형자, 그리고 외동댁이 말싸움 벌이는 것을 보며,

---

35 류정아, 『축제이론』, 커뮤니케이션북스, 2013, 100면. 셰크너는 민속학과 축제 연구에서 널리 활용되던 연행이론의 적용 범위를 연극적 스펙터클에까지 확장시켜 활용함으로써 축제 연구의 대상을 다양화하고 새로운 분석 방법을 시도한 것으로 평가받는다. (위의 책, 95면)

36 류정아, 『축제인류학』, 살림, 2003, 16면.

37 이상일, 『축제의 정신』, 성균대학교 출판부, 1998, 103면. 무속 제의가 한국의 고대 신앙 체계의 전승 형태라면 오늘날 남아 있는 마을굿거리나 향토축제의 「가무오신」, 「뒷전거리」 그리고 무감(서기)같은 현상은 신화적 카오스를 추상하고 추체험하는 원초적 신앙공동체의 행위인 것이다. 축제를 통해 추체험하는 난장 orgia는 새로운 창조, 세속적 현실에서 잃어버렸던 생명력과 활성의 획득이라고 할 수 있다. (표인주, 앞의 책, 104면)

38 최문규는 축제의 특징으로 일상과 대립한다는 것, 반드시 공동체와의 연관성 내에서만 이루어질 수 있고 치유될 수 있는 문화적 행위라는 점, 지적인 행위라기보다는 일종의 분위기가 절대적이라는 점, 예술성 혹은 인공성을 특징으로 한다는 점, 유희성을 지닌다는 것을 들고 있다.(최문규, 앞의 글, 115-119면)

준섭이 "그것은 한집안 사람들간의 대면치고는 더없이 요란하고 희한스런 무대를 꾸며 보여준 셈이었다. 그리고 그만큼 장혜림 기자에게는 흥미진진한 구경거리가 됐을 수밖에 없었다."(143)라고 생각하는 것에서도 알 수 있듯이, 장혜림 기자로 인해 주요 인물들의 언행은 '무대' 위에서의 행위가 되는 것이다.

축제의 통과의례적 성격을 드러내는 존재가 어머니이고, 축제의 질서유지적 속성을 보여주는 이가 준섭이라면, 축제의 반항적 속성을 가장 잘 보여주는 인물은 준섭의 서질녀(庶姪女) 용순이다. 용순은 그 존재 자체가 준섭 집안의 상징적 질서로 봉합되지 않는 상처로서의 실재(the real)에 해당한다. 용순은 준섭의 형이 외동댁이 아닌 다른 여자와의 사이에서 낳아 데려온 아이이다. 준섭의 형은 젊어서 돈을 벌겠다고 사업을 벌이지만 모두 실패하고 결국에는 폐인이 되었다가, 음독 자살을 했으며 용순은 그 비참한 현장에 홀로 남겨졌던 것이다. 이후 용순은 외동댁의 슬하에서 자라지만, 외동댁의 친자식들과 끊임없이 갈등을 벌이다가 어린 나이에 가출한다. 이런 상황에서 용순을 품에 안아주고 돌봐준 존재가 바로 다름 아닌 노인이었던 것이다.

사실 용순은 준섭에게도 많은 불만을 가지고 있다. 어린 용순에게 준섭은 자신을 고단한 현실에서 벗어나게 해줄 유일한 존재였던 것이다. 그러나 노인과도 평생 함께 살기로 한 약속을 지키지 못한 준섭은 용순을 결코 구원해줄 수 없었으며, 용순이 찾아와 요구한 사업 자금을 대주지 못한 이후에는 인연마저 끊어졌던 것이다. 노인을 '마음과 정성을 다해 경건하게 모시려는' 준섭의 계획을 가장 적극적으로 반대하는 것도 용순이다. 용순은 다음처럼, 이번 장례는 준섭의 뜻에 따라 치러져서는 안 된다고 단호하게 말한다.

그리고 삼촌에게 꼭 다짐해둘 게 있어요. 할머니의 장례를 보기좋게 치르세요. 듣으니 삼촌은 이번 할머니 일을 그럭저럭 마음하고 정성만으로만 치르고 넘어 가기로 했다면서요. 하지만 그건 삼촌 맘대로 안 돼요. 이번만은 제가 그냥 보고 넘어가지 않을 거예요. (178-179)

　용순은 상가에 와서도 배다른 자매인 형자와 입씨름을 벌인다. 준섭을 비꼬고 조롱하는 것은 물론이고, "이중인격자, 탄복할 위선자"(177)라고 부르기도 한다. 용순은 윷판이나 술판 가리지 않고 함부로 기웃거리고 다니는 바람에 집안 사람들의 심사를 어지럽게 하고, 소리꾼 최영감에게 술을 과하게 먹여 그를 인사불성에 빠뜨린다. 용순은 서울에서 문상 온 준섭의 친구들과 어울려 노래방에 가기도 한다.

　축제는 인간의 기본적 속성의 흐름을 차단하는 것에 대한 부정에서 시작한다고 볼 수 있다. 기득권적 권력, 불평등적 모순, 억압과 갈등, 어두움과 희미함을 걷어내고자 하는 것이 바로 축제이다. 그래서 축제 속에서 인간은 끊임없이 파괴하고자 하며 스스로 모든 세속적인 허울과 위선을 벗어던지고자 한다. 이것이 가장 직접적으로 드러나는 현상이 모든 세속적 허상을 감출 수 있는 가면을 쓰거나 변장을 하고 온몸에 그림을 그리는 것이다.[39] 용순이야말로 상가에서 이러한 축제의 성격을 온몸으로 구현한 존재이다. 용순은 처음 상가에 나타날 때부터 "상가를 찾아온 사람 같지 않게 화려한 옷차림새에다 짙은 입술 화장, 색안경까지 눈에 걸친 요란한 행장"(136)을 하고 있었다.

---

[39]　류정아, 『축제인류학』, 살림, 2003, 4면. 에드먼드 리치(Edmund Leach)는 의례의 세 가지 특징으로 다음과 같은 것을 들고 있다. 첫째, 격식성(formality)이 증가하는 행위들이 존재하며, 사람들은 공식 유니폼을 착용한다. 둘째, 거짓 꾸밈(masquerade)이 나타난다. 가장무도회나 흥건한 술잔치가 그 예로서, 일상생활의 공식적인 역할은 모두 잊혀진다. 셋째는 역할전도(role reversal)를 볼 수 있다. 남녀 역할의 전도, 왕과 거지, 주인과 하인 등과 복장도착, 신성모독, 불경죄 등이 자연스런 행위처럼 여겨진다. (류정아, 『축제이론』, 커뮤니케이션북스, 2013, 30면)

이러한 용순의 외모야말로 축제에서 흔히 나타나는 규범 파괴적인 가면과 변장에 해당한다.

이것은 상복을 입을 때도 마찬가지이다. 준섭은 장의사의 권유에도 불구하고, 노인의 수의도 "그 색이 고운 공단천 모자나 원삼치장을 마다하고 당신 생시 적에 가까운 것으로 명주 모자 두루마기 차림으로 성복을 끝내"(194)고, 그 연장선상에서 자손들의 상복도 간단하게 차려입도록 한다. 이에 반해 용순은 자신의 차 안에서 직접 마련해 온 상복을 따로 차려입고 나선다. "그것은 장의사 물건하고는 질이나 맵시가 완연히 다른 물고운 순백색 옥양목 옷감에 저고리나 치마가 다 화사한 외출옷 마름"(195)이다. 축제를 대하는 준섭과 용순의 입장 차이는 이처럼 옷과 외양에도 확연한 차이를 만들어 내는 것이다.

축제의 질서유지적 속성을 대표하는 존재가 준섭이라면, 축제의 반항적 속성을 대표하는 인물은 용순이다. 이 작품의 핵심적인 갈등은 준섭과 용순 사이에서 일어나며, 이러한 갈등은 축제라는 관점에서 살펴보면 축제를 기존 질서의 고양이라는 측면에서 바라보는 입장과 축제를 기존 규범의 파괴로 바라보는 입장의 차이에서 발생한다고 할 수 있다. 이청준의 『축제』에서는 두 가지 축제에 내재된 상반된 지향이 벌이는 갈등이 작품의 핵심적인 추동력이 되고 있는 것이다.

4. 준섭과 용순의 관계를 통해 드러난 축제의 경계현상적 성격

준섭의 유교적 세계관에 바탕한 축제관과 용순으로 대표되는 일탈지향적 축제관은 『축제』의 가장 본질적인 갈등이라고 할 수 있다. 처음에는 노인의 장례에서 일상성과 진지성이 유지되지만, 그것은 점차 힘을 잃고 유희성과 무질서의 단계로 나아가고, 발인을 계기로 일상성이 다시 그 힘을 획득한다. 그러나 축제로서의 상례를 겪은 이후의 일상은 이전과는 그 성격이 달라진다.

처음 준섭은 주변 사람들의 번잡스런 참견에도 불구하고 "들은 듯 못 들은 듯 자신의 생각대로 조용히 일을 처결해 나"(194)간다. 그러나 이러한 준섭의 계획이 뜻대로 되지는 않는다. 차질이 빚어지거나 "말썽거리가 불쑥불쑥 불거져 나오곤 하였"(126)던 것이다. 장터거리의 원일과 이숙이 겹치기로 음식거리 장물을 보아오기도 하고, 부고장에 자식들의 이름이 빠지기도 하며, 집안의 노장들은 일일마다 뒷소리 아는 척을 해오기도 한다. 그리고 준비도 되지 않았는데 서울의 윤사장과 강 원장, 시 쓰는 오명철, 그리고 『문학시대』의 장혜림이 들이닥친다.

발인을 앞둔 마지막 밤은 축제의 일탈성이 절정에 이른 때라고 할 수 있다. 원일의 처가와 외가댁 사람들이 연이어 들어서고, 윤 사장 일행이 들어서면서 축제의 혼란은 증폭되기 시작한다. 회진에서 돌아온 윤 사장패들은 모든 일이 도대체 제멋대로들이다. 그들은 아래채 사랑방과 마루청을 독차지한 채, 어지러운 행작과 소란을 그치지 않는 것이다. 거기다 안채 아랫방에서는 김 군수와 함께 온 사람들이 아래채 쪽보다도 더 꾼들답게 조용조용 판을 일구고, 용순과 장혜림까지 여기저기 그 술취한 사내들 사이를 멋대로 기웃거리고 다닌다. 서울 출판사나 문학동네 친구들, 광주나 읍내 쪽 친구들, 외동댁이나 원일이 청일이들이 맡아 줄 원근의 지면이나 인척들 말고도, 예정에도 없이 불쑥 문을 들어서 오곤 하는 조문객들로 상가의 무질서와 혼란은 점점 심해진다. 이러한 과잉은 용순이 따라주는 술잔을 계속 받아 먹다가 결국에는 인사불성이 되어 실려 간 소리꾼 최 영감의 장면에서 우스꽝스럽게 드러난다. 그리고 전문 소리꾼이 아닌 새말 아재가 소리를 하는 것은 위계와 경계가 무화되는 축제의 성격에 부합된다고 할 수 있다.

『축제』에서 두 번에 걸쳐 경을 지내는 것은 하나의 공연이라고 보아도 모자람이 없다. 새말의 노래하기 좋아하고 놀기 좋아하는 활양한 성격이 그대로 드러난 초경놀이는 상가에 온 모든 사람들이 참여하는 커다란 공연을 이룬다.[40] 또한 술판과 더불어 윷판도 축제로서의 성격을 더욱 북돋운다. 결국에는 태영과 동팔 사이에 험상궂은 소리들이 오가다가 훈수하던 동네 홀아비 추씨까지 엉겨붙는 몸싸움으로 발전한다. 주목할 것은 동네 사람들끼리의 싸움임에도 "취흥이 낭자한 상갓집 일이 되어 그런지 누구 하나 그것을 말리려 드는 사람도 없"(252)는 것이다. 노인의 손주 사위패들이 뜯어먹어서 귀와 코만 성한 돼지머리의 그로테스크한 형상이야말로 규범 파괴적인 과잉으로서의 축제를 상징하는 적절한 기호라고 할 수 있다.

발인 전날 밤의 혼란 중에 준섭은 이제 그런 건 별로 괘념을 하거나 알은척하려질 않으며, 노인을 조용히 정성스럽게 모시려던 생각은 단념한 지 오래라고 생각한다. 그러면서 "그럴 바엔 차라리 분위기라도 시끌벅쩍 질펀하게 어우러져 나가는 것이 더 좋을 듯싶기도 하였다. 그는 모든 것을 오히려 당연하고 흡족하고 고맙게 받아들이려 하였다."(253)며 그 난장에 억지로 순응하는 모습을 보여준다. 그러나 이후에도 "준섭의 그 창연하고 망연스런 심화를 아랑곳하려는 사람은 아무도 없었"(261)다는 말처럼 준섭은 그 난장을 받아들이지 못한다.

두 번째 초경놀이는 발인 전날 밤에 연출되는 혼란의 절정 중에서도 절정

40　김경수는 전통적인 우리 굿판은 "엄격한 신성의 공간과 통제 불능의 세속 무대를 반복해서 오간다."(김경수, 앞의 논문, 330면)면서 작품에서 소리를 담당하기로 한 노인이 술에 취해 역할을 못하고, 대역으로 시작된 초경놀이판이 흥겨운 춤판으로 변해가는 것 등을 "세속성의 한 국면"(위의 논문, 331면)이라고 파악한다. 이 글에서는 반대로 초경놀이판을 세속성과는 구분되는 축제의 한 속성으로 파악하고자 한다.

이라고 할 수 있다. 주재자라고 할 수 있는 새말까지 술기가 잔뜩 취해 올라 "차츰 시간이 흐름에 따라 그 새말의 앞소리나 상여꾼들의 뒷소리까지 모두 궤도를 벗어 나"(262)간다. 나중에는 소리판이 "드디어 난장판"(262)이라고 이야기될 정도이다. 장례가 카오스로 치달을수록 준섭의 내적 고민도 절정으로 치달으며, 다음의 인용처럼 준섭은 자신이 쓴 동화책을 생각하며 그 난장을 외면하고자 한다.

> 준섭은 이제 차마 더 그걸 보고 있을 수가 없었다. 그가 노인을 보내 드리려던 모양새는 뭐래도 그런 것은 아니었다. 그는 차라리 이제 그 소리판을 외면한 채 노인의 영정 앞에 혼자 머리를 숙이고 돌아앉아 그 앞에 놓인 동화 속의 노인을 마음에 되새기기 시작했다. (262)

그러나 용순은 노인의 영전에 양주 한 병을 구해와 올리고, 준섭이 올린 동화책을 구실 삼아 시비를 건다. 할머니의 그 절절한 사랑을 담고 있는 동화를 떠올리는 준섭의 생각과 난장판이 된 상가의 분위기가 한데 어우러지는 것이다.

이러한 두 가지 충동의 갈등과 대립은 마지막 발인날에도 미약하게 나타나지만[41], 전날 밤과는 달리 일탈과 무질서보다는 규범과 일상성이 강한 힘을

---

[41] 제사시간이 다 되어가도록 축문을 읽어줄 노장들이 나타나지 않고, 상여를 메기로 한 서울패들도 나타나지 않는다. 제사가 시작될 무렵에는 술에 취해 떨어져 운신을 못하던 윗동네 소리꾼 최 영감이 숙취 상태로 나타나 자신이 인도해야 한다고 호들갑을 떤다. 그러나 곧 사람들이 나타나서 "그래저래 큰 차질 없이 그런대로 차분하고 숙연한 분위기 속에"(276) 진행되지만, 곧 노인의 영구가 상여꾼들에게 들려 움직이기 시작하면서 분위기는 급변한다. 외동댁과 수남 모가 오열을 터뜨리기 시작한 것이다. 특히 외동댁의 격한 곡소리를 들으면서는 "마음을 될수록 겸허하고 숙연하게 지내려던"(278) 준섭조차도 "심회가 더욱 참담하고 창연해져 간"(278)다. 이로 인해 노제가 다 끝날 때까지 준섭의 "가슴이 식을 줄을 몰"(279)라서 목이 메이기까지 한다.

발휘하기 시작한다. 이 날은 전과는 확연히 다른 분위기인데, 발인날은 이제 축제에서 빠져나오는 과정이기 때문이다. 이제 준섭은 축제의 혼란으로부터 자신의 능력을 조금씩 확보하기 시작한다. 새말의 앞메김 소리도 "경박스럽던 간밤이나 아깟번과는 딴판"(280)이며, 초우제(初虞祭)를 지낸 이후에는 "모두들 음울하고 무거운 분위기를 걷어내고 전날과 같은 일상으로 돌아가고 있는 모습"(290)을 보여주는 것이다.

이와 관련해 달라진 용순의 모습에 주목할 필요가 있다. 리치(E. Leach)는 축제에 들어가는 사람은 본래의 세속적인 지위를 상실하고 의례적인 죽음을 맞이한다고 주장한다. 이렇게 죽어 있는 신성한 시간 동안 그는 다른 모든 이들과 진정한 우정과 평등성을 획득하고 일상의 모든 권리와 의무에서 벗어나게 된다는 것이다. 이 순간 시간의 흐름은 멈춰서고 개인은 무한한 자유를 얻는다. 그러나 이러한 순간은 영원히 지속되지 않으며, 곧 그는 현실적인 세상에서 다시 태어난다. 일상의 세속적인 삶으로 다시 돌아오는 것이다. 그러나 의례적인 상황으로 들어가기 전의 삶과 그 상황을 거쳐 나온 개인의 삶의 양태는 많은 차이를 보여준다. 축제를 거친 자는 기존 사회가 가지고 있던 모순과 문제점을 해결할 수 있는 실마리를 찾아내 새로운 힘을 가진 존재가 되는 것이다.[42]

리치의 이러한 설명은 용순에게 그대로 들어맞는다. 용순은 장례에 참석하기 전에는 이 집안에 나타날 수도 없는 이방인의 처지였다. 그러나 노인의 죽음을 계기로 새롭게 나타나 이전과는 달리 자유분방한 모습을 보여준다. 그러나 초우제까지 지내서 사실상의 장례가 끝난 이후에는 한없이 양순한 모습을 보여준다. 용순은 영정에 올려진 준섭의 동화책을 보며 맹렬한 분노

---

42   류정아, 『축제인류학』, 살림, 2003, 20면.

를 드러냈던 상중의 모습과는 달리, 그 동화책을 읽고 아이들에게 그 내용을 들려주기까지 하는 것이다. 이제 용순은 새로운 인간으로 탄생한 것이고, 그는 이 집안의 불화를 해소할 수 있는 힘을 새롭게 획득한 존재가 되었다고도 볼 수 있다.[43]

용순의 변모된 위상은 마지막에 혜림의 제안으로 용순을 포함한 모든 가족들이 가족 사진을 함께 찍는 것으로 구체화된다. 이러한 가족 간의 화해를 단순하게 용순이 준섭으로 대표되는 기존 가족에 순응하여 포섭된 것으로만 봐서는 안 된다. 혜림의 "선생님, 죄송하지만 그런 뜻에서 그 고아들의 사진을 한 짱 찍어가게 해주시겠어요?"(286)라는 말에서 알 수 있듯이, 이 모든 가족은 결국 고아가 됨으로써 하나의 공동체를 형성하기 때문이다. 이것은 준섭을 포함한 가족이 결국에는 모두 고아, 즉 용순이 됨으로써 하나가 된 것이라고 이해할 수도 있다. 장례라는 축제의 신성한 시간을 거치며, "들개 같은 용순"(297)은 가족의 당당한 중심으로 새롭게 탄생한 것이다.

4장에서는 질서 유지로서의 축제를 대표하는 준섭과 일탈 지향으로서의 축제를 대표하는 용순의 관계를 중심으로 축제의 경계현상적 특징을 살펴보았다. 축제를 경계현상으로 바라보는 것은, 축제가 일탈과 일상, 유희성 진지성, 자유와 질서 등을 넘나들기 하는 현상을 말한다. 준섭과 용순과의 관계는 처음에 팽팽한 힘의 균형을 유지하다가 발인 전날에 이르러서는 용순이 더욱 큰 힘을 발휘하며, 이때 축제는 일탈 지향적 성격을 강하게 드러낸다. 그러나 발인 이후에는 준섭이 더 큰 힘을 가지며, 이때 축제는 질서 유지적 성격을 보여준다. 그러나 마지막 순간 용순은 단순하게 준섭의 영향권 아래 포섭된

---

43   그리스 종교제의와 축제는 가족의 유대를 형성하는 데 중요한 역할을 했다고 한다.(장영란, 앞의 책, 74면)

존재라기보다는 축제를 통해 새로운 힘을 획득한 존재로 재탄생한 것이라고
볼 수 있다.

5. 축제의 인류적 보편성과 한국적 특수성

이청준의 『축제』는 장례를 배경으로 하여 축제의 보편성과 축제의 한국적
특수성을 다룬 작품이다. 그동안 이 작품에 나타난 축제의 성격은 주로 바흐
친의 논의에 바탕하여 규범 파괴적이거나 카오스적인 측면에 초점이 맞추어
져 왔다. 이러한 측면이 이청준의 『축제』에 드러나는 것은 사실이지만, 이
작품에는 이외에도 축제의 여러 가지 복합적인 성격이 동시에 드러난다. 이
논문에서는 다양한 이론가들의 축제론을 바탕으로 이청준의 『축제』에 나타
난 축제의 통과의례적 성격, 질서유지적 성격, 규범 파괴적 성격, 경계현상적
성격 등을 조명하고자 시도하였다.

2장에서는 그동안 거의 논의되지 않았던 준섭의 어머니, 즉 노인을 중심으
로 축제의 통과의례적 성격을 논의해 보았다. 이 작품에서 어머니는 축제를
가능하게 하는 단순한 계기에 머무는 것이 아니라, 축제의 근본적인 의미를
형성하는 하나의 중핵이라고 볼 수 있다. 『축제』에서는 지극히 비일상적인
노인의 가사(假死)체험을 설정함으로써, 본래 상례가 지닌 과도기로서의 성격
을 극대화하고 있다. 준섭의 어머니는 보통의 상례에 내재된 과도기 외에도,
가사체험에 따른 과도기(가사체험과 진짜 죽음의 사이)를 다시 한번 겪는다. 이것
은 '축제 안의 축제'로서, 축제가 지닌 통과의례의 성격을 선명하게 보여준다
고 할 수 있다.

3장에서는 축제에 내재된 상반된 지향, 즉 '기존 질서의 긍정적인 고양'이
라는 지향과 '규범 파괴적인 과잉'이라는 지향이 서로 갈등하는 양상을 준섭

과 용순을 중심으로 하여 살펴보았다. 선행 연구가 축제의 일탈적인 면을 주로 강조한 이유는 초점화자로서 의미 전달의 핵심적 역할을 하는 준섭에 대한 관심이 상대적으로 소홀했기 때문이다. 일관되게 노인의 장례를 유교적 질서라는 측면에서 치르려고 하는 준섭에 초점을 맞춘다면, 이청준의 『축제』에는 일체감과 통일성을 중시하는 기존 질서의 유지라는 축제의 또 다른 속성이 강하게 나타난다는 점을 확인할 수 있다.

4장에서는 준섭과 용순의 관계를 중심으로 축제의 경계현상적인 측면을 살펴보았다. 이 작품에서는 어느 한 명이 절대적인 힘을 갖지는 않는다. 두 가지 지향은 서로 대립 갈등하며 시기에 따라 그 힘의 균형이 변모하는 양상을 보여준다. 서로 다른 축제관으로 팽팽한 긴장을 유지하던 둘의 관계는 발인이 가까워질수록 용순이 더욱 큰 힘을 발휘하지만, 발인 이후에는 준섭이 더 큰 힘을 발휘한다. 이것은 『축제』가 상례라는 축제를 유희성과 진지성, 자유와 질서가 넘나드는 경계현상으로 다루었다는 것을 증명한다. 이러한 과정을 통해 용순은 새롭게 탄생하는데, 이때의 용순은 이전의 이방인이 아닌 가족의 중심으로서 새로운 힘을 지닌 존재가 되었다고 할 수 있다. 이상의 논의에서 알 수 있듯이, 이청준의 『축제』는 축제를 다룬 작품이 극히 드문 한국문학사에서 축제가 지닌 복합적인 성격을 깊이 있게 성찰한 작품이다.

현실에 대한 무한긍정의 세계
— 김훈의 『개 : 내 가난한 발바닥의 기록』

1. 영웅의 형상을 한 '개'

서사 장르의 역사는 이야기 속의 주인공의 신분이 점차 하락하는 과정이라 할 수 있다. 신화에서 서사시, 서사시에서 로망스, 로망스에서 노벨에 이르기까지의 과정은 곧 주인공이 신에서 영웅, 영웅에서 귀족, 귀족에서 평민으로 내려앉는 과정을 반영한 것이다. 따라서 현대소설에서 영웅이 등장하는 모습은 여간해서 찾아보기 힘들다. 오늘날 만난(萬難)을 극복하고 모든 이의 추앙을 받는 비범한 존재로서의 영웅은 대중소설에서나 등장한다고 보아야 할 것이다. 이런 상황에서 김훈은 예외적으로 이순신, 이사부, 우륵, 정약용, 안중근과 같은 영웅을 지속적으로 등장시키는 작가라고 할 수 있다.

김훈은 2000년대를 대표하는 작가이다. 해박한 교양과 유려한 문체로 대표적인 문화부 기자 중 하나였던 김훈이 소설가로 등단한 것은 50살이 가까워 오던 1995년이다. 그 후 김훈은 한 권의 단편집과 여덟 권의 장편소설을 발표하였다. 그 구체적인 목록을 나열하자면 소설집으로 『강산무진』(문학동네, 2006), 『저만치 혼자서』(문학동네, 2022)가, 장편소설로 『빗살무늬토기의 추억』(문학동네, 1995), 『칼의 노래』(생각의 나무, 2001), 『현의 노래』(생각의 나무, 2004), 『개』(푸른숲, 2005), 『남한산성』(학고재, 2007), 『공무도하』(문학동네, 2009), 『내 젊은 날의 숲』(문학동네, 2010), 『흑산』(학고재, 2011), 『공터에서』(해냄, 2017), 『달 너머로 달리는 말』(파람북, 2020), 『하얼빈』(문학동네, 2022)이 있다. 이 기간에 김훈은 『칼의 노래』로 2001년 동인문학상을, 「화장」으로 2004년 이상문학상을, 「언니의 폐경」으로 2005년 황순원문학상을, 『남한산성』으로 2007년 대산문학상을 수상하였다. 또한 김훈의 소설은 21세기 문학시장에서 대부분 베스트셀러 목록에 이름을 올리기도 하였다.

김훈에 대한 연구는 다양하게 진행되었는데, 크게 보자면 등장인물의 성격, 문체, 작가의 세계관, 죽음 의식 등을 중심으로 논의가 진행되었다. 김윤식은 김훈의 첫 번째 장편인 『빗살무늬토기의 추억』을 평가하면서, 김훈의 작품은 "인류문명사에 대한 비판적 사유라는 점에서 농경사회적 상상력"[1]에 바탕해 있다고 말한바 있다. 동시에 감성을 거부하는 강도 높은 문장력이 물컹물컹한 우리 소설문맥에 진입한 사실은 일종의 사건이라 하여 김훈 소설이 지닌 표현상의 특징도 언급하였다. 강혜숙은 김훈의 「화장」에 나타난 문체적 특성을 정밀하게 고찰하여, "<화장>에서 말하고 있는 삶이란 생명이라는 확실하고도 모호하여 닿을 수 없는 것을 뒤에 두고, 죽음이라는 모순적이고 알 수 없는 것을 향해 다가가면서, 거짓과 허위로부터 자유롭지 못한 일상을 살아가는 것"[2]이라고 결론 내린다.

김영찬은 김훈의 소설이 역사소설이라는 외양을 띠곤 있으나 본질적으로

---

1 김윤식, 「어떤 Homo Faber의 초상, 혹은 농경사회의 상상력」, 『빗살무늬토기의 추억』, 문학동네, 1995, 212면.
2 강혜숙, 「세 가지 어법과 감각의 서사」, 『돈암어문학』 21호, 2008.12, 251면.

는 역사의 옷을 빌려 세상의 이치와 자아의 자리를 되새기는 '독백적 역사소설'이며, 김훈 소설의 인물들은 벗어날 수 없고 어찌해볼 수도 없는 "거대한 불가피"[3]와 맞닥뜨려 있다고 주장한다. 또한 김훈 소설에서는 '사실'에 대한 강박이 나타나는데, '사실'에 대한 강조는 '살아 있음'에 대한 확인으로, 그리고 더 나아가 그런 생물학적 생존에 대한 안쓰러운 긍정으로 이어진다고 파악하였다. 결론적으로 김훈의 소설에 나타나는 불가피의 감각과 인간의 동물성에 대한 안쓰러운 긍정은 포스트-IMF 시대 한국사회의 예민한 정치적 무의식의 성감대를 건드린다고 주장한다. 류보선은 김훈의 작품들이 문명의 불만과 그것을 넘어설 수 있는 길을 집요하게 탐색한다고 말한다. 『칼의 노래』를 기점으로 "푸코적 의미의 통치성(아감벤에 따르면 정치)에 대한 공포와 그 안에서의 주체적 삶의 가능성 발견"[4]이라는 쪽으로 옮겨가고 있다는 것이다. 특히 『흑산』은 허무하고 무내용한 세상이 만들어내는 더러움과 비열함 속에서 통치받지 않는 삶에 대한 희망을 찾아내고 있다고 말한다. 최영자는 김훈 소설에 등장하는 주인공들의 체험이 "후기 자본주의적 메커니즘인 이데올로기적 환상에 기반"[5]한다고 주장한다.

유정숙은 『빗살무늬토기의 추억』과 『칼의 노래』에 나타난 죽음의 양상과 의미를 분석하여 작가의 죽음의식을 규명하고 있다. 김훈은 길들여진 죽음, 즉 일상화되고 관념화된 죽음을 부정하며, "장철민과 이순신의 죽음은 인간의 죽음을 본래의 자연사로 귀환시키고자 하는 작가의 신념"[6]을 보여준다는 것이다. 송명희는 단편 「화장」에 나타난 몸 담론의 양상을 살펴보고 있다.

---

3 김영찬, 「김훈 소설이 묻는 것과 묻지 않는 것」, 『창작과비평』, 2007년 가을호, 392면.
4 류보선, 「현명한 자는 길을 잃는다, 그러나 단순한 자는……」, 『문학동네』, 2012년 봄호, 500면.
5 최영자, 「이데올로기적 환상으로서의 김훈 소설」, 『우리문학연구』 26집, 2009, 395면.
6 유정숙, 「김훈 소설에 나타난 죽음의식 연구」, 『한국언어문화』 42집, 2010.8, 313면.

이 작품은 몸을 정신의 부속물로 간주하던 모더니즘의 사고에 반발이라도 하듯 몸의 문제를 전면화, 전경화하고 있다는 것이다. 김훈은 "몸과 정신, 젊음과 늙음, 삶과 죽음, 화장(化粧)과 화장(火葬), 남성과 여성, 자아와 타자, 바라보는 시선과 응시되는 대상의 이항대립을 다양하게 배치함으로써 포스트모더니즘 시대는 몸과 젊음과 삶이 정신과 늙음과 죽음을 압도한다는 것을 말해보고 싶었던 것일까."[7]라고 조심스럽게 결론을 내리고 있다. 김주언은 김훈의 장편 역사소설들이 '철학적 자연주의'를 보여준다고 주장한다. 철학적 자연주의는 우리들이 살아가는 이 자연세계 이외의 다른 세계를 인정하지 않는 입장이며, "이 세계는 기본적으로 시간-공간적인 세계로서 그것이 유일한 세계라는 것을 강조하는 세계관이 전제"[8]되어 있다. 또한 "자연세계의 법칙이 인간에게도 그대로 적용되며, 인간 특유의 이성적 능력에 대한 환상도 없다."[9]는 특징을 보여준다. 이러한 '철학적 자연주의'는 김훈의 장편 역사소설에서 쉽게 발견된다는 것이 김주언의 주장이다. 김훈의 역사소설에서 파악할 수 있는 특질들은 "우리가 살아가는 이 자연세계 이외의 다른 세계를 인정하지 않는 존재론적 입장, 인식론적 한계에 대한 분명한 태도, 이상 집착으로까지 보이는 인간의 생물학적 조건에 대한 비상한 관심과 집중, 문명사에 대한 자연사의 우위의 태도, 다윈주의에 근거한 사회진화론적 세계 인식의 경향" 등이며, 이러한 자연주의적 특질은 "그 논리적 귀결로서 허무주의를 피할 수 없는 것"[10]이라고 결론 내린다. 김주언은 『남한산성』을 분석한 글에서는 김훈이 진보의 역사적 시간이 상정하는 목적론적 시간관에 거부를

---

7   송명희, 「김훈 소설에 나타난 몸담론」, 『한국문학이론과 비평』 48집, 2010.9, 72면.
8   김주언, 「김훈 소설의 자연주의적 맥락」, 『한국문학이론과 비평』 49집, 2010.12, 233면.
9   위의 논문, 233면.
10   위의 논문, 245면

표현하면서, "전근대적이거나 탈근대적인 우주적 시간"[11]을 옹호한다고 주장한다.

이 글에서 관심을 갖는 김훈 소설의 등장인물에 대해 살펴본 것으로는 김정아, 서영채, 공임순, 고강일, 홍웅기, 황경의 논의를 들 수 있다. 김정아는 이순신이 "적과 대결하는 민족의 영웅 대신 세계와 대결하는 고독한 개인", 즉 "예술가 영웅"[12]을 대변한다고 본다. 그에 따르면 예술가야말로 세계 앞에 홀로 선 고독한 개인의 원형이다. 서영채는 『칼의 노래』와 『현의 노래』를 집중적으로 분석한 「장인의 기율과 냉소의 미학」에서 이순신이나 이사부와 같은 인물들은 자기 자리를 지키면서 자신의 논리와 내적 윤리에 충실한 "가치중립적인 기술자들"[13]이며, 김훈이 보여주는 삶의 단순성의 밑바탕에는 "자본제적 삶의 제도화된 위선에 대한 냉소주의"[14]가 깔려 있다고 주장한다. 동시에 이러한 냉소는 "이데올로기적 봉합과정을 꿰뚫어보는 통찰력"과 "교환관계의 윤리적 취약성을 겨냥하는 윤리적 지침"[15]이라고 덧붙인다. 공임순은 김훈이 적의 가상적 실체와 젠더화된 이분법의 위계를 통해 이순신을 "고독한 남성 영웅"[16]으로 형상화했다고 지적한다. 고강일은 라깡의 논의를 바탕으로 『칼의 노래』에 등장하는 이순신은 "'실재의 윤리', 다시 말해 언어의 그물(상징계)에서 해방된 온전한 주체를 지향하는 '정신분석학의 윤리'를 충실히 구현"[17]한다고 주장한다. 홍웅기는 『현의 노래』를 논의한 글에서, 이

---

11 김주언, 「김훈 소설에서의 시간의 문제」, 『한국문학이론과 비평』 54집, 2012.3, 236면.

12 김정아, 「김훈의 두 소설 – 고독한 예술가 영웅의 신화」, 『인문학 연구』 31권 2호, 2004, 2면.

13 서영채, 「장인의 기율과 냉소의 미학」, 『문학의 윤리』, 문학동네, 2005, 165면.

14 위의 글, 174면.

15 위의 글, 174면.

16 공임순, 『식민지의 적자들』, 푸른역사, 2005, 92면.

17 고강일, 「김훈의 <칼의 노래>와 정신분석학의 윤리」, 『비평문학』 29호, 2008.8, 49면.

작품이 주체의 욕망과 그 실현이라는 문제를 집중적으로 제기하며 야로나 우륵이 도달하고자 하는 것은 "공(空)의 세계"[18]라는 결론을 내리고 있다. 황경은 김훈 소설이 "무리의 외부에서 무숙(無宿)의 운명을 자처하면서 탈역사의 방향으로 나아"[19]갔으며, 역사의 밖에 선 김훈 소설의 인물들에게 남겨진 유일한 진실은 태어나고 늙고 병들고 죽어야 한다는 남루하고 누추한 사실이라고 주장한다.

위의 논의에서는 김훈 소설에 등장하는 영웅을 '예술가', '장인', '고독한 남성', '윤리적 주체', '공의 세계를 지향하는 자', '무숙자' 등으로 정의내리고 있음을 알 수 있다. 이 글에서는 김훈의 『개』를 중심으로 김훈 소설에 나타나는 독특한 영웅상을 살펴보고자 한다. 김훈의 여타 소설들이 상당수의 논문이나 평론을 통해 다루어진 것과 달리 『개』는 본격적인 논의의 대상이 된 바 없다. 그러나 『개』는 소재의 특이성만큼이나 김훈 소설에 나타난 영웅상의 특성이 고스란히 드러난 작품으로서, 고찰의 필요성이 적지 않다고 판단된다.

2. 언어로부터 벗어난 존재

『개 : 내 가난한 발바닥의 기록』는 김훈의 네 번째 장편소설이다. 이 작품의 가장 독특한 점은 소설의 제목이기도 한 개가 주인공이자 서술자라는 점이다. 작가의 출세작인 『칼의 노래』와 『현의 노래』가 다루었던 장엄한 영웅들의 세계를 생각할 때, 이러한 설정은 당혹감마저 준다. 한국현대소설에 동물이 등장하는 것 자체가 낯선 현상일 수는 없다. 이미 1930년대에

---

18 홍용기, 「김훈 소설의 존재의 재현방식 연구」, 『비평문학』 30호, 2008.12, 455면.
19 황경, 「무숙자의 상상력과 육체의 서사」, 『한국문학이론과 비평』 53집, 2011, 301면.

이효석은 「메밀꽃 필 무렵」의 나귀, 「돈」과 「분녀」와 「독백」의 돼지, 「산협」의 소, 「수탉」의 닭 등을 통해 인위적이고 숨막히는 도시 문명에 반하는 순수한 본능과 성애의 세계를 표현했으며, 이상은 「날개」, 「지주회시」 등의 작품을 통해 현실의 비유인 동시에 출구가 막힌 식민지 시대의 암울한 현실에 균열을 가하는 일종의 탈주선으로서 거미, 돼지, 새 등을 그려내었기 때문이다.

개가 소설에 등장한 것으로 한정시켜 보더라도 적지 않은 작품이 쓰였음을 알 수 있다. 대표적으로 이효석의 「들」, 황순원의 「목넘이 마을의 개」, 천승세의 「황구의 비명」 등을 들 수 있는데, 이들 작품에서 개는 각각 생의 활력, 민족의 수난과 질긴 생명력, 기지촌 여성의 비애와 같은 작가의 메시지를 전달하는 핵심적인 상징이나 알레고리로서 기능하였다. 김훈의 개는 알레고리나 상징과는 거리가 멀다는 점에서 이전 소설의 개와는 다르다. 『개』에서의 개는 서사 내에서 핵심적인 역할을 하고 있을 뿐만 아니라 서술자이기 때문이다. 서술자가 작가의 사상을 드러내는 직접적인 통로이며 소설의 분위기나 주제에 핵심적인 영향을 미치는 요소라는 것을 생각할 때, 더군다나 『개』가 단편이 아닌 장편이라는 점을 고려할 때, 개가 서술자로 설정되었다는 것은 적지 않은 의미를 지닌다.

흔히 비인간 서술자의 설정은 나쓰메 소세키의 「나는 고양이로소이다」나 톨스토이의 「홀스트머」 혹은 잭 런던의 「야성의 외침」에서 알 수 있듯이, 인간의 자기 중심성(anthropocentrism)이나 어리석음 혹은 불가피한 한계 등을 풍자하고 비판하는 효과를 가져온다. 김훈의 『개』에서도 그런 효과는 나타나고 있는데, 보리가 사람들에게 "그 쓰레기는 개의 눈에만 보이는 것인데, 나는 사람들에게 쓰레기의 하찮음을 말해줄 수가 없었다."[20]거나 "사람들은 대체로 눈치가 모자라다"[21]라고 말하는 부분이 대표적인 경우라고 할 수 있다. 동시에 '작가의 말'에 나오는 "인간이 인간의 아름다움을 알게 될 때까지 나는 짖고 또 짖을 것이다."[22]라는 문장에서 알 수 있듯이, 개의 입을 빌어 인간의 아름다움을 말하기도 한다. 이것 역시 비인간 서술자이기에 가능한 효과라고 할 수 있다.

김훈이 개를 주인공이자 서술자로 설정한 보다 근본적인 이유는 그의 비극적인 언어관과 관련된 것으로 보인다. 김훈은 『칼의 노래』에서부터 일관되게 언어에 대한 불신과, 언어를 넘어서 사물의 진상에 다가가고자 하는 열망을 보여주었다. 『칼의 노래』는 언어의 세계와 사실의 세계라는 선명한 이분법으로 이루어져 있다. 전자의 세계에는 임금, 조정의 중신들, 길삼봉, 도요토미 히데요시가 속하며, 후자의 세계에는 이순신과 그가 맞서 싸워야 하는 바다의 적들이 속한다. 임금이 "언어로써 전쟁을 수행"[23]한다면, 이순신은 "내가 입각해야 할 유일한 현실"[24]인 바다의 논리로만 전쟁을 수행한다. 임금이 상징화된 의미로 전쟁을 수행한다면, 이순신은 상징화될 수 없는 사실에만 바탕해서 전쟁을 수행하는 것이다. 임금의 언어는 장려했고 곡진한데 반해, 이순신과 그의 부하들의 언어는 사실에 입각하려 할 뿐, 그 이상의 가치 부여나 의미 판단에 개입하지 않는다. 모든 언어와 이름은 이순신에게 있어 "허깨비"[25]이자 "헛것"[26]에 불과하기 때문이다. 이순신에게 의금부에서 받은 문초의 내용은 무의미하며, 왕을 비롯한 중신들은 헛것을 정밀하게 짜

---

20   김훈, 『개』, 푸른숲, 2005, 11면.
21   위의 책, 30면.
22   위의 책, 3면.
23   김훈, 『칼의 노래』, 생각의 나무, 2001, 195면.
24   위의 책, 209면.
25   위의 책, 44면.
26   위의 책, 18면.

맞추어 충과 의의 구조물을 만들어 가고 있을 뿐이다. '허깨비'이자 '헛것'에 불과한 길삼봉이라는 이름 역시 산천에 수많은 피를 뿌릴 따름이며, 히데요시 역시 또 다른 길삼봉에 지나지 않는다. '보았으므로 아는' 이순신에게는 오직 칼로 벨 수 있는 것만이 존재하는 것이다. 조정이 전쟁 전체의 승패보다 가토의 머리에 걸린 정치적 상징성에 목말라하는 것, 임금이 절체절명의 전시라는 상황 속에서 왕릉의 도굴 사건에 집착하는 것을, 이순신은 가엾어하고, 또 무서워한다. 사실에만 입각해서 세상을 바라보려는 이순신에게 그러한 의미나 상징에 집착하는 행위는 "허망과 무내용을 완성하고 있는 것"[27]에 지나지 않기 때문이다. 언어에 대한 불신[28]이 『칼의 노래』에서는 이순신이 받은 문초와 소문 속의 인물 길삼봉을 통해 선명하게 드러났으며, 같은 맥락에서 『현의 노래』의 이차돈 역시 입만 번드르르한 거렁뱅이로 규정될 수밖에 없었다. 이순신이나 이사부나 우륵에게 중요한 것은 오직 '사실'일 뿐이었던 것이다.

『공무도하』에서 문정수가 취재하는 사건은 모두 해망과 관련되어 있지만, "넌 해망에만 가면 허탕을 치더라."[29]라는 차장의 말처럼 문정수는 그 어떤 것도 기사화하지 못한다. "쓴 기사보다 안 쓴 기사가 더 좋다"[30]는 박옥출의 말도 진실의 발화가능성에 대한 회의를 보여준다. 개에 물려 죽은 소년과 아들의 죽음을 모른 채 하는 오금자의 일도, 소방청장 표창을 네 번이나 받은

---

27 위의 책, 179면.
28 '언어에 대한 불신과, 언어를 넘어선 사물의 실체'에 대한 집착은 '쇠비린내', '날비린내', '젓국 냄새', '아궁이 냄새', '덜 삭은 젖 냄새'와 같은 후각에 대한 강조로 나타난다. 후각이야말로 거짓이 존재할 수 없으며, 가장 비언어적인 감각(다이앤 애커먼, 『감각의 박물학』, 백영미 옮김, 작가정신, 2004, 20-26면)이라면, 그것은 이순신이 추구하는 세계와 가장 잘 어울리는 감각이 아닐 수 없다.
29 김훈, 『공무도하』, 문학동네, 2009, 197면.
30 위의 책, 314면.

박옥출의 배임과 절도도, 방미호의 죽음과 딸의 위자료를 찾아 떠난 방천석의 일도 결코 기사화될 수 없다. 그것은 다만 노옥희의 배갯머리에서나 이야기될 뿐이다. 노목희에게 털어놓는 문정수의 말은 추적할 수 없고 전할 수 없는 세상에 관한 것이다. 이 문제와 관련해 무엇보다 주목할 것은 김훈이 언어를 이해하는 방식이다. 그는 철저하게 언어의 가치를 부정하는 작가이다. 김훈에게 언어는 오염된 헛것에 불과하며, 사회가 필요로 하는 위선과 안정을 위해 진실은 결코 언어화될 수 없다.

김훈이 그토록 혐오하는 허랑한 말의 세계는 해망에서 개발을 저지하려는 사람들이 17세 소녀의 교통사고를 정치적 사건으로 만드는 과정에서도 드러난다. 또한 창야의 사람들은 남들과 같은 말을 하고 말의 흐름에 동참함으로써 안도했고, 그 안도감 속에서 소문은 소문의 탈을 쓴 채 믿음으로 변해갔다. 해저 고철 인양사업을 장기간에 걸친 미군의 공습훈련이 가져온 행복한 결과라고 지껄이는 샘 워커 중령의 문장력 좋은 연설도 허랑한 말의 세계에 해당한다.

『흑산』에서 민초들이 겪는 모든 고통의 최종적 책임자인 대비(大妃)는 철저히 말에만 의지하는 인물이다. 대비는 "세상에 말을 내리면 세상은 말을 따라오는 것"[31]이라고 굳게 믿는다. 대비는 자신의 말에 파묻혀 있는 인물로서, 말의 간절함으로 세상을 바로잡을 수 있고 백성을 먹일 수 있다고 믿는다. 그러나 실제 『흑산』에서 언어는 말 그대로 무용(無用)하다. 글이나 책이란 병사들의 저고리에 솜 대신 들어가는 하나의 물질로서나 그 가치를 지닐 뿐이다. 묵은 종이는 종이옷을 만들거나 잘게 썰어져 무명천 안쪽에 넣고 누벼지는 용도에 사용된다. 구례 강마을 백성들의 소장 역시 과거에 낙방한

---

31   김훈, 『흑산』, 학고재, 2011, 120면.

답안지들에 섞여 서북면 병졸들의 겨울나기 보온재로 보내진다. 2장에서 살펴본 인물들, 즉 언어에 속한 인물들은 동시에 문명의 허위에 깊이 물들어 있는 존재들이라고 말할 수 있다. '문명(언어)의 허위에 대한 불만'은 김훈 문학의 상수이다.

김훈은 민초들과는 다른 지도층으로서 긍정적으로 생각하는 인물은 언어로부터 멀리 떨어져 있는 존재들이다. 정씨 형제의 맏형이자 집안의 기둥인 정약현은 붓을 들어서 글을 쓰는 일을 되도록 삼갔고, 말을 많이 해서 남을 가르치지 않았으며, 스스로 알게 되는 자득의 길로 인도했고, 인도에 따라오지 못하는 후학들은 거두지 않았던 것으로 설명된다. 흑산도에 유배되어 「자산어보」를 남긴 정약전은 본래 고향 마을에서 물의 만남과 흐름을 보며, 그것이 삶의 근본과 지속을 보여주는 "산천의 경서(經書)"[32]라고 생각한다. 정약전은 물고기의 생태를 기록한 자신의 글이 "사장(詞章)이 아니라 다만 물고기이기를, 그리고 물고기들의 언어에 조금씩 다가가는 인간의 언어"[33]이기를 바란다. 그렇기에 정약전이 쓴 글은 글이라기보다는 사물에 가깝다.[34]

『흑산』에서 또 한 명의 중심인물인 황사영 역시 "글이나 말을 통하지 않고 사물을 자신의 마음으로 직접 이해했고, 몸으로 받았다."[35]고 이야기된다. 황사영은 말과 글로 엮인 생각의 구조를 버렸고, 말의 형식으로 존재하는 인의 예지를 떠난 인물이다. 이 작품에서 정약전을 돕는 흑산도 청년 창대 역시 여러 차례에 걸쳐서 황사영과 닮은 것으로 표현된다. 창대 역시 『소학』은 "글이 아니라 몸과 같았습니다. 스스로 능히 알 수 있는 것들이었습니다."[36]

---

32 위의 책, 64면.
33 위의 책, 337면.
34 이러한 정약전의 글에 대한 태도는, 김훈의 창작방법론으로 읽을 수도 있다.
35 위의 책, 70면.
36 위의 책, 116면.

라고 말하는 것이다. 이 작품에 등장하는 대표적인 민초인 마노리 역시 "사람이 사람에게로 간다는 것이 사람살이의 근본이라는 것"을 "길"[37]에서 깨닫는다. 마노리 역시 길(道)에서 도(道)를 깨닫는 인물인 것이다.

그러나 작가는 언어를 통해서만 표현할 수 있는 숙명을 타고난 존재라는 점을 생각한다면, 김훈은 '언어를 신뢰할 수 없음에도 언어를 통해 사실(실제)에 다가가야 한다.'는 해결될 수 없는 난제와 힘겨운 고투를 벌이는 시지푸스형 작가이다. 그 고투의 결과가 바로 『개』에서 '이야기하는 개'로 나타난 것으로 볼 수 있다. 개가 서술자가 된 이상 몸을 떠난 언어나 세상을 맘대로 재단하는 실체 없는 개념의 언어는 불가능하기 때문이다. 작품의 시작과 함께 보리가 자신 있게 외치듯이, "이름은 사람들에게나 대단하고, 나는 내 몸뚱이로 뒹구는 흙과 햇볕의 냄새가 중요"[38]할 뿐이다. 몸을 떠난 언어에 대한 작가의 깊은 혐오를 생각한다면, 세상을 언어가 아닌 발바닥으로 기록할 수밖에 없는 개[39]를 서술자로 선택한 것은 하나의 필연이라고 부를 수 있다.

3. 자본의 논리로부터 벗어난 노동의 존재

『개』는 약 4년 동안 서술자인 보리가 관찰한 사람들의 이야기와 보리 자신이 개로서 살아가면서 겪은 이야기로 이루어져 있다. 두 개의 이야기는 서로 비슷한 굴곡과 분위기를 가지고 있는데, 이것은 두 이야기의 주인공인 보리와 보리의 주위에 있는 사람들의 삶이 서로 닮아 있기 때문이다. 보리는 곧

---

37   위의 책, 41면.
38   김훈, 『개』, 푸른숲, 2005, 10면.
39   이 작품의 부제는 '내 가난한 발바닥의 기록'이다.

수몰되어 버릴 농토에서 소규모 농사를 짓는 노부부와 4개월을 살고, 이후에는 서해안의 바닷가에 사는 노부부의 둘째 아들을 주인으로 섬기며 살아간다.

보리를 둘러싼 사람들은 교환가치가 지배하는 현대사회로부터 소외되어 있다. 댐의 건설과 그에 따른 수몰로 인해 고향 마을을 떠나야 하는 농민의 "수백 년 동안 갈아먹을 땅인데, 그걸 어떻게 두부 모 잘라 팔 듯이 한 평에 얼마씩 쳐서 돈으로 바꿀 수가 있느냐 말이어. 수백 년 값은 왜 안 쳐주는 거야."[40]라는 말에서 엿볼 수 있듯이, 이들은 현대 자본주의 문명을 작동시키는 정교한 교환의 체계에서 한참 벗어나 있다.

보리가 섬기는 주인의 삶 역시 마찬가지이다. 주인은 경운기 엔진으로 동력을 앉힌 승용차 두 대를 합쳐놓은 크기의 배를 타고, 먼 바다에는 나아가지도 못하고 정치망어장에까지만 나아가서 그물 안의 물고기를 건져오거나 낚시질로 몇 마리씩 잡아올 뿐이다. 그 결과 잡아오는 고기는 그야말로 한 옴큼에 지나지 않는다. 잡아온 고기가 워낙 적기 때문에 수협위판장에도 가지 못한 채, 선착장에서 물고기 몇 마리를 돈과 바꾸어서 살아가는 주인의 모습은 물물교환의 수준에 머문 전근대적인 삶과 별반 다르지 않다. 작업의 방식도 그러한 삶에 대응되는데, 혼자서도 일을 할 수 있도록 모든 장치가 마련되어 있는 배를 가지고 늘 혼자서 배를 몰고 바다로 나아가는 모습은 분업화된 근대적 작업 방식과는 거리가 먼 것이다.

주인의 삶은 현실 속에서는 한없이 미약하여 곧 사라져버릴 운명에 놓여 있다. 주인은 파도에 휩쓸려 죽는데, 그것은 자연사인 동시에 자본주의적 규모의 경제와 교환체계에서 벗어난 자가 맞을 수밖에 없는 사회적 죽음이기

---

40 위의 책, 37면.

도 하다. 그는 추석이 다가와서 돈 쓸 일은 많았기에 눈앞에 어른거리는 고기 떼의 유혹을 떨쳐버릴 수가 없어서, 자신의 배가 감당할 수 없는 수평선 쪽으로 나아갔던 것이다. 주인의 죽음은 보리의 고향 마을이 수몰되기 직전 갈 곳도 없고 받을 것도 없는 노인 한 명이 물에 뛰어들어 자살한 것과 동일한 원인, 즉 자본의 질서로부터 소외된 것에서 비롯된 것이다. 등단작인 『빗살무늬토기의 추억』에서 중장비 운전수였다가 관창수로 전직한 장철민이 그러하듯이, 보리가 겪는 사람들은 "노동에서 노임으로까지 건너갈 수가 없"[41]는 사람들, 즉 노임으로 표상되는 자본주의적 교환체계의 회로에서 벗어나 노동이라는 원초적 행위에 머물고 있는 사람들이다.

이처럼 미약한 존재이지만, 주인을 바라보는 보리의 시선은 '주인님'이라는 호칭에서 단적으로 드러나듯이, 한없이 우호적이며 따뜻하다. 몰래 배에 올라탄 보리는 바다 위에서 주인과 함께 하룻밤을 보내며, 주인이 머리를 쓰다듬어 줄 때마다 이 세상에서 가장 온순한 개가 되고 싶어 한다. 주인의 세계는 곧 사라져버릴 세계이기도 하지만, 오염되지 않은 건강한 세계이며, 삶의 본질에 가장 부합하는 세계이기도 하기 때문이다. 교환가치로 환원되지 않는 노동 자체에 충실한 삶에 대한 작가의 애착은 대단한 것이어서, 『빗살무늬토기의 추억』의 장철민의 삶에서 시작해 최근작인 『흑산』의 민초들에게까지 이어지고 있다.

보리의 삶 역시 현대 도시문명의 한복판에 있는 개의 삶과는 다르다. "살찐 집토끼 같은 것들이 파마를 한 머리에 리본을 달고 다니는 꼴"[42]을 역겨워하는 보리는 사람과 함께 먹고 자며 미장원을 다니는 도시의 개들과는 매우

---

41   김훈, 『빗살무늬토기의 추억』, 문학동네, 1995, 185면.
42   김훈, 『개』, 푸른숲, 2005, 198면.

다르다. 김훈의 소설에서 '보리'라는 이름의 개는 이미 「화장」에서도 등장한 적이 있다. 이 개는 집안이 썰렁해서 길러지기 시작하여 아내가 죽자 동물병원에서 안락사당한 도시의 개다. 「화장」의 보리와 달리 『개』에서 보리의 삶은 노동으로 가득 찬 삶이다. 같은 이름이면서도 「화장」의 보리가 "사람으로 태어나라는 뜻"[43]으로 지어진 것인데 반해, 『개』의 보리는 생선뼈나 고깃덩어리보다도 주인할머니가 만들어주시는 보리밥을 더 잘 먹어서 지어진 것에서 알 수 있듯이, 『개』의 보리는 주인들처럼 언어나 어설픈 형이상학에 오염되지 않은 세계에 속한 존재인 것이다.

작가가 추구하는 것은 보리가 사람들이 끌어 모아놓고 쩔쩔맨다고 말한 온갖 쓰레기와 잡동사니가 없는 자연에 발을 딛고 삶의 가용한 자원들을 얻어서 살아가는 건강한 사용가치의 세계이다. 그 세계는 위선과 허위도 없이 삶의 본질적 의미만으로 충일하다. 김훈은 보리를 통해 그러한 삶의 건강함과 위용을, 그리고 철옹성 같은 현대사회에서 겪을 수밖에 없는 허약함과 서글픔을 함께 보여주고 있다.

4. 문명의 허위로부터 벗어난 감각의 존재

김훈은 『빗살무늬토기의 추억』에서부터 몇 페이지에 걸친 묘사를 통해 감각에 특히 예민한 모습을 보여주었다. 그것은 주로 시각에 의존한 것이었는데, 강렬한 언어의 밀도와 긴장감을 제외한다면 근대문학 자체가 철저히 시각적인 것이라는 점을 고려할 때, 그리 낯선 것은 아니었다. 『개』가 지닌 감각적인 것의 문제성은 그 유래를 알 수 없는 후각에의 민감성에서 찾아볼

---

43 김훈, 「화장」, 『문학동네』, 2003년 여름호, 174면.

수 있다.

『개』는 그야말로 냄새의 제국이라 할만하다. 이 작품에는 온갖 냄새들이 등장하는데, 이것들은 모두 보리의 코를 통해 인지된 것들이다. '흙과 햇볕의 냄새', '고소한 냄새', '삭은 젖 냄새', '막 태어난 것들의 냄새', '부서져버릴 것 같은 냄새', '구수한 냄새', '넉넉하고도 넓은 냄새', '절여진 냄새', '튼튼한 냄새', '재냄새', '비린내', '멀고도 싱싱한 냄새', '경유 냄새', '지린내', '썩어가는 냄새', '무덤들의 냄새', '쿠린내', '정강이 냄새', '손이나 입 언저리의 냄새', '돼지똥 냄새', '농약 냄새', '이슬 냄새', '벼 냄새', '몸냄새', '꽃냄새', '배추밭 냄새', '닭똥 냄새', '비리고 향기로운 냄새', '석유 냄새', '본드 냄새', '오줌 냄새', '노린내', '겨울의 냄새', '눈물의 냄새', '달빛의 냄새', '눈의 냄새' 등이 그 예들이다.

이러한 냄새는 보리가 세상과 소통하는 가장 강력한 매개로서, "주인님의 몸에서는 경유냄새가 난다. 주인님의 배에서 나는 냄새와 같았다. 그래서 나는 주인님의 몸과 주인님의 배가 한가지라는 걸 알았다."[44]는 부분에서 알 수 있듯이, 사물을 구별하고 판단하는 기본 바탕이 된다. 개의 감각 중 후각이 가장 예민하며, 개가 성별이나 개체를 분별하고 먹이를 찾는데도 후각에 의존한다는 과학적 사실에 비추어볼 때 이는 자연스러운 것이기도 하다. 그렇다고 해서 『개』가 후각만으로 이루어진 것은 아니다. 거기에는 보리가 흰순이를 벚꽃이 날리는 운동장에서 처음 만난 날을 묘사하는 "뒷다리로 땅을 박차고 솟구쳐올라 날리는 꽃잎을 입으로 받아먹었다. 꽃잎 속에서 흰순이의 모습이 어른거렸다. 꽃잎이 너무 많아서 나는 뛰고 또 뛰었다."[45]와

---

44 김훈, 『개』, 푸른숲, 2005, 69면.
45 위의 책, 131면.

같은, 말 그대로 눈부신 장면도 공존하기 때문이다. 그러나 작품 속에서 후각은 다른 감각에 비하여 압도적이다.

『개』가 보여주는 이러한 후각에의 민감성은 이전 작품들에서도 발견할 수 있는 특징이었다. 『칼의 노래』에서도 "죽은 여진의 가랑이 사이에서 물컹거리던 젓국 냄새와 죽은 면이 어렸을 때 쌌던 푸른 똥의 덜 삭은 젖냄새와 죽은 어머니의 오래된 아궁이 같던 몸냄새가 내 마음속에서 화약 냄새와 비벼졌다."[46]라는 식의 문장을 어렵지 않게 발견할 수 있었다. 이러한 후각에 대한 민감성은 『현의 노래』에서 더욱 강화되어 나타났고, 「화장」에서는 죽어가는 아내의 삶과 피어나는 신입사원 추은주의 삶을 결정짓는 최종 심급으로서의 의미까지 후각에 더해졌던 것이다. 이렇게 볼 때, 김훈 소설의 변화는 후각에 대한 민감성이 강화되는 과정으로 정리해볼 수도 있을 것이다.

강박에 가까운 냄새에 대한 집착은 김훈이 현대 문명이 강제하는 허위와 위선 그리고 교환의 가치체계를 벗어날 수 있는 하나의 가능성으로서 후각을 바라보았기 때문에 생겨난 것일 수 있다. 현대 사회는 우리에게 감정을 멀리할 것을, 사회 구조와 분할이 객관적이고 이성적이기를, 그리고 개인의 경계가 존중되기를 요구하는데, 냄새는 그 근본적인 내면성과 경계를 뛰어넘는 성향 및 정서적 잠재성 때문에 근대라는 추상적이고 비인격적인 체제를 위협하는 것으로 여겨져 왔다.[47] 이러한 이유로 현대 사회에서 가장 저열하며

---

46   김훈, 『칼의 노래』, 생각의나무, 2001, 142면.
47   따라서 18-19세기의 철학자들과 과학자들은 이성과 문명을 주도하는 감각은 시각이며, 이와 반대로 후각은 광기와 야만의 감각이라고 규정했다. 따라서 냄새의 중요성을 강조하는 현대인은 진화가 덜 된 야만인, 변태, 미치광이, 천치 같은 비정상인이라고 간주되었다. 대중적으로 큰 성공을 거둔 파트릭 쥐스킨트의 소설 「향수」가 그러한 상황을 나타내는 적절한 예이다. (Constance Classen, David Howes, and Anthony Synnott, 『아로마 ─ 냄새의 문화사』, 김진옥 옮김, 현실문화연구, 2002, 13-14면)

동물적인 감각으로 치부되는 후각은 근대라는 추상적이고 비인격적인 체제를 위협하는 감각일 수 있는 것이다. 또한 후각은 화학적 감각으로서 대상과 자신이 직접 반응해서 그 실체를 파악하는 것이기에 거기에는 가식이 있을 수 없다. 이러한 후각의 특성은 김훈이 추구하는 건강한 원시성의 세계와 통하는 것이라고 할 수 있다. 후각이야말로 가식이 있을 수 없고, 가장 비언어적인 감각[48]이라면 그것은 김훈이 가장 애타게 찾는 감각일 수밖에 없는 것이다.

5. 당면한 일에만 충실한 존재

『개』에서 볼 수 있는 보리와 주인의 관계는 수직적 복종관계이며, 그 사이의 위계는 절대적인 것이어서 어떠한 회의나 망설임도 개입될 여지가 없다. 보리는 주인이 자신에게 일을 시키기 위해 자신의 이름을 부르는 순간 "개로 태어난 운명이 행복했다."[49]고 느끼며, 주인이 가끔씩 나를 꾸짖고 때려도 주인이 나를 먹여주고 재워주고 가끔씩 쓰다듬어주는 한, 지금의 주인이 영원한 주인이라고 생각하기 때문이다. 이러한 절대적인 수직적 관계는 김훈이 즐겨 다루는 인간관계의 기본 유형으로서, 이전의 소설에서는 군신관계나 부자관계 혹은 사제관계로 나타났다. 『개』에서 보리와 주인의 관계가 보여주는 절대성은 개와 인간의 관계이기에 더욱더 자연스러워 보인다. 그러한 관계에는 회의나 망설임은 물론이며 변화의 가능성마저 주어져 있지 않다. "개들의 나라에서 '영원'이라는 말은 한 주인 곁에 끝까지 늘어붙어 있다는 뜻이 아니라 사람인 주인을 향한 마음이 '영원'하다는 뜻"[50]이기 때문이다.

---

48   Diane Ackerman, 『감각의 박물학』, 작가정신, 2004, 20-26면.
49   김훈, 『개』, 푸른숲, 2005, 69면.

이것은 자신의 노예적인 위치에 대한 절대적인 긍정인 동시에, 개에게도 운명이라는 말을 붙일 수 있다면 확고한 운명애(Amor Fati)의 태도라고 하지 않을 수 없다.

보리는 주인과의 관계 속에서 주어진 자신의 위치뿐만 아니라 그 외의 잔인한 현실마저 모두 받아들이고자 한다. 보리가 겪는 세계는 결코 온정으로 넘치거나 아름다움으로 충만한 낭만적인 공간은 아니다. 인간보다 아름다운 개(자연)의 세계를 그려내고, 그것을 통해 현실의 탈출구를 열어 보이려는 손쉬운 초월의 방법을 작가는 거부하기 때문이다. 잔인성에 있어서는 보리의 세계 역시 피비린내로 진동하던 이순신 혹은 우륵의 세계에 뒤지지 않는다. 그 곳에는 "치가 떨리고 피가 솟구치는 수컷의 냄새"[51]를 풍기는 악당 악돌이와, 흰순이의 죽음이 존재하기 때문이다.

악돌이는 자기 자신 이외에는 다른 개의 꼴을 참지 못하는 놈으로, 힘이 없어 보이는 사람을 보면 송곳니를 내놓고 짖어대며 밭에 들어가서 모종을 밟고 다니고, 놓아기르는 닭을 물어 죽이며 암소를 겁주어서 유산시키는 그야말로 힘세고, 사납고, 거칠 것이 없는 놈이다. 보리는 두 번이나 악돌이에게 도전하지만 승리하지 못한다. 나아가 보리는 흰순이의 몸을 통해 태어난 악돌이의 새끼들까지 바라보아야 한다. 그 세계에서는 주인의 손에 의해 살해된 흰순이가 장작불에 그슬려져 개장국이 되는 비극까지도 담담하게 펼쳐지고 있다. 이토록 잔혹한 현실마저 보리는 받아들이고자 한다.

이러한 보리의 태도는, 가장의 죽음을 견디는 주인집 사람들의 삶과 병행되어 그려지고 있다. 결국 주인집 사람들이 가장의 죽음을 받아들이고 새로

---

50 위의 책, 62면.
51 이 표현은 두 번(150면, 168면)이나 등장한다.

운 삶을 준비하는 것처럼, 보리 역시 '견딜 수 없는 것을 견디는' 길을 택하는 것이다. 흰순이가 낳은 악돌이의 새끼들이 노는 모습을 바로보는 모습이나, 자신이 새로운 곳으로 떠나야 함을 알면서 그 마을에 악돌이가 여전히 힘세고 사납게 살아 있기를 바라는 모습에서 그토록 많은 고통으로 가득한 현실을 그대로 받아들이고자 하는 보리의 태도를 확인할 수 있다. 보리는 흰순이와 악돌이가 살아가는 곳에서 냄새 맡고 핥아먹고 싸워야 할 것이라고 다짐한다. 이러한 보리의 태도는 김훈이 한 대담에서 말한 "인간은 견딜 수 없는 세계의 질서를 결국 긍정할 수밖에 없고 그 속에서 싸워나가면서 살아갈 수밖에 다른 도리가 없다는 거예요. 그렇지 않다면 초월과 구원으로 내 얘기를 해야 하는데 나는 그것을 할 수는 없어요."[52]라는 말을 생각나게 한다.

보리의 긍정은 무시간성의 세계이기에 가능한 것이기도 하다. "지나간 날들은 개를 사로잡지 못하고 개는 닥쳐올 날들의 추위와 배고픔을 근심하지 않는다."[53]는 말에서처럼 보리에게는 과거도 미래도 아닌 오직 현재만이 주어져 있다. 행위를 통해 기존의 질서를 변화시키고 그 속에서 새로운 가능성을 꿈꾸는 것은 시간의 개입이 있을 때만 가능한 것이다. 그런데 오직 현재만이 존재하는 세계에서는 현실에 대한 '무조건적 긍정'이나 '무조건적 부정' 이에는 다른 삶의 방식이 존재하지 않는다. '무조건적 긍정'과 '무조건적 부정'이라는 두 가지 선택지 중에서 보리가 선택하는 것은 전자의 삶이다.

현실에 대한 무한 긍정의 태도에는 분명 위험이 도사리고 있으며, 그러한 측면은 흰순이의 최후에서 살펴볼 수 있다. 흰순이는 나무에 매달려 도살당하는 순간 몽둥이에 빗맞아 밧줄이 끊어지자 도망갈 수 있는 기회를 잡는다.

---

52 김훈·신수정, 「아수라 지옥을 건너가는 잔혹한 리얼리스트」, 『문학동네』, 2004년 여름호, 245면.
53 김훈, 『개』, 푸른숲, 2005, 63면.

그럼에도 "흰순아, 이리 온. 이리 와."(222)라는 주인의 부름에 비척거리며 일어서서 주둥이를 땅에 끌며 다시 마당 안으로 걸어 들어간다. 그것도 모자라 마당으로 들어가면서 흰순이는 꼬리까지 흔든다. 이러한 무조건적인 긍정 속에서 흰순이의 단독성이나 존엄성은 존재하지 않는다.

이상에서 살펴본 개의 모습은 김훈의 소설에 등장하는 역사적인 위인들, 즉 이순신, 우륵, 이사부, 이시백, 정약전, 정약용에 이어지는 영웅상이라 할 수 있다. 그들은 무엇보다 '당면한 일'에 최선을 다하는 사람들로 그려졌다. 그들은 타인과 사회로부터 주어진 역할에만 충실하고자 하는 스노비즘 (snobbism)을 체화하고 있다.[54] 이때의 스노비즘이란 실질이나 내용은 텅 비어 있다는 걸 알면서도 거기에 엉켜 있는 형식이나 의례 같은 것은 따르는 삶의 방식이다. 그들에게 행위는 모두 진정성을 결핍한 의전(儀典)행위에 불과하다. 자신의 역할이 그것이기 때문에 그렇게 할 뿐이라는, 혹은 산다는 건 무의미 하지만 무의미하기 때문에 산다는 역설이 성립하는 삶의 방식인 것이다. 김 훈이 스노비즘을 체화한 인물들을 바라보는 시선은 무척이나 따뜻하고 긍정 적이다.

당면한 일에 최선을 다하는 인간의 모습은 『개』에서 주인의 명령에 절대 복종하는 개의 모습으로까지 나타나고 있는 것이다. 『개』의 보리는 그야말 로 '당면한 일'에 최선을 다하는 존재이다. 바다에서 돌아오는 주인이 던지는

---

54 아즈마 히로키『동물화하는 포스트모던』, 이은미 옮김, 문학동네 2007, 116-130면 참조. 코제브는 역사의 종언 이후 인간이 취할 삶의 방식을 두 가지로 보았다. 일본적 스노비즘 의 세계와 미국식 동물화의 세계가 그것이다. 코제브는 "세계사, 즉 인간들과 인간이 자연과의 교호 작용 사이에서 일어나는 상호 작용의 역사란 전투적 주인과 노동하는 노예 사이의 상호 작용의 역사이다. 그러므로 역사는 주인과 노예 사이의 구별 대립이 해소되는 순간 정지"(Alexandre Kojeve, 『역사와 현실변증법』, 설헌영 옮김, 한벗, 1981, 81면)한다고 주장한다. 인정투쟁을 그만두고 생존을 위한 노동밖에 하지 않게 된 순간 역사는 정지한다는 이야기이다.

밧줄을 쇠말뚝에 끼워 넣는 일, 새들로부터 고기를 지키는 일, 뱀으로부터 아이들의 등교길을 보호해주는 일, 염소와 들쥐로부터 할머니의 감자밭을 지키는 일 등을 보리는 빈틈없이 수행해 나간다. 특히 뱀으로부터 아이들을 지켜 내거나 들쥐로부터 감자밭을 지켜내는 장면에서 보여주는 지략과 용기는 이순신과 이사부에 모자라지 않을 정도이다. 보리는 주인과의 관계 속에서 주어진 자신의 위치뿐만 아니라 그 외의 잔인한 현실마저 모두 받아들이고자 한다. 이처럼 보리는 바로 이 순간의 삶과 자신에게 주어진 직능에 충실할 뿐이다. 이 세상처럼 비루하고 치욕적인 것은 없다. 또한 고통스러운 것도 없다. 그러나 그것이야말로 보리에게는 무한하고 영원한 세계의 전부이다.

6. 무한긍정의 명암

평범한 사람들을 주로 다루는 현대소설에서 영웅이 등장하는 모습을 찾아보기는 힘들다. 오늘날 만난을 극복하고 모든 이의 추앙을 받는 비범한 존재로서의 영웅은 대중소설에서나 등장한다고 보아야 할 것이다. 현대소설 작가 중에 이순신, 이사부, 우륵, 정약용, 안중근과 같은 영웅을 지속적으로 등장시키는 예외적인 작가가 바로 김훈이다. 그런데, 김훈의 여타 소설들이 상당수의 논문이나 평론을 통해 다루어진 것과 달리 『개』는 본격적인 논의의 대상이 된 바 없다. 그런데 영웅 형상과 관련하여 『개』는 소재의 특이성만큼이나 김훈만의 고유한 개성을 고스란히 담고 있는 의미 있는 작품이다. 김훈은 인간이 아닌 개를 통해 거품과 오해로 가득 찬 개념화된 언어의 망상을 벗어난 몸의 존재를, 교환가치에 편입되지 않은 건강한 노동의 존재를, 문명의 허위와 위선과는 거리가 먼 직접적인 감각의 존재를 말하고 있다. 동시에 개는 철저하게 잔혹한 현실을 품어 안는 무한 긍정의 운명애로 가득한 존재로서, 김훈 소설에 등장하는 다른 역사적 영웅들처럼 스노비즘(snobbism)을 체화한 존재이기도 하다. 그런데 개가 보여준 현실에 대한 무한긍정의 모습 속에는 한 개체의 단독성과 존엄성을 인정하지 않는 위험성이 동시에 포함되어 있다.

°참고문헌

1. 기초 자료

김사량, 「山寺吟」, 『조선일보』, 1934.8.7.-8.11.

_____, 「山谷의 手帖」, 『동아일보』, 1935.4.21.-28.

_____, 「草深し」, 『文藝(朝鮮特輯號)』, 1940.7.

_____, 「山家三時間, 深山紀行의 一節」, 『삼천리』, 1940.10.

_____, 「火田民地帶を行く1-3」, 『文藝首都』, 1941.3-5.

_____, 『太白山脈』, 『國民文學』, 1943.2-4,6-10.

_____, 「산가 세시간 — 심산 기행의 일절」, 『김사량, 작품과 연구2』, 김재용·곽형덕 편역, 역락, 2009.

_____, 「맨들레미 꽃 — 화전 지대를 간다 1」, 『김사량, 작품과 연구2』, 김재용·곽형덕 편역, 역락, 2009.

_____, 「부락민과 장작더미 성 — 화전 지대를 간다 2」, 『김사량, 작품과 연구2』, 김재용·곽형덕 편역, 역락, 2009.

_____, 「마을의 작부들 — 화전 지대를 간다 3」, 『김사량, 작품과 연구2』, 김재용·곽형덕 편역, 역락, 2009.

_____, 「풀숲 깊숙이」, 『김사량, 작품과 연구2』, 김재용·곽형덕 편역, 역락, 2009,

_____, 「태백산맥」, 『김사량, 작품과 연구4』, 김재용·곽형덕 편역, 역락, 2014.

김윤식, 『이광수와 그의 시대』, 한길사, 1986.

_____, 『이광수와 그의 시대(개정·증보)』, 솔, 1999.

_____, 『한국근대문예비평사연구』, 한얼문고, 1973.

_____, 「李光洙論」, 『韓國近代文學의 理解』, 일지사, 1973.

_____, 「問題點의 所在 — 李光洙論」, 『韓國近代作家論攷』, 일지사, 1974.

_____, 「序說 : 韓國近代文學思想의 基本軸」, 『한국근대문학사상비판』, 일지사, 1978.

_____, 「魯迅과 韓國文學」, 『(속)韓國近代文學思想』, 서문당, 1978.

_____, 「이광수론 — 네 칼로 너를 치리라」, 『우리 문학의 넓이와 깊이』, 서래헌, 1979.

_____, 「옮기고 나서」, 『작가론의 방법』, 삼영출판사, 1983.

_____, 『한국근대문학사상사』, 한길사, 1984.

_____, 「글쓰기의 리듬감각」, 『문학사상』, 1985.11.

_____, 「머리말」, 『이광수와 그의 시대』, 한길사, 1986.

_____, 「'이광수'에서 '임화'까지」, 『문학과사회』 8호, 1989년 겨울호.

_____, 「근대문학의 세 가지 시각」, 『운명과 형식』, 솔, 1992.

_____, 「『염상섭 연구』가 서 있는 자리」, 『염상섭 문학의 재조명』, 새미, 1998.

_____, 「탄생 1백주년 속의 이광수 문학」, 『이광수와 그의 시대(개정·증보)』, 솔, 1999.

_____, 「존재의 차원과 의미의 차원 — 자유와 규제의 끝없는 순환」, 『작가론의 새 영역』, 강, 2006.

김윤식·한기, 「김윤식 선생과의 대화」, 『오늘의 문예비평』 13호, 1994 여름호.

김　훈, 『빗살무늬토기의 추억』, 문학동네, 1995.

_____, 『칼의 노래』, 생각의 나무, 2001.

_____, 『현의 노래』, 생각의 나무, 2004.

_____, 『개』, 푸른숲, 2005.

_____, 『강산무진』, 문학동네, 2006.

_____, 『남한산성』, 학고재, 2007.

_____, 『공무도하』, 문학동네, 2009.

_____, 『내 젊은 날의 숲』, 문학동네, 2010.

_____, 「흑산」, 학고재, 2011.

남광우, 『살 맛이 있다』, 일조각, 1973.

_____, 『情』, 일조각, 1983.

_____, 「유고편지」, 『문학사상』, 1998.1.

_____, 「내가 걸어 온 길 — 國語硏究와 語文政策」, 『난정의 삶과 學問』, 한국어문교육연구회, 1998.

민진 리, 『백만장자를 위한 공짜 음식1·2』, 이용옥 옮김, 이미지박스, 2008.

_____, 『백만장자를 위한 공짜 음식1·2』, 유소영 옮김, 인플루엔셜, 2022.

박범신, 『촐라체』, 푸른숲, 2008.

방민호, 「이광수 문학의 심층적 독해 — '근대주의'의 오독을 넘어」, 예옥, 2003,

손장순, 「알피니스트」, 『신동아』, 1966.5.

_____, 「불타는 빙벽」, 『한국문학』, 1977.

_____, 「돌아가지 않는 나침반」, 『문학사상』, 1978.2.

_____, 「빙벽에 핀 설화」, 『한국문학』, 1979.11.

_____, 「단독등반」, 『문학사상』, 1983.11.

_____, 「절규」, 『문학정신』, 1987.1.

_____, 「허상과 실상」, 『한국문학』, 1987.9.

_____, 「정상이 보인다」, 『한국문학』, 1988.3.

_____, 『손장순 문학전집』, 푸른사상, 2009,

이광수, 「『재생』 作者의 말」, 『동아일보』, 1924.11.8.

_____, 「余의 作家的 態度」, 『동광』, 1931.4.

_____, 「재생」, 『한국의 근대성 소설집』, 문성환 엮음, 북드라망, 2016.

이병구, 「候鳥의 마음」, 『조선일보』, 1958.1.

_____, 「解胎以前」, 『자유문학』, 1958.12.

_____, 「方向」, 『자유문학』, 1959.8.

_____, 「두 개의 回歸線」, 『사상계』, 1960.2.

_____, 「岐路에 나선 意味」, 『자유문학』, 1960.4.

_____, 「사라하미 愛華」, 『자유문학』, 1960.8.

_____, 「結論」, 『신사조』, 1962.8.

_____, 「無文字 道標」, 『현대문학』, 1963.9.

_____, 「第三의 時間」, 『신동아』, 1969.7.

_____, 「餘韻」, 『월간문학』, 1971.12.

이병주, 『관부연락선』, 신구문화사, 1972.

_____, 「辨明」, 『문학사상』, 1972.12.

_____, 「예낭 풍물지」, 『세대』, 1972.5.

_____, 「목격자?」, 『신동아』, 1972.6.

_____, 「내 마음은 돌이 아니다」, 『한국문학』, 1975.9.

_____, 「철학적 살인」, 『한국문학』, 1976.5,

_____, 「삐에로와 국화」, 『한국문학』, 1977.5.

_____, 「거년의 곡」, 『월간조선』, 1981.11.

이청준, 『축제』, 열림원, 1996.

_____, 『축제』, 열림원, 2003.

_____, 육상효 각색, 『축제』, 커뮤니케이션북스, 2005.

_____, 『축제』, 문학과지성사, 2016.

이효석, 『이효석 전집』 1-8, 창미사, 2003.

임 화, 「진실과 당파성 ― 나의 문학에 대한 태도」, 『동아일보』, 1933.10.13.

_____, 「현대문학의 제 경향 ― 프로문학의 제 성과」, 『우리들』, 1934.3.

_____, 「문예시평 ― 창작 기술에 관련하는 소감」, 『사해공론』, 1936.4.

_____, 「그 뒤의 창작적 노선」, 『비판』, 1936.4.

_____, 「사실주의의 재인식 ─ 새로운 문학적 탐구에 기하여」, 『동아일보』, 1937.10.8.-14.

_____, 「주체의 재건과 문학의 세계」, 『동아일보』, 1937.11.11.-16.

_____, 「방황하는 문학정신 ─ 정축 문단의 회고」, 『동아일보』, 1937.12.12.-15.

_____, 「한설야론」, 『동아일보』, 1938.2.22.-2.24.

_____, 「의도와 작품의 낙차와 비평」, 『비판』, 1938.4.

_____, 「10월 창작평」, 『동아일보』, 1938.9.20.-9.28.

_____, 「소화 13년 창작계 개관」, 『소화십사년판 조선문예연감 ─ 조선작품연감 별권』, 인문사, 1939.3.

_____, 「현대소설의 귀추」, 『조선일보』, 1939.7.19.-7.28.

_____, 「현대소설의 주인공」, 『문장』, 1939.9.

_____, 「창작계의 1년」, 『조광』, 1939.12.

_____, 「중견 작가 13인론」, 『문장』, 1939.12.

_____, 「문예시평 ─ 여실한 것과 진실한 것」, 『삼천리』, 1941.3.

한설야, 「열풍」, 조선작가동맹출판사, 1958.

_____, 「嗚呼 徐日甫公 血淚로 그의 孤魂을 哭하노라」, 『동아일보』, 1926.7.6.

_____, 「지하실의 수기 ─ 어리석은 자의 독백」, 『조선일보』, 1938.7.8.

_____, 「고난기 ─ 나의 이력서」, 『조광』, 1938.10.

_____, 「이녕」, 『문장』, 1939.5.

_____, 「모색」, 『인문평론』, 1940.3.

_____, 「연경의 여름 ─ 시내의 납량명소기타」, 『조광』, 1940.8.

_____, 「북경통신 만수산 기행」, 『문장』, 1940.9.

_____, 「천단」, 『인문평론』, 1940.10.

_____, 「파도」, 『신세기』, 1940.11.

_____, 「두견」, 『문장』, 1941.4.

_____, 「林和 著 『文學의 論理』 新刊評」, 『인문평론』, 1941.4.

Min-jin Lee, *Free Food for Millionaires*, Grand Central Publishing, 2007.

2. 국내 논문 및 단행본

강심호, 「이병주 소설 연구」, 『관악어문연구』 27, 2002.12, 187-206면.

강정민·김동일, 「미셸푸코와 미술관에 관한 테제들」, 『인문연구』 66호, 2012, 140면.

강정인 외 4인, 『한국 정치의 이념과 사상』, 후마니타스, 2009, 38-40면.

강준수, 「카니발적 특성으로 본 이청준의 『축제』 고찰」, 『문학과 종교』, 24권 1호, 2019, 44면.

강헌국, 「계몽과 사랑, 그 불편한 관계에 대하여 ─ 「개척자」와 「재생」을 중심으로」, 『한국문학이론과 비평』 61집, 2013.12, 120면.

강혜숙, 「세 가지 어법과 감각의 서사」, 『돈암어문학』 21호, 2008.12, 251면.

고강일, 「김훈의 『칼의 노래』와 정신분석학의 윤리」, 『비평문학』 29호, 2008.8, 49면.

고영근, 「국한문혼용 추진에 바친 50년 ─ 남광우 박사의 학문과 어문정책론(語文政策論)」, 『문학사상』, 1998.1, 80-81면.

고영석, 「축제의 이념과 한계」, 『축제와 문화』, 2003, 142-144면.

고인환, 「이병주 중·단편 소설에 나타난 서사적 자의식 연구」, 『국제어문 』 48집, 2010.4, 142면.

공임순, 『식민지의 적자들』, 푸른역사, 2005, 92면.

곽형덕, 「번역된 식민지 오지 기행 ─ <풀숲 깊숙이> 창작과정 연구」, 『김사량과 일제말 식민지문학』, 소명출판, 2017, 266면.

구동회, 「로컬리티 연구에 관한 방법론적 논쟁」, 『국토지리학회지』 44권 4호. 2010, 515면.

권보드래, 「3·1운동과 '개조'의 후예들 ─ 식민지시기 후일담 소설의 계보」, 『민족문학사연구』 58권, 2015년 가을, 236면.

권성우, 「임화의 메타비평 연구」, 『상허학보 19집』, 2007.2, 418면.

김경미, 「이광수 연애소설의 서사전략과 민족담론 ─ 『재생』과 『사랑』을 중심으로」, 『현대문학 이론연구』 57집, 2012년 겨울, 5면.

김경수, 「메타픽션적 영화소설?」, 『이청준 깊이 읽기』, 문학과지성사, 1999, 327면.

김경일 외, 『동아시아 민족이산과 도시』, 역사비평사, 2004, 284-332면.

김기진, 『김팔봉문학전집1』, 문학과지성사, 1988, 116-119면.

김동식, 「삶과 죽음을 가로지르며, 소설과 영화를 넘나드는 축제의 발생학」, 『축제』, 열림원, 2003, 271면.

김동인, 「춘원연구」, 『김동인 전집』 16권, 조선일보사, 1988, 84-94면.

김명섭, 『자유를 위해 투쟁한 아나키스트 이회영』, 역사공간, 2008.

김명수, 『새 인간의 탐구 ─ 해방전의 한설야와 그의 창작』, 조선작가동맹출판사, 1957.

김미경, 「상상계와 현상계의 사이 : 헤테로토피아로서의 하얼빈」, 『인문연구』 70호, 172면.

김미란, 「감각의 순례와 중심의 재정위 ─ 여행자 이효석과 '국제 도시' 하얼빈의 시공간 재구성」, 『상허학보』 38집, 2013, 183-220면.

김미영, 「민진 리의 『백만장자를 위한 공짜 음식』에 나타난 글로컬 시대의 트랜스문화적 주체 구성과 보편적 휴매니티 탐구」, 『한국현대문학연구』 68집, 2022, 241-274면.

김미정, 「'더불어 살아가는 세계'를 '함께' 만들기 위해」, 『유토피아 문학』, 알렙, 2021,

211면.

김병구, 「이광수 장편소설 『재생』의 정치 시학적 특성 연구」, 『국어문학』 54집, 2013.3, 187면.

김병민, 『신채호 문학연구』, 아침, 1989.

김삼웅, 『단재 신채호 평전』, 시대의창, 2006.

김상선, 「남광우 수필론—수상집 『정』을 중심으로」, 『난정의 삶과 學問』, 한국어문교육 연구회, 1998, 642-650면.

김석희, 「김시명(金時明)의 생애와 "친일"—식민지 관료소설로서의 『풀 속 깊이』를 출 발점으로」, 『일어일문학연구』 75권 2호, 2010, 87-91면.

김성곤, 「해외동포 700만, 국내 외국인 100만 명, 이 시대를 살아가는 우리의 필독서」, 『백만장자를 위한 공짜 음식 2』, 이미지박스, 2008, 527면.

김성연, 「김남천 「제퇴선」 연구」, 『한민족문화연구』 17집, 2005, 125-140면.

김소영, 「『백만장자를 위한 공짜음식』에 나타난 아시아계 미국인의 정체성과 범주의 의미」, 고려대 석사논문, 2014, 61면.

김수이, 「임화의 시비평에 나타난 시차들」, 『임화문학연구 2』, 소명, 2011, 23면.

김승환, 「김윤식 유종호 김우창의 말년」, 『오늘의 문예비평』 70호, 2008년 가을호, 83면.

김시창, 「북경 왕래」, 『박문』, 1939.8.

김영찬, 「김훈 소설이 묻는 것과 묻지 않는 것」, 『창작과비평』, 2007년 가을호, 392면.

김예림, 『1930년대 후반 근대인식의 틀과 미의식』, 소명, 2004, 224면.

김용민, 「서구 보수주의의 기원과 발전」, 『한국의 보수주의』, 인간사랑, 1999, 18면.

김외곤, 「격동기 지식인의 초상—이병주의 『關釜連絡船』」, 『소설과 사상』, 1995년 가을 호, 275-283면.

김우종, 「南洋의 證人」, 『한국현대문학전집 15』, 신구문화사, 1968, 492-498면.

김윤식, 『이광수와 그의 시대 3』, 한길사, 1986, 821면.

_____, 「어떤 Homo Faber의 초상, 혹은 농경사회의 상상력」, 『빗살무늬토기의 추억』, 문학동네, 1995, 212면.

_____, 「이효석론(2)」, 『일제말기 한국작가의 일본어 글쓰기론』, 서울대출판사, 2003, 276면.

_____, 『일제 말기 한국인 학병세대의 체험적 글쓰기론』, 서울대출판부, 2007.

_____, 「학병 세대의 내면 탐구」, 『문학과 역사의 경계에 서다』, 바이북스, 2010, 64면

김윤식·한기, 「김윤식 선생과의 대화」, 『오늘의 문예비평』 13호, 1994 여름호, 72-73면.

김재용, 『분단구조와 북한문학』, 소명출판사, 2003.

_____, 「염상섭과 한설야—식민지와 분단을 거부한 남북의 문학적 상상력」, 『역사비 평』, 2008년 봄호.

김정아, 「김훈의 두 소설 ─ 고독한 예술가 영웅의 신화」, 『인문학 연구』 31권 2호, 2004, 2면.

김종회, 「근대사의 격랑을 읽는 문학의 시각」, 『關釜連絡船』, 동아출판사, 1995, 665-678면.

_____, 「이병주」, 『약전으로 읽는 문학사 2』, 소명출판, 2008, 110-114면.

_____, 「문학과 역사의식」, 『문학과 역사의 경계에 서다』, 바이북스, 2010, 93면.

_____, 『이병주 작품집』, 지만지, 2010, 19면,

_____, 「미주 한인 디아스포라 문학에 나타난 민족정체성 고찰 : 이창래, 수잔 최, 이민진의 작품을 중심으로」, 『현대문학이론연구』 44집, 2011, 201-221면.

김주언, 「김훈 소설의 자연주의적 맥락」, 『한국문학이론과 비평』 49집, 2010.12, 245면.

_____, 「김훈 소설에서의 시간의 문제」, 『한국문학이론과 비평』 54집, 2012.3, 236면.

김주연, 「역사와 문학 ─ 이병주의 「辨明」이 뜻하는 것」, 『문학과지성』, 1973.3, 162-169면.

김준엽, 「김준엽 학병 탈출기」, 『월간경향』, 1987.4, 242-263면.

_____, 『장정 : 나의 광복군 시절』, 나남, 1987.

김진구, 「김사량 소설의 인물의 정체성(identity) 문제」, 『시학과언어학』 8권, 2004, 274-275면.

김 철, 「'근대의 초극', 『낭비』 그리고 베네치아 ─ 김남천과 근대초극론」, 『민족문학사연구』 18권, 2001, 367-378면.

김학동, 「김사량의 『태백산맥』과 민족독립의 꿈 ─ 조선민중의 혼을 담아내기 위한 글쓰기를 중심으로」, 『일본학보』 68집, 2006.8, 192면.

_____, 「김사량, 김달수, 조정래의 『태백산맥』」, 『내일을 여는 역사』, 2008년 가을호, 197면.

김현주, 「이광수의 문화적 파시즘」, 『문학 속의 파시즘』, 삼인, 2003, 100면.

김홍열, 「죽음」, 『축제의 사회사』, 한울, 2010, 147면.

김홍중, 「스노비즘과 윤리」, 『사회비평』, 2008년 봄호, 52면.

_____, 「골목길 풍경과 노스탤지어」, 『경제와사회』 77호, 2008.3, 159면.

_____, 『마음의 사회학』, 문학동네, 2009, 86-87면.

_____, 「삶의 동물/속물화와 참을 수 없는 존재의 귀여움」, 『속물과 잉여』, 지식공작소, 2013, 51면.

김훈·신수정, 「아수라 지옥을 건너가는 잔혹한 리얼리스트」, 『문학동네』, 2004년 여름호, 245면.

나보령, 「모범 소수자를 넘어」, 『인문논총』 79집 1호, 2022, 455면.

남상욱, 「'아름다운 마을'은 내 마음속에?」, 『유토피아 문학』, 알렙, 2021, 149면.

남진우, 『폐허에서 꿈구다』, 문학동네, 2013, 12면.

노상래, 「김남천 소설에 나타난 자기식민화 양상과 근대초극론」, 『현대문학이론연구』 33집, 2008, 297-324면.

노영구, 「역사 속의 이순신 인식」, 『역사비평』 69호, 2004.11, 351면.

류보선, 「현명한 자는 길을 잃는다, 그러나 단순한 자는……」, 『문학동네』, 2012년 봄호, 500면.

류수연, 「타락한 '누이', 그리고 연애서사」, 『구보학보』 13집, 2015, 242면.

류승완, 『이념형 사회주의』, 선인, 2010, 54-98면.

류정아, 『축제인류학』, 살림, 2003, 16면

_____, 『축제이론』, 커뮤니케이션북스, 2013, 70-72면.

문장욱, 「燕京遺記」, 『조광』, 1939.11.

박다솜, 「결핍으로서의 주체 — 김윤식의 작가 연구 방법론에 관한 소고」, 『한국언어문화』 79집, 한국언어문화학회, 2022.12, 91면.

박영희, 「최근 문예이론의 신전개와 그 경향」, 『동아일보』, 1934.1.27.-2.6.

박정원, 「서구 중심의 유토피아를 넘어」, 『유토피아 문학』, 알렙, 2021, 114면.

박혜경, 「계몽의 딜레마 : 이광수의 「재생」과 「그 여자의 일생」을 중심으로」, 『우리말글』 46집, 2009, 317면.

방민호, 「낡은 리얼리즘과 새로운 리얼리즘」, 『납함 아래의 침묵』, 소명출판, 2001, 505-509면.

_____, 「장용학의 소설 한자 사용론의 의미」, 『한국 전후문학과 세대』, 향연, 2003, 72-91면.

_____, 「이효석과 하얼빈」, 『일제 말기 한국문학의 담론과 텍스트』, 예옥, 2011, 212면.

_____, 『이광수 문학의 심층적 독해』, 예옥, 2023, 64면.

배 호, 「留燕 20일」, 『인문평론』, 1939.10.

백욱인, 「속물 정치와 잉여 문화 사이에서」, 『속물과 잉여』, 지식공작소, 2013, 25면.

백 철, 「출감소감 — 비애의 성사」, 『동아일보』, 1935.12.22.-27.

_____, 「시대적 우연의 수리」, 『조선일보』, 1938.12.

변영로, 「國粹主義의 恒星인 申采浩氏」, 『개벽』, 1925.8.

변영만, 「단재전」, 『단재 신채호 전집 9』, 단재신채호전집편찬위원회, 독립기념관 한국독립운동사연구소, 2008.

부산대학교 한국민족문화연구소 편, 『로컬리티, 인문학의 새로운 지평』, 혜안, 2009.

서경석, 「한설야의 『열풍』과 북경 체험의 의미」, 『국어국문학』, 2002.

서동욱, 「노스탤지어 — 노스탤지어, 외국인의 정서」, 『일상의 모험』, 민음사, 2005, 324-336면.

서세림, 「이효석 문학의 미학적 형상화와 자기 구원의 논리」, 『한어문교육』 28집, 2013, 207-227면.

서여진, 「『재생』에 나타난 『장한몽』의 구조」, 『춘원연구학보』 5집, 2012, 305-329면.

서영인, 『김남천 문학 연구 ─ 리얼리즘의 주체적 재구성 과정을 중심으로』, 경북대 박사 논문, 2003, 27-29면.

_____, 「김사량의 『태백산맥』과 조선적 고유성의 의미」, 『어문론총』, 62집, 2014, 504면.

_____, 『식민주의와 타자성의 위치』, 소명출판, 2015, 161면.

서영채, 「이광수, 근대성의 윤리」, 『한국근대문학연구』 19호, 2009.4, 156면.

_____, 「자기희생의 구조 ─ 이광수의 『재생』과 오자키 고요의 『금색야차』」, 『민족문화 연구』 58호, 2013.2, 207면.

_____, 「장인의 기율과 냉소의 미학」, 『문학의 윤리』, 문학동네, 2005, 165면.

_____, 「김윤식과 글쓰기의 윤리 : "실패한 헤겔주의자"의 몸」, 『구보학보』 22권 1호, 구보학회, 2019, 32면.

서은혜, 「김사량의 '民族我'에 관하여」, 『한림일본학연구』 4집, 1999, 101면.

서재원, 「이효석의 일제말기 소설 연구 ─ 『벽공무한』에 나타난 '하얼빈'의 의미를 중심 으로」, 『국제어문』 47집, 2009.12, 265-291면.

서희원, 「근대의 영웅, 부자의 탄생 ─ 『재생』을 중심으로」, 『한국학연구』 34집, 2014.8, 115면.

송명희, 「김훈 소설에 나타난 몸담론」, 『한국문학이론과 비평』 48집, 2010.9, 72면.

송승철, 「『백만장자를 위한 공짜 음식』, 자기위안인가 저항인가」, 『플랫폼』, 2009, 20-23 면.

신경득, 「인격시장의 사냥꾼」, 『현대문학』, 1980.3, 331-345면.

신상초, 『탈출』, 태양문화사, 1977.

신석우, 「단재와 '矣'자」, 『신동아』, 1936.4.

신용하, 「신채호의 사상과 독립운동」, 『한국근대지성사 연구』, 서울대출판부, 2004.

신윤주·권혁건, 「나쓰메 소세키의 『풀베개(草枕)』와 이광수의 『재생』 비교 연구 ─ 주인 공의 온천체험을 중심으로」, 『일어일문학』 49집, 2011.2, 287-301면.

신주백, 『1920-30년대 중국지역 민족운동사』, 선인, 2005.

안경환, 「이병주의 상해」, 『문예운동』 71호, 2001.9, 14-15면.

_____, 「고야산과 알렉산드리아를 꿈꾸며」, 『문학과 역사의 경계에 서다』, 바이북스, 2010, 190면.

안서현, 「분열하는 돈 키호테의 형상들 ─ 1960~70년대 춘원론의 재구성」, 『춘원연구학 보』 26호, 춘원연구학회, 2023.6, 69면.

양승윤 외 9인, 『필리핀』, 한국외국어대학교출판부, 1998.

양윤의, 「이청준 소설의 낭만성 연구 ― 병신과 머저리, 소문의 벽, 선학동 나그네, 축제를 중심으로」, 『한국문예비평연구』 50집, 2016.6, 36-37면.

오봉희, 「유토피아 문학의 형성과 발전」, 『유토피아 문학』, 알렙, 2021, 22면.

오상순, 「放浪의 北京」, ≪삼천리≫, 1935.1.

오양호, 『한국 근대수필의 행방』, 소명출판, 2020, 21-164면.

왕은철, 『애도예찬』, 현대문학사, 2012, 333-335면.

용석원, 「매체 특질과 서사 구성요소의 선별에 따른 서사물의 의미 차이 ― 소설 『축제』와 영화 『축제』를 중심으로」, 『영화와 문학치료』 5집, 2011.2, 167-189면.

우석훈(2008), 「속물의 정치경제학 ― 만개한 속물의 전성시대에 부쳐」, 『사회비평』 봄호, 37면.

우찬제, 「생태학적 무의식과 생태 윤리 ― 이청준 소설의 경우」, 『동아연구』 59집, 2010.8, 187면.

원세훈, 「丹齋 申采浩」, 『삼천리』, 1936.4.

유선모, 『미국 소수민족 문학의 이해 : 한국계 편』, 신아사, 2001, 234면.

유소영, 「옮긴이의 말」, 『백만장자를 위한 공짜 음식 2』, 인플루엔셜, 2022, 487-488면.

유정숙, 「김훈 소설에 나타난 죽음의식 연구」, 『한국언어문화』 42집, 2010.8, 313면.

유종호, 「내셔널리즘·其他 ― 문학월평·소설」, 『사상계』, 1964.5, 308-313면.

_____, 「버릇이라는 굴레 ― 한글·漢字·小說」, 『세대』, 1964.9, 134-142면.

_____, 「청승의 둘레 ― '樂觀論의 周邊'을 읽고」, 『세대』, 1965.2, 136-143면.

유기환, 『조르주 바타이유』, 살림, 2006, 207면.

윤대석, 「경성 제국대학의 식민주의와 조선인 작가」, 『우리말글』 49호, 2010, 284면.

_____, 「식민지인의 두 가지 모방 양식 ― 식민주의를 넘어서는 두 가지 방식」, 『식민지 국민문학론』, 역락, 2006, 112면.

_____, 「김윤식 저서 목록 해제」, 『근대서지』 12, 근대서지학회, 2015, 173면.

_____, 「김사량 소설과 동아시아 민중 사상」, 『국제어문학회 사가 국제학술대회』, 2018, 79면.

윤병석, 『단재신채호전집 8』, 단재신채호전집편찬위원회, 독립기념관 한국독립운동사연구소, 2008.

윤상현, 「역자후기」, 『김옥균』, 지식과교양, 2022, 210면.

윤선자, 「프랑스 대혁명기(1789-1799)의 민중축제와 엘리트축제에 관한 연구」, 고려대 역사학과 박사 논문, 2001, 10면.

윤영옥, 「자유연애, 문화자본, 그리고 젠더의 역학 ― 이광수의 『재생』을 중심으로」, 『한국언어문학』 88집, 2014, 244면.

윤재천, 「남광우의 문학세계 ― 韓國語에 대한 熱情의 삶」, 『난정의 삶과 學問』, 한국어문교육연구회, 1998, 651-669면.

이갑수, 「북평을 보고 와서」, 『조선일보』, 1930.10.2.-10.16.

이경림, 「마르크시즘의 틈과 연대하는 전향자의 표상 ― 김남천의 「녹성당」론」, 『민족문학사연구』, 2012, 123-128면

이경재, 「한설야 소설의 개작 양상 연구」, 『민족문학사연구』, 2006.12.

_____, 『한설야 소설의 서사시학 연구』, 서울대 박사논문, 2008.

_____, 「일제 말기의 임화와 애도 ― 한설야와의 관련성을 중심으로」, 『임화문학연구3』, 소명출판사, 2012, 145-172면.

_____, 「이광수의 『무정』에 나타난 근대의 부정성에 대한 비판」, 『민족문학사연구』 54호, 2014.4, 247-269면.

_____, 「평양 표상에 나타난 제국 담론의 균열 양상 ― 김사량의 『바다의 노래』를 중심으로」, 『어문연구』 49집 2호, 2021, 275-304면.

이경훈, 「하르빈의 푸른 하늘」, 『문학속의 파시즘』, 삼인, 2001, 230면.

이광수, 「북경호텔과 寬城子의 밤」, 『신인문학』, 1935.8.

이광훈, 『한국현대문학전집 42』, 삼성출판사, 1979, 440면.

이기윤, 『한국전쟁문학론』, 봉명, 1999.

이덕일, 「일본 축출의 영웅에서 군사정권의 성웅으로, 다시 인간 이순신으로」, 『내일을 여는 역사』 18호, 2004.12, 167면.

이명호, 「저 멀리, 아직은 아닌 세계를 향해」, 『유토피아 문학』, 알렙, 2021, 7면.

이명희, 「여성성의 모색을 통한 삶의 근원적 탐색 ― 손장순의 70년대 작품을 중심으로」, 『여성문학연구』 3호, 2000, 223-242면.

이민진, 「한국계 미국인들에 대한 사랑과 편견」, 『백만장자를 위한 공짜 음식 2』, 이미지박스, 2008, 9-10면.

이병호, 「김남천 소설의 서술방법 연구」, 서울대 석사, 1994, 34-42면.

이보영, 「역사적 狀況과 倫理 ― 이병주론」, 『현대문학』, 1977.2, 322-336면.

이상룡, 「'또 다른 세계'를 비추는 거울 ― '축제'의 구성 원리와 그 변주」, 『축제와 문화』, 연세대학교 출판부, 2003, 65-66면.

이상일, 『축제의 정신』, 성균대학교 출판부, 1998, 103면.

이선미, 「1960년대 여성지식인의 '자유' 담론과 미국」, 『현대문학의 연구』 29호, 2006, 417-452면.

이수형, 「이광수 문학과 세속화 프로젝트 ― 「무정」과 「재생」의 탈주술화와 재주술화」, 『인문과학연구논총』 38권 1호, 2017.2, 88면.

이용구, 「징병탈출자 끝없는 迷路 ― 대륙 2만리 떠돈 李用九씨의 抗日記」, 『정경문화』 234, 1984.8, 316-327면.

이용옥, 「아메리칸 드림의 진상」, 『백만장자를 위한 공짜 음식 2』, 이미지박스. 2008, 515면.

이익성, 「『백만장자를 위한 공짜 음식』에 나타난 한국계 미국인에 대한 특징」, 『개신어문연구』 44, 2019, 115-148면.

이자영, 「김사량의 『태백산맥』론 — 작가의 민족의식을 중심으로」, 『일본문화연구』 34집, 2010.4, 407면.

이재복, 『패자의 관』, 김윤식 김종회 편, 바이북스, 2012, 120면.

이주영·정기인, 「민족과 국가 사이에서 : <백만장자를 위한 공짜 음식>의 텍스트, 파라텍스트, 콘텍스트」, 『한국근대문학연구』 23집 2호, 2022, 7-32면.

이진형, 「김남천, 식민지 말기 '역사'에 관한 성찰 — 「경영」과 「맥」을 중심으로」, 『현대문학이론학회』, 2011, 271-296면.

이창남, 「글로벌 시대의 로컬리티 인문학」, 『로컬리티 인문학의 새로운 지평』, 부산대 한국민족문화연구소 편, 혜안, 2009, 118-121면.

이채원, 「이청준 소설에서의 자의식적 서술과 자기반영성 : 축제(1996)를 중심으로」, 『한국문학이론과 비평』 47집, 2010, 12면.

이춘매, 「김사량의 소설에 반영된 일제 강점기 한민족의 삶과 이산」, 『한중인문학연구』 29집, 2010.4, 86면.

이한구, 「한국인의 유토피아」, 『유토피아 인문학』, 석탑출판, 2013, 182면.

이행미, 「이광수의 『재생』에 나타난 식민지 가족법의 모순과 이상적 가정의 모색」, 『한국현대문학연구』 50집, 2016.12, 71-107면.

이현석, 「이청준 소설의 영화적 변용에 나타난 서사적 특성 연구」, 『한국문학논총』 53집, 2009.12, 339-375면.

이현식, 「주체 재건을 향한 도정과 실천으로서의 리얼리즘」, 『임화 문학의 재인식』, 소명, 2004, 265-266면.

_____, 「정치적 상상력과 내면의 탄생 — 문학사적 관점에서 바라보는 1930년대 후반 김남천의 문학」, 『한국근대문학연구』, 2011, 430면.

이현우, 『애도와 우울증』, 그린비, 2011, 119-120면.

이혜령, 「正史와 情史 사이 : 3.1운동 후일담의 시작」, 『민족문학사연구』 40권, 2009년 가을호, 234면.

이혜진, 『사상으로서의 조선문학』, 소명출판, 2013, 58-66면.

이희원, 「일제 말기 김사량 소설의 공간 형상화 전략 연구」, 『한국민족문화』 77집, 2020, 211-223면.

임종국, 「金史良論」, 『친일문학론』, 평화출판사, 1966, 203면.

임진영, 「작가연구의 대상과 방법 문제 : 김윤식의 작가연구를 중심으로 한 고찰」, 『현대문학의 연구』 39, 한국문학연구학회, 2009, 15면.

장영란, 『호모 페스티부스 : 영원한 삶의 축제』, 서광사, 2018, 10면.

장용학, 「긴 眼目이라는 幽靈 ─ 우리 國語의 二元性」, 『세대』, 1964.8, 197-198면.

_____, 「樂觀論의 周邊 ─ 評論家 유종호 論抄」, 『세대』, 1964.10, 132-141면.

_____, 「市長의 孤獨」, 『문학춘추』, 1965.3, 284-292면.

장윤수, 「축제의 글쓰기 제의와 연희적 성격」, 『현대소설연구』 20집, 2003.12, 58-59면.

장은주, 「상처 입은 삶의 빗나간 인정투쟁」, 『사회비평』, 2008년 봄호, 17면.

장준하, 『돌베개』, 화다출판사, 1978.

在北京 K生, 「飛行將校徐曰甫君」, 『개벽』, 1923.5.

전철희, 「식민지 사상의 (불)가능성 ─ 김윤식의 사상사에 관한 연구」, 『한국언어문화』 76집, 한국언어문화학회, 2021.12, 78면.

전혜자, 「현대소설의 도시생태적 독법에 대한 연구 ─ 손장순의 <한국인>을 중심으로」, 『현대소설연구』 12호, 2000, 213-231면.

정래동, 「북경의 인상」, 『사해공론』, 1936.9.

정실비, 「일제 말기 이효석 소설에 나타난 고향 표상의 변전」, 『한국근대문학연구』 25호, 2012년 상반기, 35-68면.

정여울, 「이효석 텍스트의 노스탤지아와 유토피아 ─ <벽공무한>을 중심으로」, 『한국현대문학연구』 33집, 2011.4, 275-305면.

정연선, 『미국전쟁소설 ─ 남북전쟁으로부터 월남전까지』, 서울대 출판부, 2002.

정운현, 「일제동원 8백만의 잔혹사」, 『친일파Ⅱ』, 학민사, 1992, 130-149면.

정주아, 「움직이는 중심들, 가능성과 선택으로서의 로컬리티」, 『민족문학사연구』 47호, 2011, 14-15면.

정하늬, 「회개와 거듭남, 정결한 지도자 되기 ─ 이광수의 『재생』론」, 『현대소설연구』 68호, 2017.12, 479-514면.

정혜영, 「李光洙와 幻影의 近代 文學 ─ 『再生』을 중심으로」, 『한국현대문학연구』 10집, 2001.12, 221면.

정호웅, 「한국 현대소설과 만주공간」, 『문학교육학』, 2001.8, 171-195면.

_____, 「한국 현대소설과 '만주'라는 기호」, 『현대소설연구』 55호, 2014.4, 9-36면.

정홍수, 「김윤식 선생님」, 『본질과 현상』 55집, 본질과 현상사, 2019, 62면.

정회옥, 『아시아인이라는 이유』, 휴마니타스, 2022, 38면.

조은주 「공동묘지로의 산책」, 『만주연구』 18집, 2014, 116면.

차승기, 『반근대적 상상력의 임계들』, 푸른역사, 2009, 192-199면.

최광식, 『단재 신채호 전집 5』, 단재신채호전집편찬위원회, 독립기념관 한국독립운동사연구소, 2008.

최문규, 「"축제의 일상화"와 "일상의 축제화"」, 『축제와 문화』, 연세대학교 출판부, 2003, 126면.

최영자, 「이데올로기적 환상으로서의 김훈 소설」, 『우리문학연구』 26집, 2009, 395면.

최영자, 「메니페아 형식으로서의 텍스트 담론 연구 — 최명희의 『혼불』, 이청준의 『축제』, 황석영의 『손님』을 중심으로」, 『한중인문학연구』 54, 2017, 123면.

최유리, 「일제 말기 징병제 도입의 배경과 그 성격」, 『한국외대사학』 12, 2000.8, 391-414면.

최진석 외 4인, 「김윤식과 우리 시대, 인용의 인구사회학적 시좌 — 현대문학연구자의 성별 및 세대 별 김윤식 저술 인용 양상 연구(2004-2019)」, 『국제어문』 96집, 국제어문학회, 2023.3, 319면.

최진호, 「냉전기, 상상된 '현대중국'과 루쉰의 변주」, 『상상된 루쉰과 현대중국 : 한국에서 루쉰이라는 물음』, 소명출판, 2019, 288면.

최홍규, 『신채호의 역사학과 역사운동』, 일지사, 2005.

표인주, 『축제민속학』, 태학사, 2007, 18면.

표정옥, 「이청준 소설의 영상화 과정의 생성원리로 작용하는 원형적 신화 상상력에 대한 연구」, 『서강인문논총』 제25집, 2009, 265면.

하정일, 「'사실' 논쟁과 1930년대 후반 문학의 성격」, 『임화 문학의 재인식』, 소명, 2004, 236-237면.

_____, 「프로문학의 탈식민 기획과 근대극복론」, 『한국근대문학연구』, 2010, 427-430면.

한국어문교육연구회(1998), 「난정 남광우 선생 연보」, 『어문연구』 26집 1호, 5-10면.

한상일, 『제국의 시선 — 일본의 자유주의 지식인 요시노 사쿠조와 조선문제』, 새물결, 2004, 17면.

한수영, 「유다적인 것, 혹은 자기성찰로서의 비평」, 『문학수첩』, 2005, 188-207면.

함재봉, 「한국의 보수주의와 유교」, 『한국의 보수주의』, 인간사랑, 1999, 200-218면.

허 정, 「작가에서 비평가로」, 『임화문학연구 2』, 소명, 2011, 379면.

홍기삼, 「허무, 그리고 무상(無償)의 행동」, 『손장순 문학전집 14』, 푸른사상, 2009, 282면.

홍웅기, 「김훈 소설의 존재의 재현방식 연구」, 『비평문학』 30호, 2008.12, 455면.

홍종인, 「북평에서 본 중국 여학생」, 『여성』, 1937.8.

홍혜원, 「『재생』에 나타난 멜로드라마적 양식」, 『한국근대문학연구』 10호, 한국근대문학회, 2004.10, 64-92면.

황 경, 「무숙자의 상상력과 육체의 서사」, 『한국문학이론과 비평』 53집, 2011, 301면.

황승현, 『미국에서 찾은 아시아의 미 — 차별과 편견이 감춘 아름다움』, 서해문집, 2023, 224면.

황호덕, 「김윤식의 문학의 이유, 가치중립성으로서의 근대와 젠더트러블 : 1990년대 김윤식의 비판적 전회와 여성작가론을 실마리로」, 『구보학보』 22권 1호, 구보학회, 2019, 153면.

3. 해외자료

葛生東介, 『김옥균』, 윤상현 옮김, 지식과교양, 2022, 56-57면.

東浩紀 『동물화하는 포스트모던』, 이은미 옮김, 문학동네 2007, 116-130면.

君島和彦, 『일제말기 파시즘과 한국사회』, 최원규 옮김, 청아출판사, 1988.

多木浩二, 『전쟁론』, 지명관 옮김, 소화출판사, 2001.

柄谷行人, 『윤리21』, 송태욱 옮김, 사회평론사, 2001, 157-171면.

富山一郎, 『전장의 기억』, 임성모 옮김, 이산, 2002.

山室信一, 『키메라』, 윤대석 옮김, 소명출판사, 2009, 18면.

三枝壽勝, 「『再生』의 뜻은 무엇인가」, 『동방학지』 83집, 1994, 212면.

小森陽一, 『포스트 콜로니얼』, 송태욱 옮김, 삼인, 2002.

野田正彰, 『전쟁과 인간─군국주의 일본의 정신분석』, 서혜영 옮김, 길, 2000.

野中郁次郎 외 5인, 『왜 일본 제국은 실패하였는가?』, 박철현 옮김, 주영사, 2009.

王錫榮, 『루쉰』, 이보경 옮김, 그린비, 2014, 393면.

宇野重規, 『보수주의란 무엇인가』, 류애림 옮김, 연암서가, 2018, 33-91면.

竹內好, 『루쉰』, 서광덕 옮김, 문학과지성사, 2003, 56면.

中沢新一, 『대칭성 인류학』, 김옥희 역, 동아시아, 2005.

_____, 『사랑과 경제의 로고스』, 김옥희 역, 동아시아, 2004.

진싱화, 「김사량 '화전민' 서사 연구」, 『문창어문논집』 58권, 2021, 95면.

鶴見俊輔·橋川文三·藤田省三·安田武·山領健二, 『근대일본사상사』, 연구공간 '수유+너머' 일본근대사상팀 옮김, 소명출판, 2006, 342-365면.

Agamben, Giorgio, 『호모 사케르 : 주권 권력과 벌거벗은 생명』, 새물결, 2008, 55-81면.

Alexandria, Faulkenbury, "Necessary absence : familial distance and the adult immigrant child in Korean American Fiction", East California University, Master Thesis, 2016, pp.121-132.

Arendt, Hannah, 『인간의 조건』, 이진우 외 옮김, 한길사 1996, 88-89면.

Bataille, Georges, 『저주의 몫』, 조한경 옮김, 문학동네, 2000.

Bataille, Georges, 『에로티즘』, 조한경 옮김, 민음사, 1999.

Berneri, Marie Louise, 『유토피아 편력』, 이주명 옮김, 필맥, 2019, 4-17면.

Bhuyan, N., "Politics of the workplace : gender and ethnic identities at work–A Study of select american novels", *Postscriptum : An Interdisciplinary Journal of Literary Studies* 3(1), 2018, pp.72-82.

Butler, J., 『불확실한 삶 — 애도와 폭력의 권력들』, 양효실 옮김, 경성대 출판부, 2008, 257-301면.

Cioran, Emile Michel, 『역사와 유토피아』, 김정숙 옮김, 챕터하우스, 2022, 188면.

Davis, Fred, *Yearning for Yesterday, A Sociology of Nostalgia*, New York : Free Press, 1979, pp.34-35.

Botton, Alain de, 『불안』, 정영목 옮김, 이레, 2005, 29면.

Callinicos, Alex, 『현대 철학의 두 가지 전통과 마르크스주의』, 정남영 옮김, 갈무리, 1995, 116면.

Derrida, J., *Memories for Paul de Man*, trans. Cecile Lindsay, Jonathan Culler, and Eduardo Cadava, Columbia University Press, 1989, p.35

_____, *The Work of Mourning*, Chicago : University of Chicago Press, 2001, p.143.

_____, 『마르크스의 유령들』, 진태원 옮김, 이제이북스, 2007, 389면.

Edel, Leon, 『작가론의 방법』, 김윤식 옮김, 삼영출판사, 1983, 4면.

Foucault, Michel, 『말과 사물』, 이광래 옮김, 민음사, 1986, 14-15면.

_____, 『감시와 처벌』, 오생근 옮김, 나남, 1994.

_____, 『헤테로토피아』, 이상길 옮김, 문학과지성사, 2014, 45-46면.

Freud, S., 「슬픔과 우울증」, 『무의식에 관하여』, 열린책들, 1997, 248면.

Gandhi, L., 『포스트식민주의란 무엇인가』, 이영욱 옮김, 현실문화연구, 2000.

Girard, R., 『폭력과 성스러움』, 김진석·박무호 옮김, 민음사, 2000, 215-252면.

_____, 『낭만적 거짓과 소설적 진실』, 김치수·송의경 옮김, 한길사, 2001, 21-103면.

_____, 『문화의 기원』, 김진식 옮김, 기파랑, 2006, 66-67면.

Goldwater, Barry Morris, 『보수주의자의 양심』, 박종선 옮김, 열아홉, 2019, 172-187면.

Harvey, D., 『희망의 공간』, 최병두 옮김, 한울, 1993, 64면.

Jameson, Fredric, *Archaeologies of the Future*, London : Verso, 2005, pp.18-19.

Janelle L., Wilson, Nostalgia, Lewisburg : Bucknell University Press, 2005, pp.20-38.

Kang, Miliann, "On Free Food for Millionaires", Sociological Forum 24.2, 2009, pp.464-468.

Kirk, Russell, 『지적인 사람들을 위한 보수주의 안내서』, 이재학 옮김, 2019, 지식노마드, 125-135면.

Kojeve, Alexandre, 『역사와 현실변증법』, 설헌영 옮김, 한벗, 1981, 81면.

Koselleck, Reinhart, 『보수, 보수주의』, 이진일 옮김, 2019, 푸른역사, 12-20면.

Levi Strauss, Claude, 『야생의 사고』, 안정남 역, 한길사, 1996, 91면.

Lukacs, G., 『역사와 계급의식, 박정호 조만양 옮김, 거름, 1986, 238면.

Magosaki, Rei, *Tricksters and cosmopolitans : cross-cultural collaborations in Asian American literary production.* (New York : Fordham University Press, 2016, p.157.

Mannheim, Karl, 『이데올로기와 유토피아』, 임석진 옮김, 김영사, 2012, 235-412면.

Muhlhahn, Klaus, 『현대 중국의 탄생』, 윤형진 옮김, 너머북스, 2023, 131면.

Nicolas, A. and Torok, M., *The Shell and the Kernel,* Chicago : University of Chicago Press, 1994.

Nisbet, Robert, 『보수주의』, 강정인 옮김, 2007, 이후, 11-16면.

Nozick, Robert, 『아나키에서 유토피아로』, 남경희 옮김, 문학과지성사, 1983, 392면.

Paquot, Thierry, 『유토피아』, 조성애 옮김, 동문선, 2002, 81면.

Pecheux, M, trans. Harbans Nagpal, *Language, Semantics, and Ideology*, Macmillan, 1982, pp.36-88.

Rousseau, Jean-Jacques, 『인간불평등기원론』, 주경복·고경만 옮김, 책세상, 2003, 139면.

Solecki, Jan J., 「유대인·백계 러시아인에게 만주란」, 『만주란 무엇이었는가』, 박선영 옮김, 소명, 2013, 470-480면.

V. Turner, The Ritual Process : Structure and Anti-Structure, Chicago : Aldine, 1969.

Wilkerson, Isabel, 『카스트 ― 가장 민주적인 나라의 위선적 신분제』, 알에이치코리아, 2022, 462면.

Zupancic, A., 『실재의 윤리 ― 칸트와 라캉』, 이성민 옮김, 도서출판b, 2008, 29면.

Zizek, S., 「우울증과 행동」, 『전체주의가 어쨌다구?』, 한보희 옮김, 새물결, 2008, 218면.

°찾아보기

■ ㄱ